O
MAR SEM ESTRELAS

O MAR SEM ESTRELAS

ERIN MORGENSTERN

TRADUÇÃO
ISADORA PROSPERO

MORROBRANCO
EDITORA

Copyright © 2019 by E. Morgenstern, LLC
Publicado em comum acordo com E. Morgenstern LLC, e INKWELL MANAGEMENT LLC.

Título original em inglês: THE STARLESS SEA

Direção editorial: VICTOR GOMES
Acompanhamento editorial: ALINE GRAÇA
Tradução: ISADORA PROSPERO
Preparação: BÁRBARA PRINCE
Revisão: TÁSSIA OLIVEIRA E NESTOR TURANO
Ilustração de capa: DAN FUNDERBURGH
Design de capa: JOHN FONTANA
Projeto gráfico: PEI LOI KOAY
Adaptação da capa original, projeto gráfico
e diagramação: BEATRIZ BORGES
Imagens de miolo: DOMÍNIO PÚBLICO

ESTA É UMA OBRA DE FICÇÃO. NOMES, PERSONAGENS, LUGARES, ORGANIZAÇÕES E SITUAÇÕES SÃO PRODUTOS DA IMAGINAÇÃO DO AUTOR OU USADOS COMO FICÇÃO. QUALQUER SEMELHANÇA COM FATOS REAIS É MERA COINCIDÊNCIA.

TODOS OS DIREITOS RESERVADOS. PROIBIDA A REPRODUÇÃO, NO TODO OU EM PARTES, ATRAVÉS DE QUAISQUER MEIOS. OS DIREITOS MORAIS DO AUTOR FORAM CONTEMPLADOS.

DADOS INTERNACIONAIS DE CATALOGAÇÃO NA PUBLICAÇÃO (CIP)

M851m Morgenstern, Erin
O Mar Sem Estrelas / Erin Morgenstern; Tradução Isadora Prospero. –
São Paulo: Editora Morro Branco, 2021.
p. 544; 14x21cm.

ISBN: 978-65-86015-22-5

1. Literatura americana – Romance. 2. Ficção americana. I. Prospero, Isadora. II. Título.
CDD 813

TODOS OS DIREITOS DESTA EDIÇÃO RESERVADOS À:
EDITORA MORRO BRANCO
Alameda Santos, 1357, 8º andar
01419-908 – São Paulo, SP – Brasil
Telefone (11) 3373-8168
www.editoramorrobranco.com.br
Impresso no Brasil
2022

LIVRO I

DOCES

DORES

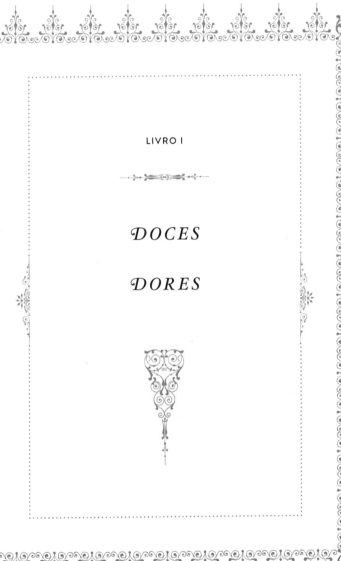

DOCES DORES
Uma vez, muito tempo atrás...

Há um pirata no porão.

(O pirata é uma metáfora, mas também uma pessoa.)

(O porão poderia ser, com razão, considerado uma masmorra.)

O pirata foi mandado para lá devido a numerosos atos de natureza pirática considerados criminosos o bastante para merecer punição pelos não piratas que decidem tais coisas.

Alguém mandou que jogassem fora a chave, mas ela está pendurada em um aro enferrujado que pende de um gancho em uma parede próxima.

(Perto o bastante para ver de trás das barras. A liberdade mantida à vista, mas fora de alcance, como um lembrete para o prisioneiro. Agora ninguém se lembra disso do lado das barras em que ficam as chaves. A cuidadosa motivação psicológica foi esquecida, destilada em hábito e conveniência.)

(O pirata percebe isso, mas evita comentar.)

O guarda está sentado em uma cadeira ao lado da porta e lê folhetins de crime em papel desbotado, desejando ser uma versão idealizada e fictícia de si. Ele se pergunta se a diferença entre piratas e ladrões é uma questão de navios e chapéus.

Depois de um tempo, é substituído por outro guarda. O pirata não consegue determinar os horários exatos, uma vez que o porão--masmorra não tem relógios e as ondas no litoral além das paredes de pedra abafam o badalar dos sinos matinais e os divertimentos noturnos.

Esse guarda é mais baixo e não lê. Não deseja ser ninguém além de si e não tem imaginação para conjurar *alter egos* nem para empatizar com o homem atrás das barras, a única outra alma no cômodo fora os ratos. Ele presta uma atenção exagerada em seus sapatos quando não está dormindo. (Geralmente está dormindo.)

Cerca de três horas depois que o guarda baixo substituiu o guarda leitor, entra uma garota.

Ela traz um prato de pão e uma tigela de água e os deixa fora da cela do pirata, com mãos tão trêmulas que metade da água transborda. Então se vira e sobe a escada correndo.

Na segunda noite (o pirata supõe que é noite), ele fica parado o mais perto possível das barras e encara a garota, que derruba o pão quase fora do alcance dele e faz a maior parte da água transbordar.

Na terceira noite, o pirata fica nas sombras em um canto da cela e consegue manter a maior parte da água.

Na quarta noite, vem uma garota diferente.

Essa garota não acorda o guarda. Pisa mais suavemente nas pedras e qualquer som que faz com os pés é roubado pelas ondas ou pelos ratos.

Essa garota escrutina as sombras para encontrar o pirata obscurecido, solta um suspiro um pouco decepcionado e coloca o pão e a tigela na frente das barras. Então espera.

O pirata permanece nas sombras.

Depois de vários minutos de silêncio interrompido pelos roncos do guarda, a garota se vira e vai embora.

Quando o pirata pega sua refeição, descobre que a água foi misturada a vinho.

Na noite seguinte, a quinta se de fato for noite, o pirata espera a garota descer com os pés silenciosos e parar em frente às barras.

Os passos vacilam só por um momento quando ela o vê.

O pirata a encara e a garota o encara de volta.

Ele estende a mão para o pão e a tigela, mas a garota os deixa no chão, sem nunca afastar os olhos dele, sem permitir que sequer a barra de seu vestido flutue ao alcance do pirata. Ousada, mas tímida. Faz uma sugestão de mesura enquanto se endireita, com um aceno gentil da cabeça, um movimento que o lembra do começo de uma dança.

(Até um pirata consegue reconhecer o começo de uma dança.)

Na noite seguinte, ele fica afastado das barras, a uma distância educada que pode ser abarcada com um único passo, e a garota aproxima-se minimamente.

Outra noite e a dança continua. Um passo mais perto. Um passo para trás. Um movimento para o lado. Na noite seguinte, ele estende a mão de novo para aceitar o que a garota oferta, e dessa vez ela responde e os dedos do pirata roçam as costas da mão dela.

A garota começa a se demorar, permanecendo mais tempo a cada noite – mas, se o guarda se remexe e começa a acordar, ela parte sem olhar para trás.

Ela traz duas tigelas de vinho e eles bebem juntos em um silêncio confortável. O guarda parou de roncar e dorme de maneira profunda e tranquila. O pirata suspeita que a garota tem algo a ver com isso. Ousada e tímida e esperta.

Algumas noites, ela traz mais que pão: laranjas e ameixas escondidas nos bolsos do vestido. Pedaços de gengibre cristalizado envoltos em papel embebido de histórias.

Algumas noites, permanece ali até momentos antes da troca de guarda.

(O guarda diurno começou a deixar seus folhetins de crime ao alcance das paredes da cela, ostensivamente por acaso.)

O guarda mais baixo anda de um lado para o outro esta noite. Ele pigarreia como se fosse dizer algo, mas não diz. Acomoda-se na cadeira e cai em um sono ansioso.

O pirata aguarda a garota.

Ela chega de mãos vazias.

Esta é a última noite. A noite antes da forca. (A forca também é uma metáfora, embora óbvia.) O pirata sabe que não haverá outra noite, que não haverá troca de guarda depois do próximo. A garota sabe o número exato de horas.

Eles não conversam a respeito disso.

Nunca conversaram.

O pirata enrola uma mecha do cabelo da garota em um dedo.

Ela se inclina em direção às barras, descansando a bochecha no ferro frio, o mais próximo que pode chegar ao mesmo tempo que permanece a um mundo de distância.

Perto o bastante para um beijo.

— Conte uma história para mim — ela pede.

O pirata atende ao desejo.

DOCES DORES
Há três caminhos. Este é um deles.

Muito abaixo da superfície da terra, escondida do sol e da lua, no litoral do Mar Sem Estrelas, há uma coleção labiríntica de túneis e câmaras repletas de histórias. Histórias escritas em livros e seladas em jarros e pintadas em paredes. Odes inscritas em pele e gravadas em pétalas de rosas. Contos dispostos em azulejos sobre pisos, pedacinhos de trama desgastados por pés. Lendas entalhadas em cristal e penduradas em lustres. Histórias catalogadas e protegidas e reverenciadas. Antigas histórias preservadas enquanto novas histórias surgem ao seu redor.

O lugar é vasto, porém íntimo. É difícil medir sua extensão. Corredores se transformam em salas ou galerias, e escadas se retorcem para baixo ou para cima, formando alcovas ou arcadas. Por todo lado há portas que levam a novos espaços e novas histórias e novos segredos a serem descobertos, e por todo lado há livros.

É um santuário para contadores de histórias e guardiões de histórias e amantes de histórias. Eles comem e dormem e sonham cercados por crônicas e memórias e mitos. Alguns ficam ali por horas ou dias antes de retornar ao mundo acima, mas outros permanecem por semanas ou anos, vivendo em aposentos compartilhados ou privados e passando suas horas lendo ou estudando ou escrevendo, discutindo e criando com os outros residentes ou trabalhando em solidão.

Entre os que permanecem, alguns poucos escolhem se devotar a esse lugar, a esse templo de histórias.

Há três caminhos. Esse é um deles.

Esse é o caminho dos acólitos.

Aqueles que desejam escolher esse caminho devem passar um ciclo inteiro da lua em contemplação isolada antes de se comprometerem. A contemplação é supostamente silenciosa, mas, daqueles que se permitem ser trancados na câmara de pedra fechada, alguns perceberão que ninguém consegue ouvi-los. Eles podem falar ou gritar ou berrar sem violar quaisquer regras. Só acha que a contemplação é silenciosa quem nunca esteve dentro da câmara.

Uma vez que a contemplação terminar, eles têm a oportunidade de abandonar o caminho. De escolher outro, ou nenhum.

Aqueles que passam o período em silêncio muitas vezes decidem abandonar tanto o caminho como o lugar. Retornam à superfície. Estreitam os olhos contra o sol. Às vezes lembram-se de um mundo subterrâneo ao qual já pensaram em se dedicar, mas a lembrança é nebulosa, como um lugar de sonhos.

Com mais frequência, são aqueles que gritam e berram e choram, aqueles que conversam sozinhos por horas, que estão prontos quando chega o momento de prosseguir com a iniciação.

Nesta noite, em que a lua é nova, a porta é destrancada e revela uma jovem que passou a maior parte do tempo cantando. Ela é tímida e não tem o costume de cantar, mas em sua primeira noite de contemplação percebeu, quase por acidente, que ninguém podia escutá-la. Ela riu; por um lado, ria de si mesma e, por outro, ria da estranheza de ter se voluntariado para ser aprisionada naquela cela luxuosa com cama de penas e lençóis de seda. A risada ecoou pela câmara de pedra como ondas na água.

Ela cobriu a boca e esperou que alguém aparecesse, mas ninguém apareceu. Tentou se lembrar se alguém lhe dissera explicitamente que não falasse.

Chamou:

— Oi? — E só os ecos retribuíram a saudação.

Levou alguns dias para ter coragem de cantar. Jamais gostara da própria voz, mas em sua prisão, livre de vergonha e expectativas, ela cantou – baixo a princípio, então com força e ousadia. A voz que o eco devolveu a seus ouvidos era surpreendentemente agradável.

Ela cantou todas as canções que conhecia. Inventou as próprias canções. Quando não conseguia pensar em palavras para cantar, inventou línguas sem sentido para compor versos com sons que achava agradáveis.

Surpreendeu-se ao ver como o tempo passou rápido.

Agora a porta se abre.

O acólito que entra ergue um aro com chaves de bronze e oferece a outra palma para ela. Ali, repousa um pequeno disco de metal com uma abelha em alto-relevo.

Aceitar a abelha é o próximo passo para se tornar uma acólita. Essa é a última chance de recusar.

Ela pega a abelha da palma do acólito. Ele faz uma mesura e gesticula para que a garota o siga.

A jovem que se tornará uma acólita gira o disco de metal quente nos dedos enquanto percorre túneis estreitos iluminados por velas, ladeados por estantes de livros e cavernas cheias de cadeiras e mesas desconjuntadas, com pilhas altas de livros e estátuas por todos os cantos. Ela acaricia a estátua de uma raposa quando eles passam, um hábito popular que alisou o pelo entalhado entre as orelhas de pedra.

Um homem mais velho folheando um volume ergue os olhos quando eles passam e, reconhecendo a procissão, encosta dois dedos nos lábios e inclina a cabeça.

Para ela, não para o acólito que ela segue. Um gesto de respeito para um cargo que a jovem ainda não tem oficialmente. Ela inclina a cabeça para esconder um sorriso. Continuam descendo por escadarias douradas e atravessando túneis sinuosos que ela nunca viu. A garota reduz o passo para olhar as pinturas penduradas entre as estantes de livros, imagens de árvores e garotas e fantasmas.

O acólito para diante de uma porta marcada com uma abelha dourada. Escolhe uma chave do aro e a abre.

Aqui começa a iniciação.

É uma cerimônia secreta. Os detalhes são conhecidos apenas por aqueles que passam por ela e aqueles que a oficializam. Pelo que todos se lembram, sempre foi realizada da mesma forma.

Quando a porta com a abelha dourada se abre e o batente é cruzado, a acólita abandona seu nome. Como quer que essa jovem fosse chamada antes, nunca mais será chamada assim de novo. Aquilo fica no passado. Algum dia, ela poderá ter um novo nome, mas por enquanto não tem nenhum.

A sala é pequena e redonda e alta, uma versão em miniatura da cela de contemplação. Contém um assento de madeira simples de um lado e um pilar de pedra que chega à cintura dela e contém uma tigela de fogo. O fogo fornece a única luz.

O acólito mais velho gesticula para que a jovem se sente na cadeira. Ela faz isso. Encara o fogo, observando as chamas dançarem, até que uma faixa de seda preta é atada sobre seus olhos.

A cerimônia continua, invisível.

A abelha de metal é tirada de sua mão. Há uma pausa, seguida pelo tinido de instrumentos de metal, então a sensação de um dedo no tórax dela, apertando-lhe o esterno. A pressão se reduz, em seguida é substituída por uma dor aguda e abrasadora.

(Mais tarde, ela vai perceber que a abelha de metal foi aquecida no fogo e sua imagem, com asas, gravada no peito dela.)

A surpresa a deixa perturbada. Ela se preparou para o que sabe do resto da cerimônia, mas isso é inesperado. Percebe que nunca viu o peito nu de outro acólito.

Se momentos antes estava preparada, agora se sente abalada e insegura.

Mas não diz "Pare". Não diz "Não".

Ela tomou sua decisão, embora não pudesse saber tudo que essa decisão implicaria.

Na escuridão, dedos abrem seus lábios e uma gota de mel é pingada em sua língua.

Isso é para garantir que o último gosto seja doce.

Na verdade, o último gosto que permanece na boca de um acólito é mais que mel: é a doçura misturada a sangue e metal e carne queimada.

Se um acólito fosse capaz de descrevê-lo mais tarde, poderia esclarecer que o último gosto que sentiu foi de mel e fumaça.

Não é inteiramente doce.

Lembram-se dele toda vez que extinguem a chama de uma vela de cera de abelha.

Um lembrete de sua devoção.

Mas não podem falar sobre isso.

Eles cedem sua língua voluntariamente. Oferecem sua habilidade de falar para melhor servir às vozes dos outros.

Fazem um voto silencioso de nunca mais contar as próprias histórias, em reverência àqueles que vieram antes e àqueles que virão depois.

Nessa dor com um toque de mel, a jovem na cadeira pensa que talvez grite, mas não grita. Na escuridão, o fogo parece consumir a sala inteira, e ela consegue ver formas nas chamas, embora os olhos estejam cobertos.

A abelha em seu peito tremula.

Uma vez que sua língua foi tomada e queimada e transformada em cinzas, uma vez que a cerimônia está completa, uma vez que sua voz foi emudecida, então seus ouvidos despertam.

Então as histórias começam a vir.

DOCES DORES
Para enganar o olho.

O garoto é filho de uma vidente. Ele atingiu uma idade na qual não tem certeza se isso é algo de que se orgulhar, ou mesmo um detalhe a ser divulgado, mas continua sendo verdade.

Está voltando da escola em direção a um apartamento situado acima de uma loja cheia de bolas de cristal e cartas de tarô, incenso e estátuas de divindades com cabeça de animal e sálvia seca. (O aroma de sálvia permeia tudo, dos lençóis da cama aos cadarços do seu tênis.)

Hoje, como em todos os dias de aula, o garoto pega um atalho em um beco que contorna a loja por trás, uma passagem estreita entre os muros altos de tijolo que são muitas vezes cobertos com grafite, então pintados de branco e grafitados de novo.

Hoje, em vez das assinaturas com ortografia curiosa e profanidades em letras arredondadas, há uma única obra de arte nos tijolos brancos.

É uma porta.

O garoto para. Ajeita os óculos para focar melhor e certificar-se de que está vendo o que sua visão, às vezes pouco confiável, sugere que ele está vendo.

A nebulosidade nas margens fica mais aguçada, e a porta ainda é uma porta. Maior e mais sofisticada e mais impressionante do que ele pensara ao primeiro olhar embaçado.

O garoto não sabe bem o que pensar dela.

A incongruência daquilo demanda atenção.

A porta está situada bem nos fundos do beco, em uma seção sombreada escondida do sol, mas as cores ainda são ricas e alguns dos pigmentos são metálicos. É mais delicada que a maioria dos grafites que o garoto já viu. Pintada em um estilo que ele sabe ter um nome francês chique, algo sobre enganar o olho, embora não consiga recordar o termo aqui e agora.

A porta é entalhada – não, pintada – com padrões geométricos afiados que se aprofundam ao redor dos cantos, criando profundidade onde só há muro plano. No centro, na altura em que um olho mágico estaria, e estilizada com linhas que combinam com o resto da pintura, há uma abelha. Abaixo da abelha há uma chave. Abaixo da chave há uma espada.

Uma maçaneta dourada, de aspecto tridimensional, cintila apesar da ausência de luz. Um buraco de fechadura está pintado embaixo dela, tão escuro que parece ser um vazio esperando uma chave, em vez de algumas pinceladas de tinta preta.

A porta é estranha e bonita e algo para o qual o garoto não tem palavras e não sabe se existem palavras, ou mesmo expressões chiques em francês.

Um cachorro late em algum ponto da rua, mas o som é distante e abstrato. O sol se esconde atrás de uma nuvem e o beco parece se tornar mais longo, mais profundo e mais escuro, enquanto a porta fica mais brilhante.

Hesitante, o garoto estende a mão para tocá-la.

A parte dele que ainda acredita em magia espera que seja quente apesar do ar frio. Espera que a imagem tenha mudado fundamentalmente o caráter do tijolo. A ideia faz seu coração bater mais rápido, mesmo enquanto sua mão se move mais devagar, porque a parte dele que pensa que a outra parte está sendo infantil se prepara para a decepção.

A ponta dos dedos encontra a porta abaixo da espada e pousa em tinta lisa cobrindo tijolo fresco, um leve desnível na superfície revelando a textura por baixo.

É só um muro. Só um muro com uma pintura bonita.

Ainda assim.

Ainda assim, ele tem uma sensação incômoda de que isso é mais do que parece ser.

Pressiona a palma contra o tijolo pintado. A madeira falsa da porta é de uma tonalidade de marrom próxima da pele do garoto, como se tivesse sido misturada para combinar com ele.

Atrás da porta existe um outro lugar. Não a sala que fica atrás do muro. Algo mais. Ele sabe disso. Ele sente isso nos dedos dos pés.

É isso que sua mãe chamaria de um momento com significado. Um momento que muda os momentos seguintes.

O filho da vidente sabe apenas que a porta parece importante de um jeito que ele não consegue explicar, nem para si mesmo.

Um garoto no começo de uma história não tem como saber que a história começou.

Ele contorna as linhas pintadas da chave com a ponta dos dedos, maravilhado ao ver como a chave, do mesmo jeito que a espada e a abelha e a maçaneta, dá a impressão de que deveria ser tridimensional.

O menino se pergunta quem a pintou e o que significa, se é que significa algo. Se não a porta, ao menos os símbolos. Se é um sinal e não uma porta, ou ambos ao mesmo tempo.

Nesse momento significativo, se o menino girar a maçaneta pintada e abrir a porta impossível, tudo vai mudar.

Mas ele não gira.

Em vez disso, enfia as mãos nos bolsos.

Parte dele decide que está sendo infantil e que é velho demais para esperar que a vida real seja como nos livros. Outra parte decide que, se não tentar, não ficará decepcionado e pode continuar acreditando que a porta se abriria, mesmo se for só faz de conta.

Ele permanece parado com as mãos nos bolsos e considera a porta por mais um momento antes de se afastar.

No dia seguinte, a curiosidade vence e o garoto retorna e descobre que pintaram o muro de tijolos. Passaram tanta tinta branca que não é possível nem discernir onde, exatamente, estivera a porta.

Então o filho da vidente não encontra o caminho para o Mar Sem Estrelas.

Ainda não.

Janeiro de 2015

Há um livro em uma estante na biblioteca de uma universidade.

Isso não é incomum, mas esse livro específico não deveria estar ali.

Esse livro está arquivado incorretamente na seção de ficção, embora a maior parte de seu conteúdo seja verdade, e o resto, verdadeiro o bastante. A seção de ficção dessa biblioteca não é tão visitada quanto outras áreas, e tem fileiras mal iluminadas e muitas vezes empoeiradas.

O livro foi doado como parte de uma coleção deixada à universidade de acordo com o testamento do dono anterior. Esses livros foram acrescentados à biblioteca e classificados no Sistema Decimal de Dewey, então receberam adesivos com códigos de barra no interior das capas para serem escaneados na recepção e enviados em diferentes direções.

Esse livro em particular foi escaneado só uma vez e acrescentado ao catálogo. Não há um nome de autor em suas páginas, de modo que entrou no sistema como "Sem autor" e foi deixado inicialmente entre os autores que começam com S, mas vagou pelo alfabeto à medida que outros livros se moveram ao seu redor. Às vezes é puxado e analisado e guardado de novo. Sua lombada foi rachada algumas vezes e, em uma ocasião, um professor até correu os olhos pelas primeiras páginas e pretendia voltar para pegá-lo emprestado, mas esqueceu.

Ninguém jamais leu esse livro por inteiro em todo o tempo que ele passou nessa biblioteca.

Alguns (incluindo o professor esquecido) pensaram, de modo fugaz, que o livro não pertencia a esse lugar. Que talvez devesse estar em uma coleção especial, em uma sala que exige uma permissão escrita para os alunos visitarem e onde bibliotecários pairam enquanto examinam livros raros e de onde ninguém tem permissão de tomar nada emprestado. Livros assim não têm códigos de barras. Muitos só podem ser manuseados com luvas.

Mas esse livro permanece na coleção regular. Em circulação imóvel e hipotética.

A capa dele é feita de um tecido vinho escuro, que envelheceu e desbotou de um tom lustroso para um fosco. Já houve letras douradas impressas nela, mas o brilho sumiu e as letras se desgastaram até virar mossas como glifos. O canto superior ficou permanentemente dobrado depois que um volume mais pesado foi deixado em cima dele numa caixa em um armazém, de 1984 a 1993.

Hoje é um dia de janeiro durante o que os alunos chamam de Período J, quando as aulas ainda não começaram, mas eles já são recebidos de volta ao campus e há palestras e simpósios organizados por estudantes, além de ensaios de produções teatrais. Um aquecimento pós-férias antes que as rotinas regulares comecem de novo.

Zachary Ezra Rawlins está no campus para ler. Ele se sente um pouco culpado por isso, uma vez que deveria estar passando suas preciosas horas de inverno jogando (e jogando de novo e analisando) videogames em preparação para sua tese. Mas passa tanto tempo diante das telas que sente uma necessidade quase compulsiva de descansar os globos oculares no papel. Diz a si mesmo que há muita sobreposição de assuntos, embora já tenha encontrado uma sobreposição entre videogames e praticamente qualquer outro assunto.

Ler um romance, ele pensa, é como jogar um jogo no qual todas as decisões do jogador já foram tomadas por alguém que é muito melhor nesse jogo específico. (Embora às vezes ele deseje que romances "escolha sua própria aventura" virem moda de novo.)

Ele vem lendo (ou relendo) muitos livros infantis também, porque as histórias parecem mais com histórias, embora tenha uma leve preocupação de que isso possa ser um sintoma de crise de um quarto de vida. (Ele meio que espera que essa crise apareça pontualmente no seu aniversário de vinte e cinco anos, a meros dois meses de distância.)

Os bibliotecários achavam que ele estudava Literatura, até que um deles foi puxar papo e Zachary se sentiu obrigado a confessar que era na verdade uma daquelas pessoas que estudam Mídias Emergentes. Ele sentiu saudade da identidade secreta assim que ela se foi, um disfarce que nem percebera que gostava de usar. Até parecia um estudante de Literatura, com seus óculos de armação quadrada e suéteres tricotados. Zachary ainda não se adaptou inteiramente aos invernos da Nova Inglaterra, muito menos um como esse, com sua neve incessante. Ele protege com camadas pesadas de lã seu corpo crescido no sul, envolvendo-se em cachecóis e aquecendo-se com garrafas térmicas de chocolate quente que às vezes batiza com uísque.

Ainda restam duas semanas em janeiro, e Zachary concluiu a maior parte de sua lista de clássicos infantis, pelo menos aqueles no acervo dessa biblioteca, então passou para livros que pretendia ler e outros que escolhe de forma aleatória depois de folhear as primeiras páginas.

Isso se tornou seu ritual matinal: fazer suas escolhas no silêncio abafado por livros das estantes da biblioteca e então retornar ao dormitório para ler o dia todo. No átrio com claraboia, ele sacode a neve das botas no tapete da entrada e deixa *O apanhador no campo de centeio* e *A sombra do vento* na caixa de devoluções, questionando se a metade do segundo ano do programa de mestrado é tarde demais para ficar incerto sobre a escolha de área. Então se lembra de que gosta de Mídias Emergentes e de que, se tivesse passado cinco anos e meio estudando Literatura, é provável que estaria se cansando disso também. Um mestrado em leitura, é isso que ele quer. Nada de artigos científicos, nada de provas, nada de análise, só leitura.

A seção de ficção, dois andares abaixo no final de um corredor ladeado por litografias do campus em sua juventude, está previsivelmente vazia. Os passos de Zachary ecoam enquanto ele caminha entre as estantes. Essa seção do prédio é mais antiga, um contraste ao átrio iluminado na entrada; tem teto mais baixo e livros empilhados bem alto, a luz projetando-se em retângulos confinados e sombreados a partir de lâmpadas que têm a tendência de queimar não importa a frequência com que são trocadas. Se ele tiver dinheiro depois de se formar, pensa em fazer uma doação muito específica para consertar a fiação elétrica nessa parte da biblioteca. Luz suficiente para ler, trazida a você por Z. Rawlins, Turma de 2015. De nada.

Ele procura a seção W, pois há pouco tempo se apaixonou por Sarah Waters, e, embora o catálogo tivesse listado vários títulos, *Estranha presença* é o único na estante, de modo que ele é poupado de tomar uma decisão. Zachary então procura o que ele chama de livros misteriosos, títulos que ele não reconhece ou autores de que nunca ouviu falar. Começa procurando livros com lombadas em branco.

Estendendo a mão até uma prateleira alta que um aluno mais baixo talvez precisasse de uma escadinha para alcançar, puxa um volume coberto de tecido cor de vinho. Tanto a lombada como a capa estão em branco, por isso ele abre o livro na página de rosto.

Doces dores

Zachary vira a página para ver se há outra que cite o autor, mas o livro passa diretamente para o texto. Ele abre as últimas páginas e não há agradecimentos nem notas do autor, só um adesivo com código de barras colado no interior da quarta capa. Volta ao começo e não encontra *copyright*, datas nem informações sobre a impressão.

O livro é, sem dúvida, antigo, e Zachary não conhece suficiente a história da editoração ou da encadernação para saber se tais informações talvez não eram incluídas em livros de certa época. A falta de autor é desconcertante. Talvez uma folha tenha se perdido ou tenha havido um erro de impressão. Ele folheia as páginas e nota que faltam algumas, criando lugares vazios e bordas rasgadas ao longo do livro, embora nenhum nos pontos em que as informações do começo deveriam estar.

Zachary lê a primeira página, depois outra e mais uma.

Então a lâmpada acima de sua cabeça, que iluminava a seção S-Z, pisca e se apaga.

Relutante, ele fecha o livro e o coloca acima de *Estranha presença*. Então enfia ambos com firmeza sob o braço e volta à luz do átrio.

A estagiária na recepção, com o cabelo preso em um coque perfurado por uma caneta esferográfica, tem certa dificuldade com o volume misterioso. Primeiro ele não é escaneado direito, então aparece como outro livro.

— Acho que o código de barras está errado — ela diz. Digita algo no teclado, estreitando os olhos para o monitor. — Reconhece esse aqui? — pergunta, entregando o livro para o outro bibliotecário no balcão, um homem de meia-idade usando um suéter verde que Zachary fica cobiçando. O homem examina as primeiras páginas, franzindo o cenho.

— Sem autor, essa é nova. Onde estava arquivado?

— Ficção, em algum ponto no W — responde Zachary.

— Verifique em Anônimo, talvez — sugere o bibliotecário de suéter verde, devolvendo o livro e voltando a atenção para outro cliente.

A bibliotecária digita mais um pouco e balança a cabeça.

— Ainda não consigo encontrar — ela diz a Zachary. — Que estranho.

— Se tiver algum problema... — ele começa, mas deixa as palavras no ar, esperando que ela só diga que ele pode levá-lo. Ele já se sente estranhamente possessivo em relação ao livro.

— Não tem problema, eu anoto na sua ficha — ela diz. Digita algo no computador e escaneia o código outra vez. Empurra o livro sem autor e *Estranha presença* sobre a mesa até ele, junto com sua carteirinha de estudante. — Boa leitura! — ela diz com animação, antes de se voltar ao livro que estava lendo quando Zachary se aproximou do balcão. Algo de Raymond Chandler, mas ele não consegue ver o título. Os bibliotecários sempre parecem mais empolgados durante o Período J, quando podem passar mais tempo com livros e menos com alunos exaustos e docentes irados.

Durante a caminhada frígida de volta ao dormitório, Zachary fica encucado tanto pelo livro, ansioso para continuar lendo, como pelo fato de que não estava no sistema da biblioteca. Ele já encontrou pequenas dificuldades desse tipo, dado que pegou emprestado um grande número de livros. Às vezes o escâner não consegue ler um código de barras, mas então o bibliotecário digita o número manualmente. Ele se pergunta como faziam antes de existir o escâner, com cartões em catálogos e bolsinhos com assinaturas no verso dos livros. Seria legal assinar seu nome em vez de ser um número em um sistema.

O dormitório de Zachary é um prédio de tijolos acomodado entre um grupo dilapidado de residências de alunos da pós-graduação e coberto por hera morta e salpicada de neve. Ele sobe os muitos degraus até seu cômodo no quarto andar, encaixado nos beirais do prédio, com paredes inclinadas e janelas que deixam entrar correntes de ar. Ele cobriu a maior parte delas com cobertores e contrabandeou um aquecedor para o inverno. Tapeçarias enviadas por sua mãe estão penduradas nas paredes e tornam o quarto sem dúvida mais aconchegante, em parte porque ele não consegue se livrar do cheiro de sálvia, por mais que as lave. O candidato de mestrado no quarto do lado chama o lugar de caverna, embora seja mais como uma toca, se tocas tivessem pôsteres de Magritte e quatro sistemas de videogame. A TV de tela plana observa da parede, preta e refletiva como um espelho. Ele deveria jogar uma tapeçaria em cima dela.

Deixa os livros na mesa e as botas e o casaco no armário antes de atravessar o corredor até a copa para preparar uma caneca de chocolate quente. Enquanto espera a chaleira elétrica ferver, se arrepende de não ter trazido o livro cor de vinho, mas está tentando não ficar com o nariz enfiado constantemente em um livro. É uma tentativa de parecer mais amigável, que ele ainda não tem certeza se está funcionando.

De volta em sua toca com o chocolate, ele se acomoda no pufe que ganhou de um aluno que foi embora no ano anterior. É de um verde neon berrante em seu estado natural, mas Zachary o cobriu com uma tapeçaria pesada demais para pendurar na parede, camuflando-o em tons de marrom, cinza e violeta. Ele vira o aquecedor em direção às pernas e abre *Doces dores* na página em que a errática lâmpada da biblioteca o abandonou e começa a ler.

Depois de algumas páginas, a história muda, e Zachary não sabe dizer se o livro é um romance ou uma coletânea de contos ou talvez uma história dentro de uma história. Ele se pergunta se o enredo vai retornar para a parte anterior. Então a história muda de novo.

As mãos de Zachary Ezra Rawlins começam a tremer.

Porque, enquanto a primeira parte do livro é uma narrativa um tanto romântica sobre um pirata e a segunda envolve uma cerimônia com uma acólita em uma biblioteca subterrânea estranha, a terceira parte é algo completamente diferente.

A terceira parte é sobre ele.

O garoto é o filho de uma vidente.

Uma coincidência, ele pensa, mas continua lendo e os detalhes são perfeitos demais para serem ficção. Sálvia pode permear os cadarços de muitos filhos de videntes, mas ele duvida que eles também pegavam atalhos por becos em suas rotas voltando da escola.

Quando chega à parte sobre a porta, Zachary abaixa o livro.

Sente-se zonzo. Levanta-se, preocupado que vá desmaiar e cogitando abrir a janela, mas em vez disso acaba chutando a caneca de chocolate esquecida.

De forma automática, atravessa o corredor até a copa para pegar algumas folhas de papel-toalha. Enxuga o chocolate e volta à copa para jogar fora o papel-toalha. Escorre a caneca na pia. A caneca está lascada em um ponto, e ele não lembra se estava assim antes. Risos ecoam escada acima, distantes e ocos.

Zachary volta ao quarto e confronta o livro outra vez, encarando o volume que aguarda despreocupado no pufe.

Ele tranca a porta, algo que não costuma fazer.

Pega o livro e o inspeciona com mais cuidado do que antes. O canto superior da capa está dobrado, o tecido começando a desfiar. Há pontinhos dourados na lombada.

Ele respira fundo e abre o livro de novo. Volta à página em que parou e se obriga a ler as palavras à medida que elas se desenrolam precisamente como espera que façam.

Sua memória preenche os detalhes deixados de fora: o modo como a tinta branca atingia a metade do muro, então os tijolos ficavam vermelhos de novo; as lixeiras na outra ponta do beco; o peso de sua mochila nos ombros, abarrotada de livros didáticos.

Ele se lembrou daquele dia mil vezes, mas dessa vez é diferente. Dessa vez, sua memória é guiada pelas palavras na página, e o momento apresenta-se claro e vibrante, como se tivesse acabado de acontecer em vez de estar mais de uma década no passado.

Zachary consegue visualizar a porta perfeitamente. A precisão da tinta. O efeito *trompe l'oeil*[1] que ele não sabia nomear na época. A abelha com as listras douradas delicadas. A espada apontada para cima em direção à chave.

Mas, quando continua lendo, há mais ali do que sua memória contém.

Ele pensou que não poderia haver sensação mais estranha do que tropeçar num livro que narra um incidente antigo da própria vida que ele nunca contou a ninguém e a respeito do qual nunca falou nem escreveu, mas que está mesmo assim se desdobrando em prosa impressa, só que estava errado.

---

1. Recurso artístico empregado a fim de criar uma ilusão de ótica. Com o uso de perspectiva e de diferentes tonalidades de claro e escuro, simula-se que o objeto em foco é 3D, quando, na verdade, é bidimensional. [N. da E.]

É ainda mais estranho que aquela narração confirme sua suspeita antiga de que naquele momento, naquele beco diante da porta, algo extraordinário lhe foi dado e ele deixou a oportunidade escapar pelos dedos.

Um garoto no começo de uma história não tem como saber que a história começou.

Zachary vira a página quando chega na última linha, esperando que sua história continue, mas não continua. A narrativa muda totalmente outra vez, para algo sobre uma casa de bonecas. Ele folheia o resto do livro, escaneando as páginas em busca de menções ao filho da vidente ou portas pintadas, mas não encontra nada.

Então volta e relê a página sobre o garoto. Sobre si mesmo. Sobre o lugar que ele não encontrou atrás da porta, o que quer que seja um Mar Sem Estrelas. Suas mãos pararam de tremer, mas ele está zonzo e corado e lembra agora que não chegou a abrir a janela, mas não consegue parar de ler. Empurra os óculos para cima do nariz para se focar melhor.

Não entende. Não só como alguém poderia ter capturado a cena em tantos detalhes, mas como ela está ali em um livro que parece muito mais velho que ele. Esfrega o papel entre os dedos e sente que é pesado e áspero, amarelado até ficar quase marrom nas bordas.

Será que alguém poderia tê-lo previsto, até os cadarços do tênis? Isso significa que o resto também pode ser verdade? Que em algum lugar no mundo há acólitos sem língua em uma biblioteca subterrânea? Não parece justo que ele seja a única pessoa real em uma coleção de personagens fictícios, embora o pirata e a garota possam ser reais. Mesmo assim, a ideia é tão absurda que ele ri.

Então se pergunta se está perdendo a cabeça, e decide que, se é capaz de se fazer essa pergunta, não deve estar – o que não é particularmente reconfortante.

Ele olha para as últimas duas palavras na página.

Ainda não.

Essas duas palavras nadam entre mil perguntas que inundam sua mente.

Então uma dessas perguntas flutua para a superfície, impulsionada pelo motivo repetido da abelha e a porta relembrada.

Será que *esse* livro é *daquele* lugar?

Ele inspeciona a capa mais uma vez, parando no código de barras colado no interior.

Zachary o examina com mais atenção e vê que a etiqueta está ocultando algo escrito ou impresso ali. Um ponto de tinta preta espia debaixo do adesivo.

Ele sente um pouco de culpa por arrancá-lo, mas, de toda forma, o código de barras era defeituoso, e provavelmente teria de ser substituído. Não que ele tenha qualquer intenção de devolver o livro agora. Ele descola o adesivo devagar e com cuidado, tentando removê-lo por inteiro sem rasgar o papel por baixo. O negócio sai com facilidade e ele o cola na borda da mesa antes de se voltar para o que está escrito por baixo.

Não há palavras, só uma sequência de símbolos que foram impressos ou inscritos de alguma outra forma no interior da capa, desbotados e manchados, mas facilmente identificáveis.

O ponto exposto de tinta é o cabo de uma espada.

Acima dela há uma chave.

Acima da chave há uma abelha.

Zachary Ezra Rawlins encara as versões em miniatura dos mesmos símbolos que contemplou em um beco atrás da loja da mãe e se pergunta de que maneira ele deve continuar uma história da qual não sabia fazer parte.

DOCES DORES
Vida inventada.

Começou como uma casa de bonecas.

Um hábitat em miniatura cuidadosamente construído de madeira e cola e tinta. Montado de maneira meticulosa para recriar uma moradia em tamanho real no nível mais minucioso de detalhes. Quando construída, foi dada de presente a crianças, que brincaram com ela ilustrando eventos diários em exageros simplificados.

Há bonecas. Uma família com mãe e pai e filho e filha e cachorro pequeno. Eles usam réplicas de ternos e vestidos feitas de tecido delicado. O cachorro tem pelo de verdade.

Há uma cozinha e uma sala de estar e um solário. Quartos e escadas e um sótão. Cada cômodo é ocupado por mobília e decorado com pinturas em miniatura e minúsculos vasos de flores. O papel de parede é estampado com padrões complexos. Os livrinhos podem ser removidos das estantes.

A casa tem um telhado com telhas de madeira, todas menores que uma unha. Portas diminutas fecham e trancam. A casa se abre com uma fechadura e uma chave e se expande, embora seja mais frequentemente mantida fechada. A vida das bonecas no interior só é visível através das janelas.

A casa de bonecas fica em um cômodo neste Porto do Mar Sem Estrelas. Sua história não existe. As crianças que brincaram com ela já cresceram e foram embora há muito tempo. O relato de como ela veio a ser deixada em um cômodo obscuro em um lugar obscuro foi esquecido.

Ela não é extraordinária.

O que é extraordinário é o que evoluiu ao seu redor.

O que é uma única casa, afinal, sem nada que a circunde? Sem um jardim para o cachorro? Sem um vizinho reclamão do outro lado da rua, sem uma rua onde vivam vizinhos? Sem árvores e cavalos e lojas? Sem um porto? Um barco? Uma cidade do outro lado do mar?

Tudo isso foi construído ao redor dela. O mundo inventado de uma criança se tornou o de outra, e o de outra, e por aí em diante até ser o mundo de todos. Ornamentado e expandido com metal e papel e cola, engrenagens e objetos encontrados e barro. Mais casas foram construídas. Mais bonecas foram acrescentadas. Pilhas de livros organizadas por cor servem como paisagem. Pássaros de papel dobrado sobrevoam tudo. Balões de ar quente pairam no ar.

Há montanhas e vilarejos e cidades, castelos e dragões e salões de baile flutuantes. Fazendas com celeiros e ovelhas de algodão macias. Um relógio de parede funcional, feito a partir de um relógio de pulso reformado, marca a hora no topo de uma torre. Há um parque com lagos e patos. Uma praia com um farol.

O mundo se espraia pela sala. Há caminhos que os visitantes podem percorrer e que dão acesso aos cantos. Há o contorno do que já foi uma mesa sob os prédios. Há estantes nas paredes que agora são países distantes do outro lado de um oceano com ondas de papel azul cuidadosamente curvadas.

Começou como uma casa de bonecas. Com o tempo, tornou-se mais.

Uma cidade de bonecas. Um mundo de bonecas. Um universo de bonecas.

Em constante expansão.

Quase todo mundo que encontra a sala se sente compelido a acrescentar algo a ela. A dar novo propósito aos conteúdos de seus bolsos como paredes ou árvores ou templos. Um dedal se torna uma lixeira. Fósforos usados criam uma cerca. Botões soltos se transformam em rodas ou maçãs ou estrelas.

As pessoas acrescentam casas feitas de livros estragados ou tempestades conjuradas de glitter. Movem uma figura ou um ponto de referência. Escoltam as ovelhinhas de um pasto a outro. Reorientam as montanhas.

Alguns visitantes brincam na sala por horas, criando histórias e narrativas. Outros apenas olham ao redor, ajeitam uma árvore ou porta torta, e vão embora. Ou simplesmente movem os patos no lago e ficam satisfeitos.

Qualquer pessoa que entrar na sala a afeta, deixando uma impressão – mesmo que sem querer. Abrir a porta silenciosamente faz uma suave corrente de ar farfalhar os objetos no interior. Uma árvore pode tombar. Uma boneca pode perder o chapéu. Um prédio inteiro pode desmoronar.

Um passo acidental pode esmagar a loja de ferramentas. Uma manga pode ficar presa no topo de um castelo, fazendo princesas caírem no chão. É um lugar frágil.

Todo dano costuma ser temporário. Alguém virá para fazer reparos. Devolver uma princesa caída a suas ameias. Reconstruir a loja de ferramentas com galhos e papelão. Criar novas histórias sobre as antigas.

A casa original, no centro, muda de jeitos mais sutis. A mobília se move de um cômodo a outro. As paredes são pintadas ou cobertas com papel. As bonecas da mãe e do pai passam seu tempo separadas, em outras estruturas com as outras bonecas. A filha e o filho partem e voltam e partem de novo. O cachorro persegue carros e ovelhas e ousa latir para o dragão.

Ao redor delas, o mundo cresce cada vez mais.

Às vezes as bonecas levam um bom tempo para se adaptar.

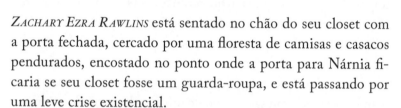

Zachary Ezra Rawlins está sentado no chão do seu closet com a porta fechada, cercado por uma floresta de camisas e casacos pendurados, encostado no ponto onde a porta para Nárnia ficaria se seu closet fosse um guarda-roupa, e está passando por uma leve crise existencial.

Ele leu *Doces dores* do início ao fim, então leu de novo e pensou que talvez não devesse ler uma terceira vez, mas leu porque não conseguia dormir.

Ainda não consegue dormir.

Agora são três da manhã e Zachary está no fundo do closet, uma versão do seu lugar de leitura favorito quando era criança. Um conforto ao qual ele não volta há anos, e que nunca recriou neste closet, que é mal-adaptado para sentar-se assim.

Ele lembra agora que se sentou no seu closet de infância depois de encontrar a porta. Era um closet melhor para sentar-se. Mais profundo, com travesseiros que ele levou para dentro a fim de torná-lo mais confortável. Aquele não tinha uma porta para Nárnia também – ele sabe porque verificou.

Só uma seção de *Doces dores* é sobre ele, embora faltem páginas – sob uma inspeção mais atenta, ele descobriu que há muitos espaços vazios na costura. O texto volta para o pirata e a garota, mas o resto é desconectado e parece incompleto. Grande parte envolve uma biblioteca subterrânea. Não, não uma biblioteca – uma fantasia livrocêntrica cujo convite Zachary perdeu a chance de aceitar porque não abriu uma porta pintada quando tinha onze anos.

Aparentemente, ele ficou procurando as passagens imaginárias erradas.

O livro cor de vinho está apoiado no pé da cama. Zachary se recusa a admitir que está se escondendo dele, no closet, onde o livro não pode vê-lo.

Ele não faz ideia, mesmo depois de ler o livro três vezes, de como deve proceder.

O resto do livro não parece tão tangível quanto aquelas poucas páginas do começo. Zachary sempre teve uma visão complicada da magia por causa da mãe, mas, mesmo que ele consiga compreender um pouco de herbalismo e divinação, as coisas no livro estão muito além de sua definição de realidade. Magia *de verdade*.

Mas, se aquelas poucas páginas sobre ele são reais, o resto poderia...

Zachary enfia a cabeça entre os joelhos e tenta controlar a respiração.

Não consegue parar de se perguntar quem escreveu aquilo. Quem o viu naquele beco com a porta e por que registrou a cena. Relendo as páginas de abertura, fica implícito que as primeiras histórias estão encaixadas dentro de outras histórias: o pirata contando a história sobre a acólita, a acólita vendo a história sobre o menino. Ele.

Mas, se ele está numa história dentro de uma história, quem a está contando? Alguém precisou compô-la e encaderná-la em forma de livro.

Alguém, em algum lugar, conhece essa história.

Então se pergunta se alguém, em algum lugar, sabe que ele está sentado no chão do seu closet.

Zachary engatinha de volta ao quarto, com as pernas doloridas. Está quase amanhecendo, a luz fora da janela num tom mais claro de escuro. Ele decide fazer uma caminhada. Deixa o livro na cama. Seus dedos começam a coçar imediatamente, querendo levá-lo consigo para que o leia de novo. Ele envolve o cachecol ao redor do pescoço. Ler um livro quatro vezes num dia é um comportamento muitíssimo normal. Ele abotoa o casaco de lã.

Ter uma resposta física à falta de um livro não é incomum. Ele enfia a touca de tricô por cima das orelhas. Todo mundo passa noites no chão do closet durante a pós-graduação. Ele calça as botas. Encontrar um incidente da própria infância em um livro misterioso sem autor é uma ocorrência cotidiana. Ele desliza as mãos para dentro das luvas. Acontece com todo mundo.

Ele põe o livro no bolso do casaco.

Zachary caminha penosamente pela neve recém-caída, sem um destino preciso. Passa pela biblioteca e continua em direção a um trecho do campus com colinas, próximo aos dormitórios dos alunos de graduação. Ele poderia ajustar a rota para passar por seu antigo dormitório, mas não faz isso – sempre acha estranho olhar para uma janela da qual costumava olhar para fora. Ele percorre dessa forma a neve gélida e intacta, esmagando a superfície imaculada sob as botas.

Zachary costuma gostar do inverno e da neve e do frio, mesmo quando não consegue sentir os dedos dos pés. Tem um senso de encantamento remanescente por ter lido sobre a neve em livros antes de experimentá-la pessoalmente. A primeira vez foi numa noite cheia de risadas, no campo ao redor da fazenda da mãe, fazendo bolas de neve com as mãos nuas e escorregando o tempo todo em sapatos que mais tarde descobriu não serem à prova d'água. Dentro das luvas revestidas de caxemira, suas mãos formigam só de pensar.

É sempre surpreendente como a neve é silenciosa, até derreter.

— Rawlins! — chama uma voz atrás dele. Zachary se vira. Uma figura encapotada com uma touca listrada acena uma mão embrulhada numa luva colorida, e ele observa as cores descombinadas se moverem sobre um campo branco enquanto ela sobe com dificuldade a colina coberta de neve, às vezes pulando nas pegadas que ele deixou. Quando a figura está a poucos metros, ele reconhece Kat, uma das poucas graduandas do seu departamento que passou de colega a quase-amiga, principalmente porque ela tem a missão de conhecer todo mundo e ele recebeu o selo de aprovação de Kat. Ela publica um blog de culinária com temática de videogames e está sempre testando seus experimentos, muitas vezes deliciosos, com o restante do departamento. Pães doces inspirados em *Skyrim* e clássicos bolinhos com recheio de creme baseados em *Bioshock* e trufas de marasquino que são uma ode às cerejas de *Pac-Man*. Zachary desconfia que ela não dorme, pois tem uma tendência a aparecer do nada para sugerir coquetéis ou saídas para dançar ou alguma outra desculpa para tirá-lo do quarto, e, embora Zachary nunca tenha articulado sua gratidão por ter alguém como Kat no seu estilo de vida introvertido, tem quase certeza de que ela já sabe.

— Oi, Kat — ele diz quando ela o alcança, esperando não parecer tão desnorteado quanto se sente. — O que te traz aqui tão cedo?

Kat suspira e revira os olhos. O suspiro se afasta como uma nuvem no ar frígido.

— A madrugada é o único horário de laboratório que consigo para projetos ainda não oficiais. E você? — Kat ajeita a mochila no ombro e quase perde o equilíbrio; Zachary estende a mão para ajudá-la, mas ela se endireita sozinha.

— Não conseguia dormir — ele responde, o que não deixa de ser verdade. — Ainda está trabalhando naquele projeto aromático?

— Sim! — As bochechas de Kat revelam o sorriso oculto pelo cachecol. — Acho que é a chave para uma experiência imersiva; a realidade virtual não é tão real se não tem cheiro. Ainda não sei como vou fazer funcionar para uso doméstico, mas os testes em laboratório estão indo bem. Devo precisar de betas para testar na primavera, se você quiser.

— Se a primavera chegar, eu topo. — Os projetos de Kat são lendários no departamento, instalações interativas complexas e sempre memoráveis, mesmo que ela não os considere bem-sucedidos. Eles fazem a pesquisa de Zachary parecer excessivamente teórica e sedentária em comparação, já que boa parte de seu trabalho envolve analisar o trabalho feito por outras pessoas.

— Excelente! — diz Kat. — Vou te colocar na minha lista. E estou feliz de topar com você. Está ocupado hoje à noite?

— Não muito — responde Zachary, que não pensou sobre o fato de que o dia continuaria e que o campus seguiria com suas rotinas e que ele é o único que teve seu universo tirado dos eixos.

— Pode me ajudar com meu curso do Período J? — ela pergunta. — Das sete até umas oito e meia?

— Sua aula de tricô de Harry Potter? Não tricoto muito bem.

— Não, essa é de terça! Esta é uma discussão estilo salão literário sobre Inovação na Narrativa, e o tema dessa semana é jogos. Estou tentando convidar um comoderador para cada aula, e Noriko deveria vir nessa, mas me largou para ir esquiar. Vai ser supertranquilo, não precisa preparar uma apresentação nem nada, só vamos papear sobre jogos em um contexto relaxado, mas intelectual. Sei que é a sua praia, Rawlins. Por favor?

O impulso de dizer não, que Zachary sente para praticamente qualquer coisa que envolva conversar com pessoas, emerge de maneira automática, mas enquanto Kat balança nos calcanhares para se manter aquecida e ele considera a proposta, aquele parece um bom jeito de se distrair do livro por um tempo. É isso o que Kat faz, afinal. É bom ter uma Kat.

— Certo, por que não? — ele aceita. Kat dá um gritinho, que ecoa sobre o gramado coberto de neve, fazendo um par de corvos irritados abandonarem uma árvore próxima.

— Você é incrível — diz Kat. — Vou tricotar pra você um cachecol da Corvinal como agradecimento.

— Como você sabe que...

— Faça o favor, é óbvio que você é Corvinal. Vejo você hoje à noite; a gente se encontra na sala de descanso do Scott Hall, aquela nos fundos à direita. Envio os detalhes por mensagem quando minhas mãos descongelarem. Você é demais. Eu te daria um abraço, mas acho que eu cairia.

— Agradeço o sentimento — garante Zachary. Então fica pensando, ali na neve, se Kat já ouviu falar em algo chamado Mar Sem Estrelas, porque se alguém teria ouvido falar de uma localidade possivelmente de contos de fadas, possivelmente mítica, seria Kat. Mas falar aquilo em voz alta tornaria tudo real demais, então ele apenas observa enquanto ela segue com dificuldade em direção ao prédio de ciências onde fica o Centro de Mídias Emergentes, embora perceba que ela poderia muito bem estar se dirigindo aos laboratórios de Química também.

Ele fica parado sozinho na neve, observando o campus que aos poucos acorda.

Ontem o lugar parecia o mesmo de sempre, não exatamente um lar. Hoje ele se sente um impostor. Respira fundo e deixa o ar com aroma de pinheiros encher os pulmões.

Dois pontos pretos mancham o céu azul-claro sem nuvens – os corvos que alçaram voo momentos atrás estão desaparecendo a distância.

Zachary Ezra Rawlins começa a longa caminhada de volta ao quarto.

Depois de chutar as botas e remover as camadas invernais, Zachary pega o livro. Ele o vira nas mãos, então o deixa na escrivaninha. Não parece ser nada de especial, nem conter um mundo inteiro, embora se possa dizer o mesmo de qualquer livro.

Zachary fecha as cortinas e está meio adormecido antes mesmo que elas se assentem sobre a janela, bloqueando a paisagem de neve iluminada pelo sol e a figura que o observa do outro lado da rua na sombra de um abeto frondoso.

Ele acorda horas depois quando seu celular solta um alerta de mensagem, o aparelho chacoalhando tanto com a vibração que cai da escrivaninha, pousando suavemente em uma meia descartada.

19h scott hall primeiro andar sala de descanso – da entrada passe pelas escadas & vire à direita no corredor, fica atrás das portas francesas & parece a versão apocalíptica de uma sala onde senhorinhas chiques tomam chá. eu chego antes. você é o melhor. <3 k.

O relógio do celular informa que já são 17h50, e o Scott Hall fica do outro lado do campus. Zachary boceja e se arrasta para fora da cama, atravessando o corredor para tomar um banho.

Em pé no vapor, pensa que o livro foi um sonho, mas o alívio que esse pensamento traz se dissipa devagar quando ele se lembra da verdade.

Esfrega a pele até ficar vermelha, usando a mistura caseira de óleo de amêndoas com açúcar com que sua mãe o presenteia todo inverno, o lote desse ano aromatizado com vetiver para promover calma emocional. Talvez ele possa esfregar até sair aquele garoto no beco. Talvez o verdadeiro Zachary esteja em algum lugar por baixo.

A cada sete anos, ele lembra, cada célula no corpo muda. Ele não é mais aquele garoto. Está a dois graus de separação daquele garoto.

Passa tanto tempo no banho que precisa se aprontar correndo, agarrando uma barrinha de proteína quando percebe que não comeu o dia todo. Joga um caderno na bolsa transversal e sua mão paira sobre *Doces dores* antes que ele pegue *Estranha presença*.

Já atravessou a porta quando dá meia-volta e enfia *Doces dores* na bolsa também.

Enquanto caminha em direção ao Scott Hall, seu cabelo úmido congela em cachos que se amassam contra o pescoço. A neve está entrecortada com tantos rastros de botas que não há praticamente nenhum trecho intocado no campus. Zachary passa por um boneco de neve que usa um cachecol vermelho de verdade. Uma linha de bustos de antigos presidentes da faculdade está quase toda oculta pela neve, só olhos e orelhas de mármore espiando por trás dos flocos.

As orientações de Kat se provam úteis quando ele chega ao Scott Hall, uma das poucas residências onde nunca pisou antes. Passa pelas escadas e por uma sala de estudos pequena e vazia, encontra o corredor e o segue por algum tempo até alcançar o par de portas francesas entreabertas.

Ele não tem certeza se achou a sala certa. Uma garota está sentada tricotando em uma poltrona enquanto alguns outros alunos rearranjam parte da mobília adequada para um chá pós-apocalíptico – cadeiras de veludo e sofás rasgados e desgastados pelo tempo, alguns consertados com fita adesiva.

— Eba, você encontrou! — A voz de Kat soa atrás dele e Zachary se vira, encontrando-a com uma bandeja com um bule e várias xícaras de chá empilhadas. Ela parece menor sem o casaco e a touca listrada, seu cabelo raspado apenas uma sombra felpuda cobrindo a cabeça.

— Não sabia que você estava falando sério sobre o chá — diz Zachary, ajudando-a a apoiar a bandeja em uma mesa de café no meio da sala.

— Eu não brinco sobre chá. Tenho Earl Grey e hortelã e alguma coisa que aumenta a imunidade com gengibre. E fiz biscoitos.

Quando o chá e as múltiplas bandejas de biscoitos estão dispostos, a turma já entrou: cerca de uma dúzia de alunos, embora pareçam mais, com todos os casacos e cachecóis jogados nas costas de cadeiras e sofás. Zachary se acomoda em uma antiga poltrona ao lado da janela, para onde Kat o manda com uma xícara de Earl Grey e um biscoito de chocolate gigante.

— Olá a todos — ela diz, distraindo o grupo da fornada de biscoitos e de suas conversas. — Obrigada por virem. Acho que temos alguns novatos que não vieram na semana passada, então que tal nos apresentarmos rapidamente, começando com nosso moderador convidado? — Ela vira e olha para ele com expectativa.

— Ok... hã... eu sou o Zachary — ele consegue dizer entre mordidas, antes de engolir o resto do biscoito. — Estou no segundo ano da pós em Mídias Emergentes e estudo design de videogames com foco em psicologia e questões de gênero.

E ontem encontrei um livro na biblioteca no qual alguém escreveu sobre minha infância; isso sim é contação de histórias inovadora, hein?, ele pensa, mas não diz em voz alta.

As apresentações continuam e Zachary retém detalhes identificadores e áreas de interesse melhor do que nomes. Vários estudam Teatro, incluindo uma garota com *dreadlocks* multicoloridos impressionantes e um garoto loiro com os pés apoiados num estojo de violão. A garota com óculos estilo gatinho que parece vagamente familiar é aluna de Letras, assim como aquela que continua tricotando quase sem olhar para o que está fazendo.

O resto são alunos de graduação de Mídias Emergentes e alguns ele reconhece (o cara de moletom azul, a garota com tatuagens de vinhas espiando debaixo das mangas no suéter, o cara de rabo de cavalo), mas ninguém que conheça tão bem quanto Kat.

— E eu sou Kat Hawkins, estudo Mídias Emergentes e Teatro, e passo a maior parte do meu tempo tentando transformar jogos em peças e peças em jogos. E assando biscoitos. Hoje vamos discutir videogames especificamente. Sei que temos muitos gamers aqui, mas se não forem, perguntem se precisarem de esclarecimentos sobre terminologia ou algo assim.

— Como estamos definindo "gamer"? — pergunta o cara de moletom azul com uma nota de petulância na voz que faz a expressão empolgada de Kat se fechar de maneira imperceptível.

— Eu sigo a definição de Gertrude Stein: um gamer é um gamer é um gamer — interrompe Zachary, ajustando os óculos e se odiando pela pretensão, mas odiando um pouco mais o cara que precisa definir tudo.

— Quanto à definição de "game" nesse contexto — Kat continua —, vamos nos ater aos jogos narrativos, de *role-playing*, também conhecidos como RPGs etc. Tudo que está relacionado a histórias.

Kat incentiva Zachary a compartilhar alguns de seus conceitos básicos sobre narrativa de jogo, agência de personagens, escolhas e consequências, coisas que ele definiu em tantos artigos e projetos que é agradável explicá-las a um grupo que não ouviu aquilo mil vezes antes.

Kat o interrompe de vez em quando e não demora muito para a discussão deslanchar organicamente, perguntas se tornando debates e argumentos sendo rebatidos entre goles de chá e migalhas de biscoito.

A conversa dá uma guinada para o teatro imersivo, que foi o assunto da semana anterior, então volta para videogames, passando da natureza colaborativa de jogos *multiplayer* de volta para narrativas *single-player* e realidade virtual com uma breve parada em jogos de tabuleiro.

Enfim, a questão de por que as pessoas jogam games narrativos e o que os torna envolventes passa a ser examinada e desmantelada.

— Mas não é isso que todo mundo quer? — questiona a garota de óculos gatinho. — Ser capaz de fazer as próprias escolhas e decisões, mas de modo que seja parte de uma história? Você quer poder confiar na narrativa, mesmo que mantendo o livre-arbítrio.

— Você quer decidir aonde ir e o que fazer e qual porta abrir, mas ainda quer vencer o jogo — acrescenta o cara de rabo de cavalo.

— Mesmo que vencer o jogo signifique acabar a história.

— Especialmente se um jogo permite múltiplos finais — aponta Zachary, tocando no assunto de um artigo que escreveu dois anos atrás. — É uma vontade de coescrever a história em vez de a ditar sozinho, para que seja colaborativa.

— Funciona nos games melhor que em qualquer coisa — reflete um dos caras de Mídias Emergentes. — E talvez no teatro vanguardista — ele acrescenta quando um dos alunos de Teatro começa a objetar.

— Romances digitais "escolha sua própria aventura"? — sugere a tricoteira de Letras.

— Não, comprometa-se a ser um game de fato se vai passar por todas as opções de árvore de decisão, todos os "e se" — defende a garota com as tatuagens, falando com as mãos para que as vinhas ajudem a enfatizar seus argumentos. — Histórias de texto, propriamente ditas, são narrativas preexistentes nas quais você cai; games se desdobram à medida que você avança. Se posso escolher o que vai acontecer em uma história, quero ser um mago. Ou pelo menos ter uma arma da hora.

— Estamos saindo do assunto — observa Kat. — Mais ou menos. O que torna uma história envolvente? Qualquer história. Em termos básicos.

— Mudança.

— Mistério.

— Riscos altos.

— Desenvolvimento de personagem.

— Romance — sugere o cara de moletom azul. — Que foi? É verdade — ele acrescenta quando várias sobrancelhas erguidas se viram em sua direção. — Tensão sexual, melhorou? Também é verdade.

— Obstáculos a ser superados.

— Surpresas.

— Significado.

— Mas quem decide o que é significado? — indaga Zachary.

— O leitor. O jogador. O público. É isso que você traz ao produto. Mesmo se não fizer as escolhas ao longo do caminho, decide o que aquilo significa para você. — A garota tricoteira pausa para arrumar um ponto perdido, então continua. — Um jogo ou livro que significa algo pra mim pode ser entediante pra você ou vice-versa. Histórias são pessoais: você se identifica com elas ou não.

— Como eu disse, todo mundo quer ser parte de uma história.

— Todo mundo *é* parte de uma história, o que as pessoas querem é ser parte de algo digno de ser contado. É aquele medo da mortalidade, aquela mentalidade de "Eu estava aqui e eu importava".

Os pensamentos de Zachary começam a divagar. Ele se sente velho, sem saber se era entusiasmado desse jeito quando estava na graduação e se perguntando se parecia tão jovem aos alunos da pós quanto esse grupo parece agora para ele. Pensa no livro em sua bolsa, revira ideias sobre o que significa estar em uma história, questiona por que passou tanto do seu tempo propelindo narrativas e tenta descobrir como fazer o mesmo com essa.

— Não é mais fácil ter palavras em uma página e deixar tudo a cargo da imaginação? — pergunta outra aluna de Letras, uma garota usando um suéter vermelho felpudo.

— As palavras na página nunca são fáceis — diz a garota dos óculos gatinho, e várias pessoas assentem.

— Mais simples, então. — A garota do suéter vermelho ergue uma caneta. — Eu posso criar um mundo inteiro com isso; pode não ser inovador, mas é efetivo.

— Até acabar a tinta — retruca alguém.

Outro comenta que já são nove horas e mais de uma pessoa se ergue num salto, pede desculpas e sai correndo. O resto continua conversando em grupos quebrados e pares e alguns dos alunos de Mídias Emergentes rodeiam Zachary, pedindo recomendações de disciplinas e professores enquanto eles mais ou menos colocam a sala em ordem.

— Isso foi ótimo, obrigada — diz Kat quando consegue a atenção dele de novo. — Eu te devo uma e vou começar seu cachecol neste fim de semana. Prometo que vai ficar pronto enquanto ainda estiver frio o bastante para usar.

— Não precisa, mas obrigado. Eu me diverti.

— Eu também. Ah, e a Elena está esperando no corredor. Ela queria falar com você antes que saísse, mas não quis interromper enquanto você falava com o pessoal.

— Ah, ok — diz Zachary, tentando lembrar quem é Elena.

Kat o abraça de novo e sussurra em seu ouvido:

— Ela não está tentando xavecar você, eu avisei que sua orientação sexual é indisponível.

— Obrigado, Kat — ele responde, tentando não revirar os olhos e sabendo que é provável que ela tenha falado assim mesmo, em vez de apenas dizer que ele é gay, porque Kat odeia rótulos.

Ele descobre que Elena é a garota de óculos gatinho. Está encostada na parede lendo um romance de Raymond Chandler que Zachary identifica como *O longo adeus*, e agora ele percebe por que ela parecia tão familiar. Provavelmente a teria reconhecido se seu cabelo estivesse preso num coque.

— Oi — diz Zachary. Ela ergue os olhos do livro com uma expressão perdida que ele está acostumado a ter no próprio rosto: a desorientação de ser puxado para fora de um mundo e de volta para outro.

— Oi — diz Elena, emergindo da névoa da ficção e enfiando Chandler na mochila. — Não sei se você se lembra de mim da biblioteca, ontem. Você pegou aquele livro estranho que não passava no escâner.

— Eu lembro — diz Zachary. — Ainda não li — ele acrescenta, sem saber por que a mentira é necessária.

— Bom, depois que você foi embora eu fiquei curiosa — Elena continua. — A biblioteca anda muito quieta e estou meio obcecada com histórias de mistério, então decidi investigar.

— Sério? — pergunta Zachary, subitamente interessado embora antes estivesse tomado por uma apreensão nervosa. — Descobriu algo?

— Não muito; o sistema é tão dependente dos códigos de barra que, se o computador não reconhece um livro, é difícil desenterrar um arquivo, mas lembrei que o exemplar parecia meio velho então desci até os arquivos de papel, da época em que tudo era guardado naqueles catálogos de madeira sensacionais, pra ver se estava lá, e não estava, mas consegui decifrar como foi codificado: há alguns dígitos no código de barras que indicam a data em que um livro foi acrescentado ao sistema, então estabeleci uma referência cruzada.

— Um impressionante trabalho de bibliotecária detetive.

— Rá, obrigada. Infelizmente, a única coisa que apareceu foi que era parte de uma coleção privada. Um cara morreu e uma fundação distribuiu a biblioteca dele para um monte de escolas. Atualizei os arquivos e escrevi o nome, então, se quiser encontrar algum dos outros livros, alguém deve conseguir imprimir uma lista. Eu trabalho quase todas as manhãs até começarem as aulas, se estiver interessado. — Elena remexe em sua mochila e puxa uma folha dobrada de papel pautado. — Alguns deles deveriam estar na sala de livros raros, e não em circulação, mas tudo bem. Criei uma entrada no catálogo, então o escâner deve funcionar sem problemas quando você devolver o livro.

— Obrigado — agradece Zachary, aceitando o papel. *Item adquirido*, uma voz na cabeça dele anuncia. — Eu gostaria, sim. Dou uma passada lá em breve.

— Legal — diz Elena. — E obrigada por vir hoje, a discussão foi ótima. Vejo você por aí.

Ela some antes que ele possa se despedir.

Zachary desdobra o papel. Há duas linhas de texto, em uma letra surpreendentemente caprichada.

Da coleção privada de J. S. Keating, doada em 1993.
Um presente da Fundação Keating.

DOCES DORES
Há três caminhos. Este é um deles.

O papel é frágil, mesmo quando encadernado com barbante em tecido ou couro. A maioria das histórias no Porto do Mar Sem Estrelas foi capturada em papel. Em livros ou pergaminhos ou dobradas em pássaros de origami e suspensas nos tetos.

Há histórias ainda mais frágeis: para cada conto entalhado na rocha, há outros inscritos em folhas de outono ou trançados em teias de aranha.

Há histórias embaladas em seda, de modo que suas páginas não virem pó, e histórias que já sucumbiram, fragmentos coletados e mantidos em urnas.

Elas são coisas frágeis. Menos robustas que suas primas contadas em voz alta e aprendidas de cor.

E há sempre aqueles que gostariam de ver Alexandria queimar.

Sempre houve. Sempre haverá.

Então sempre há guardiões.

Muitos deram a vida em serviço. Muitos outros tiveram a vida tomada antes que pudessem perdê-la de outra forma.

É raro um guardião não permanecer para sempre um guardião.

Ser um guardião é ser confiável. Para ser confiável, todos devem ser testados.

O processo de teste é longo e árduo.

Ninguém se voluntaria para ser um guardião. Os guardiões são escolhidos.

Os guardiões em potencial são identificados e observados. Escrutinados. Cada movimento, cada escolha e cada ação que fazem é anotada por juízes invisíveis. Os juízes não fazem nada exceto observar por meses, às vezes anos, antes de realizar seus primeiros testes.

O guardião em potencial não tem ciência de que está sendo testado. É fundamental aplicar os testes sem seu conhecimento para resultar em respostas não contaminadas. Muitos testes nunca serão reconhecidos como tal, mesmo em retrospecto.

Candidatos a guardião que são dispensados nesses estágios primários nem sequer saberão que foram considerados. Eles seguirão em frente com a vida e encontrarão outros caminhos.

Muitos candidatos são dispensados antes do sexto teste.

Muitos não passam do décimo segundo.

Os ritmos do primeiro teste são sempre os mesmos e ocorrem dentro ou fora de um Porto.

Em uma grande biblioteca pública, um menino explora os livros, matando tempo antes de se encontrar com a irmã. Ele se ergue na ponta dos pés para alcançar os volumes acima de sua cabeça. Abandonou a seção infantil há muito tempo, mas ainda não é alto o bastante para alcançar todas as outras prateleiras.

Uma mulher com olhos escuros e um cachecol verde – não uma bibliotecária, pelo que ele vê – lhe entrega o livro que ele estava tentando alcançar, e o menino agradece com um aceno tímido. Ela pergunta se ele pode lhe fazer um favor em troca e, quando o garoto concorda, pede que fique de olho em um livro para ela, apontando um fino volume encadernado em couro marrom em uma mesa próxima.

O menino concorda e a mulher se afasta. Minutos se passam. O menino continua explorando as estantes, sempre de olho no pequeno livro marrom.

Mais vários minutos se passam. O menino considera procurar a mulher. Confere o horário no relógio. Logo terá que sair também.

Então outra mulher passa por ele sem notar sua presença e toma o livro.

A mulher tem olhos escuros e usa um cachecol verde. Parece bastante com a primeira, mas não é a mesma pessoa. Quando ela se vira para sair com o livro, o garoto sente uma leve pontada de pânico e confusão.

Ele pede que ela pare. A mulher se vira com uma pergunta no rosto.

O garoto balbucia que o livro pertence a outra pessoa.

A nova mulher sorri e aponta o fato de que eles estão em uma biblioteca e os livros pertencem a todos.

O menino quase a deixa partir. Agora, nem tem mais certeza de que ela é uma mulher diferente, já que é quase idêntica à primeira. Ele vai se atrasar se ficar muito mais tempo ali. Seria bem mais fácil deixá-la levar o livro.

Mas o menino protesta de novo. Explica, usando palavras demais, que alguém pediu a ele para vigiar o livro.

Por fim, a mulher cede e entrega o exemplar ao menino aflito.

Ele aperta contra o peito o objeto duramente conquistado.

Não sabe que foi testado, mas está orgulhoso mesmo assim.

Dois minutos depois, a primeira mulher retorna. Dessa vez, ele a reconhece. Seus olhos são mais claros, a estampa no cachecol verde é distinta e há argolas douradas penduradas na orelha direita dela, mas não na esquerda.

Quando ele lhe entrega o fino volume marrom, a mulher o agradece pela ajuda. Então enfia a mão na bolsa, tira um doce embrulhado e encosta um dedo nos lábios. O menino esconde o doce no bolso, entendendo que tais coisas não são permitidas na biblioteca.

A mulher o agradece de novo e vai embora com o livro.

O garoto não vai ser abordado diretamente pelos próximos sete anos.

Muitos dos testes iniciais são parecidos, atentando para o cuidado, o respeito e a atenção a detalhes. Observando como os sujeitos reagem a estresses diários ou emergências extraordinárias. Medindo como respondem a decepções ou a um gato perdido. A alguns se pede que queimem ou destruam um livro. (Destruir o livro, não importa quão desagradável ou ofensivo ou mal escrito, é falhar no teste.)

Um único fracasso resulta em dispensa.

Depois do décimo segundo teste, os guardiões em potencial serão informados de que estão sendo avaliados. Aqueles que não nasceram abaixo são levados ao Porto e designados a quartos que nenhum residente jamais vê. Eles estudam e voltam a ser testados de modos diferentes. Testes de força psicológica e força de vontade. Testes de improviso e de imaginação.

Esse processo ocorre ao longo de três anos. Muitos são dispensados. Outros desistem ao longo do caminho. Alguns, mas não todos, descobrirão que perseverança é mais importante que empenho nessa etapa.

Se atingirem a marca dos três anos, recebem um ovo.

São liberados do treinamento e dos estudos.

Agora só precisam voltar com o mesmo ovo, intacto, seis meses depois.

O estágio do ovo é a ruína de muitos guardiões em potencial.

Daqueles que partem com os ovos, talvez metade retorna.

O guardião em potencial e seu ovo intacto são levados até um guardião mais velho. O guardião mais velho pede o ovo, e o guardião em potencial o segura na palma.

O guardião mais velho estende a mão, mas, em vez de tomar a oferenda, fecha os dedos do guardião em potencial ao redor do ovo.

O guardião mais velho então aperta, forçando o guardião em potencial a quebrar o ovo.

Tudo que resta nas mãos do guardião em potencial é uma casca rachada e pó. Um pozinho dourado que nunca vai sair completamente da sua palma, cintilando até décadas mais tarde.

O guardião mais velho não fala nada sobre fragilidade ou responsabilidade. As palavras não precisam ser ditas. Tudo é compreendido.

O guardião mais velho assente em aprovação, e o guardião em potencial chegou ao final do treinamento e ao começo de sua iniciação.

Um guardião em potencial, uma vez que passou pelo teste do ovo, uma vez que chegou a hora de se tornar um guardião ou ser recusado, é levado em um tour.

Começa nas salas familiares do Porto, no relógio no Coração com seu pêndulo oscilante, e segue para fora através dos corredores principais, das alas de residentes e salas de leitura, descendo até a adega e o salão de baile com sua lareira imponente, mais alta que até o mais alto dos guardiões.

Eles veem salas nunca vistas por ninguém, exceto pelos guardiões. Salas ocultas e salas trancadas e salas esquecidas. Descem mais fundo que qualquer residente, qualquer acólito. Acendem as próprias velas. Veem o que ninguém mais vê. Veem o que veio antes.

Eles não podem fazer perguntas. Podem apenas observar.

Caminham nas praias do Mar Sem Estrelas.

Ao final do tour, o guardião em potencial é levado a uma pequena sala com um fogo aceso e uma única cadeira. Senta-se e ouve uma única pergunta.

Você daria sua vida por isso?

E eles respondem sim ou não.

Aqueles que respondem "sim" permanecem na cadeira.

São vendados e suas mãos são amarradas atrás das costas. Suas túnicas ou camisas são afastados para expor o peito.

Um artista invisível com uma agulha e um pote de tinta perfura sua pele, repetidamente.

Uma espada, com talvez 10 centímetros de comprimento, é tatuada em cada guardião.

Cada espada é única. É desenhada para aquele guardião e para nenhum outro. Algumas são simples, outras intricadas e ornamentadas, retratadas com detalhes complexos em preto ou sépia ou dourado.

Se um guardião em potencial responder "não", a espada que lhe foi desenhada será catalogada e jamais inscrita em pele.

Poucos dizem não, nesse ponto, depois do que viram. Muito poucos.

Aqueles que dizem "não" também são vendados e suas mãos amarradas atrás das costas.

Uma agulha fina e longa é inserida depressa e perfura o coração.

É uma morte relativamente indolor.

Aqui, nesta sala, é tarde demais para escolher outro caminho, depois do que eles viram. Podem escolher não ser guardiões, mas aqui esta é a única alternativa.

Guardiões não são identificáveis. Não usam túnicas nem uniformes. Suas missões são alternadas. A maioria fica dentro do Porto, mas vários vagam pela superfície, passando despercebidos. Um resquício de pó dourado na palma da mão não significa nada àqueles que não entendem seu significado. A tatuagem de espada é fácil de ocultar.

Eles podem não parecer estar servindo a algo, mas estão.

Eles sabem a que servem.

O que protegem.

Entendem o que são, e isso é tudo que importa.

Eles entendem que ser um guardião é estar preparado para morrer – sempre.

Ser um guardião é usar a morte no peito.

ZACHARY EZRA RAWLINS está em pé no corredor encarando um pedaço de folha de caderno quando Kat sai da sala, embrulhada outra vez em suas camadas invernais.

— Ei, você ainda está aqui! — ela comenta.

Zachary dobra o pedaço de papel e o guarda no bolso.

— Alguém já disse que você tem capacidades observacionais brilhantes? — ele pergunta. Kat dá um soco em seu braço. — Eu mereci.

— Lexi e eu vamos beber algo no Grifo, se você quiser vir com a gente — ela oferece, gesticulando sobre o ombro para a aluna de Teatro com os *dreadlocks*, que está vestindo o casaco.

— Pode ser — diz Zachary, já que as horas de funcionamento da biblioteca o impedem de investigar a pista e o Grifo Sorridente serve um excelente *sidecar*.

Os três saem do campus na neve e vão até a faixa curta de bares e restaurantes, no centro da cidade, que brilham contra o céu noturno, as árvores que ladeiam a calçada usando casacos de gelo ao redor dos galhos.

Eles continuam parte da conversa de antes, o que faz Kat e Lexi recapitularem a discussão da aula anterior para Zachary. Elas estão descrevendo apresentações pensadas para lugares específicos quando os três chegam ao bar.

— Sei lá, não sou muito fã de participação do público — ele comenta quando se acomodam numa mesa de canto. Esqueceu o quanto gosta desse bar, com sua madeira escura e lâmpadas

Edison nuas iluminando o espaço a partir de suportes antigos todos diferentes.

— Eu *odeio* participação do público — garante Lexi. — Isso tem mais a ver com coisas autodirigidas. Você vai aonde quer ir e decide o que assistir.

— Mas como se garante que todos os espectadores vejam a narrativa toda?

— Não dá pra garantir, mas, se for fornecido o bastante, com sorte eles montam o quebra-cabeça sozinhos.

Eles pedem coquetéis e metade da seção de aperitivos do cardápio, e Lexi descreve para Zachary o projeto da sua tese: um trabalho que envolve, entre outras coisas, decifrar e seguir pistas até diferentes locais para encontrar fragmentos da apresentação.

— Acredita que ela não é gamer? — pergunta Kat.

— Isso sim é surpreendente — ele diz. Lexi ri.

— Nunca me interessei — ela explica. — Além disso, vocês têm de admitir que é meio intimidante pra quem é de fora.

— Justo — diz Zachary. — Mas as coisas que você faz não parecem muito diferentes.

— Ela precisa de games de entrada — diz Kat, e entre goles de coquetel e tâmaras embrulhadas em bacon e bolinhas fritas de queijo de cabra mergulhadas em mel de lavanda, eles montam uma lista de games de que Lexi pode gostar, embora ela fique incrédula quando apontam que alguns deles podem levar até cem horas para ser concluídos.

— Isso é insano — ela diz, bebericando seu whiskey sour. — Vocês não dormem?

— Dormir é para os fracos — responde Kat, escrevendo mais títulos de games em um guardanapo.

Atrás deles, uma bandeja de bebidas é derrubada, e os três se encolhem em uníssono.

— Espero que não seja nossa próxima rodada — diz Lexi, olhando por cima do ombro de Zachary para a bandeja caída e a garçonete envergonhada.

— Em um jogo é possível viver — aponta Zachary quando eles voltam à conversa, um tópico que ele já havia discutido com Kat antes. — Por muito mais tempo que num livro ou filme ou peça. Sabe como existe o tempo da vida real versus o tempo da história, como uma história descarta as partes chatas e condensa tanto? Um RPG longo tem substância, permite que se tenha tempo de vagar no deserto ou entabular uma conversa ou se divertir num pub. Pode não ser a coisa mais parecida com a vida real, mas em termos de ritmo é mais próximo que um filme ou série ou romance. — Esse pensamento, combinado com eventos recentes e o álcool, deixa-o um pouco atordoado, e ele pede licença para ir ao banheiro.

Lá, no entanto, o papel de parede com estampa vitoriana que se repete ao infinito no espelho não ajuda em nada com a tontura. Zachary tira os óculos, deixa-os ao lado da pia e joga água fria no rosto.

Encara seu reflexo embaçado e úmido.

O jazz tradicional tocando em um volume confortável do lado de fora é amplificado no espaço pequeno, e Zachary se sente desconfortável, como se estivesse caindo através do tempo.

O homem embaçado no espelho o encara de volta, parecendo tão confuso quanto ele se sente.

Zachary seca o rosto com o papel-toalha e se controla o melhor possível. Quando põe os óculos e volta para a mesa, os detalhes parecem nítidos demais – o bronze da maçaneta, as garrafas iluminadas no bar.

— Um cara estava totalmente secando você — Kat o informa quando ele se senta. — Ali no… ah, espera, ele foi embora. — Ela vasculha o resto do bar e franze o cenho. — Ele estava ali um segundo atrás, sozinho no canto.

— É fofo da sua parte inventar admiradores fantasma para mim — diz Zachary, tomando um gole do segundo *sidecar* que chegou durante sua ausência.

— Ele estava lá! — protesta Kat. — Não o inventei, inventei, Lexi?

— Tinha um cara no canto — confirma Lexi. — Mas não faço ideia se estava secando você ou não. Achei que ele estivesse lendo.

— Tinha um rosto triste — continua Kat, virando sua careta para a sala outra vez, mas então muda de assunto e, por fim, Zachary consegue se perder na conversa enquanto a neve continua caindo lá fora.

Eles voltam ao campus aos escorregões, separando-se sob o brilho de um poste quando Zachary vira uma esquina para a rua que leva aos dormitórios da pós. Ele sorri enquanto escuta a conversa delas sumindo a distância. Flocos de neve se grudam em seu cabelo e óculos e ele sente que está sendo observado e olha por cima do ombro em direção ao poste, mas só há neve e árvores e uma névoa avermelhada no céu.

No quarto outra vez, Zachary volta a *Doces dores* em sua névoa de álcool e começa a ler de novo desde o começo, mas o sono se aproxima de fininho e o domina após duas páginas, fazendo o livro cair fechado em seu peito.

De manhã, é a primeira coisa que ele vê e, sem pensar muito a respeito, coloca o livro na bolsa, veste o casaco, calça as botas e se dirige à biblioteca.

— A Elena veio hoje? — pergunta ao cavalheiro no balcão de circulação.

— Ela está no balcão de reservas, virando o canto à esquerda.

Zachary agradece e atravessa o átrio, e vira o canto até um balcão com um computador diante do qual Elena está sentada, com o cabelo preso em seu coque e o nariz enfiado em um romance diferente de Raymond Chandler dessa vez: *Playback*.

— Como posso ajudar? — ela pergunta sem erguer os olhos, emendando quando faz isso: — Ah, oi! Não esperava ver você tão cedo.

— Fiquei curioso sobre o mistério da biblioteca — diz Zachary, o que não é mentira. — Como é esse? — ele pergunta, apontando para o Chandler. — Não li ainda.

— Bom até agora, mas não gosto de me comprometer com uma opinião até o final de um livro porque nunca se sabe o que pode acontecer. Estou lendo todos os romances dele em ordem de publicação, *O sono eterno* é meu favorito. Você queria aquela lista?

— Seria ótimo — diz Zachary, satisfeito por conseguir soar casual, de maneira razoável.

Elena digita algo no computador, espera e digita outra coisa.

— Parece que todos os outros têm o nome do autor, então nada de mistérios, mas há ficção e não ficção. Eu ajudaria você a encontrar, mas fico no balcão até as onze. — Ela clica de novo e a impressora antiga ao seu lado acorda com um zumbido. — Pelo que estou vendo, havia mais livros na doação original, mas é possível que estivessem frágeis demais para circulação ou danificados. Esses doze são os que sobraram. Talvez o que você pegou seja o segundo volume de algo? — Ela entrega a Zachary a lista impressa dos títulos e autores e números de identificação.

A hipótese é boa e Zachary não a considerou antes. Faria sentido. Ele lê os títulos, mas nada salta aos olhos como particularmente significativo ou intrigante.

— Você é uma excelente bibliotecária detetive — ele diz. — Obrigado por isso.

— Imagine — Elena responde, pegando Chandler outra vez. — Obrigada por animar meu dia no trabalho. Avise se tiver dificuldade para encontrar algo.

Ele começa na familiar seção de ficção. Percorre com muita atenção as estantes sob as lâmpadas instáveis, procurando os cinco títulos de ficção da lista em ordem alfabética.

Apropriadamente, o primeiro é um romance de Sherlock Holmes. O segundo é *Este lado do paraíso*. Ele nunca ouviu falar dos dois seguintes, mas parecem ser volumes regulares, com páginas de *copyright* certinhas. O último é *Les Indes noires*, de Jules Verne, no original francês e, portanto, arquivado de modo incorreto. Todas as edições têm aspecto comum, ainda que sejam antigas. Nenhuma parece ter nada em comum com *Doces dores*.

Zachary enfia a pilha de livros sob o braço e vai para a seção de não ficção. Essa parte se prova mais difícil à medida que ele confere mais de uma vez números de identificação e tem de retroceder. Lentamente, encontra os outros sete livros, seu entusiasmo murchando, pois nenhum deles se parece com *Doces dores*. A maioria está relacionada à astronomia ou à cartografia.

O último livro o leva de volta através da ficção até os mitos. *A era das fábulas ou belezas da mitologia*, de Bulfinch – parece novo, como se nunca tivesse sido lido, apesar de trazer a data de 1899. Zachary apoia na pilha de livros o volume azul com detalhes dourados. O busto de Ares na capa parece contemplativo, seus olhos abaixados como se ele compartilhasse da decepção do jovem por não encontrar uma companhia óbvia para *Doces dores*.

Zachary sobe as escadas até as salas de leitura quase vazias (uma bibliotecária com um carrinho organizando livros, um aluno vestindo um suéter listrado digitando em um notebook, um homem que parece um professor lendo um romance de Donna Tartt) e se dirige para o canto oposto da sala, espalhando seus livros em uma das mesas maiores.

Então inspeciona cada volume de maneira metódica. Examina as guardas e vira cada página, procurando pistas. Segura-se para não remover os adesivos de código de barras, mas nenhum deles parece estar cobrindo nada importante e ele não tem certeza do que outra abelha ou chave ou espada lhe diria, de toda forma.

Depois de sete livros sem sequer uma página com a ponta dobrada, seus olhos estão cansados. Ele precisa de uma folga e provavelmente de cafeína. Tira um caderno da bolsa e escreve um bilhete que suspeita que será desnecessário: *Volto em 15 minutos, por favor não reguardar*. Ele se pergunta se "reguardar" é uma palavra real e decide que não importa.

Zachary sai da biblioteca e vai até o café da esquina, onde pede um expresso duplo e um muffin de limão. Termina ambos e volta à biblioteca, passando por um exército de pequenos bonecos de neve dignos das tirinhas de *Calvin e Haroldo* que não notara antes.

A sala de leitura está até mais silenciosa agora, apenas com a bibliotecária organizando seu carrinho. Ele tira o casaco e retoma o exame cuidadoso de cada livro. O nono volume que verifica, de Fitzgerald, tem passagens ocasionais sublinhadas a lápis, mas nada obscuro, só as frases especialmente boas. Os dois livros seguintes não têm marcações e, julgando pelo estado das lombadas, nem parecem ter sido lidos.

Zachary vai pegar o volume final e sua mão pousa na mesa vazia. Ele olha de volta para a pilha de livros, pensando ter contado errado – mas há onze livros nela. Conta de novo para ter certeza.

Leva um momento até perceber qual está faltando.

A era das fábulas ou belezas da mitologia sumiu. O busto contemplativo de Ares não está em lugar nenhum. Zachary procura embaixo da mesa e das cadeiras, em mesas próximas e nas estantes ao redor, mas o livro se foi.

Então vai até o outro lado da sala, onde a bibliotecária está guardando volumes.

— Por acaso notou alguém tirando livros daquela mesa depois que eu saí? — ele pergunta.

A biblioteca balança a cabeça.

— Não — responde. — Mas não estava prestando muita atenção também. Algumas pessoas entraram e saíram.

— Obrigado — diz Zachary, então volta à mesa e afunda na cadeira.

Alguém deve ter pegado o livro e saído com ele. Não que importe, já que onze livros não lhe disseram nada e as chances de o décimo segundo ser uma revelação eram mínimas.

Embora as chances de um deles desaparecer do nada provavelmente não fossem tão altas também.

Zachary pega o Sherlock Holmes e o Fitzgerald para levar emprestados e deixa os outros na mesa para serem reguardados, o que deveria ser uma palavra, se ainda não for.

— Não tive sorte — ele diz a Elena ao passar pelo balcão de reservas.

— Que pena — ela diz. — Se eu encontrar algum outro mistério bibliotecário, aviso você.

— Agradeço — replicou Zachary. — Ei, dá pra descobrir se alguém pegou um livro emprestado na última hora ou algo assim?

— Se você souber o título. Eu te encontro na mesa de circulação e verifico. Ninguém passou pela seção de reservas a manhã inteira; se chegar alguém, a pessoa pode esperar cinco minutos.

— Obrigado — ele responde, seguindo para o átrio enquanto Elena atravessa uma porta até uma passagem exclusiva de bibliotecários. Ela reaparece atrás do balcão de circulação antes de ele chegar.

— Qual é o livro? — ela pergunta, flexionando os dedos sobre o teclado.

— *A era das fábulas ou belezas da mitologia* — diz Zachary. — Bulfinch.

— Está na lista, não está? — Elena pergunta. — Você não encontrou?

— Encontrei, mas acho que alguém o pegou quando eu não estava olhando — ele conta, cansado de falsificações livrescas.

— Aqui diz que temos duas cópias, mas nenhuma foi retirada — informa Elena, olhando a tela. — Ah, mas uma delas é um e-book. Tudo que está aqui na biblioteca deve voltar para o lugar certo amanhã de manhã. Posso dar baixa nesses aí pra você também.

— Obrigado — agradece Zachary, entregando os livros e sua carteirinha para ela. Por algum motivo, duvida que o livro estará de volta na estante em breve. — Por tudo, quero dizer. Agradeço muito.

— Sempre que precisar — diz Elena, entregando os livros de volta.

— E leia Hammett, por favor — acrescenta Zachary. — Chandler é ótimo, mas Hammett é melhor. Ele era um detetive de verdade.

Elena ri e um dos outros bibliotecários a silencia. Zachary acena ao sair, divertindo-se com o embate dos dois.

Lá fora, na neve, tudo está cristalino e claro demais. Zachary volta para o dormitório, revirando na mente as possibilidades quanto ao que pode ter acontecido com o livro sumido e não se decidindo por nenhuma.

Sente-se aliviado por ter mantido *Doces dores* na bolsa hoje.

Enquanto caminha, pensa em algo que não tentou e se sente bastante idiota. Quando volta ao quarto, solta a bolsa no chão e vai direto para o computador.

Procura no Google "Doces dores", embora consiga o esperado: páginas e mais páginas de citações de Shakespeare e bandas e artigos sobre consumo de açúcar. Ele procura abelhas e chaves e espadas. Os resultados são uma mistura de lendas arturianas e listas de itens de *Resident Evil*. Tenta várias combinações e encontra uma abelha e uma chave no brasão de uma escola de magia fictícia. Anota o nome do livro e o autor, curioso para saber se a simbologia é coincidência.

Em vários momentos de *Doces dores*, o lugar é chamado de Porto no Mar Sem Estrelas, mas uma busca por "Mar Sem Estrelas" não encontra nada além de um *Dungeon Crawl Classic* que soa apropriado mas não relacionado, e o Google sugere que talvez ele queira dizer Mar Sem Sol, uma referência a um videogame que vai sair, ou um verso do poema "Kubla Khan", de Samuel Taylor Coleridge.

Zachary suspira. Ele tenta a busca de imagens e rola página após página de desenhos e esqueletos e mestres de RPG e então algo chama sua atenção.

Ele clica na imagem para ampliá-la.

A fotografia em preto e branco parece espontânea, não posada, talvez até cortada de uma imagem maior. Mostra uma mulher usando uma máscara, com a cabeça virada para longe da câmera, inclinada para escutar ao homem ao seu lado, que também está mascarado e vestindo um smoking. Há várias pessoas indistintas ao redor deles; parece que foi tirada em uma festa.

Ao redor do pescoço da mulher há três correntes, uma em cima da outra com um pingente pendendo de cada.

Zachary clica de novo para ver a imagem em tamanho completo.

Da corrente de cima pende uma abelha.

Abaixo há uma chave.

Abaixo da chave há uma espada.

Ele clica de novo para ver a página de onde veio a foto, um post num agregador de favoritos perguntando se alguém sabe onde comprar o colar.

Mas abaixo há um link da fonte da foto.

Zachary clica no link com uma mão cobrindo a boca e se vê encarando uma galeria de fotos.

Baile de Máscaras Literário Anual do Hotel Algonquin, 2014.

Outro clique o informa de que o evento deste ano será daqui a três dias.

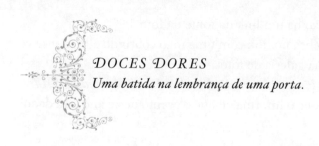

DOCES DORES
Uma batida na lembrança de uma porta.

Há uma porta em uma floresta que nem sempre foi uma floresta.

A porta não é mais uma porta, não inteiramente. A estrutura que a sustentava desabou algum tempo atrás e a porta caiu com ela e agora jaz no solo em vez de ficar em pé.

A madeira da qual era feita apodreceu. Suas dobradiças enferrujaram. Alguém tirou a maçaneta.

A porta se lembra da época em que era completa. Quando havia uma casa com um telhado e paredes e outras portas e pessoas no interior. Há folhas e pássaros e árvores agora, mas não pessoas. Não por anos a fio.

Por isso a garota é uma surpresa.

Ela é uma garota pequena, pequena demais para estar vagando sozinha no bosque.

Mas não está perdida.

Uma garota perdida no bosque é um tipo de criatura diferente de uma garota que caminha com propósito entre as árvores, embora não saiba o caminho.

A garota no bosque não está perdida. Ela está explorando.

Esta garota não tem medo. Ela não está alarmada diante das sombras projetadas pelas árvores que se estendem como garras no sol do final de tarde. Ela não está incomodada com os espinhos e galhos que se prendem em suas roupas e arranham sua pele.

Ela é jovem o bastante para carregar o medo consigo sem deixá-lo entrar em seu coração. Sem ficar assustada. Ela carrega seu medo com leveza, como um véu, ciente de que há perigos, mas deixando a consciência estalar ao seu redor. Ele não afunda, apenas zumbe de empolgação como um enxame de abelhas invisíveis.

A garota ouviu muitas vezes que não deveria se aventurar no interior desse bosque. Ouviu que não deveria brincar ali de modo algum e se ressente do fato de que suas explorações são consideradas "brincadeira".

Hoje ela entrou tão fundo no bosque que se pergunta se começou a sair pelo outro lado. Não está preocupada em achar o caminho de volta. Lembra-se dos espaços – eles grudam em sua mente mesmo quando são expansivos e cheios de árvores e rochas. Uma vez, ela fechou os olhos e ficou girando para provar a si mesma que saberia escolher a direção correta ao abri-los de novo, e só errou por pouco, e um pouco errado ainda é bastante certo.

Hoje ela encontra rochas que poderiam ter sido um muro, agrupadas numa fileira. Aquelas empilhadas umas nas outras não se esticam muito; mesmo nos lugares mais altos seria fácil escalá-las, mas a garota escolhe um ponto médio-alto para tentar.

Do outro lado, há trepadeiras que serpenteiam pelo chão, dificultando o trajeto, de modo que a garota explora mais perto do muro. É um ponto mais interessante que outros que ela encontrou no bosque. Se fosse um pouco mais velha, poderia reconhecer que já houve uma estrutura aqui, mas não é velha o bastante para reunir na mente os pedaços de rocha desmoronados e reconstruir um prédio há muito esquecido. A dobradiça da porta permanece enterrada sob anos de folhas perto do seu sapato esquerdo. Um castiçal se esconde entre pedras e as sombras caem de tal forma que mesmo esta intrépida exploradora não o descobre.

Está escurecendo, embora reste luz solar, agora dourada, suficiente para iluminar seu caminho para casa se a garota escalar o muro e refizer seus passos, mas ela não faz isso. Fica distraída com outra coisa no chão.

Longe do muro há outra fileira de pedras, dispostas quase em círculo. Uma forma praticamente oval. Uma arcada que poderia um dia ter contido uma porta.

A garota apanha um graveto e o usa para remexer nas folhas no meio do arco de pedras. Elas se esmigalham e revelam algo redondo e metálico.

Ela empurra mais folhas para longe com o graveto e descobre um aro em espiral mais ou menos do tamanho da sua mão, que talvez um dia tenha sido de latão, mas enferrujou em padrões de musgo verde e marrom.

Um lado está conectado a outro pedaço de metal que permanece enterrado.

A garota só viu fotos de aldravas, mas acha que pode ser uma, embora a maioria das que viu tivesse leões mordendo os aros de metal e esse aro não tenha nenhum, a não ser que o leão esteja se escondendo na terra.

Ela sempre quis usar uma aldrava para bater numa porta, e esta se encontra no chão e não em uma foto.

Esta ela consegue alcançar.

Ela fecha os dedos ao redor do aro, sem se importar em sujá-los no processo, e o ergue. É pesado.

Ela o deixa cair de novo. O resultado é um clangor satisfatório de metal sobre metal que ecoa pelas árvores.

A porta está encantada por receber uma batida após tanto tempo.

E a porta – embora seja meros pedaços do que já foi – lembra aonde costumava levar. Lembra como abrir.

Então agora, quando uma pequena exploradora bate, os resquícios dessa porta para o Mar Sem Estrelas a deixam entrar.

A terra desmorona abaixo dela, puxando seus pés para dentro do chão em uma cascata de terra e pedras e folhas.

A garota está surpresa demais para gritar.

Ela não sente medo. Não entende o que está acontecendo, então o medo só zumbe empolgadamente ao seu redor enquanto ela cai.

Quando pousa, está cheia de curiosidade e cotovelos raspados e cílios cobertos de terra. A aldrava sem leões está torta e quebrada ao seu lado.

A porta foi destruída na queda, danificada demais para lembrar-se do que já foi.

Um emaranhado de videiras e terra esconde qualquer sinal do que aconteceu.

ZACHARY EZRA RAWLINS está sentado em um trem com destino a Manhattan, encarando a tundra congelada da Nova Inglaterra através da janela, e começa, não pela primeira vez naquele dia, a questionar suas escolhas de vida.

É uma coincidência perfeita demais para não investigar, mesmo por uma conexão tênue baseada numa joia. Ele passou um dia se organizando, comprando um ingresso bastante caro para a festa e reservando um quarto de hotel ainda mais caro do outro lado da rua do Algonquin, que estava lotado. Os detalhes no ingresso incluíam o código de vestimenta: formal, fantasias literárias incentivadas, máscaras obrigatórias.

Tempo demais foi perdido se preocupando em encontrar uma máscara até ele ter a ideia de mandar uma mensagem a Kat. A garota tinha seis, várias com penas, mas a que ele guardou em sua mala de lona, junto ao terno enrolado com cuidado, é da variedade Zorro, de seda preta e surpreendentemente confortável. ("Eu fui o homem de preto de *A princesa prometida* no Halloween ano passado", Kat explicou. "É literário! Quer minha camisa preta bufante também?".)

Zachary se pergunta se deveria ter partido ontem, dado que só sai um trem por dia e esse deveria deixá-lo em Nova York com algumas horas de sobra, mas está fazendo paradas frequentes devido ao tempo ruim.

Ele tira o relógio e o enfia no bolso após conferi-lo quatro vezes em três minutos.

Não sabe por que está tão ansioso.

Não tem muita certeza do que fará quando chegar à festa.

Nem sabe de fato qual é a aparência da mulher na fotografia.

Não tem como saber se ela vai comparecer à festa este ano.

Mas são as únicas migalhas que ele tem para seguir.

Ele tira o celular do casaco e abre a cópia da foto que salvou e a observa mais uma vez, embora já a tenha decorado inteira, até a mão sem corpo no canto segurando uma taça de espumante.

A mulher na foto está com a cabeça virada de lado e o perfil quase inteiramente oculto pela máscara, mas seu corpo está virado para a câmera, o colar em camadas com sua abelha dourada e chave e espada é tão claro e nítido quanto estrelas contra seu vestido preto. O vestido é elegante; a mulher que o usa é cheia de curvas e alta ou está usando saltos muito altos, enquanto tudo abaixo de seus joelhos está oculto por uma samambaia num vaso, que conspira com seu vestido para puxá-la para as sombras. Seu cabelo acima da máscara é escuro e está preso em um daqueles penteados que aparentam espontaneidade, mas provavelmente envolveram uma boa dose de construção. Ela pode ter vinte ou quarenta anos ou qualquer coisa entre os dois. Inclusive, a foto poderia ter sido tirada muitos anos atrás, já que tudo dentro da moldura parece atemporal.

O homem ao lado da mulher está usando um smoking e tem o braço erguido de um modo que sugere que a mão está apoiada no braço dela, mas o ombro dela esconde o resto da manga dele. O laço de uma máscara é visível contra seu cabelo levemente grisalho, mas seu rosto está todo oculto pelo dela. Uma faixa de pescoço e orelha revela que ele tem a pele muito mais escura que a dela, e nada mais que isso. Zachary vira o celular na mão, tentando enxergar o rosto do homem, por um momento esquecendo a futilidade desse gesto.

O trem reduz de velocidade até parar.

Zachary olha ao redor. Menos da metade do vagão está ocupada. A maioria dos passageiros são viajantes solitários, cada um reivindicando um par de assentos. Um grupo de quatro pessoas na outra ponta do vagão está conversando, às vezes alto, e Zachary se arrepende de não ter trazido seus fones de ouvido. A garota do outro lado do corredor tem uns enormes e, entre os fones e o moletom, está quase toda encoberta, voltada para a janela e talvez dormindo.

Um anúncio interrompido por estática soa no alto-falante, uma variação do que já foi transmitido três vezes: paramos devido ao gelo nos trilhos. Estamos aguardando a remoção. Pedimos desculpa pelo atraso e seguiremos caminho assim que possível etc. etc.

— Com licença — diz uma voz. Zachary ergue os olhos. A mulher de meia-idade sentada em frente se virou sobre o assento alto para falar com ele. — Você tem uma caneta, por acaso? — ela pergunta. Está usando várias camadas de colares com contas coloridas, que chacoalham enquanto ela fala.

— Acho que sim. — Ele remexe na bolsa e encontra primeiro uma lapiseira, mas então procura de novo e encontra uma das canetas de gel que parecem procriar no fundo de sua mala. — Aqui está — ele diz, entregando-a à mulher.

— Obrigada, só vai levar um minutinho — diz a mulher e se vira chacoalhando outra vez, sumindo de vista atrás do assento.

O trem começa a se mover e percorre um trecho suficiente para que a neve e as árvores fora das janelas sejam substituídas por uma neve diferente e árvores diferentes antes de reduzir a velocidade e parar de novo.

Zachary tira *Estranha presença* da mala e começa a ler, tentando esquecer por um tempinho onde está e quem é e o que está fazendo.

O anúncio de que eles chegaram a Manhattan é uma surpresa que o arranca da leitura.

Os outros passageiros já estão pegando suas malas. A garota de fones sumiu.

— Obrigada — agradece a mulher em frente enquanto ele põe a bolsa no ombro e pega a mala de lona. Ela devolve a caneta. — Você salvou minha vida.

— Não há de quê — diz Zachary, enfiando a caneta de volta na bolsa. Ele entra na fila de passageiros que impacientemente deixa o trem.

Sair da Penn Station para a rua é chocante e desorientador, mas Zachary sempre achou Manhattan desorientadora e chocante em geral. Tanta energia e pessoas e coisas em uma área tão pequena. Há menos neve aqui, amontada em sarjetas como montanhas em miniatura de gelo cinza.

Ele chega à Forty-Fourth Street duas horas antes da festa. O Algonquin parece silencioso, mas é difícil dizer de fora. Ele quase perde a entrada do próprio hotel do outro lado da rua e então perambula por um saguão em um nível inferior, passando por uma lareira com cobertura de vidro antes de localizar a mesa da recepção. Faz o check-in sem incidentes, encolhendo-se quando entrega o cartão de crédito, embora tenha mais que o suficiente para cobrir o total, após anos de cheques gordos de aniversário no lugar de visitas do pai. O funcionário na mesa promete enviar um vaporizador de roupas ao quarto para ele tentar desfazer o dano que sua mala causou ao terno.

Os corredores sem janelas lá em cima são como um submarino. Seu quarto tem mais espelhos que qualquer quarto de hotel em que ele já se hospedou – há espelhos do chão ao teto opostos à cama e em ambas as paredes do banheiro, que fazem o pequeno espaço parecer maior, mas também fazem Zachary sentir como se não estivesse sozinho.

O vaporizador chega, deixado por um carregador a quem ele se esquece de dar gorjeta, mas é cedo demais para preparar o terno, então ele se distrai com a enorme banheira redonda, embora os Zacharys nas banheiras refletidas sejam perturbadores. Oportunidades de tomar banho de banheira são raras. O dormitório dele tem uma fileira nada privada de chuveiros, e a banheira com pés de garras na fazenda da mãe, em Hudson River Valley, sempre parece sedutora, mas se recusa a manter a água aquecida por mais de sete minutos. Há, estranhamente, uma única vela no banheiro, junto com uma caixa de fósforos, o que é um toque interessante. Zachary acende a vela, e a chama se torna muitas no espelho.

Em algum momento no meio do banho ele admite para si que, se essa excursão se provar infrutífera, vai desistir de toda a empreitada. Vai devolver *Doces dores* à biblioteca e tentar esquecer sobre o livro e voltar a atenção à sua tese. Talvez visite a mãe na volta à universidade, para limpar sua aura e beber uma garrafa de vinho.

Talvez sua história tenha começado e acabado naquele dia no beco. Talvez sua história seja sobre oportunidades perdidas que não podem ser recapturadas.

Ele fecha os olhos, bloqueando os Zacharys espelhados.

Vê aquelas duas palavras de novo em uma fonte serifada.

Ainda não.

Então se pergunta por que acredita nisso só porque alguém escreveu as palavras num livro. Por que acredita em qualquer coisa, e onde deveria traçar limites mentais, onde parar de suspender sua descrença? Será que acredita que o garoto no livro é ele? Bem, sim. Será que acredita que portas pintadas em muros podem se abrir como portas de verdade e conduzir a lugares completamente diferentes?

Ele suspira e afunda sob a água, permanecendo submerso até ter de emergir por motivos relacionados a oxigênio.

Sai da banheira antes que a água esfrie – um milagre decadente. O roupão felpudo do hotel o faz pensar que deveria se hospedar em hotéis chiques com mais frequência, mas daí se lembra do quanto esta única noite custou e decide aproveitá-la enquanto pode e evitar o minibar.

Um tinido abafado na mala sinaliza uma mensagem de texto: uma foto enviada por Kat de um cachecol inacabado com listras azuis e bronze acompanhada das palavras "quase pronto!".

Ele responde com "Parece lindo! Obrigado de novo, te vejo em breve", e começa a vaporizar o terno. Não demora muito, mas a camisa acaba sendo um problema maior e ele desiste após algumas passadas, concluindo que é mais fácil manter o paletó ou o colete durante a noite para que as costas não fiquem à vista.

O Zachary do espelho parece extremamente elegante e o Zachary normal se pergunta se a iluminação e os espelhos estão em uma conspiração uns com os outros para fazê-lo parecer atraente. Ele às vezes se esquece de como fica sem os óculos, de tão raro que é usar lentes de contato.

Não é uma fantasia especificamente literária, mas mesmo sem a máscara ele se sente como um personagem em seu paletó preto com listras quase invisíveis. Ele comprou o terno dois anos atrás e não o usou muito, mas o corte é bom e serve direitinho. Está melhor agora, combinado com uma camisa cor de carvão em vez da branca que ele usou nas outras vezes.

Zachary deixa o chapéu e as luvas e o cachecol, já que só vai atravessar a rua, e mantém a máscara no bolso com o ingresso impresso, embora o documento deixasse implícito que ele podia só dizer o nome na porta. Leva a carteira, mas deixa o celular, não querendo levar o mundo cotidiano consigo.

Tira *Doces dores* da bolsa e coloca o livro no bolso do casaco, então o passa para o bolso interno do paletó, onde cabe perfeitamente. Talvez o livro aja como um tipo de farol e atraia o que ou quem quer que ele esteja procurando.

Zachary acredita em livros, pensa enquanto sai do quarto. Disso tem certeza.

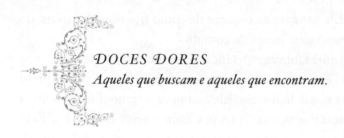

DOCES DORES
Aqueles que buscam e aqueles que encontram.

Há uma porta nos fundos de uma casa de chá. Está bloqueada por uma pilha de caixotes e os funcionários acreditam que leva a uma despensa fora de uso e provavelmente ocupada por ratos. Bem tarde, uma nova assistente tentando mostrar serviço vai abri-la para ver se as caixas caberiam ali e descobrir que na verdade não é uma despensa.

Há uma porta no fundo de um mar coberto de estrelas, descansando nas ruínas de uma cidade submersa. Em um dia escuro como a noite, um mergulhador armado com ar e luz portáteis vai encontrar essa porta e abri-la e cair num bolsão de ar junto com vários peixes muito confusos.

Há uma porta em um deserto, coberta de areia. Sua superfície de pedra gasta perde os detalhes em tempestades de areia com o passar do tempo. Um dia, ela será escavada e realocada para um museu sem jamais ser aberta.

Há numerosas portas em várias localidades. Em cidades movimentadas e florestas remotas. Em ilhas e no topo de montanhas e em campos. Algumas estão em prédios: em bibliotecas ou museus ou residências privadas, escondidas em porões ou sótãos ou exibidas como obras de arte em salas de estar. Outras se mantêm em pé sem a assistência de arquitetura suplementar. Algumas são usadas com tanta frequência que as dobradiças ficaram frouxas, e outras permanecem não descobertas e não abertas e há mais ainda que foram apenas esquecidas, mas todas conduzem ao mesmo local.

(Como isso é feito é uma questão muito debatida e ninguém chegou a uma resposta satisfatória até agora. Há muita discordância sobre este e assuntos correlatos, incluindo a localização exata do espaço. Alguns defendem com entusiasmo um continente ou outro, mas tais argumentos muitas vezes resultam em impasses ou admissões de que talvez o próprio espaço se mova, a terra e o mar e os livros se mexendo sob a superfície da Terra.)

Cada porta vai levar a um Porto no Mar Sem Estrelas, se alguém ousar abri-la.

Pouco as distingue das portas regulares. Algumas são simples. Outras têm decorações elaboradas. A maioria tem maçanetas redondas esperando ser viradas, enquanto outras devem ser puxadas.

Essas portas cantam. São canções de sereia silenciosas para aqueles que buscam o que há atrás delas.

Para aqueles que sentem saudades de um lugar aonde nunca foram.

Aqueles que, mesmo sem saber o quê (ou onde), estão buscando.

Aqueles que buscam vão encontrar.

Suas portas estão esperando por eles.

Mas o que vai acontecer em seguida varia.

Às vezes, alguém encontra uma porta e a abre e espia dentro dela e então a fecha de novo.

Outros, ao encontrar uma porta, não tentam abri-la mesmo se estiverem curiosos. Pensam que precisam de permissão. Acreditam que a porta espera por outra pessoa, mesmo que esteja, de fato, esperando por eles.

Alguns encontram uma porta e a abrem e atravessam para ver aonde leva.

Uma vez lá, vagam pelos corredores de pedra encontrando coisas para olhar e coisas para tocar e coisas para ler. Encontram histórias guardadas em cantos escondidos e abertas em mesas, como se estivessem esperando o leitor chegar.

Cada visitante encontra algo ou algum lugar ou alguém que atrai sua atenção. Um livro ou uma conversa ou uma poltrona confortável em uma alcova com curadoria cuidadosa. Alguém traz uma bebida.

Eles perdem a noção do tempo.

Às vezes, um visitante fica sobrecarregado, desorientado e atordoado com tudo que há para explorar, sentindo o espaço se fechar ao redor de seus pulmões e coração e pensamentos, e encontra o caminho de volta em pouco tempo, retornando à superfície familiar e às estrelas familiares e ao ar familiar, e a maioria não vai mais lembrar que tal lugar existe, muito menos que pisou nele pessoalmente. O lugar vai se dissipar como um sonho. Eles não abrirão a porta de novo. Podem até esquecer que havia uma porta.

Mas tais reações são raras.

A maioria das pessoas que encontra o espaço procurou por ele, mesmo que não soubesse que esse lugar era o que estava procurando.

E escolherá ficar por um tempo.

Horas ou dias ou semanas. Alguns partem e retornam, mantendo o lugar como uma fuga, um retiro, um santuário. Vivendo vidas tanto acima como abaixo.

Alguns construíram suas residências na superfície ao redor de suas portas, mantendo-as fechadas e protegidas e fora do alcance de outros.

Outros, quando atravessam sua respectiva porta, desejam nunca retornar ao que deixaram. A vida que ficou para trás se torna um sonho não para ser retomado, mas sim para ser esquecido.

Essas pessoas permanecem e se acomodam e começam a moldar o que o espaço vai se tornar enquanto o habitam.

Elas vivem e elas trabalham. Elas consomem arte e histórias e criam nova arte e novas histórias para acrescentar às estantes e às paredes. Encontram amigos e amantes. Encenam peças e fazem brincadeiras e tecem uma comunidade com base na camaradagem.

Elas organizam festivais e festas complexos. Visitantes ocasionais retornam para tais eventos, aumentando a população geral, animando até os corredores mais silenciosos. Música e alegria ressoam pelos salões de baile e pelos cantos mais distantes. Pés descalços são mergulhados no Mar Sem Estrelas por aqueles que descem até suas praias, encorajados pela felicidade e pelo vinho.

Mesmo aqueles que ficam em seus aposentos privados com seus livros emergem da solidão em tais ocasiões; alguns são persuadidos a se juntar às celebrações enquanto outros se contentam em observar.

O tempo passará sem medições ao longo de danças e deleites, então aqueles que escolhem partir vão se dirigir para a saída, para serem levados de volta a suas respectivas portas.

Vão se despedir daqueles que permanecem.

Aqueles que encontraram seu refúgio neste Porto.

Eles procuraram e encontraram e aqui escolheram permanecer, para eleger um caminho de dedicação ou apenas estabelecer residência permanente.

Eles vivem e eles trabalham e eles brincam e eles amam e, se sentem falta do mundo acima, é muito raro que admitam.

Este é o mundo deles, sem estrelas e sagrado.

Eles acham que é impérvio. Impenetrável e eterno.

Mas todas as coisas mudam com o tempo.

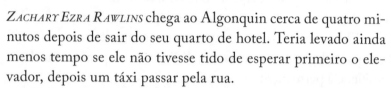

Zachary Ezra Rawlins chega ao Algonquin cerca de quatro minutos depois de sair do seu quarto de hotel. Teria levado ainda menos tempo se ele não tivesse tido de esperar primeiro o elevador, depois um táxi passar pela rua.

A festa ainda não está a todo vapor, mas já é animada. Uma fila de pessoas aguardando para entrar abarrota o saguão. O hotel tem um estilo mais clássico do que aquele no qual Zachary está hospedado e parece particularmente antiquado com a multidão vestida em trajes formais, a madeira de lei escura e as plantas em vasos iluminados de modo artístico com luzes baixas.

Zachary veste a máscara enquanto espera na fila. Uma mulher usando um vestido preto entrega máscaras brancas aos convidados que não trouxeram as próprias, e Zachary fica feliz por ter trazido a sua, porque as brancas são de plástico e não parecem muito confortáveis, embora, espalhadas pela sala, criem um efeito impressionante.

Ele dá seu nome à mulher na recepção. Ela não pede para ver o ingresso e ele o enfia no bolso do paletó. Deixa o casaco. Recebe uma pulseira de papel que parece a lombada de um livro, com a impressão da data em vez de um título. É informado sobre o bar (*open*, gorjetas apreciadas), então é liberado e não sabe o que fazer.

Zachary perambula pela festa como um fantasma, grato pela máscara que lhe permite se esconder à vista de todos.

De algumas formas, é como qualquer outra festa elegante, com o murmúrio de vozes e a batida de taças e música que borbulha atrás das conversas carregando consigo o ritmo de tudo. Os convidados se jogam sobre poltronas e se reúnem em cantos numa sala, enquanto em outra uma pista de dança está quase lotada e a música domina a conversa e insiste em ser escutada. É uma cena de festa de filme, embora um filme que não consegue se decidir por um período histórico ou comprimento de barra de vestidos. Há uma subcorrente de desconforto que faz Zachary pensar em casamentos nos quais a maioria dos convidados não se conhece, mas, pela sua experiência, isso vai se dissipando à medida que a noite e o álcool avançam.

De outras formas, esta festa em particular não se parece com qualquer coisa que ele já experimentou. O bar ao lado do salão principal é todo iluminado em azul. Não há muitas fantasias obviamente literárias, exceto algumas letras escarlates e asas de fada com páginas de dicionário e um Edgar Allan Poe com um corvo falso no ombro. Uma mulher usando um vestidinho preto tem poemas de Emily Dickinson impressos nas meias-calças. Um homem de terno tem uma toalha jogada sobre o ombro. Uma série de pessoas pareceriam à vontade em obras de Austen ou Dickens.

Alguém no canto está vestido como um autor muitíssimo reconhecível ou, Zachary pensa quando olha melhor, pode ser de fato aquele autor muitíssimo reconhecível – e ele tem um momento de pânico ao perceber que algumas das pessoas que escrevem os livros nas estantes dele são pessoas reais que vão a festas.

Sua fantasia preferida é a de uma mulher usando um longo vestido branco e uma coroa dourada simples, uma referência que ele não consegue identificar até ela se virar e revelar que as costas incluem um par de orelhas pontudas pendendo de um capuz e um rabo que acompanha a cauda do vestido. Ele se lembra de também se vestir como Max, de *Onde vivem os monstros*, quando tinha cinco anos, embora sua fantasia não fosse nem de longe tão elegante.

Zachary procura colares dourados, mas não encontra nenhum com abelhas ou chaves ou espadas. A única chave que vê parece estar desaparecendo atrás do pescoço de alguém, mas ele a reconhece como uma referência engraçadinha a histórias em quadrinhos.

Ele se pega desejando que uma luz se acendesse ao redor das pessoas certas com quem falar ou que setas indicativas brilhassem sobre as cabeças apropriadas ou que houvesse opções de diálogo para escolher. Nem sempre deseja que a vida real seja mais como os videogames, mas em certas situações seria útil. Vá ali. Fale com esta pessoa. Isso dá a sensação de progredir mesmo que a pessoa não saiba o que está tentando fazer exatamente.

Ele fica cada vez mais distraído pelos detalhes enquanto deveria focar nas joias. Pede um dos coquetéis literários no bar, uma Ofélia Afogada feita com gim e limão e xarope de funcho, servida com um galhinho de alecrim e um guardanapo com uma citação apropriada de *Hamlet*. Outros convidados provam daiquiris e martínis de Hemingway decorados com complicadas curvas de casca de limão. Tulipas de espumante são servidas com fitas que dizem "Beba-me" enroladas no pé da taça.

Tigelas nas mesas estão cheias de teclas de máquina de escrever fugitivas. Velas iluminam apoios de copo embrulhados em páginas de livros. Um corredor está enfeitado com ferramentas de escrita (canetas-tinteiro, lápis, penas) pendendo do teto a alturas diversas.

Há uma mulher usando um vestido e uma máscara com contas sentada num canto diante de uma máquina de escrever, datilografando pequenas histórias em pedaços de papel que dá aos convidados que passam. A história que ela oferece a Zachary parece um biscoito da sorte mais longo:

> *Ele vaga sozinho, mas a salvo na solidão.*
> *Confuso, mas reconfortado pela confusão.*
> *Um cobertor de perplexidade sob o qual se esconder.*

Zachary não conseguiu evitar chamar atenção, mesmo fingindo ser o fantasma no banquete. Fica pensando se as máscaras deixam as pessoas mais corajosas, mais abertas a entabular conversas com a vantagem do anonimato. Outros fantasmas vagantes se aproximam com comentários sobre os drinques e sobre a atmosfera. Compartilhar histórias da máquina de escrever é um jeito habitual de começar conversas e ele lê alguns contos diferentes, incluindo um sobre um porco-espinho que observava estrelas e outro sobre uma casa construída acima de um riacho onde o som da água ecoa pelos cômodos. Ouve alguém mencionar que há pessoas fazendo sessões privadas de contação de história em outras salas, mas não fala com ninguém que esteve presente em uma delas. Recebe a confirmação de que, sim, de fato aquele autor famoso está do outro lado da sala e, aliás, ali está outro que ele nem tinha notado.

No bar com luz azul, Zachary se vê conversando a respeito dos coquetéis com um homem de terno usando uma das máscaras fornecidas pela casa e uma etiqueta de "Olá, meu nome é" com a resposta "Godot" presa na lapela. Repara no nome de um uísque recomendado por Godot atrás de seu ingresso impresso.

— Com licença — diz uma mulher em um vestido azul-claro e meias três quartos brancas estranhamente infantis, então Zachary percebe que ela está falando com ele. — Por acaso você viu o gato? — ela pergunta.

— O gato? — Zachary supõe que ela é uma Alice do País das Maravilhas de cabelo castanho, até chegar outra mulher usando uma roupa parecida e ficar óbvio, embora desconcertante, que elas são as gêmeas de *O iluminado*.

— O hotel tem um gato residente — explica a primeira gêmea. — Procuramos por ele a noite inteira, mas até agora nada.

— Quer ajudar a gente? — convida a sósia, e Zachary concorda, embora pareça um convite potencialmente agourento dada a aparência delas.

Eles decidem se separar para cobrir mais terreno, e Zachary perambula perto da pista de dança, parando para ouvir a banda de jazz e tentando reconhecer a música que lhe é familiar.

Ele espia nas sombras atrás da banda, embora seja improvável um gato ficar ali com todo aquele barulho.

Alguém cutuca seu ombro.

A mulher vestida como Max, mais alta do que ele esperava devido à coroa, está atrás dele.

— Gostaria de dançar? — ela pergunta.

Diga algo charmoso, uma voz dentro de Zachary comanda.

— Claro — é o que a boca dele consegue dizer, e a voz em sua cabeça joga as mãos para o alto em decepção, mas o rei dos monstros não parece se importar.

Os detalhes da fantasia são ainda mais impressionantes de perto. A máscara dourada combina com a coroa, ambas feitas de couro cortado em formas simples com um acabamento metálico brilhante. Por baixo da máscara, os olhos estão contornados por uma sombra dourada e até os cílios reluzem com o mesmo glitter dourado salpicado no cabelo escuro preso no alto, que Zachary agora suspeita ser uma peruca. Os botões brancos que descem pela frente do vestido são quase invisíveis contra o tecido e costurados com fio dourado.

Até o perfume é perfeitamente adequado à fantasia, uma mistura terrosa que, de alguma forma, cheira também a açúcar.

Depois de um minuto dançando não tão mal e em silêncio, após lembrar-se de como conduzir e encontrar o ritmo da música (algum clássico de jazz que ele reconhece, mas não sabe nomear), Zachary decide que talvez devesse dizer algo e, depois de vasculhar a mente em busca de ideias, decide-se pela primeira coisa que pensou quando a viu mais cedo.

— Sua fantasia de Max é bem superior à minha fantasia de Max — ele diz. — Ainda bem que não usei a minha, teria sido vergonhoso.

A mulher sorri, o tipo de sorrisinho sarcástico que Zachary associa a estrelas de filmes clássicos.

— Você não acreditaria quantas pessoas perguntaram quem eu deveria ser — ela comenta, com um toque de óbvia decepção.

— Elas deveriam ler mais — ele responde, ecoando seu tom.

— Você veio como si mesmo com uma máscara, não é? — pergunta a mulher, abaixando a voz.

— Mais ou menos — responde Zachary.

O rei dos monstros que possivelmente está usando uma peruca sorri para ele. Desta vez, é um sorriso de verdade.

— Mais, eu acho — ela diz após o observar por um momento. — O que o traz aqui esta noite, além de uma predileção por literatura e coquetéis? Parece estar procurando alguém.

— Meio que estou — admite Zachary. Ele quase tinha esquecido. — Mas não acho que a pessoa está aqui.

Ele a gira para evitar trombar em outra dupla, mas o esvoaçar do vestido torna o movimento tão impressionante que várias pessoas ao redor param para observá-los.

— Que pena — diz a mulher. — Acho que se privaram de uma festa adorável e de uma companhia adorável.

— Eu estava também procurando o gato — acrescenta Zachary. O sorriso da mulher se alarga.

— Ah, eu vi Matilda mais cedo, mas não sei aonde ela foi. Pela minha experiência, às vezes é mais eficaz deixar que ela encontre você. — Ela para, então acrescenta em um sussurro melancólico: — Como deve ser agradável a vida de um gato de hotel. Imagine ter essa sorte.

— E o que traz você aqui esta noite? — pergunta Zachary. A música muda e ele se atrapalha por um momento, mas felizmente se recupera sem pisar nos pés dela.

No entanto, antes que a mulher possa responder, algo acima do ombro direito dele chama a atenção dela. Ela se enrijece, uma mudança que Zachary sente mais do que vê, e pensa que talvez esta mulher seja boa em usar muitos tipos diferentes de máscara.

— Com licença, só um momento — ela diz. Apoia uma mão na lapela de Zachary e alguém ao lado tira uma foto. A mulher começa a se virar, mas então para e faz uma mesura para Zachary, ou algo entre uma mesura e uma reverência que parece ao mesmo tempo formal e bobo, em especial dado que é ela quem está usando a coroa. Zachary retribui o gesto o melhor que consegue e, enquanto ela desaparece na multidão, alguém ali perto aplaude, como se eles fossem parte de uma performance.

O fotógrafo se aproxima e pergunta o nome deles. Zachary decide pedir que sejam listados apenas como convidados se as fotos forem postadas em algum lugar, e o fotógrafo concorda, relutante.

Ele volta a perambular pelo saguão, mais devagar devido à multidão espremida, com uma decepção crescente no peito. Procura de novo por joias ou abelhas ou chaves ou espadas. Por um sinal. Ele deveria ter usado algo assim ou feito desenhos na mão ou encontrado um lenço com estampa de abelha para enfiar no bolso do paletó. Não sabe por que achou que poderia encontrar uma única estranha em um ambiente cheio de estranhos.

Zachary procura alguém com quem já falou, pensando que talvez poderia perguntar casualmente sobre... mas não tem certeza. Nem consegue encontrar Max na multidão. Depara com um nó bastante denso de convidados (um deles usando um pijama de seda verde impressionante e segurando uma rosa em uma campânula de vidro) e se esconde atrás de uma coluna, aproximando-se da parede para contorná-los – mas, ao fazer isso, alguém na aglomeração agarra sua mão e o puxa através de uma porta.

A porta se fecha atrás deles, abafando as conversas e bloqueando a luz.

Alguém está na escuridão com ele; a mão que o puxou o largou, mas há uma pessoa por perto. Mais alta, talvez. Respirando de modo suave. Cheirando a limão e couro e algo que Zachary não consegue identificar, mas acha muito atraente.

Então uma voz sussurra em seu ouvido.

— Uma vez, muito tempo atrás, o Tempo se apaixonou pelo Destino.

Uma voz masculina. O tom é grave, mas a cadência é leve, uma voz de contador de histórias. Zachary congela, esperando. Ouvindo.

— Isso, como você pode imaginar, se provou problemático — continua a voz. — O romance interrompeu o fluxo do tempo. Emaranhou os fios da fortuna em nós.

Uma mão nas costas o empurra gentilmente para a frente e Zachary dá um passo hesitante na escuridão, depois mais um. O contador continua, o volume da voz agora alto o bastante para preencher o espaço.

— As estrelas observaram dos céus com ansiedade, preocupadas com o que poderia ocorrer. O que aconteceria com os dias e as noites se o Tempo tivesse seu coração partido? Quais catástrofes poderiam ocorrer se o mesmo destino aguardasse o próprio Destino?

Eles continuam andando por um corredor escuro.

— As estrelas conspiraram e separaram os dois. Por um tempo, respiraram mais sossegadas nos céus. O Tempo continuou a correr como sempre, ou talvez imperceptivelmente mais devagar. O Destino entrelaçou os caminhos que deveria entrelaçar, embora talvez um fio se perdesse de vez em quando.

Agora eles fazem uma curva e Zachary é guiado em outra direção no escuro. Na pausa, ele ouve a banda e a festa, os sons abafados e distantes.

— Mas, por fim — prossegue o contador —, Destino e Tempo se encontraram de novo.

Uma mão firme no ombro de Zachary interrompe o avanço deles. O contador se inclina para perto.

— Nos céus, as estrelas suspiraram, cintilantes e preocupadas. Pediram conselho à lua. A lua, por sua vez, convocou o parlamento de corujas para decidir o melhor plano de ação.

Em algum lugar na escuridão, há o som de asas batendo, próximas e pesadas, agitando o ar perto deles.

— O parlamento de corujas se reuniu e discutiu a questão noite após noite. Brigaram e debateram enquanto o mundo dormia ao seu redor, e o mundo continuou a girar, sem saber que questões tão importantes estavam sendo discutidas durante seu sono.

Na escuridão, uma mão guia a de Zachary até uma maçaneta redonda. Ele a gira e a porta abre. À sua frente, pensa ver a faixa de uma lua crescente, que então desaparece.

— O parlamento de corujas chegou à conclusão lógica de que, se o problema estava na combinação, um dos elementos tinha de ser removido. Escolheram manter o que achavam mais importante.

Uma mão empurra Zachary para a frente. Uma porta se fecha atrás dele. Ele se pergunta se foi deixado sozinho, mas então a história continua, a voz se movendo ao seu redor na escuridão.

— O parlamento de corujas anunciou sua decisão às estrelas, e as estrelas concordaram. A lua não concordou, mas naquela noite estava escura e não podia dar uma opinião.

Neste momento, enquanto a história continua, Zachary se lembra, vividamente, da lua desaparecendo diante de seus olhos um momento antes.

— Então foi decidido e o Destino foi destruído, despedaçado por bicos e garras. Os gritos do Destino ecoaram pelos recantos mais profundos e pelos céus mais altos, mas ninguém ousou intervir, exceto um corajoso rato que entrou de fininho na luta, esgueirando-se sem ser notado em meio ao sangue e aos ossos e às penas, e tomou o coração do Destino e o manteve a salvo.

Agora passinhos de rato sobem pelo braço de Zachary até seu ombro. Ele sente um arrepio. O movimento para em cima de seu coração, e o peso de uma mão pousa ali antes de se afastar outra vez. Uma longa pausa se segue.

— Quando o furor acabou, não havia sobrado nada do Destino.

Uma mão enluvada cobre os olhos de Zachary; a escuridão fica mais calorosa e mais escura, e a voz mais próxima.

— A coruja que consumiu os olhos do Destino ganhou grande visão, melhor do que já fora concedida a qualquer criatura mortal. O parlamento o coroou como Rei das Corujas.

A mão permanece sobre os olhos de Zachary, mas outra toca brevemente o topo de sua cabeça, um peso momentâneo.

— Nos céus, as estrelas cintilaram com alívio, mas a lua estava pesarosa.

Outra pausa, longa, e no silêncio Zachary consegue ouvir a própria respiração junto com a do contador. A mão não deixa seus olhos. O aroma de couro se mistura com limão e tabaco e suor. Ele está começando a ficar nervoso quando a história continua.

— Então o Tempo prossegue como deve e eventos que já foram destinados são deixados ao acaso, e o Acaso nunca se apaixona por nada durante muito tempo.

O contador guia Zachary para a direita, movendo-o para a frente de novo.

— Mas o mundo é estranho e os finais não são realmente finais, não importa o que as estrelas desejem.

Aqui, eles param.

— Cedo ou tarde, o Destino consegue juntar suas partes de volta.

Há o som de uma porta se abrindo diante dele, e mais uma vez Zachary é impelido adiante.

— E o Tempo está sempre esperando — sussurra a voz, uma respiração cálida contra o pescoço de Zachary.

A mão que lhe cobria os olhos se ergue e uma porta se fecha com um clique atrás dele. Piscando contra a luz, com o coração martelando nos ouvidos, ele olha ao redor e percebe estar de volta ao saguão do hotel, em um canto meio oculto por uma samambaia num vaso.

A porta atrás dele está trancada.

Algo bate em seu tornozelo e ele olha para baixo, encontrando um gato peludo cinza e branco que esfrega a cabeça contra sua perna.

Ele se abaixa para acariciá-lo e só então percebe que suas mãos estão tremendo. O gato não parece se importar. Fica com ele por mais um momento, então se afasta em direção às sombras.

Zachary se dirige ao bar, ainda profundamente atordoado pela história. Não consegue se lembrar se já ouviu esse conto específico antes, apesar de parecer familiar, como um mito que ele leu em algum lugar e logo em seguida esqueceu. O *bartender* prepara outra Ofélia Afogada para ele, mas se desculpa porque acabou o xarope de funcho. Ele o substituiu por mel e acrescentou um toque de prosecco. Fica melhor com mel.

Zachary olha ao redor, procurando a mulher vestida de Max, mas não a encontra.

Senta-se ao bar, sentindo-se um fracasso, mas sobrecarregado por tudo que aconteceu enquanto tenta catalogar a noite inteira. *Bebi a erva da recordação. Procurei um gato. Dancei com o rei dos monstros. Um homem com um cheiro excelente me contou uma história no escuro. A gata me encontrou.*

Ele tenta lembrar o nome do uísque que Godot mencionou e tira o ingresso do paletó.

Quando faz isso, um retângulo de papel do tamanho de um cartão de visitas cai do seu bolso e flutua até o chão.

Zachary o pega, tentando lembrar se alguém com quem falou naquela noite lhe dera um cartão de visitas.

Mas não é um cartão de visitas. Contém duas linhas de texto manuscrito.

Paciência & Coragem
Uma da manhã. Traga uma flor.

Zachary olha o relógio: 00h42.
Ele vira o cartão.
Atrás, há uma abelha.

DOCES DORES
Há três caminhos. Este é um deles.

Desde que existem abelhas, existem cuidadores de abelhas.

Dizem que havia só um no começo, mas, conforme as histórias se multiplicavam, surgiu a necessidade de outros.

Os cuidadores estavam ali antes dos acólitos, antes dos guardiões.

Antes dos cuidadores, havia as abelhas e as histórias, zunindo e zumbindo.

Havia cuidadores antes de haver chaves.

Um fato geralmente esquecido, uma vez que eles são tão sinônimos de chaves.

Também é um fato esquecido que, no passado, havia uma única chave. Uma longa e fina chave de ferro com o cabo folheado a ouro.

Havia muitas cópias, mas apenas uma chave mestra. As cópias eram levadas em correntes ao redor do pescoço de cada cuidador. Caíam com tanta frequência contra o peito deles que muitos ficavam com a impressão da chave incrustada na carne, o metal desgastando a pele.

Esta é a origem de uma tradição. Ninguém se lembra disso agora. A ideia de uma marca no peito surgindo por causa de uma marca no peito. Óbvia até ser esquecida.

O papel dos cuidadores mudou ao longo do tempo, mais do que o de qualquer outro caminho. Os acólitos acendem suas velas. Os guardiões se deslocam invisíveis e alertas.

Os cuidadores já cuidaram apenas de suas abelhas e de suas histórias.

À medida que o espaço aumentou, passaram a cuidar de cômodos, dividindo histórias por tipo ou tamanho ou algum capricho desconhecido. Entalhavam prateleiras para livros na rocha ou construíam estantes de metal ou armários e mesas de vidro para os volumes maiores, cadeiras e travesseiros para ler e lâmpadas para enxergar a leitura. Acrescentavam mais cômodos conforme era necessário: cômodos circulares com fogueiras no centro para contar histórias em voz alta, cômodos cavernosos com uma acústica excelente para encenar histórias por meio de dança ou música, cômodos para restaurar livros, cômodos para escrever livros, cômodos vazios para qualquer propósito que pudesse surgir.

Os cuidadores fizeram portas para os cômodos e chaves para abri-las ou mantê-las fechadas. A mesma chave para todas as portas, a princípio.

Mais portas levaram a mais chaves. Antigamente, um cuidador era capaz de identificar todas as portas, todos os cômodos, todos os livros, mas não mais. Então assumiram seções individuais. Alas. Andares. É possível que um cuidador jamais conheça todos os outros. Eles se movem em círculos ao redor uns dos outros, às vezes se cruzando, às vezes não.

Eles queimaram suas chaves no peito para ser reconhecidos a todo momento como cuidadores. Para lembrar-se de que têm uma responsabilidade, mesmo quando sua chave (ou chaves) pende de um gancho numa parede, e não ao redor do pescoço.

O modo como alguém se torna um cuidador também mudou.

No começo, eles eram escolhidos e criados como cuidadores. Nascidos no Porto ou levados para lá jovens demais para se lembrar do céu mesmo como um sonho, então ensinados desde muito cedo sobre os livros e as abelhas, e presenteados com chaves de madeira para brincar.

Depois de um tempo foi decidido que esse caminho, como o dos acólitos, deveria ser voluntário. Ao contrário dos acólitos, os voluntários passam por um período de treinamento. Se desejarem se voluntariar depois do primeiro período de treinamento, entram num segundo. Depois do segundo, os restantes passam por um terceiro.

Este é o terceiro período de treinamento.

O cuidador em potencial deve escolher uma história. Qualquer história. Um conto de fadas ou mito ou anedota sobre uma longa noite com garrafas de vinho em excesso, contanto que não seja uma história sua.

(Muitos que a princípio acreditam querer ser cuidadores na verdade são poetas.)

Eles estudam a história por um ano.

Devem aprendê-la de memória. Mais que na memória, devem aprendê-la no coração – de modo que não apenas recitem as palavras, mas sintam a forma da história conforme ela muda e ascende e despenca e se apressa ou serpenteia em direção ao clímax. Assim eles podem lembrar e relatar a história de maneira tão íntima como se a tivessem vivido pessoalmente e tão objetiva como se tivessem interpretado todos os papéis dentro dela.

Depois de um ano de estudo, são levados a uma sala redonda com uma única porta. Duas cadeiras simples de madeira aguardam no centro, uma voltada para a outra.

Velas ocupam a parede curva como estrelas, brilhando em arandelas dispostas a intervalos regulares.

Cada parte da parede que não está ocupada por uma vela ou pelo vazio da porta está coberta de chaves. Elas sobem do chão pela parede e continuam além das velas mais altas até as sombras acima. Chaves compridas de bronze e curtas de prata, chaves com dentes complicados e chaves com cabos intrincadamente decorados. Muitas são antigas e enferrujadas, mas todas juntas centelham e cintilam à luz das velas.

Ali há uma cópia de cada chave no Porto. Se uma é requisitada, outra é feita para tomar seu lugar, de modo que nenhuma jamais se perca.

A única chave que não tem uma gêmea pendendo nesta sala é a chave que abre a porta em sua parede.

É uma sala que distrai. É feita para isso.

O cuidador em potencial é levado a essa sala e lhe pedem que se sente.

(A maioria escolhe a cadeira encarando a porta. Aqueles que escolhem sentar-se de costas para a porta quase sempre se saem melhor.)

Eles são deixados sozinhos por um tempo que varia de alguns minutos a uma hora.

Então alguém entra na sala e senta-se na cadeira em frente.

E então eles contam sua história.

Podem contá-la de qualquer modo que quiserem. Não podem sair da sala e não podem trazer nada além de si mesmos. Nenhum acessório, nenhum papel para consulta.

Eles não precisam permanecer na cadeira, embora seu público de uma pessoa, sim.

Alguns ficam sentados e recitam, permitindo que a voz faça o trabalho.

Uma contação mais empolgada pode envolver qualquer coisa desde ficar em pé na cadeira até caminhar pela sala.

Um cuidador em potencial uma vez se levantou, foi para trás do ouvinte, se inclinou e sussurrou a história inteira no seu ouvido.

Outro cantou sua história, um relato longo e complicado que foi de doce e suave e melódico até uivos de dor e então voltou.

Outra, usando a própria cadeira para ajudar, apagou cada uma das velas conforme a história progredia, terminando seu conto aterrorizante na escuridão.

Quando a história está concluída, o ouvinte vai embora.

O cuidador em potencial permanece sozinho na sala por um tempo que varia de alguns minutos a uma hora.

Então surge um cuidador. Alguns serão agradecidos pelo trabalho e o serviço e dispensados.

Aos demais, o cuidador pede que escolham uma chave da parede. Qualquer chave que o candidato quiser.

Elas não são etiquetadas. A escolha é feita por toque, por instinto ou por capricho.

A chave é aceita e o cuidador em potencial retorna a seu assento e é vendado.

A chave escolhida é aquecida sobre uma chama e então pressionada em seu peito. Cria uma cicatriz ali aproximadamente onde teria ficado se fosse usada em uma corrente ao redor do pescoço.

Na escuridão, o cuidador se vê dentro da sala que é aberta pela chave escolhida. E conforme a dor aguda se dissipa, vai começar a ver todos os cômodos. Todas as portas. Todas as chaves. Todas as coisas que eles guardam.

Aqueles que se tornam cuidadores não se tornam cuidadores porque são organizados, têm uma mente mecânica ou são devotados, nem por serem julgados mais merecedores que outros. A devoção é para acólitos. O merecimento é para guardiões. Cuidadores devem ter ânimo e mantê-lo elevado.

Tornam-se cuidadores, pois entendem por que estamos aqui.

Por que isso importa.

Pois entendem as histórias.

Sentem o zunido das abelhas nas veias.

Mas isso acontecia antes.

Agora só existe um.

ZACHARY EZRA RAWLINS confere o relógio três vezes enquanto espera o casaco no guarda-volumes. Lê o bilhete de novo. *Paciência & Coragem. Uma da manhã. Traga uma flor.*

Ele tem noventa e quatro por cento de certeza que Paciência e Coragem são os nomes dos leões fora da Biblioteca Pública de Nova York, a poucas quadras dali. Os seis por cento de incerteza não são suficientes para merecer possibilidades alternativas, e os minutos insistem em passar em um ritmo muito mais acelerado do que pareciam fazer mais cedo.

— Obrigado — ele diz à garota que traz seu casaco, soando entusiasmado demais, a julgar pela expressão dela, que é legível mesmo que esteja parcialmente obscurecida pela máscara, mas Zachary já está a meio caminho da porta.

Então ele para, lembrando-se da única instrução do bilhete, e tira uma flor de um arranjo perto da porta, da maneira mais discreta possível. É uma flor de papel, com pétalas feitas de páginas de livros, mas é tecnicamente uma flor. Terá de servir.

Ele tira a máscara antes de sair, enfiando-a no bolso do casaco. Seu rosto parece estranho sem ela.

O ar lá fora o atinge como uma parede congelada e então algo mais forte bate nele, derrubando-o no chão.

— Oh, sinto muito! — diz uma voz acima dele. Zachary ergue a cabeça, piscando, os olhos doendo de frio e sua visão pós-coquetéis insistindo que ele está sendo interpelado por um urso-polar muito educado.

Enquanto ele continua piscando, o urso-polar começa a ficar menos embaçado, transformando-se numa mulher de cabelos brancos em um casaco de pele igualmente branco, que estende a ele uma mão enluvada.

Zachary aceita e deixa a mulher-urso ajudá-lo a se erguer.

— Pobrezinho — ela diz, limpando a sujeira do casaco dele, as luvas brancas agitando-se sobre seus ombros e lapelas e de alguma forma permanecendo limpas. A mulher retorce os lábios vermelhos de batom. — Você está bem? Eu não estava olhando aonde ia, que tolinha.

— Estou bem — diz Zachary, com gelo encharcando a calça e uma dor latejante no ombro. — A senhora está bem? — ele pergunta, embora nem a mulher nem seu casaco tenham um fio fora do lugar e ambos pareçam agora mais prateados que brancos.

— Estou incólume, além de inobservante — responde a mulher, agitando de novo as mãos enluvadas. — Não faço um homem cair aos meus pés há algum tempo, independentemente das circunstâncias, então obrigada por isso, querido.

— De nada — diz Zachary, com um sorriso automático à medida que a dor no ombro diminui. Ele quase pergunta à mulher se ela esteve na festa, mas está preocupado demais com a passagem do tempo. — Tenha uma ótima noite — ele diz, deixando-a na poça de luz sob o toldo do hotel e seguindo pela rua.

Verifica o relógio de novo enquanto vira a esquina para a Quinta Avenida. Tem alguns minutos.

Enquanto cobre a distância até a biblioteca, ouvindo os táxis que correm sobre o pavimento úmido, seu piloto automático começa a vacilar. Suas mãos estão congelando. Ele abaixa os olhos para a flor de papel que segura, agora um tanto amassada. Faz uma inspeção mais atenta para ver se consegue identificar o livro de que são feitas as pétalas, mas o texto está em italiano.

Ele diminui o passo quando se aproxima dos degraus da biblioteca. Apesar da hora avançada, há algumas pessoas rondando o prédio. Um aglomerado de casacos pretos ri e conversa enquanto espera o semáforo mudar do outro lado da rua. Um casal se beija contra um muro baixo de pedra. A escada em si está vazia e a biblioteca, fechada, mas os leões permanecem em seu posto.

Zachary passa por um que presume ser Coragem e para bem no meio de um degrau, entre os dois leões. Olha o relógio: 1h02.

Será que perdeu seu encontro, se é que isso é um encontro, ou tem de esperar?

Deveria ter trazido um livro, ele pensa, como sempre pensa enquanto espera em algum lugar sem um livro, e enfia a mão no paletó.

Mas *Doces dores* não está mais no bolso.

Zachary remexe em todos os bolsos para ter certeza, mas o livro sumiu.

— Procurando isso? — pergunta alguém atrás dele.

Em pé na escada da biblioteca alguns degraus acima dele está um homem usando um casaco de marinheiro, com o colarinho virado para cima ao redor de um pesado cachecol de lã. Seu cabelo escuro está ficando grisalho nas têmporas, emoldurando um rosto que seria chamado de bonito se as palavras "rústico" ou "incomum" acompanhassem o elogio. Ele usa calça social preta e sapatos lustrosos, mas Zachary não consegue se lembrar de vê-lo na festa.

Em uma das mãos enluvadas, ele segura *Doces dores.*

— Você roubou isso de mim — acusa Zachary.

— Não, outra pessoa roubou isso de você e eu roubei dela — explica o homem, descendo os degraus e parando ao lado de Zachary. — De nada.

Os pelos na nuca de Zachary reconhecem a voz antes que o resto do corpo o faça. O homem é seu contador de histórias.

— Há pessoas te seguindo que querem este livro — continua o homem. — No momento, acreditam que estão com ele. O que temos agora é uma janela de tempo na qual eles não o seguirão, uma janela que vai se fechar em aproximadamente meia hora quando perceberem que o livro sumiu. De novo. Venha comigo.

O homem guarda *Doces dores* no casaco e começa a andar, passando por Paciência e virando-se para o sul. Ele não olha para trás. Zachary hesita, então o segue.

— Quem é você? — pergunta quando alcança o homem na esquina.

— Pode me chamar de Dorian — diz o homem.

— Esse é seu nome?

— Isso importa?

Eles atravessam a rua em silêncio.

— Então para que é a flor? — pergunta Zachary, erguendo a planta de papel entre dedos quase dormentes de frio.

— Queria ver se você seguiria as instruções — responde Dorian. — Aceitável, embora não seja uma flor de verdade. Pelo menos você é bom em improvisar.

Dorian pega a flor, a gira nos dedos e a coloca na lapela do casaco.

Zachary enfia as mãos enregeladas nos bolsos.

— Você não perguntou quem eu sou — ele comenta, sem entender como alguém pode ser tão intrigante e irritante ao mesmo tempo.

— Você é Zachary Ezra Rawlins. Zachary, nunca Zack. Nasceu no dia 11 de março de 1990, em Nova Orleans, Louisiana. Mudou-se para Nova York em 2004 com a mãe logo após o divórcio dos seus pais. Cursou a universidade em Vermont nos últimos cinco anos e meio e atualmente trabalha em uma tese sobre gênero e narrativa em jogos modernos. Tem uma média alta. É introvertido e sofre de uma ansiedade leve; é amigável com várias pessoas, mas não tem amigos próximos de verdade. Teve dois relacionamentos românticos sérios e ambos acabaram mal. No começo da semana tomou um livro emprestado de uma biblioteca e em seguida o livro em questão foi indexado em um sistema informatizado, tornando-o rastreável, e desde então o livro, e você com ele, tem sido seguido. Você não é muito difícil de seguir, mas eles também estão mapeando seu celular e plantaram um dispositivo de rastreamento que felizmente você deixou no hotel. Você gosta de coquetéis elaborados e chocolate em pó orgânico e provavelmente deveria ter usado um cachecol. Eu sei quem você é.

— Esqueceu que sou de Peixes — diz Zachary entre dentes cerrados.

— Achei que estava implícito com a inclusão da data de nascimento — diz Dorian com um leve dar de ombros. — Sou de Touro. Se sobrevivermos a isso, vou pedir à sua mãe para fazer meu mapa astral.

— O que você sabe sobre minha mãe? — pergunta Zachary, exasperado. Ele precisa correr para acompanhar o ritmo de Dorian e cada cruzamento que passam traz uma nova lufada de ar congelante que atravessa seu casaco. Ele parou de conferir as placas na rua, mas acha que estão se movendo na direção sudeste.

— Madame Love Rawlins, conselheira espiritual — responde Dorian quando eles viram outra esquina. — Só morou no Haiti até os quatro anos, mas às vezes finge ter o sotaque, porque os clientes gostam. É especialista em psicometria e se arrisca em tarô e folhas de chá. Vocês moravam acima da loja dela em Nova Orleans. Era lá que ficava a porta que você não abriu, não era?

Zachary se pergunta como ele poderia saber da porta, mas então chega a uma resposta simples.

— Você leu o livro.

— Passei os olhos nos primeiros capítulos, se é que podemos chamá-los assim. Eu me perguntei por que você parecia tão afeito a ele, mas agora entendo. Eles não devem saber que você está no livro, senão estariam muito mais interessados em você, e no momento estão muito focados no livro.

— Quem são eles? — pergunta Zachary quando os dois viram em uma rua mais larga que ele reconhece como a Park Avenue.

— Um bando de desgraçados ranzinzas que pensam estar fazendo a coisa certa quando o *certo* neste caso é subjetivo — diz Dorian, irritado de tal modo que Zachary imagina que a ranzinzice pode ser uma questão pessoal e provavelmente mútua. — Posso lhe dar uma aula de história, mas não agora. Não temos tempo.

— Aonde estamos indo, então?

— Vamos ao quartel-general deles nos Estados Unidos, que felizmente fica a poucas quadras daqui — explica Dorian.

— Espere, nós vamos até *eles*? — pergunta Zachary. — Eu não...

— A maior parte *deles* não estará lá, o que é uma vantagem para nós. Quando chegarmos, você vai dar isto para eles.

Dorian enfia a mão em sua sacola e estende um livro diferente para Zachary. Grosso e azul e familiar, tem um desenho dourado na capa. Um busto de Ares.

Zachary vira o livro para ler a lombada, embora saiba o que está escrito: *A era das fábulas ou belezas da mitologia*. O adesivo da biblioteca na lombada foi arrancado.

— Você pegou isso da biblioteca — diz Zachary, a afirmação soando dolorosamente óbvia. — Você estava lá.

— Correto, dez pontos para a Corvinal. Embora não tenha sido muito esperto da sua parte reunir todos aqueles livros e deixá-los sem supervisão só porque queria um muffin.

— Era um muffin de qualidade — ele dispara na defensiva e, para sua surpresa, Dorian dá uma risada baixa e agradável que o faz sentir menos frio.

— Um muffin de qualidade é só um cupcake sem cobertura — comenta Dorian antes de retomar o assunto. — Você vai levar esse livro a eles.

— Eles não vão saber que não é o livro que querem? — Zachary abre a quarta capa e vê que o código de barras também sumiu e no seu lugar há apenas as iniciais JSK escritas no papel.

— As pessoas que estavam te seguindo, sim — confirma Dorian. — Mas elas estão distraídas. Aquelas que elas deixaram cuidando da coleção serão do baixo escalão, sem permissão para saber qual é o livro exato que alguém está procurando. Você vai dar este para eles, vai tirar outro para mim e eu vou devolver este aqui para você.

Ele ergue *Doces dores* de novo e Zachary pensa, com um segundo de atraso, que poderia apenas agarrar o livro e sair correndo. Mas suas mãos estão geladas demais para tirar dos bolsos. E este homem, qualquer que seja seu nome real, provavelmente conseguiria alcançá-lo.

— Todo esse malabarismo de livros serve a algum propósito? — pergunta Zachary.

Dorian desliza *Doces dores* de volta para dentro do casaco.

— Se me ajudar com o malabarismo de livros, como você diz, eu te levo para lá.

Zachary não precisa que ele esclareça onde é "lá", mas também não sabe o que dizer. Uma luz neon intermitente ilumina a neve na sarjeta à frente deles, fazendo-a passar de cinza para vermelho e de volta para cinza.

— É real — diz Zachary, o que não é bem uma pergunta.

— É claro que é real — afirma Dorian. — Você sabe que é. Sente isso até a ponta dos pés, ou não estaria aqui.

— É... — começa Zachary, mas não consegue terminar a pergunta. "É do jeito que é no livro?" Ele está doido para saber, mas também suspeita que as coisas reais nunca são inteiramente capturadas em palavras. Há sempre mais.

— Você não vai chegar lá sem minha ajuda — continua Dorian quando eles param na faixa diante de um semáforo vermelho, apesar da ausência de trânsito. — A não ser que tenha um acordo com Mirabel que eu não saiba.

— Quem é Mirabel? — pergunta Zachary quando eles voltam a caminhar.

Dorian para no meio da rua e se vira para o encarar, com um olhar indagador encimado por sobrancelhas céticas.

— Que foi? — pergunta Zachary quando a pausa se estende o suficiente para deixá-lo desconfortável, olhando para os dois lados em busca de um táxi.

— Você não... — começa Dorian, e para de novo. As sobrancelhas céticas se abaixam para formar uma expressão que parece mais com preocupação, mas ele se vira e continua caminhando. — Não temos tempo para isso, estamos quase lá. Preciso que escute com muita atenção e siga as minhas instruções.

— Nada de improvisar? — pergunta Zachary, um pouco mais ríspido do que pretendia.

— Só se não tiver escolha. Nada de emprestar canetas também, caso estivesse se perguntando sobre o dispositivo de rastreamento. Você vai dizer a quem quer que abrir a porta que tem uma entrega para o arquivo. Mostre o livro, mas não o largue em nenhum momento. Se eles não permitirem que entre de imediato, você vai dizer que Alex o mandou.

— Quem é Alex?

— Não é uma pessoa, é um código. Use isto e garanta que eles vejam, mas não chame atenção. É de um estilo mais velho do que usam atualmente, mas foi o melhor que consegui.

Dorian lhe entrega um pedaço de metal em uma longa corrente – uma espada de prata.

— Você vai ser levado por um corredor e por um lance de escadas até outro corredor com várias portas trancadas. Uma sala será destrancada para você. Mais ou menos nesse momento, uma campainha vai tocar. Seu acompanhante vai precisar atender à porta. Garanta a ele que é capaz de devolver o livro sozinho e diga que vai sair pelos fundos. É uma prática comum e não vai parecer estranho. Seu acompanhante vai partir.

— Como você tem certeza? — pergunta Zachary, enfiando a corrente sobre a cabeça quando eles fazem outra curva. As ruas ao redor são mais residenciais, interrompidas por árvores e ocasionais lojas de conveniência e restaurantes.

— Eles são muito severos com os protocolos, mas alguns são mais importantes que outros — explica Dorian, acelerando o passo quando os dois continuam. — Sempre atender à porta é um dos mais severos e vai levar prioridade. Bem, a sala terá livros em estantes e vitrines de vidro. O que interessa são as vitrines. Em uma delas haverá um livro encadernado em couro marrom, com pintura dourada esmaecida nas margens das páginas. Você vai saber qual é. Troque a mitologia de Bulfinch por esse livro. Guarde-o no casaco dentro daquela sala, porque há câmeras nos corredores. É melhor manter a cabeça abaixada, mas não acho que ninguém monitorando vai reconhecer você com base na sua foto.

— Eles têm uma foto minha? — pergunta Zachary.

— Do seu anuário, mas não se parece nada com você, não se preocupe com isso. Volte pelo caminho por onde veio, descendo as escadas, mas, quando chegar ao corredor principal, contorne a escada. Dali você vai descer ao porão e sair pela porta dos fundos. Essa porta leva a um jardim com um portão; saia pelo portão e vire à direita. Siga até o final do beco e de volta para a rua. Estarei esperando do outro lado da rua e, quando o vir, vou começar a andar. Quero que me siga por seis quadras e, se tiver certeza de que ninguém o seguiu, me alcance. É aqui — diz Dorian, parando em uma esquina parcialmente sombreada. — Na metade da quadra à esquerda, um prédio cinza, porta preta, número 213. Tem alguma dúvida?

— Sim, eu tenho dúvidas! — exclama Zachary, mais alto do que pretendia. — Quem diabos é você, afinal? De onde veio? Por que não pode fazer isso pessoalmente? O que esse livro específico tem de tão importante e quem são de verdade essas pessoas e o que o rato fez com o coração do Destino? Quem é Mirabel e em que momento durante toda essa atividade secreta eu tenho permissão de voltar ao meu hotel para pegar minhas janelas de rosto? Oculares. Óculos.

Dorian suspira e se vira para Zachary, metade do rosto na luz e metade na sombra, e Zachary percebe que ele é mais jovem do que parece, o cabelo grisalho e as sobrancelhas quase sempre franzidas exagerando a impressão de idade.

— Perdoe minha impaciência — diz Dorian, abaixando a voz e chegando um passo mais perto. Seus olhos percorrem depressa a rua, então se voltam para Zachary. — Eu e você queremos chegar ao mesmo destino, mas para fazer isso preciso daquele livro. Não posso pegá-lo pessoalmente porque eles me conhecem e, se eu pisar naquele prédio, nunca vou sair dele de novo. Estou pedindo sua ajuda porque acredito que você pode estar disposto a me ajudar. Por favor. Eu imploro, se for preciso.

Pela primeira vez, a voz de Dorian assume o caráter que tinha na escuridão da festa, a cadência do contador de histórias transformando a esquina em um lugar sagrado.

Dorian sustenta o olhar dele e, por um momento, o sentimento no peito, que Zachary pensou ser nervosismo, é algo totalmente diferente, mas então volta a ser nervosismo. Ele está quente demais.

Não sabe o que dizer, então só assente e vira, deixando Dorian nas sombras. O coração martela nos ouvidos enquanto os pés o levam por uma rua deserta ladeada por prédios de arenito vermelho iluminados pela luz dos postes e persistentes fios de luzinhas natalinas entrelaçadas nas árvores.

O que você está fazendo?, pergunta uma voz na sua cabeça. Ele não tem uma boa resposta. Não sabe o quê, nem por quê, nem onde, exatamente, pois esqueceu de conferir a placa da rua na esquina. Poderia só continuar andando, chamar um táxi e voltar ao hotel. Mas quer o livro de volta. E quer saber o que acontece em seguida.

Uma missão foi posta à sua frente e ele vai concluí-la.

Alguns prédios não têm números visíveis, então Zachary não consegue acompanhar a sequência, mas não importa, contanto que encontre aquele que está procurando. É um prédio diferente dos que o cercam, a fachada de pedra cinza em vez de vermelha, as janelas trancadas por barras pretas ornamentadas. Ele teria achado que era uma embaixada se tivesse uma bandeira, ou então um clube de faculdade. Tem um aspecto frio demais para ser uma residência privada.

Ele olha para a rua outra vez antes de subir os degraus, mas, se Dorian o está esperando lá, Zachary não consegue vê-lo. Ele repassa as instruções na cabeça enquanto se aproxima da porta, temendo esquecer algo.

A entrada é iluminada por uma única lâmpada em uma arandela ornamentada acima de uma placa de metal. Zachary se inclina para ler.

Clube de Colecionadores

Nenhum horário de funcionamento nem qualquer outra informação. O vidro acima da porta está coberto de gelo, mas as luzes estão acesas no interior. A porta é preta com números dourados: 213. Definitivamente é a certa.

Ele respira fundo e aperta a campainha.

DOCES DORES
Cidades perdidas de mel e osso.

Nas profundezas, há um homem perdido no tempo.
Ele abriu as portas erradas. Escolheu os caminhos errados.
Vagou mais longe do que deveria.
Ele está procurando alguém. Alguma coisa. Alguém. Não se lembra quem é o alguém, não é capaz, aqui nas profundezas onde o tempo é frágil, de capturar e segurar os pensamentos e lembranças, revirando-os para se recordar de algo além de vislumbres.
Às vezes ele para e, na parada, sua memória clareia o suficiente para ver o rosto dela ou pedaços dele. Mas a claridade o motiva a continuar, e então os pedaços se desmancham de novo e ele continua caminhando sem saber por quem ou pelo que caminha.
Só sabe que ainda não alcançou o que quer que seja.
Não a alcançou.
Quem? Ele olha em direção ao céu oculto por pedra e terra e histórias. Ninguém responde a sua pergunta. Há um gotejamento que ele confunde com água, mas nenhum outro som. Então a pergunta é esquecida novamente.
Ele desce por escadas esfaceladas e tropeça em raízes emaranhadas. Faz muito tempo que passou pelo último dos cômodos, com suas portas e fechaduras, os lugares onde as histórias se contentam em permanecer em suas estantes.
Ele se desvencilhou das vinhas onde desabrocham flores cheias de histórias. Atravessou pilhas de xícaras de chá abandonadas com texto cozido no esmalte rachado. Caminhou por poças de tinta e

deixou em seu encalço pegadas que formaram histórias, que ele não se virou para ler.

Agora viaja por túneis sem luz em cada extremo, tateando paredes invisíveis até estar em algum outro lugar em algum outro momento.

Passa sobre pontes quebradas e sob torres desmoronadas.

Caminha sobre ossos que confunde com pó e um vazio que confunde com ossos.

Seus sapatos, que já foram elegantes, estão gastos. Ele abandonou o casaco há algum tempo.

Não se lembra do casaco, com sua miríade de botões. O casaco, se casacos fossem capazes de lembrar tais coisas, se lembraria dele, mas quando eles se reencontrarem vai pertencer a outra pessoa.

Em dias claros, as lembranças em sua mente se focam em palavras e imagens esparsas. Seu nome. O céu noturno. Um cômodo com cortinas de veludo vermelhas. Uma porta. Seu pai. Livros, centenas e milhares de livros. Um único livro na mão dela. Os olhos dela. O cabelo dela. A ponta dos dedos dela.

Mas a maioria das lembranças são histórias. Trechos de histórias. Andarilhos cegos e amantes malfadados, grandes aventuras e tesouros enterrados. Reis loucos e bruxas enigmáticas.

As coisas que ele viu e ouviu com os próprios olhos e ouvidos se misturam a contos que leu ou ouviu com os próprios olhos e ouvidos. São inseparáveis aqui embaixo.

Não há muitos dias claros. Noites claras.

Não há como distingui-los aqui nas profundezas.

Noite ou dia. Fato ou ficção. Real ou imaginário.

Às vezes ele sente que perdeu a própria história. Que caiu para fora das páginas e aterrissou aqui, no meio, mas permanece em sua história. Não pode sair dela, por mais que tente.

O homem perdido no tempo caminha pela praia e não ergue os olhos para a ausência de estrelas. Perambula por cidades vazias de mel e osso, percorrendo ruas que já ressoaram com música e riso. Demora-se em templos abandonados, acendendo velas para deuses esquecidos e correndo os dedos sobre fósseis de oferendas nunca aceitas. Dorme em camas sobre as quais há anos ninguém sonha, e seu próprio sono é profundo, seus sonhos tão incompreensíveis quanto as horas acordadas.

No começo, as abelhas o observavam, seguindo-o enquanto ele caminhava e pairando enquanto dormia. Pensavam que ele podia ser outra pessoa.

Ele é só um garoto. Um homem. Alguém no meio.

Agora as abelhas o ignoram e cuidam da própria vida. Deci-diram que um homem profundamente perdido não é motivo de alarme, mas até as abelhas erram de tempos em tempos.

Zachary Ezra Rawlins espera no frio por tanto tempo que toca a campainha do Clube de Colecionadores pela segunda vez com um dedo quase congelado. Só tem certeza de que conseguiu porque ouve um toque baixo dentro do prédio.

Depois do segundo toque, ele escuta algo se movendo atrás da porta – o clique de múltiplas trancas sendo abertas.

A porta se abre alguns centímetros, presa por uma corrente de metal, mas o necessário para que, através da abertura, uma jovem baixa erga os olhos para ele. É mais nova que Zachary, mas não tanto a ponto de ser considerada uma garotinha, e o faz se lembrar de alguém, ou talvez tenha um daqueles rostos comuns. O olhar que dá a ele é uma mistura de desconfiança e tédio. Aparentemente, até organizações secretas estranhas têm estagiários que ficam com os turnos maçantes.

— Sim? — ela pergunta.

— Eu, hã, vou deixar isso no arquivo — diz Zachary. Ele puxa *A era das fábulas ou belezas da mitologia* um pouco para fora do bolso do casaco. A mulher observa o livro, mas não pede para vê-lo. Ela pergunta outra coisa:

— Seu nome?

É uma questão que ele não antecipou.

— Isso importa? — retruca, em sua melhor imitação de Dorian. Balança o casaco de um jeito que espera ser casual, certificando-se de que a espada de prata esteja visível.

A mulher franze o cenho.

— Pode deixar o item comigo — ela diz. — Prometo que será...

— Alex me enviou — interrompe Zachary.

A expressão da mulher muda. O tédio some e a desconfiança toma conta.

— Só um minuto — ela diz. A porta se fecha por inteiro e Zachary começa a entrar em pânico, mas então percebe que a mulher está soltando a corrente. A porta se abre de novo quase imediatamente.

A mulher o guia até um pequeno saguão cercado por vidro fosco que o impede de ver o que há por trás. Outra porta aguarda na parede à frente, também quase inteira de vidro fosco. A entrada dupla parece ter mais o propósito de ocultamento do que de segurança.

A mulher tranca e passa a corrente na porta principal, então segue depressa para destrancar a de vidro fosco. Ela está usando um longo vestido azul que parece simples e antiquado, como uma túnica, com um decote alto e bolsos grandes de cada lado. Ao redor do pescoço leva uma corrente prateada com uma espada, com um desenho diferente da que Zachary usa, mais fina e menor, mas ainda parecida.

— Por aqui — ela diz, empurrando a porta de vidro fosco.

Será que deveria fingir já ter estado aqui ou não? Teria sido uma boa pergunta para fazer a Dorian. Zachary imagina que a resposta teria sido sim, já que ele deve fingir saber onde fica a porta dos fundos, mas isso torna ainda mais difícil não ficar encarando ao redor.

O corredor é claro e alto, com paredes brancas, iluminado por uma fileira de lustres de cristal que vão do saguão até as escadas no fundo. Um tapete azul-escuro cobre as escadas e desce pelo corredor como uma cascata, refletindo a luz irregular e parecendo ainda mais líquido.

Mas o que Zachary não consegue parar de encarar são as maçanetas sem porta pendendo de cada lado do corredor.

Suspensas em fitas brancas, em alturas variadas, há maçanetas de bronze e maçanetas de cristal e maçanetas de marfim entalhado.

Algumas parecem enferrujadas a ponto de manchar a fita à qual estão presas. Outras adquiriram uma pátina verde-acinzentada. Algumas pendem perto do teto, bem acima da cabeça de Zachary, e outras quase tocam o chão. Algumas estão quebradas. Algumas estão conectadas a armações, são redondas ou retas, e todas estão sem suas portas.

Cada maçaneta tem uma etiqueta, uma corda conectada a um pedaço retangular de papel que lembra Zachary daquelas etiquetas colocadas no pé de cadáveres em necrotérios. Ele reduz o passo para observar melhor e vê números que pensa ser latitudes e longitudes. Abaixo de cada etiqueta há uma data.

Enquanto percorrem o corredor, o ar ao redor sopra nas fitas, fazendo as maçanetas oscilarem de leve, batendo nas vizinhas com um repique oco e pesaroso.

Há centenas delas. Talvez milhares.

Zachary e sua acompanhante sobem as escadas de cascata em silêncio, as maçanetas ecoando atrás deles.

Há dois lances de escada que se encontram no centro, e a mulher sobe o da direita. Um lustre maior pende no meio das escadas entrelaçadas, suas lâmpadas ocultas atrás de gotas de cristal.

Ambos os lados levam ao mesmo corredor no piso superior, este com um teto baixo e sem maçanetas em fitas. Esse corredor tem as próprias portas, cada uma pintada de um preto fosco que contrasta fortemente com as paredes brancas que as cercam. Cada porta é identificada com um número de bronze no centro. Conforme eles percorrem o corredor, Zachary vê que os números são todos baixos, mas não parecem estar em sequência. Eles passam por uma porta marcada com um seis e outra com um dois e então onze.

Param em uma porta perto do final do corredor, marcada com um oito, ao lado da grande janela com barras que Zachary viu da rua. A mulher tira um pequeno molho de chaves do bolso e destranca a porta.

Uma campainha alta soa no andar inferior. A mão da mulher hesita na maçaneta e Zachary consegue ver o conflito em seu rosto – ir ou ficar.

A campainha toca de novo.

— Eu cuido disso — ele diz, erguendo o livro para enfatizar.

— E saio pelos fundos depois. Sem problemas.

Casual demais, ele pensa, mas sua acompanhante morde o lábio e assente.

— Obrigada, senhor — ela diz, enfiando as chaves de volta no bolso. — Tenha uma noite agradável.

A mulher se afasta pelo corredor em um ritmo muito mais acelerado antes que a campainha toque uma terceira vez.

Zachary a observa até chegar às escadas, então abre a porta.

O cômodo é mais escuro que o corredor: as luzes estão dispostas como em um museu, iluminando os conteúdos a partir de ângulos cuidadosamente escolhidos. As estantes que cobrem a parede são iluminadas por dentro, com livros e objetos brilhando, incluindo o que parece ser uma mão humana real flutuando em uma jarra de vidro, com a palma virada para fora como se acenasse em cumprimento. Duas longas vitrines percorrem a extensão da sala, acesas por dentro de modo que os livros parecem flutuar. Cortinas pesadas escondem as janelas.

Zachary não demora a encontrar o livro que foi enviado para buscar – há dez em uma vitrine e oito na outra, e só um está encadernado em couro marrom. A luz ao redor reflete as margens douradas das páginas, os cantos que mantiveram seu brilho dourado cintilando com mais força. Felizmente, é um dos volumes menores e cabe num bolso. Os outros livros são maiores e alguns parecem bem pesados.

Zachary inspeciona a vitrine, tentando recordar se alguma das instruções incluía como abri-la. Não encontra nenhuma dobradiça ou trinco.

— É uma caixa-segredo — murmura consigo mesmo.

Ele faz uma inspeção mais detalhada. O vidro é composto por painéis, cada livro em uma caixa transparente, embora as caixas estejam conectadas umas às outras. Há divisões quase invisíveis separando-as. O livro marrom está numa seção perto da ponta; é o segundo à esquerda. Zachary examina os dois lados, então agacha sob a mesa para ver se é possível abrir de baixo, mas não encontra nada. A mesa tem uma base pesada feita de algum tipo de metal.

Ele se levanta e encara a vitrine. As luzes estão conectadas a cabos, então os cabos devem levar a algum lugar, mas nenhum está visível de fora. Se passam através da vitrine, talvez a coisa funcione à base de eletricidade.

Então vasculha o perímetro da sala em busca de interruptores. Aquele próximo da porta liga um lustre, que Zachary nem notou, nas sombras do teto. É mais simples que os do corredor e não fornece muita luz.

A parede com as janelas tem trincos complicados, mas nada além disso. Zachary abre uma cortina e encontra uma janela com vista para o muro de tijolos do prédio vizinho.

Abre a outra cortina e encontra não uma janela, mas uma parede com uma fileira de interruptores.

— Rá! — exclama.

Há alguns em algo que se parece com uma caixa de fusível, nenhum deles identificado. Zachary aperta o primeiro e as luzes se apagam em uma das vitrines, fazendo a mão suspensa desaparecer. Ele o liga de novo e vai até o oitavo interruptor, supondo que os outros seis são as estantes.

As luzes se apagam em uma vitrine, mas não na que ele está tentando abrir, e há um barulho metálico pesado. Ele vai inspecionar a vitrine aberta e descobre que o vidro ficou no lugar, mas a base se abaixou cerca de trinta centímetros, permitindo acesso aos livros.

Corre de volta aos interruptores e desliga o oitavo, então aperta o sétimo. O som metálico se duplica quando as vitrines se mexem.

Agora o livro de couro marrom está acessível, e Zachary o tira de seu lugar, inspecionando-o enquanto volta aos interruptores. O volume o lembra de *Doces dores* pelo couro e pelo fato de não ter nada gravado na capa – nenhum título ou autor visível. As páginas estão decoradas com lindas bordas e iluminuras, mas o texto está em árabe, então ele o fecha e enfia no bolso interno do paletó.

Em seguida, desliga o interruptor número sete.

As luzes, porém, permanecem apagadas e a vitrine continua abaixada. O barulho metálico é substituído por um chiado de metal contra metal.

Zachary o liga e desliga de novo. Então se lembra.

Ele tira *A era das fábulas ou belezas da mitologia* do casaco e o apoia no local onde estava o livro de couro marrom e experimenta virar o interruptor de novo.

Dessa vez, a vitrine se fecha alegremente com o som metálico e as luzes voltam a se acender enquanto os livros são trancados outra vez.

Zachary olha o relógio, percebendo que não faz ideia de quanto tempo passou na sala. Arruma as cortinas, apaga o lustre e sai silenciosamente no corredor.

Fecha a porta da maneira mais suave possível. Sua acompanhante não está em lugar nenhum, mas ele ouve uma voz no piso inferior enquanto segue para as escadas.

Quando está na metade da escadaria, prestes a virar no corredor principal, a voz fica mais alta.

— Não, você não entende, ele está aqui *agora* — diz a acompanhante que não está mais o acompanhando.

Há uma pausa. Zachary reduz o passo, espiando pelo canto das escadas quando a voz continua, parecendo cada vez mais ansiosa. Ele vê uma porta aberta de cada lado do corredor, perto das escadas, que não notou antes.

— Acho que ele sabe mais do que tínhamos imaginado… não sei se ele está com o livro, pensei que… sinto muito. Eu não… Estou ouvindo, senhor. Sob hipótese alguma, entendido.

Pelas pausas, Zachary supõe que ela está em uma ligação. Ele se esgueira escada abaixo o mais rápida e silenciosamente possível, com cuidado para não perturbar as maçanetas flutuantes em suas fitas quando chega ao corredor. Dali consegue enxergar a sala onde a jovem está de costas para ele, falando no receptor de um antigo telefone de disco preto apoiado em uma escrivaninha de madeira escura. Ao lado do aparelho há um novelo de lã e metade de um cachecol enrolado em agulhas de tricô, e Zachary percebe por que a mulher parecia familiar.

Ela estava na aula de Kat. Era a suposta estudante de Letras que ficou tricotando o tempo todo.

Ele se esgueira para trás das escadas o mais rápido possível e sai de vista. A voz parou, mas ele não ouviu o telefone sendo desligado e continua seguindo ao lado da escada, sem ser interrompido, até chegar a uma porta. Abre-a com cuidado e silêncio, descobrindo um lance estreito de degraus muito menos ornamentados que conduzem ao piso inferior.

Zachary fecha a porta delicadamente e desce as escadas devagar, torcendo a cada passo para não fazer nada ranger. Na metade do caminho, pensa ouvir um telefone sendo desligado, então um som que pode ser alguém subindo as escadas no andar superior.

Já estas escadas terminam em uma sala sem iluminação cheia de caixas, mas a luz entra através de um par de portas de vidro fosco que Zachary supõe serem a saída. Não parece haver outra, mas ele procura só para garantir.

As portas têm vários trincos, mas todos são fáceis de abrir e em menos tempo do que esperava ele está de volta no frio. A neve começou a cair e flocos brancos flutuam no vento e circulam ao redor dele, muitos nunca encontrando o caminho até o chão.

Um lance curto de escadas conduz a um jardim composto majoritariamente por gelo e pedras com uma cerca de barras de ferro pretas que combinam com as da janela. O portão fica nos fundos e o beco está além dele. Zachary caminha em sua direção, mais devagar do que preferiria, mas seus sapatos sociais não são bem adaptados à pedra escorregadia.

Uma sirene toca a distância, seguida por uma buzina de carro.

Zachary afasta uma camada de gelo do trinco no portão, começando a respirar um pouco mais tranquilamente.

— Já vai? — pergunta uma voz atrás dele.

Zachary se vira, com a mão no portão.

Em pé na escada diante das portas de vidro abertas está a mulher-urso, ainda usando o casaco de pele, parecendo tanto mais como menos com um urso enquanto sorri para ele.

Zachary não diz nada, mas não consegue se mexer.

— Fique um pouco e beba uma xícara de chá — convida a mulher, casual e graciosa, parecendo ignorar o fato de que eles estão em pé na neve enquanto ele está escapando no meio da noite com literatura roubada.

— Realmente preciso ir — diz Zachary, engolindo a risada nervosa que ameaça acompanhar a afirmação.

— Sr. Rawlins — diz a mulher, descendo um único degrau em direção a ele, mas parando de novo —, garanto que não sabe no que está envolvido. O que quer que pense que está acontecendo aqui, qualquer que seja o lado que o coagiram a tomar, está enganado. Tropeçou em algo que não é da sua conta. Por favor, saia do frio, vamos tomar um chá e ter uma conversa educada e então você pode seguir seu caminho. Eu pagarei sua passagem de volta a Vermont como um gesto de boa vontade. Você pode voltar aos seus estudos e vamos todos fingir que nada disso aconteceu.

Zachary transborda de perguntas e dilemas. Em quem ele deve confiar, o que deve fazer, como conseguiu, em uma única noite, passar da ignorância quase completa a um envolvimento profundo no que quer que seja isso tudo? Ele não tem motivos reais para confiar em Dorian mais do que nessa mulher. Não tem respostas suficientes para acompanhar todas essas perguntas.

Mas tem uma única resposta que torna muito fácil sua decisão neste momento na neve.

De jeito nenhum ele vai voltar para casa e fingir. Não agora.

— Com todo o respeito, tenho de recusar o convite — ele diz. Abre o portão com um rangido, fazendo lascas de gelo caírem sobre os ombros, e não olha para a mulher na escada enquanto corre pelo beco tão rápido quanto seus sapatos pouco práticos permitem.

Há outro portão no final do beco e, enquanto ele se atrapalha com o trinco, avista Dorian do outro lado da rua, encostado num prédio e lendo à luz de um bar ainda aberto na esquina, profundamente concentrado em *Doces dores* e franzindo o cenho para o livro de um jeito que Zachary acha familiar.

Ele ignora as instruções e o semáforo e atravessa correndo a rua vazia.

— Eu disse para você... — começa Dorian, mas Zachary não o deixa terminar.

— Acabei de recusar um convite para um chá noturno de intimidação de uma mulher usando um casaco de pele e imagino que você saiba quem é. Ela com certeza sabe quem eu sou, então não acho que nada disso seja tão clandestino quanto você gostaria.

Dorian guarda o livro de volta no casaco e murmura algo em uma língua que Zachary não reconhece, mas cujo significado deve ser profano, e vira para a rua com uma mão erguida. Zachary leva um momento para perceber que ele está chamando um táxi.

Dorian o empurra para dentro do carro antes que ele possa perguntar aonde estão indo, e orienta o motorista a seguir para a esquina da Central Park West com a Seventy-Seventh. Então suspira e esconde a cabeça nas mãos.

Zachary se vira e olha para trás enquanto eles se afastam da sarjeta. A mulher mais jovem está em pé na esquina, com um casaco escuro cobrindo a túnica. Ele não sabe dizer se ela os viu dessa distância.

— Conseguiu o livro? — pergunta Dorian.

— Sim — responde Zachary. — Mas antes de entregá-lo, você vai me contar por que eu fiz isso.

— Você fez isso porque eu pedi com educação — retruca Dorian, e a resposta não irrita Zachary tanto quanto ele espera.

— E porque ele pertence a mim, não a eles, tanto quanto um livro pode pertencer a alguém. Eu recuperei o seu livro para você e você recuperou o meu para mim.

Zachary o observa enquanto Dorian olha a neve pela janela. Ele parece cansado; exausto e talvez um pouco triste. A flor de papel ainda está enfiada na lapela de seu casaco. Zachary decide não insistir sobre o livro por enquanto.

— Aonde estamos indo? — ele pergunta.

— Precisamos chegar à porta.

— Tem uma porta? Onde?

— É para ter, se Mirabel manteve sua parte do acordo e não foi impedida no processo — explica Dorian. — Mas precisamos chegar lá antes deles.

— Por quê? — pergunta Zachary. — Eles também estão tentando chegar lá?

— Não que eu saiba — diz Dorian. — Mas não querem que a gente vá para lá, não querem que ninguém mais vá para lá. Sabe o quanto é simples destruir uma porta feita de tinta?

— Quanto?

— Tão simples quanto jogar mais tinta nela, e eles sempre têm tinta.

Zachary olha para os prédios passando pela janela e os flocos de neve começando a se acumular sobre placas e árvores. Avista o Empire State Building, branco e brilhante contra o céu, e percebe que não faz ideia de que horas são e não se importa o suficiente para conferir o relógio.

A tevezinha no táxi tagarela sobre manchetes e filmes, e Zachary estende a mão para desligá-la, não se preocupando com mais nada que está ocorrendo no mundo, real ou ficcional.

— Suponho que não temos tempo de parar e buscar minha mala — ele diz, já sabendo a resposta. As lentes de contato estão começando a se rebelar contra seus olhos.

— Vou me certificar de que você recupere seus pertences assim que possível — diz Dorian. — Sei que tem muitas perguntas e farei meu melhor para respondê-las assim que estivermos a salvo.

— Não estamos a salvo agora? — pergunta Zachary.

— Sinceramente, estou impressionado que você tenha saído de lá — responde Dorian. — Eles devem ter sido pegos pelo menos um pouco de surpresa. Caso contrário, não teriam deixado você partir.

— Em hipótese alguma… — murmura Zachary, lembrando da ligação entreouvida. Eles não planejavam deixá-lo escapar. Provavelmente não havia nenhum chá. — Eles sabiam quem eu era o tempo todo — ele conta a Dorian. — A garota que abriu a porta estava em Vermont fingindo ser uma aluna; eu levei um momento para reconhecê-la.

Dorian franze o cenho, mas não diz nada.

Ambos ficam em silêncio enquanto o táxi corre pelas ruas.

— É Mirabel que pinta as portas? — pergunta Zachary. A questão parece relevante o suficiente para ser proposta.

— Sim — responde Dorian, mas não acrescenta mais nada. Zachary o olha, mas ele está olhando pela janela, um de seus joelhos balançando sem parar.

— Por que você achou que eu a conhecia?

Dorian vira para ele.

— Porque dançou com ela na festa.

Zachary tenta se lembrar da conversa que teve com a mulher vestida como rei dos monstros, mas ela está fragmentada e nebulosa em sua mente.

Ele está prestes a perguntar a Dorian como a conhece, mas o táxi reduz a velocidade até parar.

— Aqui na esquina está bom, obrigado — diz Dorian ao motorista, entregando dinheiro e recusando troco. Zachary fica em pé na calçada, tentando se orientar. Eles pararam ao lado do Central Park, perto de um dos portões que ficam fechados durante a noite e na frente de um prédio grande que ele reconhece.

— Vamos ao museu? — ele pergunta.

— Não — responde Dorian. Ele observa o táxi se afastar, então se vira e pula o muro para o parque. — Rápido — diz a Zachary.

— O parque não está fechado? — ele questiona, mas Dorian já está desaparecendo nas sombras dos galhos cobertos de neve.

Desajeitado, Zachary escala o muro de gelo e quase perde o equilíbrio do outro lado. Consegue se equilibrar, mas fica com uma mão coberta de terra e gelo.

Ele segue Dorian para dentro do parque, dando voltas em caminhos desertos e deixando pegadas na neve imaculada. Entre as árvores, consegue distinguir algo que parece um castelo. É fácil esquecer que estão no meio da cidade.

Eles passam por uma placa declarando que parte da vegetação enregelada é o Jardim de Shakespeare, e atravessam uma pequena ponte sobre uma parte do lago congelado. Então Dorian reduz o passo até parar.

— Parece que a noite está seguindo a nosso favor — comenta Dorian. — Chegamos primeiro. — Ele indica um arco de pedra meio escondido nas sombras.

A porta pintada na pedra áspera é simples, menos ornamentada que aquela nas lembranças de Zachary. Não tem decorações, só uma maçaneta reluzente de tinta cor de bronze com dobradiças combinando ao redor de uma porta simples que parece de madeira. A pedra é irregular demais para enganar o olho. No topo há letras entalhadas, algo que Zachary não consegue desvendar e parece grego.

— Fofo — murmura Dorian, lendo o texto.

— O que diz? — pergunta Zachary.

— "Conhece-te a ti mesmo" — conta Dorian. — Mirabel gosta de embelezar as coisas, mas fico surpreso por ela ter se dado ao trabalho nesse tempo.

— Essa é metade do lema familiar dos Rawlins — diz Zachary.

— Qual é a outra metade?

— "E aprenda a sofrer".

— Talvez vocês devessem mudar essa parte — diz Dorian. — Gostaria de fazer as honras? — acrescenta, gesticulando para a porta.

Zachary estende a mão para a maçaneta, sem saber se acredita de fato que tudo isso não é uma pegadinha elaborada e em parte esperando ouvir risadas, mas sua mão se fecha sobre metal frio, redondo e tridimensional. A maçaneta gira com facilidade e a porta abre para dentro, revelando um espaço muito maior do que é possível. Zachary fica encarando, congelado.

Então ouve algo – alguém – atrás deles, um farfalhar nas árvores.

— Vá — ordena Dorian, dando um empurrão forte entre os ombros dele e fazendo Zachary tropeçar através da porta. No mesmo instante, algo úmido o atinge, escorrendo sobre suas costas e pescoço e pingando pelo braço.

Zachary olha para o braço, esperando sangue, mas em vez disso o encontra coberto de tinta cintilante, as gotas pingando dos dedos como ouro derretido.

E Dorian sumiu.

Atrás dele, o que era uma porta aberta momentos antes é agora um muro de pedra sólida. Zachary bate os punhos nele, deixando manchas douradas na rocha escura e lisa.

— Dorian! — ele grita, mas a única resposta é a própria voz ecoando ao redor.

Quando o eco some, o silêncio é pesado. Não há o farfalhar de árvores, nenhum carro distante correndo sobre a pavimentação molhada.

Zachary chama de novo, mas o eco não tem convicção, sabendo de alguma forma que ninguém o consegue ouvir aqui. Onde quer que "aqui" seja.

Ele dá as costas para o muro manchado de ouro e olha ao redor. Está em uma extensão rochosa em um espaço que parece uma caverna. Uma escada em espiral está entalhada no espaço redondo e conduz para baixo e, em algum lugar lá no fundo, algo projeta uma luz suave e cálida, como uma chama, só que mais firme.

Zachary se afasta do espaço onde a porta esteve e desce as escadas devagar, deixando um rastro de tinta dourada na pedra.

No pé das escadas, encaixadas perfeitamente na rocha sólida e flanqueadas por lanternas suspensas de correntes, há um par de portas douradas que com certeza levam a um elevador. Estão cobertas de padrões intrincados, incluindo uma abelha, uma chave e uma espada alinhadas na fissura do centro.

Zachary estende a mão para o tocar, quase esperando que seja uma ilusão engenhosa como as portas pintadas, mas o elevador é frio e metálico, os desenhos gravados em alto-relevo e definidos com clareza sob a ponta de seus dedos.

Este é um momento significativo, ele pensa, ouvindo as palavras na voz da mãe. Um momento com significado. Um momento que mudará os momentos que se seguirão.

Parece que o elevador o está observando, para ver o que ele vai fazer.

Doces dores nunca mencionou um elevador.

Ele se pergunta o que mais *Doces dores* nunca mencionou.

Ele se pergunta o que aconteceu com Dorian.

De um lado, sob uma das lanternas, há um único botão hexagonal sem marcações rodeado por filigrana dourada e incrustado na rocha como uma joia.

Zachary o aperta e ele se ilumina com um brilho suave.

Um ronco alto e grave começa em algum lugar abaixo, crescendo em volume e potência. Zachary dá um passo para trás. As lanternas estremecem nas correntes.

O barulho para de repente.

A luz do botão se apaga.

Um tinido suave soa por trás das portas.

Então a abelha e a chave e a espada se dividem no meio enquanto a porta se abre.

DOCES DORES
... o Tempo se apaixonou pelo Destino.

O pirata conta à garota não a única história que ela pediu, mas muitas histórias. Histórias que se desdobram em outras e se desviam para trechos de mitos perdidos e contos esquecidos e maravilhas ainda a serem contadas que se entrecruzam até retornar às duas pessoas se encarando através das barras de ferro, um contador de histórias e uma ouvinte sem mais nenhuma palavra sussurrada entre eles.

O silêncio pós-história é pesado e longo.

— Obrigada — a garota diz baixinho.

O pirata aceita o agradecimento com um aceno silencioso.

A aurora se aproxima.

O pirata desemaranha os dedos do cabelo da garota. Ela se afasta das barras.

Encosta uma mão no peito e faz uma mesura profunda e graciosa para o pirata.

Ele imita o gesto – a cabeça inclinada, a mão sobre o coração, o reconhecimento formal de que a dança deles chegou ao fim.

Então hesita antes de erguer a cabeça, agarrando-se ao momento o máximo possível.

Quando ergue os olhos, a garota já se virou e caminhou silenciosamente até a parede oposta.

A mão dela paira acima da chave. Ela não olha para o guarda nem de volta ao pirata. Essa decisão é dela e ela não precisa de assistência externa para tomá-la.

A garota tira a chave do gancho, tomando cuidado para não a deixar chacoalhar em seu molho nem cair nas pedras.

Então volta até a cela com a chave na mão.

Há um clique quando a chave destranca a cela, mas nem o rangido da porta desperta o guarda.

Nenhuma palavra é trocada quando a garota presenteia o pirata com a liberdade e ele a aceita. Enquanto descem as escadas escuras, nada é dito sobre o que acontecerá em seguida. Sobre o que acontecerá quando eles chegarem à porta no topo. Quais mares inexplorados os aguardam além dela.

Um momento antes de chegarem à porta, o pirata puxa a garota para si e captura seus lábios com os dele. Não há barras entre os dois agora, enlaçados em uma escadaria escura com apenas o destino e o tempo para complicar as coisas.

É aqui que os deixamos – uma garota e seu pirata, um pirata e sua salvadora –, em um beijo na escuridão antes que uma porta se abra.

Mas não é aqui que a história deles termina.

Aqui é apenas onde ela muda.

Outro lugar, outra época:
INTERLÚDIO I

Nova Orleans, Louisiana, catorze anos atrás

A aurora se aproxima. Uma névoa acinzentada expulsa a escuridão da noite e revela um dia que não nasceu por completo, mas a luz da rua se infiltra no beco e é mais do que o suficiente para pintar.

Ela está acostumada a pintar com pouca luz.

O ar é mais frio do que esperava e suas luvas sem dedos são mais adequadas para segurar o pincel do que para fornecer calor. Ela puxa as mangas do moletom mais baixo sobre os punhos, deixando traços de tinta, mas os punhos já estavam bem manchados em tons e remates diversos.

Ela acrescenta outra linha de sombreamento nos painéis de madeira falsa, aumentando sua definição. A maior parte do trabalho está concluída – desde que a noite ainda era noite e nem considerava se tornar aurora – e ela poderia deixar como está, mas não quer. Está orgulhosa desta aqui, é um bom trabalho e ela quer torná-lo melhor.

Então troca de pincel, puxando um mais fino de um leque de instrumentos de pintura que se projetam do seu rabo de cavalo, de seu cabelo escuro com faixas azuis que desaparecem nesta luz específica. Ela remexe silenciosamente na mochila a seus pés e substitui a tinta cinza sombreada por um dourado metálico.

Os detalhes são sua parte preferida: uma sombra acrescentada aqui e um realce ali e, de repente, uma imagem plana ganha dimensões.

A tinta dourada no pincel pequeno deixa marcas douradas no cabo da espada, nos dentes da chave, nas listras da abelha. Elas cintilam na escuridão, substituindo as estrelas evanescentes.

Quando está satisfeita com a maçaneta, ela troca de pincel de novo para dar os toques finais.

Sempre deixa o buraco da fechadura por último.

Talvez seja algo parecido com uma assinatura, um buraco de fechadura numa porta que não tem chave. Um detalhe que está ali porque deveria estar, não por qualquer necessidade de engenharia. Algo para fazer a imagem parecer completa.

— Muito bonita — diz uma voz atrás dela. A garota dá um pulo e o pincel cai de seus dedos e aterrissa ao lado dos pés, parando no caminho para manchar seus cadarços com um preto intenso de buraco de fechadura.

Ela se vira e há uma mulher parada no beco.

Ela poderia correr, mas não sabe bem em qual direção correria. As ruas são diferentes na quase luz.

Ela esquece como se diz "olá" nesta língua específica e não tem certeza se deveria dizer "olá" ou "obrigada", então não diz nada.

A mulher está examinando a porta, não a garota. Ela veste um roupão felpudo da cor de um pêssego verde e segura uma xícara com as palavras "Bruxa de Verdade". Seu cabelo está preso em um cachecol com estampa de arco-íris. Ela usa muitos brincos. Há tatuagens em seus pulsos: um sol e uma fileira de luas. Ela é mais baixa que a garota, mas parece maior, ocupando mais espaço no beco apesar de ser uma pessoa menor. A garota recua ainda mais para dentro do moletom com capuz.

— Você não deveria estar aqui, sabe — diz a mulher, tomando um gole da xícara.

A garota assente.

— Alguém vai vir e pintar em cima.

A garota olha para a porta, então de volta para a mulher, e dá de ombros.

— Venha tomar um café — diz a mulher, então se afasta pelo beco e vira a esquina sem esperar uma resposta.

A garota hesita, mas enfia o pincel no rabo de cavalo junto com os outros e pega sua sacola e a segue.

Virando a esquina, há uma loja. Uma placa neon na forma de uma palma erguida com um olho no meio está desligada no centro da grande vitrine, cercada por cortinas de veludo que ocultam o interior. A mulher está parada na porta, segurando-a aberta para a garota.

Um sininho soa quando a porta se fecha atrás delas. O interior da loja é diferente de tudo que a garota já viu, cheio de velas e mobília desconjuntada. Feixes de sálvia seca amarrados com fios coloridos pendem do teto, cercados por luzes cintilantes em cordões e lanternas de papel. Em uma mesa há uma bola de cristal e um maço de cigarros de cravo. Uma estátua de um deus com cabeça de íbis espia por cima do ombro da garota enquanto ela tenta encontrar um lugar sem coisas onde possa ficar.

— Sente-se — diz a mulher, indicando um sofá de veludo coberto com cachecóis. A caminho do sofá, a garota bate num abajur franjado e as franjas continuam dançando depois que ela se senta, segurando a sacola no colo.

A mulher retorna com duas xícaras, a nova com uma estrela de cinco pontas desenhada dentro de um círculo.

— Obrigada — agradece a garota baixinho quando aceita a xícara quente em suas mãos frias.

— Então você fala — comenta a mulher, acomodando-se em uma poltrona Chesterfield antiga que suspira e range sob seu peso. — Como se chama?

A garota não diz nada, só beberica o café quente demais.

— Precisa de um lugar pra dormir? — pergunta a mulher.

A garota balança a cabeça negativamente.

— Tem certeza?

A garota balança a cabeça positivamente desta vez.

— Não quis assustar você lá fora — continua a mulher. — Preciso ficar um pouco alerta com adolescentes fora de casa em horas estranhas. — Ela bebe um gole. — Sua porta é muito bonita. Às vezes eles pintam coisas não muito bonitas no muro, porque as pessoas dizem que uma bruxa mora aqui.

A garota franze o cenho e aponta para a mulher, que ri.

— O que me entregou? — ela pergunta e, embora a questão não pareça séria, a garota aponta para a xícara mesmo assim. "Bruxa de Verdade."

A mulher ri ainda mais e a garota abre um sorriso. Fazer uma bruxa rir parece o tipo de coisa que traz sorte.

— Não estou tentando esconder, obviamente — diz a mulher, com outra risadinha. — Mas alguns jovens falam muita bobagem sobre maldições e demônios, e um pessoal mais crédulo acredita nisso. Alguém jogou uma pedra pela janela não faz muito tempo.

A garota olha para a janela, coberta pelas cortinas de veludo, então para as próprias mãos. Às vezes ela não sabe se entende as pessoas. Há tinta por baixo de suas unhas.

— Em geral eu faço leituras — prossegue a mulher. — É como ler um livro sobre uma pessoa, só que leio um objeto que elas manusearam. Consigo ler chaves de carro e alianças de casamento. Li um dos controles de videogame do meu filho uma vez; ele não gostou muito, mas eu o leio o tempo todo, ele está escrito nos pisos e no papel de parede e na roupa suja. Eu provavelmente poderia ler os seus pincéis.

A mão da garota voa protetora até o leque de pincéis no cabelo.

— Só se você quiser saber, abelhinha.

A expressão da garota muda com o apelido carinhoso; ela o traduz uma série de vezes na cabeça e pensa que a mulher deve ser uma bruxa para saber tais coisas, mas não diz nada.

A garota deixa a xícara na mesa e se levanta. Então olha em direção à porta, segurando sua sacola.

— Já é hora de ir? — pergunta a mulher, mas não protesta. Ela deixa a própria xícara e acompanha a garota à porta. — Se precisar de alguma coisa, volte aqui, a qualquer hora. Tudo bem?

A garota parece que vai dizer algo, mas não diz. Em vez disso, olha para a placa na porta, um pedaço de madeira pintado à mão que pende de um cordão e diz "Conselheira Espiritual", com estrelinhas pintadas nas bordas.

— Talvez você possa me pintar uma placa nova da próxima vez — acrescenta a mulher. — E leve isto. — Por impulso, ela pega um baralho de uma prateleira alta o bastante para desencorajar ladrões e o entrega à garota. Lê cartas raramente, mas gosta de oferecê-las como presentes inesperados quando o momento parece apropriado, como este momento parece. — São cartas com histórias — ela explica quando a garota as examina com curiosidade. — Você embaralha as imagens e elas lhe contam uma história.

A garota sorri, primeiro para a mulher e depois para as cartas, que segura com delicadeza como se fossem uma coisa viva. Ela se vira para ir embora, mas estanca após alguns passos e se vira de novo antes que a porta feche atrás dela.

— Obrigada — agradece de novo, não muito mais alto que antes.

— Não há de quê — diz a mulher e, enquanto o sol se levanta, o caminho da bruxa a leva de volta para dentro da loja e o caminho da garota a leva para outro lugar. O sininho acima da porta soa para marcar a despedida.

Dentro da loja, a bruxa pega a xícara da garota, com a estrela voltada para a sua palma. Ela não precisa ler a xícara, mas está curiosa e levemente preocupada com o bem-estar da garota, sozinha nas ruas.

As imagens vêm rápidas e nítidas, mais nítidas do que costuma acontecer para um objeto segurado apenas por alguns minutos. Mais imagens, mais pessoas, mais lugares e mais coisas do que deveria caber em uma simples garota. Então a bruxa vê a si mesma. Vê as caixas de papelão da mudança e o furacão na televisão e a casa de fazenda branca cercada por árvores.

A xícara vazia cai ao chão, batendo numa perna de mesa, mas não quebra.

Madame Love Rawlins sai de casa, fazendo o sininho acima da porta soar de novo. Ela olha pela rua silenciosa e então para o beco ao redor da esquina em direção à porta pintada, com a tinta ainda úmida.

Mas a garota desapareceu.

LIVRO II

FORTUNAS

&

FÁBULAS

FORTUNAS E FÁBULAS:
O MERCADOR DE ESTRELAS

Era uma vez um mercador que viajava por muitas terras, vendendo estrelas.

O mercador vendia todo tipo de estrela. Estrelas caídas e estrelas perdidas e frascos de poeira estelar. Pedacinhos delicados de estrelas em correntes finas para ser usados ao redor do pescoço e espécimes espetaculares dignos de exibição atrás de vitrines. Fragmentos de estrelas eram procurados para virar presentes para amantes. Poeira estelar era comprada para salpicar em locais sagrados ou polvilhar em bolos enfeitiçados.

As estrelas no inventário do mercador eram carregadas de um lugar a outro em um saco grande bordado com constelações.

Os preços das mercadorias eram altos, mas muitas vezes negociáveis. As estrelas podiam ser adquiridas em troca de moedas ou favores ou segredos, guardados por sonhadores com esperança de que o mercador de estrelas cruzasse seu caminho.

Às vezes, o mercador de estrelas trocava estrelas por acomodação ou transporte enquanto viajava de um lugar a outro. As estrelas eram trocadas por noites em estalagens com ou sem companhia.

Em uma noite escura na estrada, o mercador de estrelas parou em uma taverna para passar o tempo até o sol retornar. Sentou-se diante do fogo bebendo vinho e entabulou conversa com um viajante que também ia passar a noite no local, embora seus caminhos fossem levá-los em direções diferentes pela manhã.

— À Procura — disse o mercador de estrelas enquanto o vinho era servido.

— Ao Encontro — veio a resposta tradicional. — O que você vende? — perguntou o viajante, inclinando seu caneco em direção ao saco coberto de constelações. Esse era um tópico que eles ainda não haviam discutido.

— Estrelas — respondeu o mercador de estrelas. — Gostaria de examiná-las? Posso oferecer um desconto por você ser uma companhia tão boa. Posso até mostrar os pedaços que mantenho reservados para clientes ilustres.

— Eu não gosto de estrelas — disse o viajante.

O mercador riu.

— Todo mundo quer as estrelas. Todo mundo deseja o que existe fora de alcance, segurar o extraordinário nas mãos e guardar o impressionante nos bolsos.

Houve uma pausa aqui, preenchida pelo estalar do fogo.

— Deixe-me contar uma história — disse o viajante, depois de uma pausa.

— É claro — concordou o mercador de estrelas, gesticulando para que os canecos fossem enchidos de novo.

— Uma vez, muito tempo atrás — começou o viajante —, o Tempo se apaixonou pelo Destino. Foi uma paixão profunda. As estrelas observaram dos céus, temendo que o fluxo do tempo fosse interrompido ou que os fios da fortuna se emaranhassem em nós.

O fogo chiava e estalava ansiosamente, pontuando as palavras do viajante.

— As estrelas conspiraram e separaram os dois. Por um tempo, respiraram mais sossegadas nos céus. O Tempo continuou a correr como sempre, o Destino trançou os caminhos que deveria entrelaçar, mas por fim Destino e Tempo se encontraram de novo...

— Claro que se encontraram — interrompeu o mercador de estrelas. — O Destino sempre consegue o que quer.

— Mas as estrelas não aceitaram a derrota — continuou o viajante. — Elas azucrinaram a lua com suas preocupações e reclamações até que ela concordou em convocar o parlamento de corujas.

Aqui o mercador de estrelas franziu a testa. O parlamento de corujas era um mito antigo, invocado como maldição na terra onde o mercador crescera, muito longe daquele lugar. Se uma pessoa vacilasse no próprio caminho, o parlamento das corujas viria atrás dela. O mercador ouviu com atenção enquanto a história prosseguia.

— O parlamento de corujas chegou à conclusão lógica de que um dos elementos tinha de ser removido. Eles escolheram manter o que achavam mais importante. Elas comemoraram enquanto o Destino era destruído, despedaçado por bicos e garras.

— Ninguém tentou impedi-las? — perguntou o mercador de estrelas.

— A lua certamente teria tentado, se estivesse lá. Elas escolheram uma noite sem lua para o sacrifício. Ninguém ousou intervir, exceto um rato que tomou o coração do Destino e o manteve a salvo — continuou o viajante, então parou para tomar um gole de vinho. — As corujas não notaram o rato enquanto se banqueteavam. A coruja que consumiu os olhos do Destino ganhou grande visão e foi coroada como o Rei das Corujas.

Houve um barulho então, lá fora na noite, que poderia ter sido vento ou poderia ter sido asas.

O viajante esperou o barulho cessar antes de prosseguir com a história.

— As estrelas ficaram presunçosas nos céus. Observaram o Tempo passar desesperado e com o coração partido, e por fim questionaram tudo que já tinham considerado verdades indisputáveis. Elas viram a coroa do Rei das Corujas passar de uma a outra coruja como uma benção, ou uma maldição, dado que nenhuma criatura mortal deveria ter tal visão. Ainda hoje as estrelas cintilam de incerteza, agora mesmo, enquanto estamos sentados aqui abaixo delas.

O viajante parou para terminar o resto do vinho, a história concluída.

— Como eu disse, não gosto de estrelas. Elas são feitas de despeito e arrependimento.

O mercador de estrelas não falou nada. O saco coberto de constelações esperava pesadamente ao lado do fogo.

O viajante agradeceu ao mercador de estrelas o vinho e a companhia e o mercador retribuiu os sentimentos. Antes de se afastar, o viajante se inclinou e sussurrou no ouvido do mercador:

— Cedo ou tarde, o Destino consegue juntar suas partes de volta, e o Tempo está sempre esperando.

O viajante deixou o mercador de estrelas a sós, bebendo e observando o fogo.

Pela manhã, quando as estrelas tinham fugido sob o olhar vigilante do sol, o mercador de estrelas perguntou se o viajante tinha partido ou se havia tempo para uma despedida apropriada.

Informaram a ele, educadamente, que não havia outros hóspedes na estalagem.

Zachary Ezra Rawlins está sentado em um banco de veludo no elevador mais elegante em que já entrou e pergunta-se se não é um elevador, mas uma sala estacionária decorada como um elevador, porque parece que ele está ali sentado há muito, muito tempo.

Ele imagina se é possível se tornar claustrofóbico de repente, e suas lentes de contato o recordam por que ele raramente usa lentes de contato. O provável elevador zumbe e às vezes sofre um estremecimento acompanhado por um som de raspagem, de modo que deve estar mesmo se movendo, e o estômago de Zachary sugere que ele está caindo a uma velocidade razoável em uma gaiola dourada, ou talvez ele esteja mais bêbado do que pensava. Pode ser uma reação retardatária dos coquetéis.

O lustre acima dele chacoalha e cintila, lançando uma luz fragmentada sobre o interior levemente barroco, com paredes douradas e veludo bordô que perderam seus respectivos brilho e maciez. O motivo de abelha/chave/espada se repete no interior das portas, mas não há mais nenhum adorno, nenhuma informação numérica, nenhuma indicação de andar, nem sequer um botão. Pelo jeito há apenas um destino, e eles ainda não chegaram. A tinta nas costas e no braço dele secou e flocos metálicos se grudaram no casaco e no cabelo, gerando coceira no pescoço e prendendo-se sob as unhas.

Zachary sente-se acordado demais e ao mesmo tempo extremamente cansado. Há um zumbido que o percorre da cabeça até os dedos dos pés, e ele não sabe se é o elevador ou o álcool ou alguma outra coisa. Levanta-se e caminha de um lado a outro, na medida em que é possível caminhar em um elevador, o que significa não mais que dois passos em qualquer direção.

Talvez seja o fato de que você finalmente atravessou uma porta pintada e não chegou aonde esperava, sugere a voz em sua cabeça.

Mas o que eu esperava?, ele se pergunta.

Ele para de andar e encara a porta do elevador. Estende a mão para tocá-la, encostando no desenho da abelha. Ela vibra sob seus dedos.

Por um momento, Zachary se sente como um garoto de onze anos num beco, a porta sob seus dedos feita de tinta em vez de metal, embora reverberando, e o jazz da festa ainda toca sem parar em sua cabeça, acrescentando um verniz dançante sobre tudo, e de repente parece que o elevador está se movendo muito, muito mais rápido.

Ele para abruptamente. O lustre salta de surpresa, fazendo chover luz cintilante enquanto as portas se abrem.

A suspeita de Zachary de que não estava indo a lugar nenhum era infundada, uma vez que a sala para a qual está olhando não é o espaço cavernoso onde começou. Este é um cômodo brilhante com paredes de vidro e um teto curvo apainelado. Lembra-o do átrio da biblioteca da universidade, mas é menor, com paredes de mármore cor de mel, opacas e de tons variados, mas translúcidas e brilhantes, cobrindo tudo exceto o piso de pedra e o elevador e outra porta do outro lado da sala. Ele suspeita que desceu tanto quanto a duração e velocidade do trajeto de elevador sugeriram, embora a voz em sua cabeça continue insistindo que isso é impossível. É silencioso demais. O ar é carregado e há a sensação de peso acima dele.

Zachary sai do elevador e as portas se fecham. O som metálico recomeça e o elevador retorna a algum outro lugar. Acima de suas portas há um indicador redondo sem números, apenas com uma seta dourada. Um momento antes estivera apontando para baixo e agora se move lentamente para cima.

Zachary vai até a porta do outro lado do cômodo. Ela é grande e tem uma maçaneta dourada que o lembra de sua porta pintada original, só que maior, como se tivesse crescido junto com ele, e esta não é pintada, mas feita de madeira entalhada de verdade, seus adornos dourados desbotados em alguns pontos, mas com a abelha e a chave e a espada ainda nítidas.

Zachary respira fundo e estende a mão para a maçaneta. Ela é quente e sólida e, quando ele tenta girá-la, não se mexe. Ele tenta de novo, mas a porta está trancada.

— Sério? — fala em voz alta. Suspira e recua um passo. A porta tem um buraco de fechadura e, sentindo-se bobo, Zachary se inclina para olhar através dele. Há uma sala além da porta, isso é óbvio, mas ele não consegue distinguir nada além de um movimento de luz irregular.

Então, senta-se no chão, que é de pedra polida e não muito confortável. Pode ver deste ângulo que a pedra está gasta no caminho até a porta. Muitas pessoas andaram aqui antes dele.

Acorde, diz a voz em sua cabeça. *Você costuma ser bom nesse tipo de coisa.*

Ele se levanta, deixando flocos de tinta dourada em seu rastro, e vai inspecionar o resto da sala.

Há um botão perto do elevador, meio oculto por mármore e qualquer que seja o metal de latão que conecta os painéis das paredes. Zachary o aperta sem esperar um resultado e é exatamente o que recebe. O botão permanece apagado e o elevador, silencioso.

Em seguida, explora as outras paredes e descobre que são mais cooperativas.

No meio da primeira há uma alcova na altura em que ficaria uma janela. Ela desaparece de vista quando ele se afasta mesmo poucos passos, perdida no brilho do mármore. Dentro, há uma depressão como uma tigela, uma bacia, como uma fonte de parede sem água, os lados se curvando para dentro até um ponto plano no fundo.

No centro há um saquinho preto.

Zachary apanha o saquinho. Aquilo tem um peso familiar em sua mão. Quando o ergue, descobre uma única palavra entalhada na pedra onde o objeto estivera apoiado.

Jogue

— Você está de brincadeira — resmunga Zachary enquanto vira o conteúdo do saquinho na palma da mão.

São seis dados da variedade clássica de seis lados, entalhados em pedra escura. Cada lado tem um símbolo em vez de números ou pontos, gravado e com detalhes em ouro. Ele vira um dos dados para identificar todos os símbolos. A abelha e a chave e a espada são familiares, mas há outros. Uma coroa. Um coração. Uma pena.

Zachary deixa o saquinho de lado e chacoalha os dados antes de soltá-los na bacia de pedra. Quando eles se assentam, todos os símbolos são iguais: seis corações.

Ele mal tem tempo para observá-los antes que o fundo da bacia se abra e os dados e o saquinho desapareçam.

Não se dá ao trabalho de verificar a porta antes de ir até a parede oposta, e não se surpreende ao encontrar uma alcova.

Há uma tacinha de vidro lá dentro, do tipo para bebericar tônicos ou licores, coberta por uma tampa de vidro como algumas das xícaras de chá mais elegantes que ele tem.

Zachary pega a taça. De novo, há uma única palavra entalhada embaixo.

Beba

A taça contém uma leve dose de líquido cor de mel, não mais que um gole.

Zachary remove a tampa da taça e a deixa ao lado da instrução entalhada. Cheira o líquido. É doce como mel, mas também cheira a flor de laranjeira e baunilha e especiarias.

Ele se recorda de inúmeros avisos em contos de fadas contra comer ou beber em submundos, mas ao mesmo tempo percebe que está morrendo de sede.

Suspeita que é o único caminho adiante.

Então vira a bebida de uma vez e deixa a taça vazia na pedra. O sabor é como tudo que ele cheirou e ainda mais – damasco e cravo e creme – e tem um gosto muito, muito forte de álcool.

Ele perde o equilíbrio o suficiente para reconsiderar a estupidez relativa dessa ideia toda, mas, assim que a taça cai em seu próprio abismo, a tontura passa. A cabeça dele, que estivera martelando e girando e sonolenta, fica mais lúcida.

Zachary volta à porta e dessa vez a maçaneta gira, a fechadura se abrindo com um clique e permitindo que ele passe.

A sala além da porta parece uma catedral, com um teto alto e vasto intrincadamente azulejado e arcobotanteado, se *arcobotanteado* for uma palavra. Há seis grandes colunas, também azulejadas com padrões, embora faltem azulejos em certos pontos, em geral perto das bases, expondo a pedra por baixo. O piso é coberto com azulejos desgastados que revelam a rocha abaixo também, em especial perto dos pés de Zachary e dando uma volta ao redor do perímetro do espaço redondo, com o desgaste mais intenso perto das outras entradas. Há cinco delas, sem contar a porta que ele atravessou. Quatro são arcos, que levam em direções diferentes por corredores escuros, mas bem à sua frente há uma porta de madeira grande entreaberta, além da qual brilha uma luz suave.

Há lustres, alguns pendendo de alturas irregulares e inapropriadas, e outros apoiados no chão em pilhas iluminadas de metal e cristal, suas pequenas lâmpadas projetando uma luz fraca ou apagadas por completo.

Uma luz mais intensa acima não é um lustre, e sim um aglomerado de globos brilhantes pendendo entre aros e barras de bronze. Torcendo o pescoço, Zachary consegue ver mãos nos extremos das barras, mãos humanas feitas de ouro e apontando para fora, os azulejos acima delas dispostos em um padrão de números e estrelas. No centro, o ponto central da sala, uma corrente cai do teto, terminando em um pêndulo que para centímetros acima do chão, oscilando devagar em uma rotação contida.

Zachary pensa que a engenhoca inteira pode ser um modelo do universo ou talvez um relógio de algum tipo, mas não faz ideia de como interpretá-la.

— Olá? — ele chama. De um dos corredores escuros vem um rangido, como uma porta se abrindo, mas nada acontece depois. Zachary caminha pelo perímetro da sala, espiando corredores cheios de livros guardados em estantes longas e curvas e empilhados no chão. Em um corredor, avista um par de olhos brilhantes que o encaram de volta, mas, quando pisca, os olhos sumiram.

Zachary se volta para o talvez-universo, talvez-relógio para inspecioná-lo por outro ângulo. Uma das barras menores está se movendo no ritmo do pêndulo e, quando ele tenta discernir se alguma das formas do globo tem luas, uma voz soa atrás dele.

— Posso ajudá-lo, senhor?

Zachary se vira tão rápido que machuca o pescoço e se encolhe. Não sabe dizer se o homem que o observa com leve preocupação está reagindo ao movimento ou à sua presença ou ambos.

Há mais alguém neste lugar. Este lugar existe de fato.

Tudo isto está acontecendo.

Zachary irrompe em uma gargalhada instantânea e quase histérica, seguida por risadinhas que tenta abafar sem sucesso. A expressão do homem passa de uma preocupação leve a uma preocupação moderada.

Este homem dá uma impressão imediata de idade avançada, provavelmente devido a seu cabelo todo branco, longo e preso em tranças impressionantes. Mas Zachary pisca e, conforme suas lentes de contato relutantemente se focam, percebe que o homem não deve ter nem cinquenta anos, ou pelo menos não é tão velho quanto sugere o cabelo. As tranças estão salpicadas com pérolas, camufladas quando não refletem a luz. Suas sobrancelhas e cílios são escuros, negros como seus olhos. Sua pele parece mais escura em contraste com o cabelo, mas é um marrom de tonalidade média. Ele usa óculos de armação de metal equilibrados em um nariz equino e lembra Zachary um pouco do seu professor de matemática do sétimo ano, mas com um cabelo muito mais descolado e uma túnica vermelha com bordados de ouro amarrada com uma série de cordões que dão voltas em seu corpo. Usa vários anéis em uma mão. Um deles se parece com uma coruja.

— Posso ajudá-lo, senhor? — repete o homem, mas Zachary não consegue parar de rir. Ele abre a boca para dizer alguma coisa, qualquer coisa, mas não sai nada. Seus joelhos esquecem como funcionar e ele desaba no chão em uma pilha de casaco de lã e tinta dourada, ficando cara a cara com um gato laranja com olhos âmbar que espia de trás da túnica do homem, e isso de alguma forma torna a situação inteira ainda mais insana, e ele nunca riu a ponto de ter um ataque de pânico antes, mas sempre há uma primeira vez.

O homem e o gato esperam pacientes, como se visitantes histéricos cobertos de tinta fossem um acontecimento comum.

— Eu... — começa Zachary, então percebe que não faz ideia de por onde começar. Os ladrilhos abaixo dele são frios. Ele se levanta devagar, quase esperando que o homem lhe ofereça uma mão quando se atrapalha todo, mas as mãos do homem permanecem ao lado do corpo, embora o gato dê um passo adiante e fareje os sapatos de Zachary.

— É perfeitamente aceitável se precisar de um momento — diz o homem —, mas temo que terá de ir embora. Estamos fechados.

— Vocês estão o quê? — pergunta Zachary, recuperando o equilíbrio, mas ao fazer isso o olhar esquadrinhador do homem pousa em um ponto perto do terceiro botão de seu casaco aberto.

— Você não deveria estar aqui — diz o homem, olhando para a espada prateada que pende do pescoço de Zachary.

— Ah — diz Zachary. — Ah, não... isto não é meu — ele tenta explicar, mas o homem já o está empurrando em direção à porta e ao elevador. — Alguém me deu isto por... motivos de disfarce? Eu não sou um... quem quer que sejam eles.

— Tais itens não são simplesmente distribuídos — responde o homem com frieza.

Zachary não sabe como responder, e agora eles estão na porta outra vez. Ele chegou à conclusão de que Dorian provavelmente é um ex-membro da organização que coleta maçanetas perdidas para decorar sua casa em Manhattan, mas não sabe se a espada é de Dorian ou uma cópia ou o quê. Não estava preparado para ser acusado por causa de joias em catedrais subterrâneas que estão fechadas ou em reforma. Não estava preparado para nada que aconteceu esta noite, exceto talvez o trajeto de táxi.

— Ele se chamava Dorian e me pediu ajuda, acho que está com problemas, não sei quem são as pessoas da espada — explica às pressas, mas sente ao mesmo tempo que está mentindo. Os guardiões não parecem funcionar do jeito que *Doces dores* indicou, mas ele tem quase certeza de que é isso que são.

O homem não diz nada e, após conduzir Zachary gentil mas firmemente de volta ao elevador, para e indica com a mão coberta de anéis para o botão hexagonal.

— Desejo sorte a você e a seu amigo para superar suas dificuldades atuais, mas devo insistir — ele diz, indicando o botão outra vez.

Zachary aperta o botão, esperando que o elevador venha devagar outra vez para que ele tenha tempo de se explicar ou entender o que está acontecendo, mas o botão não faz nada. Não acende, não emite som algum. As portas permanecem fechadas.

O homem franze o cenho, primeiro para o elevador e então para o casaco de Zachary. Não, para a tinta no casaco.

— A porta pela qual você entrou era pintada? — ele pergunta.

— Sim? — responde Zachary.

— Pelo estado do seu casaco, presumo que a porta não está mais operacional. Correto?

— Ela meio que desapareceu — diz Zachary, sem acreditar embora estivesse lá.

O homem fecha os olhos e suspira.

— Eu avisei a ela que isso seria problemático — ele murmura para si, então, antes que Zachary possa perguntar de quem está falando, pergunta: — O que você tirou?

— O quê?

— Nos dados — esclarece o homem, com outro gesto elegante indicando a parede atrás de si. — O que você tirou?

— Ah... hã... só corações — diz Zachary, lembrando-se dos dados rolando na escuridão e sentindo-se zonzo. Pergunta-se de novo o que aquilo significa e se talvez tirar tudo de um único símbolo seja ruim.

O homem o observa, esquadrinhando seu rosto com mais atenção que antes, com uma expressão curiosa que parece reconhecimento, e, embora pareça estar prestes a fazer mais alguma pergunta, não o faz. Em vez disso, diz:

— Venha comigo, por gentileza.

Ele se vira e sai de novo pela porta. Zachary segue, sentindo que conseguiu algo. Pelo menos não vai ter de ir embora logo depois de chegar.

Especialmente considerando que ele não sabe ao certo onde está. Não é o que esperava, esse espaço amplo com seus lustres amassados e pilhas empoeiradas de livros. Para começo de conversa, há mais azulejos. O lugar é mais grandioso e mais antigo e mais silencioso e mais escuro e mais íntimo que ele imaginou que seria quando chegou aqui, e ele percebe como tinha certeza de que chegaria aqui de alguma forma, porque *Doces dores* sugeriu que o faria.

Ainda não, ele pensa, olhando para o universo que gira acima dele, com as mãos apontando em direções diversas, e se pergunta o que deveria fazer agora que está neste lugar.

— Eu sei por que você está aqui — diz o homem quando eles passam pelo pêndulo oscilante, como se pudesse ouvir seus pensamentos.

— Sabe?

— Você está aqui porque deseja navegar no Mar Sem Estrelas e respirar o ar assombrado.

Os pés de Zachary param por vontade própria diante da verdade reconfortante da afirmação, combinada com a confusão de não entender o que aquilo significa.

— Este é o Mar Sem Estrelas? — ele pergunta, voltando a caminhar conforme o homem segue para a extremidade do grande salão.

— Não, isto é apenas um Porto — vem a resposta. — E, como já mencionei, está fechado.

— Talvez você devesse pendurar uma placa — diz Zachary antes de conseguir morder a língua. A afirmação lhe rende um olhar mais gélido que qualquer um de seus professores de matemática teria sido capaz de lançar, e ele murmura um pedido de desculpas.

Zachary segue o homem e o gato laranja que se juntou à procissão até o que só pode ser descrito como um escritório, embora seja diferente de qualquer escritório que ele já viu. As paredes estão praticamente ocultas atrás de estantes e arquivos e catálogos de cartões com suas fileiras de gavetinhas e etiquetas. O piso é coberto de ladrilhos parecidos com os de fora, e há um caminho desgastado da porta até a mesa. Uma lâmpada de vidro verde brilha perto da escrivaninha e cordões com lanternas de papel estão enrolados no topo das estantes. Um fonógrafo toca suavemente algo clássico e arranhado. Uma lareira ocupa a maior parte da parede oposta à porta, o fogo ardendo baixo por trás de uma tela de seda, de modo que a luz tremeluzente parece castanho-avermelhada. Uma vassoura de palha antiquada está encostada numa parede próxima. Uma espada, uma espada grande e de verdade, está pendurada acima de uma cornija que contém vários livros, uma galhada, outro gato (vivo mas dormindo) e vários jarros de vidro de tamanhos diferentes e cheios de chaves.

O homem se acomoda atrás de uma escrivaninha grande coberta de papéis e cadernos e garrafas de tinta, e parece muito mais à vontade, embora Zachary permaneça nervoso. Nervoso e estranhamente mais inebriado do que antes.

— Agora, vejamos — diz o homem enquanto o gato laranja se senta no canto da escrivaninha e boceja, os olhos âmbar voltados para Zachary. — Onde estava sua porta?

— No Central Park — responde Zachary. Sua língua parece pesada na boca e está ficando difícil formar palavras. — Ela foi destruída por aquelas... pessoas do clube? Acho que a senhora-urso com o casaco de pele é a líder deles. Ela me ameaçou com chá. E o cara que disse se chamar Dorian pode estar com problemas. Ele me fez tirar isto do quartel-general deles, mas não disse por quê.

Zachary puxa o livro do casaco e o ergue. O homem o pega, franzindo a testa, então abre o volume e folheia algumas páginas. Olhando de ponta-cabeça, Zachary pensa que o texto árabe parece inglês, mas seus olhos devem estar pregando peças porque suas lentes estão coçando e ele se pergunta se tem alergia a gatos e o homem fecha o livro antes que ele possa ter certeza.

— O lugar disto é aqui embaixo, então obrigado — diz o homem, devolvendo o livro. — Pode guardar para o seu amigo, se quiser.

Zachary olha para o livro de couro marrom.

— Alguém não deveria... — ele diz, quase para si mesmo. — Sei lá, resgatá-lo?

— Alguém deveria, tenho certeza — responde o homem. — Você não poderá ir embora sem um acompanhante, então terá de esperar o retorno de Mirabel. Posso arranjar aposentos para você no meio-tempo; parece necessitar de um descanso. Só preciso de algumas informações adicionais para proceder. Nome?

— Hã... Zachary. Zachary Ezra Rawlins — informa Zachary obedientemente, em vez de fazer uma de suas próprias e inúmeras perguntas.

— É um prazer conhecê-lo, sr. Rawlins — diz o homem, escrevendo o nome de Zachary em um dos livros de registro na mesa. Ele confere a hora num relógio de bolso e acrescenta a informação. — Sou chamado de Cuidador. Você disse que sua entrada temporária ficava no Central Park. Suponho que se referia àquele em Manhattan, Nova York, nos Estados Unidos da América?

— Sim, esse Central Park.

— Muito bem — diz o Cuidador, anotando alguma outra coisa no livro. Ele marca outro documento que pode ser um mapa, então se levanta e vira para um dos baús com gavetinhas atrás de si. Remove algo de uma das gavetas e entrega a Zachary: um medalhão dourado redondo em uma longa corrente. De um lado há uma abelha; do outro, um coração.

— Se precisar voltar a este lugar... a maioria o chama de Coração... isto vai lhe mostrar o caminho.

Zachary abre o medalhão e encontra uma bússola com uma única marca onde o Norte deveria estar, a agulha girando de maneira errática.

— Você precisa saber a direção de Meca? — pergunta o Cuidador.

— Ah, não, obrigado. Sou um agnostipagão.

O Cuidador inclina a cabeça em confusão.

— Espiritual, mas não religioso — esclarece Zachary. Ele não diz o que está pensando: que sua religião é ouvir histórias segurando o fôlego e estourar os tímpanos em shows noturnos e apertar perfeitamente os botões de luta contra chefões de jogos. Que sua religião está enterrada no silêncio da neve fresca, em um coquetel preparado com perfeição, entre as páginas de um livro em algum momento depois do começo e antes do fim.

Ele se pergunta o que havia exatamente naquele negócio que bebeu antes.

O Cuidador assente e vira-se para os armários, abrindo outra gaveta e removendo algo e fechando-a de novo.

— Se puder me acompanhar, sr. Rawlins — diz o homem, saindo da sala. Zachary olha para o gato, mas este, desinteressado, fecha os olhos e não os segue.

O Cuidador fecha a porta do escritório e leva Zachary por um dos corredores cheios de livros. Este espaço parece mais subterrâneo, como um túnel, iluminado com velas e lanternas ocasionais, com um teto redondo e baixo e curvas que não seguem nenhum padrão óbvio. Zachary fica grato pela bússola depois da terceira virada em um labirinto de portas e livros, onde os corredores se dividem em outros, abrindo-se para câmaras maiores e afunilando-se de volta no corredor parecido com um túnel. Há livros abarrotados em prateleiras que se curvam com a rocha ou empilhados em mesas e baús e cadeiras como numa loja de antiguidades literárias. Eles passam por um busto de mármore usando um chapéu de seda e por outro gato adormecido em uma poltrona estofada numa alcova. Zachary espera cruzar com outras pessoas, mas não há ninguém. Talvez estejam todos dormindo e o Cuidador trabalhe no turno da noite. Deve ser muito tarde.

Eles param em uma porta flanqueada por estantes nas quais brilham pequenas lanternas. O Cuidador a destranca e gesticula para Zachary entrar.

— Perdoe o estado do... — O homem para e franze as sobrancelhas, olhando para um quarto que não exige perdões.

O quarto é... bem, é o quarto de hotel mais glorioso que Zachary poderia imaginar, exceto pelo fato de que está numa caverna. Há uma boa dose de veludo, a maioria verde-escuro, cobrindo cadeiras e pendendo como cortinas ao redor de uma cama com dossel cujos lençóis tiveram a ponta virada em antecipação da chegada de seu hóspede. Há uma escrivaninha grande e diversos nichos de leitura. As paredes e o piso são de pedra, que espia por entre as estantes e obras de arte emolduradas e tapetes distintos. É mais que aconchegante. A lareira está acesa. As lâmpadas ao lado da cama estão acesas, como se o quarto o esperasse.

— Espero que seja do seu agrado — diz o Cuidador, embora sua expressão permaneça um pouco confusa.

— É incrível — observa Zachary.

— O banheiro é ali — prossegue o Cuidador, indicando uma porta no fundo do quarto. — A cozinha pode ser acessada pelo painel perto da lareira. O nível de luz no corredor será aumentado de manhã. Por favor, não alimente os gatos. Esta é sua chave. — Ele entrega a Zachary uma chave em outra longa corrente. — Se precisar de algo, não hesite em pedir, você sabe onde me encontrar. — O homem tira da túnica uma caneta e um pedaço pequeno e retangular de papel e escreve algo. — Boa noite, sr. Rawlins. Espero que aproveite sua estadia. — Em seguida, enfia o retângulo de papel em uma plaquinha ao lado da porta, faz uma mesura curta para Zachary e desaparece no corredor.

Zachary o observa partir, então se vira para a placa. Em uma caligrafia rebuscada no papel marfim enfiado na placa de bronze, está escrito:

Z. Rawlins

Ele fecha a porta, perguntando-se quantos nomes já ocuparam aquele lugar e há quanto tempo partiu o último. Depois de alguns segundos de hesitação, tranca a porta.

Apoia a cabeça nela e suspira.

Isso não pode ser real.

Então é o quê?, pergunta a voz em sua cabeça, e ele não tem uma resposta.

Tira o casaco manchado de tinta e o joga numa poltrona. Vai até o banheiro e mal tem tempo de reparar nos azulejos brancos e pretos e na banheira com pés de garras antes de lavar as mãos e remover as lentes de contato, observando seu reflexo ficar embaçado no espelho acima da pia. Joga as lentes numa lixeira e considera brevemente o que vai fazer sem elas, mas tem preocupações mais urgentes.

Volta para o borrão de veludo e fogo que é o quarto, chutando os sapatos no caminho, conseguindo tirar o paletó e o colete antes de chegar à cama, mas adormece antes de lidar com os botões adicionais, engolido por lençóis de linho e travesseiros de lã que se parecem com uma nuvem que o recebe de braços abertos. Seus últimos pensamentos antes de dormir são uma mistura fugaz de reflexões sobre a noite que enfim acabou, perguntas e preocupações sobre tudo, desde sua sanidade até como tirar tinta do cabelo, e então todas as considerações desaparecem, seu último fiapo de consciência se perguntando como alguém pode cair no sono se já está sonhando.

FORTUNAS E FÁBULAS:
O COLECIONADOR DE CHAVES

Era uma vez um homem que colecionava chaves. Chaves antigas e chaves novas e chaves quebradas. Chaves perdidas e chaves roubadas e chaves mestras.

Ele as carregava nos bolsos e as portava em correntes que chacoalhavam quando andava pela cidade.

Todos ali conheciam o colecionador de chaves.

Alguns pensavam que seu hábito era estranho, mas o colecionador de chaves era um sujeito simpático, com um ar pensativo e um sorriso relaxado.

Se alguém perdia ou quebrava uma chave, podia falar com o colecionador de chaves e ele geralmente tinha uma substituta que atenderia às necessidades do sujeito. Muitas vezes, era mais rápido que mandar fazer uma chave nova.

O colecionador de chaves mantinha os formatos e tamanhos mais comuns de chaves sempre à mão, caso alguém precisasse de uma chave para um armário ou um baú.

O colecionador de chaves não era possessivo em relação a sua coleção. Ele emprestava chaves quando necessário.

(Embora com frequência as pessoas mandassem fazer uma chave nova mesmo assim e devolvessem a que tinham tomado emprestada.)

As pessoas o presenteavam com chaves encontradas ou sobressalentes para acrescentar à coleção dele. Quando viajavam, encontravam chaves para trazer de volta, com formatos incomuns ou dentes estranhos.

(Eles chamavam o homem de colecionador de chaves, mas muitas pessoas o ajudavam a colecionar.)

Por fim, o colecionador de chaves tinha chaves demais para carregar e começou a expô-las em sua casa. Pendurou-as nas janelas em fitas, como cortinas, e guardou-as em estantes e emoldurou-as nas paredes. As mais delicadas ele guardava atrás de vidros ou em caixas feitas para joias. Outras eram empilhadas com chaves parecidas em baldes ou cestas.

Depois de muitos anos, a casa inteira foi preenchida até estar quase transbordando de chaves. Elas pendiam do lado de fora também, sobre portas e janelas e caindo do beiral do telhado.

A casa do colecionador de chaves era facilmente vista da estrada.

Um dia alguém bateu à porta.

O colecionador de chaves a abriu e encontrou em sua soleira uma mulher bonita com uma longa capa. Ele nunca tinha visto a mulher, nem um bordado como o que decorava a bainha de sua capa: flores no formato de estrelas em fio dourado sobre tecido preto; era elegante demais para viajar, embora ela devesse ter percorrido um longo caminho. Ele não viu cavalo nem carruagem e supôs que ela os deixara na estalagem, pois ninguém passava por aquela cidade sem se hospedar na estalagem, que não ficava longe.

— Disseram que você coleciona chaves — disse a mulher ao colecionador de chaves.

— Sim — confirmou o colecionador de chaves, embora isso fosse óbvio. Havia chaves pendendo sobre a soleira onde eles estavam, chaves nas paredes atrás dele, chaves em jarras e tigelas e vasos nas mesas.

— Estou procurando algo que foi trancado e me pergunto se uma de suas chaves seria capaz de destrancá-lo.

— Fique à vontade para procurar — disse o colecionador de chaves, convidando a mulher a entrar.

Ele cogitou perguntar que tipo de chave ela buscava, para ajudá-la a procurar, mas sabia como era difícil descrever uma chave. Para encontrar uma chave, a pessoa tinha que entender a fechadura.

Então o colecionador de chaves deixou a mulher vasculhar a casa. Mostrou a ela todos os cômodos, todos os armários e estantes repletas de chaves, e a cozinha com suas xícaras de chá e taças de vinho cheias de chaves, exceto as poucas que eram usadas com mais frequência, vazias e esperando chá ou vinho.

O colecionador de chaves ofereceu chá à mulher, mas ela recusou educadamente. Ele a deixou procurando e sentou-se na sala de estar, onde ela poderia encontrá-lo se precisasse, e ficou lendo um livro.

Depois de muitas horas, a mulher retornou ao colecionador de chaves.

— Não está aqui — ela disse. — Obrigada por me deixar procurar.

— Há mais chaves no jardim — comentou o colecionador de chaves, então conduziu a mulher para o lado de fora.

O jardim estava abarrotado com chaves, presas em fitas num arco-íris de cores. Chaves amarradas com laços pendendo de árvores, buquês de chaves expostos em vasos de cerâmica. Gaiolas de pássaros com chaves presas em pequenos balanços onde não havia nenhum pássaro. Uma fonte borbulhante continha pilhas de chaves sob a água, submersas como desejos.

A luz estava esmaecendo, então o colecionador de chaves acendeu as lanternas.

— Este lugar é lindo — comentou a mulher. Ela começou a examinar as chaves do jardim, chaves seguradas por estátuas e chaves enroladas ao redor de arbustos modelados. Parou na frente de uma árvore que estava começando a florescer e estendeu a mão até uma das muitas chaves pendendo de fitas vermelhas.

— Esta vai encaixar em sua fechadura? — perguntou o colecionador de chaves.

— Mais que isso — respondeu a mulher. — Esta é a minha chave. Eu a perdi muito tempo atrás. Fico feliz que chegou até você.

— Fico feliz em devolvê-la — replicou o colecionador de chaves. Ele estendeu a mão para desamarrar a fita, entregando a chave com a fita na mão dela.

— Preciso recompensá-lo de alguma forma — disse a mulher.

— Não há necessidade — afirmou o colecionador de chaves.

— É um prazer reuni-la com seu objeto que está trancado há tanto tempo.

— Ah — disse a mulher. — Não é um objeto. É um lugar.

Ela ergueu a chave diante do corpo acima da cintura, no ponto onde poderia haver um buraco de fechadura se houvesse uma porta, e parte da chave desapareceu. A mulher girou a chave e uma porta invisível foi destrancada no meio do jardim do colecionador de chaves. A mulher abriu a porta.

A chave e a fita continuaram pendendo no ar.

O colecionador olhou através da porta para uma sala dourada com janelas altas e arqueadas. Havia dúzias de velas em mesas dispostas para um grande banquete. Ele ouviu música tocando e risada vindo de algum ponto fora de vista. Através das janelas, via cachoeiras e montanhas, um céu iluminado por duas luas e infinitas estrelas refletidas num mar cintilante.

A mulher atravessou a porta, arrastando a longa capa sobre os ladrilhos dourados.

O colecionador de chaves ficou parado no jardim, observando.

A mulher tirou a chave e a fita da fechadura e virou-se para o colecionador de chaves. Ergueu uma mão convidando-o a atravessar a porta.

O colecionador de chaves a seguiu.

A porta se fechou atrás dele.

Ninguém jamais o viu de novo.

ZACHARY EZRA RAWLINS acorda muito tempo atrás num lugar muito distante – pelo menos é o que parece.

Desorientado e enjoado, a mente mais lenta do que o corpo, como se ele chapinhasse através de lama transparente. Como se ainda estivesse bêbado, mas de um jeito errado.

A única outra vez que se sentiu assim antes foi em uma noite que ele preferiria esquecer, que envolveu chardonnay em excesso, e ele associa seu estado atual com aquele momento, uma sensação brilhante e cristalina de vinho branco: formigamento e um gosto azedo e um toque de carvalho. Levantar-se sem se lembrar de ter desabado.

Ele esfrega os olhos, virando-se para o borrão que é quarto, confuso porque o lugar é grande demais, e então lembrando que está num hotel e, conforme os eventos da noite anterior perfuram a névoa, o quarto se solidifica em sua visão embaçada e ele recorda que não está num hotel e começa a entrar em pânico.

Respire, diz a voz em sua cabeça. Ele obedece, agradecido, e tenta se concentrar em inalar e exalar repetidamente.

Zachary fecha os olhos, mas a realidade se infiltra pelos outros sentidos. O quarto cheira a fogo apagado e sândalo e algo escuro e profundo e inidentificável. Ele ouve um badalar muito distante que o deve ter despertado. A cama e os travesseiros são macios como marshmallows. Sua curiosidade trava uma guerra silenciosa contra a ansiedade e é difícil respirar, mas, enquanto ele obriga os pulmões a puxar o ar em fôlegos lentos e constantes, a curiosidade vence e ele abre os olhos.

O quarto está mais claro agora, a luz do corredor entrando por painéis de vidro âmbar na pedra acima da porta. É uma luz que ele associa mais com o final da tarde do que com a manhã. Há mais *coisas* no quarto do que Zachary lembra – mesmo sem os óculos, consegue identificar uma vitrola ao lado das poltronas e velas pingando na cornija da lareira. Acima delas há uma pintura de um navio no mar.

Zachary esfrega os olhos, mas o quarto continua igual. Sem saber o que mais fazer, ele sai da cama de marshmallow, mesmo que relutante, e começa algo parecido com sua rotina matinal.

Encontra suas roupas descartadas no banheiro, endurecidas por tinta e sujeira, e se pergunta se o lugar tem uma lavanderia. Por algum motivo, a roupa suja o arrasta de volta à realidade da situação: sonhos ou alucinações provavelmente não envolveriam problemas tão mundanos. Ele tenta se lembrar de um único sonho que tenha envolvido o pensamento "Preciso de meias novas", mas não consegue.

O banheiro também tem mais coisas do que ele lembrava: um armário com espelho contém uma escova e pasta de dentes em um tubo de metal e vários jarros cuidadosamente etiquetados de cremes e óleos, um deles uma loção pós-barba que cheira a canela e uísque.

Um chuveiro fica ao lado da banheira, e Zachary tenta ao máximo remover a tinta dourada do cabelo e raspar o resto dela da pele. Há sabonetes em pratinhos chiques e todos têm um odor florestal ou resinoso, como se tudo ali tivesse sido personalizado de acordo com as preferências aromáticas dele.

Embrulhado em uma toalha, Zachary inspeciona o resto do quarto, procurando algo para vestir que não seja seu terno suado e manchado de tinta.

Um guarda-roupa alto está encostado numa parede ao lado de uma cômoda que não combina com ele. Não apenas há alguma coisa para usar, mas há opções. As gavetas estão cheias de suéteres e meias e roupas de baixo; o guarda-roupa está repleto de camisas e calças penduradas. Tudo parece feito à mão, fibras naturais sem etiquetas. Ele veste uma calça marrom de linho e uma camisa verde-musgo sem colarinho com botões de madeira polida, então pega um suéter cinza de tricô que o lembra de um de seus preferidos. No fundo do guarda-roupa há vários pares de sapatos, e é claro que eles servem perfeitamente, o que o incomoda mais que as roupas – a maioria delas é larga e ajustável, então tudo serve, o que poderia ser explicado porque ele é mais magro que a média, mas os sapatos são assustadores. Ele calça um par de camurça que poderia ter sido feito sob medida para ele.

Talvez eles tenham elfos que medem os pés e fazem sapatos enquanto a pessoa dorme, sugere a voz na cabeça dele.

Pensei que você era a voz da razão, voz da minha cabeça, Zachary pensa de volta, mas não recebe resposta.

Ele pendura a chave do quarto, a bússola e – depois de um momento de hesitação – a espada de Dorian ao redor do pescoço. Tenta empurrar para o fundo da mente a preocupação sobre o que aconteceu lá em cima enquanto esteve aqui embaixo. Distrai-se olhando ao redor do quarto, embora não consiga enxergar tão bem. De perto as coisas são nítidas, mas isso significa que ele precisa explorar poucos passos por vez, absorvendo o ambiente em golinhos.

Pega um livro de uma das estantes, lembrando-se de uma história que devia ser um episódio de *Além da imaginação*: tanta coisa para ler e nenhum par de óculos.

Ele abre o livro em uma página aleatória e as palavras impressas estão perfeitamente nítidas.

Zachary ergue os olhos. A cama, as pinturas nas paredes, a lareira – tudo tem o embaçamento distinto que seu coquetel oftalmológico de miopia e astigmatismo projeta sobre o mundo. Ele olha de novo para o livro em suas mãos.

É um volume de poesia. Dickinson, ele pensa. Perfeitamente legível, a tipografia afiada embora a fonte seja pequena, até os pontinhos-finais e as minúsculas vírgulas.

Ele deixa o livro e pega outro. É como o anterior: perfeitamente legível. Zachary o devolve à prateleira e vai até a escrivaninha, onde o livro de couro marrom que pegou no Clube de Colecionadores para Dorian está aguardando. Ele quer ver se o truque, qualquer que seja, vai focar as ilustrações e o texto em árabe também, mas, quando abre o livro na página de rosto, não só as iluminuras floreadas estão nítidas como o título está em inglês.

Fortunes and Fables

Fortunas e fábulas, diz a página de maneira clara, óbvia, em uma tipografia elegante, mas definitivamente em inglês. Então se pergunta se o livro está impresso em mais de uma língua e ele só não notou antes, mas folheia as páginas e cada uma exibe apenas o mesmo alfabeto familiar.

Zachary abaixa o livro, zonzo outra vez. Não se lembra da última vez que comeu. Será que foi na festa? É possível que ela tenha ocorrido apenas na noite anterior? Ele se lembra de que o Cuidador mencionou algo sobre a cozinha perto da lareira.

Ao lado da lareira ainda embaçada (embora ele possa ver desta distância que o navio na pintura acima é capitaneado e tripulado por coelhos em uma paisagem marítima realista), há um painel na parede, como uma porta de armário embutida na pedra, com um pequeno botão ao lado.

Zachary abre a porta e encontra um espaço que parece um elevador de comida, dentro do qual há um livrinho grosso, uma caixa e um cartão dobrado no topo. Ele pega o cartão.

Saudações, sr. Rawlins. Seja bem-vindo.

> *Esperamos que aproveite sua estadia.*
> - *Caso requeira ou deseje uma refeição de qualquer tipo, não hesite em usar nosso sistema de serviço. Ele é projetado para ser o mais conveniente possível.*
> - *Escreva seu pedido em um cartão. O livro contém uma seleção de ofertas, mas não deixe as listas ditarem suas escolhas. Ficaremos contentes em preparar qualquer coisa que desejar, se estiver ao nosso alcance.*

- *Coloque o cartão de pedidos no elevador. Feche a porta e aperte o botão para enviar seu pedido à Cozinha.*
- *Sua refeição será preparada e enviada a você. Um tinido vai indicar a chegada.*
- *Por favor, quando terminar, devolva quaisquer pratos desnecessários ou intocados et cetera, via o mesmo método.*
- *Acessos adicionais estão disponíveis no Porto em áreas designadas quando não estiver em seus aposentos.*

Se tiver quaisquer dúvidas, sinta-se livre para incluí-las com seu pedido e faremos o melhor para respondê-las.

Obrigado e, novamente, esperamos que aproveite sua estadia.

A Cozinha

Dentro da caixa há vários cartões parecidos e uma caneta-tinteiro. Zachary folheia o livro, que contém o cardápio mais longo que já viu na vida: capítulos e listas e remissões a alimentos e bebidas organizados por estilo, gosto, textura, temperatura e gastronomias regionais por continente.

Ele fecha o livro, pega um cartão e, após considerar por um momento, escreve *Olá* e *Obrigado pelas boas-vindas* e pede café com creme e açúcar e um muffin ou croissant, o que eles tiverem. Deixa o cartão no elevador, fecha a porta e aperta o botão. Este acende e há um som mecânico suave, uma versão em miniatura do zumbido do elevador.

Zachary volta sua atenção para o quarto e para os livros, mas nem um minuto depois vem um tinido da parede. Enquanto abre a porta, ele se pergunta se fez algo errado ou se talvez eles não tenham mais muffins e croissants, mas dentro encontra uma bandeja de prata contendo um bule fumegante de café, uma xícara vazia, uma tigela com torrões de açúcar e uma jarrinha de creme (aquecido) acompanhado por uma cesta de assados quentes (três muffins de sabores diversos, croissants de manteiga e chocolate, assim como um folhado que parece envolver maçãs e queijo de cabra). Também há uma garrafinha de água com gás, um copo e um guardanapo de tecido dobrado com uma única flor amarela enfiada entre as pregas.

Outro cartão lhe informa que o muffin de limão e sementes de papoula é sem glúten e que, se ele tiver qualquer restrição alimentar, basta informar. Também perguntam se ele gostaria de geleia ou mel.

Zachary encara a cesta enquanto serve o café, acrescentando um pouquinho de creme e um único torrão de açúcar. O café é um *blend* mais amargo do que ele está acostumado, mas suave e excelente, assim como tudo que ele prova da cesta de maravilhas assadas. Até a água é particularmente gostosa, embora ele sempre tenha pensado que água com gás é mais chique por causa das bolhas.

O que é este lugar?

Zachary leva os pães (que, embora deliciosos, estão embaçados) e o café de volta à escrivaninha, tentando desanuviar a mente com a ajuda de cafeína e carboidratos. Abre o livro de Dorian outra vez e vira as páginas devagar. Tem iluminuras antigas e páginas coloridas adoráveis, e os títulos sugerem que é um volume de contos de fadas. Ele lê algumas frases de um chamado "A garota e a pena" antes de voltar ao começo, mas ao fazer isso uma chave escapa do espaço sob a lombada e cai na mesa com um barulho metálico.

A chave é longa e fina, uma chave mestra com uma extremidade redonda e dentes pequenos e simples. Está grudenta, como se estivesse colada à lombada do livro, atrás das páginas e debaixo do couro.

Zachary se pergunta se era o livro ou a chave que Dorian procurava. Ou ambos.

Ele abre o livro de novo e lê a primeira história, que é uma versão daquela que Dorian lhe contou no escuro durante a festa. Para sua decepção, aquela também não explora o que o rato fez com o coração do Destino. Ler a história evoca emoções complicadas demais para lidar tão cedo, então ele fecha o livro e enfia a chave na corrente junto com a do quarto, em seguida veste o suéter cinza com gola alta. O bordado é tão apertado que as chaves e a bússola e a espada ficam camufladas por baixo dos nós e não chacoalham. Ele imaginou que o suéter teria aroma de cedro, mas cheira levemente a panquecas.

Num capricho, ele manda um bilhete à Cozinha perguntando sobre a lavanderia.

> *Envie-nos qualquer coisa que precise ser lavada,*
> *sr. Rawlins.*

chega a resposta veloz.

Zachary dobra seu terno manchado de tinta o melhor possível e o manda pelo elevador.

Alguns segundos depois soa a campainha, e a essa altura ele não ficaria surpreso se suas roupas já estivessem limpas, mas, em vez disso, ele encontra os conteúdos esquecidos de seus bolsos: sua chave de hotel e carteira e dois pedaços de papel, um sendo o bilhete de Dorian e o outro um ingresso impresso com uma palavra que já foi o nome de um uísque e agora é só uma mancha. Zachary deixa tudo na cornija da lareira, sob os coelhos piratas.

Ele encontra uma bolsa transversal estilo militar de um verde-oliva desbotado com uma série de fechos. Enfia *Fortunas e fábulas* nela junto com um muffin cuidadosamente embrulhado num guardanapo, e então, após arrumar a cama depressa, sai do quarto, trancando a porta atrás de si, e tenta encontrar o caminho de volta à entrada. O Coração, como chamou o Cuidador.

Faz três tentativas antes de recorrer à bússola. Os corredores parecem diferentes, mais iluminados; a luz mudou. Há luzes enfiadas entre livros, lâmpadas em cordões que pendem do teto. Coisas que parecem lâmpadas a gás em cruzamentos. Há escadas, mas ele não se lembra de escadas, então não se aventura por nenhuma delas. Passa por uma sala grande com mesas longas e lâmpadas de vidro verde; o lugar se parece muito com uma biblioteca exceto pelo fato de que o piso inteiro é rebaixado em uma piscina refletora, com passagens secas elevadas que permitem atravessar o espaço ou atingir as ilhas de mesas. Ele passa por um gato que encara a água atentamente e segue seu olhar até uma única carpa laranja nadando sob o olhar vigilante do felino.

Este lugar não é o que ele imaginou quando leu *Doces dores*.

É maior, para começo de conversa. Ele não consegue ver muito longe em nenhuma direção, mas o ambiente parece continuar para sempre. Nem sabe como descrevê-lo. É como se um museu de arte e uma biblioteca tivessem sido transferidos para uma rede metroviária.

Mais que qualquer outra coisa, aquilo lembra Zachary do campus de sua universidade: longos corredores conectando áreas diferentes, estantes sem-fim e algo que ele não consegue definir, uma sensação mais do que uma característica arquitetônica. Uma diligência que subjaz a um local de aprendizado e histórias e segredos.

Embora ele pareça ser o único estudante. Ou o único que não é um gato.

Depois da sala de leitura com piscina e de um salão que só contém livros com capa azul, Zachary faz uma curva e se encontra de volta na entrada catedralesca azulejada com seu relógio de universo. Os lustres brilham mais forte, embora alguns estejam jogados no chão. Eles estão suspensos (ou não) por longos cabos e correntes, azuis e vermelhos e verdes. Ele não os notara antes. Os azulejos parecem mais coloridos, mas lascados e desbotados; algumas partes parecem murais, mas não restam pedaços suficientes para distinguir as imagens. O pêndulo oscila no meio da sala. A porta que leva ao elevador está fechada, mas a do escritório do Cuidador está toda aberta agora, e o gato laranja o encara de uma poltrona.

— Bom dia, sr. Rawlins — diz o Cuidador atrás da mesa, sem erguer os olhos, antes que Zachary possa bater na porta. — Espero que tenha dormido bem.

— Dormi, obrigado — responde Zachary. Ele tem perguntas demais, mas precisa começar por algum lugar. — Onde estão os outros?

— O senhor é o único hóspede no momento — responde o Cuidador, que continua escrevendo.

— Mas não há… residentes?

— Não no momento. Precisa de mais alguma coisa?

O Cuidador não tirou os olhos de seu caderno, então Zachary tenta fazer a pergunta mais específica que tem.

— Isso é meio aleatório, mas por acaso você teria óculos extras em algum lugar?

O Cuidador ergue os olhos, abaixando a caneta.

— Sinto muito — ele diz, levantando e atravessando a sala até um dos muitos arquivos com gavetas. — Queria que tivesse perguntado ontem à noite, eu teria arranjado algo. Miopia ou hipermetropia?

— Miopia com astigmatismo nos dois olhos, mas um óculos de miopia forte deve servir.

O Cuidador abre algumas gavetas e entrega a Zachary uma caixinha contendo vários pares de óculos, a maioria com aro de metal, mas alguns com armações mais grossas e um com aro de tartaruga.

— Com sorte, um desses servirá — diz o Cuidador. Ele volta à escrivaninha e continua escrevendo enquanto Zachary prova diferentes pares. Ele abandona o primeiro por ser apertado demais, mas vários servem bem e são surpreendentemente próximos de seu grau. Escolhe um par cor de cobre com lentes retangulares.

— Este está ótimo, obrigado — ele diz, devolvendo a caixa ao Cuidador.

— Pode ficar com ele durante sua estadia. Posso ajudar com algo mais esta manhã?

— Hã... Mirabel já voltou? — pergunta Zachary.

Mais uma vez, a expressão do Cuidador transparece algo que poderia ser uma leve irritação, mas passa tão depressa que Zachary não tem certeza. Ele suspeita que o Cuidador e Mirabel não sejam exatamente melhores amigos.

— Ainda não — responde o Cuidador, com um tom que não revela nada. — Fique à vontade para explorar enquanto espera. Só peço que quaisquer portas trancadas permaneçam trancadas. Eu vou... informá-la de sua presença quando ela chegar.

— Obrigado.

— Tenha um bom-dia, sr. Rawlins.

Ele capta a indireta e vira-se para o salão, notando os detalhes agora que tem lentes corretivas para ajudá-lo. O lugar parece estar a um suspiro de desmoronar, permanecendo unido por planetas que giram e relógios que ticam e esperança e corda.

Parte dele quer interrogar o Cuidador, mas a maior parte prefere prosseguir com cuidado, dada a interação que tiveram na noite anterior. Talvez Mirabel seja mais receptiva sobre... bem, tudo. Mas primeiro ela precisa chegar. Ele se lembra do rei dos monstros mascarado e não consegue imaginá-la aqui.

Escolhe um corredor diferente para explorar. Este tem prateleiras esculpidas na rocha, livros empilhados em cubículos irregulares junto com xícaras de chá e garrafas e lápis de cera espalhados. Este corredor também tem pinturas, várias delas talvez sejam do mesmo artista que pintou os coelhos navegantes no quarto dele, altamente realistas, mas com detalhes fantásticos. Um retrato mostra um jovem usando um casaco com muitos botões, mas os botões são todos reloginhos, do colarinho aos punhos, cada um indicando uma hora diferente. Outra é uma floresta ao luar, mas uma única árvore possui folhas douradas. Uma terceira é uma natureza morta de frutas e vinho, mas as maçãs foram entalhadas na forma de gaiolas e há passarinhos vermelhos dentro de cada uma.

Zachary tenta abrir algumas portas sem identificação, mas a maioria está trancada.

Ele se pergunta onde fica a casa de bonecas, se for real.

Quase no instante em que pensa isso, vê uma boneca numa prateleira.

É uma única boneca arredondada de madeira, pintada como uma mulher embrulhada num roupão de estrelas. Os olhos dela estão fechados, mas a boca simples e pintada curva-se num sorriso, algumas pinceladas de tinta prata como o luar criando uma expressão de calma expectativa – uma expressão como quando alguém fecha os olhos antes de apagar as velas de um bolo de aniversário. A boneca foi esculpida num estilo que o lembra a princípio a coleção de *kokeshi*, as bonecas japonesas, da mãe, mas então ele vê uma fissura sutil ao redor da cintura e percebe que é mais como uma *matryoshka* russa. Com cuidado, vira a boneca e separa a metade de cima e a de baixo.

Dentro da mulher no roupão de estrelas há uma coruja.

Dentro da coruja há outra mulher, esta vestida de dourado e com os olhos abertos.

Dentro da mulher de ouro há um gato, com os olhos do mesmo tom dourado da mulher que veio antes.

Dentro do gato há uma garotinha com longos cabelos cacheados usando um vestido azul-celeste, com os olhos abertos mas olhando para o lado, mais interessada em algo além da pessoa que a encara.

A menor boneca é uma abelha em tamanho real.

Algo se move no fim do corredor onde a pedra está coberta por cortinas de veludo vermelho – algo maior que um gato –, mas quando ele olha não há nada. Zachary enfileira todas as metades das bonecas lado a lado na prateleira em vez de prendê-las dentro de uma única pessoa, então segue em frente.

Há tantas velas que o aroma de cera derretida permeia tudo, notas suaves e doces misturando-se a papel e couro e pedra com um toque de fumaça. *Quem acende tudo isso, se não há mais ninguém aqui?*, Zachary se pergunta quando passa por um candelabro que contém mais de uma dúzia de velas ardendo, a cera pingando sobre pedras que claramente já receberam muita cera pingada de velas.

Uma porta abre para uma sala pequena com paredes esculpidas em ricos detalhes. Há uma única lâmpada no chão e, conforme Zachary caminha ao seu redor, a luz se reflete em partes diferentes dos entalhes, revelando imagens e textos, mas ele não consegue ler a história inteira.

Ele caminha até o corredor terminar num jardim, com um teto alto como o de mármore que fica perto do elevador, um teto que projeta um brilho solar sobre livros empilhados perto de estátuas e abandonados em bancos e fontes. Zachary passa por uma estátua de uma raposa e outra que parece uma pilha precária de bolas de neve. No centro do ambiente, há um espaço parcialmente cercado que o lembra de uma casa de chá. Dentro há bancos e uma estátua em tamanho real de uma mulher sentada numa cadeira de pedra.

O tecido ondulante do vestido cai ao redor da cadeira, esculpido de maneira realista, e por todo lugar, no colo, nos braços, inseridas nas dobras da roupa e nos cachos do cabelo da mulher, há abelhas. As abelhas são esculpidas numa pedra de cor diferente, uma tonalidade mais cálida, e parecem peças individuais. Zachary ergue uma, então a devolve ao lugar. A mulher está olhando para baixo, com as mãos no colo e as palmas voltadas para cima como se segurasse um livro.

Ao lado dos pés da estátua, cercada por abelhas e aguardando como uma oferenda, há uma taça meio cheia com um líquido escuro.

— Sabia que eu ia perder — diz alguém atrás dele.

Zachary se vira. Se não tivesse reconhecido a voz, não teria pensado que essa é a mesma mulher da festa. Seu cabelo sem a peruca escura é espesso e encaracolado e tingido de vários tons de rosa, começando em romã nas raízes e desbotando para uma sapatilha de balé nos ombros. Ela tem traços de glitter dourado ao redor dos olhos escuros e é mais velha do que ele pensou – imaginou que tivesse alguns anos a mais que ele, mas pode ser mais que isso. Está usando jeans e botas pretas de cano alto com longos cadarços e um suéter cor de creme que parece ter passado o menor tempo possível na transição de ovelha a vestimenta. No entanto, o conjunto inteiro possui um ar de elegância espontânea. As várias correntes penduradas ao redor do pescoço dela contêm uma série de chaves e um medalhão como a bússola de Zachary, assim como algo que parece um crânio de pássaro de prata. De alguma maneira, mesmo sem a cauda, ela ainda se parece com Max.

— Perder o quê? — pergunta Zachary.

— Todo ano, nessa época, alguém deixa uma taça de vinho para ela — responde a mulher de cabelo rosa, apontando para a taça aos pés da estátua. — Eu nunca consegui pegar a pessoa, e não foi por falta de tentativa. Mais um ano de mistério.

— Você é Mirabel.

— Minha reputação me precede — diz Mirabel. — Sempre quis dizer isso. Nunca nos apresentamos oficialmente, não é? Você é Zachary Ezra Rawlins e vou te chamar de Ezra porque gosto desse nome.

— Se me chamar de Ezra, vou te chamar de Max.

— Feito — ela concorda, com aquele sorriso de estrela de cinema. — Peguei suas coisas em seu hotel, Ezra. Deixei no escritório quando vim te encontrar, então já deve haver um gato sentado em cima delas. Também fiz o seu check-out do hotel já mencionado e te devo uma dança, uma vez que fomos interrompidos. Você e o outro sujeito já se acomodaram?

— Dorian?

— Ele disse que se chama *Dorian*? Muito indulgente e wildiano da parte dele. Achei que aquelas sobrancelhas dramáticas e a cara fechada já eram ruins o bastante. Ele disse que eu devia chamá-lo de sr. *Smith*, então deve gostar mais de você.

— Bem, qualquer que seja o nome dele, não está aqui — diz Zachary. — Aquelas pessoas o pegaram.

O sorriso de Mirabel desaparece. Sua preocupação instantânea dobra os temores que Zachary vem tentando afastar da mente.

— Quem? — ela pergunta, embora Zachary veja que já sabe a resposta.

— As pessoas com a tinta e as túnicas, o Clube de Colecionadores, quem quer que sejam. *Essas* pessoas — ele acrescenta, puxando a espada prateada de baixo do suéter. Ele xinga quando a peça fica enganchada, percebendo que está mais transtornado do que gostaria de admitir.

Mirabel não diz nada, mas franze a testa e olha além de Zachary para a estátua da mulher com suas abelhas e as mãos vazias.

— Ele já está morto? — pergunta Zachary, embora não queira ouvir a resposta.

— Se não estiver, é por um único motivo — responde Mirabel, ainda focada na estátua.

— Qual?

— Estão usando ele como isca. — Mirabel vai até a estátua e ergue a taça de vinho misteriosa. Ela a contempla por um momento, então a leva aos lábios e vira o conteúdo todo. Apoia a taça no chão e se vira para Zachary. — Que tal irmos resgatá-lo, Ezra?

FORTUNAS E FÁBULAS:
A MENINA E A PENA

Era uma vez uma princesa que se recusou a casar com o príncipe com quem deveria casar. Sua família a deserdou e ela deixou o reino, trocando suas joias e o longo cabelo por uma passagem até o reino seguinte, então para o seguinte, então para a terra além dos reinos, na qual não havia rei, e lá ela ficou.

A princesa tinha habilidade em costura, então abriu uma loja numa cidadezinha sem costureira. Ninguém sabia que ela havia sido uma princesa, mas aquele era o tipo de lugar que não fazia perguntas sobre o passado das pessoas.

— Esta terra já teve um rei? — perguntou a princesa a uma de suas melhores clientes, uma velha que morava ali havia muitos anos, mas não enxergava bem o suficiente para costurar as próprias roupas.

— Ah, sim — respondeu a velha. — Ainda tem.

— Tem? — Isso surpreendeu a princesa, pois ela não ouvira falar de tal coisa antes.

— O Rei Coruja — disse a velha. — Ele mora na montanha além do lago e vê o futuro.

A princesa pensou que a velha estava caçoando, pois não havia nada na montanha além do lago, exceto árvores e neve e lobos. O Rei Coruja devia ser uma história de ninar, como o Cavaleiro no Vento Noturno ou o Mar Sem Estrelas. Ela não fez mais perguntas sobre a antiga monarquia.

Depois de vários anos, a princesa se tornou íntima do ferreiro, e algum tempo depois eles se casaram. Uma noite, ela lhe contou que fora uma princesa e falou do castelo onde crescera, dos cachorrinhos que dormiam em travesseiros de seda bordados e de sua rejeição ao príncipe com cara de fuinha do reino vizinho.

Seu ferreiro riu e não acreditou nela. Disse que ela deveria ser um bardo e não uma costureira, e beijou a curva entre a cintura e o quadril dela, mas, depois desse dia, sempre a chamou de Princesa.

Eles tiveram uma filha, uma menina com olhos enormes e pulmões potentes. A parteira disse que nunca tinha visto um bebê gritar tão alto. A menina nasceu numa noite sem lua, o que era sinal de azar.

Uma semana depois, o ferreiro morreu.

A princesa se preocupou então, como nunca se preocupara antes, com azar e maldições e o futuro da filha. Ela pediu conselho à velha e a velha sugeriu que ela levasse a criança ao Rei Coruja, que saberia o que fazer.

A princesa achou que isso era bobo, mas a criança cresceu gritando sem motivo e encarando espaços vazios com seus enormes olhos.

— Princesa! — a menina disse à mãe um dia, quando estava começando a aprender palavras. — Princesa! — ela repetiu, batendo a mãozinha no joelho da mãe.

— Quem te ensinou essa palavra? — perguntou a princesa.

— O papai — respondeu a filha.

Então a princesa levou a menina para ver o Rei Coruja.

Ela pegou uma carroça até o pé da montanha além do lago e subiu a antiga trilha que partia dali, apesar dos protestos do condutor. A subida era longa, mas o dia estava claro e os lobos adormecidos, ou talvez lobos fossem algo que as pessoas mencionavam, mas que não existia de fato. A princesa fazia paradas de vez em quando para descansar e a menina brincava na neve. Às vezes se tornava difícil enxergar a trilha, mas o caminho era marcado por pilhas de pedras e estandartes desbotados que talvez já tivessem sido dourados.

Depois de um tempo, a princesa e a filha chegaram a uma clareira praticamente oculta atrás da copa de árvores altas.

A estrutura na clareira podia ter sido um castelo, mas agora estava em ruínas, com todas as torres quebradas, exceto uma, e as paredes desmoronadas cobertas por hera.

As lanternas ao lado da porta estavam acesas.

Por dentro, o castelo parecia aquele no qual a princesa vivera muito tempo antes, porém mais escuro e empoeirado. Tapeçarias com grifos e flores e abelhas cobriam as paredes.

— Fique aqui — disse a princesa à filha, deixando-a num tapete empoeirado cercado de móveis que um dia teriam sido grandiosos e impressionantes.

Enquanto a mãe procurava no andar de cima, a garotinha se divertiu criando histórias sobre as tapeçarias e conversando com os fantasmas, pois o castelo estava cheio de fantasmas e eles não encontravam uma criança havia um bom tempo e se aglomeraram ao redor dela.

Então algo atraiu a atenção da menina. Ela engatinhou até o objeto brilhante e os fantasmas observaram enquanto ela pegava uma única pena solta e se admiraram que uma menina tão jovem pudesse manusear um talismã mágico, mas a menina não sabia o que significava a palavra "manusear" nem a palavra "talismã", então ignorou os fantasmas e primeiro tentou comer a pena, em seguida a guardou no bolso após decidir que não servia para comer.

Enquanto isso, a princesa encontrou uma porta marcada com uma coroa.

Ela abriu a porta para a única torre remanescente. Ali encontrou um cômodo quase todo escuro exceto pela luz que entrava pelo teto e que criava uma poça suave no centro do piso de pedra. A princesa entrou e parou no meio da luz.

— O que deseja? — perguntou uma voz da escuridão, vinda de todos os lados.

— Desejo conhecer o futuro de minha filha — pediu a princesa, pensando que não era exatamente essa a resposta, pois ela tinha muitos outros desejos, mas, como aquele fora o que a levara até ali, ela o declarou.

— Deixe-me ver a menina — disse a voz.

A princesa pegou a menina, que chorou ao ser afastada dos novos amigos fantasmas, mas então riu e bateu palmas quando eles as seguiram escada acima.

A princesa levou a filha até o cômodo na torre.

— Sozinha — disse a voz na escuridão.

A princesa hesitou, mas por fim deixou a menina na luz e voltou ao corredor, onde esperou ansiosamente, cercada por fantasmas que não conseguia ver e que davam tapinhas em seu ombro e tentavam tranquilizá-la.

Dentro da torre, a garotinha olhou para a escuridão e a escuridão olhou de volta.

Das sombras que a menina encarava, saiu uma figura alta com o corpo de um homem e a cabeça de uma coruja. Grandes olhos redondos olharam para a criança.

— Olá — disse a menina.

— Olá — respondeu o Rei Coruja.

Depois de algum tempo, a porta se abriu e a princesa voltou para dentro, encontrando a menina sentada sozinha na poça de luz.

— Esta criança não tem futuro — disse a escuridão.

A princesa franziu as sobrancelhas, tentando decidir qual resposta quisera que não esta. Pela primeira vez, desejou não ter deixado seu reino e ter feito escolhas diferentes.

Talvez ela pudesse deixar a menina neste castelo e dizer à cidade que lobos a tinham levado. Ela podia empacotar suas coisas e se mudar e começar do zero.

— Faça-me uma promessa — ordenou a escuridão à princesa.

— Qualquer coisa — respondeu a princesa, arrependendo-se imediatamente.

— Traga-a de volta quando ela crescer.

A princesa suspirou e assentiu e levou a criança embora do castelo, de volta à montanha e à casinha delas.

Nos anos que seguiram, a princesa às vezes pensava em sua promessa e às vezes a esquecia e às vezes se perguntava se tudo fora um sonho. Sua filha não era uma criança azarada, raramente gritava depois que aprendeu a andar e não encarava mais o vazio. Na verdade, parecia mais sortuda que a maioria das pessoas.

(A menina tinha, entre a cintura e o quadril, uma marca como uma cicatriz, que se parecia com uma pena, mas a mãe não se lembrava de como aquilo surgira nem há quanto tempo estava ali.)

Nos dias em que a lembrança do castelo e a promessa pareciam reais, a princesa dizia a si mesma que algum dia levaria a menina de volta à montanha. Se não houvesse nada lá, seria uma trilha agradável e, se houvesse um castelo, ela pensaria no que fazer quando chegasse a hora.

Antes que a menina crescesse, a princesa adoeceu e morreu.

Pouco tempo depois, a filha desapareceu. Ninguém na cidade se surpreendeu.

— Ela sempre foi selvagem — disseram as mulheres que viveram tempo o suficiente para tornarem-se velhas.

O mundo não é mais como era então, mas as pessoas continuam contando histórias sobre o castelo na montanha naquela cidade perto do lago.

Em uma dessas histórias, uma menina encontra seu caminho de volta a um castelo de que se recorda vagamente, e quase pensou ser um sonho, e o encontra vazio.

Em outra versão, uma menina encontra seu caminho de volta a um castelo de que se recorda vagamente, e quase pensou ser um sonho, e bate na porta.

Ela é aberta por fantasmas que a menina não enxerga mais.

A porta se fecha atrás dela e ninguém ouve falar da menina de novo.

Em uma versão mais rara, uma menina encontra seu caminho de volta a um castelo de que se recorda como que de um sonho, um lugar ao qual prometeu retornar embora não tenha sido ela mesma a fazer a promessa.

As lanternas estão acesas, à espera de sua chegada.

A porta se abre antes que ela possa bater.

Ela sobe uma escada familiar que sabe não ter sido um sonho e percorre um corredor que já atravessou antes.

A porta marcada com a coroa está aberta. A menina entra.

— Você retornou — diz a escuridão.

A menina não fala nada. Esta parte do que não foi um sonho a assombrou mais que tudo, mais que os fantasmas. Esta sala, esta voz.

Mas ela não sente medo.

Da escuridão aparece o homem com cabeça de coruja. Ele não é tão alto quanto ela lembra.

— Olá — diz a menina.

— Olá — responde o Rei Coruja.

Eles se encaram em silêncio por um tempo. Os fantasmas observam do corredor, perguntando-se o que pode acontecer, maravilhando-se com a pena no coração que a menina não pode ver, embora sinta estremecer.

— Passe três noites neste lugar — diz o Rei Coruja à menina que não é mais uma menina.

— Depois você me deixará partir? — ela pergunta, embora não seja isso que de fato queira dizer.

— Depois você não terá mais vontade de partir — responde o Rei Coruja, e todos sabem que o Rei Coruja fala apenas a verdade.

A menina passa uma noite, então outra. Ao final da segunda noite, consegue ver os fantasmas de novo. Na terceira, ela não tem mais vontade de partir, pois quem deixaria seu lar depois de encontrá-lo?

Ela ainda está lá.

ZACHARY EZRA RAWLINS segue Mirabel por passagens, faz curvas bruscas em corredores que não notou antes e atravessa portas que não percebeu serem de fato portas. Ele reduz o passo quando atravessam um piso de vidro, olhando para outro corredor cheio de livros sob os pés deles, depois corre para alcançá-la. Eles estão de volta no Coração em metade do tempo que Zachary esperava, e Mirabel não segue até o elevador, como ele antecipava, mas vai até um dos lustres caídos, no qual estão penduradas uma jaqueta de couro desbotada e uma bolsa transversal preta.

— Eu preciso de um casaco? — questiona Zachary enquanto Mirabel veste a jaqueta. Ele se pergunta se deveria pegar do quarto a sua, ainda coberta de tinta, percebendo que esqueceu de mandá-la para a Cozinha.

Da esquerda vem um *miau* e Zachary se vira para o gato laranja, que está sentado na soleira do escritório do Cuidador. Atrás dele, o Cuidador está em sua escrivaninha, escrevendo, mas, apesar do movimento contínuo da caneta sobre o papel, ele os observa atentamente por cima dos óculos. Zachary quase ergue uma mão em cumprimento, mas decide que é melhor não fazer isso.

— Ah — diz Mirabel, ignorando tanto o gato como o Cuidador enquanto examina a calça de linho e o suéter de gola alta de Zachary. — Talvez seja melhor. Vamos achar um pra você. Deixe sua bolsa. — Zachary apoia a bolsa no chão enquanto Mirabel vira depressa no corredor mais próximo ao elevador e abre uma porta que revela um enorme e bagunçado guarda-roupa, cheio de casacos e chapéus e máquinas de escrever, caixas de lápis e canetas e pedaços de estatuária quebrada. Ela agarra um casaco de lã verde-caçador com pedaços de tecido marrom nos cotovelos e o remove do caos como um tesouro de brechó vintage em perfeito estado, então o entrega a Zachary enquanto habilmente desvia de um busto em ruínas no chão, cujo único olho de argamassa observa desamparado as botas dela. — Deve servir — Mirabel diz, e claro que serve.

Zachary segue a mulher pela porta até a antecâmara brilhante. Ela aperta o botão do elevador, que acende obedientemente, e a seta volta sua atenção para baixo.

— Você bebeu? — pergunta Mirabel enquanto esperam.

— Eu o quê?

Ela aponta para a parede onde estivera a pequena taça de líquido, do lado oposto dos dados.

— Você bebeu? — ela repete.

— Ah... sim, sim, bebi.

— Bom — diz Mirabel.

— Eu tinha outra opção?

— Você podia ter jogado fora ou ter levado a taça ao outro lado da sala ou ter feito uma série de coisas. Mas quem não bebe nunca permanece aqui.

Um tinido soa do elevador e as portas se abrem.

— O que você fez com ela? — pergunta Zachary. Mirabel senta-se em um dos bancos de veludo e ele se acomoda à sua frente. Tem quase certeza de que é o mesmo elevador, mas também se lembra de ter pingado tinta no lugar inteiro, e os bancos de veludo continuam desgastados, mas imaculadamente limpos.

— Eu? — pergunta Mirabel. — Nada.

— Você deixou a taça lá?

— Não, eu nunca fiz nada disso. Nem os dados nem a parte da bebida. O teste de admissão.

— Como conseguiu? — pergunta Zachary.

— Eu nasci aqui embaixo.

— Sério?

— Não, eu eclodi de um ovo dourado que um gato selvagem norueguês vigiou por dezoito meses. O gato ainda me odeia. — Ela pausa por um segundo antes de acrescentar: — Sim, *sério*.

— Desculpe — diz Zachary. — Isso tudo é... é muita coisa.

— Não, eu que peço desculpas — diz Mirabel. — Diria que sinto muito por você ter caído no meio disso, mas a verdade é que fico feliz pela companhia. — Ela tira um estojo de cigarros da bolsa e o abre, estendendo-o para Zachary, e, antes que ele possa explicar que não fuma, vê que o estojo está cheio de docinhos redondos, cada um de uma cor diferente. — Gostaria de uma história? Pode fazer você se sentir melhor, e elas só funcionam enquanto estamos no elevador.

— Você está brincando? — pergunta Zachary. Ele pega um disco rosa-claro que parece ser de menta.

Mirabel sorri para ele e guarda o estojo sem pegar um doce.

Zachary coloca o seu na língua. Tinha razão, é menta. Não, aço. Aço frio.

A história se desenrola em sua mente mais que em seus ouvidos, e há palavras, mas também não há, apenas imagens e sensações e gostos que mudam e evoluem da menta e do metal iniciais passando por sangue e açúcar e o ar de verão. Então acaba.

— O que foi isso? — ele pergunta.

— Isso foi uma história — responde Mirabel. — Se quiser, tente contar para mim, mas sei que são difíceis de traduzir.

— Foi... — Ele para, tentando formular em palavras a experiência breve e estranha que de fato deixou uma história em sua cabeça, como um conto de fadas meio esquecido. — Havia um cavaleiro, do tipo que usa armadura reluzente. Muitas pessoas o amavam, mas ele nunca amou nenhuma delas e se sentia mal por quebrar tantos corações, então entalhou um coração na própria pele para cada uma delas. Fileiras e mais fileiras de corações marcavam seus braços e pernas e peito. Daí ele conheceu alguém que não estava esperando e... eu... eu não lembro o que aconteceu em seguida.

— Cavaleiros que partem corações e corações que partem cavaleiros — diz Mirabel.

— Você conhece essa? — pergunta Zachary.

— Não, cada uma é diferente. Mas elas têm elementos parecidos. Todas as histórias têm, não importa a forma que assumem. Alguma coisa era de um jeito, depois mudou. Uma história consiste em uma mudança, afinal.

— De onde vieram esses negócios?

— Encontrei uma jarra cheia deles anos atrás. Gosto de mantê-los à mão. É como sempre levar um livro com você, o que também faço.

Zachary olha para a mulher misteriosa de cabelo rosa, sentindo na língua um gostinho remanescente do cavaleiro e de seus corações.

— O que é isso? — ele pergunta, referindo-se a todo aquele lugar, tudo aquilo, e confiando que ela vai entender.

— Nunca terei uma resposta satisfatória a essa pergunta, Ezra — ela diz, acompanhando as palavras com um sorriso triste.

— Esta é a toca do coelho. Quer saber o segredo para sobreviver depois de cair nela?

Zachary assente e Mirabel se inclina em sua direção. Seus olhos estão cercados de ouro.

— Ser um coelho — ela sussurra.

Zachary a observa e, em algum momento, percebe que se sente um pouco mais calmo.

— Você pintou a minha porta em Nova Orleans — ele diz. — Quando eu era criança.

— Sim. Pensei que você ia abri-la. É um teste de Litmus[2]: se você acredita o suficiente para tentar abrir uma porta pintada, tem mais chances de acreditar no lugar aonde ela o leva.

O elevador para com um tranco.

— Isso foi rápido — comenta Zachary. Se sua noção de tempo não está completamente deturpada, a descida levou pelo menos

---

2. *Litmus test*, no original, é um conceito no qual uma resposta ou uma atitude são primordiais para mensurar se algo ou alguém tem potencial ou não. [N. da E.]

três vezes mais. Talvez a história do doce tenha demorado mais para dissolver do que lhe pareceu.

— Eu disse para ele que estamos com pressa — explica Mirabel.

O elevador abre diante do que parece a mesma escada com colunas de pedra e lanternas suspensas que ele lembra de ter descido antes.

— Uma pergunta — ele diz.

— Você vai ter muitas — observa Mirabel enquanto eles sobem as escadas. — É melhor começar a anotá-las.

— Onde estamos agora, exatamente?

— No meio — responde Mirabel. — Não em Nova York ainda, se é isso que quer saber, mas também não estamos mais *lá*. É uma extensão do elevador. Antigamente havia escadas e a pessoa só continuava andado e andando. Ou caía. Ou só havia uma porta. Não sei, não há muitos registros. Algumas vezes não há escadas aqui, mas o elevador existe há um bom tempo. Como um Cubo Cósmico, exceto no espaço em vez de tempo. Ou Cubos Cósmicos servem para ambos? Não lembro. Que vergonha.

Eles param diante de uma porta no topo das escadas, esculpida na rocha. É uma porta simples de madeira, sem adornos nem símbolos. Mirabel pega uma das chaves ao redor do pescoço e a destranca.

— Espero que não tenham colocado uma estante na frente outra vez — ela comenta enquanto empurra alguns centímetros. Depois para e espia pela fresta antes de abrir mais. — Rápido — ela diz a Zachary, puxando-o pela abertura e fechando a porta trás deles.

Zachary olha para trás e não há mais porta, só uma parede.

— Procure — sugere Mirabel, então Zachary consegue distinguir as linhas de lápis na parede, finas como rachaduras na tinta, formando a porta, e um sombreamento sutil que poderia ser uma mancha criando uma maçaneta acima de uma marca que é mais claramente um buraco de fechadura.

— Isso é uma porta? — ele pergunta.

— É uma porta de emergência disfarçada. Não acho que alguém vá encontrá-la, mas mantenho trancada só para garantir.

Fico surpresa por ninguém ter achado, mas passo muito tempo aqui e provavelmente pensam que é por motivos relacionados a livros. Lugares de livros tendem a ser mais receptivos a portas, acho que é por causa da concentração de histórias em um único lugar.

Zachary olha ao redor. O trecho de parede nua está encaixado entre estantes de madeira altas repletas de livros, alguns deles etiquetados por sinais vermelhos que parecem familiares, mas que ele não reconhece. Mirabel o chama com um gesto e, conforme eles passam das estantes para um espaço maior com mesas cheias de livros e outra coberta com discos de vinil e mais indicações, além de algumas pessoas vagando em silêncio, ele percebe por que o lugar é familiar.

— Estamos na Strand? — ele pergunta quando começam a subir uma escada larga.

— O que o fez pensar isso? — pergunta Mirabel. — Foi a placa vermelha gigante que diz "Strand" e "Dezoito milhas de livros"? Esse número parece incorreto, aposto que há mais.

De fato, Zachary reconhece o piso principal lotado da enorme livraria, com suas mesas de novidades e *best-sellers* e escolhas dos funcionários (ele sempre gostou dessa seção), além de sacolinhas, muitas sacolinhas. Ocorre a ele que parece um pouco com o espaço repleto de livros em algum ponto abaixo dali, mas numa escala menor, do jeito que um aroma pode recordar um gosto mesmo sem recriar a experiência completa.

Eles abrem caminho entre mesas e clientes e a longa fila nos caixas, mas logo estão na calçada sob um vento frio cortante e Zachary gostaria muito de voltar para dentro porque os livros estão lá e também porque calças de linho não são feitas para a neve e a lama de janeiro.

— Não deve ser uma caminhada muito longa — diz Mirabel.

— Sinto muito pelo tempo poético.

— Pelo *quê?* — pergunta Zachary, achando ter ouvido errado.

— O tempo — repete Mirabel. — Está como num poema, no qual cada palavra é mais de uma coisa de uma vez e tudo é uma metáfora. O significado condensado em ritmo e som e os espaços entre as frases. É tudo intenso e cortante, como o frio e o vento.

— Você podia só dizer que está frio.

— *Podia.*

É final de tarde e a luz que cai sobre as ruas é fraca. Eles evitam os pedestres enquanto percorrem a Broadway e a Union Square antes de virar à direita, então os marcos familiares de Manhattan somem e o mapa da cidade na mente de Zachary se dissolve em quarteirões em grade que desaparecem num nada e no rio. Mirabel desvia dos pedestres melhor do que ele.

— Precisamos fazer uma parada primeiro — ela diz na frente de um prédio com uma porta de vidro, a qual segura aberta para permitir que um casal usando muitas camadas de casacos e cachecóis saia primeiro.

— Sério? — pergunta Zachary, olhando para a onipresente placa verde de sereia. — Vamos parar para um *café*?

— Cafeína é uma arma importante no meu arsenal — responde Mirabel quando eles entram na fila curta. — Do que você gostaria?

Zachary suspira.

— Eu pago — insiste Mirabel, cutucando o braço dele. Ele não se lembra de ter visto ela vestir aquelas luvas de tricô sem dedos, e suas próprias extremidades congelantes sentem uma pontada de inveja.

— Chá matcha latte com espuma de leite desnatado — responde Zachary, irritado, pois uma bebida quente parece de fato uma boa ideia considerando o frio poético.

— Certo — responde Mirabel com um aceno pensativo, como se o estivesse analisando por meio daquele pedido de Starbucks. Ele não sabe bem o que matcha e espuma de leite dizem sobre si.

Tudo parece normal ali na fila para comprar café. O piso úmido de neve derretida. A vitrine de vidro cheia de pães e doces com etiquetas cuidadosamente escritas. As pessoas sentadas em cantos encarando notebooks.

É normal *demais*. Chega a ser desconcertante e faz Zachary sentir-se zonzo e talvez, depois de ter visitado o país das maravilhas, seja mais inteligente ficar por lá porque nada jamais será o mesmo no mundo real, no outro mundo, no além-mundo. Ele se pergunta se os talvez-estudantes, talvez-escritores digitando em seus computadores acreditariam se ele contasse que existe um depósito subterrâneo de livros e histórias sob seus pés. Não acreditariam. Ele não acreditaria. Nem tem certeza de que acredita. A única coisa que o impede de considerar a experiência toda uma alucinação extraordinária é a mulher de cabelo rosa que o acompanha. Ele encara a nuca de Mirabel enquanto ela examina uma estante cheia de xícaras de viagem. Suas orelhas são perfuradas várias vezes por aros prateados. Ela tem uma cicatriz atrás de uma delas, uma linha de cerca de três centímetros. As raízes estão começando a aparecer perto do couro cabeludo, um castanho-escuro que deve ser próximo à cor da peruca que ela usou na festa, e ele se pergunta se ela foi vestida como si mesma. Tenta lembrar se a viu falando com outra pessoa. Se ela interagiu com alguém além dele.

Ele não poderia ter inventado tantos detalhes sobre uma pessoa. Mulheres imaginárias não fazem pedidos na Starbucks. Provavelmente.

É um alívio quando a garota atrás do caixa lança um olhar direto para Mirabel e pergunta o que ela gostaria.

— Um stardust de mel grande, sem chantilly — diz Mirabel e, embora Zachary pense ter ouvido errado, a caixa registra o pedido na tela sem questionar. — E um chá matcha latte com espuma de leite desnatado.

— Nome?

— Zelda — diz Mirabel.

A garota informa o total e Mirabel paga com dinheiro, deixando o troco na caixa de gorjetas. Zachary a segue até o fim do balcão.

— O que foi que você pediu? — ele pergunta.

— Informação — responde Mirabel, mas não explica. — Pouca gente aproveita o menu secreto, já reparou?

— Eu frequento cafés independentes que escrevem menus autodepreciativos em lousas de giz.

— Mas tem um pedido específico da Starbucks a postos.

— Zelda — chama a barista, colocando dois copos no balcão.

— É *Zelda* por causa da princesa ou da Fitzgerald? — pergunta Zachary quando Mirabel vai pegar os pedidos.

— Um pouco das duas — ela diz, entregando o copo menor para ele. — Bora, vamos enfrentar a poesia outra vez.

Lá fora a luz está mais fraca e o ar, mais frio. Zachary segura seu copo com força e bebe um gole de espuma verde quente demais.

— Mas sério, o que você pediu? — ele pergunta quando Mirabel começa a andar.

— Basicamente um Earl Grey com leite de soja e mel e um toque de baunilha — diz Mirabel, erguendo o copo. — Mas foi por isto que pedi. — Ela o ergue mais alto para Zachary ver o número de seis dígitos escrito em caneta no fundo do copo: *721909*.

— O que significa? — ele pergunta.

— Você vai ver.

A luz está sumindo quando eles chegam à próxima quadra e o céu exibe os tons do pôr do sol.

— Como você conhece Dorian? — questiona Zachary, escolhendo uma de suas perguntas e pensando que talvez devesse mesmo arranjar um caderno ou algo do tipo para organizá-las, de tão rápido que entram e saem da cabeça. Ele toma outro gole do latte, que esfria depressa.

— Ele tentou me matar uma vez — responde Mirabel.

— Ele o quê? — pergunta Zachary quando Mirabel para no meio da calçada.

— Chegamos — ela diz.

Zachary nem tinha reconhecido a rua margeada de árvores. O prédio com sua placa de Clube de Colecionadores parece normal e amigável e talvez um pouco agourento, mas isso tem mais a ver com a falta de pessoas nesta quadra.

— Acabou? — pergunta Mirabel, gesticulando para o copo dele. Zachary toma um último gole e o entrega a ela, que enfia um no outro e deixa os dois numa pilha de neve ao lado das escadas.

— Existe outro lugar chamado Clube de Colecionadores, não muito longe daqui — ela comenta quando eles se aproximam da porta.

— Existe? — pergunta Zachary, arrependendo-se de não ter questionado se ela tem algum plano.

— Aquele é para colecionadores de selos — Mirabel explica.

Ela gira a maçaneta e, para a surpresa de Zachary, a porta abre. A pequena antecâmara está escura, exceto por uma luzinha vermelha na parede ao lado de uma tela pequena. Um sistema de alarme.

Mirabel digita 7-2-1-9-0-9 no teclado.

A luz fica verde.

Ela abre a segunda porta.

O saguão está escuro, exceto pela luz arroxeada que entra pelas janelas altas e dá um tom azul-claro para as fitas com suas maçanetas. Há mais delas do que Zachary se lembrava.

Ele quer perguntar a Mirabel como ela conseguiu pedir o código do alarme na Starbucks e o que exatamente quis dizer com "tentou me matar uma vez", mas acha que ficar em silêncio pode ser melhor. Então Mirabel puxa uma das fitas com maçanetas, arrancando-a de onde quer que estivesse presa no teto, e ela cai com um barulho estrepitoso de maçanetas batendo em outras maçanetas, numa cacofonia de sons graves parecidos com sinos.

Lá se foi o silêncio.

— Você podia ter tocado a campainha — observa Zachary.

— Eles não teriam nos deixado entrar — responde Mirabel. Ela pega uma maçaneta, de bronze com uma camada esverdeada, e olha para a etiqueta. Zachary lê de ponta-cabeça: *Tofino, British Columbia, Canadá, 8/7/05.* — E só ligam o alarme quando não há ninguém trabalhando. — Eles andam pelo corredor e ela corre os dedos pelas fitas como se fossem as cordas de uma harpa. — Consegue imaginar todas essas portas?

— Não — responde Zachary sinceramente. Há muitas. Ele lê mais etiquetas enquanto continuam: *Mumbai, Índia, 2/12/13. Helsinki, Finlândia, 9/2/10. Túnis, Tunísia, 1/4/01.*

— A maioria se perdeu antes de ser fechada, se entende o que quero dizer — diz Mirabel. — Foram esquecidas e trancadas. O tempo fez tantos danos quanto essas pessoas, que agora estão amarrando as pontas soltas.

— Todas estão aqui?

— Eles têm prédios parecidos no Cairo e em Tóquio, mas acho que não há uma regra quanto a onde deixar os restos. Estas são decorativas, há mais em caixas. Todas as partes que não podem ser queimadas.

Ela parece tão triste que Zachary não sabe o que dizer. Eles sobem as escadas em silêncio. Um resto de luz entra pelas janelas acima deles.

— Como você sabe que ele está aqui? — indaga Zachary, questionando de repente se estão numa missão de resgate ou se Mirabel tem outros motivos para estar neste espaço à noite. O vazio está começando a parecer suspeito. Conveniente demais.

— Está preocupado que possa ser uma armadilha, Ezra? — pergunta Mirabel quando eles fazem uma curva.

— Você não, *Max*? — ele retruca.

— Tenho certeza de que somos espertos demais para cair nisso — diz Mirabel, então para de chofre quando eles chegam ao topo das escadas.

Zachary segue o olhar dela para o alto até algo além deles no corredor do segundo andar, uma sombra na luz evanescente – uma sombra que é claramente o corpo do Dorian, suspenso do teto e exibido como as maçanetas abaixo, amarrado e emaranhado numa rede de fitas claras.

FORTUNAS E FÁBULAS:
A ESTALAGEM NA BEIRA DO MUNDO

Era uma vez um estalajadeiro que tinha uma estalagem em uma encruzilhada particularmente inóspita. Havia um vilarejo na montanha a certa distância e cidades em outras direções, a maioria das quais oferecia rotas melhores para quem chegava ou partia, em especial no inverno, mas o estalajadeiro mantinha suas lanternas acesas para os viajantes ao longo do ano. No verão, a estalagem ficava quase lotada e coberta com videiras florescentes, mas naquela região os invernos eram longos.

O estalajadeiro era viúvo e não tinha filhos, então passava a maior parte do tempo sozinho na estalagem. De vez em quando, se aventurava até o vilarejo para comprar suprimentos ou beber na taverna, mas, com o passar do tempo, fazia isso cada vez menos, porque toda vez alguém bem-intencionado sugeria uma mulher disponível ou um homem disponível ou várias combinações de habitantes elegíveis de uma vez, então o estalajadeiro só terminava sua bebida e agradecia aos amigos e descia a montanha de volta à sua estalagem.

Em um inverno caíram as tempestades mais fortes em anos. Nenhum viajante enfrentava as estradas. O estalajadeiro tentou manter as lanternas acesas, embora o vento as apagasse com frequência, e certificava-se de manter o fogo ardendo na lareira para que a fumaça ficasse visível se o vento não a roubasse também.

As noites eram longas e as tempestades, ferozes. A neve dominava as estradas da montanha. O estalajadeiro não conseguia ir ao vilarejo, mas tinha suprimentos suficientes. Fazia sopas e ensopados. Sentava-se diante da lareira e lia os livros que sempre pretendera ler. Mantinha os quartos da estalagem arrumados para viajantes que não chegavam. Bebia uísque e vinho. Lia mais livros. À medida que o tempo e as tempestades passaram e permaneceram, ele manteve apenas alguns quartos arrumados, aqueles mais próximos ao fogo. Às vezes, ele mesmo dormia em uma poltrona diante da lareira em vez de se retirar para o seu quarto, algo que nem sonharia em fazer se houvesse hóspedes. Mas havia apenas o vento e o frio, e a estalagem começou a parecer mais com uma casa e ocorreu ao estalajadeiro que parecia mais vazia como uma casa do que como uma estalagem, mas ele tentou não ficar pensando nisso.

Uma noite, quando tinha adormecido em sua poltrona perto do fogo, com uma caneca de vinho ao lado e um livro aberto no colo, houve uma batida na porta.

A princípio, o estalajadeiro – desperto agora – pensou que fosse o vento, pois este passava boa parte do inverno batendo nas portas e nas janelas e no telhado, mas a batida veio de novo, firme demais para ser o vento.

O estalajadeiro abriu a porta, um feito que demorou mais que de costume devido ao gelo que insistia em mantê-la fechada. Quando ela cedeu, o vento entrou primeiro, trazendo como convidada uma rajada de neve, e depois da neve entrou a viajante.

O estalajadeiro viu apenas uma capa com capuz antes de se esforçar para fechar a porta, lutando contra o vento, que tinha outras ideias. Ele fez uma observação sobre o tempo, mas o vento abafou sua voz com uivos indignados, furioso por ter sido barrado.

Quando a porta estava fechada e aferrolhada e barrada, só para garantir, o estalajadeiro virou-se para saudar a viajante adequadamente.

Ele não sabia, olhando para a mulher diante de si, o que esperara de alguém corajoso ou tolo o bastante para viajar por aquelas estradas naquele tempo, mas não era isso – uma mulher pálida como o luar, com olhos tão escuros quanto sua capa preta como a noite e os lábios azuis de frio. O estalajadeiro a encarou e todas as saudações habituais e comentários amigáveis para recém-chegados desapareceram de sua mente.

A mulher começou a dizer algo – talvez uma saudação, talvez uma observação sobre o tempo, talvez um desejo ou um aviso –, mas o que quer que fosse foi perdido em um balbucio e, sem dizer nada, o estalajadeiro a levou depressa até o fogo para que se aquecesse.

Ele acomodou a viajante em sua poltrona e tirou a capa molhada dela, aliviado ao ver que a mulher usava outra por baixo, tão branca quanto a neve da qual escapara. Ele lhe trouxe uma xícara de chá quente e atiçou o fogo enquanto o vento uivava do lado de fora.

Aos poucos, os tremores da mulher começaram a abrandar. Ela bebeu o chá e observou as chamas e, antes que o estalajadeiro pudesse fazer qualquer uma de suas muitas perguntas, ela adormeceu.

Ele ficou em pé, encarando-a. A viajante parecia um fantasma, tão branca quanto sua capa. Duas vezes, ele foi conferir se estava respirando.

Perguntou-se se ele próprio estava dormindo e sonhando, mas suas mãos estavam geladas depois de abrir a porta e um pequeno corte ardia onde um dos ferrolhos lhe rasgara a pele. Então estava acordado, embora a situação fosse tão estranha quanto um sonho.

Enquanto a mulher dormia, o estalajadeiro foi arrumar o quarto mais próximo, embora já estivesse arrumado. Ele acendeu o fogo na lareira menor do cômodo e estendeu um cobertor extra na cama. Aqueceu uma panela de sopa num fogo baixo e esquentou um pão para que a mulher tivesse algo para comer quando acordasse. Ele considerou carregá-la para o quarto, mas estava mais quente perto do fogo, então só a cobriu com outro cobertor.

Em seguida, na falta de algo com que se ocupar, o estalajadeiro ficou parado e a observou outra vez. Ela não era muito jovem – fios prateados corriam por seu cabelo – e não usava aliança para indicar que era casada ou prometida a alguém ou algo exceto a si mesma. Seus lábios tinham recuperado a cor, e o olhar do estalajadeiro retornava para eles com tanta frequência que ele foi se servir de outra caneca de vinho para evitar que os pensamentos divagassem.

(Não funcionou.) Depois de um tempo, ele adormeceu na outra poltrona mais próxima ao fogo.

Era tarde quando acordou, embora não soubesse se era noite ou um dia obscurecido por neve e tempestades. O fogo continuava ardendo, mas a poltrona ao seu lado estava vazia.

— Eu não quis acordá-lo — disse uma voz atrás dele. O homem virou e viu a mulher em pé, não mais tão pálida como o luar e mais alta do que ele lembrava, com um sotaque que ele não conseguia situar, embora já tivesse ouvido sotaques de muitas terras ao longo da vida.

— Perdão — ele disse, desculpando-se por adormecer e por não estar à altura do seu padrão de serviço habitual. — Seu quarto é... — ele começou, virando-se para a porta, mas viu que a capa dela já estava pendurada ao lado da lareira e a bolsa que ele deixara ao lado da poltrona esperava no pé da cama.

— Eu encontrei, obrigada. Para ser sincera, não achei que haveria alguém aqui. Não havia lanternas e não vi nenhum fogo aceso da estrada.

O estalajadeiro seguia uma regra geral de não bisbilhotar a vida dos hóspedes, mas não conseguiu evitar a pergunta:

— O que está fazendo fora de casa num tempo desses?

A mulher sorriu para ele – um sorriso apologético –, e ele soube então que ela não era uma viajante imprudente, embora isso tivesse ficado óbvio pelo fato de que conseguira chegar até ali.

— Preciso encontrar alguém aqui, nesta estalagem, nesta encruzilhada — ela respondeu. — Foi combinado há muito tempo; acho que as tempestades não foram previstas.

— Não tenho outros hóspedes — disse o estalajadeiro. A mulher franziu a testa, mas a expressão foi fugaz e sumiu num instante.

— Posso ficar até que a pessoa chegue? — ela perguntou. — Pagarei pelo quarto.

— Eu aconselharia que ficasse de qualquer forma, considerando as tempestades — ele disse, e o vento uivou como se pegasse a deixa. — Nenhum pagamento será necessário.

A mulher franziu a testa de novo, e desta vez a expressão durou um pouco mais, mas ela por fim assentiu.

Quando o estalajadeiro ia perguntar o nome dela, o vento escancarou as janelas trancadas, fazendo mais neve rodopiar pelo grande salão e perturbando o fogo. A mulher o ajudou a fechá-las de novo. O estalajadeiro olhou de relance para a escuridão furiosa e se perguntou como alguém tinha viajado através dela.

Quando as janelas estavam fechadas e o fogo retomou sua força anterior, o estalajadeiro trouxe sopa e pão quente e vinho. Eles se sentaram e comeram juntos diante do fogo e conversaram sobre livros, e a mulher fez perguntas sobre a estalagem (há quanto tempo estava ali, há quanto tempo ele era o estalajadeiro, quantos quartos havia e quantos morcegos nas paredes), mas o estalajadeiro, arrependendo-se de seu comportamento anterior, não fez perguntas pessoais à mulher e ela ofereceu muito pouca informação.

Eles conversaram por bastante tempo depois que o pão e a sopa acabaram e outra garrafa de vinho foi aberta. O vento amainou e ficou ouvindo.

O estalajadeiro sentia que não havia um mundo do lado de fora, nenhum vento e nenhuma tempestade e nenhuma noite e nenhum dia – havia apenas aquela sala e aquele fogo e aquela mulher, e isso não o incomodava.

Depois de um período imensurável, a mulher sugeriu delicadamente que seria melhor dormir numa cama em vez de numa poltrona, e o estalajadeiro lhe desejou boa noite, embora não soubesse se era noite ou dia e a escuridão exterior se recusasse a comentar a esse respeito.

A mulher sorriu para ele e fechou a porta do quarto e naquele momento, do outro lado da porta, pela primeira vez o estalajadeiro se sentiu de fato sozinho naquele espaço.

Ele ficou sentado diante do fogo, perdido em pensamentos por um tempo, segurando um livro aberto sem o ler, então se retirou para o próprio quarto do outro lado do corredor e dormiu um sono sem sonhos.

O dia seguinte (se fosse dia) passou de modo agradável. A viajante o ajudou a assar mais pão e o ensinou a fazer um tipo de pãozinho que ele nunca vira antes, na forma de meia-lua. Através de nuvens de farinha, eles contaram histórias, mitos e contos de fadas e antigas lendas. O estalajadeiro contou à mulher a história de como o vento viaja montanha acima e abaixo em busca de algo que perdeu, seus uivos um lamento pela perda e seu choro uma prece pelo retorno, segundo contam as histórias.

— O que ele perdeu? — perguntou a mulher.

O estalajadeiro encolheu os ombros.

— As histórias variam — ele contou. — Em algumas, ele perdeu o lago que já existiu no vale, onde agora flui um rio. Em outras, perdeu alguém que amava e uiva porque um mortal não pode amar o vento do jeito que o vento o ama. Na versão mais comum, ele perdeu apenas o próprio caminho, porque a disposição das montanhas e do vale é incomum, então o vento fica confuso e perdido e uiva por causa disso.

— Qual você acha que é verdade? — perguntou a mulher.

O estalajadeiro parou para refletir sobre a pergunta.

— Acho que é apenas o vento, uivando como o vento sempre vai uivar onde há montanhas e vales por onde passar, e acho que as pessoas gostam de contar histórias para explicar tais coisas.

— Para explicar às crianças que não há nada a temer no som, apenas tristeza.

— Talvez.

— Então por que você acha que as histórias continuam sendo contadas depois que as crianças crescem? — perguntou a mulher.

O estalajadeiro não tinha uma resposta satisfatória, então fez outra pergunta.

— Vocês têm histórias que explicam tais coisas no lugar de onde você veio? — ele perguntou, novamente sem questionar a origem dela. Ainda não conseguia situar o sotaque da mulher e não conseguia pensar em alguém que ele já conhecera que colocava o mesmo tipo de ênfase na língua local.

— Às vezes contam uma história sobre onde a lua vai quando não está no céu.

— Contam essa história aqui também — disse o estalajadeiro.

A mulher sorriu.

— E dizem aonde vai o sol quando ele também some? — perguntou ela, e o estalajadeiro balançou a cabeça. — De onde eu venho, existe uma história sobre isso — continuou a mulher, concentrada no trabalho à sua frente, no movimento constante das mãos na farinha. — Dizem que a cada cem anos... algumas versões dizem quinhentos ou mil... o sol desaparece do céu diurno no mesmo momento em que a lua some da noite. Dizem que a ausência deles é coordenada de modo que possam se encontrar em um local secreto, impossível de ver pelas estrelas, para discutir o estado do mundo e comparar o que cada um viu nos últimos cem ou quinhentos ou mil anos. Eles se encontram e conversam e se despedem outra vez, voltando a seus respectivos postos no céu até seu próximo encontro.

Isso lembrou o estalajadeiro de uma história parecida, então ele fez uma pergunta de que se arrependeu assim que saiu de seus lábios.

— Eles são amantes?

As bochechas da mulher coraram e ele estava prestes a se desculpar quando ela continuou.

— Em algumas versões, sim — ela respondeu. — Embora eu suspeite que, se a história fosse verdadeira, eles teriam assuntos demais a discutir para ter tempo para outras coisas.

O estalajadeiro riu e a mulher olhou para ele com surpresa, mas então riu também e eles continuaram a contar suas histórias e a assar seus pães, e o vento deu voltas na estalagem, ouvindo as histórias e esquecendo por um tempo o que tinha perdido.

Três dias se passaram. As tempestades continuaram furiosas. O estalajadeiro e a mulher continuaram vivendo confortavelmente, com histórias, refeições e canecas enchidas e esvaziadas de vinho.

No quarto dia, houve uma batida na porta. O estalajadeiro foi abrir enquanto a mulher permaneceu sentada diante do fogo.

O vento tinha se acalmado e apenas um pouco de neve entrou junto com a segunda viajante. Os flocos se derreteram assim que a porta foi fechada.

O comentário do estalajadeiro sobre o tempo morreu em seus lábios quando ele se virou para a nova viajante.

A capa dela já devia ter sido dourada, e ainda brilhava em alguns pontos. Ela tinha pele escura e olhos claros. Seu cabelo era cortado mais curto que qualquer moda que o estalajadeiro já vira, mas tinha uma cor quase dourada também. Ela não parecia sentir o frio.

— Vim encontrar outra viajante — disse a mulher. Sua voz era como mel, grave e doce.

O estalajadeiro assentiu e apontou para a lareira no outro extremo do salão.

— Obrigada — disse a mulher. O estalajadeiro a ajudou a tirar dos ombros a capa, que pingava neve derretida, e a pendurou para secar. Ela também usava outra capa por baixo, adequada para o tempo, esta de um tom dourado opaco.

A mulher foi até a lareira e sentou-se na outra poltrona. O estalajadeiro estava longe demais para ouvi-las, mas pareceu que não houve nenhum cumprimento e a conversa começou de imediato.

Durou algum tempo. Depois de uma hora, o estalajadeiro preparou um prato de pão e frutas secas e queijo e o levou às mulheres, junto com uma garrafa de vinho e duas canecas. Elas interromperam a conversa quando ele se aproximou.

— Obrigada — disse a primeira mulher quando ele deixou a comida e o vinho na mesinha perto das poltronas. Ela apoiou a mão na dele por um momento. Não o tinha tocado antes e ele não conseguiu falar nada, então simplesmente se afastou. A outra mulher sorriu e o estalajadeiro não sabia dizer por que ela estava sorrindo.

Ele as deixou conversar. Elas não se ergueram das poltronas. O vento lá fora estava quieto.

O estalajadeiro sentou-se do outro lado do salão, perto o bastante para qualquer uma delas chamar se precisasse, mas longe o suficiente para que não ouvisse sequer uma palavra dita entre as duas. Ele preparou outro prato para si, mas só beliscou, exceto pelo pãozinho no formato de meia-lua, que derreteu em sua língua. Tentou ler, mas não conseguia se concentrar em mais de uma página. Horas deviam ter passado. A luz lá fora não mudou.

O estalajadeiro adormeceu ou pensou que adormeceu. Quando piscou, viu que só havia escuridão do lado de fora. O som que o acordou foi a segunda mulher levantando-se da poltrona.

Ela beijou a primeira na bochecha e voltou pelo salão.

— Obrigada pela hospitalidade — ela disse ao estalajadeiro quando chegou até ele.

— Não vai ficar? — ele perguntou.

— Não, tenho que ir — respondeu a mulher. O estalajadeiro foi buscar a capa dela, que agora estava seca e quente. Ele a vestiu sobre os ombros da mulher e a ajudou com os fechos, e ela abriu um sorriso caloroso para ele.

Nesse momento, pareceu que ela ia dizer algo, talvez um aviso ou um desejo, mas no fim não falou nada e sorriu de novo quando ele abriu a porta, e saiu para a escuridão.

O estalajadeiro observou até não poder mais vê-la (o que não demorou), então fechou e trancou a porta. O vento começou a uivar de novo.

Ele seguiu até a lareira e a mulher de cabelo escuro, só então percebendo que não sabia o nome dela.

— Terei que partir pela manhã — ela anunciou sem olhar para ele. — Gostaria de pagar pelo quarto.

— Você pode ficar — disse o estalajadeiro. Ele apoiou a mão no braço da poltrona. Ela olhou para os dedos do homem e novamente cobriu a mão dele com a sua.

— Gostaria que fosse possível — ela disse baixinho.

O estalajadeiro levou a mão dela até seus lábios.

— Fique comigo — ele sussurrou o pedido contra a palma dela. — Fique comigo.

— Terei que partir pela manhã — a viajante repetiu, com uma lágrima escorrendo pelo rosto.

— Nesse tempo, quem pode saber quando chegará a manhã? — perguntou o estalajadeiro.

A mulher sorriu. Ergueu-se da poltrona diante do fogo e levou o estalajadeiro pela mão até o seu quarto e até sua cama, e o vento uivou ao redor da estalagem, chorando pelo amor encontrado e lamentando o amor perdido.

Pois nenhum mortal pode amar a lua. Não por muito tempo.

ZACHARY EZRA RAWLINS tem bastante certeza de que alguém o atingiu atrás da cabeça, embora se lembre principalmente de bater a testa na escada e é aí que a dor é mais sensível enquanto ele recobra a consciência. Ele tem bastante certeza de que ouviu Mirabel dizer algo sobre alguém respirando, mas não sabe ao certo sobre quem ela falava.

Ele não tem certeza absoluta sobre qualquer coisa exceto o fato de que sua cabeça dói. Muito.

E que está definitivamente amarrado a uma cadeira.

É uma bela cadeira, de encosto alto com braços nos quais os próprios braços de Zachary estão amarrados com um material de alta qualidade: cordões pretos enrolados várias vezes dos pulsos até os cotovelos. Suas pernas também estão amarradas, mas ele não consegue enxergar abaixo da mesa.

É uma longa mesa de jantar, disposta em uma sala mal iluminada que ele supõe se encontrar em algum lugar no Clube de Colecionadores, dada a altura e as molduras do teto, mas esta sala é mais escura e só a mesa está visível. Luzinhas embutidas no teto projetam poças uniformes de luz de uma ponta a outra, onde há uma cadeira estofada de veludo azul-marinho vazia que deve ser igual àquela em que ele está amarrado, porque esse parece o tipo de sala onde as cadeiras combinariam.

Apesar da dor de cabeça, ele consegue ouvir música clássica. Vivaldi, talvez. Não sabe onde estão os alto-falantes ou se não há alto-falantes e a música vem de fora. Ou talvez ele esteja imaginando o Vivaldi, uma complicação alucinatória musical decorrente de um leve ferimento de cabeça. Não se lembra do que aconteceu nem de como acabou nesta festa de veludo azul para uma pessoa sem jantar.

— Vejo que se juntou a nós, sr. Rawlins. — A voz vem de todos os lugares ao redor da sala. Alto-falantes. E câmeras.

Zachary esquadrinha a cabeça latejante em busca de algo para dizer, tentando não deixar seu nervosismo transparecer no rosto.

— Fui levado a crer que haveria chá.

Não há resposta. Zachary encara a cadeira vazia. Consegue ouvir o Vivaldi e só. Manhattan não deveria ser tão silenciosa, por uma questão de princípio. Ele se pergunta onde está Mirabel – talvez numa sala diferente amarrada a uma cadeira diferente – e se Dorian está vivo, o que parece improvável, então descobre que não quer considerar essa possibilidade. Percebe que está morrendo de fome, ou sede, ou ambos, e que horas são, afinal? É uma coisa idiota para perceber, e a fome recém-percebida rói seu estômago como uma coceira, competindo com a cabeça latejante pela sua atenção. Um cacho de cabelo cai na frente do seu rosto e ele tenta afastá-lo com movimentos criativos da cabeça, mas ali ele permanece, preso na armação dos óculos substitutos. Ele se pergunta se Kat já terminou o cachecol da Corvinal e se ele a verá outra vez e quanto tempo vai levar até que alguém no campus se preocupe com ele. Uma semana? Duas? Mais? Kat vai pensar que ele decidiu ficar em Nova York por mais um tempo, e ninguém mais vai reparar até as aulas recomeçarem. É o perigo de ser praticamente um ermitão. Deve haver banheiras cheias de soda cáustica em algum lugar neste prédio.

Ele está tendo uma discussão acalorada com a voz na sua cabeça sobre se sua mãe vai *saber* se ele morrer por causa da intuição maternal, além do detalhe de ser *vidente*, quando a porta atrás dele se abre.

A garota da outra noite, que fingiu ser uma aluna tricoteira bem-comportada na aula de Kat, entra com uma bandeja de prata e a deixa na mesa. Ela não diz nada, nem sequer olha para ele, e logo sai pelo mesmo lugar por onde entrou.

Zachary olha para a bandeja, mas não consegue alcançá-la com as mãos amarradas atrás da cadeira.

Na bandeja há um bule de chá – um recipiente de ferro baixo e atarracado em cima de um aquecedor com uma única chama acesa e duas xícaras de cerâmica sem alça.

A porta do outro lado da sala se abre e Zachary não se surpreende ao ver a mulher- urso, embora ela esteja sem o casaco. Está usando um terno branco e o conjunto todo é muito David Bowie, apesar do cabelo prateado e da pele oliva. Ela até tem olhos de cores diferentes: um castanho-escuro e um desconcertantemente azul-claro. Seu cabelo está preso num chinó; o batom vermelho foi aplicado com perfeição e é vagamente ameaçador de um jeito retrô. O terno tem uma gravata amarrada num nó mais perfeito do que qualquer um que Zachary já conseguiu fazer, e esse detalhe o irrita mais que tudo.

— Boa noite, sr. Rawlins — ela diz, parando ao lado dele. Zachary quase espera que ela lhe diga para não se levantar. Ela abre um sorriso agradável que o teria deixado à vontade se fosse possível a essa altura. — Não fomos formalmente apresentados. Meu nome é Allegra Cavallo.

Ela estende uma mão para o bule, enche as duas xícaras com chá verde fumegante e retorna o bule ao aquecedor.

— Você é destro, certo? — ela pergunta.

— Sim? — responde Zachary.

Allegra tira uma faquinha da jaqueta e corre a ponta da lâmina sobre as cordas do braço esquerdo dele.

— Se tentar desamarrar a outra mão ou escapar de qualquer forma, vai perder esta mão. — Ela pressiona a ponta da faca atrás do pulso esquerdo dele, mas não o suficiente para extrair sangue. — Entendido?

— Sim.

Então enfia a faca entre os cordões e a cadeira, libertando o braço dele com dois cortes rápidos e deixando o cordão cair em pedaços no chão.

Allegra devolve a faca ao bolso e pega uma das xícaras, então percorre a extensão da mesa e senta-se na cadeira na outra ponta.

Zachary não se move.

— Você deve estar com sede — ela diz. — O chá não está envenenado, caso esteja esperando táticas passivas como essa. Deve ter reparado que me servi do mesmo bule. — Ela toma um gole do chá para enfatizar o argumento. — É orgânico — acrescenta.

Zachary pega a xícara com a mão esquerda, sentindo o ombro protestar contra o movimento e acrescentando-o à lista de ferimentos. Em seguida, toma um gole. É um chá verde gramado, quase amargo. Em sua língua há um cavaleiro com um coração partido. Corações partidos. Sua cabeça dói. Seu coração dói. Ele abaixa a xícara.

Allegra o observa com um interesse ostensivo da outra ponta da mesa, do modo como alguém observaria um tigre num zoológico ou talvez do modo como um tigre observaria os turistas.

— Você não gosta de mim, não é, sr. Rawlins? — ela pergunta.

— Você me amarrou numa cadeira.

— Eu mandei que amarrassem, não amarrei pessoalmente. Também lhe dei chá. Uma ação não anula a outra?

Zachary não responde. Depois de uma pausa, ela continua.

— Temo que tenha deixado uma primeira impressão ruim, derrubando você na neve. Primeiras impressões são importantes. Você teve primeiros encontros superiores com os outros, não é à toa que gosta mais deles. Você me escalou no papel de vilã.

— Você me amarrou numa cadeira — repete Zachary.

— Gostou da minha festa? — pergunta Allegra.

— Quê?

— No Algonquin. Você não prestou muita atenção nas letras miúdas. Ela foi promovida por uma instituição de caridade que eu gerencio. Promove a alfabetização de crianças desfavorecidas ao redor do mundo, constrói bibliotecas e fornece auxílios para novos escritores. Também trabalhamos para melhorar bibliotecas em prisões. A festa é um evento anual para arrecadar fundos. Sempre há convidados inesperados, é quase tradicional.

Zachary beberica o chá em silêncio. Ele se lembra de que a festa tinha algo a ver com uma instituição de caridade.

— Então você fecha uma biblioteca para abrir outras? — ele pergunta enquanto abaixa a xícara.

— Aquele lugar não é uma biblioteca — retruca Allegra, de forma ríspida. — Em nenhum sentido da palavra. Não é um andar subterrâneo de Alexandria, caso estivesse tirando conclusões incorretas. É mais antigo que isso. Nenhuma língua tem conceitos que o definam inteiramente. As pessoas são tão obcecadas em nomear coisas.

— Você apaga as portas.

— Eu protejo as coisas, sr. Rawlins.

— Qual é o objetivo de um museu-biblioteca se ninguém tem a oportunidade de ler os livros?

— Preservação — responde Allegra. — Você acha que eu quero esconder o lugar, não é? Eu o estou protegendo de... de um mundo que é demais para ele. Consegue imaginar o que aconteceria se aquilo se tornasse de conhecimento geral? Se soubessem que um lugar como aquele existe, acessível de praticamente qualquer ponto no mundo? Que um lugar *mágico*, na falta de outra palavra, aguarda sob nossos pés? O que aconteceria quando houvesse posts em blogs e hashtags e turistas? Mas estamos nos adiantando. Você roubou algo de mim, sr. Rawlins.

Zachary não diz nada. É mais uma afirmação do que uma acusação, então ele não protesta.

— Sabe por que ele queria aquele volume específico? — ela pergunta. — O livro pelo qual ele o fez mentir para entrar neste prédio? Provavelmente não, ele nunca foi do tipo que divulga mais informação que o necessário.

Zachary balança a cabeça.

— Ou talvez ele não quisesse admitir o próprio sentimentalismo — continua Allegra. — Quando um membro de nossa ordem é iniciado, recebe de presente o primeiro livro que já protegeu, em seu primeiro teste. A maioria não se lembra de detalhes, mas ele sim. Lembrou-se do livro, quero dizer. Vários anos atrás, modificamos essa prática para manter os livros aqui ou em outro dos nossos escritórios. Uma pena que ele não vai consegui-lo de volta depois de todo esse transtorno.

— Vocês são guardiões — diz Zachary. Os olhos de Allegra se arregalam. Ele espera ter posto o tipo certo de ênfase na palavra para que ela não consiga saber se foi uma observação em vez de uma conclusão.

— Tivemos muitos nomes ao longo dos anos — ela diz, e Zachary consegue conter um suspiro de alívio. — Você sabe o que fazemos?

— Guardam coisas?

— Você é atrevido, sr. Rawlins. Deve achar que é charmoso. Mais provável é que use o humor como um mecanismo de defesa porque é mais inseguro do que gostaria que os outros pensassem.

— Então vocês são guardiões mas não... guardam?

— Com o que você se importa? — pergunta Allegra. — Seus livros e seus jogos, acertei? Suas histórias.

Zachary dá de ombros de um jeito que espera ser indiferente.

Allegra abaixa a xícara e ergue-se da cadeira. Ela se afasta da mesa e entra nas sombras no perímetro da sala. Pelos sons, Zachary supõe que está destrancando um armário que ele não consegue ver. O barulho se repete e então cessa, e Allegra volta para a luz ao redor da mesa, seu terno mais uma vez iluminado pelas lâmpadas até quase brilhar.

Ela estende a mão e deixa algo na mesa, fora do alcance de Zachary. Ele não vê o que é até que ela afasta a mão.

É um ovo.

— Vou lhe contar um segredo, sr. Rawlins. Eu concordo com você.

Zachary não diz nada, uma vez que não afirmou concordar com nada que ela disse e sem saber se concorda ou não.

— Uma história é como um ovo, um universo contido em seu meio escolhido. A faísca de algo novo e diferente, mas totalmente formado e frágil. Precisa de proteção. Você quer protegê-la também, mas quer mais que isso. Quer estar dentro dela, posso ver em seus olhos. Eu costumava procurar pessoas como você, tenho prática em identificar o desejo. Você quer estar na história, não como observador externo. Quer estar sob sua casca. O único jeito de fazer isso é quebrando-a. Mas, se a quebrar, ela desaparece.

Allegra estende uma mão e a mantém parada sobre a casca, deixando-a sob sua sombra. Ela poderia esmagar o ovo com facilidade; usa um anel de sinete prata no dedo indicador. Zachary se pergunta o que existe dentro deste ovo específico, mas a mão de Allegra não se move.

— Nós evitamos que o ovo quebre — ela continua.

— Não sei se ainda estou acompanhando as metáforas — comenta Zachary, seu olhar se demorando no ovo sobre a mesa. Allegra afasta a mão e o ovo entra na luz outra vez. Zachary pensa que pode ver na casca uma fissura da grossura de um fio de cabelo, mas talvez esteja imaginando.

— Estou tentando lhe explicar algo, sr. Rawlins — diz Allegra, retornando às sombras que cercam a mesa. — Pode levar um tempo para que você entenda perfeitamente. No passado havia guardas e guias dentro daquele espaço ao qual você fez uma breve visita, mas essa época se foi. Havia falhas no sistema. Temos um sistema novo agora e eu respeitosamente peço que obedeça à nova ordem.

— E isso significa o quê? — questiona Zachary e, antes que a pergunta termine, Allegra agarra o cabelo dele e puxa a cabeça para trás e ele sente a ponta da faca pressionando sob sua orelha direita.

— Você tinha outro livro — diz Allegra, calma e contida. — Um livro que encontrou na biblioteca na sua faculdade. Onde está? — A pergunta é feita com leveza proposital, o mesmo tom que ela poderia usar para perguntar se ele prefere mel com o chá. A chama sob o bule tremeluz, vacila e se apaga.

— Não sei — diz Zachary, tentando não mexer a cabeça, mas seu pânico crescente é temperado com confusão. Dorian estava com *Doces dores*. Eles podem não ter revistado Zachary suficientemente bem para tirar as chaves de baixo do seu suéter gigante, mas com certeza teriam encontrado o livro em Dorian. Ou no seu cadáver. Zachary engole, sentindo na garganta o gosto seco de chá verde sabor coração partido. Ele se foca no ovo. *Isso não pode estar acontecendo,* ele pensa, mas a faca apertada contra sua pele insiste que é real.

— Você o deixou lá embaixo? — pergunta Allegra. — Preciso saber.

— Já disse, não sei. Eu estava com ele, mas... o perdi.

— Uma pena. Mas suponho que isso signifique que não há nada o segurando aqui. Você poderia voltar para Vermont.

— Poderia — diz Zachary. De repente, voltar para casa é uma perspectiva mais atraente, já que se afastar de toda essa situação é melhor do que não sair desse prédio de jeito nenhum, o que começa a parecer uma possibilidade real. — Eu também poderia não contar a ninguém sobre isso... ou sobre aquele lugar que desafia nomenclatura... ou que nada disso aconteceu. Talvez eu tenha imaginado tudo. Eu bebo muito.

Discurso matador, comenta a voz em sua cabeça e ele imediatamente se arrepende da escolha de palavras. A faca pressiona outra vez a pele perto da orelha. Ele não sabe dizer se é sangue ou suor escorrendo pelo pescoço.

— Sei que não vai, sr. Rawlins. Eu poderia cortar a sua mão para garantir que estou falando sério. Já reparou quantas histórias incluem mãos perdidas ou mutiladas? Você teria uma companhia interessante. Mas acredito que podemos chegar a um acordo sem precisar disso, não acha?

Zachary assente, lembrando-se da mão na jarra de vidro e se perguntando se o dono anterior também ocupou esta cadeira. A faca recua.

Allegra se afasta um passo, mas permanece próxima ao ombro dele.

— Você vai me contar tudo que lembra sobre aquele livro. Vai escrever cada detalhe de que recordar, do conteúdo à encadernação, e quando terminar vou colocá-lo em um trem para Vermont e você nunca mais vai pisar nesta ilha chamada Manhattan. Não vai contar a ninguém sobre o Porto, este prédio ou esta conversa, sobre qualquer pessoa que encontrou ou sobre aquele livro. Porque temo que, se escrever ou tuitar ou sequer sussurrar inebriado a expressão "Mar Sem Estrelas" em um pub escuro, serei obrigada a ligar para o agente que mantenho postado em distância de tiro da casa de fazenda de sua mãe.

— O quê? — consegue dizer Zachary, apesar da secura desértica na garganta.

— Você ouviu — diz Allegra. — É uma casinha adorável. Um jardim tão agradável com aquela treliça, deve ficar lindo na primavera. Seria uma pena quebrar um daqueles vitrais.

Ela segura algo diante dele – um celular mostrando a foto de uma casa coberta de neve. É a casa da mãe de Zachary. As luzinhas comemorativas ecumênicas ainda estão penduradas na varanda.

— Achei que você poderia precisar de um incentivo extra — explica Allegra, guardando o celular e voltando para a outra ponta da mesa. — Um pouco de pressão em algo que você valoriza. Ainda não teve tempo suficiente para valorizar os outros dois, por mais encantado que possa estar com eles. Achei que sua mãe seria um ponto de pressão melhor que seu pai, dada a família nova dele. Teríamos que explodir a casa inteira nesse caso. Explosão de gás, talvez.

— Você não... — Zachary se interrompe. Ele não faz ideia do que essa mulher faria ou não faria.

— Já houve baixas — ela diz tranquilamente. — Outras se seguirão. Isso tudo é importante. Mais importante que a minha vida e mais importante que a sua. Você e eu somos notas de rodapé e ninguém vai sentir nossa falta se não formos incluídos na história. Existimos fora do ovo. Sempre foi assim. — Ela abre um sorriso que não brilha em seus olhos díspares e ergue a xícara.

— Aquele ovo está cheio de ouro — diz Zachary, examinando-o outra vez. O que ele tinha considerado uma fissura era um fio de cabelo preso na lente dos óculos.

— O que disse? — pergunta Allegra, com a xícara parada no ar, mas então as luzes se apagam.

FORTUNAS E FÁBULAS:
AS TRÊS ESPADAS

A espada era a melhor que o ferreiro fizera em todos os anos que passara fazendo as espadas mais primorosas em todo o reino. Ele não tinha passado um tempo excessivo nela, nem usado os materiais mais finos, mas era uma arma cujas dimensões ultrapassavam as suas expectativas.

Não fora feita para um cliente específico, e o ferreiro se viu num dilema quando tentou decidir o que fazer com ela. Poderia mantê-la para si, mas fazia espadas melhor do que as empunhava. Estava relutante em vendê-la, embora soubesse que alcançaria um bom preço.

Então o ferreiro fez o que sempre fazia quando se sentia indeciso: foi visitar o vidente local.

Nas terras vizinhas, havia muitos videntes que eram cegos e viam de modos que os outros não viam, embora não usassem os olhos.

O vidente local era simplesmente míope.

O vidente local muitas vezes podia ser encontrado na taverna, em uma mesa isolada nos fundos do salão, e sentenciava o futuro de objetos ou de pessoas se lhe pagassem uma bebida.

(Ele via o futuro de objetos melhor que o futuro de pessoas.)

O ferreiro e o vidente eram grandes amigos havia anos. Às vezes o ferreiro pedia para o vidente ler espadas.

Ele foi à taverna e levou a espada nova e pagou uma bebida para o vidente.

— À Procura — disse o vidente, erguendo o caneco.

— Ao Encontro — respondeu o ferreiro, erguendo seu caneco em resposta.

Eles conversaram sobre novidades e política e o tempo antes que o ferreiro mostrasse a espada ao vidente.

O vidente olhou para a espada por um longo tempo. Pediu outra bebida ao ferreiro e este consentiu.

O vidente terminou a segunda bebida e então devolveu a espada.

— Esta espada vai matar o rei — disse ele ao ferreiro.

— O que isso significa? — perguntou o ferreiro.

O vidente deu de ombros.

— Vai matar o rei — ele repetiu, mas não disse mais nada.

O ferreiro guardou a espada e eles discutiram outros assuntos pelo resto da noite.

No dia seguinte, o ferreiro tentou decidir o que fazer com a espada, sabendo que o vidente raramente errava.

Ele não gostava da ideia de ser responsável pela arma que mataria o rei, embora já tivesse criado muitas espadas que tinham matado muitas pessoas.

Ele cogitou destruí-la, mas não conseguiria destruir uma espada tão benfeita.

Depois de muito pensar e considerar, criou duas espadas adicionais, idênticas e indistinguíveis da primeira. Nem o ferreiro conseguia diferenciá-las.

Enquanto trabalhava, recebeu muitas ofertas de clientes que queriam comprá-las, mas se recusou a vendê-las.

Em vez disso, o ferreiro deu uma espada para cada um de seus três filhos, sem saber quem receberia aquela que mataria o rei, e não pensou mais nisso, pois nenhum dos filhos jamais faria tal coisa, e se alguma das espadas caísse em outras mãos, a questão seria deixada ao destino e ao tempo, e o Destino e o Tempo podem matar quantos reis desejarem, e cedo ou tarde matam todos.

O ferreiro não contou a ninguém o que o vidente tinha dito; viveu todos os seus dias e manteve o segredo até que seus dias se esgotaram.

O filho mais jovem pegou sua espada e saiu em aventuras. Não era um aventureiro muito bom e acabou se distraindo ao visitar vilarejos desconhecidos e conhecer pessoas novas e provar comidas interessantes. A espada quase nunca saía da bainha. Em um vilarejo, ele conheceu um homem de quem gostou muito, e esse homem tinha uma predileção por anéis. Então o filho mais jovem levou sua espada inutilizada a um ferreiro e a derreteu, depois contratou um joalheiro para criar anéis a partir do metal. Ele deu ao homem um anel por ano a cada ano que eles passaram juntos. Houve muitos anéis.

O filho mais velho ficou em casa por anos e usou sua espada para duelar. Ele era um bom duelista e ganhou muito dinheiro. Com suas economias, decidiu embarcar numa viagem por mar e levou a espada, esperando aprender mais enquanto viajava e aprimorar suas habilidades. Ele treinou com a tripulação do navio e praticava no convés quando os ventos estavam calmos, mas um dia foi desarmado perto demais da amurada. A espada caiu no mar e afundou, ficando presa nos corais e na areia. Está lá até hoje.

A filha do meio, a única mulher, guardou sua espada em uma caixa de vidro na própria biblioteca. Ela afirmava que era decorativa, uma lembrança do pai que fora um grande ferreiro, e dizia que nunca a usava. Isso não era verdade. Com frequência, ela a tirava da caixa quando estava sozinha, tarde da noite, e praticava com ela. O irmão lhe ensinara algumas habilidades de duelo, mas ela nunca usava essa espada específica para duelar. Mantinha-a polida e conhecia cada centímetro e cada arranhão nela. Seus dedos formigavam para empunhá-la quando não estava por perto. A sensação da espada na mão era tão familiar que ela levava a arma consigo para seus sonhos.

Uma noite, ela adormeceu na poltrona diante da lareira na biblioteca. Embora a espada aguardasse na caixa em uma estante ali perto, ela a segurava quando começou a sonhar.

No sonho, ela caminhava por uma floresta. Os galhos das árvores estavam pesados com flores de cerejeira e lanternas penduradas e livros empilhados.

Enquanto caminhava, ela sentia muitos olhos a observando, mas não conseguia ver ninguém. Flores flutuavam ao seu redor como neve.

Ela chegou a um ponto onde uma grande árvore fora cortada e sobrara apenas um toco. O toco estava cercado por velas e coberto por uma pilha de livros e, acima dos livros, havia uma colmeia, da qual pingava mel que caía sobre os livros e sobre o toco da árvore, mesmo que não houvesse abelhas à vista.

Havia apenas uma grande coruja, empoleirada no topo da colmeia – uma coruja branca e marrom usando uma coroa de ouro. Suas penas farfalhavam enquanto a filha do ferreiro se aproximava.

— Você veio me matar — disse o Rei Coruja.

— Vim? — perguntou a filha do ferreiro.

— Eles sempre encontram um jeito de me matar. Encontraram-me até aqui em sonhos.

— Quem? — perguntou a filha do ferreiro, mas o Rei Coruja não respondeu à pergunta.

— Um novo rei tomará meu lugar. Vá em frente. É o seu propósito.

A filha do ferreiro não queria matar a coruja, mas pelo visto esperavam que fizesse isso. Ela não entendia, mas era um sonho e tais coisas faziam sentido em sonhos.

A filha do ferreiro cortou a cabeça do Rei Coruja. Um golpe veloz e habilidoso atravessou penas e ossos.

A coroa da coruja caiu de sua cabeça cortada e pousou no chão perto dos pés da filha do ferreiro.

Ela estendeu a mão para recuperar a coroa, mas o objeto se desintegrou sob seus dedos, não restando nada exceto poeira dourada.

Então ela acordou, ainda na poltrona diante da lareira na biblioteca.

Na estante em que estivera a espada, havia uma coruja branca e marrom empoleirada na caixa vazia.

Pelo resto dos dias da filha do ferreiro, a coruja permaneceu a seu lado.

Zachary Ezra Rawlins está congelado na escuridão. Consegue ouvir o Vivaldi, embora não se lembre se estava tocando o tempo inteiro durante a conversa e o chá. Há um som de algo raspando, que deve ser Allegra empurrando a cadeira para trás. Zachary espera que seus olhos se ajustem, mas eles não fazem isso – a escuridão é espessa e sólida, como se alguém tivesse colocado um capuz em sua cabeça.

Este som foi definitivamente o clique de uma porta se abrindo, e ele pensa que Allegra o abandonou na cadeira, mas então vem outro som, algo batendo na outra ponta da mesa com tanta força que o impacto reverbera até ele, seguido pelo barulho de algo caindo no chão e uma xícara de chá quebrando.

Então passos se aproximando.

Zachary tenta segurar o fôlego e não consegue.

Os passos param ao lado de sua cadeira e alguém sussurra em seu ouvido.

— Não deixou ela matar você de tédio, não é, Ezra?

— O que está... — começa Zachary, mas Mirabel o silencia com um *psiu*.

— Eles podem estar gravando. Eu apaguei as luzes e o áudio, mas as câmeras funcionam com um sistema diferente. A missão de resgate está prosseguindo mais ou menos segundo o plano, obrigada por ser uma ótima distração. — Um movimento perto dos braços dele arranca os cordões nos seus pulsos e Mirabel puxa a cadeira para trás para soltar os pés dele.

Ela deve ter uma boa visão noturna; na escuridão, pega a mão dele. Ele sabe que está com a palma suada, mas não se importa – aperta a mão dela e ela retribui o aperto e, se há dois lados no que quer que seja tudo isso, ele ainda se sente melhor ficando do lado do rei dos monstros.

No corredor, a luz dos postes da rua se infiltra pelas janelas e permite que ele veja o caminho.

Mirabel o guia para o andar de baixo até as escadas que levam ao porão, e Zachary se sente um pouco aliviado por ver aonde está indo, mesmo sem enxergar tão bem. Há sombras e mais sombras com um vislumbre ocasional do rosa-arroxeado do cabelo de Mirabel, mas quando eles chegam ao pé das escadas, não saem para o jardim coberto de neve – Mirabel o puxa na direção oposta, para o interior da casa.

— Onde...? — ele começa, mas ela o silencia de novo. Eles viram em um canto, perdendo a luz do jardim e voltando às trevas até que, em algum ponto na escuridão, Mirabel abre uma porta.

A princípio, Zachary pensa que talvez seja uma das portas *dela*, mas quando seus olhos se ajustam vê que ainda estão no Clube de Colecionadores. A sala é menor que a do andar de cima, e não tem janelas, sendo iluminada apenas por uma lanterna a óleo antiquada apoiada em uma pilha de caixas de papelão, que projeta uma luz instável nas paredes cheias de pinturas emolduradas, como uma pequena galeria abandonada.

Dorian está jogado no chão perto das caixas, inconsciente, mas obviamente ainda respirando, e Zachary sente algo se desapertar em seu coração, que não percebera estar apertado para começo de conversa, e fica um pouco irritado com as implicações disso, mas então se distrai com a outra porta.

Ela está no centro da sala em seu batente, sem nenhuma parede ao redor. Apoia-se no chão de alguma forma, mas há um espaço aberto acima e de cada lado, e mais caixas de papelão visíveis atrás dela, contra a parede dos fundos.

— Sabia que eles tinham uma — diz Mirabel. — Podia sentir no fundo da mente, mas não conseguia encontrá-la porque não sabia onde estava. Não sei de onde a pegaram, não é uma das portas velhas de Nova York.

A porta parece antiquíssima, com pregos afixados em padrões nas bordas, uma aldrava redonda pesada presa na mandíbula de um tigre e uma maçaneta curva em vez de redonda. É uma porta mais apropriada a um castelo. O batente não combina com o resto; seu acabamento é mais brilhante. É uma porta antiga encaixada em uma moldura nova.

— Vai funcionar? — pergunta Zachary.

— Só há um jeito de descobrir.

Mirabel abre a porta e, em vez da parede oposta com as caixas de papelão, há uma caverna ladeada por lanternas. Este espaço intermediário não tem escadas; a porta do elevador espera do lado oposto, mais longe do que deveria ser possível.

Zachary dá a volta na porta. De trás, é apenas um batente. Ele pode ver Mirabel do outro lado, mas, quando volta para a frente, a caverna e o elevador estão claros como o dia.

— Magia — murmura ele.

— Ezra, vou pedir que acredite em muitas coisas impossíveis, mas apreciaria se você não usasse a palavra que começa com M.

— Certo — concorda Zachary, pensando que a palavra que começa com M nem explica tudo que está acontecendo, de qualquer forma.

— Pode me ajudar com ele? — pede Mirabel, virando-se para Dorian. — É pesado.

Juntos, eles erguem Dorian, cada um pegando um braço. Zachary já fez essa brincadeira com muitos colegas inebriados, mas desta vez é diferente – o peso morto de um homem bastante alto e completamente desacordado. O cheiro dele ainda é agradável. Mirabel tem mais força nos braços, e juntos eles conseguem manter Dorian em pé, seus sapatos pontudos e desgastados se arrastando no chão.

Zachary olha de relance para uma das pinturas na parede e reconhece o espaço retratado. Estantes de livros margeiam um corredor parecido com um túnel e uma mulher num vestido longo se afasta do observador, segurando uma lanterna similar àquela atualmente apoiada numa caixa de papelão próxima.

A pintura ao lado também retrata uma não biblioteca subterrânea familiar: uma faixa de um corredor curvo e figuras bloqueando a luz que chega do outro lado da curva e projetando sombras sobre os livros, mas permanecendo fora de vista. O quadro de baixo é parecido: um nicho com uma poltrona vazia e uma única lâmpada, a escuridão salpicada de ouro.

Então eles atravessam a porta e a visão das pinturas é substituída por uma parede de pedra.

Carregam Dorian pela caverna até o elevador.

Há um barulho atrás deles e Zachary pensa, tarde demais, que deveria ter fechado a porta. Há passos. Algo caindo. Uma porta batendo à distância. Então vem o tinido que indica a chegada do elevador, e o próprio conceito de segurança parece ser feito de veludo puído e bronze.

É mais fácil acomodar Dorian no chão do que nos bancos. As portas do elevador continuam abertas, esperando.

Mirabel olha por onde eles vieram, através da porta ainda aberta, para o Clube de Colecionadores.

— Confia em mim, Ezra? — pergunta ela.

— Sim — responde Zachary, sem reservar sequer um momento para refletir sobre a questão.

— Um dia vou te lembrar que você disse isso — diz Mirabel. Ela enfia a mão na bolsa e puxa um pequeno objeto de metal e Zachary leva um momento para perceber que é uma pistola – o tipo de pistola pequena e refinada que uma *femme fatale* enfiaria em sua cinta-liga em um tipo diferente de história.

Mirabel ergue a pistola, mira através da porta aberta e atira na lanterna que está apoiada na pilha de caixas de papelão.

Zachary assiste a lanterna explodir em uma chuva de vidro e óleo e as chamas se espalharem e crescerem, banqueteando-se no papelão e no papel de parede e nas pinturas, então sua visão é bloqueada quando as portas do elevador se fecham e eles começam a descer.

FORTUNAS E FÁBULAS
A ESCULTORA DE HISTÓRIAS

Era uma vez uma mulher que esculpia histórias.

Ela as esculpia a partir de todo tipo de coisa. A princípio trabalhava com neve ou fumaça ou nuvens, porque formavam histórias temporárias e fugazes. Elas sumiam em instantes, visíveis e legíveis apenas àqueles que estivessem presentes no período entre o entalhe e a desintegração, mas a escultora preferia que fosse assim. Desse jeito, não sobrava tempo para se inquietar com detalhes ou imperfeições. As histórias não permaneciam para ser questionadas ou criticadas ou repensadas, por ela mesma ou pelos outros. Elas existiam, depois não existiam mais. Muitas nunca eram lidas antes de deixarem de existir, mas a escultora de histórias se lembrava delas.

Histórias de amor passionais eram encaixadas nos vãos entre gotas de chuva e desapareciam junto com a tempestade.

Tragédias eram intrincadamente servidas em garrafas de vinho e provadas com um ar pensativo, melancolia e queijos finos.

Contos de fadas eram moldados de areia e conchas em praias pouco a pouco varridas pelo vaivém suave das ondas.

A escultora ganhou fama e passou a atrair multidões para suas histórias, que eram vistas como apresentações teatrais, uma vez que eram entalhadas e então derretiam ou desmoronavam ou flutuavam para longe na brisa. Ela trabalhava com luz e sombra e gelo e fogo e uma vez esculpiu uma história com fios de cabelos, cada um tirado de um membro diferente do público e então entrelaçados.

As pessoas imploravam que esculpisse com mais permanência. Os museus queriam exposições que durariam mais que alguns minutos ou horas.

Aos poucos, a escultora concordou.

Ela esculpiu histórias de cera e as dispôs sobre carvões quentes para que derretessem e pingassem e sumissem devagar.

Organizou voluntários em arranjos de membros enroscados e corpos entrelaçados que durariam tanto quanto seus elementos vivos conseguissem aguentar, a história mudando a depender do ângulo pelo qual era vista e então mudando ainda mais conforme os modelos ficavam cansados, as mãos escorregando sobre coxas em reviravoltas nada sutis.

Tricotou mitos de lã tão pequenos que podiam ser guardados no bolso e que, quando lidos demais, se desenrolavam e se emaranhavam.

Treinou abelhas para construir favos de mel ou complexas molduras formando cidades inteiras com habitantes doces e dramas amargos.

Esculpiu histórias a partir de árvores cuidadosamente cultivadas, histórias que continuaram a crescer e se desdobrar por muito tempo após serem abandonadas e deixadas no controle de suas próprias narrativas.

Mesmo assim, as pessoas imploravam por histórias que pudessem guardar.

A escultora fez experimentos diversos. Construiu lanternas de metal com pequenas alavancas que podiam ser giradas para projetar histórias nas paredes quando uma vela era colocada no interior. Estudou com um relojoeiro por um tempo e construiu folhetins que podiam ser portados como relógios de bolso e cujos donos lhes davam corda, embora às vezes suas molas afrouxassem.

Descobriu que não se incomodava mais com o fato de que as histórias permaneceriam. Alguns gostariam delas e outros não, mas essa é a natureza de uma história. Nem todas as histórias tocam todos os ouvintes, mas todos os ouvintes podem encontrar, em algum lugar, em algum momento, uma história que os toca. De uma forma ou outra.

Só quando estava muito mais velha ela concordou em trabalhar com pedra.

No começo foi difícil, mas por fim ela aprendeu a falar com a pedra, a manuseá-la e discernir os contos que desejava contar e esculpi-la com tanta facilidade quanto já esculpira chuva e grama e nuvens.

Ela entalhou visões em mármore, com peças em movimento e feições naturalistas. Caixas-segredo e enigmas insolúveis, múltiplos finais que não eram descobertos nem vistos. Pedaços que se sustentavam com firmeza e pedaços em movimento constante que se desgastavam até desmoronar.

Ela entalhou seus sonhos e desejos e medos e pesadelos e os deixou se misturarem uns com os outros.

Os museus clamavam por suas exibições, mas ela preferia mostrar seu trabalho em bibliotecas ou livrarias, em montanhas e praias.

Era raro que comparecesse a esses eventos e, quando o fazia, mantinha-se anônima no meio da multidão, mas alguns sabiam quem era e silenciosamente reconheciam sua presença com um aceno ou uma taça erguida. Alguns falavam com ela sobre outros assuntos além das histórias à mostra ou lhe contavam suas próprias histórias ou comentavam sobre o tempo.

Em uma dessas mostras, um homem esperou para falar com a escultora depois que a multidão se dispersou – um homem que mais parecia um rato, tímido e nervoso, um mundo em si mesmo, constritivo e privado, suas palavras suaves e baixas.

— Você esconderia algo numa história para mim? — perguntou o homem-rato à escultora. — Há... há pessoas que procuram o que escondo e revirariam o universo pelo avesso para encontrá-lo.

Era um pedido perigoso e a escultora requisitou três noites para pensar em sua resposta.

Na primeira noite, ela não pensou na questão, ocupando-se com seu trabalho e as pequenas coisas que lhe traziam felicidade:

o mel em seu chá, as estrelas no céu noturno, os lençóis de linho na cama.

Na segunda noite, ela perguntou ao mar, pois o mar esconde muitas coisas em suas profundezas, mas o mar ficou em silêncio.

Na terceira noite, ela não dormiu, construindo na cabeça uma história que poderia esconder qualquer coisa, não importava o que fosse, mais profunda que tudo que já fora escondido antes, mesmo nas profundezas do mar.

Depois de três noites, o homem-rato retornou.

— Farei o que me pediu — disse a escultora —, mas não desejo saber o que você quer esconder. Fornecerei uma caixa para o que for. Caberá numa caixa?

O homem assentiu e agradeceu a escultora.

— Não me agradeça ainda — ela disse. — Vou levar um ano para terminar. Volte com o seu tesouro.

O homem franziu o cenho, mas assentiu.

— Não é um tesouro no sentido tradicional — comentou, então beijou a mão da escultora, sabendo que jamais poderia pagar por um serviço desses, e a deixou a sós.

A escultora trabalhou duro por um ano. Recusou todos os outros pedidos e encomendas. Criou não uma história, mas muitas. Histórias dentro de histórias. Mistérios e guinadas equivocadas e falsos finais, em pedra e em cera e em fumaça. Criou fechaduras e destruiu suas chaves. Teceu narrativas do que aconteceria e do que jamais poderia acontecer e mesclou todas elas.

Combinou seu trabalho com permanência e pedra com o trabalho que criava na juventude, misturou elementos que sobreviveriam ao teste do tempo e outros que talvez sumissem assim que fossem completados.

Quando se passou um ano, o homem retornou.

A escultora lhe entregou uma caixa intrincadamente entalhada e decorada.

O homem guardou dentro dela o precioso objeto que precisava esconder. A escultora não mostrou a ele como fechá-la nem como abri-la de novo. Só ela sabia isso.

— Obrigado — disse o homem, e dessa vez beijou a escultora na boca como pagamento (o máximo que podia oferecer) e ela aceitou o beijo e achou uma troca justa.

A escultora não ouviu nada sobre o homem depois que ele partiu. A história permaneceu no lugar.

Muitos anos depois, aqueles que procuravam o que fora escondido encontraram a escultora.

Quando perceberam o que ela fizera, cortaram suas mãos.

Outro lugar, outra época:
INTERLÚDIO II

uma cidade agora esquecida, muito, muito tempo atrás

O pirata (que continua sendo uma metáfora, mas também uma pessoa e às vezes tem dificuldade em personificar ambos ao mesmo tempo) está de pé na praia, observando os navios no Mar Sem Estrelas perto deste Porto.

Ele permite que sua mente imagine a si mesmo e a garota do seu lado a bordo de um desses navios, afastando-se cada vez mais na distância e no futuro, para longe deste Porto e em direção a um porto novo. Imagina a cena tão claramente que quase acredita que vai acontecer. Consegue ver a si mesmo longe deste lugar, livre de suas regras e amarras, preso apenas à garota.

Ele quase consegue ver as estrelas.

Puxa a garota para perto para aquecê-la. Beija-lhe o ombro, fingindo que a terá para a vida inteira quando, na verdade, só lhes restam alguns minutos.

O tempo que o pirata vê em sua mente não é agora. Não é logo.

Os navios estão longe da praia. Os sinos atrás deles já tocam o alarme.

O pirata sabe, embora não deseje admitir nem para si, que eles ainda têm um longo caminho a percorrer.

A garota (que também é uma metáfora, uma metáfora eternamente cambiante que só às vezes assume a forma de uma garota) também sabe disso, até melhor do que ele, mas eles não discutem tais coisas.

Não é a primeira vez que estão juntos nesta praia. Não será a última.

Esta é uma história que eles vão viver repetidamente, juntos e separados.

A cela que prende ambos é grande e não tem uma chave.

Ainda não.

A garota afasta o pirata do brilho do Mar Sem Estrelas e o puxa para as sombras, para aproveitar ao máximo os momentos que restam entre eles antes que o tempo e o destino intervenham.

Para dar a ele mais lembranças dela.

Depois que são encontrados, quando a garota encara a morte com olhos abertos e os gritos do amante ecoando nos ouvidos, antes que a escuridão sem estrelas a reivindique outra vez, ela consegue ver os claros e vastos oceanos de tempo que existem entre este ponto e a liberdade deles.

E vê um jeito de atravessá-los.

LIVRO III

A

BALADA DE

SIMON E

ELEANOR

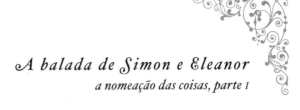

A balada de Simon e Eleanor
a nomeação das coisas, parte I

A garotinha encara com grandes olhos castanhos todas as pessoas que vêm observá-la. Uma nuvem escura de cabelo bagunçado cerca sua cabeça, no qual se escondem folhas soltas. Ela segura uma aldrava do jeito que uma criança menor poderia manusear um chocalho ou um brinquedo. Firme. Protetiva.

Fizeram com que se sentasse em uma poltrona em uma das galerias, como se fosse também uma obra de arte. Seus pés não tocam o chão. Sua cabeça foi examinada e houve certa preocupação de que estivesse ferida, embora não sangrasse. Há um hematoma perto de sua têmpora, de uma tonalidade esverdeada, espalhando-se sobre a pele marrom-clara. Não parece incomodá-la. É trazido um prato com bolinhos e ela os come com mordidas pequenas e sérias.

Perguntam qual é o seu nome. Ela parece não entender a questão. Surge um debate sobre como as traduções funcionariam com alguém tão jovem (poucos se lembram da época em que houve uma criança neste lugar), mas ela entende outros tipos de pergunta: assente quando indagam se está com sede ou fome e sorri quando alguém lhe traz um velho bichinho de pelúcia, um coelho com pelos finos e orelhas caídas. Só quando trazem o coelho ela solta a aldrava, apertando o bicho com igual intensidade.

Ela não lembra seu nome, idade, nem nada sobre sua família. Quando perguntam como chegou ali, ela ergue a aldrava com um olhar de pena nos olhos grandes, como se a resposta fosse terrivelmente óbvia e as pessoas que a observam não fossem muito observadoras.

Tudo a respeito dela é analisado, da fabricação dos sapatos ao sotaque quando conseguem extrair dela palavras ou frases, mas ela fala muito pouco e a única coisa com que todos concordam é que há indícios de Austrália ou talvez Nova Zelândia, embora alguns insistam que o leve sotaque no seu inglês é sul-africano. Há uma série de portas antigas não catalogadas em cada país. A garota não fornece informações geográficas confiáveis. Lembra--se de pessoas e fadas e dragões com a mesma clareza. Grandes prédios e pequenos prédios e florestas e campos. Descreve corpos d'água de tamanho indiscernível que podem ser lagos ou oceanos ou banheiras. Nada aponta com clareza para sua origem.

Ao longo das investigações, uma verdade permanece implícita: que não seria fácil devolvê-la ao lugar de onde caiu, se sua porta não existe mais.

Alguns sugerem mandá-la de volta por outra porta, mas, na população reduzida de residentes, ninguém se voluntaria para tal missão, e a garota não parece infeliz. Não reclama. Não pede para voltar para casa. Não chora pelos pais, quem quer que sejam.

Recebe um quarto onde tudo é grande demais para ela. Roupas que servem razoavelmente bem são encontradas e um dos grupos de tricô fornece suéteres e meias feitas com lã colorida. Os sapatos dela são enviados para a limpeza e permanecem como seu único par até não caberem mais, as solas de borracha tão gastas que se abriram buracos que foram remendados e então abertos de novo.

Eles a chamam de *garota* ou *enjeitada*, embora os residentes mais obcecados com semântica apontem que ela não foi abandonada – até onde se sabe –, então o termo *enjeitada* é impreciso.

Por fim, ela é chamada de Eleanor, e alguns dizem depois que foi uma homenagem à rainha de Aquitânia, e outros alegam que a escolha foi inspirada por Jane Austen, e outros que uma vez ela respondeu à pergunta sobre o seu nome com "Ellie" ou "Lana" ou algo do tipo. (Na verdade, a pessoa que sugeriu o nome o tirou de um romance de Shirley Jackson, mas não explicou isso devido ao destino infeliz da Eleanor ficcional.)

— Ela já tem um nome? — pergunta o Cuidador, sem erguer os olhos da mesa enquanto sua caneta continua se movendo pela página.

— Começaram a chamá-la de Eleanor — informa a pintora.

O Cuidador abaixa a caneta e suspira.

— Eleanor — ele repete, colocando a ênfase na última sílaba e transformando o nome em outro suspiro. Ele pega sua caneta e volta a escrever sem lançar sequer um olhar de relance para a pintora.

A pintora não insiste no assunto. Ela pensa que talvez o nome tenha um significado particular para ele. Conhece-o há pouco tempo. Decide que não vai se envolver na questão.

Este Porto no Mar Sem Estrelas absorve a garota que caiu através dos restos de uma porta do mesmo jeito que o chão da floresta consumiu a porta: ela se torna parte do cenário. Às vezes notada. A maior parte do tempo ignorada. Deixada aos próprios cuidados.

Ninguém assume a responsabilidade sobre ela. Todo mundo presume que outra pessoa o fará, então ninguém faz. Estão todos preocupados com o próprio trabalho, com seus dramas íntimos. Eles observam e questionam e até participam, mas não por muito tempo. Não por mais que alguns momentos, aqui e acolá, espalhados ao longo de uma infância como folhas caídas.

Naquele primeiro dia, na cadeira mas antes do coelho, Eleanor responde a uma única questão quando perguntam o que ela estava fazendo sozinha.

— Explorando — ela diz.

E pensa que está fazendo um ótimo trabalho.

ZACHARY EZRA RAWLINS está num elevador com uma mulher de cabelo rosa portando uma pistola e que ele tem bastante certeza de que acabou de começar um incêndio criminoso, além dos crimes já cometidos naquele dia, e com um homem inconsciente que talvez tenha tentado assassiná-la, e sua cabeça latejante não consegue decidir se ele precisa de uma soneca ou de uma bebida, nem por que, exatamente, ele se sente mais confortável na companhia atual do que antes.

— O que…? — começa Zachary, mas não consegue descobrir o resto das palavras, então termina a pergunta a Mirabel com gestos que indicam tanto a pistola na mão dela quanto a porta do elevador.

— Isso vai inutilizar a porta, então com sorte ela vai demorar um tempo para localizar outra. Não me olhe desse jeito.

— Você está apontando uma arma pra mim.

— Ah, desculpe! — exclama Mirabel, olhando para a própria mão e guardando a arma na bolsa. — É antiga. Só cabe uma bala, depois não serve para nada. Você está sangrando.

Ela olha atrás da orelha de Zachary e tira do bolso um lenço com uma estampa de relógios. Quando o puxa, sai mais ensanguentado do que ele esperava.

— Não está tão feio — ela diz. — Só mantenha pressionado. Vamos limpar depois. Talvez fique uma cicatriz, mas daí seremos gêmeos. — Ela ergue o cabelo para lhe mostrar a cicatriz atrás da orelha, que ele notou antes, e Zachary não precisa perguntar como a conseguiu.

— O que está acontecendo aqui? — ele questiona.

— Essa é uma pergunta complicada, Ezra — diz Mirabel. — Você está muito tenso. Presumo que o chá não foi particularmente agradável.

— Allegra ameaçou matar minha mãe — responde Zachary. Ele sente que Mirabel está tentando distraí-lo para mantê-lo calmo.

— Ela faz essas coisas — diz Mirabel.

— Estava falando sério, não estava?

— Sim. Mas essa ameaça só valia se você contasse a alguém sobre seu destino, certo?

Zachary assente.

— Ela tem as prioridades dela. Talvez seja melhor você ficar aqui embaixo por alguns dias enquanto eu faço algumas investigações. Allegra não fará nada a não ser que sinta que não tem escolha. Ela teve oportunidades de se livrar de nós três e ainda estamos vivos. De modo geral — ela acrescenta, olhando para Dorian.

— Mas ela mata pessoas mesmo? — pergunta Zachary.

— Contrata outros para fazer o serviço sujo. Por exemplo. — Ela cutuca a perna de Dorian com a ponta da bota.

— Está falando sério? — pergunta Zachary.

— Você precisa de outra história? — oferece ela, enfiando a mão na bolsa.

— Não, não preciso de outra história — retruca Zachary, mas, enquanto está falando, o gosto do cavaleiro e seus corações partidos volta à sua língua e ele se lembra de mais detalhes: a gravação na armadura do cavaleiro, o campo em uma noite de verão florescendo com jasmim. Está tudo enevoado em sua mente, como uma lembrança ou um sonho capturado em açúcar. A lembrança inesperadamente o acalma.

Zachary se reclina no banco de veludo puído e apoia a cabeça na parede do elevador. Consegue senti-la vibrando. O lustre está se movendo e deixando-o atordoado, então ele fecha os olhos.

— Então conte você uma história — diz Mirabel, tirando-o da tontura sonolenta. — Por que não começa no seu começo e me conta como chegamos aqui? Pode pular o prólogo da infância, já conheço essa parte.

Zachary suspira.

— Encontrei um livro — ele diz, rastreando tudo que aconteceu até pousar exatamente em *Doces dores* — na biblioteca.

— Que livro? — pergunta Mirabel.

Ele hesita, então descreve os eventos desde encontrar o livro até a festa. É um resumo breve dos dias precedentes, e ele fica irritado ao ver como levou pouco tempo para relatar e como não parece tão impressionante quando destilado em eventos individuais.

— O que aconteceu com o livro? — pergunta Mirabel quando ele termina.

— Achei que estava com ele — diz Zachary, olhando para Dorian. O homem parece mais adormecido do que inconsciente, descansando a cabeça na beirada do banco de veludo.

Mirabel vasculha os bolsos de Dorian, onde encontra um molho de chaves, uma caneta-tinteiro, uma carteira fina de couro com uma grande quantia de dinheiro, e um cartão da Biblioteca Pública de Nova York no nome de David Smith, junto com alguns cartões de visitas com outros nomes e profissões e vários cartões vazios com a imagem de uma abelha. Nada de cartões de crédito nem de identidade. Nada de livro.

Mirabel tira algumas notas da carteira de Dorian e devolve o resto das coisas aos bolsos dele.

— Pra que isso? — pergunta Zachary.

— Depois de todo o transtorno que tivemos para resgatá-lo, ele vai pagar nosso café. Espere, ambos tomamos chá, não é? De toda forma, é cortesia dele.

— O que acha que fizeram com ele?

— Acho que o interrogaram e que não conseguiram as respostas que queriam, então o drogaram e ergueram daquele jeito para criar um efeito dramático e esperaram a gente aparecer. Vou poder ajudar quando o levarmos para dentro.

Seguindo a deixa, o elevador para e a porta se abre. Zachary tenta classificar a sensação que a chegada provoca e só consegue pensar que, se o apartamento acima da loja da mãe em Nova Orleans ainda existisse, poderia sentir a mesma emoção ao vê-lo, mas não sabe se seria nostalgia ou desorientação. Tenta não pensar demais nisso, pois faz sua cabeça doer.

Ele e Mirabel erguem Dorian usando o mesmo sistema desajeitado de antes, dividindo o peso entre os dois. Dorian não ajuda em nada. Zachary ouve o elevador fechar e partir para onde quer que parta quando não está ocupado por homens inconscientes e mulheres de cabelo rosa e turistas confusos.

Mirabel estende a mão para a maçaneta, passando mais do peso de Dorian para Zachary. A maçaneta não gira.

— Droga — diz Mirabel. Ela fecha os olhos e inclina a cabeça, como se estivesse ouvindo algo.

— O que foi? — pergunta Zachary, esperando que uma das muitas chaves ao redor do pescoço dela possa resolver o problema.

— Ele nunca esteve aqui antes — diz ela, apontando a cabeça para Dorian. — É novo.

— Novo? — pergunta Zachary, surpreso, mas Mirabel continua.

— Ele tem que passar pelo teste de admissão.

— Com os dados e a bebida? — pergunta Zachary. — E como vai fazer isso?

— Não vai — diz Mirabel. — Vamos ter que representá-lo.

— Vamos ter que…? — Zachary deixa a pergunta no ar, entendendo o que ela quer dizer antes de terminar.

— Eu faço um e você o outro? — sugere Mirabel.

— Claro, eu acho — ele concorda. Deixa Mirabel segurando Dorian relativamente em pé e se vira para as duas alcovas. Escolhe os dados, em parte porque tem mais experiência com dados do que com líquidos misteriosos e em parte porque não sabe se quer beber mais líquidos misteriosos e não parece certo jogá-lo fora.

— Concentre-se em fazer por ele, e não por si mesmo — diz Mirabel quando ele chega à pequena alcova e encontra os dados prontos para serem jogados de novo.

Ele estende a mão para os dados e erra, apertando o ar. Deve estar mais exausto do que pensou. Tenta de novo e dessa vez pega os dados e os rola nos dedos. Não sabe muito sobre Dorian, nem seu nome de verdade, mas fecha os olhos e conjura o homem na mente, uma combinação de caminhar no frio da rua com a flor de papel na lapela e o aroma de limão e tabaco no escurinho do hotel e o hálito contra o seu pescoço, então deixa os dados rolarem da palma.

Abre os olhos. Os dados oscilantes aparecem borrados antes de seus olhos se focarem.

Uma chave. Uma abelha. Uma espada. Uma coroa. Um coração. Uma pena.

Os dados se assentam e param e, antes que o último termine de tremular, o fundo da alcova se abre e eles desaparecem na escuridão.

— O que ele tirou? — pergunta Mirabel. — Espere, já sei. Espadas e… chaves, talvez.

— Um de cada — diz Zachary. — Eu acho, a não ser que haja mais que seis coisas.

— Hmm — murmura Mirabel num tom que Zachary não consegue decifrar enquanto entrega Dorian, que de repente parece muito mais *presente* ali, com a lembrança fresca da história e aquele aroma leve de limão. Está mais quente aqui embaixo do que Zachary se lembrava. Ele percebe que perdeu em algum lugar o seu casaco emprestado.

Do outro lado da sala, Mirabel pega a taça coberta e a observa com cuidado antes de descobri-la e bebê-la. Ela estremece e retorna a taça à alcova.

— Como era o gosto quando você bebeu? — pergunta a Zachary enquanto segura de novo o outro braço de Dorian.

— Hã… flor de laranjeira com mel e baunilha — diz Zachary, lembrando que parecia um licor, embora a lista não faça jus ao gosto. — Com um toque de algo mais — ele acrescenta. — Por quê?

— Esse tinha gosto de vinho e sal e fumaça — diz Mirabel. — Mas ele teria bebido. Vamos ver se funcionou.

Dessa vez, a porta abre.

O alívio de Zachary é temporário quando ele percebe o caminho que precisam percorrer até o enorme salão.

— Vamos fazer o check-in dele — diz Mirabel. — Depois eu e você vamos beber um drinque de verdade. Fizemos por merecer.

A caminhada até o escritório do Cuidador atrai a atenção de alguns gatos curiosos que espiam o progresso deles atrás de pilhas de livros e lustres.

— Espere aqui — diz Mirabel, passando todo o peso de Dorian para o ombro de Zachary. De novo, ele é surpreendentemente mais pesado e mais *alguma coisa* do que Zachary gostaria de admitir. — *Straight flush*, certo?

— Acho que esse termo só se aplica a pôquer.

Mirabel encolhe os ombros e entra no escritório do Cuidador. Zachary não consegue ouvir a maior parte da conversa, só palavras e frases que deixam claro que é mais uma discussão do que uma conversa, então as portas se abrem e o Cuidador marcha em direção a ele.

Ele nem olha para Zachary. Focado em Dorian, puxa sua cabeça para cima e afasta das têmporas o cabelo espesso com fios grisalhos e faz um exame muito mais minucioso do que fez com Zachary.

— Você jogou os dados por ele? — pergunta o Cuidador.

— Sim?

— Jogou por ele, especificamente, não só os deixou cair?

— Bem, sim? — diz Zachary. — Algum problema? — ele pergunta, meio para o Cuidador e meio para Mirabel, que o seguiu para fora do escritório com as bolsas de Zachary sobre o ombro e uma bússola e uma chave pendendo das correntes na mão.

— É... incomum — diz o Cuidador, mas não se explica. Parecendo satisfeito com a inspeção de Dorian, solta sua cabeça, que se acomoda no ombro de Zachary. Sem dizer mais nada, o Cuidador se vira e passa por Mirabel, depois entra no escritório e fecha a porta. Ele e a mulher trocam um olhar carregado quando se cruzam, mas Zachary só vê a expressão de Mirabel e não consegue interpretá-la.

— O que foi isso? — pergunta Zachary enquanto ela o ajuda com Dorian outra vez, depois de acrescentar a sacola dele à coleção de bolsas.

— Não tenho certeza — responde Mirabel, mas não o olha nos olhos. — Uma violação das regras combinada com uma jogada de baixa probabilidade, talvez. Vamos levá-lo ao quarto dele. Não tropece nos gatos.

Eles pegam corredores que Zachary não viu antes (um é pintado de cobre, outro tem livros pendendo de laços) e alguns são estreitos demais para três pessoas juntas, então eles têm que passar de ladinho. Tudo parece maior e mais estranho do que Zachary se lembra, com mais sombras ameaçadoras e mais lugares e livros nos quais se perder. Os corredores parecem estar em movimento, tomando direções diferentes como cobras, e Zachary mantém os olhos fixos no chão à frente para não perder o equilíbrio.

Eles chegam a um corredor cheio de mesas e cadeiras de cafeteria, todas pretas e cobertas com pilhas de livros com folhas douradas. Em uma mesa há um gato, pequeno e rajado de prateado, com orelhas dobradas e olhos amarelos que os examinam com curiosidade. O chão é coberto por ladrilhos pretos e dourados em um padrão como vinhas. Algumas das vinhas sobem pelas paredes, cobrindo a pedra até o teto curvo. Mirabel tira uma chave e abre uma porta entre elas. Ela dá para um quarto parecido com o de Zachary, mas em tons de azul, com a maior parte da mobília preta e envernizada. Algo que não chega a ser *art déco*, misturado com o tipo de quarto que cheiraria a charutos, e meio que cheira, pensando bem. Os ladrilhos no chão são xadrez onde não estão cobertos por tapetes azul-marinho. A lareira acesa é pequena e arqueada. Uma série de lâmpadas com filamentos visíveis pendem sem lustres de cabos suspensos no teto e projetam uma luz fraca.

Zachary e Mirabel deitam Dorian na cama, uma pilha de azul-marinho coberta com travesseiros e com uma cabeceira em leque. Então a tontura de Zachary retorna, junto com a percepção da dor em seus braços. Pela cara de Mirabel enquanto massageia o ombro, ela sente o mesmo.

— Precisamos de uma regra sobre inconsciência por aqui — ela diz. — Ou talvez de carrinhos de mão. — Ela vai até um painel perto da lareira. Zachary adivinha o que é, embora esta porta seja mais fina e polida do que a do seu elevador de comida. — Tire os sapatos e o casaco dele, fazendo o favor — pede Mirabel enquanto escreve num pedaço de papel.

Zachary remove os sapatos sociais de Dorian, revelando meias roxas com dedos individualmente tricotados, então remove seu casaco com cuidado, notando a flor de papel, um pouco amassada, na lapela. Joga o casaco em uma cadeira e tenta desamassar a flor, percebendo que consegue ler o texto embora se lembre de que as palavras estavam em italiano.

Não tenha medo; nosso destino não pode ser
tirado de nós; é uma dádiva.

Ele está prestes a questionar Mirabel sobre as traduções, sem usar a palavra que começa com m, mas quando o texto oscila do inglês para o italiano e de volta, a tontura se intensifica. Zachary ergue os olhos e o quarto está ondulando, como se ele estivesse sob a água e não apenas sob a terra. Perde o equilíbrio e estende uma mão para se apoiar na parede, mas erra.

Mirabel se vira ao ouvir o abajur caindo.

— Você não bebeu nada enquanto estava amarrado, bebeu? — ela pergunta.

Zachary tenta responder, mas desaba no chão primeiro.

A balada de Simon e Eleanor
uma garota não é um coelho, um coelho não é uma garota

A garota de máscara de coelho vaga pelos corredores do Porto. Ela abre portas e engatinha sob mesas e fica imóvel no centro de salas, encarando o nada às vezes por longos períodos.

Ela assusta quem cruza seu caminho, embora tais ocasiões sejam raras.

A máscara é uma coisa linda, antiga e provavelmente veneziana, embora ninguém se lembre de sua origem. Um nariz rosa-claro é cercado por bigodes realistas e ornamentos de ouro. As orelhas se empinam acima da cabeça da garota, fazendo-a parecer mais alta, um rubor rosa-dourado suave no interior dando a impressão de que são capazes de ouvir, captando cada som que rompe o silêncio estendido como um cobertor sobre este lugar neste momento.

Agora ela está acostumada com o lugar. Sabe como dar passos leves e suaves que não ecoam, uma habilidade que aprendeu com os gatos, mesmo que não consiga tornar seus passos tão silenciosos quanto os deles, por mais que tente.

Ela usa uma calça curta demais e um suéter grande demais. Carrega uma mochila que já pertenceu a um soldado que morreu há muito tempo e que nunca teria imaginado que a bolsa acabaria nos ombros estreitos de uma garota fantasiada de coelho enquanto explora salas subterrâneas nas quais foi diretamente proibida de entrar.

Na mochila há um cantil de água, um pacote de biscoitos embrulhado com cuidado, um telescópio com uma lente arranhada, um caderno quase todo em branco, várias canetas e uma série de estrelas de papel dobradas cuidadosamente a partir de páginas repletas de pesadelos.

Ela solta as estrelas em cantos distantes, deixando seus medos atrás de estantes e dentro de vasos, espalhando-os em constelações ocultas.

(Faz as dobraduras com livros também, removendo as páginas de que não gosta e mandando-as às sombras, que são o lugar delas.)

(Os gatos brincam com as estrelas, mandando os pesadelos e a prosa desconfortável de um esconderijo para outro, mudando os padrões das estrelas.)

A garota se esquece dos sonhos depois de soltá-los, o que aumenta a longa lista de coisas de que não se lembra. A que horas deveria dormir. Onde deixa livros que começa mas não termina. A maior parte da vida antes de vir para este lugar.

Da vida anterior ela se lembra dos bosques com as árvores e os pássaros. Lembra-se de submergir na água da banheira e encarar um teto branco e reto, diferente dos tetos daqui.

É como lembrar-se de uma garota diferente, uma garota de um livro que ela leu, e não uma garota que ela mesma foi.

Agora ela é algo diferente, com um nome diferente em um lugar diferente.

Eleanor Coelhinha é diferente da Eleanor normal.

A Eleanor normal acorda tarde da noite e esquece onde está. Esquece a diferença entre as coisas que aconteceram e as coisas que leu em livros e as coisas que pensa que talvez aconteceram, mas talvez não tenham acontecido. A Eleanor normal às vezes dorme na banheira, e não na cama.

A garota prefere ser um coelho. Raramente tira a máscara.

Ela abre portas que lhe disseram para não abrir e descobre salas com paredes que contam histórias e salas com travesseiros para soneca bordados com histórias de ninar e salas com gatos e a sala com as corujas que ela encontrou uma vez e nunca mais viu e uma única porta que ainda não conseguiu abrir no lugar queimado.

O lugar queimado ela encontrou porque alguém instalou, na frente dele, estantes altas o bastante para impedir a entrada de pessoas grandes, mas não de pequenas garotas-coelho, e ela rastejou por baixo delas até o outro lado.

A sala continha livros queimados e poeira preta e algo que poderia ter sido um gato, mas não era mais.

E a porta.

Uma porta simples com uma pena de latão brilhante no meio, acima da cabeça da garota.

A porta era a única coisa na sala que não estava coberta de poeira preta.

A garota pensou que talvez estivesse escondida atrás de uma parede que tinha queimado com o resto da sala, e se perguntou por que alguém esconderia uma porta atrás de uma parede.

A porta se recusava a abrir.

Quando Eleanor desistiu devido à frustração e à fome e voltou a seu quarto, a pintora a encontrou coberta de fuligem e a colocou na banheira, mas não sabia onde ela estivera, porque o incêndio aconteceu antes da época da pintora.

Eleanor fica voltando para olhar a porta.

Ela se senta e a encara.

Experimenta sussurrar através do buraco da fechadura, mas nunca recebe uma resposta.

Mordisca biscoitos na escuridão. Não precisa tirar a máscara de coelho porque não cobre sua boca, um dos muitos motivos para a máscara de coelho ser a melhor máscara.

Descansa a cabeça no chão, o que a faz espirrar, mas então consegue ver uma faixa finíssima de luz.

Uma sombra passa atrás da porta e desaparece, como quando os gatos passam na frente do quarto dela à noite.

Eleanor pressiona a orelha contra a porta, mas não ouve nada. Nem um gato.

Ela tira um caderno e uma caneta da mochila.

Pensa no que escrever e então compõe uma mensagem simples. Decide não assinar, mas muda de ideia e desenha um pequeno rosto de coelho no canto. As orelhas não estão tão simétricas quanto ela gostaria, mas a figura é identificável como um coelho, e é isso que importa.

Ela arranca a página do caderno e a dobra, pressionando a dobra para que o bilhete fique plano.

Então enfia o papel sob a porta. Ele para na metade do caminho. Ela empurra com mais força até passar para a sala além.

Ela espera, mas nada acontece e o nada acontecendo logo fica entediante, por isso ela vai embora.

Eleanor está em outra sala, dando um biscoito para o gato, e quase esqueceu o bilhete, quando a porta se abre. Um retângulo de luz é projetado no espaço coberto de fuligem.

A porta permanece aberta por um momento, então lentamente se fecha.

ZACHARY EZRA RAWLINS acorda meio submerso, com um gosto de mel na boca que o faz tossir.

— O que você bebeu? — A voz de Mirabel vem de muito longe, mas quando ele pisca a mulher está a centímetros do seu rosto, encarando-o, embaçada, seu cabelo como um halo rosa iluminado por trás. Ele está sem óculos. — O que você bebeu? — repete a Mirabel embaçada e submersa. Zachary se pergunta se sereias têm cabelo rosa.

— Ela me deu chá — ele diz, cada palavra lenta como mel. — Chá de intimidação.

— E você *bebeu*? — pergunta Mirabel, incrédula, enquanto Zachary pensa que está assentindo. — Precisa de mais.

Ela encosta entre os lábios dele algo que pode ser uma tigela e que está definitivamente cheio de mel. Mel e talvez canela e cravo. É líquido o suficiente para beber e tem o gosto de xarope de tosse natalino. *Sempre inverno, nunca festas de fim de ano ecumênicas*, Zachary pensa, parafraseando Nárnia, e tosse de novo, mas então a Princesa Jujuba – não, Mirabel – o obriga a beber mais.

— Não acredito que você foi tão idiota — ela diz.

— Ela bebeu primeiro — protesta Zachary, as palavras saindo num ritmo quase normal. — Serviu duas xícaras.

— E foi ela que escolheu a sua xícara, certo? — Ele assente. — O veneno estava na xícara, não no chá. Você bebeu tudo?

— Acho que não — ele diz.

A sala está ficando mais nítida. Os óculos dele não sumiram, no fim das contas; estão no rosto. A sensação submersa desaparece aos poucos. Ele está sentado numa poltrona no quarto *art déco* de Dorian, que dorme na cama.

— Quanto tempo eu fiquei... — ele começa, mas não consegue encontrar a palavra para completar a pergunta. Apegado. Apavorado.

— Alguns minutos — responde Mirabel. — Beba mais.

Apagado. É essa a palavra. Palavrinha sem-vergonha. Zachary toma outro gole. Não se lembra se gosta de mel ou não.

Atrás dele o elevador de comida apita e Mirabel vai abri-lo. Ela pega uma bandeja cheia de frascos e tigelas e uma toalha e uma caixa de fósforos.

— Acenda isso e coloque na cômoda, por favor — instrui Mirabel, entregando os fósforos e um cone de incenso com um queimador de cerâmica. Zachary percebe que se trata de um teste assim que tenta acender o fósforo e sua coordenação falha. Ele faz três tentativas.

Por fim, segura o fósforo aceso perto do incenso, lembrando de todas as vezes que realizou a mesma ação para a mãe. Ele se concentra em manter a mão firme, o que é mais difícil do que deveria ser, e espera o incenso acender antes de suavemente soprar a chama até restarem brasas fumegantes, com um aroma intenso e imediato mas desconhecido. Doce, com um toque de hortelã.

— O que é isso? — pergunta enquanto deixa o incenso na cômoda, vendo fios de fumaça flutuarem sobre a cama. Suas mãos estão menos trêmulas, mas ele volta a se sentar e toma outro gole da mistura de mel. Pensa que gosta mesmo de mel.

— Não faço ideia — diz Mirabel. Ela verte algum líquido na toalhinha e a coloca na testa de Dorian. — A Cozinha tem seus próprios remédios caseiros, que tendem a ser eficazes. Você sabe sobre a Cozinha, certo?

— A gente se conheceu.

— Eles não costumam incluir incenso, a não ser em casos sérios — diz Mirabel, franzindo o cenho para a fumaça espiralada e olhando para Dorian. — Talvez seja para vocês dois.

— Por que Allegra me envenenaria? — pergunta Zachary.

— Há duas possibilidades — responde Mirabel. — A primeira é que ela ia te derrubar e mandar de volta a Vermont para que você acordasse com uma leve amnésia. Caso se lembrasse de algo, pensaria que foi um sonho.

— A segunda?

— Estava tentando matar você.

— Maravilha — diz Zachary. — E isso é um antídoto?

— Nunca encontrei um veneno que isso não pudesse neutralizar. Já está se sentindo melhor, não está?

— A visão ainda está um pouco embaçada — diz Zachary.

— Você disse que ele tentou te matar uma vez.

— Não funcionou — responde Mirabel e, antes que Zachary possa pedir uma explicação, há uma batida na porta.

Ele imagina que seja o Cuidador, mas há na entrada uma jovem parecendo preocupada. A garota tem mais ou menos a idade dele, é baixa com olhos brilhantes e cabelo escuro trançado ao redor do rosto mas solto atrás da cabeça. Usa uma versão marfim da túnica do Cuidador, mais simples exceto pelo bordado intrincado, branco sobre branco, nas mangas e na bainha e no colarinho. Olha confusa para Zachary, então se vira para Mirabel e ergue a mão esquerda, mantendo a palma de lado e então a virando para cima. Zachary sabe, sem precisar de tradução, que ela perguntou o que está acontecendo.

— Estávamos tendo aventuras, Rima — responde Mirabel. A garota franze o cenho. — Houve um resgate ousado e membros amarrados e chá e um incêndio e dois terços do grupo foram envenenados. E este é Zachary. Zachary, esta é Rima.

Zachary encosta dois dedos nos lábios e inclina a cabeça em cumprimento automaticamente, sabendo que aquela deve ser uma acólita e lembrando-se de ler sobre o gesto em *Doces dores*. Assim que o faz, sente-se idiota por tirar conclusões precipitadas, mas os olhos de Rima se iluminam e sua expressão se desanuvia. Ela encosta uma mão no esterno e inclina a cabeça em cumprimento.

— Acho que vocês vão se dar bem — observa Mirabel, lançando um olhar curioso para Zachary antes de voltar a atenção para Dorian. Ela ergue uma mão para compelir a fumaça do incenso para perto dele, e fios de fumaça seguem os movimentos dos dedos dela e flutuam para cima de seu braço. — Você e Rima têm algo em comum — acrescenta Mirabel. — Rima encontrou uma porta pintada quando era criança, só que abriu a dela. Isso foi quando, oito anos atrás?

Rima balança a cabeça e ergue todos os dedos.

— Assim eu me sinto velha — diz Mirabel.

— Você não voltou para casa? — pergunta Zachary, imediatamente se arrependendo da pergunta quando a alegria some do rosto de Rima.

Mirabel interrompe antes que ele possa se desculpar.

— Está tudo bem, Rima?

Rima gesticula de novo e dessa vez Zachary não consegue interpretar o agitar de dedos que se move de uma mão à outra. Mas Mirabel parece entender.

— Tenho, sim — ela diz, então se vira para Zachary. — Nos dê licença por um momento, Ezra — acrescenta. — Se ele não acordar quando acabar o incenso, acenda outro, certo? Volto logo.

— Tudo bem — ele concorda. Mirabel segue Rima para fora do quarto, pegando sua bolsa de uma cadeira no caminho. Zachary tenta se lembrar se a bolsa já parecia ter algo grande e pesado no interior, porque agora certamente parece. Mirabel e a bolsa somem antes que ele consiga olhar direito.

Sozinho com Dorian, Zachary fica observando os fios de fumaça flutuarem pelo quarto, rodopiando sobre travesseiros e subindo ao teto. Ele tenta fazer o mesmo gesto de conjuração elegante que Mirabel usou para impelir a fumaça na direção correta, mas ela sobe pelo seu braço, envolvendo-lhe a cabeça e o ombro. Este não dói mais, mas Zachary não lembra quando a dor passou.

Ele se inclina sobre Dorian para ajustar o tecido em sua testa. Os dois botões de cima da camisa do outro estão abertos; deve ter sido Mirabel, talvez para facilitar a respiração. O olhar de Zachary se move entre os fios de fumaça e o colarinho aberto de Dorian, e então a curiosidade vence.

Parece intrusivo, embora seja apenas mais um botão. Mesmo assim, ele hesita antes de abri-lo, perguntando-se o que Dorian acharia da justificativa "Eu estava procurando sua espada".

A falta de uma espada gravada no peito de Dorian é tanto uma surpresa quanto uma decepção. Ele esteve se perguntando *como* seria o desenho, mais do que se existiria ou não. A revelação propiciada pelo botão extra expõe mais alguns centímetros de peito musculoso coberto por uma boa quantidade de pelos e vários machucados, mas nenhuma tatuagem – nada que o marque como guardião. Talvez essa tradição não seja mais mantida, sendo substituída por espadas de prata como a que ele porta por baixo do suéter. Quanto de *Doces dores* é fato e quanto é ficção e quanto simplesmente mudou com o tempo?

Zachary fecha o botão extra, notando que, embora não haja espada, há indícios de tinta mais no alto, perto dos ombros. A borda de uma tatuagem cobre as costas e a nuca de Dorian, mas naquela luz ele só consegue distinguir formas parecidas com galhos.

Ele questiona qual é o limite entre ficar de olho em uma pessoa inconsciente e observá-la dormir, então decide ler. A Cozinha provavelmente lhe prepararia um drinque, mas, pensando bem, ele não está com sede nem fome, mesmo que devesse estar.

Zachary se ergue da cadeira, aliviado que o movimento não cause de novo a sensação submersa, e encontra seus pertences onde Mirabel os deixou perto da porta, percebendo que enfim reencontrou sua mala de lona. Ele pega o celular. Está com a bateria previsivelmente descarregada, mas de toda forma Zachary duvida que teria sinal aqui embaixo. Ele o guarda e tira da bolsa o livro de contos de fadas com capa de couro marrom.

Volta à cadeira ao lado da cama e começa a ler. Está no meio de uma história sobre um estalajadeiro em uma estalagem coberta de neve, tão envolvente que quase consegue ouvir o vento, quando repara que o incenso se apagou.

Ele deixa o livro na cômoda e acende outro cone. A fumaça flutua sobre o livro quando começa a arder.

— Pelo menos você tem seu livro de volta, embora eu não tenha o meu — comenta Zachary em voz alta. Pensa em beber algo, talvez um copo de água para tirar da boca o gosto de mel, e começa a escrever um pedido para a Cozinha. Sua mão está na caneta quando a voz de Dorian soa atrás dele, sonolenta mas nítida.

— Coloquei seu livro no seu casaco.

A balada de Simon e Eleanor
escrito no tempo não é o mesmo que escrito nas estrelas

Simon é filho único, tendo herdado o nome de um irmão mais velho que morreu no parto. Ele é um substituto. Às vezes se pergunta se está vivendo a vida de outra pessoa, usando os sapatos de outra pessoa e o nome de outra pessoa.

Ele mora com o tio (o irmão de sua mãe morta) e a tia, que constantemente o lembram de que não é filho deles. O espectro da mãe paira sobre ele. O tio só a menciona quando está bebendo (também são os únicos momentos em que chama Simon de bastardo), mas ele bebe com frequência. Jocelyn Keating é chamada de todo tipo de coisa, de rameira a bruxa. Simon não se lembra suficiente da mãe para saber se ela era uma bruxa ou não. Uma vez, ousou sugerir que poderia não ser um bastardo, dado que ninguém tem certeza de sua ascendência e sua mãe ficou com quem quer que fosse seu pai por tempo suficiente para ter dois Simons, então talvez eles fossem casados. Mas dizer isso só fez com que uma taça de vinho fosse jogada contra a sua cabeça (com uma péssima mira). Seu tio não se lembrou da conversa mais tarde. Uma empregada varreu o vidro quebrado.

No seu aniversário de dezoito anos, Simon recebe um envelope. O lacre de cera tem a imagem de uma coruja e o papel está amarelado. A parte da frente diz:

Para Simon Jonathan Keating no décimo oitavo
aniversário de seu nascimento

O envelope estava guardado em algum cofre de banco, explica o tio, e foi entregue naquela manhã.

— Não é meu aniversário — observa Simon.

— Nunca tivemos certeza da data — afirma o tio com indiferença. — Pelo visto é hoje. Muitos anos de vida.

Ele deixa Simon a sós com o envelope.

É pesado. Há mais que uma carta no interior. Simon rompe o lacre, surpreso por seu tio já não ter feito isso.

Espera que a mãe lhe tenha escrito uma mensagem, falando com ele através do tempo.

Não é uma carta.

O papel não tem saudação nem assinatura. Só um endereço. Fica em algum lugar no interior.

E há uma chave.

Ele vira o papel e encontra duas palavras adicionais no verso.

memorize & queime

Ele lê o endereço de novo. Olha para a chave. Relê a frente do envelope.

Alguém lhe deixou uma casa no interior. Ou um celeiro. Ou uma caixa trancada num campo.

Simon lê o endereço uma terceira, então uma quarta vez. Fecha os olhos e o repete em sua mente e verifica se está correto, lê mais uma vez por garantia e então joga o papel na lareira.

— O que tinha no envelope? — pergunta o tio no jantar, de maneira exageradamente casual.

— Só uma chave — responde Simon.

— Uma chave?

— Uma chave. Um souvenir, acho.

— *Humpf* — resmunga o tio sobre a taça de vinho.

— Acho que vou ao interior visitar meus colegas de classe neste fim de semana — comenta Simon em um tom tranquilo, e a tia comenta sobre o tempo e o tio solta outro *hmpf* e, uma semana de ansiedade depois, Simon está num trem com a chave no bolso, olhando pela janela e repetindo o endereço para si.

Na estação, ele pergunta o caminho e lhe apontam uma estrada sinuosa que segue por campos vazios.

Ele não vê a casinha de pedra até estar na soleira. Ela está escondida atrás de hera e silveira; o jardim abandonado ao redor quase consumiu a construção. Um muro de pedra baixo o separa da estrada e o portão enferrujado está fechado.

Simon pula o muro, sentindo espinhos se grudarem na calça. Ele arranca uma cortina de hera para acessar a porta da casa.

Testa a chave na fechadura. Ela gira com facilidade, mas entrar é outra história. Ele empurra e força e remove mais hera antes de convencê-la a finalmente se abrir.

Simon espirra quando entra na casa. Cada passo espalha mais poeira, que flutua na pouca luz solar entre sombras no formato de folhas que se esgueiram pelo chão.

Uma das gavinhas de hera mais persistentes conseguiu atravessar uma fissura na janela e se enrolar ao redor da perna de uma mesa. Simon abre a janela, permitindo a entrada de ar mais fresco e luz mais clara.

Xícaras de chá estão guardadas em um armário aberto. Uma chaleira está pendurada perto da lareira. A mobília (uma mesa e cadeiras, duas poltronas ao lado da lareira e uma cama de metal enferrujada) está coberta de livros e papéis.

Simon abre um livro e encontra o nome da mãe inscrito no interior da capa. *Jocelyn Simone Keating.* Ele nunca soube o nome do meio dela e entende agora a origem do próprio nome. Não tem certeza se gosta desta casinha, mas parece que agora é sua para gostar ou desgostar.

Ele abre outra janela, o máximo que a hera permite. Encontra uma vassoura num canto e varre, tentando se livrar o tanto quanto possível da poeira à medida que a luz se esvai.

Ele não tem um plano, o que agora parece burrice.

Simon pensou que alguém estaria ali. A mãe, talvez. Surpresa – não estava morta. Bruxas não morrem fácil, se ele se lembra corretamente das histórias. Aquela poderia ser a casa de uma bruxa – uma bruxa estudiosa com predileção por chá.

Seria mais fácil limpar se ele varresse a sujeira pela porta dos fundos, então ele a destranca e se vê encarando não o campo atrás da casa, mas uma escada de pedra em espiral.

Simon olha pela janela coberta de hera à direita da porta e observa a luz minguante do sol.

Olha de volta para a porta. O espaço é mais amplo que a parede, facilmente se sobrepondo à janela.

Ao pé das escadas há uma luz.

Com a vassoura em mãos, Simon desce até alcançar duas lanternas acesas flanqueando um portão de ferro, como uma cela esculpida na pedra.

Ele abre a gaiola e entra. Há uma alavanca de latão. Ele a puxa.

A porta se fecha. Simon ergue os olhos para uma lanterna suspensa do teto e a gaiola afunda.

Ele fica parado, perplexo, com a vassoura na mão, enquanto eles descem. Então a gaiola dá um tranco e para. A porta se abre.

Ele sai numa câmara brilhante. Há dois pedestais e uma porta grande.

Em ambos os pedestais há xícaras. Ambas trazem instruções.

Simon bebe o conteúdo de uma; o gosto é como mirtilo e cravo no ar noturno.

Os dados na outra ele joga sobre o pedestal e observa se assentarem, então ambos os pedestais afundam na pedra.

A porta se abre para uma grande sala hexagonal com um pêndulo no centro. Ele brilha com a luz dançante de uma série de lâmpadas ladeando corredores sinuosos que somem de vista.

Em todo canto há livros.

— Posso ajudar, senhor?

Simon se vira para um homem com cabelo branco e comprido de pé numa porta. À distância, ele consegue ouvir risadas e música baixa.

— Que lugar é este? — pergunta Simon.

O homem o encara, reparando na vassoura em sua mão.

— Venha comigo, senhor — diz o homem, com um gesto para que ele siga.

— Isto é uma biblioteca? — pergunta Simon, olhando para os livros.

— De certa forma.

Simon segue o homem até uma sala com uma escrivaninha cheia de papéis e livros. Gavetinhas com maçanetas de metal e placas manuscritas cobrem as paredes. Um gato na escrivaninha olha para ele quando se aproxima.

— A primeira visita pode ser desorientadora — diz o homem, abrindo um livro de registros. Ele mergulha uma pena na tinta. — Por qual porta você entrou?

— Porta?

O homem confirma com a cabeça.

— Foi... foi numa casa de campo perto de Oxford. Alguém me deixou a chave.

O homem tinha começado a escrever, mas para e ergue os olhos.

— Você é filho de Jocelyn Keating? — ele pergunta.

— Sim — responde Simon, um pouco entusiasmado demais. — Você a conhecia?

— Era uma conhecida, sim — responde o homem. — Sinto muito por sua perda — acrescenta.

— Ela era uma bruxa? — pergunta Simon, olhando para o gato na escrivaninha.

— Se era, não revelou essa informação para mim — diz o homem. — Seu nome completo, sr. Keating?

— Simon Jonathan Keating.

O homem o registra no livro.

— Pode me chamar de Cuidador — diz ele. — O que tirou?

— Perdão?

— Seus dados, na antecâmara.

— Ah, eram pequenas coroas — explica Simon, lembrando--se dos dados no pedestal. Tentou ver as outras imagens, mas só distinguiu um coração e uma pena.

— Todos eles? — pergunta o Cuidador.

Simon assente.

O Cuidador franze o cenho e registra no livro, a pena arranhando o papel. O gato na escrivaninha ergue uma pata para tentar derrubá-la.

Para a decepção do gato, o Cuidador abaixa a pena e vai até um armário do outro lado da sala.

— Visitas iniciais costumam ser curtas, mas o senhor é bem-vindo a qualquer momento. — O Cuidador entrega uma corrente com um medalhão para Simon. — Isto vai apontar a entrada se você se perder. O elevador vai levá-lo de volta a sua casa de campo.

Simon olha para a bússola em sua mão. A agulha gira no centro. *Minha casa de campo*, ele pensa.

— Obrigado — diz.

— Avise se eu puder ajudar com qualquer coisa.

— Posso deixar isto aqui? — Simon ergue a vassoura.

— É claro, sr. Keating — diz o Cuidador, indicando a parede ao lado da porta. Simon deixa a vassoura encostada nela.

O Cuidador volta à escrivaninha. O gato boceja.

Simon sai do escritório e observa o pêndulo.

Pergunta-se se está dormindo e sonhando.

Pega um livro de uma pilha perto da parede e o larga de novo. Vaga por um corredor margeado por estantes curvas de modo que os livros o cercam de todos os ângulos, como num túnel. Não consegue imaginar como aqueles acima de sua cabeça não caem.

Tenta abrir portas. Algumas estão trancadas, mas muitas se abrem, revelando salas cheias de livros, cadeiras e escrivaninhas e mesas com garrafas de tinta e garrafas de vinho e garrafas de brandy. O enorme volume de livros o intimida. Ele não sabe como alguém escolheria ali algo para ler.

Escuta mais pessoas do que vê, passos e sussurros próximos mas invisíveis. Avista uma figura usando uma túnica branca e acendendo velas e uma mulher tão absorta em sua leitura que não ergue os olhos quando ele passa.

Percorre um corredor cheio de pinturas, todas mostrando prédios impossíveis. Castelos flutuantes. Mansões mescladas com navios. Cidades esculpidas em penhascos. Todos os livros ao redor delas parecem ser sobre arquitetura. Um corredor o leva a um anfiteatro onde atores estão, pelo jeito, ensaiando Shakespeare. Ele reconhece a peça como *Rei Lear*, mas os papéis foram invertidos e há três filhos com uma velha impressionante como a mãe enlouquecida. Ele assiste por um tempo, então segue em frente.

Há música tocando em algum lugar, um piano. Ele segue o som, mas não consegue localizar a fonte.

Então uma porta atrai seu olhar. Um guarda-roupa transbordante de livros foi colocado parcialmente diante dela, deixando-a meio escondida ou meio encontrada.

A porta exibe um coração em chamas feito de latão.

A maçaneta gira com facilidade quando ele testa.

O centro da sala é ocupado por uma longa mesa de madeira, recoberta de papéis e livros e frascos de tinta, mas de um jeito que convida a um novo trabalho em vez de sugerir que outro foi interrompido. Travesseiros estão jogados no chão e em um divã. No divã também há um gato preto. Ele se levanta, se alonga e pula para baixo, saindo pela porta que Simon abriu.

— Não há de quê — ele diz para o gato, mas o gato não responde e Simon volta sua atenção à sala agora sem gato.

Nas paredes há cinco outras portas, cada uma marcada com um símbolo diferente. Simon fecha a sua e encontra um coração idêntico do outro lado. As outras exibem uma chave, uma coroa, uma espada, uma abelha e uma pena.

Entre as portas há colunas e prateleiras finas suspensas do teto como balanços, com livros apoiados de lado. Simon não consegue imaginar como alguém alcançaria as prateleiras mais altas, até perceber que estão presas num sistema de polias e podem ser erguidas ou abaixadas.

Há lâmpadas acima de cada porta, ardendo com intensidade, exceto pela porta com a chave, que está apagada, e a porta com a pena, cuja luz está fraca.

Um pedaço de papel desliza debaixo da porta com a pena.

Simon o apanha. Há fuligem do lado de fora, que escurece seus dedos. As palavras no papel estão escritas em uma letra torta e infantil.

Olá. Tem alguém atrás desta porta ou você é um gato?

Há um desenho de um coelho abaixo.

Simon gira a maçaneta. Ela não abre. Ele inspeciona a fechadura e encontra um trinco que vira, então tenta de novo. Desta vez a porta cede.

Ela se abre para uma sala escura com paredes nuas. Não há ninguém ali. Ele olha atrás da porta, mas só há escuridão.

Confuso, fecha a porta de novo.

Vira o bilhete. Pega uma pena da mesa, a mergulha no tinteiro e escreve uma resposta.

Eu não sou um gato.

Ele dobra o papel e o enfia por baixo da porta. Então espera. Abre a porta de novo.

O bilhete sumiu.

Simon fecha a porta outra vez.

Ele volta sua atenção a uma estante de livros.

Atrás dele, a porta se abre e Simon dá um grito de surpresa.

Na porta, há uma jovem com cabelo castanho cacheado e trançado ao redor de orelhas de coelho feitas de ornamentos de prata. Ela está usando uma camisa de tricô estranha e uma saia escandalosamente curta sobre uma calça azul e botas altas. Seus olhos são brilhantes e selvagens.

— Quem é você? — pergunta a garota que se materializou do nada. O bilhete está apertado em sua mão.

— Simon — ele diz. — E você?

A garota reflete sobre a pergunta por um tempo mais longo, inclinando a cabeça, as orelhas de coelho pendendo na direção da porta com a espada.

— Lenore — responde Eleanor, o que é uma leve mentira. Ela leu o nome num poema e achou que era mais bonito que Eleanor, apesar da semelhança. Além disso, ninguém jamais perguntou seu nome, então parece uma boa oportunidade para testar um novo.

— De onde você veio? — pergunta Simon.

— Do lugar queimado — ela diz, como se a resposta fosse suficiente. — Você escreveu isso? — Ela ergue o bilhete.

Simon assente.

— Quando?

— Agora há pouco. Foi sua, a mensagem do outro lado? — ele pergunta, pensando que a letra parecia infantil demais para isso ser verdade, mas também não sabe o que pensar das orelhas de coelho.

Eleanor vira o bilhete e olha para as letras desajeitadas e o coelho esquisito.

— Eu escrevi isto oito anos atrás — ela diz.

— Por que enfiaria um bilhete tão velho sob a porta?

— Eu o enfiei sob a porta logo depois de escrever. Não entendo.

Ela franze o cenho e fecha a porta com a pena. Vai até o outro lado da sala. Em algum momento nesse meio-tempo, Simon repara que ela é bem bonita, apesar das roupas excêntricas. Seus olhos são escuros, quase pretos, sua pele é marrom-clara e há um toque estrangeiro em suas feições. Ela parece o mais diferente possível das garotas que sua tia às vezes lhe apresenta. Ele tenta imaginar como ela ficaria num vestido e tosse, encabulado.

Ela olha para cada uma das portas.

— Não entendo — diz para si mesma. Vira e olha para Simon de novo. Ou melhor, o encara, examinando-o do cabelo às botas. — Tem alguma abelha aqui? — pergunta ela, começando a procurar atrás de estantes e embaixo de travesseiros.

— Não que eu tenha visto — responde Simon, procurando embaixo da mesa. — Tinha um gato mais cedo, mas ele foi embora.

— Como você chegou aqui? — ela questiona, encontrando o olhar dele embaixo da mesa. — Aqui embaixo, quero dizer, neste lugar, e não na sala.

— Através de uma porta, numa casa de campo...

— Você tem uma porta? — interrompe Eleanor. Ela se senta no chão entre as cadeiras, com as pernas cruzadas, e o olha com expectativa.

— Não é exatamente minha — explica Simon. Mas supõe que seja, se a casa de campo for dele. Uma herança estranha. Ele também se senta, empurrando uma cadeira para trás, e eles ficam se encarando numa floresta de pernas de cadeira com uma copa de tampo de mesa.

— Achei que a maior parte das portas tinha sumido — revela Eleanor.

Simon conta a ela sobre a mãe dele, sobre o envelope e a chave e a casa de campo. Ela escuta com atenção e ele acrescenta o máximo de detalhes possível. O lacre de cera no envelope. A hera na casa. Ela faz uma expressão curiosa quando ele descreve o elevador parecido com uma gaiola, mas não o interrompe.

— Sua mãe esteve aqui? — pergunta Eleanor quando a história chega à porta e à sala onde estão sentados agora.

— Parece que sim. — Simon pensa que isso é melhor que uma carta; é melhor ter espaços que a mãe ocupou e livros que ela leu.

— Como ela era? — pergunta Eleanor.

— Não lembro — responde ele, subitamente querendo mudar de assunto. — Nunca conheci uma garota que usa calça — ele diz, esperando que ela não se ofenda.

— Não consigo escalar de vestido — explica Eleanor, como se afirmasse um simples fato.

— Garotas não podem escalar.

— Garotas podem fazer qualquer coisa.

A expressão dela é tão séria que o faz pensar nessa afirmação. Vai contra tudo que seu tio já disse sobre garotas, mas ele pensa que talvez o tio não saiba tanto sobre garotas quanto alega, enquanto a tia tem ideias muito precisas sobre como damas devem se comportar.

Ele se pergunta se tropeçou num lugar onde garotas não fazem joguinhos nem há regras implícitas para seguir. Nenhuma expectativa. Nenhum acompanhante. Ele se pergunta se a mãe dele era assim. Ele se pergunta o que torna uma mulher bruxa.

Eles continuam rebatendo perguntas e respostas de um lado a outro, às vezes tantas de uma vez que é preciso fazer malabarismo para responder uma e então outra e mais uma entre elas. Simon conta à garota coisas que nunca contou a ninguém. Ele compartilha medos e divide preocupações, pensamentos que nunca ousou falar em voz alta tombam de seus lábios, pois é diferente aqui com ela.

Ela conta sobre o lugar. Sobre os livros e as salas e os gatos. Ela tem um jarrinho de mel na bolsa e o deixa experimentar. Ele imagina que será doce, mas é mais que isso, é dourado e encorpado e enfumaçado.

Simon fica sem palavras, enquanto lambe o mel dos dedos e reflete sobre pensamentos que não consegue expressar e tem certeza de que seriam inapropriados se conseguisse.

Eleanor não sabe o que pensar do garoto com sua camisa de babados e jaqueta abotoada. Ele é um garoto ou um homem? Ela não sabe bem como distinguir. Ele pronuncia os *erres* de um jeito estranho. Ela não tem certeza se ele é bonito – tem poucas referências nesses assuntos –, mas gosta do rosto dele. É aberto. Ela se pergunta se ele não tem segredos. Ele tem olhos castanhos, mas o cabelo é loiro; ela leu tantos livros onde cabelo loiro é acompanhado de olhos azuis que acha isso incongruente. O rosto dele é muito mais que cabelo e cor dos olhos, e ela se pergunta por que os livros não descrevem as curvas dos narizes ou o comprimento dos cílios. Ela estuda a forma dos lábios dele. Talvez um rosto seja complicado demais para ser capturado em palavras.

Eleanor estende uma mão e toca o cabelo dele. Simon parece tão surpreso que ela puxa a mão de volta.

— Desculpe — Eleanor diz.

— Não tem problema. — Simon estende a mão e toma a dela. Seus dedos estão quentes e grudentos de mel. O coração dela está batendo rápido demais. Ela tenta se lembrar de livros com garotos em camisas de babados para descobrir como deve se comportar.

Só consegue se lembrar de danças, o que não parece apropriado, e bordado, que não sabe fazer. Provavelmente não deveria encarar, mas ele está encarando de volta então ela não para.

Eles continuam conversando, segurando a mão um do outro. Eleanor traça pequenos círculos na palma dele com a ponta dos dedos enquanto discutem o Porto, os corredores, as salas e os gatos.

Os livros.

— Você tem um favorito? — pergunta Simon.

Eleanor reflete um pouco. Nunca lhe perguntaram isso, mas uma resposta vem à cabeça.

— Tenho. Eu... tenho. É... — Eleanor para. — Você gostaria de ler? — Ela oferece em vez de tentar explicar. Livros são melhores lidos do que explicados.

— Eu gostaria muito — responde Simon.

— Posso pegar e você pode ler e daí a gente pode conversar sobre ele. Se você gostar. Ou, se não gostar, eu gostaria de saber o motivo exato. Está no meu quarto. Vem comigo?

— É claro.

Eleanor abre a porta com a pena.

— Desculpe pelo escuro — ela diz. Então tira um bastão de metal da sacola e pressiona algo que o faz emitir um brilho branco e constante. Ela aponta o bastão para a escuridão e Simon consegue ver os escombros da sala e os livros queimados. Há um aroma como de fumaça.

Eleanor sai de uma sala e entra em outra.

Simon a segue e topa diretamente com uma parede. Quando as estrelas diante de seus olhos somem, ele está olhando para a escuridão que tinha visto antes. A sala queimada e a garota sumiram.

Simon empurra, mas a escuridão é sólida.

Ele bate nela, como se fosse uma porta.

— Lenore? — ele chama.

Ela vai voltar, ele diz a si mesmo. Vai pegar o livro e voltar. Se ele não pode segui-la, pode esperá-la.

Ele fecha a porta e esfrega a testa.

Volta sua atenção para as estantes. Ele reconhece volumes de Keats e Dante, mas os outros nomes são desconhecidos. Seus pensamentos sempre voltam à garota.

Ele corre os dedos pelos travesseiros de veludo empilhados no divã.

A porta com a pena abre e Eleanor entra com um livro na mão. Ela trocou de roupa – está usando uma camisa azul-escura que pende dos ombros com um longo cachecol rosa enrolado no pescoço.

Quando eles se entreolham, ela dá um pulo enquanto a porta se fecha atrás de si. Encara-o com olhos arregalados.

— O que aconteceu? — pergunta Simon.

— Quanto tempo fiquei fora? — ela pergunta.

— Só um momento? — Simon não pensou em medir o tempo, distraído por seus pensamentos. — Não mais que dez minutos, com certeza.

Eleanor deixa cair o livro, que se abre e se fecha de novo no chão a seus pés. As mãos dela voam ao rosto e cobrem a boca, e Simon, sem saber o que fazer, pega o livro e olha curiosamente para a capa dourada.

— Qual é o problema? — ele pergunta, resistindo à tentação de folhear as páginas.

— Seis meses — diz Eleanor. Simon não entende. Ele ergue uma sobrancelha e Eleanor faz uma careta de frustração. — Seis meses — ela repete, mais alto. — Por seis meses esta sala estava vazia toda vez que eu abria essa porta, e hoje aqui está você de novo.

Simon ri, apesar da seriedade dela.

— Isso é absurdo — ele diz.

— É verdade.

— É bobagem — declara Simon. — Você está brincando comigo. Uma pessoa não desaparece por momentos e alega ter sumido por meses. Olha, vou lhe mostrar.

Simon abre a porta com o coração e sai no corredor com o livro em mãos.

— Venha ver — ele chama, virando-se para a sala, mas ela está vazia. — Lenore?

Simon entra na sala de novo, mas não há ninguém. Ele olha para o livro em sua mão. Fecha a porta e a abre de novo.

Ele não podia ter imaginado uma garota.

Além disso, se não havia garota, de onde surgiu o livro?

Ele o vira nas mãos.

Ele lê, porque ler acalma seus nervos.

Ele espera que a porta se abra de novo, mas ela não abre.

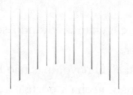

Zachary Ezra Rawlins encontra *Doces dores* exatamente onde Dorian disse que estaria: no bolso interno do seu casaco manchado de tinta, jogado sobre uma cadeira no seu quarto na qual ele o deixou ao chegar.

Ele nem notou. O livro é pequeno o bastante para ser enfiado em um bolso de casaco sem que seu usuário repare, em especial se o usuário em questão estava com frio e confuso e inebriado. Zachary sente que deveria se lembrar. A intimidade perdida o irrita.

Essa é a primeira chance que ele tem de conferir – voltou ao quarto depois de sabe-se lá quantas horas observando Dorian, embora ele não tivesse dito mais nada enquanto Zachary lia seu livro de contos de fadas, ficando cada vez mais confuso com as menções ao Mar Sem Estrelas e o que pareciam ser vários Reis Corujas. Rima assumiu seu turno, mas ele não conseguiu acompanhar a explicação dela sobre o paradeiro de Mirabel e agora pensa que deveria ter pedido a ela que escrevesse e se pergunta se isso é permitido.

Seu próprio quarto é confortável e familiar, com o fogo ardendo alegremente outra vez. Ele acha que a cama foi arrumada, mas é tão macia que é difícil ter certeza. A Cozinha mandou as roupas dele de volta, incluindo o terno, dobrado e imaculado.

Ele manda o casaco esquecido para eles, para ver se podem ajudar com isso, e decide que deveria comer algo.

Momentos depois, a campainha toca e ele descobre que a Cozinha entendeu literalmente seu pedido por "todas as tortinhas", mas a seleção se prova tão deliciosa quanto intimidadora. Tortinhas de variedades incontáveis são apresentadas em pratos individuais e cobertos, alguns acompanhados por molhos à parte. Cada cobertura de cerâmica apresenta uma cena pintada: uma figura partindo em uma jornada, a mesma figura simples repetida em cada peça e cercada por um ambiente diferente. Uma floresta cheia de pássaros. O topo de uma montanha. Uma cidade à noite.

Zachary não consegue visitar nem metade dos destinos, então deixa o resto coberto, esperando que mantenham suas respectivas temperaturas.

Ele começa uma coleção de garrafas azuis de água com gás em uma prateleira. Talvez possa encontrar velas para inserir nelas. Não vê problema em ficar confortável ali. Ele já está confortável. O tipo de confortável que envolve ocasionalmente se deitar nos ladrilhos do banheiro e se lembrar de respirar.

Com sua mala de volta, ele tem as próprias roupas de novo, mas não são tão finas quanto as roupas do quarto. Até seus óculos normais ficam em desvantagem quando comparados com os emprestados, então Zachary fica com os atuais.

Ele encontra uma tomada perto de um dos abajures e carrega o celular, embora o esforço pareça inútil.

Ele se senta diante da lareira e folheia *Doces dores* outra vez, aliviado por ter o livro de volta. Há mais páginas faltando do que ele se lembra. Talvez deva mostrar o livro a Mirabel. Ele para na parte sobre o filho da vidente. *Ainda não.* Bem, ele está aqui agora. Chegou ao Porto, mesmo que não tenha encontrado o Mar Sem Estrelas. E agora?

Talvez ele possa rastrear o trajeto do livro. Onde estava antes? Ele se lembra da longínqua pista da biblioteca. Ele veio da biblioteca de... alguém. Fecha os olhos e tenta imaginar o papelzinho que Elena deu a ele após a reunião de Kat. Doado por... alguma fundação... droga. Havia um J, ele pensa. Talvez.

Keating. O nome surge em sua memória, mas ele não consegue se lembrar das iniciais. Não acredita que esqueceu de trazer o papel.

Uma coisa é certa: ele não vai descobrir seu próximo passo aqui, a não ser que seu próximo passo seja tirar uma soneca.

Zachary enfia *Doces dores* na mochila, envia os pratos de volta à Cozinha com o pedido de uma maçã (eles enviam uma tigela de prata cheia de maçãs amarelas com pontinhos cor-de-rosa suaves), então vai explorar as partes desconhecidas do Porto.

Tenta não usar a bússola, mas logo perde todo o senso de direção. Encontra uma sala cheia de mesas e poltronas, algumas em alcovas individuais ao redor da sala, e um grande espaço vazio com mais cadeiras e uma fonte em cascata no meio.

No fundo da fonte há moedas; algumas ele reconhece e outras não, pilhas de desejos repousando sob a água que borbulha levemente. Ele pensa na fonte cheia de chaves e no colecionador de chaves do livro de Dorian e no que aconteceu com ele.

Ninguém jamais o viu de novo.

Ele se pergunta se alguém já está questionando o que aconteceu com *ele*. Aposta que não.

Depois da fonte há um corredor com um teto baixo, cuja entrada está oculta por uma estante e uma poltrona. Ele precisa mover a poltrona para seguir em frente. O corredor é iluminado por uma luz fraca e interrompido por portas fechadas e, enquanto caminha, Zachary percebe por que o lugar é estranho. Não é a falta relativa de livros ou gatos, mas o fato de que as portas no corredor não têm maçanetas de nenhum tipo. Só fechaduras. Ele para na frente de uma e empurra, mas ela não se move. Uma inspeção mais atenta da madeira ao redor da porta revela faixas carbonizadas ao longo do batente. Há um resquício de fumaça no ar, como um incêndio há muito apagado. O vão onde ficava a maçaneta foi tapado por um pedaço de madeira mais nova e não queimada. Mais uma vez algo se move nas sombras do outro lado do corredor, algo grande demais para ser um gato, mas quando ele olha não há nada lá.

Zachary volta por onde veio, em direção à fonte, e escolhe um corredor diferente. É mais iluminado, embora "iluminado" seja um termo relativo aqui. Cada espaço tem luz suficiente para ler e pouco mais que isso.

Ele vaga sem rumo, evitando voltar para conferir como Dorian está e um pouco irritado que uma parte tão grande de sua mente esteja ocupada pensando sobre isso (sobre *ele*).

Passa pela pintura de uma vela e pode jurar que ela tremeluz quando se aproxima, então vai investigar e descobre que não é uma pintura, e sim uma moldura pendurada na parede ao redor de uma prateleira, com uma vela bruxuleante em um castiçal de prata no interior. Ele se pergunta quem a acendeu.

Um miado atrás dele interrompe seus questionamentos. Zachary se vira e encontra um gato persa o observando, o rosto amassado contorcido num olhar duro e cético.

— Qual é o seu problema? — ele pergunta ao gato.

— *Miaaaaauuuugrrrr* — responde o gato num miado-rosnado que sugere que tem tantos problemas que nem sabe por onde começar.

— Nem me fale — diz Zachary. Ele olha para a vela, que dança em sua moldura.

Então assopra e a apaga.

Imediatamente, a moldura estremece e se move para baixo. Na verdade, a parede inteira está se movendo a partir da moldura, afundando no chão. Ela para quando a moldura atinge o chão de ladrilhos, deixando a vela apagada ao nível dos olhos de um gato.

No espaço onde estivera a moldura há um buraco retangular na parede. Zachary olha para o gato, mas ele está mais interessado na vela, golpeando um fio de fumaça com a pata.

A abertura é grande o suficiente para entrar, mas não há muita luz. A maior parte vem de um abajur franjado em uma mesa do outro lado do corredor. Zachary o puxa o mais perto possível do novo buraco na parede, perguntando-se como a eletricidade funciona aqui embaixo e o que acontece quando acaba a força.

O abajur consente em se aproximar da abertura, mas não a entrar. Zachary o apoia no chão e o inclina – as franjas divertem o gato – e então o inclina em direção ao buraco. Ele pisa sobre a não pintura e entra.

Seus sapatos trituram coisas conhecidas apenas pela escuridão, e Zachary pensa que talvez seja melhor assim. O abajur está fazendo um trabalho admirável de iluminação, mas seus olhos levam um momento para se ajustar. Ele empurra os óculos emprestados para cima do nariz.

Então percebe que a sala não está se iluminando porque tudo ali dentro está queimado. O que ele tomou por poeira são cinzas, acomodadas sobre os resquícios do lugar, e Zachary reconhece o que era, em alguma época indeterminada antes de ele chegar.

A mesa no centro da sala e a casa de bonecas acima dela foram queimadas até restarem apenas escombros enegrecidos.

A casa de bonecas desmoronou e o teto desabou no espaço abaixo. Seus habitantes e as imediações foram incinerados e sobrevivem apenas em memórias. A sala inteira está cheia de papel carbonizado e objetos tão queimados que ficaram irreconhecíveis.

Zachary estende uma mão para tocar uma única estrela suspensa em um cordão que de alguma maneira permaneceu intacto, e ela cai ao chão e fica perdida entre as sombras.

— Até pequenos impérios caem — observa ele, parcialmente para si e parcialmente para o gato que espia por cima da moldura no corredor.

Em resposta, o gato some de vista.

Os sapatos de Zachary esmagam madeira queimada e pedaços de um mundo passado. Ele vai até a casa de bonecas. A dobradiça que abria a casa como uma porta está intacta e ele a destranca; ela quebra com o movimento e a fachada cai sobre a mesa, expondo seus conteúdos.

O interior da casa não foi tão destruído quanto o resto da sala, mas está queimado e escurecido. Os quartos são indistinguíveis das salas de estar ou da cozinha. O sótão desmoronou e levou junto a maior parte do teto.

Zachary avista algo em um dos quartos queimados. Ele estende uma mão e o ergue das ruínas.

É uma única boneca. Ele usa o suéter para limpar a fuligem que a cobre e a ergue até a luz. É uma garota, talvez a filha da família de bonecas original, pintada e de porcelana. Rachada, mas não quebrada.

Zachary a deixa em pé sobre as cinzas da casa.

Ele queria ver como eram – a casa e a cidade e o mundo além do mar, as inúmeras adições e narrativas sobrepostas. Queria acrescentar algo a ela, talvez. Deixar a própria marca na história. Não percebeu quanto queria isso até ser confrontado pelo fato de que não pode. Não consegue decidir se está triste ou furioso ou decepcionado.

O tempo passa. As coisas mudam.

Ele olha ao redor da sala, que agora abriga uma única garota em pé sobre as cinzas de todo o seu mundo. Há cordões dos quais estrelas ou planetas poderiam ter pendido do teto, fios leves como teias de aranha. Agora ele vê que mais coisas sobreviveram à conflagração que consumiu a sala. Um naufrágio em um canto do que já foi um oceano, um trecho de trilhos de trem ao longo da mesa, um relógio de pêndulo caindo da janela da casa principal, e um veado, preto dos cascos à minúscula galhada, mas intacto, observando-o de uma estante com olhinhos de vidro.

A sala está recoberta com um papel de parede em faixas retorcidas como a casca de uma bétula. Ao lado da estante com o veado há uma porta sem maçaneta e ele se pergunta se é a mesma pela qual passou antes.

A sala de repente parece mais com uma tumba, seu aroma de papel queimado e fumaça fica mais forte.

No corredor, o abajur tomba – por vontade própria ou auxiliado pelo gato. A lâmpada quebra com um *crack* suave e leva a luz consigo, deixando Zachary sozinho no escuro com os restos carbonizados de um universo em miniatura.

Ele fecha os olhos e faz uma contagem regressiva a partir de dez.

Algo dentro dele espera abrir os olhos e se encontrar de volta em Vermont, mas ele está exatamente onde estava dez segundos antes, exceto que consegue ver uma luzinha a distância para guiá-lo.

Ele sai pela abertura na parede, com cuidado para não tropeçar no abajur quebrado. Deixa-o na mesa e tenta ao máximo remover do caminho os cacos de vidro.

Há algumas velas votivas em estantes e ele usa uma para reacender aquela na moldura. A moldura retorna ao lugar assim que a vela é acesa, a parede enclausurando os resquícios do universo de bonecas outra vez.

— *Miau* — diz o gato persa, de repente a seus pés.

— Ei — diz Zachary. — Eu vou por aqui — ele informa ao gato, apontando para o corredor da esquerda, uma decisão que toma ao mesmo tempo que a vocaliza. — Pode vir também se quiser; se não, não tem problema. Faça como preferir.

O gato olha para ele e balança a cauda.

O corredor à esquerda é curto e escuro e abre numa sala cercada por colunas compostas de estátuas de mármore, figuras nuas que apoiam o teto em combinações entrelaçadas de dois e três, embora as estátuas pareçam mais focadas umas nas outras do que em sua função arquitetônica.

O teto é dourado e tem dúzias de pequenas lâmpadas embutidas, que projetam uma luz quente sobre a orgia congelada de mármore abaixo delas.

Zachary olha por cima do ombro e vê o gato seguindo – mas, quando ele vira, o bicho para e lambe uma pata casualmente, como se na verdade não estivesse indo atrás dele e só por acaso seguisse na mesma direção.

Ele enevreda por um corredor que se afasta da sala colunada, no qual há mais duas estátuas. Uma espia a sala e a outra está virada, cobrindo seus olhos de mármore.

O gato encontra alguma coisa e começa a brincar com ela, observando-a escorregar no chão. No entanto, o objeto logo perde seu apelo e o gato lhe dá uma última patada e segue em frente. Zachary vai investigar e encontra uma estrela de origami com um canto torto. Ele a guarda no bolso.

Por fim, vai parar no Coração, mais ou menos por acidente. A porta do escritório do Cuidador está aberta, mas o Cuidador não ergue os olhos até que Zachary bate na porta.

— Olá, sr. Rawlins — cumprimenta ele. — Como está se sentindo?

— Melhor, obrigado — responde Zachary.

— E seu amigo?

— Está dormindo, mas parece bem. E... eu quebrei um abajur, em um dos corredores. Posso limpar se o senhor tiver uma vassoura ou algo do tipo. — Seus olhos pousam em uma vassoura de palha antiquada apoiada num canto.

— Não será necessário — diz o Cuidador. — Cuidarei disso. Em qual corredor?

— Voltando aqui e virando — responde Zachary, indicando o caminho por onde veio. — Bem do lado de uma moldura com uma vela real dentro.

— Entendo — diz o Cuidador, escrevendo algo. Seu tom é estranho o bastante para Zachary decidir insistir, pensando que talvez ele seja educado demais de modo geral.

— O que aconteceu com a sala da casa de bonecas? — ele pergunta.

— Houve um incêndio — responde o Cuidador sem erguer os olhos, não parecendo surpreso por Zachary a ter encontrado.

— Imaginei — diz ele. — O que o causou?

— Um acúmulo de circunstâncias imprevistas — diz o Cuidador. — Um acidente — ele acrescenta quando Zachary não responde de imediato. — Não posso descrever os detalhes do evento porque não o testemunhei pessoalmente. Posso ajudar com algo mais?

— Onde estão todos? — pergunta Zachary com irritação óbvia, mas o Cuidador ainda não ergue os olhos do que está escrevendo.

— Você e eu estamos aqui, seu amigo está no quarto dele, Rima deve estar cuidando dele ou cumprindo seus deveres, e não sei o paradeiro atual de Mirabel, mas ela não dá satisfações.

— É isso? — questiona Zachary. — Só nós cinco e... os gatos?

— Correto, sr. Rawlins — confirma o Cuidador. — Gostaria do número de gatos? Pode não ser exato, é difícil contá-los com precisão.

— Não, tudo bem — diz Zachary. — Mas onde... onde está todo mundo?

O Cuidador para e olha para ele. Parece ficar mais velho, ou mais triste, Zachary não sabe qual. Talvez ambos.

— Se está se referindo a nossos antigos residentes, alguns partiram. Alguns morreram. Alguns retornaram aos lugares de onde vieram e outros procuraram novos lugares e espero que os tenham encontrado. Você já conheceu aqueles de nós que permaneceram.

— Por que *você* permanece? — indaga Zachary.

— Permaneço porque é meu trabalho, sr. Rawlins. Meu chamado, meu dever, minha *raison d'être*. Por que *você* está aqui?

Porque um livro disse que eu deveria estar, pensa Zachary. *Porque tenho medo de voltar devido a mulheres loucas em casacos de pele que guardam mãos em jarras. Porque não resolvi o enigma ainda, embora nem saiba qual é o enigma.*

Porque me sinto mais vivo aqui embaixo do que lá em cima.

— Estou aqui para navegar o Mar Sem Estrelas e respirar o ar assombrado — ele diz, e a afirmação ecoada extrai um sorriso do Cuidador. Ele parece mais jovem quando sorri.

— Desejo-lhe toda a sorte com isso — ele diz. — Posso ajudar com algo mais?

— Os antigos residentes… algum deles se chamava Keating? — pergunta Zachary.

A expressão do Cuidador muda agora para algo que Zachary não consegue interpretar.

— Houve múltiplos portadores desse nome nesses corredores.

— Algum… algum deles tinha uma biblioteca? — pergunta Zachary. — Lá em cima?

— Não que eu me lembre.

— Quando estiveram aqui?

— Há muito tempo, sr. Rawlins. Antes do seu tempo.

— Ah — diz Zachary. Ele tenta pensar em outras perguntas e não sabe o que dizer. *Doces dores* está na mochila e ele poderia mostrar o livro ao Cuidador, mas algo o faz hesitar. Ele se sente subitamente cansado e, enquanto uma vela arde na escrivaninha do Cuidador, a fumaça o lembra da casa de bonecas e ele pensa que talvez devesse se deitar ou algo do tipo.

— Está se sentindo bem? — pergunta o Cuidador.

— Sim — ele diz. A resposta tem gosto de mentira. — Obrigado.

Ele envereda por corredores que parecem mais escuros e mais vazios. A sensação de estar no subterrâneo o pressiona. Há tanta pedra entre este local e o céu. Há tanto peso acima de sua cabeça.

Seu quarto parece um bolsão de segurança e, assim que cruza o umbral, ele pisa em algo que foi passado por baixo da porta.

Afasta o sapato. Embaixo há um papel dobrado.

Zachary se abaixa e o pega. Há um z do lado de fora, uma letra floreada com uma linha no meio. Parece destinado a ele.

Há quatro linhas de texto no interior, em uma letra que ele não reconhece. Não parece uma carta ou bilhete. Ele pensa que pode ser um fragmento de poema ou uma história.

Ou um enigma.

A Rainha das Abelhas o aguarda
Histórias secretas serão contadas
Traga-lhe uma chave jamais forjada
E outra inteiramente dourada

A balada de Simon e Eleanor
empréstimo de livros

Simon sabe que se passaram horas. Está cansado e faminto e lembra-se de que embalou comida para momentos assim e que deixou a sacola na casa de campo, trazendo a vassoura em vez dela, o que agora parece pouco prático. Ele não acredita na alegação de Lenore sobre quanto tempo se passou, mas ela não voltou e agora ele está meio adormecido e o livro dela é bem estranho e ele não tem certeza de que gosta de nada disso.

Fica pensando na mãe, que escondeu um lugar desses em uma casa de campo.

Relutantemente, segue a bússola até o salão de entrada.

Tenta abrir a porta, mas está trancada.

Tenta de novo, empurrando com mais força.

— Não pode levar embora — diz uma voz atrás dele. Simon se vira e encontra o Cuidador em pé no batente, além do pêndulo oscilante. Simon leva um momento para entender que o Cuidador se refere ao livro com margens douradas na sua mão.

— Eu queria ler — explica Simon, embora pareça óbvio. O que mais ele faria com um livro? Mas isso não é bem verdade. Ele quer fazer mais do que ler o livro. Ele quer estudá-lo. Quer saboreá-lo. Quer usá-lo como uma janela para enxergar dentro de outra pessoa. Quer levar o livro para sua casa, sua vida, sua cama, porque não pode fazer o mesmo com a garota que o deu a ele.

Deve existir algum processo formal de empréstimo de livros aqui, ele pensa.

— Eu gostaria de pegar esse livro emprestado, se puder — ele pede.

— Você precisa deixar algo no lugar dele — o Cuidador diz.

Simon franze o cenho, então aponta para a vassoura ainda apoiada na porta do escritório.

— Serve isso?

O Cuidador observa a vassoura e assente.

Ele vai até a mesa e anota o nome de Simon em um pedaço de papel, que amarra à vassoura. O gato na escrivaninha boceja e Simon boceja em resposta.

— O título do volume? — pergunta o Cuidador.

Simon olha para o livro, embora saiba a resposta.

— *Doces dores* — ele responde. — Não tem um autor listado.

O Cuidador ergue os olhos para ele.

— Posso ver? — pergunta.

Simon lhe entrega o livro.

O Cuidador o examina, estudando a encadernação e as página de guarda.

— Onde encontrou isso? — ele pergunta.

— Lenore me deu — responde Simon. Presume que não precisa informar ao Cuidador quem é Lenore, uma vez que ela é bem memorável. — Disse que era o preferido dela.

O Cuidador tem uma expressão estranha enquanto devolve o livro a Simon.

— Obrigado — ele diz, aliviado por o receber de volta.

— Sua bússola — responde o Cuidador com a palma aberta, e Simon o olha confuso por um segundo antes de tirar do pescoço a corrente dourada. Ele quase questiona se há algo errado ou pede informações a respeito de Lenore ou faz qualquer uma de suas muitas perguntas, mas nenhuma delas consente em ser articulada.

— Boa noite — ele diz em vez disso, e o Cuidador assente. Dessa vez, a porta se abre sem protesto quando Simon tenta sair.

Ele adormece em pé na gaiola conforme ela sobe, acordando com um tranco quando ela para.

A sala de pedra iluminada por lanternas está idêntica. A porta que leva de volta à casa de campo ainda está aberta.

O luar brilha através das janelas da casa. Simon nem imagina que horas são. Está frio e ele está cansado demais para acender a lareira, mas fica grato por seu casaco.

Desaba na cama sem tirar os livros de cima dela, com *Doces dores* apertado em uma mão.

O livro cai no chão enquanto ele dorme.

Simon acorda desorientado, com marcas na forma de livro nas costas. Não se lembra de onde está nem como chegou aqui. A luz matinal espia através dos vãos na hera. Uma janela ainda aberta range nas dobradiças quando o vento a empurra.

A lembrança da chave e da casa de campo e do trem irrompe aos poucos entre seus pensamentos enevoados. Ele deve ter adormecido. Teve um sonho estranhíssimo.

Meio acreditando, meio duvidando, ele tenta abrir a porta nos fundos da casa, mas ela está emperrada, provavelmente bloqueada pelos espinheiros do lado de fora.

Ele acende o fogo na lareira.

Não sabe o que fazer com esse espaço e esses livros, essas coisas que a mãe parece ter deixado para ele.

Encontra um baú baixo e comprido atrás da cama. A fechadura está enferrujada e emperrada, mas as dobradiças também, e um bom chute com o calcanhar da bota é suficiente para quebrar ambos. Dentro há papéis desbotados e mais livros. Um dos documentos é a escritura da casa, registrada no nome dele e incluindo muitas informações sobre o terreno ao redor. Ele vasculha o resto em busca de uma carta da mãe, irritado por ela ter antecipado seu décimo oitavo aniversário e o fato de que ele encontraria este lugar sem que ela falasse com ele diretamente, e acha inescrutável a maior parte dos outros papéis: anotações e papéis que parecem contos de fadas, relatos longos e divagantes sobre reencarnação e chaves e destino. A única carta ali não é de sua mãe, mas escrita para ela, uma missiva um tanto ardente assinada por alguém chamado Asim. A mente de Simon é atravessada pela ideia de que aquele poderia muito bem ser seu pai.

De repente, ele se pergunta se a mãe sabia que ia morrer. Se estava preparando isso em antecipação à sua ausência. Não é um pensamento que ele já teve e não é agradável.

Ele tem uma herança. Uma herança empoeirada, cheia de livros e infestada de hera. Algo para chamar de seu.

Fica pensando se poderia morar aqui. Se gostaria de fazer isso. Talvez com tapetes e cadeiras melhores e uma cama adequada.

Ele organiza os livros, empilhando mitos e fábulas de um lado da mesa, histórias e geografias do outro e deixando no meio volumes que não sabe diferenciar. Há livros de mapas e livros escritos em línguas que ele não sabe ler. Vários estão marcados com anotações e símbolos: coroas e espadas e desenhos de corujas.

Ele encontra ao lado da cama um pequeno volume que não está tão empoeirado quanto os outros e, quando o reconhece, o deixa cair de novo. Ele aterrissa na pilha de livros, quase indistinguível do resto.

Não foi um sonho.

Se o livro não foi um sonho, a garota não foi um sonho.

Simon vai até a porta dos fundos e a empurra. Com força. Joga todo seu peso no ombro para obrigá-la a se abrir e, dessa vez, ela finalmente cede.

Aqui está a escada outra vez. As lanternas ao pé dos degraus.

A gaiola de metal esperando por ele.

A descida é enlouquecedora de tão lenta.

Não há pedestais na antecâmara desta vez. A porta permite a entrada dele sem objeção.

O escritório do Cuidador está fechado e Simon ouve a porta se abrir enquanto envereda por um corredor, mas não olha para trás.

Sem a bússola, é difícil localizar de novo a porta com o coração. Mais de uma vez, ele vira em corredores errados e volta por onde veio. Sobe escadas feitas de livros.

Finalmente, encontra um canto familiar, então o nicho sombreado e a porta com o coração ardente.

A sala além dela está vazia.

Ele tenta abrir a porta com a pena, mas ela insiste em abrir para o nada. Ele a fecha de novo.

Ela pode voltar a qualquer momento.

Ela pode nunca voltar.

Simon caminha ao redor da mesa. Quando se cansa, senta-se no divã, mas primeiro o vira de frente para a porta. Ele se pergunta quanto tempo o gato esperou nessa sala até alguém abrir a porta para libertá-lo e como foi deixado ali para começo de conversa.

Ele se cansa de ficar sentado e volta a andar.

Pega uma pena da mesa e considera escrever uma carta e deslizá-la por baixo da porta.

Ele se pergunta o que poderia escrever que seria útil. Pensa que entende agora por que a mãe não lhe deixou nenhuma carta. Nem consegue dizer a Lenore que hora ou dia esteve aqui esperando, uma vez que não tem medidas de tempo. Percebe como é difícil determinar a passagem do tempo sem a luz do sol.

Ele abaixa a pena.

Pondera quanto tempo é apropriado esperar uma garota que pode ou não ter sido um sonho. Ele se pergunta se poderia ter sonhado com uma garota em um lugar real ou se o lugar é um sonho, então sua cabeça começa a doer e ele pensa que talvez devesse achar algo para ler em vez de continuar pensando.

Ele se arrepende de ter deixado *Doces dores* na casa de campo. Examina os livros nas prateleiras. Muitos são desconhecidos e estranhos. Um volume pesado com notas de rodapé e um corvo na capa atrai sua atenção mais que os outros e ele se vê tão envolvido com a história de dois magos na Inglaterra que perde a noção do tempo.

Então a porta com a pena se abre e ela está ali.

Simon abaixa o livro. Não espera que ela diga nada. Não pode esperar – tem medo de que ela desapareça de novo e nunca reapareça. Ele cobre a distância entre eles o mais rápido possível e então a beija desesperadamente, avidamente, e depois de um momento ela o beija de volta com a mesma intensidade.

Os livros, pensa Eleanor, não fazem jus aos beijos.

Eles arrancam as roupas um do outro em camadas. Ele xinga os estranhos fechos e cordões nas roupas dela enquanto ela ri do enorme número de botões nas dele.

Ele deixa as orelhas de coelho.

É mais fácil estar apaixonado em uma sala com portas fechadas. Ter o mundo inteiro em um cômodo. Em uma pessoa. O universo condensado e intensificado e ardente, vivo e brilhante e elétrico.

Mas portas não podem ficar fechadas para sempre.

ZACHARY EZRA RAWLINS está diante de uma estátua de uma mulher coberta de abelhas e se pergunta se é a coroa que faz uma rainha.

Esta é a única identidade que ele consegue atribuir à Rainha das Abelhas para a sua nova missão (*seria uma missão secundária ou a principal?*, pergunta-se a voz na sua cabeça), mas ele não sabe como dar uma chave a ela. Examinou a estátua de mármore em busca de buracos e só encontrou fissuras – não que ele tenha uma chave para usar. Não sabe como resolver a parte do "jamais forjada" e não tem certeza de onde encontrar uma chave dourada. Talvez devesse vasculhar todas as jarras no escritório do Cuidador ou encontrar a sala com as chaves de *Doces dores* – então ele percebe que as chaves nas jarras podem ser essas mesmas, guardadas em um depósito.

Ele inspecionou cada abelha e investigou toda a cadeira de mármore na qual a mulher está sentada, mas não encontrou nada. Talvez haja em algum lugar outra mulher, que comanda as abelhas. As abelhas nem fazem parte da estátua – foram esculpidas de uma pedra diferente, de uma cor de mel mais quente, e são móveis. Talvez todas pertençam a outro lugar. Algumas foram movidas desde a primeira vez que Zachary viu a estátua.

Ele coloca uma única abelha em cada uma das palmas abertas da mulher e a deixa a sós para pensar os pensamentos que estátuas pensam quando estão sozinhas no subterrâneo e cobertas de abelhas.

Ele toma um corredor que nunca percorreu, parando diante de uma engenhoca grande que parece uma antiga máquina de doces cheia de orbes metálicos de tons diversos. Zachary vira a alavanca ornamentada e a máquina solta uma esfera de cobre. Ela é mais pesada do que parece e, quando Zachary descobre como abri-la, encontra no interior um pequeno pergaminho que se desenrola como uma fita de teleinformação com um conto surpreendentemente longo sobre amores perdidos e castelos e destinos cruzados.

Zachary guarda na mochila a bola de cobre vazia e a história agora emaranhada e segue pelo corredor até alcançar uma grande escadaria que leva a um espaço abrangente. É um enorme salão de baile, todo vazio. Ele tenta imaginar quantas pessoas seriam necessárias para preenchê-lo com dançarinos e divertimentos. É mais alto que o Coração, seu teto elevado desaparecendo em sombras que poderiam ser confundidas com o céu noturno. Lareiras altas ocupam as paredes, uma delas acesa, e o resto da luz vem de lanternas que pendem de correntes nas paredes. Ele se pergunta se Rima as acende caso alguém passe por essa sala, ou caso alguém queira dançar, ou se elas se acendem sozinhas, em expectativa ardente e inebriada.

Enquanto Zachary atravessa o salão, intensifica-se a sensação de que ele perdeu algo. Chegou tarde demais, a festa acabou. Se tivesse aberto aquela porta pintada tanto tempo atrás, teria chegado atrasado também? Ele acha que sim.

Há uma porta na parede oposta, além das lareiras e de um trecho de arcos escuros abertos. Zachary a abre e encontra outra pessoa no meio do vazio pós-festa.

Mirabel está enrodilhada entre estantes cheias de garrafas, em um nicho alto como uma janela aberto numa parede sem janelas, em uma adega com vinho mais do que suficiente para todas as festas que não estão ocorrendo no salão de baile. Está usando um vestido preto de mangas compridas que provavelmente poderia ser descrito como sensual se não fosse tão volumoso. Ele esconde as pernas e os suportes de vinho abaixo dela e parte do chão. Ela segura uma taça de espumante em uma mão e seu nariz está enterrado em um livro. Quando se aproxima, Zachary consegue ler o título: *Uma dobra no tempo*.

— Eu estava irritada por não lembrar as tecnicalidades do Cubo Cósmico — diz Mirabel sem erguer os olhos nem esclarecer quaisquer detalhes sobre o espaço ou o tempo. — Talvez você goste de saber que os danos causados pelo incêndio elétrico no porão de um clube privado em Manhattan foram extensos, mas controlados, e que o fogo não se espalhou para os prédios vizinhos. Talvez nem precisem derrubar o prédio.

Ela apoia o livro numa garrafa de vinho, aberto para marcar a página, e olha para ele abaixo.

— Segundo os relatos, o prédio estava desocupado na hora — ela continua. — Gostaria de saber onde está Allegra antes de levar você para cima de novo, se concordar.

Zachary pensa que provavelmente não importa se ele concorda e mais uma vez não está com pressa para retornar à superfície.

— Quem é a Rainha das Abelhas? — ele pergunta.

Mirabel o olha com confusão suficiente para ele ter certeza de que não foi ela quem escreveu o bilhete, mas então dá de ombros e aponta para trás dele.

Zachary se vira. Há longas mesas de madeira com bancos encaixados entre os suportes de vinho e outros nichos parecidos com janelas nas paredes de pedra, o maior dos quais abriga a enorme pintura que Mirabel está apontando.

É um retrato de uma mulher num vestido vermelho decotado segurando uma romã numa mão e uma espada na outra. O fundo é uma escuridão texturizada e a luz emana da figura em si. A pintura lembra Zachary de um Rembrandt pelo modo como a figura brilha dentro das sombras. O rosto da mulher está completamente oculto por um enxame de abelhas. Algumas se aventuraram para investigar a romã.

— Quem é ela? — pergunta Zachary.

— Sei tanto quanto você — responde Mirabel. — As referências com Perséfone são bem óbvias.

— A rainha do submundo — diz Zachary, encarando a pintura e tentando sem sucesso descobrir como dar uma chave a ela.

Ele queria que a romã tivesse um buraco de fechadura, o que seria mágico e apropriado.

— Você conhece muitos livros, Ezra — comenta Mirabel, deslizando para fora do seu poleiro.

— Eu conheço muitos mitos — corrige Zachary. — Quando era criança, pensava que Hécate e Ísis e todos os orixás eram amigos da minha mãe. Tipo, pessoas reais. Suponho que eram. Ainda são. Enfim.

De um balde de gelo em uma das mesas, Mirabel ergue uma garrafa aberta de champanhe e a oferece a Zachary.

— Sou mais fã de coquetéis — ele diz, embora também acredite que espumante é uma bebida para qualquer momento e aprecie o estilo de Mirabel.

— Qual é seu veneno de escolha? — ela pergunta enquanto serve a própria taça. — Eu lhe devo um drinque, e uma dança e outras coisas, sem dúvida.

— *Sidecar* sem açúcar — responde Zachary, distraído pelo baralho ao lado do champanhe.

Mirabel caminha com elegância até o outro lado da pintura, seguida pelo vestido. Ela dá uma batidinha numa parte da parede que se abre, revelando um elevador de comida escondido.

Zachary volta sua atenção às cartas.

— São suas? — ele pergunta.

— Eu as embaralho compulsivamente mais do que leio — ela responde. — É surpreendente que não haja mais delas aqui embaixo, dado que são basicamente histórias em pedaços que podem ser recombinados.

Zachary vira uma carta, esperando um arquétipo de tarô familiar, mas a imagem que encontra é estranha: um esboço anatômico preto e branco cercado por uma espiral de sangue em aquarela.

O pulmão

O título é adequado à ilustração: um único pulmão, não um par. O sangue de aquarela parece estar se movendo, remoinhando para dentro e para fora do pulmão.

Zachary põe a carta de volta no topo da pilha.

Um tinido vem da porta na parede, assustando-o.

— Sua mãe lê cartas? — pergunta Mirabel enquanto estende uma taça gelada, com a beirada claramente livre de açúcar.

— Às vezes — responde Zachary. — É o que as pessoas esperam, então ela joga algumas cartas quando faz suas leituras, mas na maior parte do tempo só segura objetos e recebe impressões deles. É chamado psicometria.

— Ela mede almas.

— Acho que sim, se você gosta de traduções literais. — Zachary toma um gole do seu *sidecar*. Talvez seja o *sidecar* mais perfeito que ele já provou e se pergunta como a perfeição pode ser tão desconcertante.

— A Cozinha é uma excelente mixologista — diz Mirabel em resposta à litania de expressões dele. — Como eu estava dizendo, é melhor não emergir por um tempo. Trocadilho não inteiramente intencional. Não me diga que não consegue encontrar por aqui algo com que se ocupar, ou alguém, por sinal. — Ela continua antes que Zachary possa protestar. — E pensar que, se você tivesse escolhido um livro diferente na biblioteca, não estaríamos aqui agora. Sinto muito que o tenha perdido.

— Ah — diz Zachary. — Eu estava com ele o tempo todo. Dorian o colocou no meu casaco. — Ele tira *Doces dores* da mochila e o entrega a Mirabel. — Sabe de onde veio?

— Pode ser um dos livros do Arquivo — ela diz, folheando as páginas. — Não tenho certeza, só os acólitos podem entrar no Arquivo. Rima saberia, mas duvido que contaria a você. Ela leva o voto a sério.

— Quem o escreveu? — pergunta Zachary. — Por que eu estou nele?

— Se for do Arquivo, foi escrito aqui embaixo. Ouvi dizer que os registros guardados no Arquivo não são exatamente cronológicos. Alguém deve ter tirado o livro de lá e o levado para a superfície. Pode ser por isso que Allegra o procurava; ela gosta de manter as coisas trancadas.

— É isso que ela está fazendo, tentando trancá-lo?

— Ela pensa que isso vai mantê-lo a salvo.

— A salvo do quê? — pergunta Zachary.

Mirabel encolhe os ombros.

— Pessoas? Progresso? O tempo? Não sei. Ela teria conseguido se não fosse por mim. No passado havia apenas portas reais e ela fechou muitas antes de eu descobrir que podia pintar novas, e agora tenta fechar essas também. Quer fechar este lugar para protegê-lo.

— Ela falou muito sobre ovos e evitar que quebrem.

— Se um ovo se quebra, se torna mais do que era — diz Mirabel após um momento de reflexão. — E o que é um ovo, senão algo esperando para ser quebrado?

— Acho que o ovo era uma metáfora.

— Não se faz uma omelete sem quebrar algumas metáforas — sentencia Mirabel. Ela fecha *Doces dores* e devolve o livro para Zachary. — Se pertence ao Arquivo, não acho que Rima se oporia a deixá-lo com você, contanto que fique aqui embaixo.

Quando ela se vira para encher a taça de novo, Zachary nota um acréscimo às inúmeras correntes ao redor do pescoço dela: uma série de correntes sobrepostas com uma espada dourada parecida com aquela ao redor do pescoço dele, acompanhada por uma chave e uma abelha.

— Esse colar é de ouro? — ele pergunta, apontando. Mirabel o olha com curiosidade, então abaixa os olhos para a chave.

— Acho que sim. Folheado a ouro, pelo menos.

— Você usou na festa ano passado?

— Sim, você me lembrou dele com sua história de origem no elevador. Fico feliz que tenha sido útil. Joias úteis são o melhor tipo de joias.

— Eu poderia... pegar a chave emprestada?

— Já não tem joias suficientes? — pergunta Mirabel, olhando para a bússola e as chaves e a espada de Dorian pendendo como um talismã.

— Olha só quem está falando.

Mirabel estreita os olhos e toma outro gole de vinho, então leva a mão para a nuca a fim de abrir o fecho. Ela desemaranha a corrente com a chave do resto e a entrega a ele.

— Não derreta — ela recomenda, deixando-a cair na palma aberta dele.

— Claro que não. Vou trazer de volta.

Zachary guarda o colar na mochila.

— O que você está tramando, Ezra? — pergunta Mirabel. Ele quase conta, mas algo o faz parar.

— Não sei ainda — ele diz. — Conto a você se descobrir.

— Por favor — pede Mirabel com um sorriso curioso.

Zachary pega da mesa a taça de vinho dela e toma um gole. Tem gosto de sol invernal e neve derretida, as bolhas intensas e afiadas estourando.

Há uma história aqui para cada bolha em cada garrafa, em cada taça em cada gole.

E quando o vinho acabar, as histórias permanecerão.

Zachary não tem certeza se essa voz é a voz normal em sua cabeça ou uma voz completamente diferente, talvez o vinho de Mirabel seja feito de histórias como sua estranha lata cheia de não balas de menta.

Ele não tem certeza de nada.

Nem certeza de que se importa em não ter certeza de nada.

Vira o resto do *sidecar* para afastar as vozes das histórias e, quando a bebida se assenta, o que resta é uma pergunta na língua.

— Max, onde fica o mar?

— O quê?

— O *mar*. O Mar Sem Estrelas, o corpo de água do qual este lugar é um Porto.

— Ah — diz Mirabel, franzindo o cenho para sua taça borbulhante. Zachary espera que ela lhe diga que o Mar Sem Estrelas é uma história de ninar para crianças ou um estado de ânimo ou que não existe um Mar Sem Estrelas e nunca existiu, mas ela não faz isso. Ela se levanta e diz: — Por aqui. — Então pega a garrafa de champanhe da mesa e sai da adega para o salão de baile.

Zachary a segue, deixando sua taça vazia ao lado de um baralho que lhe contaria a história toda se ele dispusesse as cartas na ordem certa.

Mirabel o conduz através dos arcos sombreados perto da porta da adega, tão escuros que Zachary não tinha notado as escadas além deles. Enquanto descem, ele não consegue ver nada à sua frente além da extensão de um braço. Fica dois degraus atrás de Mirabel para não pisar na bainha do vestido dela e, mesmo a essa distância, ela praticamente desaparece nas sombras.

— Até onde vai? — ele começa a perguntar, mas a escuridão pega a palavra *até* e a rebate de volta a ele: *até até até até.*

A escuridão, ele entende agora, é muito, muito vasta.

A escada termina em um muro longo e baixo esculpido na rocha, com pequenas colunas se erguendo do piso de pedra nu.

Zachary olha para cima da escada, onde seis arcos de luz olham para a escuridão.

— Então você queria ver o mar — cantarola Mirabel, olhando por cima do muro para a escuridão, e Zachary não sabe se ela está falando com ele ou consigo mesma ou com a escuridão que ele presume ser uma caverna. A caverna responde: *mar mar mar mar.*

— Onde está? — pergunta Zachary.

Mirabel se aproxima do muro de pedra e olha sobre a beirada. Zachary para ao lado dela e olha para baixo.

A luz do salão de baile ilumina um trecho de pedra nua antes que a rocha suma no vazio e em sombras. Zachary mal consegue distinguir a própria silhueta na rocha, ao lado da de Mirabel, mas a luz não atinge nada parecido com água ou ondas.

— Até onde vai?

Em resposta a essa pergunta, Mirabel lança a garrafa de champanhe na escuridão. Zachary espera que ela bata contra a rocha ou caia no mar que ele não acha que existe, mas ela não faz nada disso. Ele continua esperando. E esperando.

Mirabel bebe um gole de seu vinho.

Depois de um tempo que seria mais apropriadamente medido em minutos do que em segundos, eles escutam um som suave muito, muito abaixo, tão longe que Zachary não sabe dizer se é ou não o barulho de vidro se quebrando. O eco o apanha de má vontade e carrega parte dele de volta como se fosse um esforço excessivo levar tão longe um som tão pequeno.

— O Mar Sem Estrelas — diz Mirabel, gesticulando com a taça tanto para o abismo abaixo como para a escuridão acima, destituída de estrelas.

Zachary encara o vazio, sem saber o que dizer.

— Antes havia praias — conta Mirabel. — As pessoas dançavam nas ondas durante as festas.

— O que aconteceu?

— Ele recuou.

— Foi… foi por isso que as pessoas partiram, ou ele recuou *porque* as pessoas partiram?

— Nenhum. Ambos. Você pode tentar apontar um momento específico que começou o êxodo, mas acho que foi apenas o tempo. As antigas portas estavam desmoronando bem antes que Allegra e companhia começassem a derrubá-las e a exibir maçanetas como troféus de caça. Os lugares mudam. As pessoas mudam.

Ela toma outro gole de vinho e Zachary imagina se ela está pensando em uma pessoa específica, mas não pergunta.

— Não é mais o que costumava ser — continua Mirabel. — Não se sinta mal por perder o auge. O auge tinha acabado e a maré recuado bem antes de eu nascer.

— Mas o livro… — começa Zachary, sem saber bem o que vai dizer.

Mirabel o interrompe.

— Um livro é uma interpretação — ela diz. — Você quer que um lugar seja como era no livro, mas o que há no livro não é um lugar, são apenas palavras. Você quer ir ao lugar que viu em sua imaginação, só que esse lugar é imaginário. Isto é real. — Ela apoia a mão na parede diante deles. A pedra está rachada perto de seus dedos, uma fissura descendo pelo lado e desaparecendo numa coluna. — Você poderia escrever páginas infinitas, mas as palavras nunca serão o lugar. Além do mais, isso é o que era. Não o que é.

— Poderia voltar a ser, não? — pergunta Zachary. — Se nós consertássemos as portas, as pessoas viriam.

— Aprecio o *nós*, Ezra — responde Mirabel. — Mas venho fazendo isso há anos. As pessoas vêm, mas não ficam. A única que ficou foi Rima.

— O Cuidador disse que todos os antigos residentes partiram ou morreram.

— Ou desapareceram.

— Desapareceram? — repete Zachary, e a caverna ao redor ecoa seu eco, quebrando a palavra em fragmentos e apanhando seu favorito: *aparecer aparecer aparecer.*

— Faça um favor para mim, Ezra — pede Mirabel. — Não desça demais.

Ela se vira, beija a bochecha dele e sobe as escadas.

Zachary dá uma última olhada na escuridão e a segue.

Ele sabe que a conversa acabou antes de chegar ao topo, mas ela ergue a taça vazia em despedida quando ele passa por ela no vasto salão de baile.

Consegue sentir o olhar dela enquanto se afasta, mas não se vira – só faz uma pequena pirueta no meio da pista de dança vazia, e ouve a risada dela enquanto segue em frente.

Tudo parece bem, de repente, mesmo no vazio do salão e no estalar de uma lareira que deveria ser uma dúzia.

Talvez tudo esteja queimando, já queimou, vá queimar.

Talvez ele não devesse beber nada aqui embaixo, como uma regra geral.

Talvez, ele pensa enquanto sobe a escada no outro lado do salão, haja mais mistérios e mais enigmas aqui do que ele tem qualquer esperança de resolver.

Quando Zachary chega ao topo das escadas, uma sombra passa no extremo do corredor e ele pode ver pelo cabelo que é Rima. Ele tenta alcançá-la, mas ela consegue manter a vantagem.

Ele observa enquanto ela apaga algumas lâmpadas e ignora outras.

Com uma curiosidade geral, mas também se perguntando aonde Rima vai quando não está flutuando pelos corredores acendendo velas, Zachary continua a seguindo, a distância.

Ele entra num corredor cheio de entalhes delicados e grandes estátuas enquanto ela acende velas estendidas por mãos de mármore.

Rima para abruptamente e Zachary recua para uma alcova sombreada, escondendo-se atrás da estátua em tamanho real de um sátiro e uma ninfa congelados num abraço acrobático impressionante. Consegue ver Rima através de um vão formado por uma coxa e um braço. Ela parou diante de uma parede de rocha entalhada. Estende a mão para pressionar algo contra ela e a parede se abre.

Rima entra pela parede, que desliza de volta para se fechar, como ele viu acontecer com a parede atrás da pintura de vela.

Zachary vai até lá investigar, mas não enxerga a porta, agora que fechou. O padrão entalhado na pedra mostra vinhas e flores e abelhas.

Abelhas.

A maior parte do desenho está em alto-relevo, mas as abelhas são entalhadas – vãos no formato de abelhas bastante detalhadas na pedra.

Ele tenta se lembrar de onde Rima apertou a porta e encontra uma única abelha.

Ela devia ter uma abelha para pressionar ali. Como uma chave.

Talvez este seja o acesso exclusivo a acólitos para o Arquivo que Mirabel mencionou.

A parede se move de novo e Zachary se esconde atrás da estátua.

Rima emerge e toca a porta de novo. Ela está segurando algo pequeno e metálico que Zachary supõe ter o formato de abelha.

Na outra mão, ela tem um livro.

Rima espera a porta se fechar, então se vira. Ela olha para a estátua da ninfa e do sátiro e ergue o livro, que deixa em uma das mesas.

Então olha para a estátua ostensivamente de novo e se afasta.

Zachary vai pegar o livro. Não consegue se decidir se essa reviravolta o torna melhor ou pior em seguir pessoas.

Este livro é pequeno e tem bordas douradas. Parece com *Doces dores*, mas tem uma encadernação azul-escura. Não há marcas na capa nem na quarta capa nem qualquer indicação sobre qual é qual.

O texto no interior é manuscrito. A princípio, Zachary pensa que pode ser um diário, mas a primeira página tem um título.

A balada de Simon e Eleanor

A balada de Simon e Eleanor
uma breve palestra sobre a natureza do tempo

Eles não podem ficar nesta sala para sempre. Sabem disso, mas não discutem o assunto, distraídos por membros nus entrelaçados e desentrelaçados e por novos jeitos de entrelaçá-los de novo. Encontram uma garrafa de vinho atrás de uma pilha de livros, mas não há uma porta para a Cozinha aqui e uma hora um dos dois terá de sair.

As questões práticas tentam arrastar Simon para baixo, mas ele as empurra para o fundo da cabeça o máximo possível. Pressiona o rosto contra o pescoço de Eleanor e se foca nela, na sua pele, no seu cheiro, na sua risada e na sensação dela embaixo dele e acima dele.

Eles perdem a noção do tempo.

Mas o tempo perdido leva a problemas de hidratação e fome.

— E se sairmos juntos por uma das outras portas? — sugere Eleanor enquanto puxa suas meias estranhamente listradas para cima, olhando para a abelha e a chave e a espada e a coroa.

A porta da abelha recusa-se a abrir. A porta da espada não tem uma maçaneta, algo que Simon notou antes. A porta da coroa abre para uma pilha de pedras sólidas e um corredor desmoronado. Algumas pedrinhas rolam para dentro da sala antes que Simon a feche de novo.

O que deixa apenas a porta com a chave.

Está trancada, mas Eleanor usa os pedaços de metal do seu colar para coagi-la a se abrir.

Além dela há um corredor curvo cheio de estantes de livros.

— Conhece esse lugar? — pergunta Simon.

— Eu teria que examinar melhor — diz Eleanor. — Muitos corredores parecem iguais.

Ela estende uma mão e nada impede sua passagem.

— Tenta você — ela sugere, e Simon repete o gesto. Novamente, nada impede a mão dele de passar da sala para o corredor.

Eles se entreolham. Não há mais nada a fazer. Não há outras opções.

Simon estende a mão e Eleanor entrelaça os dedos nos dele.

Juntos, eles pisam no corredor.

Os dedos de Eleanor desaparecem entre os de Simon, como névoa.

A porta se fecha atrás dele com uma batida alta.

— Lenore? — chama Simon, mas sabe que ela se foi. Ele tenta abrir a porta, que tem uma chave idêntica gravada do outro lado, e descobre que está trancada. Ele bate, mas não recebe resposta.

Ele revira as opções e não encontra nenhuma satisfatória. Decide encontrar sua própria porta, a porta com o coração, porque estará destrancada.

Simon atravessa corredores labirínticos e por algum tempo não vê nada familiar. Encontra uma mesa com frutas e queijo e biscoitos e come tudo que consegue, enfiando vários biscoitos e uma ameixa nos bolsos do casaco.

Logo, encontra-se de volta no Coração.

Daqui ele sabe como alcançar a porta marcada com o coração, e corre para lá, onde descobre que a maçaneta foi removida. Um pedaço de madeira ocupa o lugar vazio que ela deixou. O buraco de fechadura está preenchido de forma semelhante.

Simon retorna ao Coração.

A porta do escritório do Cuidador está fechada, mas se abre assim que Simon bate.

— Como posso ajudar, sr. Keating? — pergunta o Cuidador.

— Preciso entrar numa sala — explica Simon. Ele está sem fôlego, como se tivesse corrido até ali. Talvez tivesse, não se lembra.

— Há muitas salas aqui — responde o Cuidador. — Terá de ser mais específico.

Simon explica a localização da porta e descreve o coração em chamas gravado nela.

— Ah — diz o Cuidador. — Essa porta. O acesso a essa sala não é permitido. Sinto muito.

— A porta não estava trancada antes — protesta Simon. — Preciso voltar para Lenore.

— Quem? — pergunta o Cuidador, e agora Simon pressente que o outro entende perfeitamente o que está acontecendo. Simon mencionou Lenore antes, quando pediu para levar *Doces dores* para casa. Duvida que a memória do Cuidador seja tão fraca.

— Lenore — repete Simon. — Ela mora aqui embaixo, tem a minha altura, cabelo escuro, pele marrom e usa orelhas de coelho prateadas. O senhor deve saber de quem estou falando. Não há ninguém como ela em nenhum lugar.

— Não temos nenhum residente com esse nome — responde o Cuidador, com frieza. — Temo que esteja confuso, meu jovem.

— Não estou confuso — insiste Simon, mais alto do que pretendia. Um gato numa cadeira do canto acorda de sua soneca e lhe dá um olhar irritado antes de se alongar e pular para fora do escritório.

O olhar do Cuidador é pior que o do gato.

— Sr. Keating, o que sabe sobre o tempo? — ele pergunta.

— O quê?

O Cuidador ajusta os óculos e continua.

— Vou presumir que seus conhecimentos se baseiam em como ele funciona lá em cima, onde é mensurável e relativamente uniforme. Aqui, neste escritório e nos lugares mais próximos à âncora no centro do Coração, o tempo funciona como lá em cima, de modo geral. Mas neste lugar há… ambientes… mais distantes e mais profundos, onde o tempo é menos confiável.

— O que isso significa? — pergunta Simon.

— Significa que, se você encontrou alguém de quem não tenho registros, é porque a pessoa ainda não esteve aqui — explica o Cuidador. — No tempo — ele esclarece.

— Isso é absurdo.

— Ser absurdo não significa que seja menos verdadeiro.

— Me deixe voltar para aquela sala, senhor — implora Simon. Ele não sabe o que pensar de toda essa conversa sobre o tempo, deseja apenas retornar a Lenore. — Eu lhe imploro.

— Não posso. Sinto muito, sr. Keating, mas não posso. A porta foi fechada.

— Destranque, então.

— Você não me entendeu — diz o Cuidador. — Não foi *trancada*, foi *fechada*. Não abrirá mais para nenhuma chave. Era uma precaução necessária.

— Então como vou encontrar Lenore de novo? — pergunta Simon.

— O senhor pode esperar — sugere o Cuidador. — Mas isso pode levar um período impossível de ser esperado, não sei dizer.

Simon não diz nada. O Cuidador senta-se à escrivaninha e endireita uma pilha de livros. Limpa uma camada de pó de secagem de tinta no seu livro de registros aberto.

— Pode não acreditar em mim, sr. Keating, mas entendo como se sente — afirma o Cuidador.

Simon continua protestando e argumentando, mas é a discussão mais enlouquecedora que já teve, uma vez que nada que ele diga e nada que faça, incluindo chutar cadeiras e jogar livros, tem qualquer efeito sobre a calma impenetrável do Cuidador.

— Nada pode ser feito — fica repetindo o Cuidador. Ele parece desejar uma xícara de chá, mas não quer deixar Simon sozinho. — O senhor deve ter tropeçado em uma rachadura no tempo. Tais coisas são voláteis e devem ser seladas.

— Eu estava indo para o futuro? — pergunta Simon, tentando entender. Uma biblioteca subterrânea clandestina é uma coisa, viajar pelo tempo é outra.

— Possivelmente — responde o Cuidador. — É mais provável que ambos estivessem atravessando um espaço que se libertou das amarras do tempo. Um espaço onde o tempo não existe.

— Não entendo.

O Cuidador suspira.

— Pense no tempo como um rio — ele diz, desenhando uma linha no ar com o dedo. Ele usa vários anéis, que refletem a luz. — O rio flui em uma direção. Se há uma enseada nesse rio, a água nela não flui do mesmo modo que o resto do rio. A enseada não segue as mesmas regras. O senhor encontrou uma enseada. Em algum momento, meses ou talvez anos a partir de agora, essa garota de quem fala encontrará o mesmo lugar. Os dois saíram do rio do tempo e entraram em outro espaço. Um espaço ao qual nenhum dos dois pertence.

— Há outros lugares como esse? Outras enseadas aqui embaixo?

— Essa linha de pensamento não é sábia. Nem um pouco.

— Então existe um jeito de encontrar Lenore. É *possível*.

— Sugiro que vá para casa, sr. Keating — diz o Cuidador. — O que quer que esteja procurando aqui embaixo, não vai encontrar.

Simon faz uma careta. Ele olha ao redor do escritório, para as gavetas de madeira com suas maçanetas de latão e as poltronas de couro com os travesseiros finos. Há várias bússolas com correntes e um pratinho na mesa. Sua vassoura – a vassoura de sua mãe – está encostada na parede ao lado da porta. Em um travesseiro, um gato está enrodilhado como se estivesse adormecido, mas tem um olho meio aberto e fixo nele.

— Agradeço pelo conselho, senhor — diz Simon ao Cuidador. — Mas não vou segui-lo.

Ele pega uma das bússolas do pratinho na mesa e dá meia-volta, caminhando rápido mas sem correr, dirigindo-se cada vez mais às profundezas em direção ao Mar Sem Estrelas e olhando para trás apenas uma vez para certificar-se de que o Cuidador não o seguiu. Mas não há nada atrás dele exceto livros e sombras.

Simon consulta a bússola e segue em frente, apesar de a agulha insistentemente apontar a direção oposta. Ele mantém o Coração atrás de si enquanto parte para o desconhecido.

Onde o tempo é menos confiável.

ZACHARY EZRA RAWLINS está sentado num sofá de couro puído abaixo da superfície da terra, em um momento que pode ser tarde da noite, lendo diante de uma lareira crepitante.

O livro que Rima deixou para ele é todo manuscrito. Zachary só conseguiu ler algumas páginas até agora; a leitura de um livro manuscrito é lenta. Além disso, ele não sabe com certeza em que língua foi escrito. Quando seus olhos perdem o foco, as letras se embaralham em algo que ele não reconhece como uma língua, o que provoca frustração e dor de cabeça. Ele abaixa o livro e puxa um abajur para enxergar melhor.

Tenta entender como esse livro se conecta com todo o resto. Tem certeza de que a garota que é um coelho é a mesma que caiu através da lembrança de uma porta em *Doces dores* e a narrativa saiu do Porto no Mar Sem Estrelas para apresentar um Keating.

Zachary boceja. Se quiser ler o livro todo, vai precisar de cafeína.

A caneta que ele usa para escrever à Cozinha sumiu, provavelmente devido a interferência felina, então ele procura outra. Costuma haver algumas na cornija sob os coelhos piratas. Ele move uma vela, e uma estrela de papel e algo cai no chão.

Ele se abaixa para pegar o cartão-chave de plástico do hotel, e sua mão congela.

Até que enfim, comenta a voz em sua cabeça.

Zachary hesita, escolhendo entre todos os mistérios que necessitam de elucidação.

Ele enfia a chave no bolso e sai do quarto.

Os corredores estão escuros; deve ser mais tarde do que parece. Ele vira num corredor errado e tenta se lembrar de como alcançar seu destino.

Acaba em um corredor azulejado familiar e para diante de uma porta que praticamente desaparece na escuridão. Ele fica em pé, indeciso, diante dela. Há uma linha de luz visível abaixo.

Zachary bate uma vez na porta de Dorian, então outra, e está prestes a ir embora quando a porta se abre de maneira brusca.

Dorian olha para ele – não, através dele – com olhos arregalados, mas cansados, e Zachary suspeita que ele estava dormindo, mas então percebe que Dorian está inteiramente vestido, com a camisa abotoada toda errada, e descalço, segurando um copo de uísque em uma mão.

— "'Você veio me matar'" — diz Dorian.

— Eu... quê? — responde Zachary, mas Dorian continua narrando sem pausa.

— "... disse o Rei Coruja. 'Vim?', perguntou a filha do ferreiro."

— Por acaso você está muito, muito bêbado? — pergunta Zachary, olhando além de Dorian para o decantador quase vazio na mesa.

— "'Eles sempre encontram um jeito de me matar. Encontraram-me até aqui em sonhos.'" — Dorian se vira para o quarto na palavra "aqui", o uísque no copo seguindo meio segundo atrasado e vazando da beirada.

— Você está muito, *muito* bêbado.

Zachary segue Dorian, que continua contando a história, em parte para ele, em parte para o quarto de forma geral. *Fortunas e fábulas* se encontra na mesa ao lado do uísque. Zachary olha de relance e vê que o livro está aberto na história sobre as três espadas, mostrando a ilustração de uma coruja sobre uma pilha de livros em um toco de árvore coberto de velas. O ilustrador ignorou a parte sobre a colmeia.

— "'Um novo rei tomará meu lugar'" — diz Dorian atrás dele. — "'Vá em frente. É o seu propósito.'"

Ele estende o copo e Zachary aproveita a oportunidade para tirá-lo de sua mão, apoiando-o na mesa, onde estará fora de perigo.

Secretamente, estava desejando ouvir outra história de Dorian, mas não era isso que tinha em mente. Ele fica parado e observa e escuta, até a decapitação da coruja e a desintegração da coroa, e, apesar das peculiaridades da contagem e do estado do contador, a história parece real, mais real agora do que quando ele leu as mesmas palavras no livro. Como se tudo tivesse acontecido de verdade em algum momento.

— "Então ela acordou, ainda na poltrona diante da lareira na biblioteca."

Dorian pontua a frase desabando na própria poltrona diante da lareira. A cabeça dele tomba contra o encosto da poltrona e seus olhos se fecham e permanecem fechados.

Zachary vai verificar se ele está bem, mas assim que chega à poltrona Dorian se inclina para a frente e continua, como se não tivesse parado.

— "Na estante em que estivera a espada, havia uma coruja branca e marrom empoleirada na caixa vazia." — Ele aponta para uma estante atrás de Zachary, e Zachary se vira, esperando ver a coruja... e a vê. Entre os livros há uma pequena pintura de uma coruja com uma coroa dourada pairando acima da cabeça. — "Pelo resto dos dias da filha do ferreiro, a coruja permaneceu a seu lado" — sussurra Dorian no ouvido dele antes de desabar de volta na poltrona.

Mesmo completamente inebriado, ele é um ótimo contador de histórias.

— Quem é o Rei Coruja, na verdade? — pergunta Zachary no silêncio pós-história.

— Shhh — responde Dorian, erguendo uma mão para tapar a boca dele. — Não podemos saber ainda. Quando soubermos, estaremos no final da história.

Seus dedos permanecem nos lábios de Zachary por um momento antes de caírem, um momento com gosto de uísque e suor e páginas viradas.

A cabeça de Dorian se apoia no encosto alto da poltrona, e a contação noturna inebriada chegou ao fim.

Zachary encara isso como sua deixa para sair, parando na mesa para pegar o copo quase vazio de uísque. Ele bebe o que restou, um pouco para que Dorian não termine quando acordar, pois parece já ter bebido o bastante, mas principalmente porque quer sentir o gosto do que Dorian estava bebendo. É suave e enfumaçado e um pouco melancólico.

Ele fecha a porta com toda a delicadeza, deixando Dorian praticamente adormecido e talvez sonhando na poltrona diante da lareira, em seu cantinho pessoal desta biblioteca que não é bem uma biblioteca. Zachary deseja que houvesse um gato por perto para ficar de olho nele.

Ele não sabe bem aonde vai agora, embora seu destino esteja fixo na mente, ou pelo menos estava quando ele deixou seu quarto – e quanto tempo atrás foi isso? A história bagunçou sua noção de tempo. Talvez ele quisesse companhia.

Quando chega ao Coração, está mais escuro do que jamais esteve antes; apenas algumas lâmpadas nos lustres estão acesas.

A porta do escritório do Cuidador está entreaberta. Uma faixa de luz projeta-se dela no Coração escurecido.

Zachary consegue ouvir as vozes no interior e percebe que nunca entreouviu uma conversa neste lugar, nem pensou que alguém pudesse ouvir as próprias conversas, apesar dos infinitos cantos e corredores e locais perfeitos para espionagem.

Ele se aproxima porque é a direção na qual estava seguindo, se questionando se espionagem acidental também conta como espionagem.

— Não vai funcionar. — A voz do Cuidador está baixa e há algo diferente nela. Perdeu aquele tom formal que marcou todas as conversas com Zachary.

— Você não tem como saber — responde a voz de Mirabel.

— E você tem? — pergunta o Cuidador.

— Ele tem o livro — diz Mirabel em resposta, e o Cuidador retruca algo que Zachary não consegue ouvir.

Ele se aproxima devagar, escondido nas sombras, ativamente espionando agora. Consegue ver só uma faixa do escritório, um fragmento de estantes e partes de livros, o canto da escrivaninha, a cauda do gato laranja. Sombras cortam a luz das lâmpadas, movendo partes do espaço da escuridão para a luz e de volta à escuridão. Zachary consegue distinguir a voz do Cuidador de novo.

— Você não deveria ter ido lá — ele diz. — Não deveria ter envolvido Allegra...

— Allegra já estava envolvida — interrompe Mirabel. — Allegra está envolvida desde que começou a fechar portas e possibilidades junto com elas. Estamos tão próximos...

— Mais um motivo para não a provocar.

— Não tinha outro jeito. Precisávamos dele, precisávamos *disso*. — Zachary vê parte do braço dela se mover enquanto indica algo do outro lado da sala. — E o livro foi devolvido. Você desistiu, não é?

A pausa é tão longa que Zachary se pergunta se o escritório tem outra porta pela qual Mirabel saiu, mas então a voz do Cuidador rompe o silêncio. Seu tom agora é diferente, mais baixo.

— Não quero perder você de novo.

Surpreso, Zachary se move, e sua faixa de sala visível muda.

Ele vê a curva das costas de Mirabel enquanto ela senta no canto da mesa, voltada para o lado oposto. O Cuidador se levanta, estende a mão e a desliza sobre o pescoço e ombro dela, afastando a manga do vestido enquanto se aproxima e roçando os lábios na pele desnudada.

— Desta vez pode ser diferente — diz Mirabel em um tom suave.

O gato laranja mia em direção à porta e Zachary vira e se lança depressa no corredor mais próximo, continuando até ter certeza de que ninguém o seguiu e refletindo sobre como é fácil não ver certas coisas, mesmo que estejam acontecendo na sua frente.

Ele olha por cima do ombro, e lá no meio do corredor está seu amigo persa com a cara amassada.

— Quer me fazer companhia? — convida Zachary. A pergunta soa triste. Parte dele quer voltar à própria cama e parte quer se aconchegar numa poltrona ao lado de Dorian e outra parte não sabe o que quer.

O gato persa se alonga e se aproxima até parar aos pés de Zachary, erguendo os olhos para ele com expectativa.

— Então tudo bem — diz Zachary e, com o gato ao seu lado, envereda por corredores e salas cheias das histórias de outras pessoas, até atingir o jardim cheio de esculturas. — Acho que entendi — revela ele. O gato não responde, preocupado em inspecionar a estátua de uma raposa que tem o seu tamanho e está congelada no ato de um pulo, as múltiplas caudas varrendo o chão.

Zachary volta sua atenção para outra estátua.

Fica parado diante da mulher sentada com suas inúmeras abelhas e se pergunta quem a esculpiu e em quantos cantos deste lugar suas abelhas foram parar, guardadas em bolsos ou auxiliadas por gatos em suas jornadas.

Ele se pergunta se alguém já a olhou e imaginou que ela gostaria de algo além de um livro nas palmas abertas.

Ele se pergunta se ela já teve uma coroa.

Ele se pergunta quem lhe deixou aquela taça de vinho.

Zachary coloca a chave dourada do colar de Mirabel na mão direita da estátua.

Coloca a chave plástica do hotel na mão esquerda.

Nada acontece.

Ele suspira.

Está prestes a perguntar se o gato está faminto e questionando quão rígida é a regra de "não alimentar os gatos" quando começa o barulho.

Vem de dentro da estátua. É um zumbido.

Os dedos de pedra da mulher começam a se mexer, fechando-se sobre as chaves. Uma única abelha rola pelo braço dela e cai no chão.

Há um som de arranhão, seguido por um baque mecânico pesado.

Mas a estátua, com as chaves apertadas nas mãos, não se mexe de novo.

Zachary estende a mão para tocar a dela. Está fechada ao redor da chave como se tivesse sido esculpida assim.

Nada mais mudou, mas houve aquele barulho.

Zachary contorna a estátua.

A parte de trás da cadeira deslizou para dentro do chão.

A estátua é oca.

Há uma escada que desce a partir dela.

No fundo da escada há uma luz.

Zachary olha de volta para o gato sentado sob os pés da raposa de mármore que paira no ar, aconchegado em meio a uma série de caudas. A única que se mexe é a do gato.

O gato mia para ele.

Talvez todos os momentos tenham significado.

Em algum lugar.

Zachary Ezra Rawlins entra na Rainha das Abelhas e desce para as profundezas.

A balada de Simon e Eleanor
a nomeação das coisas, parte II

Eleanor não sabe o que fazer com o bebê.

O bebê chora e come e chora mais um pouco e às vezes dorme. A ordem ou duração dessas atividades não apresenta uma progressão lógica.

Ela esperava que o Cuidador fosse mais prestativo, mas não é. Ele não gosta do bebê. Refere-se a ele como "a criança" e não pelo nome, embora Eleanor tenha uma parcela de culpa porque ainda não lhe deu um nome.

(A própria Eleanor costumava ser "a criança". Não sabe quando isso acabou nem o que ela é agora, se for alguma outra coisa.)

O bebê não requer um nome. Não há outros bebês com os quais o confundir. Há apenas ele. É especial. Único. É "o bebê". Às vezes "a criança", mas um bebê acima de tudo.

Antes de o bebê nascer, Eleanor leu todos os livros que conseguiu encontrar sobre bebês, mas eles não a prepararam para o bebê real. Livros não gritam e choram e reclamam e encaram.

Ela faz perguntas ao Cuidador, mas ele não as responde. Ele mantém a porta do escritório fechada. Ela pergunta à pintora e aos poetas e eles ajudam por algumas horas, a pintora mais que os poetas, permitindo que ela tire sonecas sem sonhos e breves demais, mas no fim sempre restam ela e o bebê, sozinhos um com o outro.

Ela escreve bilhetes para a Cozinha.

Não tem certeza de que a Cozinha vai responder. Às vezes ela escrevia pequenos bilhetes quando era mais nova e eles nem sempre respondiam. Se ela escrevia *Oi*, eles escreviam *Oi*, e respondiam a perguntas, mas uma vez Eleanor questionou quem ficava lá embaixo cozinhando e preparando e consertando coisas e esse bilhete não recebeu resposta.

Ela envia sua primeira pergunta relacionada ao bebê com trepidação, aliviada quando as luzes se acendem.

A Cozinha fornece respostas excelentes às suas dúvidas. Listas detalhadas de coisas para tentar. Incentivos e sugestões educadas.

A Cozinha envia garrafas de leite morno para o bebê e cupcakes para Eleanor.

A Cozinha sugere que ela leia para o bebê, e Eleanor sente-se idiota por não ter pensado nisso antes. Ela tem saudade de *Doces dores* e se arrepende de ter dado o livro. Também se sente mal por ter arrancado páginas, todas as partes de que não gostou quando leu pela primeira vez. Ela se pergunta se gostaria mais dessas partes agora caso pudesse lê-las de novo, mas elas estão perdidas, dobradas na forma de estrelas e jogadas em cantos escuros como seus antigos pesadelos. Ela tenta se lembrar por que não gostou delas. Havia uma parte sobre o veado na neve que fez seu coração doer, e a parte sobre o mar subindo e alguém que perdeu um olho, mas ela não se lembra quem. Agora pensa que é bobo ficar chateada com o destino de personagens que não existem, chateada a ponto de arrancar páginas e escondê-las, mas isso fazia sentido na época. Este lugar fazia mais sentido quando ela era um coelho, esgueirando-se pela escuridão como se fosse dona de tudo, como se o mundo fosse seu. Ela não lembra quando isso mudou.

Talvez ela mesma seja uma página arrancada de uma história e dobrada na forma de uma estrela e jogada nas sombras para ser esquecida.

Talvez não devesse roubar livros de arquivos secretos só para arrancar suas páginas e emprestá-los, mas agora é tarde demais para mudar qualquer parte disso, e um livro amado continua sendo amado mesmo se foi originalmente roubado e imperfeito e então perdido.

Eleanor lembra-se da maior parte de *Doces dores* o suficiente para repetir trechos ao bebê – as histórias sobre o pirata, sobre a casa de bonecas, aquela sobre a garota que caiu através de uma porta e que parece tão familiar que às vezes ela pensa que a viveu, embora a tenha lido tantas vezes que sente que viveu mesmo.

A Cozinha manda um coelho de pelúcia com pelo marrom macio e orelhas caídas.

O bebê gosta do coelho mais do que gosta da maioria das coisas.

Entre o coelho e as leituras, Eleanor consegue encontrar um pouco de calma, mesmo que muitas vezes seja temporária.

Ela tem saudade de Simon. Parou de chorar, embora tenha passado muitas noites e dias soluçando depois que se convenceu de que não havia como voltar à sala e que, mesmo se conseguisse, ela nunca veria Simon de novo.

Ela sabe que nunca mais o verá porque o Cuidador lhe disse isso. Ela nunca voltará a vê-lo porque *ele* nunca a viu de novo. O Cuidador sabe porque ele estava presente. Ele sempre esteve aqui. Ele murmurou algo sobre o tempo e a dispensou com um gesto.

Eleanor acha que o Cuidador entende o passado melhor do que entende o futuro.

Ela nunca sentiu que pertencia a este lugar, e agora a sensação é duplamente forte.

Ela procura Simon no rosto do bebê e encontra apenas indícios. O bebê tem o cabelo escuro dela, embora sua pele seja pálida quando não está gritando. Ela queria tanto que o bebê tivesse o cabelo loiro de Simon, mas nenhum livro sugere que a cor do cabelo de um bebê muda de preto para outra coisa depois de certo tempo. A cor dos olhos pode mudar, mas, por enquanto, eles passam tanto tempo fechados que Eleanor não sabe afirmar com certeza sua cor.

Ela deveria lhe dar um nome.

Parece uma responsabilidade grande demais, dar um nome a outra pessoa.

— Como eu a chamo? — ela pergunta à Cozinha.

Quando a luz se acende e Eleanor abre a porta, não há uma bandeja nem um cartão, mas um pedaço de papel que parece ter sido arrancado de um livro, com uma única palavra escrita.

Mirabel

Outro lugar, outra época:
INTERLÚDIO III

Vermont, duas semanas atrás

O bar é fracamente iluminado por lâmpadas vintage que brilham como velas sobre taças e clientes. Luz adicional atravessa as janelas apesar da hora tardia, os postes de rua dando à neve uma claridade diurna.

Um homem cujo nome não é Dorian está sentado sozinho a uma mesa num canto, com as costas para a parede. A parede exibe uma galhada, um faisão empalhado e um retrato de um jovem enforcado como traidor em uma guerra que ninguém vivo ainda recorda. O homem ainda vivo diante da pintura está virado em direção ao resto do bar, de um jeito que sugere que ele está observando o espaço inteiro, e não uma mesa em particular.

Uma pessoa em particular.

O drinque que ele está bebericando foi sugerido pela garçonete quando ele pediu algo regado a uísque, e ele esqueceu o nome engraçadinho da bebida, mas envolve xarope de bordo.

Ele segura um livro aberto, mas não está lendo (já o leu). O livro apenas permite que ele volte seu olhar na direção de uma mesa de três ocupantes do outro lado do salão, a visão apenas parcialmente ocultada pelo cliente ocasional que se demora perto do bar, o qual é encimado por um pedaço enorme de mármore que parece ter sido resgatado de um prédio muito mais antigo.

São duas jovens (uma ele já viu esta manhã na neve) e um homem um pouquinho mais velho. Ele tinha conjecturado sobre a natureza do relacionamento entre eles mais cedo, mas quanto mais acompanha e mais observa, mais vê e mais quer saber.

As duas jovens são o casal, se ele estiver interpretando de forma correta a linguagem corporal e o contato visual. Uma mão apoiada em uma coxa confirma suas suspeitas e ele fica satisfeito consigo apesar do fato de que já fez isso antes muitas vezes, em muitos bares, e passou muito do ponto de ficar orgulhoso de uma habilidade bem desenvolvida. Ele é bom nisso. Sempre foi bom em ler, como se fossem livros, pessoas do outro lado de salões fracamente iluminados.

As mulheres ele consegue ler. A de cabelo curto fala depressa, enfatizando seus argumentos com gestos, e olha com frequência ao redor do bar. A outra é mais contida; está confortável e relaxada. Ela tirou os pés das botas sob a mesa e Dorian sente um momento de inveja. Ela está à vontade neste lugar, com essas pessoas, embora escute de um jeito particularmente atento. Ela conhece os outros dois, mas não tão bem quanto gostaria.

Então há o homem.

Ele está quase de costas, a luz refletindo seu perfil quando ergue a taça do coquetel, sua expressão oculta quando se vira, uma sombra de cachos úmidos de neve.

Dorian tinha esperado um garoto. Um estudante. Um punhado de clichês universitários. Este é um homem. Jovem, mas um homem. Um homem intrigante. Um homem que estuda justamente videogames.

Olhando para ele agora, Dorian não consegue lê-lo. Não consegue interpretar o punhado de fatos no homem à sua frente. Tinha pensado *ansiedade social* e *ermitão* mais cedo, mas não é isso que está observando. A timidez é um desconforto pequeno que desaparece depois de meia rodada de drinques. O homem escuta mais do que fala, mas quando fala não há nada desajeitado em sua atitude. De vez em quando empurra os óculos para cima do nariz e parece estar bebendo um *sidecar* que deve ter pedido sem açúcar nas bordas.

Um homem que ele não consegue ler. É tão irritante quanto ter um livro que não pode tocar. Uma frustração extremamente familiar.

— É bom?

Dorian ergue os olhos para a garçonete no seu ombro, enchendo seu copo de água. Ela deve ter passado para conferir o nível da sua bebida: metade cheia ou metade vazia, dependendo do otimismo. Ele olha de relance para o livro em sua mão. *A história secreta.* Em seu íntimo, ele já ansiou por relacionamentos com o tipo de intensidade que há nestas páginas, independentemente dos bacanais homicidas, mas nunca encontrou um, e chegou a uma idade em que pensa que nunca vai encontrar. Ele já leu o livro sete vezes, mas não conta isso à garçonete.

— É muito bom — ele diz.

— Comecei aquele do pássaro, mas não me pegou.

— Esse é melhor — garante Dorian, frio o suficiente para interromper o flerte. Um pouco da simpatia some do rosto dela.

— Bom saber — ela diz. — Avise se quiser mais alguma coisa.

Dorian assente e volta sua atenção para o espaço logo acima do livro. Ele pensa que o grupo que está observando não tem o mesmo nível de camaradagem que os personagens em suas mãos, mas há algo ali. Cada um deles sozinho é capaz daquela intensidade – mesmo que não do assassinato –, mas esse não é um agrupamento ideal. Não inteiramente. Ele observa a mesa, observa os gestos e a comida que chega, e observa algo fazer os três rirem e sorri contra a própria vontade e então esconde o sorriso em sua bebida.

Em intervalos de poucos minutos, ele realiza uma inspeção veloz da sala. Há uma clientela razoável, provavelmente porque há poucos bares nesta cidade. Ele dá uma olhada na ilustração de Tenniel de um grifo acima do bar e se pergunta se alguém batiza bares em homenagem à Falsa Tartaruga.

Abaixo da placa, no meio de um nó de outros clientes, uma garota que parece um pouco familiar ergue o braço com a intenção de chamar o *bartender*, mas, à medida que o braço se move acima de uma bandeja de taças esperando para ser entregue a uma mesa, Dorian vê o objetivo do movimento – o rastro quase invisível de pó que cai no *sidecar* sem açúcar abaixo e dissolve-se no líquido.

A garota se afasta sem atrair a atenção do *bartender*, primeiro misturando-se a um grupo anônimo de bebedores e depois saindo pela porta. Não fica para assistir. Dorian sabe o que ela está fazendo. Costumava quebrar aquela regra específica às vezes, para se certificar. Esses recrutas mais novos não reservam um tempo para identificar as nuances ao redor das diretrizes. Vale a pena violar um pouco as regras para ter certeza.

Ele poderia ignorar.

Já realizou ações similares muitas vezes. Fez até coisas piores. Lembra-se da última vez – a *última* vez – e suas mãos começam a tremer. Por um momento, ele está numa cidade diferente em um quarto de hotel escuro e nada está ocorrendo de acordo com o plano e tudo que ele achava saber está errado e seu mundo vira de ponta-cabeça e então ele se controla de novo. Abaixa o livro.

Ele se pergunta se o pó naquela taça específica é a versão mais fraca de amnésia ou o negócio mais pesado. Qualquer um dos dois seria imperceptível, deixando o recipiente atordoado em uma ou duas horas, em seguida fazendo-o desmaiar e acordar com uma ressaca terrível, ou não acordar nunca mais.

Dorian se levanta da cadeira enquanto uma garçonete pega a bandeja e, quando chega a ela, decidiu que provavelmente é o negócio pesado e que isso não importa.

É fácil trombar com a garçonete e mandar a bandeja e seus conteúdos direto ao chão, é simples desculpar-se por sua falta de jeito forjada, oferecer ajuda e ser dispensado com um gesto, então retornar à mesa como se fosse seu destino desde o começo e não seu ponto de origem.

Como tudo levou a isso? Um livro, um homem. Anos de mistério e tédio e agora as coisas insistem em acontecer todas de uma vez.

Ele já está interessado demais. Sabe disso.

Por que o homem tinha de ser tão interessante?

O jovem inesperadamente interessante se levanta da mesa, deixando as duas mulheres conversando. Ele segue até os fundos do bar, algo em seu rosto mudando assim que ele sai do campo de visão da mesa. Não é embriaguez, mas um ar sonhador, como se não estivesse ali, perdido em uma névoa de pensamentos, talvez com um pouco de preocupação no meio. Cada vez mais curioso.

Dorian olha de volta para a mesa e uma das mulheres o está encarando. Ela rompe o contato visual de imediato e continua falando, escrevendo algo num guardanapo de coquetel. Mas ela o viu. Ela o viu observando.

É hora de partir.

Ele guarda o livro e deixa dinheiro mais que suficiente para seu único drinque e uma boa gorjeta sob a taça vazia. Está do lado de fora, na neve, evitando as poças de luz dos postes, quando Zachary Ezra Rawlins volta para a própria mesa.

Dorian consegue ver a mesa daqui, uma sombra nebulosa através do vidro coberto de gelo, mas distinta das outras sombras que se movem pelo espaço.

Ele sabe que está cometendo um erro. Não deveria estar aqui. Deveria ter se afastado um ano atrás, depois de uma noite diferente em uma cidade diferente, quando nada aconteceu de acordo com o plano.

Quantos dramas estão se desdobrando ao nosso redor neste exato momento?

Suas mãos começam a tremer de novo e ele as enfia no bolso do casaco.

Algo quebrou naquela ocasião, mas ele está aqui agora. Não sabe aonde mais ir. O que fazer.

Ele poderia partir. Poderia fugir. Continuar fugindo. Continuar se escondendo. Poderia esquecer tudo isso. Esse livro, seu livro, o Mar Sem Estrelas, tudo.

Poderia.

Mas não vai.

Enquanto fica parado na neve com dedos trêmulos e quase congelados e pensamentos aquecidos por uísque, observando Zachary através do vidro, ele não está pensando em tudo que inevitavelmente vai acontecer em seguida.

Ele está pensando: *Deixe-me contar uma história.*

LIVRO IV

ESCRITO

NAS

ESTRELAS

uma estrela de papel feita de uma
página arrancada de um livro

Há um veado na neve.

Se você piscar, ele some.

Será que era um veado ou alguma outra coisa?

Será que era um sentimento não dito ou um caminho não tomado ou uma porta fechada jamais aberta?

Ou será que era um veado, vislumbrado entre as árvores e então ausente, partindo sem perturbar um único galho?

O veado é uma chance não aproveitada. Uma oportunidade perdida.

Roubado como um beijo.

Nestes tempos de esquecimento, com seus novos modos, às vezes o veado pausa por um momento a mais.

Ele espera, embora no passado jamais tenha esperado, jamais sonharia em esperar ou esperaria para sonhar.

Ele espera agora.

Que alguém aperte o gatilho. Que alguém perfure seu coração.

Para saber que ele é lembrado.

Zachary Ezra Rawlins desce uma escada estreita embaixo de uma estátua, com um gato persa em seu encalço. Os degraus sob seus pés são ásperos e irregulares e um se esmigalha quando ele pisa, fazendo-o deslizar por mais três degraus e estender os braços para se equilibrar.

Atrás dele, o gato mia e graciosamente salta os resquícios do degrau quebrado, miando de novo quando chega até ele.

— Exibido — diz Zachary ao gato. O gato não responde.

Exibido, uma voz repete de algum lugar lá embaixo. *Um eco*, pensa Zachary. Um eco nítido e atrasado. É só isso.

E ele quase acredita nisso, mas o gato dobra as orelhas para trás e sibila para as sombras, e Zachary volta a não saber no que acreditar.

Ele desce os degraus remanescentes devagar, aliviado por o gato continuar com ele.

Em uma prateleira no pé da escadaria há uma lâmpada, do tipo com alça que poderia ter contido um gênio no passado mas que hoje é ocupada apenas por óleo ardente. Cordas e polias a cercam, junto com um mecanismo que parece uma pederneira perto da chama. Deve ter se acendido sozinha quando a porta se abriu.

A lâmpada é a única fonte de luz no espaço, então Zachary segura sua alça curva. Quando a ergue, o disco dourado por baixo se levanta e as cordas e polias se movem. Barulhos metálicos abafados soam dentro das paredes e uma faísca surge nas sombras.

Outra lâmpada se acendeu no final do corredor escuro, um ponto claro como um vaga-lume guiando o caminho.

Zachary percorre o corredor com a primeira lâmpada, seguido pelo gato.

Na metade do caminho, a luz se reflete numa chave pendurada em um gancho na parede.

Zachary pega a chave.

— *Miaaaauuuu* — comenta o gato, em aprovação ou objeção ou indiferença.

Zachary leva a chave e a lâmpada ao longo do corredor; o gato e a escuridão o seguem.

Perto do final há uma alcova com uma lâmpada igual àquela em sua mão.

Além da lâmpada há uma porta arqueada de pedra lisa, sem qualquer marca exceto um buraco de fechadura.

Zachary enfia a chave ali e ela clica e gira. Ele empurra a pedra e abre a porta.

Sua lâmpada e a lâmpada na parede tremeluzem.

O gato sibila no espaço além da porta e dispara de volta pelo corredor.

Zachary escuta o gato voar escada acima, ouve a pedra dos degraus quebrados se esmigalhar ainda mais, e então silêncio.

Ele respira fundo e entra na sala.

O lugar cheira a terra e açúcar, como o perfume de Mirabel.

A luz da lâmpada se projeta sobre pedaços de colunas de pedra e paredes esculpidas.

Diante dele há um pedestal, um pódio, que contém um disco dourado.

Zachary põe a lâmpada sobre o disco e ele abaixa devido ao peso, movimento seguido por um som metálico.

Ao redor da sala, lâmpadas que pendem das colunas voltam à vida. Algumas permanecem apagadas, suas partes ausentes ou talvez apenas sem óleo.

Além das colunas, a sala é ladeada por longas alcovas horizontais. Zachary se pergunta por que o espaço parece familiar, então vê uma única mão esquelética na borda de um dos espaços sombreados.

É uma cripta.

Por um momento, ele quer fugir – seguir o gato escada acima.

Mas não foge.

Alguém queria que ele visse isso.

Alguém – ou algo – pensa que ele deveria estar aqui.

Zachary fecha os olhos, se controla e então vai investigar a sala.

Começa com os ocupantes.

Primeiro pensa que podem estar mumificados, mas, quando se aproxima, vê que as faixas de tecido envolvidas frouxamente ao redor dos corpos estão cobertas com textos. A maioria secou e apodreceu junto com seus usuários, mas algumas partes estão legíveis.

canta para si mesma quando pensa que ninguém está ouvindo
relê os mesmos livros até que cada página seja íntima e familiar
anda descalça nos corredores, quieta como um gato
ri com facilidade e frequência como se o universo inteiro o deliciasse

Aqueles corpos estão embrulhados em lembranças – lembranças de quem eram quando estavam vivos.

Zachary lê o que consegue sem perturbá-los, as frases e os sentimentos desfiados que refletem a luz.

ele não desejava mais estar aqui

diz uma faixa de texto, embrulhada ao redor de um pulso que agora não é nada além de osso, e Zachary se pergunta se isso significa o que ele acha que significa.

Em uma alcova, há uma urna. Ela não contém lembranças.

As outras estão vazias.

Zachary volta sua atenção ao resto da sala. Algumas colunas têm entradas entalhadas, superfícies inclinadas como pódios sob suas lâmpadas.

Um dos pódios contém um livro, que parece muitíssimo antigo. Não tem capa, apenas páginas encadernadas frouxamente.

Zachary o pega com todo o cuidado.

O pergaminho se esmigalha em suas mãos, fragmentando-se sobre o pódio.

Ele suspira, e o suspiro carrega mais fragmentos do pódio para o chão de pedra a seus pés.

Ele tenta não se sentir muito mal. Talvez o livro, como as pessoas ao seu redor, já tivesse partido.

Ele olha para o ex-livro caído a seus pés e tenta ler, mas há apenas pedacinhos.

Ele distingue uma única palavra.

Olá

Zachary pisca e olha para outro fragmento de página.

Filho, diz o pedaço.

Ele estende a mão até outro fragmento, grande o suficiente para ser apanhado.

da v

O papel se transforma em pó em seus dedos, mas as palavras permanecem em sua memória.

Zachary olha para outro pedaço esmigalhado de papel antigo, embora saiba o que vai dizer antes de o ler.

iden

te

Ele fecha os olhos, tentando escutar a voz em sua cabeça que dirá "isso não está acontecendo", mas a voz permanece em silêncio. A voz sabe que isso está acontecendo, e ele também.

Zachary abre os olhos. Ele se agacha e revira os fragmentos do livro no chão, focando-se no primeiro que encontra e então outro e mais um.

há três coisas
perdidas
no tempo

Ele continua procurando enquanto o livro segue se deteriorando. Os únicos fragmentos que consegue discernir só contêm palavras soltas.

espada
livro
homem

As palavras desaparecem assim que são encontradas, até que só restam duas no pó.

encontre
homem

Zachary revira a pilha de papel esmigalhado em busca de esclarecimentos adicionais, mas a sessão de bibliomancia acabou. Este livro que não tem mais formato de livro não tem mais nada a dizer.

Ele limpa das mãos a poeira de páginas proféticas. *Encontre homem*. Ele pensa sobre o homem perdido no tempo em *Doces dores*. Não faz ideia de como encontrar alguém que foi perdido no tempo seguindo a ordem de fantasmas de livros antigos. Olha para os cadáveres, que não se dão ao trabalho de olhá-lo de volta, seus dias de olhar para coisas há muito acabados.

Zachary pega a lâmpada do pedestal e o resto das luzes se extingue.

Ele sai pela porta, parando para puxar a chave da fechadura. A porta se fecha.

O corredor fora da sala parece mais longo.

Ele pendura a chave no gancho e devolve a lâmpada à sua prateleira. Ela afunda ali e a luz do outro lado do corredor se apaga.

Ele olha de volta para o corredor, que desaparece na escuridão, mas o alcance da luz é suficiente para destacar uma forma nas sombras: alguém em pé no centro do corredor, encarando-o.

Zachary pisca e a figura some.

Ele sobe correndo as escadas esmigalhadas, sem ousar olhar para trás e quase tropeçando no gato persa que pacientemente o aguarda no topo.

uma estrela de papel com um único canto dobrado

Pesadelo número 113:

Estou sentada em uma cadeira muito grande e não consigo sair dela. Meus braços estão amarrados nos da cadeira, mas minhas mãos sumiram. Há pessoas sem rosto em pé ao meu redor, me alimentando com pedaços de papel que têm todas as coisas que eu supostamente escrevi neles, mas nunca me perguntam o que eu sou.

Zachary Ezra Rawlins está a meio caminho do elevador, a meio caminho de voltar para Vermont e sua universidade e sua tese e sua normalidade, a meio caminho de esquecer que qualquer parte disso aconteceu e, quem sabe, talvez ele leve o gato junto e um dia se convença de que a biblioteca das maravilhas subterrânea foi uma fantasia elaborada para explicar a origem do gato, que ele contou a si mesmo tantas vezes que começou a acreditar nela, embora o gato fosse só um vira-lata com cara amassada que o seguiu de volta para casa, onde quer que fique sua casa.

Então se lembra de que a porta pela qual entrou aqui da última vez, no porão do Clube de Colecionadores, foi queimada e provavelmente inutilizada.

Assim, a meio caminho do elevador, com o gato ainda o seguindo, Zachary se vira e volta ao seu quarto.

No centro da porta há um post-it. O papel é de um azul pálido em vez do amarelo tradicional.

Em letras pequenas e caprichadas, diz: *Tudo que você precisa saber lhe foi dado.*

Zachary arranca o post-it da porta. Ele o lê quatro vezes e o vira, sem encontrar nada no verso. Então lê de novo, sem acreditar na afirmação enquanto entra na sala, onde a lareira estala à sua espera.

O gato o segue para dentro. Zachary tranca a porta atrás do bicho.

Ele cola o post-it na moldura do quadro com os coelhos piratas.

Olha para os próprios pulsos.

"Ele não desejava mais estar aqui."

Tenta se lembrar da última vez que falou com alguém que não era um gato. Foi com o Dorian bêbado, algumas horas atrás? Será que isso aconteceu mesmo? Ele não sabe mais.

Talvez esteja cansado. Qual é a diferença entre cansado e com sono? Ele veste um pijama e senta-se diante da lareira. O gato persa se aconchega aos pés da cama, silenciosamente fazendo-o se sentir um pouco melhor. Todo esse conforto não deveria parecer tão desconfortável.

Zachary encara as chamas e se lembra da figura escura no corredor, encarando-o em um espaço repleto apenas de cadáveres.

Talvez sua mente esteja pregando peças em você, sugere a voz em sua cabeça.

— Achei que você fosse minha mente — diz Zachary em voz alta, e o gato se remexe, alongando-se e voltando a se acomodar.

A voz em sua cabeça não responde.

De repente, ele está desesperado para falar com alguém, mas também não quer sair do quarto. Pensa em mandar uma mensagem a Kat porque Kat está sempre acordada, mas não sabe o que escreveria. *Ei, K, estou preso numa masmorra/biblioteca subterrânea, como vai a neve?*

Ele pega o celular. Está parcialmente carregado – não tanto quanto deveria dado o tempo que passou no carregador, mas o bastante para ser ligado.

A foto que ele salvou, da festa no Algonquin, ainda está lá, e agora é óbvio que a mulher nela é Mirabel, e ainda mais claro que o homem falando com ela é Dorian. Zachary se pergunta o que eles estavam sussurrando um ano atrás e não consegue decidir se quer saber.

Não há ligações perdidas, mas três mensagens: uma foto de um cachecol terminado de Kat, um lembrete da mãe de que Mercúrio vai entrar em movimento retrógrado em breve e cinco palavras de um número desconhecido:

Prossiga com cuidado, sr. Rawlins.

Zachary desliga o celular. Não há sinal aqui embaixo, de toda forma.

Ele vai até a escrivaninha, pega uma caneta e escreve duas palavras em um cartão.

Olá, Cozinha.

Ele manda o bilhete pelo elevador e quase se convenceu de que a Cozinha e os cadáveres cobertos de histórias e o próprio lugar e Mirabel e Dorian e o quarto onde está em pé e seu pijama são todos criações de sua imaginação, quando a campainha toca.

Olá, sr. Rawlins, como podemos ajudar?

Zachary pensa por um longo tempo antes de escrever: *Isso é real?* Parece vago, mas ele manda mesmo assim.

O elevador apita um momento depois e, junto com outro cartão, há uma xícara da qual sobe um fiapo de vapor e um prato coberto com um domo de prata.

Zachary lê o cartão.

É claro que é real, sr. Rawlins. Esperamos que se sinta melhor logo.

A xícara está cheia de leite de coco morno com cúrcuma e pimenta do reino e mel.

Abaixo do domo há seis cupcakes pequenos com uma cobertura perfeitamente aplicada.

Obrigado, Cozinha, escreve Zachary.

Ele pega a xícara e os cupcakes e senta-se diante do fogo outra vez.

O gato se alonga e senta-se com ele, farejando os cupcakes e lambendo a cobertura dos seus dedos.

Zachary não se lembra de ter caído no sono. Ele acorda em uma pilha de travesseiros, enrodilhado diante do fogo quase apagado, com o gato persa aconchegado em seu braço. Não sabe que horas são. O que é o tempo, afinal?

— O que é o tempo, afinal? — pergunta para o gato.

O gato boceja.

O elevador apita, a luz na parede brilhando, e Zachary não se lembra de ele já ter enviado uma mensagem primeiro.

Bom dia, sr. Rawlins, diz o recado dentro. *Esperamos que tenha dormido bem.*

Há um bule de café e uma omelete e duas fatias tostadas de pão de fermentação natural e uma jarra de cerâmica com manteiga salpicada com mel e polvilhada com sal e uma cesta com tangerinas.

Zachary vai escrever um agradecimento, mas acaba transmitindo um sentimento diferente.

Amo você, Cozinha.

Ele não espera uma resposta, mas há outro apito.

Obrigado, sr. Rawlins. Temos bastante afeto por você também.

Zachary come o café da manhã (divide a omelete com o gato, esquecendo-se da regra sobre alimentar os gatos e já tendo desobedecido com cobertura de creme na noite anterior) e começa a raciocinar quando a mente fica mais desanuviada.

— Se você fosse um homem perdido no tempo, onde estaria? — pergunta ao gato.

O gato o olha.

Tudo que você precisa saber lhe foi dado.

— Ah, certo — diz ele quando se toca. Vasculha os livros próximos da lareira e encontra aquele que Rima lhe deu e folheia até a página onde parou. Leva o livro à escrivaninha e puxa um abajur para enxergar melhor e o gato senta-se em seu colo, ronronando. Enquanto lê, Zachary descasca e come uma tangerina em pequenos gomos que se assemelham a raios de sol.

Ele lê e franze a testa e lê mais e então vira uma página e não há mais nada. O restante das páginas está em branco. A história, real ou imaginada, o que quer que seja, acaba no meio do livro.

Zachary lembra-se do homem perdido no tempo perambulando em cidades de mel e osso em *Doces dores* e da menção ao Mar Sem Estrelas em *Fortunas e fábulas* e se pergunta se todas essas histórias são de alguma forma a mesma. Pergunta-se onde Simon pode estar agora e como encontrá-lo. Pergunta-se sobre o lugar queimado e a vassoura no escritório do Cuidador. Pergunta-se o que, exatamente, acontece com o filho da vidente.

No canto da escrivaninha há uma estrela de origami que ele guardou no bolso. Ele a olha mais de perto. Há algo escrito nela. Zachary abre a estrela e ela se estende numa longa tira de papel. Contém palavras tão pequenas que parecem sussurradas:

Pesadelo número 83: Estou caminhando em um lugar muito muito escuro e alguma coisa grande e deslizante está deslizando no escuro, tão perto que posso estender a mão e tocar nela, mas, se tocar, a coisa deslizante vai saber que estou aqui e vai me comer muito devagar.

Zachary deixa o pesadelo flutuar até a escrivaninha e pega o livro de novo. Ele volta à última página escrita e a lê mais uma vez, parando na última palavra, a palavra final no livro inacabado.

Gentilmente tira o gato do colo, coloca-o no chão e guarda o livro na bolsa junto com um isqueiro para não ficar no escuro de novo, então calça os sapatos, veste um suéter bordô sobre o pijama e vai procurar Mirabel.

 *conteúdos combinados de várias estrelas de papel (uma meio mastigada por um gato)*

Raramente, um acólito decide ceder algo além da língua quando faz seus votos.

Tais acólitos são raros. Cada um não se lembra da última exceção que veio antes. Eles não servem por tempo suficiente para conhecer o próximo.

A pintora perdeu seu caminho.

Ela pensa (está errada) que escolher esse caminho (um caminho, qualquer caminho) vai aproximá-la deste lugar que já amou, este lugar que mudou ao seu redor do modo como o tempo muda todas as coisas.

Ela deseja reavivar chamas há muito extintas.

Encontrar algo que perdeu e não sabe nomear, mas cuja ausência sente dentro de si como uma fome.

A pintora toma sua decisão sem contar para ninguém. Só sua única aluna nota a ausência dela, mas não pensa muito sobre isso, tendo aprendido há muito tempo que às vezes as pessoas desaparecem como coelhos em chapéus e às vezes voltam e outras vezes não.

Os acólitos fazem essa rara concessão, uma vez que seus números estão diminuindo.

A pintora passa seu tempo em solidão e contemplação, categorizando perdas e arrependimentos, tentando determinar se havia qualquer coisa que poderia ter feito para evitá-los ou se apenas passaram pela sua vida e saíram de novo como ondas em uma praia.

Ela pensa que, se tiver uma ideia para uma nova pintura em algum momento durante seu tempo trancafiada, vai recusar esse caminho e voltar a suas tintas e deixar as abelhas encontrarem outra pessoa para servi-las.

Mas não há novas ideias. Só antigas, reviradas repetidamente na cabeça. Só o seguro e o familiar, coisas que ela capturou e recapturou em pinceladas tantas vezes que não encontra nada exceto o vazio dentro delas.

Ela cogita escrever, mas sempre se sentiu mais confortável com imagens do que com palavras.

Quando a porta se abre muito antes do que a pintora esperava, ela aceita sua abelha sem hesitação.

O acólito e a pintora caminham por corredores vazios em direção a uma porta sem marcações. Só um único gato os vê neste momento e, embora reconheça o erro como tal, não interfere. Não é costume dos gatos interferir no destino.

A pintora imagina que vai sacrificar os dois olhos, mas só um é tirado.

Um será mais que suficiente.

Enquanto as imagens inundam a visão da pintora, enquanto é bombardeada por tantas visões se desdobrando em tantos detalhes que não é capaz de separar uma da outra, não consegue sonhar em capturar sequer frações delas em óleo sobre tela, mesmo enquanto seus dedos formigam de saudades dos pincéis, ela percebe que este caminho não foi feito para ela.

Mas agora é tarde demais para escolher outro.

Zachary Ezra Rawlins caminha pelos corredores do Porto, percebendo que não sabe onde fica o quarto de Mirabel e que nunca pensou em perguntar. Ele atravessa o salão de baile cavernoso até o lugar onde a viu pela última vez, mas a adega não está ocupada. A pintura da mulher com o rosto coberto de abelhas paira sobre os suportes de vinho e, antes de sair, Zachary enfia na bolsa uma garrafa de aspecto curioso, um tinto sem nome cujo rótulo apresenta uma lanterna e chaves cruzadas.

Ele toma uma escadaria diferente para subir do salão e mais uma vez não sabe onde foi parar. Perambulou de novo do familiar para o desconhecido.

Para e tenta se orientar com base em um nicho de leitura revestido com livros que tem uma única poltrona e uma mesinha formada a partir de uma coluna quebrada. Há uma xícara nela, com uma vela acesa onde o chá deveria estar.

Entre as prateleiras há uma pequena placa de latão com um botão, como um interruptor antiquado. Zachary a aperta.

A estante desliza para trás, abrindo para uma sala oculta.

Levaria uma eternidade para encontrar todos os segredos deste lugar, observa a voz em sua cabeça. *Para solucionar uma fração de seus mistérios.* Zachary não discute.

A sala parece algo saído de uma antiga mansão ou um filme de assassinato de época. Há painéis de madeira escura e abajures de vidro verde. Sofás de couro e tapetes orientais sobrepostos e paredes cobertas por estantes, uma das quais abriu para permitir a entrada de Zachary. Entre as estantes há pinturas emolduradas iluminadas por luzes de galeria e uma porta de verdade, que abre para um corredor.

Uma enorme pintura se exibe na parede oposta. É uma cena de floresta noturna, com uma lua crescente visível entre os galhos; na floresta há uma enorme gaiola, tão grande que no poleiro onde poderia haver um pássaro há um homem, de costas para o observador, sentado e desamparado em sua prisão.

As árvores que cercam a gaiola estão cheias de chaves e estrelas, pendendo de fitas presas em galhos e acomodadas em ninhos e caídas no chão abaixo. A cena faz Zachary pensar nos coelhos piratas. Poderia ter sido pintada pelo mesmo artista. A mulher das abelhas na adega também poderia, por sinal.

Dorian está parado diante do quadro, encarando-o. Ele está usando um longo casaco de feltro, azul da meia-noite e sem colarinho, feito perfeitamente sob medida para ele, com botões polidos que podem ser de madeira ou osso no formato de estrelas, de modo que ele combina com a pintura. O casaco é acompanhado por uma calça do mesmo tecido, mas ele está descalço.

Então se vira quando a estante se fecha atrás de Zachary.

— Você está aqui — diz Dorian, e soa mais como uma observação sobre o lugar em geral do que sobre Zachary emergindo de uma estante específica.

— Sim. Estou.

— Pensei que tinha sonhado com você.

Zachary não faz ideia de como responder a esse comentário em particular e fica aliviado quando Dorian volta sua atenção à pintura. Ele deve pensar que a contação de história bêbada também foi um sonho, e talvez seja melhor assim. Zachary para ao lado dele e os dois observam o homem em sua gaiola.

— Sinto que já vi isso antes — comenta Dorian.

— Isso me lembra do jardim do colecionador de chaves, do seu livro — diz Zachary. Dorian se vira para ele, surpreso. — Eu o li. Sinto muito. — A desculpa é automática, mas ele não está arrependido de fato.

— Não sinta — diz Dorian, voltando-se para a pintura novamente.

— Como está se sentindo? — pergunta Zachary.

— Como se estivesse enlouquecendo, mas de um jeito lento e dolorosamente bonito.

— É, entendo. Então está *melhor*.

Dorian sorri e Zachary se pergunta como é possível sentir saudade do sorriso de alguém se você o viu apenas uma vez.

— Sim, *melhor*. Obrigado.

— Você não está usando sapatos.

— Eu odeio sapatos.

— Ódio é uma emoção forte demais para se ter por calçados — observa Zachary.

— A maioria das minhas emoções é forte — responde Dorian. De novo Zachary não sabe como responder e Dorian o salva.

Ele dá um passo em direção a Zachary, aproximando-se súbita e inesperadamente, e apoia uma mão no peito dele, acima do coração. Zachary leva um momento para perceber o que Dorian está fazendo: confirmando sua solidez. Fica pensando se é fácil sentir a batida de um coração através de um suéter.

— Você está mesmo aqui — diz Dorian baixinho. — Nós dois estamos mesmo *aqui*.

Zachary não sabe o que dizer, então só assente enquanto eles se encaram. Há uma tonalidade quente nos olhos castanhos de Dorian que ele não conseguiu ver antes e uma cicatriz acima de sua sobrancelha esquerda. Há tantos pedaços em uma pessoa. Tantas pequenas histórias e tão poucas oportunidades de lê-las. "Eu gostaria de olhar para você" parece um pedido tão desajeitado.

Zachary observa os olhos de Dorian se moverem por sua pele de forma semelhante, perguntando-se quantos de seus pensamentos são compartilhados.

Dorian abaixa os olhos para a mão e suspira.

— Você está de pijama? — ele pergunta.

— Sim — responde Zachary, percebendo que de fato ainda está usando seu pijama azul listrado, e então começa a rir de como isso é absurdo e, depois de uma breve hesitação, Dorian se junta a ele.

Algo muda na risada, alguma coisa é perdida e alguma outra coisa é encontrada e, embora Zachary não tenha palavras para o que aconteceu, há um conforto entre eles que não existia ali antes.

— O que você estava fazendo na estante? — questiona Dorian.

— Tentando descobrir o que fazer em seguida — diz Zachary. — Estava procurando Mirabel, mas não consegui encontrá-la e daí me perdi e comecei a procurar algo familiar e encontrei você.

— Eu sou familiar? — pergunta Dorian, e Zachary quer dizer "Sim, você é o mais familiar de tudo e não entendo como", mas isso é verdade em excesso para o momento, então o que ele diz é: — Se você fosse um homem perdido no tempo, onde estaria?

— Não quer dizer *quando* estaria?

— Isso também — concorda Zachary, sorrindo apesar de perceber que a missão localizar-o-homem-perdido-no-tempo pode ser bem mais difícil do que tinha pensado. Ele olha de novo para a pintura.

— Como *você* está se sentindo? — indaga Dorian, diante do que quer que Zachary esteja revelando com sua cara fechada de frustração.

— Como se eu já tivesse enlouquecido e a vida pós-sanidade fosse um enigma depois do outro. — Zachary olha para o homem na gaiola. A gaiola parece real, a fechadura pesada e passada através das barras em uma corrente. Parece real o bastante para tocar. Engana o olho.

Por um momento, ele se sente como aquele garotinho parado diante de uma porta pintada que não ousa abrir. Qual é a diferença entre uma porta e uma gaiola? Entre "ainda não" e "tarde demais"?

— Que tipo de enigmas? — pergunta Dorian.

— Desde que cheguei aqui, só tenho recebido recados e pistas e mistérios. Primeiro havia a Rainha das Abelhas, mas ela só me levou a uma cripta secreta cheia de mortos embrulhados em memórias, onde meu gato me abandonou e um livro me contou que há três coisas perdidas no tempo. Não me olhe desse jeito, por favor.

— Um livro te contou?

— Ele se esmigalhou em pedaços instrucionais, mas não sei o que significam e eu estava cercado de cadáveres, então não quis particularmente ficar para descobrir, e o livro já tinha sumido, de toda forma. Também vi um fantasma no corredor depois disso. Eu acho. Talvez.

— Tem certeza de que não imagi...

Zachary o corta antes que ele possa terminar a palavra.

— Acha que estou inventando? — pergunta ele. — Estamos em uma biblioteca subterrânea, você viu portas pintadas abrirem para paredes sólidas, e acha que estou *imaginando* bibliomancia e talvez-fantasmas?

— Não sei — diz Dorian. — Não sei no que acreditar agora.

Os dois se encaram em um silêncio repleto de vários tipos de tensão, até que Zachary não aguenta mais.

— Sente-se — ele ordena, apontando para um dos sofás de couro. Há um abajur de leitura com uma cúpula de vidro verde. Ele espera uma objeção, mas Dorian não protesta, só se senta como foi ordenado e não diz nada, submisso embora seu rosto revele irritação. — Termine de ler isto — diz Zachary, tirando *Doces dores* da bolsa e estendendo-o para Dorian. — Quando terminar, leia este. — Ele coloca *A balada de Simon e Eleanor* em uma mesa próxima. — Está com o seu livro aí?

Dorian tira *Fortunas e fábulas* do bolso do casaco.

— Você não vai conseguir ler... — Ele para quando Zachary tira o livro de sua mão. — Disse que já leu.

— Sim — diz Zachary. — Pensei que uma releitura seria útil. Que foi? — ele pergunta, observando a pergunta se formar no rosto de Dorian.

— Até onde sei, você só fala inglês e francês.

— Eu não chamaria o que faço com o francês de "falar" — corrige Zachary, tentando avaliar se está bravo e descobrindo que a raiva se dissipou. Ele senta-se no outro sofá e cuidadosamente abre *Fortunas e fábulas*. — Os livros se traduzem sozinhos aqui embaixo. Acho que a fala também, mas só conversei com pessoas em inglês ou gestos. Pensando bem, o Cuidador talvez não fale comigo em inglês; isso foi presunçoso da minha parte.

— Como isso é possível? – pergunta Dorian.

— Como qualquer parte disso é possível? Eu nem entendo a física das estantes.

— Eu perguntei isso em mandarim.

— Você fala mandarim?

— Eu falo muitas línguas — diz Dorian, e Zachary presta atenção especial a seus lábios. Os movimentos não combinam exatamente com as palavras que atingem seus ouvidos, como quando as traduções dos livros se borram antes de se assentar. Zachary se pergunta se teria notado a diferença caso não estivesse atento.

— Você disse isso em mandarim também? — ele pergunta.

— Eu falei em urdu.

— Você fala *mesmo* muitas línguas.

Dorian suspira e olha para o livro em suas mãos, então para o homem na gaiola na parede, então de volta a Zachary.

— Você parece querer ir embora — diz Zachary, e a expressão de Dorian imediatamente fica surpresa.

— Não tenho para onde ir — ele diz, sustentando o olhar de Zachary por um momento antes de voltar sua atenção a *Doces dores*.

Zachary está na metade de *Fortunas e fábulas*, querendo saber se há algo a mais sobre o Rei Coruja, quando Dorian de repente olha para ele.

— Esse… esse garoto na biblioteca, com a mulher de cachecol verde. Sou eu — ele diz.

— Você está bem mais calmo sobre estar num livro do que eu fiquei.

— Como… — Dorian deixa a pergunta no ar, continuando a ler. Um minuto depois, ele acrescenta: — Mas aquela parte do começo. Eu nunca fiz nenhum desses testes.

— Mas você era um guardião.

— Não, eu era um membro de alto escalão do Clube de Colecionadores — corrige Dorian sem tirar os olhos da página. — Mas
suponho que o clube seja uma evolução disso. Há... semelhanças.
— Dorian ergue os olhos e examina a sala, as estantes e a pintura e
a porta que dá para o corredor. Um gato passa por ela sem nem olhar
para dentro. — Allegra sempre dizia que devíamos esperar até o lugar
estar seguro. Ela me disse isso por anos e eu acreditei. "Seguro" era
uma meta que oscilava. Sempre havia mais portas para fechar e mais
indivíduos problemáticos para eliminar. Sempre "logo" e nunca "agora".

— É nisso que o clube inteiro acredita?

— Que, se fizerem o que Allegra mandar por tempo suficiente,
vão ganhar um lugar no paraíso, que é, como Borges supunha,
um tipo de biblioteca? Sim, acreditam nisso.

— Parece um culto — observa Zachary.

Para sua surpresa, Dorian ri.

— É verdade — ele admite.

— Você acredita nisso tudo? — questiona Zachary.

Dorian pensa um pouco antes de responder.

— Acreditava. Piamente. Aceitei muitas coisas na fé, até que
uma noite me fez questionar tudo, e eu fugi. Desapareci. Eles
não gostaram disso. Cancelaram meus cartões sob todos meus
pseudônimos, fizeram algumas versões de mim não existirem
mais e colocaram outras em listas de procurados e banidos de voos
e todo tipo de listas. Mas eu tinha muito dinheiro e estava em
Manhattan. É fácil se esconder em Manhattan. Eu podia andar
pelo centro usando um terno com uma maleta e desaparecer na
multidão, embora geralmente fosse à biblioteca.

— O que fez você mudar de ideia? — pergunta Zachary.

— Não o quê, *quem*. Mirabel me fez mudar de ideia.

Antes que Zachary possa pedir mais esclarecimentos, Dorian
volta sua atenção ao livro, cortando a conversa de maneira clara
e incisiva.

Eles leem em silêncio por um tempo. Zachary lança olhares
ocasionais para Dorian, tentando adivinhar em que parte do livro
ele está com base na reação de suas sobrancelhas.

Por fim, Dorian fecha *Doces dores* e o deixa na mesa. Franzindo o cenho, estende uma mão e Zachary lhe passa *A balada de Simon e Eleanor* sem dizer nada, e eles retomam a leitura.

Zachary está perdido em um conto de fadas (perguntando-se em que tipo de caixa a escultora da história escondeu o que ele presume ser o coração do Destino) quando Dorian fecha o livro.

Aos poucos, eles tentam responder a milhares de perguntas. Para cada conexão que fazem entre um livro e outro, há outras que não se encaixam. Algumas histórias parecem separadas e distantes e outras explicitamente conectadas à história na qual eles agora se encontram juntos.

— Havia... — começa Dorian, mas faz uma pausa e, quando continua, fala para o homem na parede, e não para aquele sentado à sua frente. — Havia uma organização conhecida como a Fundação Keating. Nada público, era um termo interno. Eu não conhecia a origem dela, ninguém ali se chamava Keating, mas não pode ser uma coincidência.

— A biblioteca tinha isto marcado como uma doação da Fundação Keating — diz Zachary, erguendo *Doces dores*. — Qual é a relação deles com o Clube de Colecionadores?

— Eles trabalham em oposição. Eram... alvos a ser eliminados. — Dorian para, levanta-se e caminha pela sala, e Zachary tem a súbita impressão de que a gaiola na pintura não se restringe à parede.

— O que seu livro da cripta disse mesmo? — pergunta Dorian, parando para pegar *A balada de Simon e Eleanor* e folheando enquanto caminha de um lado a outro.

— Há três coisas perdidas no tempo. Um livro, uma espada e um homem. *Doces dores* deve ser o livro, já que Eleanor o deu a Simon e então ele passou, o quê, uns cem anos na superfície? As instruções diziam "encontre homem" e não "encontre homem e espada", então talvez a espada já tenha sido devolvida também. Há uma espada no escritório do Cuidador, toda suspeita e pendurada ali na parede.

— Simon é o homem perdido no tempo — sugere Dorian.

— Deve ser. O homem perdido no tempo de *Doces dores* até tem o casaco com os botões.

Dorian ergue *Doces dores*, olhando de um livro para o outro.

— Quem você acha que é o pirata? — ele pergunta.

— Acho que o pirata é uma metáfora.

— Para o quê?

— Não sei — admite Zachary. Ele suspira e olha de volta ao homem na gaiola cercado por tantas chaves.

— Quem você acha que pintou isso? — pergunta Dorian no mesmo momento que a voz na cabeça de Zachary propõe a questão.

— Não sei — diz Zachary. — Vi várias pinturas que provavelmente são do mesmo artista. Há uma com coelhos piratas no meu quarto.

— Posso ver?

— Claro.

Zachary guarda *Doces dores* e *A balada de Simon e Eleanor* na bolsa, e Dorian devolve *Fortunas e fábulas* ao bolso e eles seguem por um corredor que Zachary meio que reconhece, no formato de túnel, onde as estantes acompanham cada curva.

— Quanto você já viu? — pergunta Zachary enquanto eles caminham, vendo Dorian reduzir o passo e só observar o ambiente.

— Só algumas salas — ele responde, olhando para além dos pés descalços. O chão deste corredor é de vidro, revelando abaixo uma sala cheia de painéis móveis com histórias impressas, embora desta perspectiva pareça uma história sobre um gato num labirinto. — As únicas pessoas que vi foram você e aquela garota angélica de cabelo fofo e túnica branca que não fala.

— Aquela é Rima — diz Zachary. — Ela é uma acólita.

— Ela tem língua?

— Não perguntei, achei que seria rude.

Dorian para junto a um telescópio ornamentado ao lado de uma poltrona, virada para uma janela encaixada na parede de pedra ao seu lado. Ele destrava o fecho e abre a janela. A visão à frente está quase toda oculta na escuridão, revelando apenas uma luz suave a distância.

Dorian retorna ao telescópio e olha pela janela através dele. Zachary observa um sorriso repuxar o canto de seus lábios. Depois de um momento, ele se afasta e faz um gesto para Zachary olhar.

Uma vez que seus olhos se ajustaram às lentes combinadas dos óculos e do telescópio, ele observa um espaço cavernoso. Há janelas que dão para outras salas, em alguma parte do Porto, entalhadas numa parede de pedra escarpada que desce para as sombras, mas na extensão de pedra iluminada jazem os restos de um grande navio. Seu casco está rachado no meio, o mar roubado debaixo dele. Uma bandeira em frangalhos pende frouxa do mastro. Há pilhas de livros no convés inclinado.

— Acha que havia sereias aqui? — pergunta Dorian, sua voz muito próxima ao ouvido de Zachary. — Atraindo marinheiros para a morte?

Zachary fecha os olhos, tentando imaginar aquele navio em um mar.

Ele se vira do telescópio, esperando que Dorian esteja ao seu lado, mas ele já se afastou no corredor.

— Posso perguntar uma coisa? — diz Zachary quando o alcança.

— Claro.

— Por que você me ajudou em Nova York? — É algo que ele ainda não conseguiu entender, pensando que deve haver algum motivo além de apenas recuperar o próprio livro.

— Porque eu queria — diz Dorian. — Passei grande parte da vida fazendo o que outros queriam de mim e não minhas próprias vontades, e estou tentando mudar. Tomar decisões impulsivas. Sair sem sapatos. É revigorante de um jeito meio assustador.

Algumas curvas e um corredor cheio de histórias em vitrais depois, eles chegam à porta de Zachary. Ele tenta abri-la, mas está trancada. Tinha esquecido que a fechou, e recupera as chaves debaixo do suéter.

— Você ainda está usando — comenta Dorian, olhando para a espada de prata, e Zachary não sabe como responder a isso além da confirmação terrivelmente óbvia de que sim, ele ainda a está usando, e quase nunca a tira, mas assim que abre a porta é distraído pelo miado indignado do gato persa que ele sem querer deixou preso.

— Ah, sinto muito — diz Zachary. O gato não diz nada, só passa entre as pernas dele a caminho do corredor.

— Quanto tempo ele ficou aqui? — pergunta Dorian.

— Umas duas horas? — chuta Zachary.

— Bem, pelo menos ele estava confortável — diz Dorian, olhando ao redor. Ele volta sua atenção à pintura sobre a cornija. Parece uma paisagem marítima clássica, com nuvens agourentas e ondas entrecortadas, completamente realista exceto pelos piratas leporinos. — Acha que é coincidência? — ele pergunta. — Uma garota que finge ser um coelho e conhece uma pintora e as pinturas com os coelhos?

— Você acha que a pintora as fez para Eleanor?

— Acho que é uma possibilidade — diz Dorian. — Acho que há uma história aqui.

— Acho que há muitas histórias aqui — retruca Zachary. Ele apoia a bolsa, e a garrafa de vinho bate contra a pedra. Zachary a tira e limpa a poeira da lanterna e das chaves estampadas no rótulo, perguntando-se quem a engarrafou e há quanto tempo está na adega, esperando para ser aberta. Por que não agora?

Zachary olha para a garrafa arrolhada e franze o cenho.

— Não me julgue — ele diz a Dorian ao pegar uma caneta da escrivaninha e usá-la para empurrar a rolha para baixo, um truque que usou muitas vezes em seus dias de aluno de graduação sem ferramentas apropriadas.

— Poderíamos ter encontrado um abridor em algum lugar — comenta Dorian enquanto observa o processo deselegante.

— Você costumava ficar um pouco impressionado com minhas habilidades de improviso — responde Zachary, erguendo a garrafa após abri-la com sucesso.

Dorian ri e Zachary toma um gole de vinho. Provavelmente se beneficiaria de uma decantação e talvez taças, mas é encorpado e delicioso. Luminoso, de alguma forma, como a lanterna no rótulo.

Não sussurra versos nem histórias ao redor de sua língua e dentro de sua cabeça – ainda bem –, mas tem um gosto mais velho que histórias. Tem gosto de mitos.

Zachary oferece a garrafa e Dorian a pega, deixando os dedos repousarem sobre os de Zachary.

— Você voltou por mim, não foi? — pergunta Dorian de repente. — Desculpe não ter mencionado antes, tudo ainda está meio confuso.

— Mirabel fez a maior parte — diz Zachary. — Eu fui o parceiro que foi amarrado a uma cadeira e envenenado. — Parece tudo distante agora, mesmo que tenha ocorrido há pouco tempo.

— Já estou melhor — ele acrescenta.

— Obrigado — agradece Dorian. — Não precisava ter feito isso. Você não me devia nada e eu... obrigado. Pensei que podia não acordar nunca mais, e em vez disso acordei aqui.

— De nada — diz Zachary, sentindo que deveria falar algo mais.

— Há quanto tempo foi isso? — questiona Dorian. — Quatro dias? Cinco? Uma semana? Parece mais.

Zachary o olha sem palavras, não encontrando uma resposta. Pensa que pode ter se passado uma semana, ou uma vida, ou um momento. Pensa *sinto que conheço você desde sempre*, mas não diz isso, e eles só sustentam o olhar um do outro, sem precisar falar nada.

— Onde encontrou isso? — pergunta Dorian depois de tomar um gole da garrafa.

— Na adega. É do outro lado do salão de baile, além de onde o Mar Sem Estrelas costumava ficar.

Dorian olha para ele com milhares de perguntas nos olhos, mas, em vez de fazer qualquer uma delas, bebe outro gole de vinho e devolve a garrafa a Zachary.

— Deve ter sido extraordinário, na época do Mar — ele diz.

— Por que você acha que as pessoas vinham aqui? — pergunta Zachary, tomando outro gole com sabor mítico antes de estender a garrafa a Dorian, sem saber se a adrenalina que corre em sua cabeça e seu pulso é resultado do vinho ou do jeito como os dedos de Dorian se movem sobre os dele.

— Acho que as pessoas vinham pelo mesmo motivo que nós viemos — responde Dorian. — Estavam buscando algo. Mesmo se não soubessem o quê. Algo a mais. Algo maravilhoso. Algum lugar ao qual pertencessem. Estamos aqui para perambular pelas histórias de outros, em busca da nossa. À Procura — brinda Dorian, inclinando a garrafa na direção de Zachary.

— Ao Encontro — responde Zachary, repetindo o gesto quando Dorian lhe passa a garrafa.

— Eu gosto que você tenha lido meu livro — diz Dorian. — Obrigado de novo por me ajudar a recuperá-lo.

— De nada.

— É estranho, não é? Amar um livro. Quando as palavras nas páginas se tornam tão preciosas que parecem parte de sua própria história, porque são. É gostoso enfim ter alguém que leu as histórias que conheço de maneira tão íntima. Qual foi sua preferida?

Zachary reflete sobre a pergunta e, ao mesmo tempo, sobre o uso da palavra "íntima". Ele lembra das histórias, fragmentos de imagens voltando à sua mente conforme se deixa pensar sobre elas como histórias, em vez de tentar destrinchá-las em busca de segredos. Ele olha para a garrafa em sua mão, com as chaves e a lanterna, pensando em videntes em tavernas e garrafas compartilhadas em estalagens cobertas de neve.

— Não sei. Gostei daquela das espadas. Várias delas eram meio tristes. Acho que a do estalajadeiro e da lua foi minha preferida, mas eu queria... — Zachary para, sem saber o que queria da história. *Mais*, talvez. Ele devolve a garrafa a Dorian.

— Queria um final mais feliz?

— Não... não necessariamente mais feliz. Eu queria mais história. Queria saber o que aconteceu depois, queria que a lua encontrasse um jeito de voltar mesmo se não pudesse ficar. Todas essas histórias são assim, parecem pedaços de histórias maiores. Como se houvesse mais acontecendo além das páginas.

Dorian assente, pensativo.

— Isso é um guarda-roupa? — ele pergunta, gesticulando para o móvel do outro lado do quarto.

— Sim — responde Zachary, tão distraído que é levado a confirmar o óbvio.

— Já conferiu?

— Conferi o quê? — pergunta ele, mas entende assim que Dorian ergue uma sobrancelha descrente. — Ah. Ah, não, não conferi.

Trata-se, ele pensa, do único guarda-roupa de verdade que ele já teve, e depois do tempo considerável que passou sentado em armários, literal e figurativamente, não acredita que não verificou se aquele tem uma porta para Nárnia.

Dorian lhe entrega a garrafa de vinho e vai até o guarda-roupa.

— Eu nunca fui fã de Nárnia em especial — diz ele enquanto corre os dedos pelas portas de madeira esculpidas. — Uma alegoria óbvia demais para o meu gosto. Mas o livro tem certo ar de romance. A neve. O sátiro cavalheiresco.

Ele abre a porta e sorri, embora Zachary não saiba o motivo do sorriso.

Dorian estende uma mão e separa as fileiras penduradas de linho e caxemira, de maneira lenta e cuidadosa. Alongando o movimento em vez de imediatamente tocar o fundo do móvel. Com calma.

Ele nem precisa de palavras para contar uma história, observa uma voz em algum lugar na cabeça de Zachary, e então ele desesperadamente deseja usar o suéter que Dorian está segurando, e fica tão distraído por esse pensamento que leva um momento para perceber que Dorian entrou no guarda-roupa e desapareceu.

 *uma estrela de papel tão deformada pelas circunstâncias e pelo tempo que é só vagamente reconhecível como uma estrela*

Um homem momentaneamente encontrado no tempo dispara por um corredor, encontrando outra vez o caminho para fora do tempo.

Um candelabro caído não é algo incomum. Os acólitos os antecipam, têm um jeito de saber quando uma vela pode tombar. Há métodos para evitar acidentes.

Os acólitos não podem prever as ações de um homem perdido no tempo. Não podem saber quando ele vai aparecer. Não estão lá quando e onde ele aparece.

Não há tantos acólitos quanto existiam antes, e eles estão todos, neste momento, cuidando de outras tarefas.

O fogo é hesitante a princípio e então se alastra, puxando livros chamuscados de suas estantes e reduzindo velas a poças de cera derretida.

Arremete pelos corredores, movendo-se como o mar, destroçando tudo em seu caminho.

Encontra a sala com a casa de bonecas e a reivindica, um universo inteiro perdido nas chamas.

As bonecas veem apenas um clarão e então mais nada.

ZACHARY EZRA RAWLINS encara um guarda-roupa que contém apenas muitos suéteres e camisas e calças de linho, e mais uma vez questiona a própria sanidade.

— Dorian? — chama. Ele deve estar se escondendo nas sombras, agachado sob as peças penduradas, do jeito como Zachary já se sentou tantas vezes, em um mundo solitário, compacto e esquecido.

Zachary enfia uma mão através dos suéteres e camisas, perguntando-se por que deveria aceitar sombras como sendo sombras em um lugar onde tanta coisa é mais do que parece e, no ponto em que seus dedos deveriam tocar madeira sólida, não tocam em nada.

Ele ri, mas o riso fica preso na garganta. Entra no guarda-roupa, estendendo a mão cada vez mais longe, e há apenas vazio onde o fundo deveria estar, além de onde a parede teria encontrado seus dedos.

Ele dá um passo e então outro, a caxemira roçando as costas. A luz do quarto logo desaparece. Ele estende outra mão para o lado e ela bate em pedra sólida levemente curva. Um túnel, talvez.

Zachary segue em frente, apalpando a escuridão, até que uma mão agarra a sua.

— Vamos ver aonde isso vai dar, que tal? — sussurra Dorian no seu ouvido.

Zachary aperta a mão dele e, entrelaçados desta forma, eles prosseguem pelo túnel que se vira e os leva a outra sala.

Esta é iluminada por uma única vela, apoiada diante de um espelho de forma que sua chama fique duplicada.

— Não acho que seja Nárnia — comenta Dorian.

Zachary espera seus olhos se ajustarem à luz. Dorian tem razão: não é Nárnia. É uma sala cheia de portas.

Cada porta apresenta imagens entalhadas. Zachary vai até a mais próxima, perdendo a mão de Dorian no processo e sentindo falta dela, mas curioso demais.

Na porta há uma garota segurando uma lanterna no alto contra um céu escuro repleto de criaturas aladas, que gritam e arranham e silvam contra ela.

— Não vamos abrir essa — diz Zachary.

— Boa ideia — concorda Dorian, olhando por cima do ombro dele.

Eles vão de uma porta a outra. Em uma, há uma cidade esculpida onde se erguem torres curvas. Em outra, uma ilha sob o luar.

Uma porta retrata uma figura atrás de barras estendendo a mão para outra em uma gaiola separada, e lembra Zachary do pirata na masmorra. Ele está prestes a abri-la, mas Dorian chama sua atenção para outra.

Esta porta retrata uma celebração. Dúzias de figuras sem rosto dançam sob estandartes e lanternas. Um dos estandartes mostra uma fileira de luas – uma cheia cercada por crescentes e minguantes.

Dorian abre a porta. O espaço além está escuro. Ele dá um passo para a frente.

Zachary segue, mas ao entrar na sala percebe que Dorian sumiu.

— Dorian? — ele chama, virando-se para a sala com suas muitas portas, mas ela também desapareceu.

Ele se vira de novo e se encontra num corredor bem iluminado ladeado por livros.

Duas mulheres usando vestidos longos passam ao seu lado, claramente mais interessadas uma na outra do que nele, rindo enquanto caminham.

— Oi? — chama Zachary, mas elas não viram.

Ele olha para trás. Não há nenhuma porta, apenas livros. Estantes altas com pilhas desorganizadas, uma coleção surrada com um ou outro volume aberto. A algumas prateleiras de distância, um jovem bonito, com cabelo ruivo tão forte que é quase vermelho, examina um dos livros.

— Com licença — diz Zachary, mas o jovem não ergue os olhos. Ele estende uma mão para tocá-lo no ombro e o tecido é estranho sob seus dedos, presente mas não exatamente presente. Como se fosse a ideia de tocar o ombro de um homem através do seu paletó em vez da sensação real. A versão tátil de um filme que não foi muito bem dublado. Zachary puxa a mão de volta, surpreso.

O jovem ruivo ergue os olhos, mas não exatamente para ele.

— Está aqui para a festa? — pergunta.

— Que festa? — responde Zachary, mas eles são interrompidos antes que o homem possa responder.

— Winston! — chama uma voz masculina atrás da próxima curva no corredor, na direção em que as garotas de vestido estavam seguindo. O jovem ruivo abaixa o livro e faz uma pequena mesura a Zachary antes de seguir a voz.

— Acho que vi um fantasma — Zachary o ouve comentar em tom casual para seu companheiro antes que eles desapareçam no corredor.

Zachary olha para as mãos. Elas parecem as mesmas de sempre. Ele pega o livro que o homem devolveu à estante e descobre que é sólido, mas não tão sólido, como se seu cérebro estivesse dizendo que ele está segurando um livro embora não haja um livro ali.

Mas há um livro ali. Ele o abre e, para sua surpresa, reconhece os fragmentos de poesia na página. Safo.

alguém se lembrará de nós
eu acredito
mesmo em outra época

Zachary fecha o livro e o guarda na estante, o peso não se transferindo exatamente ao mesmo tempo que a ação, mas ele já começou a antecipar as discrepâncias táteis.

Risadas soam em outro corredor. Música toca, distante. Não há dúvidas de que ele está em seu familiar Porto no Mar Sem Estrelas, mas tudo é vibrante e vivo. Há tantas pessoas.

Ele passa por algo que pensa ser uma estátua dourada de uma mulher nua, até que ela se move e ele percebe que uma mulher nua de verdade foi meticulosamente pintada de ouro. Ela estende a mão para tocar seu braço quando ele passa, deixando rastros de pó dourado na manga de Zachary.

Enquanto continua, poucos reconhecem sua presença, mas parecem saber que ele está lá. As pessoas se afastam do caminho quando ele passa. A quantidade de gente aumenta enquanto ele caminha, então ele percebe aonde todos estão indo.

Outra curva o leva à escadaria larga que desce ao salão de baile. Ela está decorada com lanternas e guirlandas de papel mergulhadas em ouro. Cascatas de confete em ondas douradas brilhantes fluem pelos degraus de pedra, agarrando-se à bainha de vestidos e calças, flutuando e redemoinhando enquanto a multidão desce os degraus.

Zachary segue, arrastado pela maré de convidados. O salão de baile em que entram é tanto familiar quanto completamente inesperado.

O espaço que ele conhece como oco e vazio fervilha de pessoas. Todos os lustres foram acesos, projetando uma luz dançante sobre o salão. O teto está repleto de bexigas metálicas. Fitas longas e bruxuleantes pendem delas e, conforme ele se aproxima, vê pérolas pesando em suas pontas. Tudo é ondulante, cintilante e dourado. Cheira a mel e incenso, almíscar e suor e vinho.

A realidade virtual não é tão real se não tem cheiro, comenta uma voz em sua cabeça.

As cortinas de bexigas são como um labirinto, dividindo e fragmentando o espaço enorme com paredes quase transparentes. Um espaço se torna muitos: salas improvisadas, alcovas, cubículos com poltronas, tapetes em tonalidades profundas de joias cobrindo o chão de pedra, e mesas drapejadas com seda do azul da meia-noite mais escuro pontilhado com estrelas, cobertas com tigelas e vasos de latão contendo montes de vinho e frutas e queijos.

Ao lado dele há uma mulher com o cabelo amarrado em um lenço usando uma túnica de acólita e segurando uma grande tigela cheia de líquido dourado. Ele observa os convidados mergulharem as mãos na tigela e removê-las cobertas em ouro cintilante. A cor escorre por braços e mangas e Zachary vislumbra impressões digitais douradas atrás de orelhas e pescoços, traços sugestivos acima de decotes e abaixo de cinturas.

Mais perto do centro do salão, as cortinas de fitas se abrem, permitindo que a sala atinja sua extensão total. Uma pista de dança ocupa a maior parte do espaço, estendendo-se até os arcos na área mais distante.

Zachary segue pelo perímetro. Chega à lareira imponente e a encontra coberta de velas, empilhadas no interior e enfileiradas na cornija, pingando cera até formar poças na pedra. Entre as velas há garrafas com areia dourada e água contendo peixinhos brancos com caudas em leque que brilham como chamas na luz. Abaixo das chamas e dos peixes há insígnias pintadas – uma lua cheia flanqueada por crescentes e minguantes.

Um movimento perto de sua mão atrai a atenção de Zachary. Quando ele olha para baixo, descobre que alguém colocou um papel dobrado na sua palma. Ele olha ao redor para os convidados, mas estão todos absortos no próprio mundo.

Ele abre o papel. Está coberto com um texto manuscrito rabiscado em tinta dourada.

A lua jamais pedira uma bênção da Morte ou do Tempo, mas havia algo pelo qual ansiava, algo que desejava mais do que já desejara qualquer coisa antes.

Um lugar se tornara precioso a ela, e uma pessoa nele, ainda mais.

A lua retornava a esse lugar sempre que podia, em momentos roubados de tempo emprestado.

Ela tinha encontrado um amor impossível.

E resolvera achar um jeito de mantê-lo.

Zachary olha para o mar de pessoas que o cerca, dançando e bebendo e rindo. Não consegue ver Dorian em lugar nenhum, mas tem de ser ele o autor do bilhete, então deve estar por perto. Ele dobra o papel de novo e guarda o fragmento de história no bolso antes de continuar percorrendo o salão.

Depois da lareira, há mesas cobertas de garrafas. Uma mulher de terno está em pé atrás delas, servindo e misturando líquidos que oferece em taças delicadas para convidados. Zachary a observa trabalhar, combinando líquidos que fumegam e espumam e mudam de cor, passando de translúcidos a dourados a vermelhos a pretos a translúcidos novamente.

Ele escuta a mixologista desejar a alguém um novo ano lunar abençoado enquanto lhe estende uma taça com uma camada de folha de ouro que terá de ser quebrada para a bebida ser consumida. Zachary segue em frente antes que a superfície seja rompida.

Em um canto tranquilo, um homem joga no chão areia em tons de preto e cinza e dourado e marfim, formando padrões elaborados, círculos como os de uma mandala retratando dançarinos e bexigas e uma grande fogueira, com um círculo externo de gatos e um círculo ainda mais externo de abelhas. Ele desenha os detalhes na areia com a borda de uma pena. Zachary se aproxima para ver melhor, mas, assim que a imagem está completa, o homem limpa tudo e começa de novo.

Ali perto, uma mulher vestida com fitas e não muito mais está descansando em um divã. As fitas estão cobertas de poemas, que cercam o pescoço e a cintura dela e se enrolam entre suas pernas. Muitos admiradores a leem, mas ela lembra Zachary demais dos corpos na cripta e ele está prestes a se virar quando uma das linhas de texto capta seu olhar.

Primeiro a lua foi falar com a Morte.

Zachary se aproxima para ler a história, que continua descendo pelo braço da mulher até o pulso.

Ela perguntou se a Morte poderia poupar uma única alma. A Morte teria concedido à lua qualquer desejo a seu alcance, pois a Morte é acima de tudo generosa. Este era um presente simples, fácil de dar.

A fita acaba ali, enrolada no dedo anelar da mulher. Zachary lê outras fitas, mas não encontra mais nada sobre a lua.

Ele vai até outra parte do salão, onde centenas de livros estão suspensos do teto, suas lombadas escancaradas pairando sobre ele. Estende a mão para tocar um logo acima de sua cabeça e as páginas se agitam em resposta. A revoada inteira de livros se rearranja, mudando sua formação como gansos.

Ele acha que viu Dorian do outro lado da pista de dança e tenta seguir naquela direção, movendo-se junto com a multidão. Há tantas pessoas. Ninguém o olha sequer de relance, embora ele se sinta menos como um fantasma agora, o espaço e as pessoas ao redor parecendo mais sólidos. Quase sente dedos que roçam os dele.

— Aí está você — diz uma voz ao seu lado, mas não é Dorian, e sim o jovem ruivo de antes. Ele tirou o paletó e os braços estão cobertos de ouro até a ponta dos dedos. Zachary pensa que ouviu errado e que o jovem está falando com outra pessoa, exceto pelo fato de que está olhando diretamente para ele. — Quando você está? — pergunta o homem.

— O quê? — diz Zachary, ainda sem ter certeza de que o homem está falando com ele.

— Você não está agora — continua o ruivo, erguendo uma mão dourada ao rosto de Zachary e gentilmente roçando sua bochecha, e Zachary sente seus dedos, os sente de verdade desta vez, e fica tão surpreso que não consegue responder. O jovem ruivo tenta puxá-lo para a pista de dança, mas a multidão se agita ao redor deles, afastando-os, e o homem some outra vez.

Zachary tenta encontrar o perímetro do salão, onde há menos pessoas. Ele pensava que os músicos estavam atrás dele, mas agora a flauta vem da sua frente e há tambores em algum lugar à sua esquerda. As luzes estão mais baixas – talvez as bexigas estejam afundando – e o espaço diminui enquanto ele anda para as margens. Passa por um vestido dourado abandonado em uma poltrona, descartado como uma pele de cobra.

Quando chega à parede, descobre que está coberta de texto feito com pinceladas douradas na pedra escura. As palavras são difíceis de ler, o pigmento metálico refletindo pouca luz ou luz demais. Zachary acompanha a história que se desdobra ali.

A lua falou com o Tempo.

(Eles não se falavam havia muito.)

A lua pediu ao Tempo que deixasse um espaço e uma alma intocados.

O Tempo fez a lua esperar por uma resposta. Quando a recebeu, havia uma condição.

O Tempo concordou em ajudar a lua, mas apenas se a lua, por sua vez, ajudasse o Tempo a encontrar um modo de ficar com o Destino.

A lua prometeu, embora ainda não soubesse como consertar o que fora quebrado.

Assim, o Tempo consentiu em manter um lugar escondido muito longe das estrelas.

Agora, nesse espaço, os dias e noites passam de modo diferente. Estranha e lentamente. Lânguidos e sensuais.

Neste ponto, as palavras na parede se interrompem. Zachary olha para a festa, observando bexigas flutuarem além dos lustres e dançarinos girarem e uma garota pintar linhas de prosa na pele nua de outra garota, provavelmente com a mesma tinta dourada que alguém usou para escrever na parede. Um homem passa com uma bandeja de bolinhos glaceados com poemas. Alguém estende uma taça de vinho para Zachary e então a taça some e ele não sabe que fim teve.

Zachary perscruta a multidão, procurando Dorian, questionando se de algum modo ele conseguiu se perder no tempo que agora está passando de maneira estranha e lenta, e como poderiam se reencontrar, e então seu olhar recai sobre um homem do outro lado do salão, também apoiado na parede, um homem com tranças pálidas intrincadas que foram mergulhadas em ouro – mas, fora isso, o Cuidador está idêntico. Nem um dia mais novo ou mais velho. Ele observa alguém na multidão, mas Zachary não consegue ver quem. Zachary procura pistas sobre qual ano pode ser, mas as modas são tão variadas que é difícil adivinhar. Anos vinte? Trinta? Ele se pergunta se o Cuidador seria capaz de vê-lo; quantos anos tem, afinal; e quem está encarando com tanta atenção.

Ele tenta seguir a direção do olhar do Cuidador, atravessando um arco que leva a uma escadaria coberta de velas e lanternas que projetam uma luz dourada cintilante e cambiante sobre as ondas que se alongam na escuridão.

Zachary para e observa as ondas bruxuleantes do Mar Sem Estrelas. Dá um passo em sua direção, depois outro, então alguém o puxa para trás. Um braço o envolve na frente do peito e uma mão cobre seus olhos, acalmando o movimento e diminuindo a luz dourada do fogo.

Uma voz que ele reconheceria em qualquer lugar sussurra em seu ouvido.

— E assim a lua encontrou um modo de manter seu amor.

Dorian o conduz para trás, até a pista de dança. Zachary consegue sentir o mar de festejadores ao redor deles embora não consiga vê-los – consegue *senti-los* de fato, sem atrasos de sensação, mesmo que no momento seus sentidos estejam completamente afinados com a voz em seu ouvido e a respiração contra seu pescoço, deixando que Dorian leve ele e a história aonde quer que deseje.

— Uma estalagem que já se encontrou em uma encruzilhada agora se encontra em outra — continua Dorian. — Em um lugar tão profundo e escuro que poucos jamais a encontrarão, perto das praias do Mar Sem Estrelas.

Dorian afasta a mão e o vira, quase girando, para que fiquem cara a cara, e eles começam a dançar no centro da multidão. O cabelo dele tem listras douradas que escorrem pelo seu pescoço e cobrem o ombro do casaco.

— Ainda está lá — ele diz. Faz uma pausa tão longa que Zachary pensa que a história acabou, mas então se inclina para perto. — É para lá que vai a lua quando não pode ser vista no céu. — Dorian lentamente expira cada palavra contra os lábios dele.

Zachary se move para cobrir a fração de distância entre eles, mas antes que consiga há um estouro como um trovão. O chão treme. Dorian perde o equilíbrio e Zachary agarra seu braço para equilibrá-lo e impedir que trombe com os outros dançarinos, mas não há outros dançarinos. Não há ninguém. Nenhuma bexiga, nenhuma festa, nenhum salão de baile.

Eles estão em pé em uma sala vazia com uma porta entalhada que caiu de suas dobradiças, a celebração retratada nela congelada e quebrada.

Antes que Zachary possa perguntar o que aconteceu, outra explosão acontece e uma chuva de pedras desaba sobre suas cabeças.

uma estrela de papel com borrifos de tinta dourada

O Mar Sem Estrelas está subindo.

As corujas observam as marés mudarem, lentamente a princípio.

Voam sobre ondas que quebram em praias há muito abandonadas.

Gritam avisos e exaltações.

A hora chegou. Elas esperaram por tanto tempo.

Guincham e comemoram até que o mar se erga tanto que devem buscar abrigo.

O Mar Sem Estrelas continua a subir.

Agora inunda o Porto, puxando livros das estantes e reivindicando o Coração.

O fim chegou.

Aqui, agora, vem o Rei Coruja trazendo o futuro em suas asas.

ZACHARY EZRA RAWLINS tropeça através de uma cortina de caxemira e linho, derrubando suéteres e camisas enquanto ele e Dorian saem correndo do guarda-roupa, o túnel atrás deles desabando e erguendo uma nuvem de poeira.

No quarto de Zachary, a maior parte dos livros foi derrubada das estantes. A garrafa abandonada de vinho caiu, despejando seu conteúdo pela borda da escrivaninha. Os coelhos piratas estão naufragados no chão ao lado da lareira.

Outro tremor faz o guarda-roupa inteiro cair e Zachary corre até a porta, com Dorian em seu encalço. Ele agarra sua bolsa e a joga sobre o ombro.

Zachary se dirige ao Coração, sem saber aonde mais ir, perguntando-se onde exatamente alguém se esconde durante um terremoto, quando se está embaixo da terra.

Os tremores param, mas os danos são evidentes. Eles tropeçam em prateleiras e móveis caídos, parando para libertar um gato laranja de uma mesa desabada. O gato foge sem agradecer.

— Não achei que ela faria mesmo isso — diz Dorian, observando o gato pular sobre um lustre caído, que forma uma poça de cera na pedra, antes de desaparecer nas sombras.

— Faria o quê? — pergunta Zachary, mas então há uma batida alta à frente e eles seguem para lá, na direção oposta do gato, o que Zachary intimamente julga ser um mau sinal.

Logo antes de chegarem ao Coração, onde alguém está gritando, mas Zachary não consegue distinguir as palavras, porque ouve um barulho metálico, Dorian o puxa para trás e escora o braço na parede, bloqueando o caminho dele.

— Preciso que saiba de algo — diz Dorian. Outra batida vem do Coração e Zachary olha na direção do som, mas Dorian estende uma mão e vira o rosto dele para o seu, entrelaçando os dedos no cabelo de Zachary.

Tão baixo que Zachary mal consegue ouvi-lo sobre o clamor contínuo, Dorian diz:

— Preciso que saiba que o que eu sinto por você é real. Porque acho que você sente o mesmo. Perdi muitas coisas e não quero perder isso também.

— O quê? — pergunta Zachary, sem saber se ouviu direito e querendo muito mais informações sobre que tipo de sentimentos estranhos o outro está tendo e também saber por que, exatamente, Dorian escolheu um momento tão inoportuno para ter essa conversa, mas descobre que isso nem é uma conversa, pois Dorian sustenta o seu olhar só por mais um segundo antes de soltá-lo e se afastar.

Zachary permanece contra a parede, atordoado. Mais livros tombam de prateleiras próximas enquanto o chão estremece outra vez.

— O que está acontecendo? — ele pergunta, e ninguém, nem a voz em sua cabeça, tem uma resposta.

Ele ajeita a bolsa no ombro e segue Dorian.

Quando chegam ao Coração, a causa do barulho metálico fica clara: o relógio-universo desabou; seu pêndulo oscila livremente e se emaranhou ao redor de aros grandes de metal. Algo acima tenta em vão movê-los e eles sobem e descem a intervalos irregulares, martelando o chão e esmagando ladrilhos já rachados até virarem poeira. As mãos douradas estão intactas, mas uma agora se inclina em direção aos azulejos rachados e outra aponta de maneira acusadora para a pilha de pedras onde costumava ficar a porta para o elevador.

Os gritos ficam mais altos. Estão vindo do escritório do Cuidador. Dorian olha para o universo destruído e Zachary percebe que Dorian nunca chegou a ver o Coração do jeito que era antes, e tudo acontecendo ao redor deles parece agudamente injusto e exasperante, e por um momento – apenas um momento – ele deseja que eles nunca tivessem ido para lá.

A voz do Cuidador é a primeira que se torna identificável.

— Eu não *permiti* nada — ele diz, ou melhor, grita, a alguém que Zachary não consegue ver. — Entendo que...

— Você não entende — interrompe outra voz, e Zachary a reconhece mais porque Dorian congela a seu lado do que por de fato se lembrar da voz de Allegra. — Eu entendo, porque eu vi aonde isso vai levar e não deixarei que aconteça — diz ela, então aparece na porta do escritório em seu casaco de pele, encarando-os com seu batom vermelho retorcido em uma careta. O Cuidador a segue, sua túnica coberta de poeira. — Vejo que ainda está vivo, sr. Rawlins — comenta Allegra em um tom calmo e casual, como se não estivesse gritando um momento antes e não estivesse parada em meio a pedaços de metal quebrados e páginas flutuantes liberadas de suas encadernações. — Conheço uma pessoa que ficaria satisfeita com isso.

— Quê? — pergunta Zachary, embora queira dizer "quem", mas a pergunta é abafada pelo estrépito atrás dele, e Allegra não responde.

Por um segundo, os olhos dela saltam entre ele e Dorian, o azul mais claro do que Zachary se lembrava, e ele tem a impressão de estar sendo observado – realmente visto pela primeira vez –, mas então a impressão se dissipa.

— Você nem sabe — ela diz, e Zachary não sabe se está falando com ele ou Dorian. — Não faz ideia de por que está aqui.

— Talvez ela fale com ambos, pensa Zachary, enquanto ela se vira para Dorian. — Você e eu temos negócios inacabados.

— Não tenho nada a dizer para você — retruca Dorian. O universo pontua sua afirmação com um baque metálico no chão de ladrilhos.

— O que o faz pensar que quero *conversar*? — pergunta Allegra. Ela avança na direção de Dorian e só quando estão quase cara a cara Zachary vê a arma na mão dela, meio oculta pela manga do casaco.

O Cuidador reage antes que Zachary consiga processar o que está acontecendo. Ele agarra o pulso de Allegra e puxa seu braço para trás, tirando-lhe o revólver da mão – mas não antes que ela aperte o gatilho. A bala vai para o alto em vez de para onde estava mirando: diretamente no coração de Dorian.

O tiro ricocheteia nas mãos douradas acima deles, fazendo-as balançar, girar para trás e esmagar as engrenagens.

A bala vai parar na parede azulejada, no centro de um mural que já representou uma cela de prisão com uma garota de um lado das barras e um pirata do outro, mas ele já estava rachado e desbotado, e o dano feito pelo pequeno pedaço de metal é indistinguível do dano trazido pelo tempo.

Acima, o mecanismo que balança os planetas bate de novo, e dessa vez o chão de ladrilhos sucumbe à pressão, a pedra abaixo rachando e abrindo uma fissura não para outro corredor cheio de livros, mas para uma caverna, uma bocarra de rocha que afunda muito, muito longe nas sombras e na escuridão.

Você esquece que estamos no subterrâneo, comenta a voz na cabeça de Zachary. *Esquece o que isso significa*, continua, e ele não tem mais certeza de que a voz está em sua cabeça, no final das contas.

O pêndulo se solta do metal emaranhado e mergulha.

Zachary fica esperando que atinja o fundo, lembrando-se da garrafa de champanhe de Mirabel, mas não ouve nada.

A fissura passa de rachadura a ravina a abismo rapidamente, arrastando consigo pedra e azulejos e ladrilhos e planetas e lustres quebrados e livros, aproximando-se como uma onda do ponto onde o grupo está.

Zachary recua um passo, entrando no escritório. O Cuidador estende uma mão para equilibrá-lo e ele sente que tudo que acontece em seguida se passa devagar, embora na verdade leve apenas um momento.

Allegra desliza, o chão desmoronando sob seus saltos conforme a borda da abertura alcança seus pés, e estende a mão para agarrar algo, qualquer coisa, enquanto cai.

Seus dedos se fecham ao redor do azul da meia-noite do casaco estrelado de Dorian, e ela puxa o casaco e o homem para trás, então os dois caem juntos no abismo.

Por um instante, enquanto caem, os olhos de Zachary encontram os de Dorian, e ele lembra o que Dorian disse minutos, segundos, momentos atrás.

Não quero perder isso.

Então Dorian se foi e o Cuidador está impedindo Zachary de saltar pela borda enquanto ele grita para a escuridão abaixo.

uma estrela de papel que foi desdobrada e redobrada no formato de um pequeno unicórnio mas o unicórnio se lembra da época em que era uma estrela e de uma época anterior quando fazia parte de um livro e às vezes o unicórnio sonha com a época antes de ser um livro quando era uma árvore e da época ainda mais distante antes disso quando era um tipo diferente de estrela

O filho da vidente caminha pela neve.

Ele leva uma espada que foi feita pelo melhor dos ferreiros, muito antes de ele nascer.

(As duas irmãs da espada se perderam, uma destruída no fogo a fim de se tornar algo novo e a outra afundada nos mares e esquecida.)

A espada agora repousa em uma bainha já usada por uma aventureira que pereceu em uma tentativa de proteger alguém que amava. Tanto a espada da aventureira como seu amor foram perdidos com o resto de sua história.

(Por um tempo, canções foram cantadas sobre essa aventureira, mas pouca verdade permaneceu dentro dos versos.)

Assim, trajado de história e mito, o filho da vidente olha em direção a uma luz distante.

Ele acha que está quase lá, mas ainda tem um longo caminho à frente.

Outro lugar, outra época:
INTERLÚDIO IV

a caminho da (e na) Sardenha, Itália, vinte anos atrás

É uma terça-feira quando a pintora faz as malas e parte, pretendendo jamais retornar. Ninguém se lembra depois que era uma terça-feira, e poucos sequer se recordam da partida. É uma de muitas que ocorrem nos anos ao redor daquela terça-feira. Elas começam a se mesclar umas nas outras muito antes que alguém ouse usar a palavra "êxodo".

A pintora em si só tem uma vaga consciência do dia ou mês ou ano. Para ela, este dia é marcado pelo significado e não pelos detalhes, o clímax de meses (anos) de observação e pintura e tentativas de entender e, agora que ela entende, não pode mais simplesmente observar e pintar.

Ninguém ergue os olhos quando ela passa em seu casaco e com sua bolsa. Ela faz uma única parada em uma porta específica, diante da qual deixa suas tintas e pincéis. Abaixa a sacola de tintas com cuidado. Não bate na porta. Um pequeno gato cinza observa.

— Certifique-se de que ela receba isso — diz a pintora ao gato, e o gato obedientemente se senta na sacola de um jeito protetor, mas também indicativo de uma soneca.

A pintora vai se arrepender deste ato mais tarde, mas não é uma das coisas que ela previu.

Ela toma uma rota sinuosa até o Coração. Conhece rotas mais curtas, que poderia percorrer até vendada. Saberia encontrar seu caminho neste espaço por tato ou aroma ou algo mais profundo que guia seus pés. Faz uma última visita a salas favoritas. Endireita molduras tortas e organiza pilhas de livros. Encontra uma caixa de fósforos ao lado de um lustre e guarda os fósforos no bolso. Dá uma última volta pelo corredor sussurrante e ele conta sua história sobre duas irmãs em missões separadas e um anel perdido e um amor encontrado e a narrativa não se conclui por completo, mas histórias sussurradas por corredores raramente o fazem.

Quando chega ao Coração, ela consegue ver o Cuidador em sua escrivaninha no escritório, mas a atenção dele continua na escrita. Ela considera pedir-lhe que encontre um lugar apropriado para pendurar a pintura que ela deixou no próprio estúdio, finalizada há pouco, mas não faz isso. Sabe que alguém vai encontrá-la e pendurá-la. Já pode até vê-la em uma parede cercada de livros.

Ela não sabe quem são as figuras na pintura, embora as tenha visto muitas vezes em imagens fraturadas e visões incompletas. Uma parte dela torce para que essas figuras não existam e outra parte sabe que existem ou existirão. Estão lá na história do lugar, por enquanto.

A pintora ergue os olhos para o universo de engrenagens que se move gentilmente. Através de um olho, ela o vê cintilante e perfeito, cada peça se movendo como deve. Através de outro, ele está queimado e quebrado.

Uma mão dourada aponta em direção à saída.

Se ela vai mudar a história, é aqui que começa.

(O Cuidador vai erguer os olhos ao ouvir a porta se fechando atrás dela, mas não perceberá quem partiu até muito mais tarde.)

A pintora passa pela antecâmara onde jogou seus dados quando chegou pela primeira vez. Tirou apenas espadas e coroas.

Ela vê mais espadas e coroas agora. Uma coroa dourada em uma sala lotada. Uma antiga espada em uma praia escura úmida com sangue. Tem a vontade súbita de retornar a suas tintas, mas não pode pintar todas as suas visões. Jamais pôde. Ela tentou. Não há tempo nem tinta suficientes.

A pintora aperta o botão do elevador e ele se abre de imediato, como se estivesse esperando por ela. Ela o deixa levá-la embora.

O olho da visão já está se anuviando. As imagens estão esmaecendo. É um grande alívio e é aterrorizante.

Quando o elevador a deposita em uma caverna familiar iluminada por uma única lanterna, há apenas névoa. As imagens e eventos e rostos, que a assombraram por anos, se foram.

Agora ela mal consegue ver a porta contornada na rocha diante de si.

Ela nunca se viu partir. Uma vez, jurou que jamais partiria. Fez um voto, mas aqui está ela, quebrando-o além de qualquer reparo. A ideia de atingir essa meta impossível a impulsiona adiante.

Se ela puder mudar esta parte da história, poderá mudar outras.

Poderá mudar o destino deste lugar.

Ela gira a maçaneta e empurra.

A porta se abre para uma praia, uma faixa de areia iluminada pelo luar. A porta é de madeira e, se já foi pintada, a areia e o vento conspiraram para desgastá-la até a tinta sumir. Está escondida em um penhasco, oculta por rochas. Foi confundida como madeira de naufrágio por todos que a vislumbraram ao longo dos anos, antes de a mulher ser chamada de pintora, quando era apenas Allegra, uma jovem que encontrou uma porta e a atravessou e não retornou. Até agora.

Allegra olha para os dois lados da praia vazia. Há céu demais. As batidas repetitivas das ondas ao longo da costa são o único som. O aroma a sobrecarrega, o sal e o mar e o ar colidindo contra ela em um assalto agressivo de nostalgia e arrependimento.

Ela fecha a porta atrás de si, deixando a mão apoiada na superfície desgastada pelo tempo, lisa e suave e fria.

Allegra solta a bolsa na areia. O casaco de neve em seguida, o ar noturno pesado e quente demais para ele.

Ela dá um passo para trás. Ergue o salto da bota e chuta. É um chute sólido, suficiente para rachar a madeira antiga.

Ela chuta de novo.

Quando não consegue mais fazer nenhum dano com as botas, encontra uma rocha para bater contra a madeira, rachando-a e cortando as mãos, as lascas ardendo sob a pele.

Por fim, é uma pilha de madeira, e não uma porta. Não há nada atrás dela exceto rocha sólida.

Só a maçaneta permanece, caída na areia, agarrada a pedacinhos de madeira que já compuseram uma porta e antes disso eram uma árvore e agora não são mais nenhum dos dois.

Allegra tira os fósforos do casaco e ateia fogo à antiga porta e a observa queimar.

Se puder impedir qualquer outra pessoa de entrar, poderá impedir as coisas que viu acontecer. O objeto na jarra em sua bolsa (um objeto que ela viu e pintou antes de entender o que era e muito antes de se tornar um objeto em uma jarra) será a garantia. Sem portas, ela pode impedir o retorno do livro e tudo que se seguiria.

Ela sabe quantas portas existem.

Sabe que toda porta pode ser fechada.

Allegra gira a maçaneta nas mãos. Considera lançá-la no mar, mas a guarda na bolsa junto com a jarra, querendo guardar todas as partes possíveis do lugar.

Então Allegra Cavallo cai de joelhos na praia vazia de um mar coberto de estrelas e começa a soluçar.

LIVRO V

O

REI

CORUJA

ZACHARY EZRA RAWLINS está sendo arrastado para trás, para longe do abismo que escancarou o Coração deste Porto e para dentro do escritório do Cuidador, onde o chão permaneceu intacto; os pés dele escorregam nos ladrilhos quebrados.

— Sente-se — diz o Cuidador, empurrando Zachary à força na cadeira atrás da escrivaninha. Zachary tenta se erguer de novo, mas o Cuidador o mantém no lugar. — Respire — ele aconselha, mas Zachary não se lembra como fazer isso. — *Respire* — repete o Cuidador, e Zachary toma fôlegos lentos e trêmulos um depois do outro. Ele não entende como o Cuidador está tão calmo. Não entende nada do que está acontecendo agora, mas continua respirando e, uma vez que sua respiração está regular, o Cuidador o solta e ele fica no lugar.

O Cuidador tira uma garrafa de uma estante, enche uma taça com um líquido transparente e a põe diante de Zachary.

— Beba isso — ele diz, deixando a garrafa e se afastando. Ele não acrescenta "vai fazer você se sentir melhor" e Zachary não acredita, sentado aqui nesta cadeira, que se sentirá melhor, mas bebe mesmo assim e tosse.

Aquilo não o faz se sentir melhor.

Faz tudo ficar mais afiado e nítido e terrível.

Zachary abaixa a taça ao lado do caderno do Cuidador e tenta se focar em alguma outra coisa – qualquer coisa exceto os últimos momentos terríveis que se repetem sem parar em sua cabeça. Ele olha para o caderno aberto e lê uma página e então outra.

— São cartas de amor — diz, surpreso, tanto para si como para o Cuidador, que não responde.

Zachary continua lendo. Algumas são poemas e outras estão em prosa, mas cada frase é passional e explícita e claramente escrita para ou sobre Mirabel.

Ele ergue os olhos para o Cuidador, que está em pé na porta, olhando para um abismo no qual o universo caiu exceto por uma única estrela que pende desafiadora do teto.

O Cuidador dá um soco no batente com tanta força que ele racha, e Zachary percebe que a calma aparente é fúria mal contida.

Ele observa o Cuidador suspirar e apoiar a mão no batente. A fissura se repara, remendando-se aos poucos até restar apenas uma linha.

As pedras no Coração começam a se mexer com um rumor alto. Rocha quebrada começa a cobrir o vão no piso, reconstruindo a superfície pedaço por pedaço.

O Cuidador volta à escrivaninha e pega a garrafa.

— Mirabel estava na antecâmara — diz ele, respondendo à pergunta que Zachary não ousou fazer enquanto serve uma taça para si. — Não vou conseguir recuperar seu corpo ou o que restou dele até que os escombros sejam retirados. Os reparos vão demorar algum tempo.

Zachary tenta dizer algo, qualquer coisa, mas não consegue, e em vez disso apoia a cabeça na escrivaninha e tenta entender.

Por que só eles dois estão aqui, em uma sala cheia de perda e livros. Por que tudo o que estava se esmigalhando antes está quebrado agora e por que apenas o chão parece ser consertável. Onde o gato laranja foi parar.

— Onde está Rima? — pergunta Zachary quando encontra sua voz de novo.

— Em algum lugar seguro, provavelmente — diz o Cuidador. — Ela deve ter ouvido isso chegando. Acho que tentou me avisar, mas eu não entendi na hora.

Zachary não pede ao Cuidador que encha sua taça outra vez, mas isso acontece mesmo assim.

Ele estende a mão para a taça, mas ela se fecha ao redor de um objeto ao lado dela, um único dado, mais antigo do que aqueles do teste de admissão, mas com os mesmos símbolos entalhados dos lados. Ele o pega.

Então o joga na mesa.

O dado pousa, como ele espera, com o único coração entalhado para cima.

Cavaleiros que partem corações e corações que partem cavaleiros.

— O que os corações significam? — pergunta Zachary.

— Ao longo da História, os dados foram jogados para ver o que a sorte tem a dizer sobre um recém-chegado a este lugar — explica o Cuidador. — Durante um tempo, os resultados eram usados para julgar o potencial para os caminhos. Corações eram para poetas, aqueles que mantinham os seus abertos e inflamados. Muito antes disso, os dados eram usados pelos contadores de histórias e jogados para empurrar uma história em direção a um romance ou uma tragédia ou um mistério. O propósito deles mudou com o tempo, mas havia abelhas antes de existirem acólitos e espadas antes de existirem guardiões, e todos esses símbolos estavam aqui antes de jamais terem sido entalhados nos dados.

— Existem mais que três caminhos, então.

— Cada um de nós tem o próprio caminho, sr. Rawlins. Símbolos são para interpretação, não definição.

Zachary pensa em abelhas e chaves e portas e livros e elevadores, revisando o caminho que o trouxe até esta sala e esta cadeira. Quanto mais longe ele volta nos momentos, mais pensa que talvez já fosse tarde demais antes mesmo de começar.

— Você tentou salvá-lo — diz ele ao Cuidador. — Quando Allegra ia atirar em Dorian, você a impediu.

— Eu não queria que o senhor sofresse como eu sofro, sr. Rawlins. Pensei que poderia evitar o momento em que estamos agora. Sinto muito por não ter conseguido. Eu já senti o que o senhor está sentindo uma miríade de vezes. Não fica mais fácil. Só mais familiar.

— Você já a perdeu antes — diz Zachary. Ele está começando a entender, mesmo sem ter certeza se acredita.

— Muitas, muitas vezes — confirma o Cuidador. — Eu a perco através das circunstâncias ou da Morte ou de minha própria estupidez, então os anos se passam e ela volta de novo. Desta vez ela estava convencida de que algo tinha mudado, mas nunca me contou por quê.

— Mas... — Zachary começa e para, distraído pela lembrança da voz de Dorian.

(*Cedo ou tarde, o Destino consegue juntar suas partes de volta, e o Tempo está sempre esperando.*)

— A pessoa que o senhor conhecia como Mirabel — continua o Cuidador — ou, perdão, o senhor a chamava de Max, não é? Ela viveu em diferentes receptáculos ao longo dos séculos. Às vezes ela lembra, e outras... A encarnação antes desta era chamada de Sivía. Ela estava encharcada quando saiu do elevador, o senhor me fez lembrar dela quando chegou aqui pingando tinta. Devia estar chovendo perto de Reykjavik naquela noite. Nunca perguntei. Eu não a reconheci a princípio. Raramente reconheço e depois me pergunto como posso ser tão cego toda vez. E sempre termina em perda. Sivía também acreditava que isso podia mudar.

Ele pausa, encarando sua taça. Zachary espera um momento antes de perguntar:

— O que aconteceu com ela?

— Ela morreu — responde o Cuidador. — Houve um incêndio. Foi o primeiro incidente desse tipo neste espaço, e ela estava lá, bem no meio. Eu reuni o que consegui e levei à cripta, mas era difícil separar o que já fora uma mulher de pedaços de antigos livros e gatos. Mais tarde pensei que talvez ela fosse a última. Depois do incêndio, tudo mudou. Devagar no começo, mas então as portas se fecharam uma depois da outra até que eu tinha certeza de que ela não poderia retornar mesmo se desejasse, então um dia ergui os olhos e ela já estava aqui.

— Há quanto tempo *você* está aqui? — pergunta Zachary, observando o homem à sua frente, pensando em piratas metafóricos em celas em porões e no Tempo e no Destino e em locais queimados, e lembrando-se do Cuidador do outro lado do salão de baile dourado. Ele está igualzinho agora, exceto pelo cabelo mais perolado.

— Eu sempre estive aqui — responde o Cuidador. Ele deixa a taça na mesa, pega o dado e o segura na palma da mão. — Estava aqui antes de haver um *aqui* onde estar. — Ele joga o dado na mesa e não o observa cair. — Venha, quero lhe mostrar algo.

O Cuidador se levanta e vai para os fundos do escritório, até uma porta que Zachary não tinha notado, espremida entre duas estantes altas.

Zachary olha para a escrivaninha.

Virada para cima, no dado, há uma única chave, mas Zachary não sabe o que ela deveria trancar ou destrancar. Ele se levanta, descobrindo que suas pernas estão mais firmes do que esperava. Olha para o Coração, onde o chão ainda está lentamente remendando suas partes quebradas, e segue o Cuidador, parando ao lado de uma estante que contém uma jarra familiar com uma mão boiando no interior, que acena em sua direção um olá ou adeus ou algum outro sentimento. Ele se lembra do objeto pesado na bolsa de Mirabel depois que eles escaparam do Clube de Colecionadores e por um momento se pergunta a quem a mão pertencia antes de parar na jarra, então entra na sala adjacente ao escritório.

O Cuidador acende uma lâmpada, iluminando um quarto menor que o de Zachary, ou talvez apenas tão cheio de livros e obras de arte que parece menor. A cama no canto também está coberta com livros. Eles estão empilhados em duas fileiras nas prateleiras e sobre todas as superfícies disponíveis e na maior parte do chão. Zachary procura o gato laranja, mas não o encontra.

Ele para ao lado de uma prateleira ocupada por cadernos idênticos ao que está na escrivaninha. Todos têm títulos nas lombadas: *Lin*, *Grace*, *Asha*, *Étienne*. Muitos nomes aparecem em mais do que um caderno. Diversos *Sivías* são seguidos por fileiras de *Mirabels* ecoantes.

Zachary se vira para o Cuidador, que está acendendo as outras lâmpadas, e pretende perguntar sobre eles – mas a pergunta morre em seus lábios.

Atrás do Cuidador, há uma grande pintura na parede.

O primeiro pensamento de Zachary é que é um espelho, porque ele está nela, mas quando se aproxima vê que a pintura permanece imóvel, embora os detalhes sejam tão realistas que parece que deveria estar respirando.

É um retrato em tamanho real. O Zachary pintado tem a mesma altura do Zachary real e usa os mesmos sapatos de camurça, a mesma calça de pijama azul que de alguma forma consegue parecer elegante e clássica na tinta a óleo. Mas o Zachary de pijama está sem camisa, segurando uma espada em uma mão, que pende ao lado do corpo, e uma pena na outra, erguida no alto.

Dorian está atrás dele, inclinando-se na direção do Zachary pintado e sussurrando em seu ouvido. Um de seus braços envolve Zachary, a palma da mão virada para cima e coberta de abelhas que dançam na ponta de seus dedos e enxameiam seu pulso. A outra mão de Dorian, ao lado do corpo, está enrolada em correntes das quais pendem dezenas de chaves.

Acima de sua cabeça flutua uma coroa dourada. Além dela, há um vasto céu noturno cheio de estrelas.

É tudo dolorosamente realista, exceto pelo fato de que o peito desse Zachary está aberto, seu coração exposto e o céu cheio de estrelas visível atrás dele. Ou talvez seja o coração de Dorian. Ou talvez de ambos. De toda forma, tem a anatomia correta, com todas as artérias e a aorta, mas pintado de ouro metálico e revestido de chamas, brilhando como uma lanterna e projetando manchas de luz perfeitamente pintadas sobre as abelhas e as chaves e a espada e o rosto de ambos.

— O que é isso? — pergunta Zachary.

— É a última obra que Allegra pintou aqui — responde o Cuidador.

— Allegra é a pintora. — Zachary se lembra do porão cheio de pinturas do Porto no Clube dos Colecionadores. — Quando ela pintou isso?

— Vinte anos atrás.

— Como é possível?

— Pensei que o filho de uma vidente não precisaria perguntar.

— Mas... — Zachary para, sua cabeça mais se afogando que nadando. — Minha mãe não... — Ele para de novo. Talvez sua mãe veja com aquela mesma clareza, mas não pinte. Ele nunca questionou.

Isso é mais estranho do que ler sobre si em *Doces dores*. Talvez porque ele só possa presumir que o garoto no livro seja ele, enquanto o homem na pintura é absoluta e inequivocamente ele.

— Você sabia quem éramos — ele diz, olhando de novo para a versão pintada de Dorian, lembrando-se de como o Cuidador o examinara quando eles o trouxeram para baixo.

— Eu conhecia seus rostos — diz o Cuidador. — Olhei essa pintura todos os dias por anos. Sabia que vocês podiam chegar um dia, mas não sabia se demorariam meses ou décadas ou séculos.

— E você estaria aqui mesmo se fossem séculos, não é? — pergunta Zachary.

— Só posso partir quando este lugar desaparecer, sr. Rawlins — ele diz. — Espero que possamos ambos sobreviver a ele.

— O que acontece agora?

— Queria poder dizer. Não sei.

Zachary observa de novo a pintura, as abelhas e a espada e as chaves e o coração dourado, seu olhar primeiro evitando e depois inevitavelmente se voltando a Dorian.

— "Ele tentou me matar uma vez" — diz Zachary, lembrando-se de Mirabel numa calçada coberta de neve uma vida atrás e do que ela dissera depois, quando ele lhe perguntou a respeito. *Não funcionou.*

— Perdão, não entendo — diz o Cuidador.

— Acho que algo mudou — diz Zachary, tentando entender seus pensamentos borbulhantes.

Há um som na porta e o Cuidador ergue os olhos, que então se arregalam. Um fôlego sem palavras escapa de seus lábios, e a mão coberta de anéis se ergue para abafar o som.

Zachary se vira, já esperando o que vai ver, mas ainda se surpreendendo ao encontrar Mirabel coberta de poeira e segurando o gato laranja nos braços.

— "Uma história consiste em uma mudança", Ezra — diz Mirabel. — Achei que já tinha dito isso a você.

DORIAN ESTÁ CAINDO.

Ele está caindo há algum tempo, um tempo muito maior que a duração apropriada para qualquer distância calculável.

Ele perdeu Allegra de vista. Ela era um peso em seu casaco, depois um borrão branco, e então sumiu em uma chuva de pedras e azulejos e metal dourado. Um anel que pode ter sido perdido por um planeta atingiu o ombro dele com tanta força que ele tem certeza de que o osso está quebrado, mas depois houve apenas escuridão e ar passando a seu lado e agora ele está sozinho e, de alguma forma, ainda caindo.

Dorian não se lembra exatamente do que aconteceu. Lembra-se do chão rachando e depois não havia chão, só caos e destroços.

Ele se lembra da expressão de Zachary, que deve ter se espelhado em seu próprio rosto – uma mistura de surpresa, confusão e horror. Então ela sumiu, em um instante. Menos até.

Dorian pensa que tudo isso seria mais estranho se não causasse uma sensação quase familiar, como se ele estivesse caindo há mais um ano e só agora a queda tivesse se tornado literal.

Ou talvez ele sempre tenha caído.

Não sabe mais qual direção é para cima. A queda livre é atordoante e seu peito parece que vai explodir se ele não lembrar como respirar, mas respirar parece tão complicado. *Devo estar chegando perto do centro da terra*, ele pensa, como Alice.

Então há uma luz em uma direção que provavelmente fica para baixo. É fraca, mas com certeza é uma luz, aproximando-se a uma velocidade maior do que ele pensou ser possível.

Tantos pensamentos atulham sua mente que é impossível se focar em apenas um, como se todos lutassem para ser o último. Ele pensa que, se estiver prestes a morrer, deveria ter começado a organizar seus pensamentos finais mais cedo. Pensa sobre Zachary e se arrepende de muitas coisas que não disse e não fez. Livros que não leu. Histórias que não contou. Decisões que não tomou.

Ele pensa sobre a noite com Mirabel que mudou tudo, mas, mesmo agora, não tem certeza se está arrependido disso.

Ele pensa que deveria ter descoberto no que acredita antes que tudo chegasse ao fim, mas não descobriu.

A luz de baixo se aproxima. Ele está caindo através de uma caverna. O chão brilha. Seus pensamentos se tornam flashes. Imagens e sensações. Calçadas lotadas e táxis amarelos. Livros que pareciam mais reais que pessoas. Quartos de hotel e aeroportos e a sala de leitura na Biblioteca Pública de Nova York. Ele parado na neve observando seu futuro através da janela de um bar. Uma coruja usando uma coroa. Um salão de baile dourado. Um quase beijo.

O último pensamento que cruza a mente de Dorian antes de ele chegar ao chão iluminado, enquanto tenta girar para atingi-lo primeiro com os pés descalços, o pensamento que vence o lugar de último pensamento após uma longa queda pensativa, é: *Talvez o Mar Sem Estrelas não seja apenas uma história de ninar para crianças.*

Talvez, *talvez* abaixo dele haverá água.

Mas quando a queda termina e Dorian mergulha no Mar Sem Estrelas, ele percebe que não – não é água.

É mel.

ZACHARY EZRA RAWLINS encara Mirabel, impossivelmente parada na porta. Ela está coberta de poeira, pedra pulverizada que reveste as roupas e o cabelo. Sua jaqueta tem um rasgo em uma manga. Sangue desabrocha sobre os nós de seus dedos e escorre em uma linha pelo pescoço, mas fora isso ela parece sã e salva.

Mirabel põe o gato no chão. O bicho se esfrega contra as pernas dela, então vai até sua cadeira preferida.

O Cuidador murmura algo baixinho e caminha em direção a ela, abrindo caminho entre as pilhas de livros sem parar de encará-la.

Vendo-os olhar um para o outro, Zachary sente de repente que está invadindo a história de amor de outra pessoa.

Quando o Cuidador alcança Mirabel, a puxa para um abraço tão apaixonado que Zachary se vira, mas isso o deixa de novo cara a cara com a pintura, então ele só fecha os olhos. Por um momento, consegue sentir, de maneira aguda e intensa, dentro do ar nos pulmões, exatamente o que é perder e encontrar e perder de novo, uma vez após outra após outra.

— Não temos tempo para isso.

Zachary abre os olhos ao som da voz de Mirabel e a observa sair pela porta que dá para o escritório. O Cuidador a segue.

Zachary hesita, então vai atrás. Ele espera na porta e vê Mirabel chutar a cadeira da escrivaninha em direção à lareira. Uma das jarras na cornija cai e as chaves se espalham de dentro dela.

— Você achava que eu não tinha um plano — diz Mirabel, subindo na cadeira. — Sempre houve um plano; pessoas trabalham nesse plano há séculos. Houve apenas... complicações na execução. Você vem, Ezra? — ela pergunta, sem olhar para Zachary.

— Eu o quê? — ele indaga, ao mesmo tempo que o Cuidador pergunta:

— É você mesmo? — E as questões se sobrepõem em "O que é você?", o que Zachary também considera uma boa pergunta.

— Temos que resgatar o namorado de Ezra, porque aparentemente é isso que a gente faz — responde Mirabel ao Cuidador. Ela puxa a espada do suporte acima da lareira. Outra jarra de chaves se quebra e espalha seu conteúdo.

— Mirabel... — começa o Cuidador, mas ela ergue a espada e a aponta para ele. É óbvio, pelo jeito que a empunha, que sabe usá-la.

— Pare, por favor — ela diz. É um aviso e um desejo. — Amo você, mas não vou ficar sentada aqui *esperando* que essa história mude. Eu vou mudá-la. — Ela o encara por cima da espada e, depois de uma longa conversa silenciosa, abaixa a arma e a entrega para Zachary. — Leve isto.

— "É perigoso ir sozinho" — Zachary cita Zelda em resposta quando a aceita, embora a citação completa esteja invertida, e se dirige em parte a ela e em parte a si e em parte à espada em sua mão. É uma espada de dois gumes, reta e fina, que parece pertencer a um museu. Pensando bem, de certa forma ela estava em um. O cabo tem arabescos intrincados e o couro está gasto, e Zachary pode ver que ela foi segurada muitas vezes antes, por muitas mãos diferentes. Ainda está afiada.

É a mesma espada que ele segura na pintura, embora a versão na pintura tenha sido polida. É mais pesada do que parece.

— Preciso trocar de roupa — diz Mirabel enquanto desce da cadeira e limpa a poeira das mangas, franzindo o cenho para a que rasgou. — Me dê um minuto e me encontre no elevador, Ezra.

Ela não espera Zachary responder antes de partir nem diz outra palavra ao Cuidador.

O Cuidador encara a porta mesmo depois que Mirabel saiu de vista. Zachary o observa admirando o espaço onde ela esteve.

— Você é o pirata — diz Zachary. Todas as histórias são a mesma história. — Na masmorra. Do livro. — O Cuidador vira-se para ele. — Mirabel é a garota que o resgatou.

— Isso foi há muito tempo — responde o Cuidador. — Em um Porto mais antigo. E "pirata" não é uma tradução exata. "Rebelde" talvez seja mais próximo da verdade. Eles me chamavam de Mestre dos Portos, até decidirem que Portos não deviam ter mestres.

— O que aconteceu? — pergunta Zachary. Ele vem se perguntando desde que leu *Doces dores* pela primeira vez. *Mas não é aqui que a história deles termina.* Claramente.

— Não chegamos longe. Ela foi executada no meu lugar. Eles a afogaram no Mar Sem Estrelas e me fizeram assistir.

O Cuidador estende uma mão coberta de anéis, apoiando-a na testa de Zachary, e o toque é de alguém – algo – muito mais antigo do que Zachary consegue imaginar. A sensação se desloca como ondas de sua cabeça até os dedos dos pés, agitando e zumbindo sobre a pele.

— Que os deuses o abençoem e o protejam, sr. Rawlins — diz o Cuidador depois que afasta a mão.

Zachary assente, pega sua bolsa e a espada e sai do escritório.

Ele evita as partes do chão que ainda estão diligentemente se consertando, mantendo-se nas margens do Coração, sem olhar para trás, sem olhar para baixo, só olhando para a frente em direção à porta quebrada que leva ao elevador.

Mirabel está em pé no meio da antecâmara, sacudindo seu cabelo emaranhado, os tons de rosa ficando mais vibrantes. Ela limpou a maior parte da poeira do rosto e vestiu o mesmo suéter felpudo que usava da primeira vez que Zachary a viu vestida como si mesma.

— Ele abençoou você, não foi? — ela pergunta.

— Sim — responde Zachary. Ainda consegue sentir o zumbido na pele.

— Isso deve ajudar — diz Mirabel. — E vamos precisar de toda ajuda possível.

— O que aconteceu? — pergunta Zachary, olhando para o caos ao redor. As paredes brilhantes de âmbar estão rachadas, algumas completamente caídas. Agora ele percebe que havia painéis de vidro sobre a pedra. O elevador está fumegando.

Mirabel olha para os escombros e empurra algo com a ponta da bota. Os dados aos seus pés rolam, mas não param: caem em uma fissura no chão e desaparecem.

— Allegra ficou desesperada a ponto de tentar fechar a porta do outro lado — ela explica. — Você gosta deste lugar, Ezra?

— Sim — responde Zachary, confuso, ao mesmo tempo percebendo que não está falando do lugar do jeito que está agora, com os corredores vazios e o universo quebrado, mas do lugar como era antes, quando estava vivo. Ele está falando de um salão de baile lotado. Uma multidão de pessoas procurando coisas para as quais não têm nomes e encontrando-as nas histórias escritas e não escritas e uns nos outros.

— Não tanto quanto Allegra — diz Mirabel. — Minha mãe desapareceu deste lugar quando eu tinha cinco anos, e depois disso Allegra me criou. Ela me ensinou a pintar. Foi embora quando eu tinha catorze anos e começou a tentar selar tudo. Quando comecei a pintar portas esperando deixar alguém, qualquer pessoa, entrar de novo, ela tentou me matar muitas vezes, porque me via como um risco.

Ela pausa e Zachary não sabe o que dizer. Sua cabeça continua girando com histórias e sentimentos complicados demais.

Há um momento então. Um momento em que Zachary poderia dizer que sente muito, porque de fato sente, mas o sentimento parece pequeno demais – ou ele poderia tomar a mão de Mirabel e não dizer nada e deixar o gesto falar por ele, mas a mão dela está longe demais.

Então Zachary não faz nada e o momento passa.

— Precisamos ir embora, temos coisas para fazer — diz Mirabel. — Como sua mãe chama situações como esta? Momentos com significado? Eu a conheci uma vez, ela me serviu café.

— Você o quê? — pergunta Zachary, mas Mirabel não responde enquanto caminha até o elevador. As portas se abrem para ela. O elevador está vários centímetros abaixo do chão e abaixa um centímetro a mais quando Mirabel entra nele.

— Você disse que confiava em mim, Ezra — ela lembra quando ele hesita.

— É verdade — ele admite, entrando com cuidado no elevador ao lado dela, o piso instável sob seus pés, a espada pesada em sua mão. O zumbido passou. Ele se sente estranhamente calmo. Ele dá conta de ser um parceiro de aventuras para o que quer que aconteça em seguida. — Aonde estamos indo, Max? — ele pergunta.

— Para baixo — diz Mirabel. Ela recua um passo, ergue a bota e chuta o lado do elevador com força.

O elevador treme e afunda mais alguns centímetros, então a calma de Zachary desaba junto com seu estômago quando eles despencam de uma só vez.

Dorian afunda em um mar de mel, puxado por uma corrente lenta. É espesso demais para nadar, repuxando suas roupas e deixando-o pesado. Afogando-o em doçura.

Este não estava nem entre os cem modos principais como ele esperava morrer. Nem de longe.

Ele não consegue ver a superfície, mas estende a mão, esticando os dedos o máximo possível na direção que acredita estar para cima, mas não consegue sentir se há ar ao redor deles ou se ele está ao menos perto da superfície.

Que jeito idiota e poético de morrer, ele pensa, então alguém agarra a sua mão.

Ele é puxado para fora do mar e para cima de algo que parece uma parede. Alguém o acomoda em uma superfície lisa e dura que não parece firme.

Dorian tenta articular sua gratidão, mas abre a boca e engasga com melado doce.

— Fique parado — diz uma voz perto do seu ouvido, as palavras abafadas e distantes. Ele ainda não consegue abrir os olhos, mas o dono da voz o empurra até suas costas tocarem uma parede. Cada respiração é um arquejo açucarado, e a superfície na qual ele se encontra está se movendo. Os sons que chegam a seus ouvidos tapados são irregulares e estridentes. Algo atinge seu ombro, como garras tentando segurá-lo. Ele cobre a cabeça com os braços, mas assim fica difícil respirar. Tenta limpar o rosto e tira um pouco – mas não todo – o mel, o que o ajuda a respirar. Algo está pairando acima dele.

A superfície em que está sentado se inclina para o lado de repente. Quando se estabiliza, o som estridente amainou. Dorian tosse e alguém enfia um pedaço de tecido em sua mão. Ele o usa para esfregar o rosto, o suficiente para abrir os olhos e começar a entender para que, exatamente, está olhando.

Está num barco. Um navio. Não, um barco. Um barco com aspirações de ser um navio, com dúzias de lanterninhas penduradas ao longo de suas inúmeras velas escuras. Talvez seja um navio de verdade. Alguém o está ajudando a remover seu casaco úmido de mel.

— Elas partiram agora, mas vão voltar — diz uma voz, mais nítida agora. Dorian se vira para examinar sua salvadora enquanto ela agita o casaco com botões de estrela sobre a amurada do navio, deixando as gotas de mel retornarem ao mar.

O cabelo dela é um emaranhado complicado de ondas e tranças escuras amarradas em uma fita de seda vermelha. Sua pele é marrom-clara com um padrão exuberante de sardas sobre a ponte do nariz. Os olhos são escuros e circulados com linhas pretas e douradas cintilantes que parecem mais pintura de guerra que maquiagem. Ela usa faixas de couro marrom amarradas como um colete por cima de algo que já foi um suéter, mas que é agora mais um decote e bainhas unidas por costuras frouxas e restos de fios, deixando a maior parte dos ombros e do topo dos braços exposta, assim como uma grande cicatriz ao redor do tríceps esquerdo. Por baixo do colete, sua saia é volumosa e enfunada como um paraquedas, pálida e quase sem cor, uma nuvem sobre as botas escuras.

Ela pendura o casaco dele sobre a amurada para deixá-lo pingando sozinho, e certifica-se de que não vá cair.

— Quem partiu? — Dorian começa a perguntar, mas sai apenas o "quem" antes de ele voltar a engasgar com mel. A mulher lhe estende um frasco e ele o leva aos lábios. A água é a melhor coisa que ele já provou.

Ela o olha com pena e lhe entrega outra toalha.

— Obrigado — ele diz, trocando o frasco pelo tecido, o agradecimento doce e grudento nos lábios.

— As corujas se foram — explica a mulher. — Elas vieram investigar a comoção. Gostam de saber quando as coisas mudam.

Ela se afasta no convés, deixando Dorian se recuperar sozinho. Cordões com lanternas brilhantes estão enrolados pelo mastro e sobre velas da cor de vinho tinto. As luzes recobrem a amurada como vaga-lumes, subindo até um nível mais alto perto da proa, onde há a figura esculpida de um coelho, suas orelhas se estendendo ao longo das laterais do navio.

Dorian toma fôlegos longos e profundos. Cada um é menos doce que o anterior. Então, ele ainda não morreu. Seu ombro não dói mais. Ele olha para o peito e os braços nus, certo de que deveria ter algum ferimento residual, pelo menos alguns arranhões, mas não há nada.

Bem, não exatamente nada.

No seu peito, sobre o esterno, há uma tatuagem de espada. Parece uma cimitarra, com a lâmina curva. Seu cabo é de um dourado impossível, a tinta metálica cintilando sob a pele.

De repente é difícil respirar de novo e Dorian fica de pé. Equilibrando-se na amurada, ele olha para o Mar Sem Estrelas. Pedaços do modelo de universo afundam devagar no mel. Uma única mão dourada aponta desesperadamente para cima, desaparecendo diante dos olhos dele. A caverna se perde nas sombras e o mar tem um brilho suave. Sombras distantes se movem, esvoaçando como asas.

O mel pinga do seu cabelo e da calça, empoçando-se ao redor de seus pés descalços. Dorian salta por cima dele e sente o convés quente sob os pés.

Segue até a proa do navio, aonde foi a mulher que ele presume ser a capitã, e a encontra sentada ao lado de algo coberto com um pedaço de seda que combina com as velas estendidas no convés.

— Ah — ele diz quando percebe quem é.

É difícil processar tudo que sente ao olhar o corpo de Allegra.

— Você a conhecia? — pergunta a capitã.

— Sim — responde Dorian. Ele não acrescenta que conheceu essa mulher por metade de sua vida, que ela era a coisa mais próxima de uma mãe que ele já teve, que ele a amava e odiava em medidas iguais, que momentos atrás ele a teria matado com as próprias mãos e no entanto aqui, agora, sente uma perda cuja profundidade não consegue explicar. Ele se sente desacorrentado. Perdido. Livre.

— Qual era o nome dela? — pergunta a capitã.

— O nome dela era Allegra — diz Dorian, percebendo que não sabe se aquele era o nome de verdade.

— Nós a chamávamos de pintora — diz a capitã. — O cabelo dela era diferente naquela época — acrescenta, gentilmente tocando um dos cachos prateados de Allegra.

— Você a conhecia?

— Ela me deixava brincar com suas tintas de vez quando, quando eu era um coelho. Eu nunca fui muito boa.

— Quando você era o quê?

— Eu costumava ser um coelho. Não sou mais. Não preciso ser. Nunca é tarde demais para mudar o que você é; levei muito tempo para descobrir isso.

— Qual é o seu nome? — pergunta Dorian, mesmo que já saiba. Não pode haver tantos antigos coelhos em locais como esse.

A capitã franze o cenho. Claramente é uma pergunta que não ouve há muito tempo, e ela pensa a respeito por um momento.

— Costumavam me chamar de Eleanor, lá em cima — ela diz. — Não é meu nome.

Dorian a encara. Ela não tem idade para ser a mãe de Mirabel. Na verdade, talvez seja até mais jovem que Mirabel. Mas se parece com ela – os olhos e o formato do rosto. Ele se pergunta como o tempo funciona aqui embaixo.

— Qual é o seu nome? — pergunta Eleanor.

— Dorian — ele diz. Parece mais real que qualquer outro nome que ele já usou. Está começando a gostar dele.

Eleanor olha para ele e assente, então se vira para Allegra.

Os olhos de Allegra estão fechados. Um longo corte cobre parte de sua cabeça, atravessando o pescoço, embora não haja muito sangue. A maior parte do corpo está coberta de mel, que se gruda à seda, pois o casaco de pele foi perdido no mar em algum momento. Ocorre a Dorian que ele teve sorte de sobreviver à queda. Ele se pergunta se acredita em sorte. A gola da blusa de Allegra se soltou o suficiente para ele procurar a espada tatuada no peito dela, mas não há espada, apenas uma cicatriz delicada na forma de uma abelha.

Eleanor beija Allegra na testa, depois puxa o tecido de seda para cobrir o rosto dela.

Então levanta e olha para Dorian.

— Posso levar você para lá, se é aonde está indo — diz Eleanor, apontando para ele. — Eu sei onde fica.

— Me levar aonde? — pergunta ele.

— Ao lugar nas suas costas.

Dorian ergue uma mão ao ombro, tocando a borda superior da tatuagem muito elaborada e muito real que recobre suas costas. Os galhos de uma árvore, a copa de uma floresta de cerejeiras, na qual lanternas e luzes brilham como estrelas, embora tudo isso seja só o pano de fundo para a atração principal: um toco de árvore coberto de livros e pingando mel, sob uma colmeia na qual se senta uma coruja usando uma coroa.

Zachary Ezra Rawlins está dançando. O salão de baile está lotado e a música, alta demais, mas há certo conforto aqui, um movimento constante e perfeito. Seus parceiros de dança ficam mudando, todos mascarados.

Tudo é cintilante e dourado e bonito.

— Ezra — ele ouve a voz de Mirabel, suave e distante apesar de seu rosto estar tão próximo. — Ezra, volte para mim — ela diz.

Ele não quer voltar. A festa acabou de começar. Os segredos estão aqui. As respostas estão aqui. Ele vai entender tudo depois de mais uma dança, por favor, só mais uma dança…

Uma lufada de vento o separa de seu parceiro atual e ele não consegue agarrar outro. Dedos cobertos de ouro deslizam entre os dele. A música vacila.

A festa se dissipa, afastada com um sopro, e, diante dos olhos de Zachary, Mirabel faz algo parecido com entrar em foco, seu rosto a centímetros do dele. Ele pisca, tentando se lembrar de onde estão, até perceber que não faz ideia.

— O que aconteceu? — pergunta Zachary. O mundo está borrado e girando, como se ele ainda estivesse dançando, embora possa ver que na verdade está deitado em um chão muito duro.

— Você estava inconsciente — diz Mirabel. — Provavelmente o impacto que tirou seu fôlego. Não fizemos o pouso mais gracioso. — Ela indica uma pilha de metal ali perto, os restos do elevador. — Tome — ela acrescenta —, eu os tirei por motivos de assistência respiratória, mas eles continuam intactos.

Ela entrega os óculos dele.

Zachary senta-se e os coloca no rosto.

O elevador se despedaçou de tal forma que Zachary fica chocado que eles – bem, e também *ele* – sobreviveram à queda. Talvez a bênção do Cuidador tenha ajudado e os deuses estejam atentos, porque não há poço de elevador acima deles, só uma grande caverna aberta.

Mirabel o ajuda a se levantar.

Eles estão em um pátio cercado por seis grandes arcos de pedra sem suporte, a maioria quebrada, mas os que ainda estão intactos têm símbolos entalhados em sua pedra angular. Zachary só consegue distinguir uma chave e uma coroa, mas adivinha o resto. Além dos arcos há as ruínas do que já foi uma cidade.

A única palavra que vem à mente dele enquanto olha as estruturas ao redor é *antigo*, mas é um antigo genérico, como um sonho arquitetônico febril de pedra e mármore e ouro. Colunas e obeliscos e telhados como de templos. Tudo cintila, como se a cidade inteira e a caverna que a contém tivessem sido cobertos com uma camada de cristal. Mosaicos se estendem por paredes e revestem o chão sob os pés dele, embora a maior parte do piso esteja coberta de livros. Os volumes estão empilhados e espalhados por todos os cantos, abandonados por quem quer que já tenha existido aqui para os ler.

A caverna é gigantesca, abrigando a cidade facilmente. Nas paredes mais afastadas há penhascos esculpidos com escadas e estradas e torres iluminadas como faróis. Embora haja apenas luzes isoladas, tudo brilha. O lugar parece grande demais para estar no subterrâneo – vasto demais e complexo demais e esquecido demais.

Ao lado do elevador, há uma estrutura que parece uma fonte de chamas, com tigelas transbordantes de fogo penduradas como cristais em um lustre, embora apenas algumas estejam acesas. Há fontes parecidas ao redor do pátio, mas as outras estão apagadas.

Zachary pega um dos livros e ele é sólido e pesado, suas páginas coladas por algo grudento que ele percebe ser mel.

— Cidades perdidas de mel e osso — ele comenta.

— Tecnicamente, é um Porto, mas a maioria dos Portos parecem cidades — esclarece Mirabel quando ele devolve o volume ilegível ao lugar onde o encontrou. — Lembro desse pátio, ficava no Coração deste Porto. Eles penduravam lanternas nos arcos durante as festas.

— Você se lembra disso? — pergunta Zachary, olhando para a cidade vazia. Ninguém esteve neste lugar há muito tempo.

— Eu já me lembrava de mil vidas antes de aprender a falar — diz Mirabel. — Algumas se dissiparam com o tempo e a maioria parece mais com sonhos meio esquecidos, mas reconheço lugares em que já estive. Suponho que é como ser assombrada pelo próprio fantasma.

Zachary a observa olhar os prédios quebrados. Tenta decidir se ela parece mais ou menos real aqui do que esperando na fila para comprar café no meio de Manhattan, mas não consegue. Ela está igual, só ferida e cansada e coberta de poeira. A luz do fogo brinca com o cabelo da garota, arrastando-o através de tons de vermelho e violeta e recusando-se a se acomodar em uma única cor.

— O que aconteceu aqui? — pergunta Zachary enquanto luta para entender tudo isso, parte de sua cabeça ainda girando em um salão de baile dourado. Ele cutuca outro livro com o dedão do pé. O volume se recusa a se abrir, as páginas grudadas umas nas outras.

— As marés subiram — diz Mirabel. — É assim que sempre acontece. Um Porto afunda e outro é aberto em algum ponto mais alto. Eles mudam para se adequar ao mar. Ele nunca recuou antes, mas suponho que até um mar pode se sentir negligenciado. Ninguém estava prestando atenção, então ele retornou às profundezas das quais veio. Olha, dá para ver onde ficavam os canais ali. — Ela aponta para pontes que atravessam uma extensão vazia.

— Mas... onde está o mar agora? — pergunta Zachary, querendo saber a profundidade do vazio.

— Deve estar mais abaixo. Mais baixo do que pensei. Este é um dos últimos Portos. Não sei o que vamos encontrar se descermos mais.

Zachary olha para os vestígios de uma cidade afundada coberta de livros. Tenta imaginá-la cheia de pessoas e por um momento consegue evocar a cena – as ruas fervilhantes, as luzes se estendendo a distância – e então ela volta a ser uma ruína sem vida.

Ele nunca esteve no começo da história. Esta história é muito, muito mais velha que ele.

— Vivi três vidas neste Porto — conta Mirabel. — Na primeira, morri quando tinha nove anos. Só queria ir às festas para ver as danças, mas meus pais disseram que eu precisava esperar até completar dez. Só que eu nunca cheguei a ter dez, não naquela vida. Na vida seguinte, cheguei aos setenta e oito e dancei tudo a que tinha direito, mas sempre seria mortal até ser concebida fora do tempo. As pessoas que acreditavam nos antigos mitos tentaram construir um lugar para que isso acontecesse, porto após porto após porto. Transmitiram teorias a seus sucessores. Trabalharam aqui embaixo e na superfície e tiveram muitos nomes ao longo dos anos, mesmo enquanto seus números diminuíam. Mais recentemente, receberam o nome de minha avó.

— A Fundação Keating — adivinha Zachary.

Mirabel assente.

— A maioria morreu antes que eu pudesse agradecê-los. E, em todo esse tempo, ninguém considerou o que aconteceria depois. Ninguém pensou sobre consequências ou repercussões.

Mirabel pega a espada do chão e a gira habilmente. Em suas mãos, parece leve como uma pluma. Ela continua rodopiando a lâmina enquanto fala.

— Eu… bem, uma versão anterior de mim contrabandeou isto de um museu, escondido nas costas de um vestido muito desconfortável. Foi antes dos detectores de metal, e os guardas em geral não revistam as costas dos vestidos de damas. Obrigada por devolver o livro, estava perdido há muito tempo.

— É isso que estamos fazendo aqui? — pergunta Zachary. — Devolvendo coisas perdidas?

— Eu já falei, estamos resgatando seu namorado. De novo.

— Por que eu sinto que isso não é… espere — diz Zachary. — Você já tinha visto a pintura.

— Claro que sim. Passei muito tempo em uma cama de frente para ela. É uma das melhores de Allegra. Fiz um estudo dela em carvão uma vez, mas nunca consegui acertar seu rosto.

— É por isso que você queria nós dois aqui embaixo. Porque estamos na pintura.

— Bem... — começa Mirabel, então encolhe os ombros de leve, sugerindo que ele pode estar certo.

— Isso não é destino, é... história da arte — protesta Zachary.

— Quem falou em destino? — pergunta Mirabel, mas está exibindo aquele sorriso glamouroso de estrela de cinema, que parece assustador à luz do fogo.

— Você não é... — Zachary se interrompe porque "Você não é o Destino?" parece uma pergunta absurda demais mesmo enquanto eles têm uma conversa casual sobre vidas passadas e apesar do fato de que está quase acreditando que a mulher diante dele é, de alguma forma insana, o Destino. Ele a examina. Ela parece uma pessoa normal. Ou talvez seja como suas portas pintadas: uma imitação tão precisa que engana o olho. A luz do fogo bruxuleante ilumina partes diversas do corpo dela, permitindo que o resto desapareça nas sombras. Ela o encara sem piscar, com olhos escuros e rímel manchado, e ele não sabe mais o que pensar. Ou o que perguntar. — O que é você? — ele escolhe por fim, e imediatamente deseja não ter dito isso.

O sorriso de Mirabel desaparece. Ela dá um passo em direção a ele, chegando perto demais. Algo muda no rosto dela, como se estivesse usando uma máscara invisível que foi removida, uma personalidade conjurada de cabelo rosa e sarcasmo tão falsa quanto a cauda e a coroa de uma festa distante. Zachary tenta se lembrar se já sentiu emanando dela a mesma presença antiga e inominável que sentiu com o Cuidador, e de alguma forma sabe que isso sempre esteve lá e que o sorriso desaparecido é mais velho que a estrela de cinema mais velha. Mirabel se aproxima tanto que poderia beijá-lo e sua voz sai baixa e calma.

— Eu sou muitas coisas, Ezra. Mas não sou o motivo de você não abrir aquela porta.

— O quê? — pergunta Zachary, embora já saiba o que ela quer dizer.

— É sua própria culpa, de ninguém mais, não ter aberto aquela porcaria de porta quando você tinha sei lá quantos anos — continua Mirabel. — Não é culpa minha nem de quem pintou por cima da porta. Sua. Você decidiu não abrir. Então não fique aí inventando uma mitologia para me culpar por seus problemas. Eu já tenho os meus.

— Não estamos aqui para encontrar Dorian, estamos aqui para encontrar Simon, não é? — pergunta Zachary. — Ele é a última coisa perdida no tempo.

— Você está aqui porque eu preciso que faça algo que eu não posso — corrige Mirabel. Ela empurra a espada para ele, com o cabo para cima, forçando-o a tomá-la. É até mais pesada do que ele se lembra. — E você está aqui porque me seguiu. Não precisava ter feito isso.

— Não *precisava*?

— Não, não precisava — confirma Mirabel. — Você quer pensar que precisava ou que era *destinado* a fazer isso, mas sempre teve uma escolha. Você não gosta de escolher, não é? Você não faz nada até que algo ou alguém diga que pode. Nem decidiu vir aqui até um livro lhe dar permissão. Estaria sentado no escritório do Cuidador se lamentando se eu não o tivesse arrastado de lá.

— Eu não... — protesta Zachary, furioso com as acusações e as verdades por trás dessas palavras, mas Mirabel o interrompe.

— Cale a boca — ela diz, erguendo uma mão e olhando atrás dele.

— Não me diga para... — começa Zachary, mas então se vira para ver o que ela está observando e se cala.

Uma sombra como uma nuvem de tempestade está se movendo na direção deles, acompanhada por um som como vento. As chamas na fonte de fogo tremulam.

A nuvem fica maior e mais alta e Zachary percebe o que está olhando.

O som não vem do vento, mas sim de asas.

Zachary Ezra Rawlins viu uma coruja que não era empalhada só uma vez antes, perto da fazenda da mãe, em uma tarde de primavera antes do crepúsculo, empoleirada na estrada sobre um cabo de telefone. Ele freou enquanto passava porque não havia outros carros e porque queria se certificar de que era, de fato, uma coruja, e não outra ave de rapina, e a coruja o encarou com olhos inegavelmente corujentos e Zachary a encarou de volta até que surgiu outro carro atrás e ele continuou dirigindo e a coruja permaneceu onde estava, observando-o partir.

Agora há muitas, muitas corujas encarando-o com dúzias e dúzias de olhos, e elas se aproximam numa sombra feita de asas e garras que desce em direção a eles. Corujas mergulham do alto e sobrevoam ruas, perturbando os ossos e a poeira.

O fogo tremula no ar mudado, cuspindo e enfraquecendo, escurecendo as sombras de modo que a nuvem de corujas consome primeiro uma rua e então outra enquanto se aproxima.

Zachary sente Mirabel apoiar uma mão em seu braço, mas não consegue desviar a atenção das dúzias – não, centenas – de olhos que os examinam.

— Ezra — diz Mirabel, apertando seu braço —, corra.

Por um segundo, Zachary continua congelado, então algo em seu cérebro consegue reagir à voz de Mirabel e seguir a instrução. Ele pega a bolsa do chão e sai em disparada na direção oposta à escuridão e aos olhos.

Zachary corre através dos arcos em direção aos prédios e vira na primeira rua que alcança, tropeçando em livros e vacilando, tentando não soltar a bolsa e a espada. Consegue ouvir Mirabel atrás de si, as botas dela atingindo o chão uma fração de segundo após as dele, mas não ousa olhar para trás.

Quando a rua bifurca, ele hesita, mas a mão de Mirabel em suas costas o guia para a esquerda e Zachary dispara por outra rua, outro caminho escuro onde não consegue ver mais de dois passos à frente.

Ele vira outra vez e o eco de seus passos desaparece. Ele olha para trás. Mirabel sumiu.

Zachary congela, dividido entre refazer os próprios passos e procurar Mirabel ou seguir em frente.

Então as sombras ao seu redor se movem. Ocos profundos de janelas e portas dos dois lados estão cheios de asas e olhos.

Ele tropeça, soltando a espada. O caminho de pedra arranha suas mãos quando ele tenta se equilibrar.

As corujas estão acima dele; Zachary não sabe quantas há nas sombras. Uma tenta alcançar a mão dele e garras arranham sua pele.

Zachary recupera a espada caída e golpeia cegamente, sentindo a lâmina cortar garras e penas, alcançar sangue e osso. O guincho que se segue é ensurdecedor, mas as corujas recuam o suficiente para ele ficar de pé, escorregando na pedra salpicada de sangue.

Ele corre a toda velocidade, sem olhar para trás. Não tem nenhum senso de direção nesta cidade labiríntica então apenas segue seus ouvidos, distanciando-se do som das asas.

Ele vira uma esquina após outra. Um beco se abre para uma estrada que o leva através de uma ponte, o nada sob ela profundo e algo dourado muito abaixo, mas Zachary não pausa para examinar. Ele chega ao outro lado e não há estrada nem trilha, só uma fenda seguida pelos restos de uma escadaria que começa acima de sua cabeça e continua subindo, sem o resto dos degraus.

Zachary vira para trás e a cidade parece vazia – então as corujas aparecem, uma e outra e mais uma, até que são uma massa indistinguível de asas e olhos e garras.

Há mais delas do que ele achava possível, movendo-se tão depressa que ele não consegue imaginar ultrapassá-las. Por que eles sequer ousaram tentar?

Zachary olha para os degraus acima. Parecem sólidos, entalhados na rocha. Não estão tão altos. A fenda que o separa deles não é tão larga. Ele conseguiria alcançá-los. Ele lança a espada no degrau mais baixo e ela fica ali, firme.

Zachary respira fundo e pula para cima, uma mão agarrando o degrau de pedra e a outra acomodando-se na espada, então a espada escorrega e leva sua mão junto.

E assim a espada puxa Zachary Ezra Rawlins para longe da escadaria quebrada em uma cidade esquecida e o arrasta para a escuridão abaixo.

DORIAN NÃO PASSOU muito tempo da vida coberto de mel, então nunca soube como o líquido é capaz de se enfiar em absolutamente todo canto e insistir em ficar lá. Ele enche outro balde com água fria dos barris estocados no casco do navio e o joga sobre a cabeça, tremendo enquanto ela escorre sobre sua pele.

Se pensasse que estava sonhando, o frio chocante o teria despertado. Mas Dorian sabe que isto não é um sonho. Até os dedos dos pés sabem.

Depois de remover o máximo de mel possível, pega suas roupas outra vez, deixando aberto o casaco com botões de estrela. *Fortunas e fábulas* está no bolso interno, após, de alguma forma, sobreviver a suas viagens ileso e imelado.

Dorian passa a mão pelo cabelo ainda grudento e ficando grisalho, sentindo-se velho demais para todas essas maravilhas e perguntando-se quando ele passou de um jovem e leal e obediente para um homem de meia-idade confuso e sem rumo, mas sabe qual foi o momento exato, pois este ainda o assombra.

Ele volta ao convés. O barco adentrou um sistema diferente de cavernas, cuja pedra entremeada com cristal parece quartzo ou citrino. As estalactites foram esculpidas em padrões de vinhas e estrelas e diamantes. O espaço todo é iluminado pelas luzes do barco e pela suave luminescência do mar.

Enquanto o navio segue em frente, ele consegue ver outras cavernas, vislumbres de espaços conectados. Escadarias e arcos altos despedaçados. Estátuas quebradas e esculturas elaboradas.

Ruínas subterrâneas gentilmente iluminadas por mel. Ao longe, uma queda-d'água (queda-de-mel) espuma e entorna sobre as rochas. Há um mundo sob o mundo sob o mundo. Ou pelo menos havia.

Eleanor está no tombadilho, ajustando uma série de instrumentos que Dorian não reconhece, mas velejar um barco desses deve exigir um pouco de criatividade. Um dos utensílios parece uma corrente de ampulhetas. Outro, uma bússola na forma de um globo, que aponta para cima e para baixo além das direções usuais.

— Está melhor? — ela pergunta, olhando para o cabelo molhado de Dorian quando ele se aproxima.

— Muito, obrigado. Posso fazer uma pergunta?

— Sim, mas eu posso não ter uma resposta, ou se tiver uma resposta pode não ser certa nem boa. Perguntas e respostas nem sempre se encaixam como peças de um quebra-cabeça.

— Eu não tinha isso, lá em cima — diz Dorian, indicando a espada tatuada no peito.

— Isso não é uma pergunta.

— Como eu tenho agora?

— Você *achava* que tinha? — pergunta Eleanor. — Essas coisas podem ficar confusas aqui embaixo. Você provavelmente acreditava que isso deveria estar aí, então agora está. Deve ser um bom contador de histórias, costuma levar um tempo. Mas você passou um bom tempo no mar, e isso também ajuda.

— Era só uma ideia — diz Dorian, lembrando de como se sentiu lendo o livro de Zachary, aprendendo sobre os guardiões e tentando adivinhar como teria sido sua espada se ele fosse um guardião real e não só uma imitação pobre.

— É uma história que você contou a si mesmo — explica Eleanor. — O mar o ouviu contá-la, então agora está aí. É assim que funciona. Normalmente tem que ser pessoal, uma história que você mantém próxima à pele, mas agora posso controlar com o navio. Precisei de muita prática.

— Você criou este navio com a imaginação?

— Encontrei partes dele e me contei a história do resto até que, no fim, as partes encontradas e as partes da história eram a mesma coisa. Ele navega sozinho, mas tenho que informá-lo aonde ir e empurrá-lo na direção certa às vezes. Posso trocar a cor das velas, mas elas gostam dessa. O que você acha?

Dorian ergue os olhos para as velas vermelho-escuras e por um momento elas ficam mais claras antes de voltar para o bordô.

— Gosto — diz ele.

— Obrigada. Você tinha a tatuagem nas costas lá em cima?

— Sim.

— Doeu?

— Muito — confirma Dorian, lembrando-se de uma sessão após outra passada em um estúdio que cheirava a café e incenso Nag Champa e que tocava rock clássico em volume alto o suficiente para abafar o zumbido das agulhas. Ele tinha feito uma cópia da ilustração de página inteira anos antes, para colar na parede, jamais pensando que perderia o livro, e durante a época em que aquilo era tudo que tinha de *Fortunas e fábulas*, ele a queria mais perto que a parede, onde ninguém poderia tirá-la dele.

— É importante para você, não é? — pergunta Eleanor.

— Sim.

— Coisas importantes às vezes machucam.

Dorian sorri com a afirmação, apesar – ou talvez por causa – da verdade que contém.

— Vamos demorar um pouco — diz Eleanor, ajustando a bússola-globo e envolvendo uma corda no leme do navio.

— Não sei se entendo aonde estamos indo — admite Dorian.

— Ah — diz Eleanor. — Eu posso mostrar.

Ela confere a bússola de novo e então o leva para a cabine da capitã. No centro há uma longa mesa cheia de velas. Poltronas de couro estão encaixadas nos cantos perto de um fogão barrigudo com um cano que sobe pela parede e sai pelo convés. Nos fundos há vitrais multicoloridos. Cordas e laços e uma grande rede cheia de cobertores pendem de vigas no teto. Um coelho de pelúcia com um tapa-olho e uma espada repousa em uma prateleira com vários outros objetos: um crânio com galhada; xícaras de argila cheias de canetas e lápis, jarras de tinta e pincéis; cordões de penas pendurados nas paredes, que esvoaçam conforme a corrente de ar muda ao redor.

Eleanor vai até a ponta da mesa. Entre as velas há uma pilha de papéis com diferentes texturas, tamanhos e formas. Alguns são transparentes. A maior parte tem linhas e anotações.

— É difícil mapear um lugar que muda — ela explica. — O mapa precisa mudar junto.

Ela ergue um canto da pilha de papel na mesa até um gancho pendendo de uma corda do teto. Faz o mesmo nos outros cantos e gira uma roldana na parede e as partes do mapa se erguem, ligadas umas às outras com fitas e cordão. O mapa se ergue em faixas, inchando como um bolo de papel com múltiplas camadas. Os níveis superiores estão cheios de livros. Dorian encontra o salão de baile, depois o Coração (um coração pequeno e vermelho como uma gema está pendurado ali, junto com os restos de um relógio) e abaixo há um espaço alto e vazio que atravessa várias camadas. Abaixo dele, há cavernas e estradas e túneis. Olhando mais de perto, Dorian vê recortes de papel representando estátuas altas, prédios isolados e árvores. Uma extensão de seda dourada entra e sai das camadas inferiores; um barquinho está preso em uma delas, perto do centro. A seda desce até a superfície da mesa, onde se acumula em ondas, cercada por castelos e torres de papel.

— Esse é o mar? — pergunta Dorian, tocando a seda dourada.

— "Mar" é mais fácil de dizer que "conjunto complexo de rios e lagos", não é? — responde Eleanor. — Está tudo conectado, mas há vários bolsões. Estamos em um dos mais altos. Ele desce aqui — ela aponta para os níveis mais baixos, não tão detalhados quanto o resto do mapa. — Mas não é seguro lá embaixo se você não for uma coruja; muda demais. Isso é só o que eu vi pessoalmente.

— Até onde vai? — pergunta Dorian.

Eleanor dá de ombros.

— Ainda não descobri — ela diz. — Estamos aqui. — Ela aponta uma das ondas douradas no centro. — Vamos seguir por aqui e virar aqui — ela indica dois redemoinhos de seda que sobem — e então eu deixo você aqui. — Aponta para uma série de árvores de papel.

— Como eu volto pra cá? — pergunta Dorian, apontando para o Coração.

Eleanor observa o mapa e então contorna a mesa e indica o lado oposto da floresta.

— Se subir aqui e seguir por aqui — ela aponta um caminho que sobe das árvores —, deve encontrar a estalagem. — Então há um prédio com uma lanterninha. — Da estalagem você deve conseguir trocar de estrada para subir aqui. — Ela o puxa até o canto do mapa e mostra os caminhos mais próximos do Porto. — Uma vez que estiver aqui, sua bússola deve funcionar de novo, e ela sempre direciona você para cá. — Ela indica o Coração.

Dorian olha para a corrente ao redor do próprio pescoço que contém a chave do seu quarto e a bússola do tamanho de um medalhão. Ele a abre e uma quantidade pequena de mel vaza, mas a agulha gira descontroladamente, incapaz de encontrar o caminho.

— É isso que ela faz? — ele pergunta. Ninguém tinha lhe explicado.

— Não vai estar igual quando você voltar — avisa Eleanor. — Às vezes você não pode voltar para um velho lugar, tem que ir aos novos.

— Não estou tentando voltar para um lugar — diz Dorian. — Estou tentando voltar para uma pessoa. — Admitir em voz alta parece uma afirmação.

— As pessoas também mudam, sabe.

— Eu sei — diz Dorian, assentindo. Ele não quer pensar nisso. Sempre quis estar neste lugar, mas até finalmente conseguir não entendeu que o lugar era apenas um jeito de chegar à pessoa, e agora ele perdeu ambos.

— Talvez você já tenha ficado um bom tempo fora — aponta Eleanor. — O tempo é diferente aqui embaixo. Passa mais devagar. Às vezes não passa e simplesmente salta de um ponto a outro.

— Estamos perdidos no tempo?

— Você, talvez. Eu não estou *perdida*.

— O que está fazendo aqui embaixo? — pergunta Dorian.

Eleanor pondera sobre a questão, olhando as camadas de mapa.

— Por um tempo fiquei procurando uma pessoa, mas não o encontrei, e depois fiquei procurando por mim mesma. Agora que me encontrei, voltei a explorar, que era o que eu estava fazendo antes de qualquer outra coisa, e acho que é o que eu nasci para fazer. Parece bobo?

— Parece uma grande aventura.

Eleanor sorri para si mesma. Ela e Mirabel têm o mesmo sorriso. Dorian se pergunta o que aconteceu com Simon, agora que entende quanto espaço e tempo existem para ser perdidos aqui embaixo. Ele tenta não pensar sobre quanto tempo já pode ter se passado lá em cima, enquanto Eleanor desmonta o mapa, dobrando o Coração sobre o Mar Sem Estrelas.

— Estamos chegando a um bom lugar para uma despedida — ela diz. — Se você estiver pronto.

Dorian assente e eles voltam juntos ao convés. Entraram em outra caverna, esta esculpida com alcovas enormes, cada uma contendo uma estátua imponente de uma pessoa. Há seis delas, todas abrigando um objeto, embora muitas estejam quebradas e todas estejam cobertas de mel cristalizado.

— Que lugar é este? — pergunta Dorian enquanto eles seguem em direção à proa.

— Fazia parte de um dos antigos Portos — responde Eleanor. — O nível do mar estava mais alto da última vez que passei por aqui, preciso atualizar meu mapa. Pensei que ela gostaria de ficar aqui. Uma vez ela me contou que as pessoas que morriam aqui embaixo deviam ser devolvidas ao Mar Sem Estrelas porque o mar é onde as histórias se originam e todos os finais são começos. Então eu perguntei o que acontece com pessoas que nascem aqui e ela disse que não sabia. Se todos os finais são começos, será que todos os começos também são finais?

—Talvez — diz Dorian. Ele olha para o corpo de Allegra, coberto de seda e amarrado com cordas a uma porta de madeira.

— Era a única coisa que eu tinha do tamanho certo — explica Eleanor.

— É apropriado — Dorian a tranquiliza.

Juntos, eles erguem a porta e a abaixam sobre a amurada até a superfície do Mar Sem Estrelas. As bordas mergulham no mel, mas a porta fica boiando.

Quando a porta se afasta o suficiente, Eleanor fica de pé na amurada e joga uma das lanternas de papel na madeira. Ela pousa sobre os pés de Allegra e tomba, a vela no interior ateando fogo primeiro na casca de papel e então na seda, subindo pelas cordas.

A porta e sua ocupante, ambas em chamas, flutuam cada vez mais longe do navio.

Dorian e Eleanor ficam assistindo lado a lado na amurada.

— Quer dizer alguma coisa boa sobre ela? — pergunta Eleanor.

Dorian olha o cadáver ardente da mulher que tirou seu nome e sua vida e lhe fez mil promessas nunca mantidas. A mulher que o encontrou quando ele era jovem e perdido e sozinho e lhe deu um propósito e o mandou por um caminho que se provou mais surpreendente e estranho do que ele fora levado a crer. Uma mulher em quem ele confiou acima de todas as outras pessoas até um ano atrás e uma mulher que teria atirado em seu coração muito recentemente, se o tempo e o destino não tivessem interferido.

— Não, não quero dizer nada — ele responde. Eleanor lhe dá um olhar pensativo, então assente e retorna a atenção para estibordo, observando as chamas já distantes por um longo tempo antes de falar.

— Obrigada por me ver quando as outras pessoas olhavam através de mim como se eu fosse um fantasma — ela diz, e um soluço inesperado fica preso na garganta de Dorian.

Eleanor apoia uma mão sobre a dele na amurada e eles ficam em silêncio, observando muito tempo depois que as chamas somem de vista, enquanto o navio continua seguindo até seu destino.

A porta em chamas ilumina os rostos de estátuas antigas conforme avança.

Elas são apenas imagens de pedra daqueles que habitaram este espaço muito antes, mas reconhecem alguém que faz parte desse grupo e prestam uma homenagem silenciosa enquanto Allegra Cavallo é devolvida ao Mar Sem Estrelas.

ZACHARY EZRA RAWLINS ergue os olhos para uma luz tênue que brilha (sem muita força) a uma distância que ele já pensava ser profunda mesmo antes de chegar a um ponto muito, muito abaixo dela.

Qual é o contrário de medo de altura? Medo de profundezas?

Há um penhasco, uma sombra que se estende até a luz fraca que vem da cidade. Ele meio que consegue ver a ponte. Há um mínimo de luz onde ele pousou, como um luar de tonalidade quente.

Ele não se lembra de aterrissar, só de escorregar e continuar escorregando até já ter pousado.

Ele caiu numa pilha de pedras. Sua perna dói, mas nada parece quebrado, nem seus óculos indestrutíveis.

Zachary estende o braço para se erguer e seus dedos se fecham ao redor de uma mão.

Ele puxa o braço de volta.

Hesitante, tenta outra vez e descobre que a mão ainda está lá, congelada, esticando-se da pilha de pedras que na verdade não é uma pilha de pedras. Ao lado da mão há uma perna e uma forma redonda como metade de uma cabeça. Quando Zachary se puxa para cima, apoia a mão em um quadril sem corpo.

Ele está em pé em um mar de estátuas quebradas.

Um braço ali perto segura uma tocha apagada – uma tocha real, pelo que tudo indica, não entalhada de pedra. Zachary segue devagar em direção a ela e a tira da mão da estátua.

Então coloca a espada a seus pés e se atrapalha procurando o isqueiro na bolsa, grato ao Zachary do passado por incluí-lo no inventário.

Algumas tentativas depois, consegue acender a tocha. Ela fornece luz suficiente para ver o caminho, embora ele não saiba para onde ir. Deixa a gravidade ditar sua rota, seguindo a superfície inclinada na direção mais fácil de pisar. As estátuas mudam de posição sob seus pés e ele usa a espada para se equilibrar.

É difícil segurar tanto a espada quanto a tocha sobre a superfície irregular, mas ele não ousa deixar nenhuma das duas para trás. Precisa da tocha para enxergar, e a espada parece… importante. As estátuas quebradas se deslocam, criando miniavalanches de partes de corpos. Ele deixa cair a espada e estende a mão para se firmar, tocando em algo mais suave que pedra.

O crânio sob seus dedos não foi esculpido em marfim ou mármore. É osso, agarrando-se aos últimos vestígios de carne que já o cercaram. Os dedos de Zachary se emaranham no que restou de cabelo e ele puxa a mão depressa, alguns fios saindo junto com seus dedos.

Ele apoia a tocha na mão livre de uma estátua próxima para olhar mais de perto algo que não tem certeza se quer olhar mais de perto.

O cadáver que é quase um esqueleto está escondido entre as estátuas quebradas. Se Zachary estivesse alguns passos para qualquer dos lados, nunca teria reparado nele, mas agora consegue sentir o cheiro de putrefação.

Este corpo não está embrulhado em memórias – veste trapos em decomposição. A pessoa que o corpo já abrigou se foi e levou suas histórias consigo, deixando ossos e botas e uma bainha de couro envolta no torso, adequada para uma espada que não está ali.

Zachary hesita, dividido entre a utilidade óbvia da bainha e a quantidade de contato com o cadáver que será necessário para obtê-la, e depois de um debate interno prende o fôlego e desajeitadamente solta o cinto de seu antigo dono, perturbando, no processo, ossos e podridão e líquidos não identificados.

De repente, lhe ocorre que é isso que ele vai se tornar ali embaixo, e ele expulsa o pensamento da mente com toda a força possível, focando-se nas peças de couro e metal.

Quando liberta a bainha e suas tiras de couro, descobre que a espada cabe ali – não com perfeição, mas o suficiente para que não precise carregá-la. Ele leva um minuto para entender como usá-la por cima do suéter, mas por fim a espada fica parada em suas costas.

— Obrigado — diz Zachary ao cadáver.

O cadáver não responde, silenciosamente satisfeito por ser útil.

Zachary segue em frente, tropeçando sobre as estátuas. É mais fácil agora. Ele passa a tocha de uma mão para a outra a fim de descansar o braço.

Os pedaços de estátuas quebradas vão ficando menores e por fim há apenas cascalho sob os pés dele. A extensão de mármore se torna algo que pode ser uma trilha.

A trilha se transforma num túnel.

Zachary pensa que a chama está ficando mais fraca.

Ele não sabe há quanto tempo está andando. Pergunta-se se ainda é janeiro, se em algum lugar muito acima continua nevando.

Só consegue ouvir os próprios passos, a respiração, as batidas do coração, e a chama crepitante da tocha que definitivamente está ficando mais fraca, o que é decepcionante porque ele torcia para que fosse uma tocha mágica de luz infinita, e não uma tocha normal extinguível.

Há um som por perto que não é ele que está causando. Um movimento no chão.

O som continua, cada vez mais alto. Algo grande está se movendo ali perto, atrás dele e agora ao lado dele.

Zachary se vira e ergue os olhos quando a luz da tocha ilumina um único olho grande e escuro cercado por pelos claros. O olho o encara placidamente e pisca.

Ele estende a mão e toca o pelo macio. Consegue sentir cada respiração sob os dedos, o ressoar de um enorme coração batendo, então a criatura pisca de novo e se afasta, permitindo que a tocha ilumine suas longas orelhas e sua cauda felpuda antes de desaparecer.

Zachary fica olhando a escuridão depois que o coelho branco gigante desaparece.

Será que tudo isso começou com um livro?

Ou é muito mais antigo? Será que tudo que o trouxe aqui é muito, muito mais antigo?

Ele tenta definir os momentos, desvendar seus significados.

Não há significados. Não mais.

A voz é como um sussurro feito de vento.

— O quê? — ele se pergunta em voz alta.

— *O quê?* — seu eco responde, repetindo-se sem parar.

Você chegou tarde demais. É tolice continuar.

Zachary leva a mão às costas e puxa a espada da bainha, empunhando-a contra a escuridão.

Você já está morto, sabe.

Ele para e escuta, embora não queira escutar.

Você fez uma caminhada cedo demais pela manhã e desabou de fadiga e estresse e então veio a hipotermia, mas seu corpo ficou enterrado na neve. Ninguém vai encontrá-lo até que a primavera derreta a neve. Há tanta neve. Seus amigos pensam que você está desaparecido, mas na verdade está sob os pés deles.

— Isso não é verdade — diz Zachary. Ele não soa tão determinado quanto gostaria.

Tem razão, não é. Você não tem amigos. Tudo isso é uma invenção. Uma tentativa débil do seu cérebro de se preservar, contando a si mesmo uma história com amor e aventura e mistério. Todas aquelas coisas que você queria na vida, coisas que não saiu para encontrar porque estava ocupado demais jogando seus joguinhos e lendo seus livrinhos. Sua vida desperdiçada está acabando, é por isso que você está aqui.

— Cale a boca — diz Zachary à escuridão. Ele pretendia gritar, mas as palavras saem tão fracas que nem ecoam.

Você sabe que é verdade. Acredita nisso porque é mais plausível que toda essa bobagem. Está fingindo. Imaginou essas pessoas e esses lugares. Contou um conto de fadas a si mesmo porque teme a verdade.

A luz da tocha está evanescendo. Um frio como neve rasteja sobre a pele dele.

Desista. Você nunca vai encontrar a saída. Não há saída. Você chegou ao fim agora. Game over.

Zachary se obriga a continuar andando. Não consegue mais ver aonde vai o caminho. Concentra-se em dar um passo depois do outro. Estremece.

Desista. Desistir é mais fácil. Desistir será mais quente.

A tocha se apaga.

Não precisa ter medo de morrer, pois já está morto.

Zachary segue em frente, mas não consegue ver nada.

Você está morto. Pereceu. Não há vida extra. Teve sua chance. Jogou seu jogo. Perdeu.

Zachary cai de joelhos. Ele pensava que tinha uma espada. Por que teria uma espada? Que idiotice.

É idiota mesmo. Pura bobagem. É hora de parar de fantasiar sobre espadas e viagem no tempo e homens que não mentem para você e corujas monárquicas e o Mar Sem Estrelas. Nenhuma dessas coisas existe. Você inventou todas elas. Tudo isso está em sua cabeça. Pode parar de andar. Não tem para onde ir. Você está cansado de andar.

Ele está cansado de andar. Cansado de tentar. Nem sabe o que quer, o que está procurando.

Você não sabe o que quer. Nunca soube e nunca saberá. Acabou de uma vez por todas. Você chegou ao fim.

Há uma mão no braço de Zachary. Ele pensa que há uma mão em seu braço. Talvez.

— Não escute — diz uma voz diferente perto do seu ouvido. Ele não reconhece nem a voz nem o sotaque. Talvez britânico ou irlandês ou escocês ou algo assim. Ele é ruim em identificar sotaques assim como é ruim em tudo o mais. — É mentira — continua essa voz. — Não escute.

Zachary não sabe em qual voz acreditar, mas sotaques britânicos-irlandeses-escoceses tendem a soar oficiais e importantes e a outra voz não tinha sotaque, mas talvez não haja voz nenhuma e ele deva descansar um pouco. Tenta se deitar, mas alguém puxa seu braço.

— Não podemos ficar aqui — insiste uma das vozes. A britânica.

Você imaginou que está recebendo ajuda, de tão desesperado que está para acreditar. É patético.

A mão solta seu braço. Nunca houve uma mão, nunca houve nada.

Há um clarão, uma luminosidade súbita que varre o lugar. Por um segundo, ele vê um túnel e um caminho e enormes portas de madeira a distância, então a escuridão retorna.

Você é um homenzinho triste e irrelevante. Nada disso importa. Nada que você fizer jamais terá qualquer impacto em qualquer coisa. Você já foi esquecido. Fique aqui. Descanse.

— Levante — ordena a outra voz e a mão surge de novo, arrastando Zachary para a frente.

Zachary se ergue sem jeito. A espada em sua mão bate na perna.

Ele tem mesmo uma espada.

Não.

A voz na escuridão muda. Antes estava calma, agora está brava.

Não, repete a escuridão enquanto Zachary tenta se mexer e alguém – algo – agarra seus tornozelos, envolvendo suas pernas e tentando puxá-lo para baixo outra vez.

— Por aqui — diz a outra voz, com mais urgência agora, guiando-o adiante. Zachary segue, cada passo enfrentando maior resistência do chão. Ele tenta correr, mas mal consegue caminhar.

Aperta o cabo da espada com mais força. Concentra-se na mão que toca seu braço, e não nas outras coisas que estão deslizando por suas pernas e ao redor do seu pescoço, embora pareçam igualmente reais.

Ele não está sozinho. Isto está mesmo acontecendo.

Ele tem uma espada e está numa caverna sob uma cidade perdida em algum lugar nos arredores do Mar Sem Estrelas e perdeu o Destino e não consegue enxergar, mas – que inferno! – ainda acredita.

Seus pés se movem mais rápido agora, um passo então outro e mais um, e a coisa na escuridão continua seguindo, acompanhando seu ritmo enquanto eles descem por um caminho que termina em algo parecido com uma parede.

— Espere — diz a voz que não é a escuridão, e a mão solta o braço de Zachary, substituída por algo que não é uma mão, pesado e frio e envolvido ao redor do seu ombro.

À frente dele há uma faixa de luz vinda de uma porta aberta.

A escuridão faz um barulho horrível que não é um grito, mas essa é a palavra mais próxima que ele encontra para o terror agudo que ocupa sua mente e tudo ao redor.

É tão alto que Zachary tropeça e a escuridão tenta agarrá-lo, arranhando seus sapatos e enrolando-se ao redor de suas pernas para puxá-lo para trás. Ele perde o equilíbrio e cai, deslizando para trás enquanto tenta segurar a espada.

Alguém envolve um braço ao redor do seu peito e o puxa em direção à luz e à porta. Zachary não sabe dizer se o homem ou a escuridão é mais forte, mas com um braço aperta seu salvador e com o outro usa a espada para apunhalar a escuridão.

A escuridão sibila para ele.

Você nem sabe por que está aqui, ela diz enquanto Zachary é puxado para a luz, com vozes em seus ouvidos e em sua cabeça. *Eles estão usando você...*

As portas se fecham, abafando as vozes, mas elas continuam a estremecer e chacoalhar enquanto algo do outro lado tenta passar.

— Me ajude com isso — diz o homem ao empurrar as portas, tentando mantê-las fechadas. Zachary pisca enquanto seus olhos se ajustam, mas consegue ver a tora larga de madeira que o homem está se esforçando para erguer. Ele pega a outra ponta da tora pesada e a desliza nas escoras de metal das portas.

A tora entra no lugar, trancando-as.

Zachary apoia a testa nas portas e tenta controlar sua respiração. Elas são enormes e entalhadas, e parecem mais reais e sólidas sob sua pele a cada segundo. Ele está vivo. Ele está aqui. Isto está acontecendo.

Ele suspira e examina o espaço em que entrou, então olha para o homem ao seu lado.

O espaço é um templo. Há três outros pares de portas que levam para um átrio aberto, que continua subindo em andares cercados por escadas de madeira e sacadas. Fogo arde em tigelas pendentes, sua luz cambiante acentuada pelas velas dispostas em cada superfície no lugar de oferendas, pingando cera sobre altares esculpidos e nos ombros e palmas abertas de estátuas. Longos estandartes feitos de páginas de livros estão pendurados sobre as varandas como bandeiras, esvoaçando e libertados de suas encadernações.

Neste santuário de luz, Zachary Ezra Rawlins e Simon Jonathan Keating se encaram em um silêncio perplexo.

Foi mais fácil do que ele esperava, identificá-la entre os convidados mascarados na festa. Entabular uma conversa. Levar a conversa para o próximo nível. Convidá-la para o seu quarto de hotel, reservado sob um nome fictício.

Ele esperava que ela fosse mais desconfiada.

Ele esperava desta noite muitas coisas que não ocorreram.

Chegar a este ponto foi tão fácil que ele fica desconfiado, suas dúvidas maiores agora que os dois estão longe das conversas e da música da festa. Isso foi fácil demais. Foi fácil demais identificá-la, com abelha e chave e espada penduradas de um jeito tão óbvio e chamativo ao redor do pescoço. Foi fácil demais puxar conversa. Foi fácil demais trazê-la para o quarto, um local sem testemunhas exceto pela cidade do outro lado da janela, repleta de pessoas preocupadas demais com a própria vida para notar ou se importar.

Foi tudo fácil demais e a facilidade o incomoda.

Mas agora também é tarde demais.

Agora ela está diante da janela, embora a vista não seja grande coisa: parte do hotel do outro lado da rua e um canto do céu noturno sem estrelas visíveis.

— Já parou para pensar quantas histórias existem por aí? — ela pergunta, encostando um dedo no vidro. — Quantos dramas estão se desenrolando ao nosso redor neste exato momento? Eu me pergunto quantas páginas um livro precisaria ter para registrar todas. Provavelmente seria necessária uma biblioteca inteira para conter uma única noite em Manhattan. Uma hora. Um minuto.

Então ele pensa que ela sabe por que ele está aqui e que é por isso que foi tão fácil e que não pode se dar ao luxo de hesitar nem sequer mais um segundo.

Uma parte dele quer permanecer na farsa, continuar interpretando este papel e usando esta máscara.

Ele percebe que quer continuar conversando com ela. A pergunta o distraiu e ele pensa em todas as outras pessoas nesta cidade, todas as histórias preenchendo esta rua, essa quadra, este hotel. Este quarto.

Mas ele tem um trabalho a fazer.

Ele tira a arma do bolso enquanto se aproxima dela.

Ela se vira e olha para ele, com uma expressão que ele não sabe interpretar. Ela ergue a mão e apoia a palma no rosto dele.

Ele sabe onde o coração dela se encontra antes de golpear. Nem precisa desviar o olhar do dela, o movimento treinado tantas vezes que é automático, uma habilidade tão aprimorada que ele nem tem que pensar antes de agir, embora aqui e agora o fato de não pensar o incomoda.

Então está feito – uma das mãos dele está pressionada contra o decote do vestido dela e a outra aperta suas costas para evitar que ela caia ou recue. De longe, vista através da janela, pareceria um abraço romântico, a longa agulha perfurando o coração dela se tornando um detalhe perdido do enlace.

Ele aguarda o arquejo, aguarda o coração dela parar.

Ele não para.

O coração dela continua a bater. Dorian consegue senti-lo sob os dedos, teimoso e insistente.

Ela continua olhando para ele, mas sua expressão mudou, e agora ele entende. Antes, ela o estivera medindo. Agora, ele foi medido e julgado insuficiente, e a decepção dela é tão óbvia e evidente quanto o sangue que escorre por suas costas e através dos dedos dele e pelo coração ainda batendo sob sua mão.

Ela suspira.

Então se inclina para a frente, contra ele, pressionando o coração pulsante contra seus dedos, e a respiração dela, sua pele, seu corpo inteiro está tão impossivelmente vivo nos braços dele que o deixa aterrorizado.

Ela ergue uma mão, de maneira calma e casual, e remove a máscara dele. Deixa-a cair no chão enquanto o encara.

— Estou cansada do romance da garota morta — ela diz. — Você não?

Dorian acorda com um susto.

Ele está em uma poltrona na cabine da capitã de um navio pirata em um mar de mel. Tenta convencer sua mente de que o quarto de hotel em Manhattan foi o sonho.

— Teve um pesadelo? — pergunta Eleanor do outro lado da cabine. Ela está ajustando seus mapas. — Eu costumava ter pesadelos, então os escrevia e dobrava na forma de estrelas e jogava fora para me livrar deles. Às vezes funcionava.

— Nunca vou me livrar deste — conta Dorian.

— Às vezes eles ficam — concorda Eleanor, assentindo. Ela faz uma mudança na seda dourada e desmonta os mapas de novo. — Estamos quase lá — ela diz antes de sair para o convés.

Dorian passa outra respiração em um quarto de hotel, recordado, antes de segui-la. Ele pega a sacola que ela lhe deu, contendo alguns itens potencialmente úteis como um odre de água, embora Eleanor tenha dito que ele passou tanto tempo no mel que deve demorar para sentir fome ou sede. Também há um canivete e uma corda e uma caixa de fósforos.

De alguma maneira, ela encontrou um par de botas que servem nele, altas, dobradas no topo e bastante piráticas. São quase confortáveis. Junto com seu casaco com botões de estrela, ele parece ter saído de um conto de fadas. Talvez tenha mesmo.

Ele sai no convés e congela dentro das botas diante da visão que se apresenta.

Uma densa floresta de cerejeiras florescentes preenche a caverna, subindo até a margem do rio. Raízes retorcidas desaparecem sob a superfície de mel enquanto flores caem e boiam pela corrente.

— Bonito, não é? — comenta Eleanor.

— É lindo — concorda Dorian, embora a palavra não seja capaz de capturar o modo como a visão deste lugar há muito amado está dilacerando seu coração.

— Não vou conseguir parar muito tempo com essa corrente — explica Eleanor. — Você está pronto?

— Acho que sim — diz Dorian.

— Quando chegar lá, por favor diga ao estalajadeiro que eu disse oi — pede Eleanor.

— Vou dizer — promete Dorian. E, como sabe que pode não ter outra chance, acrescenta: — Conheço sua filha.

— Você conhece Mirabel? — ela pergunta.

— Sim.

— Ela não é minha filha.

— Não?

— Só porque ela não é uma pessoa — esclarece Eleanor. — Ela é outra coisa vestida como uma pessoa, assim como o Cuidador. Você sabe disso, não é?

— Sei — admite Dorian, mesmo que não fosse capaz de explicar de maneira tão sucinta. O sonho que era inteiramente lembrança cruza sua mente outra vez, acompanhando o resto da noite que eles passaram juntos em um bar de hotel, enquanto o mundo dele fraturava e desmoronava e Mirabel coletava os pedaços no fundo de uma taça de martíni. Às vezes ele se pergunta o que poderia ter acontecido, o que ele poderia ter feito, se ela não tivesse ficado com ele.

— Deve ser difícil não ser uma pessoa quando se está preso em uma pessoa — reflete Eleanor. — Ela sempre parecia tão brava com tudo. Como ela é agora?

Dorian não sabe como responder. Sente uma batida de coração fantasma sob os dedos. Por um momento, lembrando, conjurando a ideia da pessoa que não é uma pessoa, sente-se de novo como se sentiu naquela noite e, sob todo o terror e confusão e encanto, encontra uma calma maravilhosa.

— Não acho que continue brava — ele diz a Eleanor. Mas ao mesmo tempo pensa que talvez aquela calma seja algo como a calmaria que antecede a tempestade.

Eleanor inclina a cabeça reflexiva, então assente, parecendo satisfeita.

Dorian deseja oferecer algo a ela em troca de sua gentileza, em pagamento pelo transporte. Por salvar sua vida – algo que parece ser hereditário.

Ele só tem uma coisa para dar e percebe agora que era o fato de que o livro não estava sendo lido que o incomodava, mais do que o fato de que não estava em sua posse. Além disso, ele já o carrega consigo, em tinta nas costas e constantemente na cabeça.

Ele tira *Fortunas e fábulas* do bolso do casaco.

— Gostaria que ficasse com isto — ele diz, estendendo-o a Eleanor.

— É importante para você — ela diz. Uma afirmação, não uma pergunta.

— Sim.

Eleanor vira o livro nas mãos, franzindo o cenho.

— Eu dei a uma pessoa um livro que era importante para mim, muito tempo atrás — ela diz. — Nunca o recebi de volta. Vou devolver isto a você um dia, tudo bem?

— Contanto que leia primeiro — diz Dorian.

— Vou ler, prometo — diz Eleanor. — Espero que encontre sua pessoa.

— Obrigado, capitã — agradece Dorian. — Desejo a você muitas aventuras. — Ele faz uma mesura e ela ri e, aqui e agora, eles se separam para avançar em suas respectivas histórias.

O desembarque de Dorian é uma proeza complicada envolvendo cordas e um salto cuidadoso, então ele está em pé na praia, observando o navio se tornar cada vez menor enquanto acompanha o litoral.

Daqui, ele consegue ler as palavras entalhadas no casco:

À Procura & Ao Encontro

O navio se torna uma luz difusa à distância até desaparecer e Dorian ficar sozinho.

Ele se vira para a floresta.

São as maiores cerejeiras que já viu, intimidadoras e nodosas, os galhos se retorcendo em todas as direções, alguns altos o bastante para roçar as paredes de rocha da caverna bem acima e outros baixos o suficiente para tocar, todos pesados com milhares de flores cor-de-rosa. Raízes e troncos arrebentam o solo de pedra sólida, que se racha ao redor delas.

Lanternas de papel estão penduradas em galhos, algumas em alturas impossíveis, pontilhando a copa das árvores como estrelas. Elas balançam mesmo sem brisa.

Quando Dorian entra na floresta, encontra tocos esparsos entre as árvores. Alguns contêm velas acesas, pingando pelos lados e no chão. Outros contêm pilhas de livros, e Dorian estende a mão para pegar um deles, descobrindo que mesmo os livros são feitos de madeira sólida, partes da antiga árvore, entalhados e pintados.

Flores flutuam ao seu redor. Um caminho foi aberto e definido por marcadores nas árvores, pedras planas encaixadas em suas raízes sobre as quais ardem velas solitárias. Dorian segue essa trilha, logo perdendo de vista o Mar Sem Estrelas. Ele não consegue mais ouvir as ondas batendo na praia.

Uma única pétala flutua até sua mão e se dissolve sobre a pele como um floco de neve.

Enquanto ele segue em frente, as flores continuam a cair, poucas pétalas de cada vez, mas então começam a se acumular, esvoaçando sobre o caminho.

Ele não sabe apontar o momento exato em que as flores de cerejeiras se transformam em neve.

Suas botas deixam pegadas conforme ele avança. Há cada vez menos luzes marcando a trilha. A neve de flores se intensifica, apagando as chamas das velas. Está mais frio agora; cada flor que atinge a pele exposta de Dorian parece gelo.

A escuridão chega rápida e pesada. Dorian não consegue ver nada.

Ele dá um passo depois do outro, as botas afundando na neve.

Escuta um som. A princípio, acha que é o vento, mas é mais constante, como uma respiração. Algo está se movendo ao lado dele, então na frente dele. Dorian não consegue ver nada; a escuridão é absoluta.

Ele para. Com cuidado, apalpa a sacola, fechando os dedos ao redor da caixa de fósforos.

Tenta acender um fósforo às cegas. O primeiro cai de seus dedos trêmulos. Ele respira fundo para se controlar e tenta de novo.

O fósforo se acende, criando uma única chama trêmula.

Um homem está de pé diante de Dorian. É mais alto que ele, mais magro, mas com ombros mais largos. Sobre esses ombros largos está a cabeça de uma coruja, que o encara com grandes olhos redondos.

A cabeça da coruja se inclina para analisá-lo.

Os grandes olhos redondos piscam.

A chama do fósforo chega ao fim, tremeluzindo e se apagando.

A escuridão envolve Dorian outra vez.

ZACHARY EZRA RAWLINS já imaginou muitos personagens de livros, sem jamais sonhar que acabaria cara a cara com um deles, e embora soubesse que Simon Keating era uma pessoa de verdade e não um personagem, tinha imaginado um personagem mesmo assim, e não era de forma alguma a pessoa que ele está encarando no momento.

Este homem é mais velho que o rapaz de dezoito anos que Zachary imaginou – mas o que é a idade para alguém perdido no tempo? Ele parece ter cerca de trinta anos, com olhos escuros e cabelo loiro-escuro comprido preso em um rabo de cavalo no qual foram amarradas várias penas. Uma camisa de babados que pode ter sido branca agora está cinza, mas o colete se conservou melhor, perdendo vários botões que foram substituídos por cordões amarrados em nós. Ele usa uma faixa de couro envolta duas vezes ao redor da cintura como um cinto duplo, do qual pendem vários itens, incluindo uma faca e uma corda enrolada. Mais faixas de couro e tecido estão envolvidas ao redor de seus joelhos e cotovelos e de sua mão direita.

Ele não tem a mão esquerda, que foi cortada acima do pulso. A ponta deste braço também está embrulhada e protegida, e a pele visível ali, assim como parte do pescoço dele, foi claramente muito queimada em algum momento no passado.

— Ainda consegue ouvi-las? — pergunta Simon.

Zachary balança a cabeça, tanto para afastar a lembrança das vozes como para responder à pergunta. Ele deixou a tocha cair em algum momento, mas agora não se lembra se chegou a ter uma tocha. Recorda-se de estátuas e escuridão e um coelho gigante.

Ergue os olhos para efígies que por séculos observaram festivais e adoradores, depois o vazio e, depois do vazio, tiveram sua visão reivindicada pelo mar de mel, então, quando as marés recuaram e a luz retornou, observaram primeiro um único homem e agora dois.

— Elas mentem — garante Simon, inclinando a cabeça para a porta. — Ainda bem que eu ouvi você.

— Obrigado — diz Zachary.

— Supere tudo isso — aconselha Simon. — Deixe passar por você e então largue para trás.

Simon se vira e Zachary tenta se controlar. Está tremendo, mas começando a se acalmar, tentando absorver tudo à sua frente e ao seu redor e acima.

Há dúzias de estátuas gigantes. Algumas figuras têm cabeças de animais e outras perderam a cabeça completamente. Elas posam ao longo do espaço de um modo tão orgânico que Zachary não ficaria surpreso caso se movessem – ou talvez estejam se movendo muito, muito devagar.

Pendurados entre os membros estendidos e coroas e galhadas, há cordas e fitas e barbantes amarrando as estátuas às sacadas e às portas, nas quais estão penduradas páginas de livros e chaves e penas e ossos. Uma longa sequência de luas de latão pende do centro do átrio. Algumas das cordas estão conectadas a engrenagens e polias.

Duas das estátuas são tão grandes que as sacadas são construídas ao redor delas, uma de cada lado. Elas estão viradas uma para a outra, acima de todos os outros dramas que se desdobram em pedra e papel e pessoas.

A mais próxima é tão detalhada em forma e feições que Zachary reconhece o Cuidador, embora metade de seu rosto esteja oculto pelos papéis esvoaçantes e pela curva de uma lua crescente. Suas mãos estão estendidas em um gesto familiar, erguidas como se ele esperasse que um livro muito grande fosse colocado nas palmas abertas, mas em vez disso há fitas vermelhas, faixas compridas de seda cor de sangue, drapejadas sobre seus dedos e ao redor dos pulsos e se estendendo para longe, ligando-o às sacadas e às portas e à estátua que ele está encarando.

A figura oposta não se parece com Mirabel, mas claramente deveria representá-la – ou alguém que ela costumava ser. Fitas vermelhas estão amarradas em seus pulsos e enroladas no pescoço, caindo ao chão e se empoçando como sangue ao redor de seus pés. *Ei, Max*, pensa Zachary, e a estátua vira a cabeça muito de leve para examiná-lo com olhos de pedra vazios.

— Você está ferido? — pergunta Simon enquanto Zachary recua aos tropeços, equilibrando-se com a mão num altar. A superfície é suave, a pedra coberta com camadas e mais camadas de cera derretida. Zachary balança a cabeça em resposta, embora não tenha certeza. Ainda consegue sentir o peso da escuridão nos pulmões e nos sapatos. Talvez devesse se sentar. Ele tenta se lembrar de como fazer isso. As fitas esvoaçando perto dele contêm palavras que Zachary não consegue ler, preces ou apelos ou mitos. Desejos ou avisos.

— Eu... — começa Zachary, mas não sabe como completar a afirmação. Não sabe como está. Não no momento.

— Qual é você? — pergunta Simon, examinando-o. — O coração ou a pena? Você porta a espada, mas não usa as estrelas. É confuso. Não deveria estar aqui. Deveria estar em outro lugar.

Zachary abre a boca para perguntar do que exatamente ele está falando, mas em vez disso aborda a única coisa que continua retornando a sua mente:

— Eu vi um coelho.

— Você viu... — Simon lança um olhar confuso para ele e Zachary não sabe se falou direito; seus pensamentos parecem tão separados do corpo.

— Um coelho — ele repete, tão devagar que a palavra parece errada de novo. — Um coelho grande. Como um elefante, só que um... coelho.

— A lebre celestial não é um *coelho* — corrige Simon, então volta sua atenção às cordas e engrenagens acima deles. — Se viu a lebre, isso significa que a lua está aqui — ele diz. — É mais tarde do que pensei. O Rei Coruja está vindo.

— Espere... — começa Zachary, tentando se agarrar a algo familiar com uma pergunta que já fez antes. — Quem é o Rei Coruja?

— A coroa passa de um para outro — responde Simon, ocupado em ajustar as cordas com movimentos experientes de sua única mão. — A coroa passa de história para história. Houve muitos reis corujas com suas coroas e suas garras.

— Quem é o Rei Coruja agora? — pergunta Zachary.

— O Rei Coruja não é um *quem*. Nem sempre. Não nesta história. Você está confundindo o que era com o que é. — Simon suspira, abandonando seus ajustes e voltando-se para Zachary. Ele explica com hesitações, procurando as palavras certas. — O Rei Coruja é um... fenômeno. O futuro colidindo com o presente como uma onda. Suas asas batem nos espaços entre escolhas e antes de decisões, anunciando mudanças... mudanças há muito esperadas, mudanças previstas por profecias e alertadas por augúrios, escritas nas estrelas.

— Quem são as estrelas? — É uma pergunta que Zachary já se fez, mas não em voz alta, embora ainda não tenha entendido se o Rei Coruja é uma pessoa ou um pássaro ou um tipo de clima.

Simon o encara e pisca.

— Nós somos as estrelas — ele responde, como se fosse o mais óbvio dos fatos em um mar de metáforas e enigmas. — Somos todos poeira estelar e histórias. — Simon se vira e desamarra uma corda de um dos ganchos perto da parede. Ele a puxa e, muito acima, as engrenagens e polias entram em movimento. Uma forma de crescente se dobra para dentro de si mesma e desaparece. — Isso não está certo — ele diz, puxando outra corda, que muda as páginas esvoaçantes. — As portas estão se fechando, levando possibilidades consigo. A história é registrada mesmo quando ela não sabe como continua, e agora outra pessoa a está seguindo, lendo. Procurando o final.

— Quê? — indaga Zachary, mesmo que talvez queira dizer "quem". Não consegue se lembrar da diferença.

— A história — repete Simon, como se isso respondesse à pergunta em vez de criar novas questões. — Eu estava na história e daí perambulei fora dela e encontrei esse lugar onde podia ouvir em vez de ser lido. Tudo aqui sussurra a história; o mar e as abelhas a sussurram e eu escuto e tento encontrar a forma de tudo. Onde esteve e aonde está indo. Novas histórias se enrolam ao redor das velhas, as antigas histórias que as chamas sussurram para as mariposas. Esta aqui se desgasta nos lugares onde foi contada e recontada. Há buracos nos quais cair. Eu tentei registrá-la, mas não consegui.

Simon gesticula para as estátuas, para as fitas e cordas e papéis e chaves.

— Isso é... — começa Zachary.

— Isso é a história — Simon termina a frase por ele. — Se ficar aqui embaixo tempo suficiente, vai ouvir o zumbido dela. Eu capturo o máximo que consigo. Faz o som ficar mais suave.

Zachary olha mais de perto. Dentro das fitas e cordas e engrenagens e chaves, há outras coisas, oscilando e cintilando na luz do fogo:

Uma espada e uma coroa cercadas por um enxame de abelhas de papel.

Um navio sem mar. Uma biblioteca. Uma cidade. Um incêndio. Um abismo cheio de ossos e sonhos. Uma figura usando um casaco de pele numa praia. Uma forma como uma nuvem ou um carrinho azul. Uma cerejeira com flores feitas de páginas de livros.

As chaves e as fitas mudam de lugar e as imagens dentro delas se tornam mais nítidas, nítidas demais para ser feitas de papéis e fios entrelaçados.

Vinhas sobem por janelas e se envolvem ao redor de um gato laranja adormecido no escritório do Cuidador. Duas mulheres sentam-se a uma mesa de piquenique sob as estrelas, bebendo e conversando. Atrás delas, um garoto está em pé diante de uma porta pintada que nunca vai abrir.

Zachary olha por outro ângulo e, por um momento, toda a estrutura efêmera parece ser uma coruja gigante englobando a sala, então, em um tremular de páginas, fragmenta-se de novo em pedacinhos de história. A mudança de ponto de vista traz tanto mais como menos. Figuras que estavam enlaçadas se separam. Está nevando em algum lugar. Há uma estalagem em uma encruzilhada e alguém caminhando em direção a ela.

Há uma porta na lua.

— A história está mudando. — Zachary está tão absorto nas imagens cambiantes que a voz de Simon ao seu lado é uma surpresa. Quando ele olha de novo, há apenas um emaranhado de papel e metal e tecido. — Está se movendo rápido demais. Os eventos estão se sobrepondo.

— Pensei que o tempo não era... — Zachary começa e para de novo, sem ter certeza do que o tempo era ou é ou não será. — Achei que o tempo era diferente aqui.

— Prosseguimos em velocidades diferentes, mas estamos todos nos movendo para o futuro — diz Simon. — Ela o estava segurando como um fôlego e agora partiu. Não achei que aconteceria.

— Quem? — pergunta Zachary, mas Simon não responde, mudando mais cordas com sua única mão.

— O ovo está rachando — ele diz. — Rachou. Vai rachar.

Acima deles, uma série de chaves caem, batendo umas contra as outras com o som de sinos repicando.

— Logo, o dragão virá devorar o mundo. — Simon se vira para Zachary. — Você não deveria estar aqui. A história o seguiu para cá. É aqui que eles querem que você esteja.

— Quem? — pergunta Zachary de novo, e dessa vez parece que Simon ouve a pergunta. Ele se inclina e sussurra, como se temesse que alguém pudesse ouvir.

— Eles são deuses que perderam seus mitos e estão escrevendo novos. Já consegue ouvir o zumbido?

Com essas palavras, o ar muda. Uma brisa espiralada atravessa o cômodo, fazendo páginas de livros e fitas esvoaçarem e apagando várias velas. Simon se move depressa para acendê-las de novo enquanto o espaço mergulha na penumbra.

Zachary dá alguns passos para sair do caminho dele e recua até uma estátua de um guerreiro de elmo montado num grifo, congelado no meio de um salto sobre um inimigo invisível, com a espada empunhada e as asas abertas.

Empoleirada na espada da estátua há uma pequena coruja, que o encara.

Zachary recua com um pulo de surpresa e estende a mão para sacar a própria espada, mas a deixou no chão a certa distância. A coruja continua encarando-o. É muito pequena, feita de penugem e olhos. Aperta um objeto nas garras.

— Por que você temeria aquilo que o guia? — pergunta Simon calmamente sem se virar para ele, ocupado em acender velas. A sala está ficando mais iluminada. — As corujas sempre impeliram a história adiante. É o propósito delas. Esta aqui estava esperando alguém chegar. Eu deveria saber. — Ele se afasta, resmungando consigo mesmo.

A corujinha solta aos pés de Zachary o objeto que carrega.

Zachary olha para baixo.

Na pedra ao lado do seu sapato há uma estrela de papel dobrada.

A coruja alça voo e se empoleira no parapeito de uma sacada, ainda olhando para ele. Quando Zachary não faz nada, ela dá um piado impaciente de incentivo.

Zachary pega a estrela de papel. Há algo escrito nela. Parece familiar. Ele se pergunta até onde os gatos a levaram através dos corredores até derrubá-la aqui embaixo, onde quer que a coruja a tenha apanhado. Até chegar aqui e agora.

Zachary desdobra a estrela e a lê.

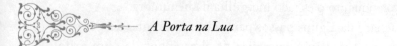 *A Porta na Lua*

O filho da vidente está diante de seis portas,

Zachary Ezra Rawlins olha para palavras que ansiava por ler, quase delirante após finalmente encontrar outra frase que começa com "o filho da vidente" em uma fonte serifada familiar num pedaço de papel arrancado de um livro antes de ser transformado em uma estrela e presenteado a ele por uma corujinha. Então ele para.

A coruja solta outro piado da varanda.

Ele não está pronto. Não quer saber.

Ainda não.

Ele dobra a página como uma estrela de novo e a guarda no bolso sem ler mais que as primeiras palavras.

Três coisas perdidas no tempo, todas aqui. *Doces dores* na sua bolsa, a espada a seus pés e Simon do outro lado da sala.

Zachary sente que algo deveria acontecer agora que todos eles estão juntos, mas nada aconteceu. Pelo menos não aqui. Talvez todos ainda continuem perdidos e ele só esteja perdido junto com eles.

Encontre homem.

Encontrado. E agora?

Zachary vira-se para Simon, que continua acendendo velas em altares e escadarias. O chão está coberto de cera de abelha. Alguns trechos parecem favos de mel, embora quaisquer hexágonos perfeitos tenham sido desmanchados por pegadas e pelo tempo.

À medida que a luz aumenta, Zachary consegue ver as outras camadas construídas sobre este templo. Uma alcova para oferendas agora contém uma pilha de travesseiros. Há jarras no chão, removidas de um lugar menos coberto de cera e trazidas para cá. É aqui que esteve o homem perdido no tempo, escondido por semanas ou meses ou séculos.

Zachary vai até Simon, seguindo seus passos enquanto ele acende as velas.

— Você é palavras sobre papel — sussurra Simon, para si ou para Zachary ou para as palavras que se agarram a seus respectivos papéis acima deles. — Tome cuidado com as histórias que conta a si mesmo.

— Como assim? — pergunta Zachary, lembrando-se das vozes na escuridão e se perguntando se elas são uma dessas histórias. Simon se assusta com a voz dele, virando-se surpreso.

— Olá — ele cumprimenta de novo. — Está aqui para ler? Eu já acreditei que estava aqui para ler e não para ser lido, mas a história mudou.

— Mudou como? — quer saber Zachary. Simon olha para ele sem expressão. — Como a história mudou? — Ele especifica, apontando para as páginas e as estátuas, preocupado com o comportamento de Simon e ainda mais com o fato de que tudo fica se repetindo e se tornando mais confuso quando deveria ficar mais claro.

— Está quebrada — responde Simon, sem explicar como alguém quebraria uma história. Talvez seja como quebrar uma promessa. — As bordas estão afiadas.

— Como eu conserto? — pergunta Zachary.

— Não tem conserto. Só se pode seguir adiante em meio aos pedaços. Olhe aqui. — Simon indica na história algo que Zachary não consegue ver. — Você com seu amado e sua lâmina. As marés vão subir. Há um gato procurando você.

— Um gato? — Zachary ergue os olhos para a coruja, e se corujas pudessem encolher os ombros, esta faria isso. Mas elas não podem, não de um jeito claro, então a coruja apenas sacode as penas.

— Tantos símbolos, quando no fim e no começo há apenas abelhas — comenta Simon.

Zachary suspira e pega a espada. Tantos símbolos. *Símbolos são para interpretação, não definição*, ele lembra. A espada parece mais leve, ou talvez ele esteja se acostumando com o peso. Ele a devolve à bainha.

— Preciso encontrar Mirabel — ele diz a Simon.

Simon lhe lança outro olhar inexpressivo.

— *Ela* — esclarece Zachary, apontando para a estátua. — Sua... — Ele se interrompe, temendo que Simon ainda não saiba que Mirabel é sua filha e que a revelação seja demais. Então começa de novo. — Mirabel... o Destino, quem quer que ela seja. Essa encarnação tem cabelo rosa e costuma ficar mais no porto mais alto. Não sei se você consegue vê-la na história, mas ela é minha amiga e está aqui embaixo em algum lugar e preciso encontrá-la.

Zachary pensa que agora ele tem mais de uma pessoa para encontrar, mas não quer falar sobre isso. Não quer pensar sobre isso – sobre ele – embora o nome que provavelmente não é o nome verdadeiro dele se repita como um mantra em sua cabeça. *Dorian Dorian Dorian.*

— Ela não é sua amiga — diz Simon, interrompendo os pensamentos dele, interrompendo seu ser inteiro. — A senhora da casa de livros. Se ela o deixou, pretendia fazer isso.

— Quê? — pergunta Zachary, mas Simon continua contornando estátuas e puxando mais cordas e fitas, as páginas e objetos pendurados redemoinhando em uma tempestade. A coruja pia da sacada e alça voo, empoleirando-se no ombro de Zachary.

— Você não deveria ter trazido a história para cá — censura Simon. — Eu fico longe da história, não devo mais fazer parte dela. Quanto tentei voltar, isso trouxe apenas dor.

Simon olha para o espaço vazio onde a mão esquerda dele deveria estar.

— Uma vez voltei para a história e ela acabou em chamas — ele diz. — Da última vez que me aproximei, uma mulher com um único olho claro como o céu tomou minha mão e me avisou para nunca voltar.

— Allegra. — Zachary lembra-se da mão na jarra. Talvez fosse uma garantia, para manter parte de Simon perdida para sempre, ou só uma técnica de intimidação padrão que ela realmente executou.

— Ela se foi agora.

— Espera, *se foi* ou se perdeu? — pergunta Zachary. Simon não especifica.

— Você precisa vir comigo — ele diz. — Temos que ir antes que o mar nos reivindique.

— Isso aí diz que eu vou com você? — pergunta Zachary, apontando para as fitas e engrenagens e chaves, usando o braço direito para não perturbar a coruja em seu ombro esquerdo. Seguir instruções entrelaçadas em uma escultura móvel gigante não parece muito melhor que seguir as páginas de um livro.

Ele não está preparado para voltar à escuridão, mas há mais de um jeito de seguir daqui.

Simon olha para a história acima como se procurasse uma estrela específica em um céu vasto.

— Não sei qual deles é você — ele diz a Zachary.

— Eu sou Zachary, o filho da vidente. Preciso saber o que fazer em seguida. Por favor, Simon — ele implora. Simon se vira e olha para ele confuso. Não, não confuso. Inexpressivo.

— Quem é Simon? — ele pergunta, retornando sua atenção às engrenagens e às estátuas, como se a resposta à sua pergunta estivesse ali na amplidão sem estrelas, e não dentro de si.

— Ah — diz Zachary. — *Ah.*

É isso que é ser um homem perdido no tempo. Perder a si mesmo para as eras. Ver, mas não lembrar – nem o próprio nome.

Não sem ser lembrado dele.

— Tome — diz Zachary, remexendo na bolsa. — Você deveria ficar com isso.

Ele estende *A balada de Simon e Eleanor*.

Simon encara o livro hesitante, como se uma história contida e organizada em uma encadernação fosse um objeto estranho, mas então aceita a oferenda.

— Somos palavras sobre papel — ele diz suavemente, virando o livro nas mãos. — Estamos chegando ao fim.

— Ler pode ajudar você a lembrar — sugere Zachary.

Simon abre o livro e o fecha depressa.

— Não temos tempo para isso. Eu vou subir, será mais seguro estar no alto quando começar. — Simon vai até uma das outras portas imponentes e a abre. O caminho adiante está iluminado, mas ele volta mesmo assim para pegar uma tocha da mão de uma estátua. — Você vem? — ele pergunta, virando-se para Zachary.

A coruja crava suas pequenas garras no ombro dele e Zachary não sabe se o gesto é para encorajar ou desencorajar.

Ele ergue os olhos para a história na qual se encontrou, com a lua faltando no centro. Olha para as estátuas de Mirabel e do Cuidador e para muitas outras figuras que não sabe nomear e que devem ter interpretado um papel em algum ponto desta história. Ele se pergunta quantas pessoas já passaram pelo espaço, quantas pessoas respiraram este ar que cheira a fumaça e mel, e se alguma delas se sentiu como ele se sente agora: incerto e assustado e incapaz de saber qual decisão é a certa, se é que existe uma decisão certa.

Ele se vira para Simon.

A única resposta que tem é uma pergunta.

— Para que lado é o Mar Sem Estrelas?

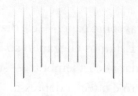

DORIAN ESTÁ NA ESCURIDÃO em meio à neve, tremendo não só devido ao frio.

Ele derrubou os fósforos.

Não consegue ver nada exceto os olhos da coruja o encarando.

Não sabia que era possível sentir-se tão nu estando inteiramente vestido no escuro.

Ele respira fundo, fecha os olhos e estende uma mão aberta, voltada para cima. Uma oferenda. Uma apresentação.

Ele espera, ouvindo o som constante de respiração. Mantém a mão estendida.

Uma mão toma a sua no escuro. Dedos longos se curvam sobre os dele, apertando de maneira gentil mas firme.

A mão o puxa para a frente.

Eles caminham por algum tempo. Dorian dá um passo difícil na neve após outro, seguindo o homem de cabeça de coruja e confiando que o esteja levando para a frente. A escuridão parece infinita.

Então há uma luz.

É tão suave que Dorian suspeita que esteja imaginando, mas vai ficando mais forte à medida que ele se aproxima.

O som constante de respiração a seu lado some, levado pelo vento.

Os dedos apertando os seus desaparecem. Em um momento, há uma mão segurando a dele, depois nada.

Dorian tenta articular sua gratidão, mas os lábios se recusam a formar palavras no frio. Ele pensa um agradecimento o mais alto possível e espera que alguém ouça.

Então segue em direção à luz. Quando se aproxima, vê que há duas luzes.

Lanternas brilham de cada lado de uma porta.

Ele não consegue ver o resto do prédio, mas há uma aldrava na forma de uma lua crescente no centro da porta azul da meia-noite. Dorian a ergue com uma mão quase congelada e bate.

O vento o empurra para dentro quando a porta se abre.

O espaço em que entra é a antítese de onde saiu: claro e quente em vez de frio e escuro. Um grande salão iluminado por uma lareira e cheio de livros, com vigas de madeira escura e janelas cobertas de gelo. Cheira a vinho quente e pão recém-assado. É reconfortante de um jeito indescritível. Parece um abraço, se um abraço fosse um lugar.

— Bem-vindo, viajante — diz uma voz grave.

Atrás dele, um homem robusto com uma barba impressionante tranca a porta contra o vento. Se o lugar fosse uma pessoa, seria este homem, o conforto personificado, e Dorian precisa se esforçar para não afundar em seus braços e suspirar.

Ele tenta retribuir o cumprimento e descobre que está congelado demais para falar.

— Péssimo tempo para viajar — comenta o estalajadeiro, levando Dorian até uma enorme lareira de pedra que ocupa quase toda a parede oposta do grande salão.

O homem acomoda Dorian numa poltrona e tira sua sacola, deixando-a no chão à vista. Ele vai tirar o casaco de Dorian, mas pensa melhor e por fim remove apenas suas botas cobertas de neve, que deixa secando diante do fogo. O estalajadeiro desaparece e retorna com um cobertor, que põe no colo de Dorian, e uma engenhoca cheia de carvão em brasas, que enfia sob a poltrona. Ele joga um pano aquecido ao redor do pescoço de Dorian como um cachecol e lhe estende uma xícara fumegante.

— Obrigado — Dorian consegue dizer, aceitando a xícara com mãos trêmulas. Ele toma um gole e não sente o gosto do líquido, mas está quente, e isso é tudo que importa.

— Vamos descongelar o senhor rapidinho, não se preocupe — promete o estalajadeiro, e é verdade. O calor da bebida e do fogo e do lugar invade Dorian. O frio começa a se dissipar.

Dorian escuta o vento uivar, perguntando-se qual o motivo do uivo e se é um aviso ou um desejo. As chamas dançam alegremente na lareira.

É estranho, ele pensa, sentar-se em um lugar que se imaginou mil vezes. Um lugar que é tudo que imaginou e mais. Mais detalhes. Mais sensações. É ainda mais estranho que este lugar esteja repleto de coisas que ele nunca imaginou, como se a estalagem tivesse sido tirada de sua mente e decorada por algum outro contador de histórias.

Ele está se acostumando com estranhezas.

O estalajadeiro traz outra xícara e outro pano aquecido para substituir o primeiro.

Dorian desabotoa as estrelas do casaco para manter o calor mais próximo à pele.

O estalajadeiro olha para baixo, nota a espada no peito dele e recua em surpresa.

— Ah — ele diz. — É você. — Os olhos dele saltam entre o rosto de Dorian e a espada. — Tenho algo para o senhor.

— Como assim? — pergunta Dorian.

— Minha esposa me deixou algo para dar ao senhor — esclarece o estalajadeiro. — Ela passou instruções caso o senhor chegasse durante uma das ausências dela.

— Como sabe que é para mim? — pergunta Dorian, cada palavra saindo pesada na língua não inteiramente descongelada.

— Ela me disse que um dia chegaria um homem portando uma espada e vestindo estrelas. Me deu uma coisa e pediu que eu a mantivesse trancada até o senhor aparecer, e aqui está. Ela mencionou que o senhor poderia não saber que estava procurando por isso.

— Não entendo — diz Dorian.

O estalajadeiro ri.

— Nem sempre entendo também — ele diz. — Mas acredito. Admito que pensei que teria uma espada de verdade e não a imagem de uma.

O estalajadeiro puxa uma corrente de dentro da camisa, de onde pende uma chave.

Ele afasta uma das pedras da lareira diante do fogo, revelando um compartimento habilidosamente escondido com uma tranca complexa. Ele a abre com a chave e enfia uma mão lá dentro.

Tira de lá uma caixa quadrada. Sopra uma camada de poeira e cinzas de cima dela e a limpa com um pano tirado do bolso antes de entregá-la.

Dorian aceita a caixa, embasbacado.

É linda, entalhada de osso com ouro incrustado em padrões elaborados. Chaves cruzadas cobrem o topo, cercadas de estrelas. As laterais são decoradas com abelhas e espadas e penas e uma única coroa dourada.

— Há quanto tempo tem isso? — pergunta Dorian.

O estalajadeiro sorri.

— Muito. Por favor, não peça que eu calcule. Parei de guardar relógios.

Dorian olha para a caixa, pesada e sólida em suas mãos.

— O senhor disse que sua esposa lhe deu isto para me entregar — diz ele, e o homem assente. Dorian corre os dedos sobre uma sequência de luas douradas na margem da caixa: cheia e minguante e nova e então reaparece, crescente e depois cheia de novo. Ele se pergunta se há qualquer diferença entre história e realidade aqui embaixo. — Sua esposa é a lua?

— A lua é uma pedra no céu — responde o estalajadeiro, rindo. — Minha esposa é minha esposa. Sinto muito que não esteja aqui agora, ela teria gostado de conhecer o senhor.

— Eu teria gostado também — diz Dorian, olhando de volta para a caixa nas mãos.

Não parece ter uma tampa. Os motivos dourados se repetem e circundam cada lado e ele não consegue encontrar uma dobradiça ou fissura. A lua cresce e diminui ao longo das bordas, repetidamente. Dorian corre a ponta dos dedos gelados sobre cada uma, perguntando-se quanto tempo vai demorar até a lua ser nova e escura e a esposa do estalajadeiro estar aqui de novo. Então ele para.

Uma das luas cheias no que ele presume ser o topo da caixa tem uma mossa, uma impressão de seis lados escondida na forma redonda, algo que ele consegue sentir mais do que ver.

Não é um buraco de fechadura, mas algo poderia encaixar ali.

Ele queria que Zachary estivesse aqui, porque é melhor com quebra-cabeças e por uma série de outras razões.

O que está faltando?, ele pensa, examinando a caixa. Há corujas e gatos escondidos no espaço negativo entre os padrões de ouro. Há estrelas e formas que podem ser portas. Dorian repassa todas as suas histórias. O que não está aqui e deveria estar?

A resposta vem súbita e simples.

— O senhor tem um rato? — ele pergunta ao estalajadeiro.

O estalajadeiro o olha confuso, então ri.

— Pode me acompanhar? — ele pergunta.

Dorian, consideravelmente mais aquecido do que quando chegou, assente e se levanta, deixando a caixa numa mesinha ao lado da poltrona.

O estalajadeiro o leva para o outro lado do salão.

— A estalagem costumava ficar em outro lugar — explica o homem. — Pouca coisa entre suas paredes mudou, mas uma vez mencionei à minha esposa que sinto falta dos ratos de vez em quando. Eles mastigavam sacos de farinha e guardavam sementes nas minhas xícaras; era enlouquecedor, mas eu estava acostumado e descobri que sentia falta deles quando sumiram. Então ela os traz para mim.

Ele para diante de um armário entre um par de estantes e abre a porta.

As prateleiras no interior estão cheias de ratos de prata, alguns dançando e outros dormindo ou mordiscando minúsculos pedaços de queijo dourado. Um deles empunha uma pequenina espada dourada. Um cavaleiro minúsculo.

Dorian estende a mão e pega o rato que tem a espada. Ele está em pé sobre uma base de seis lados.

— Posso? — ele pergunta.

— É claro — responde o estalajadeiro.

Dorian leva o rato cavaleiro de volta à poltrona diante da lareira e o apoia sobre a mossa na lua. O encaixe é perfeito.

Ele vira o rato, e a tampa oculta clica e se abre.

— Rá! — exclama o estalajadeiro alegremente.

Dorian deixa o rato de prata com sua espada ao lado da caixa. Ergue a tampa.

Dentro há um coração humano pulsante.

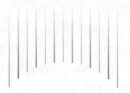

ZACHARY EZRA RAWLINS, quando era muito jovem, brincava com os cristais da extensa coleção da mãe: olhava seu interior, erguia-os contra a luz e examinava marcas e fissuras e fraturas curadas pelo tempo, imaginando mundos dentro das pedras, reinos e universos inteiros segurados em suas palmas.

Os espaços que imaginava não eram nada comparados ao que ele atravessa agora, com uma tocha no alto para iluminar o caminho e uma coruja empoleirada no ombro, cravando as garras em seu suéter.

Quando ele hesita em cruzamentos, a coruja voa na frente para reconhecer o terreno. Ela relata as descobertas com sinais indiscerníveis transmitidos por piscadas ou sacudidelas de asas ou piados, e Zachary finge entender mesmo que não entenda, e eles seguem juntos. Simon lhe avisou que o mar estava a uma boa distância, mas não mencionou que o caminho era tão escuro e sinuoso.

Agora este homem que não está exatamente perdido no tempo e sua companheira emplumada chegam a uma fogueira de acampamento, bem construída e ardente, esperando por eles. Ao lado da fogueira há uma grande barraca de tecido que parece já ter abrigado muitos viajantes em espaços ao ar livre. O interior é iluminado e convidativo.

A barraca é enorme, alta o suficiente para Zachary ficar de pé e caminhar no interior. Há travesseiros e cobertores que parecem roubados de outros lugares e épocas e arranjados aqui para fornecer um repouso para o viajante exausto de passagem, coloridos demais para um espaço tão monocromático. Há até um poste do lado de fora esperando sua tocha, com alguma outra coisa pendurada embaixo.

Um casaco. Um casaco muito velho com vários botões.

Zachary descarta seu suéter surrado de viagem e cuidadosamente veste o casaco há muito perdido de Simon. Os botões possuem um brasão, mas na luz ele não consegue distinguir mais que um polvilhado de estrelas.

O casaco é mais quente que seu suéter. Fica largo nos ombros, mas Zachary não se importa. Pendura o suéter no poste.

Enquanto abotoa seu novo casaco velho, a coruja se reacomoda em seu ombro e eles vão juntos investigar a tenda.

Dentro, há uma mesa com um pequeno banquete.

Uma tigela repleta de frutas: maçãs e uvas e figos e romãs. Um pão redondo com crosta. Um frango assado.

Há garrafas de vinho e garrafas de mistério. Xícaras de prata escurecidas esperando ser enchidas. Jarras de marmelada e favos de mel. Um pequeno objeto cuidadosamente embrulhado em papel que ele descobre ser um rato morto.

— Acho que isso é pra você — diz Zachary, mas a coruja já mergulhou para reivindicar seu petisco e olha para ele com o rabo pendendo do bico.

Do outro lado da barraca há uma mesa coberta com objetos não comestíveis, organizados sobre um tecido bordado de ouro.

Um canivete. Um isqueiro. Um gancho de escalada. Uma bola de barbante. Um par de adagas gêmeas. Um cobertor de lã amarrado com firmeza. Um cantil vazio. Uma pequena lanterna de metal com buracos na forma de estrelas. Um par de luvas de couro. Uma corda enrolada. Um rolo de pergaminho que parece um mapa. Um arco de madeira e uma aljava de flechas. Uma lupa.

Alguns itens, mas não todos, vão caber em sua bolsa.

— Gerenciamento de inventário — murmura Zachary.

No centro da mesa de suprimentos há um bilhete dobrado, que ele abre.

quando estiver pronto
escolha uma porta

Zachary olha ao redor da barraca. Não há portas, só as abas pelas quais entrou, abertas e amarradas com cordões.

Ele tira a tocha de seu local de repouso e parte para explorar a caverna, seguindo o caminho que sai da barraca.

O caminho acaba abruptamente em uma parede cristalina.

Na parede onde deveria continuar, há portas.

Uma é marcada com uma abelha. Outra com uma chave. E há uma espada e uma coroa e um coração e uma pena, embora as portas não estejam na ordem a que ele está acostumado. A coroa está no final. A abelha está no centro, ao lado do coração.

O filho da vidente está diante de seis portas e não sabe qual escolher.

Zachary suspira e volta à barraca. Deixa a tocha, pega uma garrafa de vinho que felizmente já foi aberta e se serve uma taça. Ele ganhou um lugar para descansar antes de seguir em frente e vai aproveitá-lo, apesar da semelhança com repousos virtuais que já encontrou. Nada como poções de saúde em excesso oferecidas logo antes de uma porta para indicar que algo perigoso está chegando.

Ele considera a mesa cheia de objetos, tentando decidir o que levar, e cataloga o que já tem:

Uma espada com bainha.

Uma corujinha companheira, no momento destroçando uma almofada de seda com as garras.

Uma corrente ao redor do pescoço com uma bússola, cuja agulha está girando em círculos. Duas chaves: a chave do quarto e a chave estreita que caiu de *Fortunas e fábulas* e sobre a qual ele nunca chegou a perguntar a Dorian, além de uma pequena espada de prata. Zachary começa a examinar o conteúdo da bolsa para pensar sobre alguma outra pessoa, alguma outra coisa, *qualquer* outra coisa.

Aqui está *Doces dores*, reconfortante em sua familiaridade. Um isqueiro. Uma caneta esferográfica que ele não se lembra de ter colocado na bolsa e um muffin de limão e sementes de papoula sem glúten amassadíssimo e embrulhado em um guardanapo de tecido.

Zachary larga o muffin na mesa com o resto da comida e destrincha o frango, que de alguma forma ainda está quente. Por que Mirabel não ficou, se passou por aqui tão recentemente? Talvez ele tenha encontrado um bolsão fora do tempo onde a comida permaneça sempre aquecida. Ele se serve mais em um prato de prata, puxa uma almofada para perto do fogo e senta-se. A coruja dá um pulinho e senta-se por perto.

Zachary examina as escolhas apresentadas, mastigando pensativamente a asa de um frango assado e se perguntando meio distraído se é rude comer um pássaro na presença de outro pássaro, então lembra que Kat contou uma vez ter visto uma gaivota assassinando um pombo e chega à conclusão de que não deve ser.

Ele bebe o vinho enquanto considera suas opções e seu futuro e seu passado e sua história. Quanto já percorreu. A distância desconhecida que ainda falta percorrer.

Ele tira do bolso a estrela de papel e a gira na mão, deixando-a dançar nos dedos.

Ele não a leu.

Ainda não.

A coruja pia para ele.

O filho da vidente joga a estrela de papel que contém seu futuro na fogueira do acampamento.

As chamas a consomem, chamuscando e entortando o papel até que não seja mais uma estrela, as palavras contidas nele perdidas para sempre.

Zachary se levanta e pega o pergaminho enrolado da mesa de inventário. É um mapa toscamente desenhado, contendo um círculo de árvores e dois quadrados que podem ser construções. Há um caminho do construções até um ponto na floresta ao redor. Não parece útil.

Zachary o deixa na mesa e enfia o canivete, o isqueiro extra, a corda e as luvas na bolsa. Depois de considerar o restante dos objetos, pega o barbante também.

— Pronta? — ele pergunta à coruja.

A coruja responde voando além da fogueira e entrando nas sombras.

Zachary pega a tocha e segue a coruja até a parede de portas.

As portas são grandes e entalhadas em uma pedra mais escura que o cristal que as cerca. Os símbolos estão pintados de ouro.

Há tantas portas.

Zachary está farto de portas.

Ele pega a tocha e explora as sombras, longe das portas e da barraca, entre cristais pontiagudos e arquitetura esquecida. Carrega a tocha até lugares que não são iluminados há muito tempo e que aceitam o brilho da chama como um sonho semiesquecido.

Depois de um momento, ele encontra o que está procurando.

Uma linha finíssima foi traçada na parede. A uma distância de um braço há outra.

Alguém arranhou a ideia de uma porta na parede da caverna.

Zachary aproxima a tocha e o cristal absorve a luz, o suficiente para que ele veja o esboço da maçaneta.

O filho da vidente está diante de outra porta desenhada em outra parede.

Um homem que chegou tão longe em uma história precisa seguir seu caminho. Já houve diversos caminhos no passado distante, perdido muitos quilômetros e páginas atrás. Agora há apenas um caminho para Zachary Ezra Rawlins escolher.

Aquele que leva ao fim.

Outro lugar, outra época:
INTERLÚDIO V

Vale do rio Hudson, Nova York, dois anos depois

O carro parece mais velho do que é, pintado e repintado de um jeito nada profissional, atualmente azul-celeste e coberto por uma série de adesivos (uma bandeira de arco-íris, um símbolo de igualdade, um peixe com pernas, a palavra "Resista"). Ele se aproxima hesitante da sinuosa entrada de carros, sem saber se encontrou o endereço correto, pois seu GPS estava confundindo a motorista, incapaz de localizar satélites, perdendo sinais e sendo o alvo de muitas profanidades criativas.

O carro se aproxima da casa e para. Ele espera, observando a casa branca e o celeiro atrás dela vestido de um índigo escuro em vez do vermelho mais tradicional.

A porta do motorista se abre e uma mulher sai. Ela está usando um casaco de chuva laranja, pesado demais para o clima de quase verão. Seu cabelo é curto e foi descolorido até um tom claríssimo que não se comprometeu inteiramente a ser loiro. Ela tira os óculos redondos e olha ao redor, sem ter certeza de que chegou a seu destino.

O céu combina com o azul do carro, salpicado de nuvens infladas. Flores desabrocham na entrada de carros e na varanda da casa, manchas amarelas e rosa marcando o caminho decorado com sinos e com prismas que pendem de fios, projetando vários arco-íris sobre a casa monocromática.

A porta da frente está aberta, mas a de tela está fechada e trancada. Há uma placa ao lado da porta, pintada à mão e desbotada, com estrelas e letras formadas do vapor que sobe espiralado de uma xicarazinha de café: "Conselheira Espiritual". Não há campainha. A jovem bate no umbral.

— Oi? — ela chama. — Olá? Sra. Rawlins? É Kat Hawkins, você disse que eu podia passar hoje.

Kat recua um passo e olha ao redor. Tem que ser a casa certa. Não devem existir muitas fazendas de conselheiras espirituais. Ela olha para o celeiro e vê a cauda de um coelho pulando entre as flores. Está se perguntando se deve bater nos fundos quando a porta se abre.

— Olá, srta. Kitty Kat — diz a mulher na porta. Kat imaginou a mãe de Zachary muitas vezes, mas nunca conjurou corretamente a pessoa que está ali: uma mulher pequena e curvilínea usando um macacão, seu cabelo formado por uma quantidade absurda de cachos pequenos amarrados com um lenço de caxemira. Seu rosto é enrugado, mas jovem e redondo, com olhos grandes contornados com um delineador verde brilhante. Uma tatuagem de sol está parcialmente visível em um antebraço e uma lua tripla no outro.

Ela puxa Kat para um abraço mais apertado do que seria de esperar de alguém tão pequeno.

— É um prazer conhecê-la enfim, sra. Rawlins — diz Kat, mas a madame Love Rawlins balança a cabeça.

— É senhorita, e não para você, abelhinha — ela corrige. — Pode me chamar de Love ou madame ou mamãe ou o que preferir.

— Eu trouxe biscoitos — diz Kat, erguendo uma caixa. A madame Love Rawlins ri e a leva para dentro da casa. O saguão é coberto por arte e fotografias, e Kat para diante da foto de um garoto com óculos grandes demais e cachos escuros que emolduram uma expressão séria. As salas seguintes estão pintadas em Technicolor e entulhadas com mobília desemparelhada. Cristais de todas as cores estão dispostos em padrões sobre mesas e nas paredes. Elas passam sob uma placa que diz *como acima, abaixo*, e atravessam uma cortina de contas que dá para uma cozinha com um fogão antigo e um cão borzói adormecido apresentado como Horácio.

A madame Love Rawlins acomoda Kat na mesa da cozinha com uma xícara de café e transfere os biscoitos de limão no formato de abelhas para um prato de porcelana com um padrão de flores.

— Você não... — Kat para, sem saber se a pergunta é apropriada, mas agora que começou decide terminar. — Não está preocupada?

A madame Love Rawlins toma um gole de café e examina Kat sobre a borda da xícara. É um olhar penetrante, com mais significado do que as palavras que ela diz em seguida. Kat compreende – é um aviso. Aparentemente ainda não é seguro falar sobre isso, não de verdade. Ela se pergunta se alguém contou à madame Love Rawlins que estava todo mundo comentando e se para ela também pareceu mentira.

— O que quer que aconteça vai acontecer, eu me preocupando ou não — responde a madame Love Rawlins quando abaixa a xícara de novo. — Vai acontecer, quer você se preocupe ou não, também.

Mas Kat se preocupa. É claro que se preocupa. Ela carrega sua preocupação como um casaco que nunca tira. Ela se preocupa com Zachary e se preocupa com outras coisas que claramente não podem ser discutidas mesmo aqui, onde estão escondidas nas colinas entre árvores, cercadas por feitiços protetivos e cristais e um cão de guarda desatento. Kat pega um biscoito de abelha do prato e olha para ele, perguntando-se se a madame Love Rawlins sabe sobre as abelhas, enquanto mastiga uma asa de limão e mel. Então conta algo que nunca admitiu a ninguém.

— Eu escrevi um jogo para ele — ela diz. — Para a minha tese. Sabe como os autores às vezes dizem que escrevem livros para um único leitor? Foi como se eu escrevesse um jogo para um único jogador. Muitas pessoas já jogaram agora, mas não acho que alguém *entendeu*, não como ele entenderia. — Ela toma um gole de café. — Comecei como um negócio "escolha sua própria aventura" num caderno, cheio de minimitos e histórias dentro de histórias com múltiplos finais. Então transformei num jogo de texto, mais complexo e com mais opções, e foi aí que parei, mas a empresa que me contratou quer desenvolver ainda mais, criar uma versão completa.

Kat para, olhando para o fundo da xícara de café e pensando sobre escolhas e movimento e destino.

— Você não acha que ele vai jogar — adivinha a madame Love Rawlins. Kat dá de ombros. — Ele vai querer jogar quando voltar.

— Eu ia perguntar como você sabe que ele vai voltar, mas daí lembrei qual é o seu trabalho — diz Kat.

A madame Love Rawlins ri.

— Eu não *sei* — ela diz. — Eu sinto. Não é a mesma coisa. Posso estar errada, mas teremos que esperar para ver. A última vez que falei com Zachary, percebi que ele estava indo a algum lugar para clarear a cabeça. Está levando mais tempo do que pensei. — Ela olha pela janela, pensativa, por tanto tempo que Kat suspeita que esqueceu que tem companhia, mas então continua. — Muito tempo atrás, minha sorte foi lida por uma leitora muito boa. Eu não pensei muito a respeito, era jovem e estava mais preocupada com o futuro imediato do que com o a longo prazo, mas conforme o tempo foi passando percebi que ela estava completamente certa. Tudo que me disse naquele dia aconteceu, exceto uma coisa, e não tenho por que crer que ela erraria algo quando acertou todo o resto.

— E o que era? — pergunta Kat.

— Ela disse que eu teria dois filhos. Eu tive Zachary e, por anos depois, pensei que talvez ela não soubesse contar, ou que ele tivesse sido gêmeo por um momento antes de nascer, mas então entendi, e deveria ter entendido mais cedo. Sei que ele vai voltar porque ainda não conheci meu genro.

Kat sorri. A afirmação a deixa feliz, é tão casual e simples, enquanto tudo com seus próprios pais é uma luta constante. Mas ela não sabe se acredita. Seria bom acreditar.

A madame Love Rawlins pergunta sobre seus planos e Kat conta a respeito do emprego que aceitou no Canadá e como vai a Toronto visitar amigos por alguns dias antes de continuar. Os amigos são uma ficção inventada para disfarçar o fato de que pretende explorar uma cidade desconhecida sozinha, mas a madame Love Rawlins não faz comentários. Kat menciona realidade virtual e, quando levanta a questão de aromas, a madame Love Rawlins pega sua coleção de perfumes artesanais e elas cheiram garrafas enquanto discutem memória e aromaterapia.

Elas tiram os pertences de Zachary do carro azul-celeste juntas, fazendo várias viagens até um dos quartos vazios.

Sozinha no quarto depois de uma delas, Kat tira da bolsa um cachecol dobrado e listrado. Desde que tricotou esse cachecol específico, seus sentimentos mudaram a respeito da classificação de personalidades em categorias coloridas de casas excessivamente simplificadas, mas ela ainda gosta de listras. Ao lado do cachecol, ela deixa um chaveiro com um pendrive com *<3 k.* escrito em caneta prata metálica.

Tira o caderno azul-petróleo da bolsa e o coloca na mesa, mas então o pega de novo. Espia as escadas, ouvindo a madame Love Rawlins andar de um quarto ao outro e o som da cortina de contas, como chuva.

Ela enfia o caderno de volta na bolsa. Não está pronta para se separar dele. Ainda não.

Lá embaixo, na varanda, a madame Love Rawlins lhe dá um frasco de óleo cítrico (para clareza mental) e outro abraço.

Kat se vira para partir, mas a madame Love Rawlins pega seu rosto nas mãos e olha em seus olhos.

— Tenha coragem — ela diz. — Seja ousada. Faça barulho. Nunca mude por ninguém exceto por si mesma. Qualquer alma que valha a pena vai aceitar o pacote completo e como quer que ele evolua. Não desperdice seu tempo com alguém que não acredite em você quando contar como se sente. Naquela terça em setembro, quando pensar que não tem ninguém com quem conversar, ligue para mim, ok? Estarei esperando ao lado do telefone. E respeite o limite de velocidade perto de Buffalo.

Kat assente e a madame Love Rawlins se ergue na ponta dos pés para beijar-lhe a testa e ela se esforça muito para não chorar, o que consegue até ser informada de que é bem-vinda na Ação de Graças ou na Ação de Graças Canadense e em quaisquer outros feriados invernais de sua preferência, porque sempre, sempre há uma festa do solstício de inverno.

— Você acha que não tem um lar para onde voltar, mas agora tem, entendido?

Kat não consegue segurar algumas lágrimas que escapam, mas tosse e inspira o ar fresco de primavera e concorda com a cabeça sem dizer nada e se sente diferente de como se sentia ao chegar. Por um momento, quando volta ao carro, ela acredita – acredita mesmo – que aquela mulher enxerga mais que os outros, que vê mais longe e mais profundamente, e se ela acredita que Zachary está vivo, então Kat acredita também.

Ela põe os óculos e liga o carro.

A madame Love Rawlins acena da varanda enquanto o carro se afasta. Então volta para dentro, beijando a ponta dos dedos e pressionando-as na foto do garoto de cabelo cacheado antes de se servir outra xícara de café. O borzói boceja.

O carro azul-celeste sai pelo caminho sinuoso e entra no futuro.

LIVRO VI

O
DIÁRIO SECRETO
DE KATRINA
HAWKINS

excerto do diário secreto de Katrina Hawkins

Certo, vamos fazer isso à mão porque não confio mais na internet.

Não que eu já tenha confiado na internet.

Mas a situação ficou estranha.

Não que não fosse estranha antes.

Enfim.

Vou escrever tudo que descobri até agora para não perder de novo. Tirei minhas anotações do notebook e deletei os arquivos, mas vou transcrevê-los aqui antes de rasgar as cópias impressas.

De alguma forma eles limparam meu celular, então as anotações de lá estão perdidas e devem estar parcialmente esquecidas. Vou tentar recriar aqui o que lembro, na ordem mais cronológica possível.

Comprei um celular descartável para emergências.

Quero manter o máximo que puder em um único lugar portátil que eu possa levar comigo em todos os momentos.

Somos só você e eu agora, caderno.

Espero que eu consiga ler minha letra depois.

Espero que, aonde quer que tudo isso leve, valha a pena.

O que quer que aconteça.

É engraçado: quando adultos simplesmente desaparecem e não há evidências óbvias de um crime, ninguém entra no modo detetive e fica refazendo passos nem nada do tipo.

Então eu fiz isso.

Em parte porque fiquei irritada com o discurso de "as pessoas desaparecem o tempo todo" e em parte porque acho que vi Z mais que qualquer outra pessoa naqueles últimos dias.

A polícia queria saber por que Z estava em Nova York e eu sabia que era por causa daquela festa a fantasia (contei isso à polícia, eles disseram que iam investigar, mas não sei se investigaram, me olharam como se eu estivesse inventando coisas quando falei que Z pegou emprestada a minha máscara), mas tudo pareceu organizado de última hora e não planejado, então tentei voltar mais alguns dias.

Ele parecia... não sei. Como ele mesmo, só que mais extremo. Como se estivesse mais ou menos presente. Fico pensando naquela conversa que tivemos na neve quando eu pedi que ajudasse com minha aula e como ele pareceu... alguma coisa. Ele estava distraído por algum motivo e eu queria perguntar o que era, mas quando saímos mais tarde a Lexi estava junto o tempo todo e sei que ele não conhece L o suficiente para esse tipo de conversa, e depois ele sumiu.

A polícia não gosta de "ele parecia distraído" quando você não sabe o que estava distraindo a pessoa.

Soa tão vazio. Todo mundo não está sempre distraído, o tempo todo?

Eles também não gostaram da minha resposta para "Sobre o que vocês estavam trocando mensagens?", que foi "O cachecol de Harry Potter que eu tricotei para ele".

"Vocês não são um pouco velhos para isso?", um deles me perguntou naquele tom de *você já passou da idade para essas coisas, sua criança millennial mimada.*

Eu dei de ombros.

Odeio ter dado de ombros.

"Quanto você o conhecia?", eles me perguntaram, enquanto eu bebia chá morno de delegacia em um copo descartável ambientalmente irresponsável com o sachê dentro, tentando sem sucesso ser mais que água com sabor de folha.

Quão bem alguém conhece outra pessoa? Fizemos algumas disciplinas juntos, e todos os pesquisadores de jogos se conhecem em certa medida. Conversávamos em bares ou na frente da máquina de café defeituosa na sala de descanso do prédio de mídias. Falávamos sobre jogos e coquetéis e livros e sobre ser filhos únicos e não nos importar com isso mesmo que as pessoas parecessem pensar que deveríamos.

Eu queria dizer que conhecia Z o suficiente para pedir um favor a ele e retribuí-lo. Eu sabia quais coquetéis ele pediria de um cardápio de bar e como, se não tivesse nada interessante, ele escolheria um *sidecar*. Eu sabia que tínhamos visões parecidas sobre como jogos podem ser muito mais que atirar em coisas, como podem ser sobre qualquer coisa, inclusive atirar em coisas. Às vezes saíamos para dançar de terça à noite porque ambos gostávamos mais quando as baladas não estavam tão lotadas, e eu sabia que ele era um dançarino muito bom, mas precisava esperar ele tomar dois drinques antes de levá-lo para a pista. Eu sabia que ele lia muitos romances e era pró-feminismo e que, se eu o visse no campus antes das oito da manhã, era porque ainda não tinha dormido. Eu sabia que eu sentia estarmos bem naquele ponto em que as pessoas passam de amigos normais a amigos que ajudam a esconder corpos, mas ainda não tínhamos chegado lá, como se precisássemos realizar mais uma missão secundária juntos e ganhar alguns pontos de aprovação mútua, então se tornaria algo um pouco mais confortável, mas não tínhamos entendido nossa dinâmica de amizade inteiramente.

"A gente era amigo", eu disse a ele, e soava errado e certo.

Eles me perguntaram se Z estava saindo com alguém e eu respondi que achava que não, daí eles pareceram não acreditar em mim sobre a parte da amizade, porque uma amiga saberia. Eu quase contei a eles que ele terminou com aquele cara do MIT (que tinha um nome como Bell ou Bay ou algo do tipo), mas não contei, porque foi há séculos e principalmente por causa da distância, e não parecia super-relevante.

Eles perguntaram se eu pensava que ele teria feito algo – como pular de uma ponte – e respondi que não, mas também acho que a maioria de nós está a dois passos de pular de alguma coisa a maior parte do tempo, e nunca se sabe se o dia seguinte vai empurrá-lo em uma direção ou outra.

Eles pediram meu número, mas nunca ligaram.

Eu liguei e deixei algumas mensagens para perguntar se eles encontraram algo.

Eles nunca retornaram.

O FILHO DA VIDENTE está parado em um campo coberto de neve. Mais neve cai suavemente ao seu redor, grudando-se a seus óculos e cabelo. Árvores margeiam o campo, os galhos salpicados de flocos de neve. O céu noturno está anuviado, mas tem um brilho suave, como se escondesse as estrelas e a lua.

Zachary se vira e há uma porta atrás dele, um retângulo sustentado sozinho no meio do campo, abrindo-se para uma caverna de cristal. Uma chama tremeluz muito longe, estendendo-se em direção à neve, mas a tocha que estava na mão de Zachary um momento atrás desapareceu junto com sua coruja.

O ar em seus pulmões é cortante e pesado e difícil de respirar.

Tudo parece demais. Amplo demais e aberto demais. Frio demais e estranho demais.

Há uma luz a distância e, à medida que ele caminha em sua direção pela neve suave, ela se transforma em várias luzinhas penduradas na fachada de uma construção muito familiar. Uma coluna de fumaça sobe pela chaminé, serpenteando através da neve em direção às estrelas.

Ele esteve aqui pouco tempo atrás. Passaram mesmo só algumas semanas? Talvez. Talvez não. O lugar parece igual, ano após ano.

Zachary Ezra Rawlins passa pelo celeiro índigo que parece preto nesta luz e sobe os degraus cobertos de neve da casa de fazenda da mãe. Fica em pé na varanda dos fundos, com frio e confuso. Há uma espada presa às suas costas em uma bainha de couro antiga. Ele está usando um casaco velho que ficou perdido no tempo e foi reencontrado.

Não consegue acreditar que Mirabel o mandou para casa.

Mas ele está aqui. Consegue sentir a neve na pele, as tábuas desgastadas sob os pés. Há luzes piscantes penduradas nos parapeitos e na beirada do telhado. Galhos de azevinho envoltos em fitas prateadas e tigelas para o consumo das fadas estão espalhados pela varanda.

Sob o aroma da neve há o fogo ardendo na lareira e a canela dos biscoitos que devem ter acabado de sair do forno.

As luzes estão acesas no interior. A casa está cheia de gente. Há risos. Taças tilintando. Música inconfundível de Vince Guaraldi.

As janelas estão cobertas de geada. A festa é um borrão de luz e cor partido em retângulos.

Zachary olha para o celeiro e para os jardins. Há carros estacionados por toda a entrada; alguns ele reconhece e outros, não.

Na margem do bosque além do celeiro há um veado, que o encara através da neve.

— Aí está — diz uma voz atrás dele, e Zachary sente calor e frio ao mesmo tempo. — Estava procurando você.

O veado desaparece no bosque. Zachary se vira em direção à voz.

Dorian está parado atrás dele na varanda. Seu cabelo está mais curto e ele parece menos cansado. Está usando um suéter com estampa de renas e neve que consegue ser ironicamente festivo e ao mesmo tempo cair muitíssimo bem. Seus pés estão cobertos por meias de lã listradas e nenhum sapato.

Ele segura um copo de uísque com cubos de gelo em forma de estrelas.

— Onde foi parar seu suéter? — pergunta Dorian. — Pensei que a regra era continuar usando mesmo depois de o vencedor do concurso de suéteres feios ser coroado.

Zachary o encara mudo. Seu cérebro não consegue compreender a aparição desta pessoa familiar neste contexto igualmente familiar, mas muito distinto.

— Está se sentindo bem? — pergunta Dorian.

— O que está fazendo aqui? — pergunta Zachary quando recupera a voz.

— Fui convidado — responde Dorian. — O convite chega para nós dois há muitos anos, você sabe disso.

Zachary olha de volta para a porta no campo e não consegue vê-la na neve. É como se ela nunca tivesse existido. Como se tudo tivesse sido um sonho. Uma aventura que ele imaginou para si.

Ele se pergunta se está sonhando agora, mas não se lembra de ter adormecido.

— Onde nos conhecemos? — pergunta Zachary ao homem ao seu lado. Dorian parece estranhar a pergunta, mas responde depois de uma pequena pausa.

— Em Manhattan. Numa festa no Hotel Algonquin. Depois fizemos uma caminhada na neve e acabamos num daqueles bares mal iluminados que parecem ter saído da era da Proibição, onde conversamos até amanhecer. Então eu acompanhei você de volta ao seu hotel como um cavalheiro. Isso é um teste?

— Quando foi isso?

— Quase quatro anos atrás. Quer voltar para a cidade? Podemos comemorar o aniversário, se quiser.

— O que... o que você faz da vida?

A expressão de Dorian passa brevemente de cética a preocupada, mas ele responde:

— Até onde sei, sou um editor de livros, mas agora estou me arrependendo de admitir isso porque, se você esqueceu, eu poderia ter te convencido a me mostrar seu projeto misterioso que você não sabe se é um livro ou um jogo, aquele com o pirata. Já passei do teste? Está frio aqui fora.

— Isso não pode ser real. — Zachary estende a mão para o parapeito, com medo de tocar a pessoa ao seu lado. A madeira é sólida sob seus dedos e a neve derrete em sua pele, gentilmente anestesiante.

Tudo aqui parece gentilmente anestesiante.

— Você bebeu demais daquele ponche da Kat? Ela colocou uma plaquinha de aviso. É por isso que eu fico nisto. — Dorian ergue o copo em sua mão.

— O que aconteceu com Mirabel? — pergunta Zachary.

— Quem é Mirabel? — Dorian toma um gole do uísque.

— Não sei — diz Zachary, e é verdade. Ele não sabe. Não de verdade. Talvez a tenha inventado, conjurada de mito e tintura de cabelo. Ela estaria aqui se fosse real; sua mãe gostaria dela.

A preocupação retorna ao rosto de Dorian, principalmente nas sobrancelhas.

— Você está tendo outro episódio? — ele pergunta.

— Outro o quê?

Dorian olha para o copo e faz uma pausa longa demais antes de dizer qualquer coisa. Quando fala, cada palavra é calma, seu tom regular e experiente.

— No passado, você já teve certa dificuldade em separar fantasia de realidade — ele diz. — Às vezes tem episódios e não se lembra de coisas, ou se lembra de coisas que nunca aconteceram. Você não tem um há algum tempo. Pensei que os novos remédios estivessem ajudando, mas talvez...

— Eu não tenho episódios — protesta Zachary, mas mal consegue pronunciar as palavras. Está ficando mais difícil respirar; cada fôlego é confusão e gelo. Suas mãos estão tremendo.

— É sempre pior no inverno — diz Dorian. — Vamos superar.

— Eu... — começa Zachary, mas não consegue terminar. Não consegue se equilibrar. O chão não parece mais sólido sob seus pés. Ele está tendo certa dificuldade em separar a realidade da fantasia. — Eu não...

— Volte para dentro, amor. — Dorian se inclina para beijá-lo. O gesto é casual, confortável. Como se ele tivesse feito isso mil vezes antes.

— Isto é uma história — sussurra Zachary contra os lábios de Dorian antes que eles cheguem aos seus. — Isto é uma história que estou contando a mim mesmo.

Ele ergue uma mão ainda trêmula aos lábios de Dorian e o empurra gentilmente para longe. Ele parece real. Real e sólido e confortável e familiar. Isso seria mais fácil se ele não parecesse tão real. As conversas e a música da casa vão diminuindo como se alguém ou algo tivesse abaixado o volume de fundo.

— Você está de pijama? — pergunta a ideia de Dorian.

Zachary ergue os olhos para o céu outra vez. As nuvens se dispersaram. A neve parou de cair.

A lua olha para ele.

— Você não deveria estar aqui agora — diz Zachary para a lua. — Eu não deveria estar aqui agora — ele diz a si mesmo.

Zachary se vira para a ideia de Dorian, vestido como seu acompanhante à celebração anual de solstício invernal da mãe, uma ideia que o encanta tanto que quase o assusta, e diz:

— Infelizmente, preciso ir embora.

— Como assim? — pergunta Dorian.

— Eu gostaria de ficar aqui — acrescenta Zachary, sincero.

— Ou talvez em uma versão diferente daqui. E acho que estou apaixonado por você, mas isto não está acontecendo de verdade, então preciso ir embora.

Zachary se vira e percorre o caminho por onde veio.

— *Acha?* — grita Dorian enquanto ele se afasta.

Zachary resiste à vontade de olhar para trás. Lembra a si mesmo que aquele não é Dorian de verdade.

Ele continua andando, embora uma parte sua queira ficar. Segue pela neve iluminada pelo luar, afastando-se da casa mesmo que pareça estar andando para trás. Talvez seja um teste. Talvez deva voltar para trás para seguir em frente.

Ele caminha em direção à porta no campo, mas quando se aproxima vê que não há porta. Não mais.

Há apenas neve, flocos levados pelo vento em direção ao bosque.

Zachary lembra-se do mapa que escolheu não incluir em seu inventário – duas construções cercadas por bosques. Mas não consegue mais ver a casa da fazenda, sabe apenas em qual direção ela deve estar, se é que ainda está lá. Tenta lembrar para onde a seta apontava no mapa, qual parte dos bosques indicava, ou mesmo onde estava o veado, mas não consegue e decide que não se importa.

Se esta é uma história que ele está contando para si, pode dizer a si mesmo para seguir em frente.

Para longe daqui.

Ele ergue os olhos para um céu cheio de estrelas. A lua olha para ele.

Zachary retribui seu olhar.

— Não deveríamos estar aqui! — ele grita para a lua de novo.

A lua não diz nada.

Apenas observa.

Esperando para ver o que acontecerá em seguida.

excerto do diário secreto de Katrina Hawkins

Contei uma história dramática ao departamento de TI sobre meu amigo desaparecido e um e-mail inexistente que eu "acidentalmente" deletei, e precisei espremer umas lágrimas de verdade, mas eles acessaram o e-mail universitário de Z para mim, já que a polícia não se deu ao trabalho de fazer isso. Não havia nada depois do dia em que ele desapareceu, mas também nada antes disso. Nada em janeiro de modo geral, o que é superestranho. Tenho certeza de que troquei e-mails com ele por um motivo ou outro no Período J e encaminhei meu cronograma de aulas do semestre.

Verifiquei meu próprio e-mail e não havia nada de Z durante meses, e eu *sei* que ele me mandou coisas.

Fui investigar o quarto dele. Esperei até não haver ninguém no andar. Foi fácil arrombar a porta; todas as fechaduras internas do campus são um lixo.

O notebook dele estava ali e eu fiz um backup, mas alguém o tinha restaurado à configuração de fábrica. Não estava nem protegido por senha. Os arquivos dele haviam sumido, os jogos haviam sumido, aquele papel de parede excelente de *Blade Runner* que ele tinha também havia sumido – puf. No lugar, deixaram uma paisagem natural padrão em alta definição.

Não parece normal.

Procurei por livros de biblioteca, mas não encontrei nenhum. Talvez ele os tivesse levado a NY. Sempre tinha uma pilha de livros.

A única coisa mais ou menos estranha que encontrei foi um pedaço de papel sob a cama. Estava embaixo de uma meia, então era fácil não ver (Z devia lavar roupas dia sim dia não, até as do chão estavam limpas), mas combinava com o bloquinho na escrivaninha.

Estava coberto com rabiscos aleatórios, como se ele estivesse tomando notas enquanto fazia alguma outra coisa. A maior parte era ilegível, mas havia um desenho. Bem, três desenhos.

Uma abelha, uma chave e uma espada.

Em uma linha no meio.

Eles estão em um retângulo que poderia ser uma porta ou só um retângulo – Z não é um grande artista. A abelha parece mais uma mosca, mas tem listras, então suponho que deva ser uma abelha.

Aquilo parecia importante, então guardei no bolso.

Depois roubei o PS4 dele.

Aposto que eles não foram espertos o bastante para limpar isso.

Parece que Z não era esperto o bastante para deixar pistas ocultas em saves de jogos no seu PS4 – ou não teve o tempo nem pensou que seria necessário, mas mesmo assim. Carinha de detetive decepcionada.

Nada na PSN também.

Talvez ele tivesse seu próprio caderno secreto em algum lugar. Provavelmente ainda está com ele, nesse caso.

Sinto que mistérios ficcionais têm mais pistas que isso. Ou, tipo, pistas que levam de fato a outras pistas. Eu queria uma trilha e o que consegui foi uma miscelânea de coisas estranhas que não têm a forma de uma trilha.

Não sei o que esperava encontrar – talvez uma mensagem que ele mandou a alguém contando sobre seus planos ou algo do tipo. Se ele tivesse um plano. Talvez não tivesse.

Encontrei a instituição de caridade que deu a festa a que Z foi (estou presumindo que ele foi de fato à festa; sei que fez o check-in no hotel porque a polícia verificou, eles não são completamente inúteis), mas essa instituição é estranha.

Eles angariam montes de dinheiro para várias coisas literárias e muitas delas parecem legais, mas quando tentei rastreá-las até uma fonte ou até uma pessoa – um CEO ou algo do tipo – eu acabava de volta no começo. Uma instituição é parte de outra que é listada como subsidiária de uma das outras, mas são instituições como uma fita de Möbius que nunca vão parar numa pessoa. Parece uma fachada para lavagem de dinheiro, mas liguei para alguns lugares e todos confirmaram que receberam as doações – só que não tinham nenhuma outra informação.

Então continuei fuçando. Encontrei uma série de endereços e testei alguns números de telefones. Um me deixou num purgatório de mensagens automáticas e outro estava desconectado.

O endereço mais próximo, enterrado em uma subpágina de uma subpágina em um dos sites (um dos que não aparecia em ferramentas de busca, aliás – estava enterrado como se não devesse ser encontrável) ficava em Manhattan.

Eu procurei.

Houve um incêndio, tipo, dois dias depois daquela festa.

Não pode ser coincidência.

Estou em Manhattan.

Tirei fotos do prédio, está todo fechado. A estrutura parece okay, mas as janelas se foram e muito dano foi causado pela fumaça. É uma pena, o prédio era bonito.

Tem uma placa que diz Clube de Colecionadores. Uma mulher saiu de um prédio do outro lado da rua para levar o cachorro para passear e eu a questionei sobre isso; ela disse que foi um incêndio elétrico e reclamou sobre sistemas elétricos em prédios antigos enquanto o pug dela (Balthazar) investigava minhas botas. Perguntei que tipo de clube era e ela disse que achava que era um daqueles privados, mas não sabia de qual tipo. Contou que via pessoas entrando e saindo, mas não com frequência. Disse que eles recebiam muitas entregas, mas daí pareceu se arrepender disso, o que faz sentido porque é uma coisa meio espiando-os-vizinhos-

-pela-janela de se dizer. Ou ela decidiu que eu era estranha por fazer tantas (duas!) perguntas sobre um prédio queimado, e ela e o pug foram embora. Talvez ela tenha pensado que eu era uma incendiária em treinamento.

Pesquisei "Clube de Colecionadores", mas é genérico demais para ser útil. Há um clube para colecionadores de selos com o mesmo nome, a poucas quadras de distância. Nada on-line conecta esse nome com aquele endereço, até onde consegui verificar.

Esquadrinhei o beco atrás do prédio e todos os seus pontos de acesso e consegui atravessá-lo sem parecer perdida. Mantive o capuz erguido e continuei andando porque havia câmeras, mas dei uma boa olhada nos fundos do prédio. Não é tão profundo quanto o resto da quadra; tem uma cerca e um jardim coberto de neve que pareciam imaculados, embora o outro lado do prédio tivesse as mesmas janelas quebradas e as portas estivessem fechadas com tábuas.

O portão era um negócio de ferro sofisticado e onde as duas metades se juntavam no meio de todos os floreios decorativos, havia uma espada.

Também não acho que seja coincidência.

Não sei se ainda acredito em coincidências.

Dei uma longa caminhada depois. Perambulei pelo centro e acabei na Strand. Estranhamente, eu ficava pensando que encontraria Z ali. Como se ele tivesse perdido a noção do tempo examinando as estantes e não tivesse percebido quantos dias já haviam se passado.

Fiquei naquele piso subterrâneo mofado por um longo tempo e sentia como se alguém estivesse me observando, ou como se houvesse algo próximo que eu não estava vendo. É bobo, mas eu sentia como se o livro certo estivesse ali, em algum lugar, e se eu fechasse os olhos e estendesse a mão até uma estante ele estaria logo ali sob meus dedos.

Tentei algumas vezes, mas não funcionou.

Todos os livros eram apenas livros.

* * *

Fui ao Lantern's Keep e, depois de provar ao garçom que sou uma nerd de coquetéis (ele perguntou se eu era *bartender* e precisei admitir que apenas bebo muito), usei o Wi-Fi de um hotel para fazer um mergulho na dark web e encontrei um site de teorias da conspiração que tinha algumas pessoas até razoáveis (elas desmascaravam a maior parte das coisas que as pessoas postavam no fórum dentro de, tipo, vinte minutos).

Eu fiz uma conta com um e-mail falso e postei isto:

> *Procurando informações:*
> *Abelha*
> *Chave*
> *Espada*

Esqueci de fazer uma captura de tela, que burra. Mas consegui três respostas dentro de dez minutos: uma me chamando de troll, outra que eram só sete pontos de interrogação e a terceira com um emoji dando de ombros.

Cinco minutos depois, o post foi apagado e eu tinha duas mensagens na minha caixa de entrada.

A primeira era de um dos admins e dizia apenas "Não faça isso".

Respondi dizendo que não era spam, só uma pergunta.

O admin respondeu de novo e disse: "Eu sei. Não pergunte. Você não quer se envolver com isso".

A segunda mensagem, enviada por uma conta sem posts e cujo nome de usuário era só uma série de letras e números sem sentido, dizia:

> *Coroa*
> *Coração*
> *Pena*

O Rei Coruja está chegando.

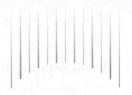

O FILHO DA VIDENTE caminha pela neve, falando com a lua.

Ele lhe pede que aponte a direção certa ou dê um sinal ou lhe comunique, de alguma forma, que tudo vai ficar bem, mesmo se for uma mentira, mas a lua não diz nada e Zachary segue em frente, com a neve molhando a calça do pijama e escorrendo até os sapatos.

Ele reclama que ela deveria estar fazendo algo em vez de só brilhar lá em cima, então se desculpa, pois quem é ele para questionar as ações ou inações da lua?

Os bosques não parecem ficar mais perto, não importa quanto ele caminhe. A esta altura, ele já deveria ter chegado.

Zachary sabe, apesar da presença das estrelas e da lua, que ainda está muito abaixo da superfície da terra. Consegue sentir o peso acima dele.

Depois do que parece um tempo muito longo sem nenhum progresso, ele faz uma pausa para vasculhar a bolsa em busca de qualquer coisa útil. Seus dedos se fecham ao redor de um livro e ele para de procurar.

Ele puxa *Doces dores*. Não abre, só o segura por um momento e o guarda no bolso do casaco, para mantê-lo mais próximo.

A bolsa, sem o livro, subitamente parece mais pesada. O resto do conteúdo parece desnecessário.

Nenhum desses objetos vai ajudá-lo. Não aqui.

Ele solta a bolsa no chão, abandonando-a na neve.

Então enfia os dedos entre as correntes ao redor do pescoço, com sua chave e espada e uma bússola que agora é incapaz de apontar qualquer direção.

Ele os aperta enquanto segue em frente, mais leve agora que só leva seu livro e sua espada.

Queria Dorian ali. Deseja isso quase mais do que deseja saber o próximo passo a dar.

— Se Dorian estiver aqui embaixo em algum lugar, eu quero vê-lo — diz Zachary à lua. — Agora mesmo.

A lua não responde.

(Ela não respondeu a muitos dos pedidos dele.)

Enquanto Zachary caminha, seus pensamentos continuam voltando ao lugar que deixou para trás e à festa imaginária e ao modo como se sentiu ao ver essa história na qual se encontrou se infiltrar em sua vida normal e preencher os espaços vazios.

Há passos se aproximando. Alguém está correndo, o som abafado pela neve. Zachary congela. Alguém agarra seu braço.

Ele se vira para a pessoa, sacando a espada da bainha para afastar essa nova ilusão.

— Zachary, sou eu — diz Dorian, erguendo as mãos defensivamente. Ele está como Zachary se lembra, desde o cabelo mais longo até o casaco com botões de estrela, exceto que reflete o luar e está coberto de neve.

— Aonde a lua vai quando não está no céu? — pergunta Zachary sem abaixar a espada, e, pelo sorriso que recebe em resposta, sabe que isto não é uma fantasia, e sim a pessoa real. Aqui, mas não aqui. Junto com ele na neve iluminada pelo luar e também em outro lugar, mas é Dorian. Ele sabe até a ponta dos dedos quase congelados.

— Uma estalagem que já esteve em uma encruzilhada e que agora está aqui embaixo com o resto do que quer que seja isto — diz Dorian, apontando para a neve e as estrelas. — Estou lá agora. Acho que estou dormindo. Estava olhando a neve pela janela, pensando em você, então vi você e estava aqui fora. Não me lembro de sair da casa.

Zachary abaixa a espada.

— Achei que tinha perdido você — ele diz.

Dorian segura seu braço de novo, puxando-o para perto e inclinando sua testa contra a de Zachary. Ele parece quente mas frio, e real mas não real, tudo de uma vez.

Esta pessoa é um lugar onde Zachary poderia se perder e nunca desejar ser encontrado.

Começa a nevar de novo.

— Você está aqui embaixo também, não é? — pergunta Dorian. — No mundo sob o mundo sob o mundo?

— Eu peguei o elevador com Max… quer dizer, Mirabel… depois que você caiu. Agora estou ainda mais abaixo, em algum lugar além de uma cidade perdida de mel e osso. Atravessei uma porta. Preciso parar de fazer isso. Perdi minha coruja.

— Acha que daqui consegue chegar à estalagem?

— Não sei — admite Zachary. — Devo estar chegando perto do Mar Sem Estrelas. Você e eu não podemos mais estar no mesmo lugar. Se… se algo acontecer…

— Não ouse — interrompe Dorian. — Não ouse tornar isto uma despedida. Eu vou encontrar você. Nós vamos nos encontrar e vamos desvendar isto juntos. Você pode estar por conta própria, mas não está sozinho.

— "É perigoso ir sozinho" — diz Zachary, quase de maneira automática, e em parte para conter as lágrimas que ardem nos olhos junto com a neve. Ele guarda a espada na bainha e a remove das costas. — Leve isto — ele diz, oferecendo a espada a Dorian. Parece o certo a fazer. Dorian provavelmente sabe usá-la.

Dorian aceita a espada e começa a dizer alguma outra coisa, mas então desaparece, mais rápido que um piscar de olhos. Em um momento está lá, então não está mais. Nem há pegadas na neve. Nenhuma indicação de que ele já esteve ali.

Exceto que a espada sumiu, junto com a lua, que desapareceu atrás das nuvens.

A nevasca cai mais leve agora, os flocos quase flutuando como num globo de neve.

Zachary estende a mão só para certificar-se de que não há nada para tocar. A neve envolve sua mão estendida e desliza sob o punho de seu casaco herdado.

Dorian estava aqui, ele afirma para si mesmo. *Ele está aqui embaixo em algum lugar e está vivo e eu não estou sozinho.*

Ele respira fundo. O ar não está mais tão frio.

Há um barulho suave por perto. Zachary se vira e o veado o está encarando, perto o bastante para ele ver seu hálito condensando-se no ar.

Sua galhada é dourada e coberta de velas, retorcendo-se e queimando como uma coroa de chama e cera.

Zachary olha o veado e o veado o encara de volta, seus olhos como vidro escuro.

Por um momento, nenhum dos dois se move.

Então o veado dá as costas para ele e segue em direção às árvores.

Zachary vai atrás.

Eles chegam à beirada do bosque antes do que ele esperava. A luz da lua ou das estrelas ou uma luz artificial imaginária atravessa a copa das árvores embora a maior parte do espaço permaneça nas sombras. A neve parece mais azul que branca e as árvores em si são douradas. Zachary faz uma pausa para inspecionar mais de perto o tronco de uma delas e descobre que a sua está delicadamente folheada a ouro.

Zachary segue o veado entre as árvores, mantendo-se o mais próximo possível, mas às vezes o animal é apenas uma luzinha que guia seu caminho. O campo logo sai de vista, consumido por esta floresta dourada que é tanto profunda quanto escura.

As árvores vão ficando cada vez mais altas. O chão é irregular e, quando Zachary limpa a neve com o sapato, encontra não terra mas chaves, pilhas delas se deslocando sob os pés.

O veado o guia até uma clareira. As árvores se afastam aqui, revelando uma extensão de céu cheio de estrelas acima. A lua sumiu e, quando Zachary abaixa o olhar, vê que o veado também o abandonou.

As árvores que cercam a clareira estão drapejadas com fitas – pretas e brancas e douradas, envolvidas em galhos e troncos e emaranhadas na neve.

Na ponta das fitas há chaves.

Chaves pequenas e chaves compridas e chaves grandes e pesadas. Chaves ornamentadas e chaves simples e chaves quebradas. Elas repousam em pilhas entre ramos e balançam livremente de galhos, suas fitas cruzando-se e se emaranhando, prendendo-as umas às outras.

No centro do espaço há uma figura sentada numa cadeira, virada de costas para ele e olhando para o interior do bosque. É difícil enxergar nesta luz, mas Zachary identifica um leve toque de rosa.

— Max — ele chama, mas ela não se vira. Ele anda em direção a ela, mas a neve retarda seu progresso, permitindo só um passo de cada vez. Parece levar uma eternidade para alcançá-la. — *Max* — ele chama de novo, mas a figura na cadeira ainda não se vira; na verdade, nem se move enquanto ele se aproxima. A esperança que ele não sabia estar agarrando com tanta força se dissolve sob seus dedos junto com o ombro dela quando ele tenta tocá-la.

A figura na cadeira é esculpida de neve e gelo.

O vestido dela cascateia ao redor da cadeira, as ondulações no tecido se tornando ondas, e dentro das ondas há navios e marinheiros e monstros marinhos e então o mar dentro do vestido se perde na neve rodopiante.

Seu rosto é vazio e gélido, mas não é só parecido com ela, como as estátuas de antes – esta é uma reprodução tão precisa quanto é possível ser capturada em água congelada, como se tivesse sido moldada da versão de carne e osso. É Mirabel até os cílios salpicados de neve, perfeita exceto pelo ombro quebrado.

Dentro do seu peito brilha uma luz. Ela é vermelha sob a neve, criando a ilusão suave de rosa que ele viu de longe.

As mãos dela estão apoiadas no colo. Ele imagina que elas estão estendidas esperando um livro, como a estátua da Rainha das Abelhas, mas na verdade seguram um pedaço de fita rasgada, como as fitas nas árvores – só que, se esta já conteve uma chave, a chave foi removida.

Zachary pode ver agora que ela não está olhando para árvores. Está olhando para a cadeira diante de si.

Esta cadeira está vazia.

É como se ela sempre tivesse estado aqui esperando por ele.

As chaves pendendo das árvores oscilam e tilintam umas contra as outras, soando como sinos.

Zachary senta-se na cadeira.

Olha para a figura que o encara.

Escuta as chaves dançarem em suas fitas, batendo umas nas outras ao redor dele.

Fecha os olhos.

Respira fundo. O ar é frio e afiado e brilhante como estrelas.

Ele abre os olhos de novo e encara a representação de Mirabel diante de si. Ela está esperando congelada, seu vestido pesado por velhos contos e vidas passadas.

Ele quase consegue ouvir sua voz.

Me conte uma história, ela diz.

É isso que ela estava esperando.

Zachary obedece.

DORIAN ACORDA em um quarto desconhecido. Ainda consegue sentir a neve contra a pele e a espada na mão, mas o gelo não pode sobreviver neste calor e seus dedos estão apertados apenas ao redor dos cobertores empilhados na cama.

Fora da estalagem, o vento uiva, confuso com essa reviravolta.

(O vento não gosta de ficar confuso. A confusão destrói seu senso de direção, e a direção é tudo para o vento.)

Dorian calça as botas e veste o casaco e abandona o conforto de seu quarto. Enquanto fecha os botões em forma de estrela, o osso entalhado não parece nem mais nem menos real contra os dedos do que a espada em sua mão momentos antes ou a lembrança da pele gelada de Zachary contra a sua.

As lanternas no salão principal queimam mais fracas, mas o fogo ainda arde na lareira de pedra larga. Velas aumentam a difusão da luz sobre as mesas e cadeiras.

— O vento acordou o senhor? — pergunta o estalajadeiro, levantando-se de uma das poltronas perto da lareira, com um livro aberto na mão. — Posso arranjar algo para ajudá-lo a dormir, se quiser.

— Não, obrigado — responde Dorian, encarando esse homem que foi extraído de sua cabeça em um salão que ele desejou mil vezes visitar. Se Dorian pudesse conjurar um lugar para esquecer de onde veio ou para onde iria, seria este. — Tenho que ir embora — ele diz ao estalajadeiro.

Então vai até a porta da estalagem e a abre. Espera ver neve e floresta, mas olha para uma caverna sombria e sem neve. Ao longe há uma forma como uma montanha, que pode ser um castelo. Está muito, muito distante.

— Feche a porta — pede o estalajadeiro atrás dele. — Por favor.

Dorian hesita, então obedece.

— A estalagem só pode enviar o senhor para onde está destinado a ir — explica o estalajadeiro. — Mas *aquilo* — ele aponta para a porta — são profundezas onde só as corujas ousam voar, esperando pelo seu rei. O senhor não pode sair despreparado.

Ele volta ao fogo e Dorian o segue.

— Do que eu preciso? — ele pergunta.

Antes que o estalajadeiro possa responder, a porta é escancarada e suas dobradiças, arremessadas no ar. O vento entra primeiro, trazendo uma rajada de neve consigo, e depois da neve surge uma viajante usando uma longa capa com capuz da cor do céu noturno com constelações bordadas em linha prateada. Mesmo depois que ela abaixa o capuz, flocos de neve continuam agarrando-se a seu cabelo escuro e cintilando sobre sua pele.

A porta se fecha com um baque atrás dela.

A lua segue diretamente até Dorian, tirando da capa, enquanto se aproxima, um longo embrulho envolto em seda azul da meia-noite.

— Isto é seu — ela diz enquanto estende o embrulho para ele, dispensando as apresentações desnecessárias. — Está pronto? Não há muito tempo.

Dorian sabe o que o pacote contém antes de desembrulhar a seda, o peso familiar em sua mão embora só a tenha segurado uma vez antes, num sonho.

(Se a espada pudesse suspirar de alívio, faria isso ao ser sacada da bainha, pois já foi perdida e encontrada muitas vezes e sabe que esta será a última.)

— Não podemos mandá-lo para lá — protesta o estalajadeiro. — É… — Ele não consegue articular o que é, e perigos que desafiam articulação são piores do que qualquer coisa que Dorian consegue imaginar.

— É aonde ele deseja ir — insiste a lua.

— Vou encontrar Zachary lá fora, não vou? — pergunta Dorian.

A lua assente.

— Então é para lá que eu vou.

(Há uma pausa aqui, preenchida apenas pelo vento e o estalo do fogo e o zumbido da história impaciente para continuar, ronronando como um gato.)

— Vou pegar a bolsa dele — diz o estalajadeiro, deixando Dorian a sós com a lua.

— Esta estalagem é um lugar arraigado — ela conta. — Fica no mesmo espaço, não importa como mudem as marés. Depois que sair, você estará solto de novo e não poderá confiar em nada que encontrar. Há coisas nas sombras; se já foram deuses ou mortais ou histórias, são outra coisa agora. Elas vão se adaptar a você e afastá-lo do seu caminho.

— Se adaptar a mim?

— Para assustar ou confundir ou seduzir você. Vão usar seus pensamentos para montar uma armadilha. Aqui, nós existimos nas margens do que você poderia chamar de história ou mito. Pode ser difícil de navegar. Segure com força aquilo em que acredita.

— E se eu não souber no que acredito? — questiona Dorian.

A lua olha para ele com olhos escuros como a noite e, por um momento, parece que vai dizer algo, talvez um aviso ou desejo – mas em vez disso toma a mão de Dorian e a ergue aos lábios antes de soltá-la. O gesto é simples e profundo e nele Dorian encontra a resposta para sua pergunta.

O estalajadeiro retorna com a bolsa dele. Está mais pesada agora; Dorian sente o peso da caixa com o coração. Provavelmente deveria devolver o coração ao Destino, mas decide se concentrar em terminar uma história por vez.

Ele abre a porta da estalagem, revelando a mesma paisagem escura de antes. Parece mais um castelo que uma montanha agora.

Talvez haja uma luz em uma das janelas, mas está longe demais para ter certeza.

— Que os deuses o abençoem e protejam — deseja o estalajadeiro, dando um beijo muito suave nos lábios de Dorian.

Armado com uma espada e um coração, Dorian avança para o desconhecido e deixa a estalagem para trás.

O vento uiva atrás dele enquanto parte com medo do que encontrará – mas um mortal não é capaz de entender os desejos do vento, por mais altos que sejam, então este último aviso é ignorado.

excerto do diário secreto de Katrina Hawkins

Sinto que já ouvi falar do Rei Coruja, mas não lembro onde.

Perguntei a Elena sobre o que ela queria falar com Z depois da aula naquela noite e ela disse que ele foi à biblioteca pegar um livro estranho que não estava no sistema e daí voltou para rastrear outros livros da mesma doação, totalmente no modo bibliotecário detetive (palavras dela), mas ela não sabia por que e ele não explicou. Ela mencionou que alguns dos livros (incluindo o primeiro) sumiram, então talvez estejam com ele.

Ela me deu o nome registrado na doação, que também passou para ele: J. S. Keating. Então comecei a fuçar. Fuçar muito.

Jocelyn Simone Keating, nascida em 1812. Não encontrei muito sobre ela, nenhuma certidão de casamento nem filhos nem nada. Parece que foi deserdada. Outros Keatings: irmão, casado, sem filhos; só um "agregado" sem nome registrado como morto na adolescência. A esposa do irmão morreu e ele se casou de novo; a esposa número 2 morreu e mais tarde o irmão morreu velho e sozinho, imagino. Havia outros dois primos Keatings que não passaram dos vinte e poucos anos. E isso é, tipo, o fim dos Keatings, ou pelo menos desse ramo, já que é um nome bastante comum.

Nenhuma certidão de óbito para Jocelyn. Pelo menos não encontrei.

Mas os livros foram doados em seu nome, tipo, menos de trinta anos atrás? Elena me deixou procurar nos arquivos da biblioteca quando seu supervisor estava almoçando, e encontrei o registro completo, embora não tenha sido digitalizado na época porque ainda estavam fazendo a transição, então é um manuscrito escaneado em baixa resolução, e só metade é legível.

Mas tem algo sobre uma fundação e instruções para doações, e como uma mulher deixa sua biblioteca para uma série de universidades em países diferentes quando algumas delas nem existiam quando ela morreu? Quer dizer, sério, mesmo se ela tivesse vivido até os cem anos, esta universidade foi fundada, tipo… afe, cálculos na mão… tipo uns quarenta ou cinquenta anos depois disso.

Elena me ajudou a encontrar parte dos outros livros doados e alguns deles são, tipo, modernos demais para pertencer a uma mulher em mil oitocentos e qualquer coisa. Tem coisas lá sobre a era do jazz. Talvez não fosse a biblioteca *dela*, só tenha recebido o nome dela? Ou é só a fundação e o nome veio de algo mais antigo. Não consigo encontrar informações sobre a Fundação Keating em lugar nenhum. É como se não existisse.

Um dos livros tinha aquele desenho da abelha de novo. Abelha-chave-espada em tinta desbotada na quarta capa, sob o adesivo de código de barras.

Isso é tão estranho. E não, tipo, um estranho bom. Eu adoro estranho bom.

Excluí minha conta do Twitch, porque alguém não para de me mandar imagens de abelhas.

Recebi uma mensagem no celular de um número desconhecido, dizendo *Pare de bisbilhotar, srta. Hawkins.*

Não respondi.

Todas as mensagens que enviei ou recebi de Z sumiram.

O FILHO DA VIDENTE está sentado em uma cadeira cercada por chaves no meio de uma floresta iluminada por estrelas, falando com uma mulher feita de neve e gelo.

No começo, ele não sabe o que dizer.

Não se considera um contador de histórias. Nunca se considerou.

Ele pensa em todas as histórias com as quais cresceu: mitos e contos de fadas e cartuns.

Ele se lembra de *Doces dores* e do teste para guardiões retratado, da contação de histórias cercada por chaves e de como os candidatos podiam contar qualquer história exceto a sua própria, mas ele não tem uma história.

Não tem nada ensaiado. Nada preparado. Mas o pedido é tão aberto.

Me conte uma história.

O pedido vem sem especificações nem exigências.

Então Zachary começa a falar, hesitante no começo mas ficando mais confortável, como se conversasse com uma velha amiga em um bar mal iluminado enquanto bebem drinques, em vez de sentado num bosque de contos de fadas coberto de neve dirigindo-se a uma efígie silenciosa.

Ele começa com um menino de onze anos encontrando uma porta pintada num beco. Descreve a porta em muitos detalhes, até a fechadura pintada. Conta a ela como o menino não abriu a porta. Como, mais tarde, desejou ter aberto e como, em momentos aleatórios nos anos posteriores, ele pensaria a respeito disso. Como a porta o assombraria e como ainda o assombra.

Ele conta a ela sobre se mudar de um local a outro e nunca sentir que pertencia a nenhum deles; como, onde quer que estivesse, ele quase sempre queria estar em algum outro lugar, preferencialmente ficcional.

Ele conta a ela como teme que nada daquilo tenha significado. Que nada daquilo seja importante. Que quem ele é, ou quem pensa que é, seja apenas uma coleção de referências à arte de outras pessoas e que está tão focado em história e significado e estrutura que deseja que tudo em seu mundo seja claramente organizado, só que nunca é, e ele teme que nunca será.

Ele conta a ela coisas que nunca contou a ninguém.

Sobre o homem que partiu seu coração em um processo tão demorado e prolongado que ele não sabia mais discernir dor de amor e como, sempre que tenta entender como se sente agora, muito depois do fim, acaba encontrando apenas um vazio.

Ele conta a ela sobre como a biblioteca da universidade se tornou um refúgio para ele depois disso; como, quando se sentia perdido, ele ia atrás de um novo livro e mergulhava nele e por um tempo era outra pessoa em algum outro lugar. Ele descreve a biblioteca em detalhes, incluindo suas lâmpadas pouco confiáveis, e conta sobre encontrar *Doces dores* e como aquele momento inesperado mudou todos os que se seguiram.

Ele lê *Doces dores* para ela, confiando na memória quando a luz das estrelas não basta para iluminar as palavras. Ele conta a ela os contos de fadas de Dorian sobre castelos e espadas e corujas, sobre corações perdidos e chaves perdidas e a lua.

Ele lhe conta sobre como sempre sentiu que estava procurando algo, sempre pensando sobre aquela porta não aberta e como ficou decepcionado quando atravessou outra porta pintada e aquele sentimento ainda não o deixou e como, por apenas um momento, em um salão de baile dourado preservado no tempo, a sensação sumiu. Ele encontrou o que estava procurando – uma pessoa, não um lugar; uma pessoa específica neste lugar específico – e então o momento e o lugar e a pessoa se foram.

Ele narra tudo que se seguiu, desde a queda do elevador até as vozes na escuridão e encontrar Simon em seu santuário tentando registrar a história e sair na neve e passar pela festa fantasmagórica e entrar no labirinto no bosque com o veado, então trazer sua história para a clareira onde se encontram no momento, descrevendo-a em todos os seus detalhes até os navios entalhados no vestido dela.

Então, sem mais nada a contar, Zachary começa a inventar coisas.

Ele se pergunta em voz alta aonde está indo um dos navios congelados no vestido dela e, enquanto fala, o navio se move, velejando pelas ondas de gelo e afastando-se de Mirabel na neve.

A floresta muda ao redor dele, as árvores desaparecendo conforme o navio segue através delas, mas Zachary permanece em sua cadeira e a versão gelada de Mirabel fica com ele, ouvindo, enquanto ele encontra o caminho, lento e vacilante enquanto as palavras não vêm, mas ele espera e não as persegue, seguindo o navio e a história aonde desejam ir.

À medida que o navio avança, a neve derrete ao seu redor, as ondas revirando-se e batendo contra o casco.

Zachary se imagina atravessando o mar neste navio. Dorian está lá e sua companheira coruja perdida também. Ele acrescenta seu gato persa só para completar o grupo.

Ele imagina o lugar aonde o navio se dirige – não para devolver seus habitantes a casa, mas para levá-los a algum lugar desconhecido. Ele conduz o navio e a história a lugares que eles ainda não conheceram.

Através do tempo e do destino, passando pela lua e o sol e as estrelas.

Em algum lugar há uma porta, marcada com uma coroa e um coração e uma pena, que não foi aberta.

Ele pode vê-la à sua frente, cintilando nas sombras. Alguém segura uma chave que vai abri-la. Além da porta há outro Porto no Mar Sem Estrelas, vivo com livros e barcos e ondas que lavam histórias do que foi e do que será.

Zachary segue as histórias e o navio o máximo que consegue e então os traz de volta, para o aqui e agora. Para este momento coberto de neve que está mais uma vez cercado por uma floresta coberta em chaves.

Aqui ele para.

O navio se ancora de volta no vestido congelado com seus monstros.

Zachary fica sentado com Mirabel, juntos no silêncio pós--história.

Ele não faz ideia de quanto tempo se passou, se é que o tempo chegou a passar.

Depois do silêncio, ele se levanta e vai até seu público. Faz uma mesura curta e se inclina para ela.

— Onde termina, Max? — ele sussurra em seu ouvido.

A cabeça dela se vira rapidamente para encará-lo com olhos de gelo vazios.

Zachary fica paralisado, surpreso demais para se mover quando ela ergue a mão não para ele, mas para a chave que pende do seu pescoço.

Ela pega a chave longa e fina que estava escondida em *Fortunas e fábulas*, separando-a da bússola e da espada, e a segura na palma. Uma camada de gelo se forma sobre a chave.

A estátua se ergue da cadeira, fazendo Zachary se endireitar. O vestido dela se desmancha, mandando os navios e os marinheiros e os monstros marinhos nas marés para seus túmulos gelados.

Então ela empurra a palma e a chave contra o peito de Zachary, entre os botões abertos do casaco dele.

A mão dela é tão fria que arde, pressionando o metal escaldante na pele de Zachary.

Com a outra mão, ela o puxa para perto, enfiando os dedos gélidos no cabelo dele e puxando seus lábios para os dela.

Tudo é quente demais e frio demais e o mundo inteiro de Zachary é um beijo imaginado na escuridão brilhante com o gosto de mel e neve e chama.

Há uma pressão em seu peito que cresce e queima e ele não sabe mais dizer onde o gelo termina e ele começa, e bem quando pensa que não pode suportar mais um segundo, a sensação se estilhaça.

Zachary abre os olhos e tenta recuperar o fôlego.

A figura de gelo de Mirabel se foi.

A chave desapareceu, deixando a espada e a bússola abandonadas na corrente. A forma da chave foi queimada no peito de Zachary e permanecerá ali para sempre.

O restante das chaves sumiu também, junto com suas árvores.

Zachary não está mais no bosque.

Agora está em pé em um beco coberto de neve que nunca, mesmo se ainda existisse em sua forma real, poderia conter tanta neve.

Há uma nova figura esculpida de gelo agora. É menor, usa óculos e tem cabelo encaracolado. Está vestindo um moletom com capuz e carregando uma mochila, e encara um muro de tijolos que não são de gelo mas tijolos de verdade, a maioria pintada de branco e mesclando-se com a neve.

No muro há uma porta intrincadamente pintada.

As cores são fortes, alguns dos pigmentos metálicos. No centro, na altura onde poderia haver um olho mágico, e estilizada com linhas que combinam com o resto do entalhe pintado, há uma abelha.

Sob a abelha há uma chave. Sob a chave há uma espada.

Zachary estende a mão para a porta, a ponta dos dedos encontrando-a entre a abelha e a chave, e eles repousam em tinta lisa sobre tijolo frio, uma leve aspereza na superfície revelando a textura por baixo.

É um muro. Um muro com uma bela pintura.

Uma pintura tão perfeita que engana o olho.

Zachary se vira para o fantasma do seu eu mais jovem, mas a figura se foi. A neve se foi. Ele está sozinho em um beco diante de uma porta pintada.

A luz mudou. Um brilho pré-aurora expulsa as estrelas.

Zachary estende a mão para a maçaneta pintada e a fecha sobre metal frio, redondo e tridimensional.

Ele abre e atravessa a porta.

E assim o filho da vidente encontra o caminho para o Mar Sem Estrelas.

DORIAN ENVEREDA PELAS PROFUNDEZAS com o coração do Destino em sua caixa, cuidadosamente embrulhado e contido em um pacote preso às costas, e uma espada que é muito mais antiga que ele, mas não tão antiga quanto as coisas que o encaram das sombras, todas as quais ainda estão afiadas.

Uma espada não esquece como encontrar seu alvo quando é empunhada por uma mão que sabe usá-la.

A lâmina e as mangas do casaco com botões de estrela estão cobertas de sangue.

Há... *coisas* que o estão seguindo desde que ele deixou a estalagem e outras que se juntam a elas conforme ele caminha.

Coisas que querem sua vida e seu corpo e seus sonhos.

Coisas que rastejariam sob sua pele e o usariam como um casaco.

Faz anos incontáveis que um mortal não chega tão perto para tentá-las.

Elas mudam de forma ao redor dele. Usam as próprias histórias de Dorian contra ele.

Não é o que ele esperava, mesmo com os avisos da lua.

Parece tudo muito real.

Em um momento ele está numa caverna, o olhar focado numa luz distante, e no seguinte está caminhando em uma calçada familiar. Consegue sentir o sol na pele e cheirar a fumaça dos carros que passam.

Não confia em nada que vê.

Segue pela calçada lotada no que poderia passar pelo centro de Manhattan se não fosse examinado de perto. Desvia de pedestres com prática.

Executivos e turistas e crianças pequenas se viram e encaram quando ele passa.

Dorian evita fazer contato visual com qualquer pessoa ou coisa, mas então chega a um marco familiar flanqueado por dois gatos grandes.

Nunca notou antes como Paciência e Coragem são grandes. Os dois leões magníficos o acompanham com olhos negros lustrosos que não pertencem a eles.

Dorian para diante da escadaria da biblioteca, apertando a espada com mais força e se perguntando se leões de pedra sangram como tudo o mais que este lugar colocou diante dele.

Ele se prepara, esperando que os leões saltem, mas algo o agarra por trás, enrolando-se em seu pescoço e puxando-o para a rua.

A coisa o joga contra o lado de um táxi e o guincho de buzinas o faz perder o equilíbrio, mas ele mantém a espada apertada na mão e, quando se endireita, investe contra seu alvo, veloz e confiante.

A coisa que ele corta parece um executivo portando uma maleta, depois uma sombra amorfa de muitos membros, depois uma criança pequena aos berros, e por fim nada.

A rua e os táxis e a biblioteca e os leões desaparecem junto com ela, deixando Dorian sozinho em uma ampla caverna.

Acima dele, a escuridão sem estrelas é tão vasta que ele quase acreditaria ser o céu, se não soubesse que não é.

Há um castelo ao longe. Uma luz brilha na janela de sua torre mais alta. Dorian consegue vê-la, assim como a praia suavemente iluminada abaixo do castelo. Mantém seu olhar fixo na construção, uma vez que ela não muda nem se transforma como o resto do mundo aqui embaixo, e a usa como um farol para guiar seu caminho.

Sangue que não é o dele ensopa suas botas, infiltrando-se mais a cada passo.

O chão muda sob seus pés, passando de pedra a madeira, então começa a se inclinar, balançando sobre ondas que não estão aqui de verdade.

Ele está num navio, velejando no oceano sob um céu noturno claro.

Em pé no convés diante dele há uma figura com um casaco de pele que parece ser Allegra, mas ele sabe que não é Allegra.

Estão tentando desarmá-lo.

Dorian aperta a espada com mais força.

excerto do diário secreto de Katrina Hawkins

Eles estão de olho em mim agora. Literalmente agora, no momento em que escrevo isso.

Estou no Noodle Bar e, enquanto estava na fila para pedir meu lámen, um cara aleatório atrás de mim começa a me xavecar, tipo, perguntando sobre minha camiseta que diz "uma mulher que lê é uma criatura perigosa" e se eu já fui em outro lugar de lámen aqui perto e então, enquanto eu estava fazendo o pedido, ele jogou algo na minha bolsa, não sei se é uma escuta ou algo assim. Estou esperando ele sair e então vou tirar tudo para confirmar. O cara está sentado do outro lado do restaurante no que deve ser uma distância "respeitável". Fica com o nariz enfiado num livro; reconheço a capa, mas não consigo ler o título. Algum lançamento que fica na vitrine das livrarias. Mas ele não está lendo. Abriu o livro perto do fim, mas a sobrecapa está, tipo, limpa demais para uma leitura quase terminada, e é o tipo de sobrecapa que fica toda cheia de impressões digitais, especialmente se você lê e come ao mesmo tempo.

Talvez eu esteja ficando boa demais nisso.

Mas ele mal está olhando para o livro e mal está comendo seu macarrão. Não é nada sutil. Está me observando escrever, examinando meu diário como se tentasse descobrir como surrupiá-lo quando eu não estiver olhando.

Estou sempre olhando agora.

Você só vai levar esse caderno de *Hora de aventura* por cima do meu cadáver, seu babaca.

*   *   *

Meio que me lembra daquele cara que estava observando Z no Grifo naquela noite, mas este é mais jovem e não tem aquele jeito de homem-maduro-charmoso.

(Também tentei rastrear *aquele* cara, um tempo atrás. Perguntei às garçonetes e bartenders, mas só uma se lembrava dele – disse que tentou flertar e ele a rejeitou de um jeito gentil, mas não o viu mais, nem antes nem depois.)

Este cara descobriu que não vou sair antes dele. De jeito nenhum. Se ele tentar me esperar, vou encontrar uma rota de fuga pela porta da cozinha no melhor estilo filme de espião.

Está mais tarde agora. Ganhei o impasse no restaurante, o cara acabou indo embora, superdevagar e relutante como se quisesse saborear os restos da sua tigela de macarrão.

Em mais de meia hora, não virou duas páginas daquele livro.

Tomei uma longa rota serpenteante na direção errada quando saí e agora parei no parque para esvaziar minha bolsa.

Há um pequeno transmissor no formato de botão, do tamanho de uma bateria de relógio e meio gosmento, de modo que ficou grudado no interior da bolsa mesmo depois que virei as outras coisas, e nunca teria encontrado se não tivesse notado que ele o jogou ali. Não sei se é um GPS ou microfone ou o quê.

Isso é tudo muito estranho.

Estou em casa.

Comprei uma corrente extra para a porta e um detector de movimento no caminho.

Então assei biscoitos de canela e preparei um coquetel *clover club* para mim mesma, já que tinha pegado os ovos, e comecei um replay reconfortante de *Dark Souls*, e agora me sinto um pouco melhor sobre a vida e eu mesma e a existência.

Toda vez que a tela diz *Você morreu* eu me sinto melhor.

Você morreu.

Você morreu e o mundo continua girando.

Você morreu e não foi tão ruim, foi? Coma um biscoito.

Sentei e chorei por meia hora, mas acho que me sinto melhor.

Acho que Z está morto. Pronto, eu disse. Escrevi, pelo menos.

Acho que eu algum momento parei de procurar por *ele* e comecei a procurar o *porquê* e agora o porquê está desgraçando minha cabeça.

Grudei aquele possível dispositivo de rastreamento num gato no parque.

O FILHO DA VIDENTE atravessa uma porta e sai numa caverna ampla, muito, muito abaixo da superfície da terra. Abaixo dos portos, abaixo das cidades, abaixo dos livros.

(O único livro que ele carrega é o primeiro a ser trazido tão fundo. As histórias aqui nunca foram encadernadas dessa forma, são deixadas livres e selvagens.)

Zachary questiona se esteve nesta caverna o tempo inteiro, cruzando-a enquanto via o que parecia ser neve e árvores e a luz das estrelas. Se atravessou suas próprias histórias e saiu do outro lado.

Algo bate em seu tornozelo, suave mas insistente, e ele abaixa os olhos e encontra o rosto familiar e amassado do seu gato persa.

— Ei — diz Zachary. — Como você veio parar aqui?

O gato não responde.

— Ouvi dizer que estava me procurando.

O gato não confirma nem nega.

Zachary olha para trás, não se surpreendendo ao constatar que a porta pela qual entrou desapareceu. Há um penhasco onde ela estava – um penhasco alto que pode ter uma estrutura no topo, mas é difícil ver daqui.

O gato pressiona a cabeça contra a perna dele mais uma vez, empurrando-a na outra direção.

Para esse lado, há um trecho rochoso que termina num cume. Há um brilho além dele.

Zachary consegue ouvir as ondas.

— Você vem? — ele pergunta ao gato.

O gato não responde, mas também não se mexe. Fica sentado calmamente lambendo uma pata.

Zachary dá alguns passos para a frente, aproximando-se do cume. O gato não o segue.

— Você não vem?

O gato o encara.

— Tá — diz Zachary, embora não seja o que quer dizer. — Você sabe falar, não sabe? — ele pergunta.

— Não — responde o gato. Ele inclina a cabeça e se vira, afastando-se nas sombras e deixando Zachary observando-o estupefato.

Ele olha até não ver mais o gato, o que não demora muito, então segue em direção ao cume. Quando está alto o suficiente para ver o que o aguarda além, percebe onde está.

Zachary Ezra Rawlins encontra-se em pé às margens do Mar Sem Estrelas.

O mar brilha como a luz de velas atrás do âmbar. Um oceano preso em um eterno pôr do sol.

Zachary respira fundo, esperando o sal marinho cortante, mas o ar aqui é doce e envolvente.

Ele desce pela beirada, ouvindo as ondas lamberem as rochas conforme se aproximam e recuam. Ouvindo o som que elas fazem: um zumbido gentil e acalentador.

Zachary tira os sapatos, que deixa fora de alcance antes de pisar nas ondas suaves, e ri quando o mar gruda em seus dedos.

Agacha-se e passa a mão pela superfície melada. Ergue um dedo aos lábios e hesitantemente o lambe. Recebe doçura enquanto esperava sal. Não tem certeza se gostaria de nadar neste mar, mas é delicioso.

Ele pensaria ser impossível, se há muito tempo não tivesse sucumbido à crença de coisas impossíveis.

O que acontece agora?, ele se pergunta, mas quase no mesmo momento a questão deixa sua mente. Não importa. Não agora. Não aqui nas profundezas, onde o tempo é frágil.

Por enquanto, este é o mundo inteiro dele. Sem estrelas e sagrado.

O Mar Sem Estrelas se estende à sua frente. Do outro lado há o fantasma de uma cidade, vazia e escura.

Há um objeto no chão a seus pés, onde o mar toca a praia. Zachary o pega.

É uma garrafa de champanhe quebrada. Parece que está aqui há anos. Seu rótulo está gasto. As bordas quebradas são pontudas e afiadas e pingam mel.

Zachary ergue os olhos para a escuridão cavernosa. A estrutura assomando sobre ele quase parece um castelo.

Além dela, ele consegue ver as camadas e os níveis subindo em espiral. Sombras que são mais profundas que outras. Espaços que se curvam e se movem para fora, pontilhados por luzes que não são estrelas.

Por um momento, ele se maravilha com o longo trajeto que percorreu, virando a garrafa quebrada nas mãos e imaginando a escadaria e o salão de baile muito acima.

Então ouve os passos se aproximando. É apropriado, pensa, encontrar o Destino de novo, agora que finalmente chegou ao Mar Sem Estrelas. Agora que *ainda não* é apenas agora.

— Ei, Max — cumprimenta Zachary. — Encontrei sua...

Há um movimento veloz e estranho quando ele se vira. Por um momento, sua visão é um borrão escuro e, quando se foca, não é Mirabel que está diante dele.

É Dorian.

Zachary tenta dizer o nome dele, mas não consegue, e Dorian o olha com uma sobrancelha erguida em choque e Zachary não consegue respirar e nunca conheceu ninguém que literalmente tirasse seu fôlego e talvez esteja apaixonado de fato, mas, espere, agora não consegue mesmo respirar. Sente-se atordoado. O brilho do mar está sumindo. A garrafa de champanhe quebrada escorrega de seus dedos e se estilhaça.

Zachary Ezra Rawlins olha para o seu peito onde a mão de Dorian está envolvida ao redor do cabo da espada e, assim que começa a entender o que está acontecendo, tudo fica escuro.

excerto do diário secreto de Katrina Hawkins

Eu estava no Grifo bebendo e lendo numa cabine nos fundos para não ficar na linha de visão de ninguém, quando uma mulher mais velha usando um casaco de pele branco sentou na minha frente como se eu estivesse esperando por ela. Ela tinha um olho azul e outro castanho e segurava um martíni translúcido com duas azeitonas (iguais). A taça ainda estava gelada; ela devia ter acabado de pegá-la no bar.

— Você é uma mulher difícil de encontrar, srta. Hawkins — disse a mulher com um sorriso falsamente amigável que quase parecia sincero.

— Não sou — retruquei. — Não é uma cidade tão grande. E eu frequento, tipo, dois bares. Você também deve ter meu cronograma de aulas, não tem? Nem precisa de dispositivos de rastreamento.

Ela parou de sorrir. Definitivamente era um *deles*, mas agora eu estava lidando com os adultos – esta mulher era uma profissional. Nada de ser espiada de maneira óbvia do outro lado da sala desta vez.

Ela não disse nada, então perguntei, indicando o casaco de pele gigante:

— O que isso costumava ser? — Ela não estava tentando passar despercebida e eu meio que admirava isso.

— É falsa — ela respondeu, o que foi decepcionante. — Como está o livro? — Ela inclinou o martíni para meu exemplar de *The Kick-Ass Writer*.

— É para uma disciplina — eu disse, o que é verdade. A conversa fiada me deixou aturdida. Nunca achei que uma daquelas pessoas chegaria a falar comigo.

— Você sente falta dele, não sente? — Ela dirigiu esse comentário para a minha bebida. Um *sidecar*. Estava bebendo aquilo porque não consegui pensar em mais nada, só queria sentar em algum lugar que não fosse meu apartamento. Esqueci de pedir sem açúcar e agora o pé da taça estava gosmento.

— Você sabe onde ele está? — perguntei.

Ela não falou nada, mas tinha um brilho estranho nos olhos – pelo menos no castanho, achei que o azul sofria de catarata. Não consegui desvendar aquele olhar. Sei que parece um momento *a-rá você SABE onde ele está*, mas não foi. Ela olhou para mim enquanto tomava outro gole de martíni e, quando o abaixou, disse:

— Você deve estar triste pelo seu relacionamento.

Eu não tinha contado a ninguém que Lexi e eu tínhamos terminado. L ficou brava comigo quando tentei descobrir o que aconteceu com Z e disse que ele provavelmente só foi embora e que eu só estava brava porque ele não me contou e então a acusei de armar o negócio da abelha-chave-espada como uma de suas gincanas teatrais e daí ela disse que eu "desperdicei o tempo dela" o que pareceu duro demais e não sei se estou triste. Estou okay. Não tenho certeza se quero estar num relacionamento agora, de toda forma. As coisas mudam. As coisas estão mudando particularmente rápido agora – tipo, uma semana atrás tudo era diferente. Mas ainda está nevando. Isso não mudou.

— Não muito — respondi.

— Mas você não tem mais ninguém — argumentou a mulher. — Não de verdade.

Fiquei irritada porque ela meio que estava certa, mas eu não ia admitir isso. Tenho meu caderno e meus projetos e estava sentada ali sozinha com meu coquetel porque não havia mais ninguém com quem eu quisesse beber. Não tenho pessoas. O jeito como ela falou também sugeriu que ela sabia que minha família não gosta tanto de mim.

Eu não falei nada.

— Você está sozinha. Não preferiria pertencer a algum lugar?

— Este é o meu lugar — eu disse, sem entender aonde ela queria chegar.

— Por quanto tempo? — perguntou ela. — Vai cumprir um programa de pós-graduação de dois anos porque não sabe o que mais fazer e então vai ter que ir embora. Não gostaria de ser parte de algo maior que você?

— Não sou religiosa — eu disse.

— Não é uma organização religiosa — ela retrucou.

— Então o que é?

— Infelizmente não posso dizer a não ser que decida se juntar a nós.

— É um culto ou algo assim?

— Ou algo assim.

— Vou precisar de mais informações — eu disse a ela, tomando um gole do meu *sidecar* só para fazer alguma coisa, mas a taça deixou meus dedos grudentos. Açúcar na taça é uma ideia idiota. — Ou você vai dizer que "já sei demais"?

— Você sabe, mas não estou muito preocupada com isso. Se contasse a qualquer pessoa o que sabe, ou o que pensa que sabe, ninguém acreditaria em você.

— Porque é estranho demais?

— Porque você é uma mulher — ela disse. — É mais fácil considerarem que você é louca. *Histérica*. Se fosse um homem, poderia ser um problema.

Não falei nada. Estava esperando pelas informações que pedi. Ela me encarou por um longo tempo. O azul do seu olho definitivamente não era natural.

— Eu gosto de você, srta. Hawkins — ela disse por fim. — Você é tenaz e eu admiro tenacidade quando tem uma meta justa. No momento a sua não tem, mas acho que posso fazer bom uso dela. Você é esperta e determinada e empenhada e essas são todas qualidades que procuro. E é uma contadora de histórias.

— O que isso tem a ver?

— Significa que tem uma afinidade pela nossa área de interesse.

— Caridade literária, certo? Não achava que instituições literárias tinham uma aura tão forte de sociedade secreta.

— A instituição de caridade é uma fachada, como você bem sabe — retrucou a mulher. — Você acredita em magia, srta. Hawkins?

— Em magia do tipo Arthur C. Clarke, tecnologia tão avançada que se torna indistinguível de magia, ou magia-*magia*?

— Você acredita no místico, no fantástico, no improvável ou no impossível? Acredita que coisas que outros julgam sonhos e imaginação existem de verdade? Acredita em contos de fadas?

Acho que meu estômago despencou até os pés, porque literalmente sempre fui a criança que acreditava em contos de fadas, mas não sabia o que fazer porque não era uma criança e sim uma mulher de vinte e poucos anos num bar de coquetéis que nunca se sentia velha o bastante para beber, então falei:

— Não sei.

— Sabe, sim — disse a mulher, tomando outro gole do martíni. — Só não sabe como admitir.

Devo ter feito uma careta, mas não lembro.

Eu perguntei o que ela queria de mim.

— Quero que você deixe este lugar comigo e não volte. Você vai abandonar sua vida e seu nome. Vai me ajudar a proteger um lugar que a maioria das pessoas não acreditaria que existe. Você terá um propósito. E um dia vou levá-la a esse lugar.

— Não sou o tipo de garota que se contenta com "um dia", sinto muito.

— Não é? Escondendo-se nos seus templos acadêmicos enquanto evita o mundo real?

Isso, pensei, era um golpe baixo mesmo que fosse verdade, mas no momento ela estava me irritando, então eu disse:

— Cara, se você conhece um lugar de contos de fadas, por que está num bar conversando comigo?

Ela me deu um olhar estranho e não sei se foi porque a chamei de "cara" ou alguma outra coisa, mas ela parou e pensou sobre a pergunta mais do que sobre a maior parte das coisas que eu tinha dito, então só tirou um cartão de visitas do bolso e o deslizou pela mesa até mim.

Dizia *Clube de Colecionadores.*

Havia um número de telefone nele.

E uma pequena espada abaixo.

Confissão: fiquei meio tentada. Quer dizer, não é todo dia que uma mulher oferece um emprego de segurança num lugar de contos de fadas, como se fosse a polícia do País das Maravilhas. Mas algo parecia estranho e eu gosto do meu nome, e o fato de que ela tinha evitado minha pergunta sobre Z me deixou desconfiada.

— Zachary aceitou sua oferta de emprego ou foi ele que queimou a sede do seu clube? — perguntei, imaginando que seria um ou outro. Pela expressão dela, foi o segundo. O sorriso falso voltou.

— Posso contar muitas coisas que você gostaria de saber, mas primeiro precisa concordar com meus termos. Não há nada para você aqui. Não está curiosa?

Estava. Estava supercuriosa. Estava mais do que curiosa. Cogitei dizer que pensaria no seu caso se ela me deixasse falar com Z ou se ela pudesse provar que ele estava vivo, mas suspeitei que ela não era o tipo de pessoa que negociava. Se eu não a seguisse naquele momento, nunca a veria de novo.

— Acho que não — respondi. Ela pareceu decepcionada de verdade, então se recuperou.

— Eu poderia dizer algo para fazer você mudar de ideia? — perguntou.

— O que aconteceu com seu olho? — eu quis saber, embora soubesse que nenhuma resposta mudaria minha decisão.

O sorriso que recebi pela pergunta foi genuíno.

— Era uma vez uma mulher que sacrificou um olho em troca da habilidade de ver — ela disse. — Com certeza você sabe que a magia requer sacrifícios. Por anos, consegui ver a história toda. Não funciona mais, não aqui, porque tomei uma decisão e ela me deixou com versões nubladas do agora. Às vezes sinto falta da clareza, mas, de novo, *sacrifícios.*

Eu quase acreditei nela. Fiquei encarando ela e aquele olho azul nebuloso me fitou de volta e refletiu a luz de uma daquelas lâmpadas vintage acima de nós e não era catarata e sim um céu tempestuoso e absolutamente claro. Um raio fulgurou nele por um momento.

Virei o resto do *sidecar*, peguei meu livro e minha bolsa e meu casaco com minhas mãos estupidamente gosmentas e me levantei, então ergui o livro até a testa e prestei uma continência.

Deixei o cartão de visitas na mesa.

E saí de lá o mais rápido possível.

— Estou decepcionada, srta. Hawkins — ela disse enquanto eu me afastava. Não me virei e não ouvi o que ela disse em seguida, mas sei o que foi. — Vamos ficar de olho em você.

O FILHO DA VIDENTE está morto.

Seu mundo é uma escuridão impossivelmente silenciosa, vazia e amorfa.

Em algum lugar na escuridão amorfa há uma voz.

Olá, sr. Rawlins.

A voz vem de muito, muito longe.

Olá olá olá.

Zachary não consegue sentir nada, nem o chão sob os pés. Nem os pés, por sinal. Há apenas o vazio e uma voz muito distante e nada mais.

Então as coisas mudam.

É como acordar e não se lembrar de ter adormecido, mas não é gradual – a consciência dele retorna com um choque súbito, sua existência suspensa de surpresa.

Ele está de volta no próprio corpo. Ou em uma versão do seu corpo. Está deitado no chão usando calças de pijama e nenhum sapato e um casaco que ainda considera ser de Simon embora tanto o casaco como esta versão dele absolutamente destruída saibam que pertencem àquele que os usa.

No peito dele há a impressão recém-queimada de uma chave, mas nada de ferimento nem de sangue.

Ele também não tem batimentos cardíacos.

Mas o fator que o convence, além de qualquer dúvida, de que está mesmo morto é o fato de que seus óculos sumiram e, no entanto, tudo diante de seus olhos está nítido.

As ideias de Zachary sobre uma possível vida após a morte sempre variaram, do nada à reencarnação a universos infinitos autocriados, mas ele sempre voltava à futilidade de ficar supondo e presumia que descobriria quando morresse.

Agora ele está morto e deitado em uma praia muito parecida com aquela na qual morreu, só que diferente, mas no momento está furioso demais para notar as diferenças.

Ele tenta lembrar o que aconteceu, e a memória é dolorosamente nítida.

Dorian estava de volta, bem diante dele. Por um único momento, Zachary tinha encontrado o que estava procurando, mas a história não prosseguiu como deveria.

Ele pensou que finalmente (*finalmente*) ganharia aquele beijo e ainda mais, e repassa na cabeça aqueles últimos momentos, desejando ter sabido que eram os últimos momentos, mas, mesmo se soubesse, não tem certeza do que teria feito, se teria reagido a tempo.

Com certeza era Dorian, ali às margens do Mar Sem Estrelas. Talvez Dorian achasse que não era ele. Zachary também não tinha pensado que era Dorian na neve. Tinha erguido a mesma espada, exceto que Dorian de fato sabia usá-la.

É como se todas as peças tivessem sido dispostas para levar àquele momento e ele mesmo tivesse encaixado metade delas.

Está bravo consigo mesmo por muitas coisas que fez e não fez e quanto tempo desperdiçou esperando a vida começar e agora ela acabou e então pensa em outra coisa e fica súbita e distintamente furioso com outra pessoa.

Zachary se ergue e grita com o Destino, mas o Destino não responde.

O Destino não mora aqui.

Nada mora aqui.

Você está aqui porque eu preciso que faça algo que eu não posso.

É isso que Mirabel tinha dito pós-queda do elevador e pré-todo o resto.

Ela precisava que ele morresse.

Ela sabia.

Sabia o tempo todo que isso iria acontecer.

Zachary tenta gritar de novo, mas não tem ânimo.

Em vez disso, suspira.

Não é justo. Ele mal tinha começado. Era para estar no meio de sua história, não no final ou em algum tipo de epílogo após a morte.

Ele nem fez nada. Nem realizou nada. Não é? Ele não sabe. Localizou um homem perdido no tempo ou talvez tenha se tornado um. Encontrou o caminho até o Mar Sem Estrelas. Encontrou o que procurava e o perdeu de novo no mesmo fôlego.

Ele tenta decidir se mudou desde que tudo isso começou – afinal não é esse o objetivo? – e se sente diferente de antes, mas não consegue avaliar a diferença entre sentir-se diferente e estar sem pulso, descalço numa praia.

Uma praia.

Zachary olha para o mar. Esta não é a praia na qual estava antes, momentos (foram momentos?) atrás. Parece com ela, incluindo os penhascos, mas é diferente.

Nesta praia há um barco.

É um pequeno bote, cujos remos foram deixados ostensivamente sobre o assento, metade no mar e metade na praia.

Esperando por ele.

O mar que o cerca é azul. Um azul brilhante e artificial.

Zachary mergulha um dedo no azul e a superfície tremula.

É confete. Confete de papel em tons variados de azul e verde e roxo, com branco nas margens para representar a espuma. À medida que se afasta da praia, o mar está misturado com serpentina, longas fitas de papel fingindo ser ondas.

Zachary olha para a estrutura imponente no penhasco atrás de si, que é sem dúvida um castelo, embora seja construído de papelão pintado. Consegue ver daqui que é só uma fachada, duas paredes com janelas desprovidas de estrutura e dimensão, apenas a ideia de um castelo pintado e erguido para enganar o olho a uma distância ainda maior que esta.

Além do castelo há estrelas: estrelas gigantes feitas de papel dobrado, pendendo de fios que desaparecem na escuridão. Estrelas cadentes suspensas na metade do trajeto e planetas em alturas variadas, com e sem anéis. Um universo inteiro.

Zachary se vira e olha para a água de papel.

Há uma cidade do outro lado do mar.

A cidade está cintilando.

A tempestade de emoções se revirando nele cessa e é substituída por uma calma súbita.

Zachary olha para o bote e pega um remo. É leve, mas sólido.

Empurra o bote para o mar de papel e ele boia, formando redemoinhos na água de confete.

Zachary olha além do mar até a cidade de novo.

Aparentemente sua missão não acabou.

Ainda não.

O Destino não terminou de usá-lo, mesmo na morte.

Zachary Ezra Rawlins entra no bote e começa a remar.

excerto do diário secreto de Katrina Hawkins

Oi, caderno. Quanto tempo.

Tudo esteve meio quieto. Eu não sabia o que fazer depois de falar com a mulher no bar e fiquei superparanoica por um tempão e não quis escrever nem falar sobre nenhum assunto, então fiquei na minha e trabalhei e o tempo passou e nada aconteceu e agora é verão.

Bem, aconteceu uma coisa que eu não escrevi na época.

Alguém me deu uma chave. Estava na minha caixa de correio no campus. É uma chave de latão pesada, mas o topo tem a forma de uma pena, então parece uma caneta de pena que termina em dentes de uma chave em vez de uma ponta. Tinha uma etiqueta amarrada com um barbante, como aquelas de entregas antigas, e dizia *Para Kat, no Tempo oportuno.* Imaginei que era o convite para a tese de alguém, mas ninguém me falou mais nada. Ainda a tenho. Coloquei no meu chaveiro (a pena é curva no topo). Mantive a etiqueta. Acho que ainda estou esperando o Tempo.

Pensei que a mulher do bar voltaria. Como se fosse a Recusa do Chamado, mas pelo visto não estou nesse tipo de Jornada do Herói. Parecia a decisão certa na hora, mas, sabe, isso deixa a gente se perguntando. O que poderia ter acontecido depois?

Foi nisso que comecei a trabalhar, embora não tivesse planejado. Por um tempo eu não trabalhei em nada e não sabia o que queria fazer, não sabia o que eu queria de modo geral, então fiquei pensando sobre isso e ficava voltando a contar histórias na forma de jogos. Comecei a pensar que tudo isso poderia dar um jogo até que decente. Parte filme de espião, parte contos de fadas, parte escolha sua própria aventura. Uma história épica ramificada que não adere a um único gênero ou um único caminho e se transforma em diferentes histórias, mas é uma só. Estou tentando aproveitar as coisas que se podem fazer num jogo e não num livro. Tentando capturar mais histórias. Um livro é feito de papel, mas uma história é uma árvore.

Você encontra alguém num bar. Segue a pessoa ou não.

Você abre uma porta. Ou não abre.

De toda forma, a questão é: o que acontece depois?

Isso está exigindo uma quantidade absurda de cadernos cheios de possibilidades, mas está chegando a algum lugar.

O que aconteceu em seguida na *Vida real*™ foi que eu encontrei Jocelyn Keating. Mais ou menos.

Encontrei Simone Keating.

Meses atrás, pedi à minha amiga bibliotecária Preeti, em Londres, para investigar a Fundação Keating se pudesse, mas não tive resposta e imaginei que ela não tinha encontrado nada, até que ontem ela mandou uma mensagem dizendo que encontrou algumas coisas e perguntando se ainda tenho interesse.

Ela deve achar que sou doida porque passei um e-mail novo e pedi que me mandasse uma mensagem de texto no segundo em que enviasse tudo, para eu poder imprimir de imediato e então deletar o e-mail. Disse a ela para também deletar depois de enviar. Espero que seja suficiente. Eu disse: paranoica.

Parece que, muito tempo atrás, havia uma sociedade bibliotecária britânica que não era uma sociedade bibliotecária "oficial". Incluía majoritariamente pessoas que não eram aceitas nas sociedades oficiais. Muitas eram mulheres, mas não todas.

Eles parecem foda, de um jeito nerd.

Parece que era uma sociedade clandestina, então não há muitos registros.

Mas uma biblioteca privada em Londres tinha alguns arquivos – a pessoa que os encontrou tentou achar mais informações para ver se havia o bastante para um artigo ou livro ou algo do tipo, mas nunca conseguiu nada substancial.

Então não há, tipo, nenhum registro de que esse era um grupo oficial, mas existem fragmentos de cadernos e algumas fotos. Imagens sépia desbotadas com pessoas em chapéus incríveis e gravatas plastrão e coisas do gênero tiradas diante de estantes lindas, o tipo de esconderijo onde tudo parece precioso e chique e que possivelmente escondem a entrada de uma passagem secreta.

Os trechos de caderno não estão muito legíveis e estou lendo, tipo, impressões de scans, mas isto é o que consegui decifrar:

> ... catalogou portas em três cidades adicionais. A. ainda não enviou um relato de Edo. Esperando resposta. Perdi contato com...
> ... suspeita que estamos entre encarnações. Exercitamos paciência como nossos predecessores antes de nós e como tememos que muitos de nossos sucessores continuarão fazendo. Faremos o máximo para avançar o que foi posto em curso.
> ... passou mais tempo abaixo. A sala está completa e acredita-se que é funcional. Tudo agora depende da fé. Cogitou-se espalhar os arquivos para segurança, J. mandou muitos papéis para a casa de campo...

É isso. O resto está desbotado demais ou contém só números parciais. Não sei o que significa. Seria mais fácil se sociedades secretas não guardassem tantos segredos. Também há alguns fragmentos sobre seis portas e um lugar em algum outro lugar que existe "fora do tempo" e a "encarnação final" e não sei, para mim parece demais o culto de Gozer.

Então há as fotos.

Uma delas mostra uma mulher loira sentada a uma mesa, sem olhar para a câmera. Ela está com a cabeça abaixada e o cabelo preso no alto e lê um livro. Usa um colar que pode ter forma de coração, não consigo ver direito. Não sei dizer a idade dela também.

Atrás está escrito *Simone K.* Há uma data, mas está tão esmaecida que mal consigo distinguir o 1 e o 8, que podem ser seguidos por um 6 ou um 5, não sei. Preeti disse que eles não tinham outras etiquetas, mas supunham que podiam ser os anos 1860. Os trechos de diário não podem ser muito mais recentes, senão chamariam Edo de Tóquio.

Também há uma foto em grupo. Treze pessoas na frente das estantes, algumas em pé e outras sentadas, todos parecendo que prefeririam estar lendo. Está superembaçada. Sei que naquela época as pessoas tinham de ficar em pé por um tempo absurdamente longo para tirar fotos, mas esse grupo parece irrequieto demais. Uma das mulheres fuma um cachimbo. Ninguém está em foco e a foto ainda foi danificada pela umidade no topo e em um lado.

Mas um dos nomes manuscritos no verso diz *J. S. Keating*. Bem, dá para ler o *J* e o *S* e depois tem um *K* ou um *H* e um *ing*.

Se os nomes estão em ordem, ela é a mulher loira, a segunda a partir da direita, e virou para dizer algo ou ouvir o cara na ponta que quase desapareceu devido à umidade. Não consigo distinguir o nome inteiro dele no verso, mas começa com *A*. A mulher é a mesma da foto de Simone.

Abaixo da lista de nomes está escrito: *Encontro das corujas*.

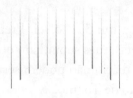

O FILHO DA VIDENTE rema um bote através de um oceano feito de papel.

A estrutura na praia atrás dele parece um castelo de verdade agora. Uma luz brilha em uma janela no topo. A sombra de um dragão se enrodilha na torre mais alta.

Os remos mergulham em confete e serpentina, fazendo-os cintilar em redemoinhos aquáticos azuis e verdes, embora não haja um céu aqui para refletir tais cores.

Zachary olha para o espaço onde deveria estar o céu, questionando se em algum lugar lá em cima alguém está fazendo mudanças neste universo.

Movendo um pequeno bote através de um oceano. Deve ser praticamente invisível de tal distância. Um pequeno movimento em um quadro muito maior.

Parece muito maior aqui embaixo, no centro do oceano.

Leva muito mais do que ele esperava para chegar à cidade do outro lado.

Há muitas luzes no horizonte, mas Zachary rema em direção à mais forte.

Quando se aproxima, pode ver que é um farol.

Quando se aproxima ainda mais, pode ver que o farol foi imaginado a partir de uma garrafa de vinho com uma vela queimando dentro.

É o oposto do castelo e seu dragão, observar a forma da cidade se dividir em construções e torres cercadas por montanhas pintadas e então se fragmentar ainda mais nos objetos com os quais foram construídos.

O confete de papel ao redor do bote o conduz até a costa.

Zachary empurra o barco na praia para que o mar não o leve embora.

Esta praia está coberta de areia, cada grão enorme. Mas é só uma camada fina. Por baixo, a superfície é sólida. Zachary afasta a areia perto do bote e descobre o mogno polido da mesa sobre a qual esta parte do mundo se apoia, seu verniz arranhado pela areia e pelo tempo.

Ele caminha da praia até grama de papel verde. Sabe agora onde está, mesmo que não entenda por que está aqui. Avança ainda mais para o interior do universo de bonecas que queria tanto ver, embora nunca tenha imaginado que o veria desta perspectiva.

Ao longo da praia há penhascos e cavernas e baús de tesouro e muito mais a explorar, mas Zachary sabe aonde está indo. Ele avança para o interior, seus pés descalços amassando a grama de papel.

Passa pelas ruínas desmoronadas de um templo e por uma estalagem coberta de neve, onde flocos de neve de papel estão espalhados sobre a grama verde.

Atravessa uma ponte feita de chaves e um campo cheio de flores de páginas de livros. Não interrompe o trajeto para ler o que dizem.

Algumas partes do mundo revelam do que são compostas: papel e botões e garrafas de vinho. Outras são imitações perfeitas em miniatura.

De muito longe, elas parecem o que devem representar, mas, à medida que Zachary se aproxima, as texturas se revelam erradas. A artificialidade transparece.

Uma casa de fazenda está cercada por bolas de algodão que fingem ser ovelhas.

Acima dele, pássaros de papel esvoaçam em cordões. Pendendo, não voando.

Quanto mais Zachary caminha, mais numerosas ficam as construções. Ele dá voltas nas ruas conforme o espaço se torna uma cidade cheia de prédios altos de papel pontilhados por janelas a intervalos irregulares. Passa por um hotel e atravessa um beco margeado por lanternas e estandartes, decorado para um festival que não está ocorrendo.

A cidade se torna um vilarejo. Zachary percorre uma rua principal cheia de construções – lojas e restaurantes e bares, um correio e uma taverna e uma biblioteca.

Alguns prédios desmoronaram. Outros foram reconstruídos com fita adesiva e cola. São ornamentados e expandidos e vazios, até aqueles com figuras postadas no interior, olhando inexpressivas por janelas ou encarando o fundo de taças de vinho.

Esta é a ideia de um mundo sem nada que lhe dê vida.

As peças sem a história.

Não é real.

O vazio no peito de Zachary anseia por algo real.

Ele passa por uma boneca solitária que veste um terno feito sob medida com costuras grandes demais e está virada para baixo no meio de uma rua.

Zachary tenta endireitá-la, mas a porcelana racha e quebra o braço da boneca, então ele a deixa ali e segue em frente.

No topo de uma colina, com vista para a cidade, há uma casa.

Ela tem uma varanda grande e uma infinidade de janelas obscurecidas com âmbar. No telhado há uma plataforma que forneceria uma vista do mar. Alguém poderia tê-lo visto chegar dali, mas atualmente a varanda está desocupada.

Parece mais real que o restante do mundo.

O mundo que foi construído ao redor dela com papel e cola e objetos encontrados.

Ele enxerga as dobradiças do lado da casa de bonecas. A fechadura que mantém sua fachada no lugar.

As lanternas de cada lado da porta estão acesas.

Zachary sobe os degraus da casa de bonecas até a varanda.

Ouve um som. Um zumbido.

A porta está aberta.

Estavam esperando por ele.

Uma placa acima da porta diz:

"Conhece-te a ti mesmo e aprenda a sofrer".

O zumbido fica mais alto. Ele se multiplica e muda e ecoa e então assume a forma de palavras:

Oláoláoláoláoláolá.

Olá sr. Rawlins você está aqui afinal oláolá.

Olá.

excerto do diário secreto de Katrina Hawkins

Quanto tempo de novo, caderno. Dessa vez ainda mais. Reli as últimas páginas porque não lembrava onde tinha parado.

É estranho não conseguir se lembrar dos próprios pensamentos mesmo quando você os escreveu. Às vezes é como se a Kat de antes fosse alguém com quem eu tivesse cruzado na rua.

Nunca descobri mais nada sobre Jocelyn Keating, ainda não lembro onde ouvi falar do Rei Coruja, também não sei para que serve a chave e às vezes vejo alguém me observando na biblioteca e surto um pouco, o que é muito divertido.

Tenho dificuldade para dormir.

E Z continua desaparecido.

Passou mais de um ano.

Venho trocando mensagens de secretária eletrônica com a mãe de Z e tenho todas as coisas dele agora, tiradas do depósito da universidade e esperando em caixas no meu apartamento. Falei à mãe dele que posso levá-las, mas ela insiste que eu espere até me formar em maio. Quem sou eu para discutir com uma vidente? Além disso, Z tem um gosto excelente em livros, então agora tenho material de leitura de sobra.

Não sei mais falar com as pessoas. Sei que deveria, mas é difícil. Eu saí por um tempo com um cara que era *bartender* no Adjetivo Substantivo e ele era legal, mas eu meio que deixei o relacionamento esfriar. Não respondi a uma mensagem uma vez e ele nunca mais falou nada e agora sempre quando vou lá ele é simpático comigo daquele jeito genérico dos bartenders e isso é estranho, como se eu tivesse imaginado e a coisa toda não tivesse acontecido de fato.

É como a foto. Não escrevi sobre ela aqui, mas alguns meses atrás encontrei na internet uma foto daquele baile de caridade. Tinha uma galeria de imagens e uma delas era de uma mulher com um longo vestido branco usando uma coroa com um cara de terno e parecia que eles ou tinham parado de dançar ou estavam prestes a começar. Pareciam se conhecer. Nenhum dos dois estava olhando para o outro. Ela apoiava uma mão no coração dele.

Não reconheci a mulher, mas o cara era Z. Havia muitos reflexos na foto e a mulher estava mais em foco, mas super era ele. Estava usando minha máscara.

A foto não tinha legenda.

Quando tentei abrir uma imagem maior para salvar o arquivo, deu um erro de Página Não Encontrada e voltei para vasculhar as galerias, mas a foto tinha sumido.

Consigo vê-la na memória, mas ultimamente não tenho certeza de que não a imaginei. Fico pensando que vi o que queria ver ou algo do tipo.

Deletei todas as minhas redes sociais um pouco depois disso. Abandonei meu blog. Parei de cozinhar também, exceto por infinitos experimentos fracassados em massas folhadas sem glúten.

Mas tentei me manter ocupada.

Meus Cadernos de Possibilidades Infinitas se transformaram na minha dissertação de mestrado e talvez mais que isso, então vim a Manhattan para uma reunião (ainda estou aqui, volto a Vermont amanhã) e no segundo em que cheguei recebi uma mensagem de um número desconhecido.

Olá, Kat. Esquina nordeste da Union Square, 13h.

Abaixo havia um emoji de abelha, um emoji de chave e um emoji de espada.

Eu fui, porque é claro que fui.

Havia uma feira montada na Union Square, então a área parecia um zoológico, e levei um tempo para encontrar um lugar para esperar e não sabia o que devia procurar, então presumi que alguém procuraria por mim. Claro, seguir instruções de mensagens anônimas era arriscado, mas uma esquina lotada parece segura e, tipo, que seja. Eu estava curiosa.

Estava lá havia uns três minutos quando meu celular vibrou com outra mensagem.

Olhe para cima.

Eu olhei. Levei um minuto mas então avistei a garota em uma janela do andar mais alto da enorme livraria Barnes & Noble, olhando para mim e erguendo uma mão como se fosse acenar, mas não estava acenando. Tinha um celular na outra mão e começou a digitar quando viu que eu a vi.

Eu a reconheci. Ela tinha frequentado minhas aulas algumas vezes na época em que Z desapareceu, mas não a vi depois daquele janeiro. Ela tricotava. Tinha me ajudado a aperfeiçoar meu padrão de pomo de ouro. Tivemos uma conversa legal sobre narrativas sobrepostas e como nenhuma história é a história completa. Sarah alguma coisa.

Ela estava lá, *bem na época*, e eu nunca pensei nela. Nem uma vez.

O orelhão ao meu lado começou a tocar. Sério. Eu não achava que aquelas coisas funcionavam, pensava neles como arte de rua nostálgica.

Outra mensagem fez meu celular vibrar. *Atenda.* Ergui os olhos de novo. Ela tinha dois celulares, um no ouvido e com o outro mandava a mensagem. Claro. Nunca há celulares suficientes.

As pessoas ao meu redor começaram a me lançar olhares esquisitos; eu estava perto demais do telefone para outra pessoa atender.

Então tirei o telefone do gancho.

— Imagino que seu nome não seja Sarah — eu disse quando o encostei no ouvido.

— Não é — ela confirmou. Sua voz saiu pelo telefone um segundo depois que seus lábios se moveram na janela. Ela fez uma pausa, mas continuou na linha. Ficamos paradas ali nos encarando. Ela tinha um sorriso estranho, quase triste.

— Quer me contar algo? — perguntei quando não aguentei mais o silêncio.

— Ela a convidou a se juntar a nós e você recusou, não é?

Eu não precisava perguntar sobre quem ou do que ela estava falando.

— Decidi manter minhas opções abertas — falei.

— Esperta.

Ela soava amargurada. Esperei que dissesse algo mais. Alguém em uma das tendas da feira estava vendendo mel de abelhas criadas em telhados de Manhattan e me distraí pensando em abelhas citadinas versus abelhas do interior e questionando se as abelhas de Manhattan tinham flores suficientes.

— Eu queria pertencer a alguma coisa, sabe? — disse não-Sarah, mas não esperou uma resposta. — Alguma coisa importante. Queria fazer algo com um propósito, algo… algo especial. A gerência desmantelou a organização inteira. Fomos todos demitidos. Ninguém sabe o que aconteceu. Não sei o que fazer agora.

Eu disse:

— Que merda pra você. — O que foi meio grosso, embora de fato parecesse uma merda para ela. Ela levou na boa.

— Sei que isso tem sido difícil para você — ela continuou. — Não queria que ficasse tensa o tempo inteiro. Queria que soubesse que não há mais ninguém vigiando você.

— Você estava.

Ela deu de ombros.

— O que aconteceu com o lugar que você deveria proteger? — perguntei.

— Não sei. Nunca estive lá. Talvez tenha sumido. Nem sei se existe.

— Por que não vai procurá-lo? — perguntei a ela.

— Porque assinei um contrato que dizia que, se eu tentasse, eles podiam se livrar de mim. Garantiram que essa cláusula estava intacta quando pagaram a rescisão e me deram uma nova identidade. Eles me matariam se soubessem que estou falando com você agora.

— Sério? — perguntei, porque como assim.

— É tudo sério — ela disse. — Eles cogitaram eliminar você, mas decidiram que era arriscado demais caso resultasse em mais pessoas investigando o caso Rawlins.

— Onde está Zachary? — perguntei, então meio que desejei não ter feito isso, no caso de ela confirmar que ele estava morto, porque, apesar de minhas dúvidas, eu tinha me acostumado com aquele tiquinho de esperança que existe no centro da ignorância.

— Não sei — ela disse, rápido, com uma nota de pânico. Olhou por cima do ombro. — Eu… eu não sei. Mas sei que tudo acabou agora. Achei que você devia saber.

Acho que ela queria que eu agradecesse. Não agradeci.

— Quem é o Rei Coruja? — perguntei.

E ela desligou na minha cara.

Deu as costas para a janela e se afastou na livraria.

Eu sabia que não a encontraria. É muito fácil desaparecer em uma livraria de cinco andares no meio de Manhattan.

Mandei uma mensagem para aquele número, mas houve falha no envio.

Não sei como começar a procurar um lugar que talvez nem exista.

O FILHO DA VIDENTE está parado na porta de uma casa de bonecas em tamanho real cheia de enormes favos de mel e ocupada por abelhas do tamanho de gatos. Abelhas formam enxames nas escadas e nas janelas e no teto, nas poltronas e nos sofás e nos lustres.

Elas zumbem ao redor de Zachary, extasiadas com a chegada dele.

Olá olá sr. Rawlins agradecemos a visita ninguém nos visita há muito muito tempo estivemos esperando.

— Olá? — responde Zachary, não querendo que pareça tanto uma pergunta, mas é uma pergunta, quando entra na casa de bonecas, ele é todo feito de perguntas. Quando ele pisa no saguão de entrada, seus pés afundam no mel que recobre o chão.

Olá sr. Rawlins oláoláolá.

As abelhas gigantes se movem de um lado para o outro sobre os quartos encerrados em favos de mel, subindo e descendo as escadas, voando de um cômodo a outro, ocupadas com seus afazeres, quaisquer que sejam eles.

— Como... vocês sabem meu nome? — pergunta Zachary.

Ele nos foi contado foi muitas vezes sr. Zachary Ezra Rawlins senhor.

— Que lugar é este? — ele pergunta, avançando para o interior da casa, cada passo vagaroso e grudento.

É uma casa de bonecas uma casa para bonecas uma casa para guardar a história não cabe tudo na casa a maioria das histórias não cabe a maioria das histórias é grande esta é muito grande.

— Por que estou aqui?

Está aqui porque está morto então agora você está aqui entre lugares e também porque é a chave ela disse que mandaria uma chave quando fosse hora de terminar uma chave para trancar a história quando estivesse terminada e aqui está você.

Zachary olha para a cicatriz na forma de chave em seu peito.

— Quem disse isso a vocês? — ele pergunta, embora já saiba.

A escultora de histórias, elas zunem a resposta, e não é aquela que Zachary esperava. *Aquela que esculpe a história às vezes ela está na história às vezes não está às vezes é pedaços às vezes é uma pessoa que nos contou que você estava chegando muito tempo atrás estamos esperando você há muito muito tempo sr. Rawlins.*

— Por mim?

Sim sr. Rawlins você trouxe a história aqui agradecemos muito a história não vem para cá há muito tempo não podemos trancar uma história do Porto que vagou tão longe de nós geralmente subimos subimos subimos e desta vez descemos descemos descemos descemos aqui para esperar e agora estamos aqui juntos com a história gostaria de uma xícara de chá?

— Não, obrigado — responde Zachary. Ele dá uma olhada em um relógio de coluna que pinga mel no saguão de entrada, sua fachada decorada retratando uma coruja e um gato em um barquinho, os ponteiros pausados em cera um minuto antes da meia-noite. — Como eu saio daqui? — ele pergunta.

Não há saída só há entrada.

— Bem, e o que acontece em seguida?

Não existe em seguida aqui é o fim você não sabe o que fim significa?

— Eu sei o que fim significa — diz Zachary. A calma que sentia antes sumiu, substituída por um zumbido de agitação que ele não sabe se vem das abelhas ou de si mesmo ou de algum outro lugar.

Você está bem sr. Rawlins qual é o problema deveria estar feliz você gosta desta história você gosta de nós você é nossa chave você é nosso amigo você nos ama disse que nos amava.

— Não disse.

Disse quando mandamos cupcakes para você.

Zachary lembra-se de ter escrito sua eterna devoção em papel com caneta-tinteiro e a enviado por um elevador de comida que parece estar a uma longa distância e muito tempo atrás.

— Vocês são a Cozinha — ele disse, percebendo que já teve várias conversas com abelhas antes, embora elas parecessem mais articuladas no papel.

Naquele lugar somos a Cozinha mas aqui somos nós mesmas.

— Vocês são abelhas.

Gostamos de abelhas. Gostaria de uma bebida podemos transformar mel em qualquer coisa qualquer coisa qualquer coisa como pode imaginar somos muito boas nisso praticamos muito podemos dar a você a ideia de um cupcake e teria um gosto muito real exatamente como o bolinho real só que menor. Gostaria de um cupcake?

— Não.

Gostaria de dois cupcakes?

— Não — repete Zachary, mais alto.

Já sabemos já sabemos você gostaria de um coquetel e um cupcake sim sim isso seria melhor.

Antes que Zachary possa responder, uma abelha o cutuca até uma mesinha onde há uma taça de coquetel resfriada cheia de um líquido amarelo forte e um pequeno cupcake decorado com uma abelha muito menor.

Intrigado, Zachary pega a taça e dá um golinho, esperando que tenha gosto de mel – e de fato tem, mas ele também sente o gosto familiar de gim e limão. *Bee's Knees*[3]. É claro.

Zachary devolve a taça à mesa.

Ele suspira e continua explorando a casa. Algumas das abelhas o seguem, murmurando algo sobre bolo. A maior parte da mobília está coberta de mel, mas alguns pedaços permanecem intocados. Os pés descalços de Zachary afundam em tapetes ensopados de mel.

---

3. *Bee's Knees*, além de ser um drinque, é também uma expressão idiomática utilizada para se referir a algo cuja qualidade é extraordinária. [N. da E.]

Além do saguão de entrada há uma sala de recepção e um escritório e uma biblioteca.

Em uma mesa na biblioteca há uma casa de bonecas. É diferente da estrutura vitoriana em que Zachary se encontra, uma construção em miniatura composta de pequenos tijolos e muitas janelas. Parece uma escola ou uma biblioteca pública. Zachary espia por uma das janelas e não vê bonecas nem mobília, mas há imagens pintadas nas paredes internas.

Uma piscina de mel cerca a construção como um fosso.

— Era pra ser o Mar Sem Estrelas? — ele pergunta às abelhas.

Essa é a próxima história esta está acabando agora que a chave veio trancá-la e dobrá-la e guardá-la para ser lida ou contada ou ficar escondida onde está não sabemos o que vai acontecer depois que acabar mas estamos felizes por ter companhia nem sempre temos companhia para finais.

— Não entendo.

Você é a chave você trouxe o fim é hora de trancar e dizer tchau boa noite adeus estamos esperando você há muito tempo sr. Rawlins não sabíamos que seria a chave não podemos sempre reconhecer chaves quando as conhecemos às vezes são surpresas olá surpresa.

Zachary continua explorando a casa até chegar a uma sala de jantar formal arrumada para um banquete inexistente. Há um bolo no aparador com uma única fatia faltando, mas o vazio sem bolo foi preenchido com cera de abelha.

Ele examina uma despensa que leva à cozinha. É um espaço destinado a acolher muita gente, atualmente ocupado apenas por abelhas e um homem morto solitário.

Nos fundos da casa há um solário, suas janelas amplas nubladas por mel. Aqui ele encontra uma única boneca. Uma menina de porcelana pintada. Rachada mas não quebrada. Está sentada em uma cadeira, com as pernas meio tortas, olhando por uma janela como se estivesse esperando alguém chegar, alguém que se esgueiraria pelo jardim dos fundos.

Ela tem um livro numa mão, mas não é um livro real, só um pedaço de madeira esculpido para parecer um livro. Não abre.

Zachary olha pela janela coberta de mel. Limpa o máximo que consegue com a palma da mão e olha para o jardim, para a cidade e o mar de papel. Tantas histórias dentro da história e aqui está ele no fim de tudo.

— Esta história não pode acabar ainda — diz Zachary às abelhas.

Por que sr. Rawlins por que não é hora do fim agora que a história acabou e a chave está aqui é a hora.

— O Destino ainda me deve uma dança.

Um zumbido indistinto segue a afirmação antes de se aglutinar em palavras.

Oh oh oh hummm não sabemos por que ela fez isso nem sempre entendemos seus métodos gostaria de falar com ela sr. Rawlins senhor podemos construir um lugar para você falar com a escultora de histórias um lugar na história onde pode falar com ela e ela pode falar com você não podemos falar com ela pessoalmente porque ela não está morta agora mas podemos construir um lugar para conversar ou dançar somos boas em construir lugares para a história não resta muito tempo não vai durar muito mas podemos fazer isso se quiser você quer?

— Eu quero, por favor — diz Zachary. Ele continua olhando pela janela para o mundo enquanto aguarda, com uma ideia inacabada de livro nas mãos.

As abelhas começam a construir a história de um espaço dentro deste espaço. Uma nova sala dentro da casa de bonecas.

Elas zumbem enquanto trabalham.

excerto do diário secreto de Katrina Hawkins

Lembrei onde ouvi falar do Rei Coruja.

Não sei por que demorei tanto.

Estava numa festa uns dois anos atrás, talvez alguns meses antes de Z desaparecer. Não lembro. Acho que era verão. Devia ser verão porque me lembro da umidade e dos mosquitos e do calor da noite. Era uma daquelas festas na casa de um amigo de um amigo e eu não teria sido capaz de identificar a casa nem o amigo do amigo numa fileira de suspeitos depois, porque todas as casas parecem azuis-cinza-marrons na luz dos postes e em certas ruas elas parecem idênticas, uma se mesclando à outra, e às vezes os amigos dos amigos se mesclam também.

Essa casa tinha umas luzes legais penduradas nos fundos, aquelas grandes com lâmpadas incandescentes que parecem ter sido emprestadas por um café francês.

Eu tomava um ar ou algo assim, não lembro por que tinha ido lá fora. Estava no jardim olhando para o céu e tentando lembrar o nome das constelações, embora só saiba identificar Órion.

Estava sozinha. Talvez estivesse úmido demais ou houvesse insetos demais ou fosse tão tarde que não havia muita gente na festa e todos estavam dentro de casa. Eu estava sentada numa mesa de piquenique grande demais para aquele jardim, simplesmente observando o universo.

Então essa garota – não, mulher. Dama. Enfim. Essa mulher saiu e me ofereceu uma bebida. Imaginei que fosse uma aluna da pós ou professora-assistente ou colega de quarto de alguém ou algo assim, mas não consegui adivinhar sua idade. Mais velha que eu, mas não muito.

É engraçado como essas coisas funcionam. Como, por muito tempo, um único ano de diferença importa, e depois de certo ponto um ano não é nada.

Ela me estendeu um copo de plástico idêntico ao que eu tinha abandonado na casa, mas com um uísque melhor, com gelo.

Aceitei, porque mulheres misteriosas oferecendo uísque sob as estrelas é exatamente a minha estética.

Ela se sentou ao meu lado e disse que éramos as pessoas que a narrativa teria seguido da festa se estivéssemos em um filme ou livro ou algo do tipo. Era com a gente que estava a história, a história que se podia seguir como um fio, não todas as histórias de festa sobrepostas na casa, com um monte de dramas emaranhados e embebidas em álcool barato e enfiadas em um número insuficiente de quartos.

Lembro que falamos sobre histórias e como elas funcionam e não funcionam e como a vida pode parecer tão lenta e estranha e a gente espera que seja mais como uma história, sem todas as partes entediantes e as coisas cotidianas. O tipo de conversa que eu costumava ter com Z.

Conversamos sobre contos de fadas e ela me contou um que eu nunca tinha ouvido, apesar de conhecer muitos contos de fadas.

Era sobre um reino escondido. Algo como um santuário, e ninguém sabia a localização exata, mas era encontrado por quem precisava. Ele chamava a pessoa em sonhos ou com um canto de sereia, e então o sujeito encontrava uma porta mágica ou um portal ou algo do tipo. Nem sempre, mas às vezes. Era preciso acreditar ou precisar, ou só ter sorte, acho.

A história me fez pensar em Valfenda, algum lugar silencioso e distante para terminar de escrever um livro, mas esse reino escondido era subterrâneo e tinha um porto, se me lembro direito. Devia ter, porque estava num negócio chamado Mar Sem Estrelas, e sei que não estou errada sobre essa parte porque era definitivamente subterrâneo, então não teria estrelas. A não ser que toda essa parte fosse uma metáfora. Enfim.

Eu me lembro do lugar mais que da história que o acompanhava, mas acho que a história tinha a ver com o fato de que esse reino escondido era um lugar temporário – e era destinado a acabar e desaparecer, porque reinos encantados que desaparecem aos poucos aparentemente são comuns, e o lugar tinha um começo e um meio e estava seguindo em direção a um fim, mas daí ficou preso. Acho que talvez tivesse começado muitas vezes, mas não lembro direito.

E algumas partes da história ficaram presas fora do espaço da narrativa e outros pedaços perderam seu caminho. Alguém estava tentando impedi-la de acabar, eu acho.

Mas a história queria um final.

Finais são o que dá significado às histórias.

Não sei se acredito nisso. Acho que a história inteira tem significado, mas também acho que uma história completa com uma forma de história requer uma resolução. Ou nem uma resolução, mas um ponto apropriado para a deixar. Uma despedida.

Acho que as melhores histórias parecem ainda continuar em algum lugar fora de seu espaço.

Lembro de me perguntar se essa história era uma analogia sobre pessoas que ficam em lugares ou relacionamentos ou quaisquer situações por mais tempo do que deveriam porque têm medo de largá-los ou seguir em frente ou têm medo do desconhecido, ou se era sobre como as pessoas se agarram às coisas porque sentem falta de como costumavam ser, mesmo que não sejam mais daquele jeito.

Ou talvez isso seja só o que eu tirei da história e outra pessoa teria entendido algo diferente.

Enfim, esse reino escondido era mantido vivo daquele jeito mágico de contos de fadas e, do mesmo jeito que cantava para as pessoas que precisavam encontrá-lo em busca de santuário, começou a sussurrar para alguém ir destruí-lo. O lugar encontrou suas próprias brechas e realizou seus próprios feitiços, de modo que pudesse ter um final.

— Funcionou? — eu me lembro de perguntar, porque ela interrompeu a história aí.

— Ainda não — ela disse. — Mas vai funcionar, um dia.

Conversamos sobre outras coisas depois, mas a história não era só isso. Tinha, tipo, um elenco inteiro de personagens e parecia um conto de fadas de verdade. Havia um cavaleiro, acho. E ele estava triste. Ou dois deles e um tinha um coração partido. E uma mulher meio persefonesca que ficava partindo e voltando e havia um rei e eu lembrava que era um rei pássaro, mas tinha esquecido qual tipo de pássaro e agora juro que era uma coruja. Talvez. Provavelmente.

Mas esqueci o que isso significa, o que significava na história.

É estranho, mas consigo lembrar tantos detalhes agora. Eu me lembro das luzes e das estrelas e do copo de plástico na minha mão e do gelo deixando meu uísque aguado e daquele aroma de maconha misturado com incenso emanando da casa e de ter encontrado Órion e dois carros passando com aquela música que estava tocando em todo lugar naquele verão, mas não lembro da história inteira, não com muita exatidão, porque não parecia tão importante quanto a contadora ou as estrelas naquele momento em que estava sendo contada. Parecia outra coisa. Não algo que se podia segurar, como um copo de plástico ou a mão de outra pessoa.

Se é que estou me lembrando direito. Não sei mais. Estou bastante segura de que me lembro da mulher, pelo menos.

Lembro que rimos muito e que eu estava magoada ou triste por algum motivo antes de começarmos a conversar e depois não estava mais.

Lembro que queria beijá-la, mas também não queria arruinar o momento sendo a garota bêbada que beija todo mundo na festa, embora já tivesse sido essa garota.

Lembro que me arrependi por não ter pedido o número dela, mas não pedi ou, se pedi, depois o perdi.

Mas sei que nunca a vi de novo. Teria lembrado. Ela era sexy.

E tinha cabelo rosa.

O FILHO DA VIDENTE é guiado por abelhas gigantes e desce uma escada dentro de uma casa de bonecas até onde ficaria um porão, exceto que, em vez de um porão, encontra um amplo salão de baile feito de favos de mel, cintilante e dourado e lindo.

Está pronto sr. Rawlins não resta muito tempo mas aqui está este é o lugar que você queria há pessoas dançando a escultora de histórias está esperando você lá dentro diga a ela que dissemos oi por favor agradecidas.

O zumbido se quieta, abafado pela música enquanto Zachary desce ao salão. Está tocando algum clássico de jazz que ele reconhece, mas não sabe nomear.

O salão está lotado com fantasmas dançarinos – figuras transparentes em roupas e máscaras formais e atemporais conjuradas de glitter e mel, luminosas e girando em um piso encerado com padrões de hexágonos.

É a ideia de uma festa construída por abelhas. Não parece real, mas é familiar.

Os dançarinos abrem caminho para Zachary quando ele entra e então ele a vê do outro lado da sala – sólida e substancial e *presente*.

Mirabel tem exatamente o mesmo visual da primeira vez em que ele a viu: está vestida como o rei dos monstros, embora seu cabelo seja rosa abaixo da coroa e seu vestido tenha sido decorado: o tecido branco drapejado foi finamente bordado em fio branco, criando florestas e cidades e cavernas entremeadas com favos de mel e flocos de neve.

Ela parece um conto de fadas.

Quando ele a alcança, Mirabel estende a mão e Zachary aceita.

Aqui no salão de baile feito de cera e ouro, Zachary Ezra Rawlins começa a dançar com o Destino.

— Tudo isso está acontecendo na minha cabeça? — pergunta Zachary enquanto eles dançam entre os fantasmas dourados. — É invenção minha?

— Se for, qualquer resposta que eu der também será invenção sua, não? — responde Mirabel.

Zachary não tem uma boa resposta para isso.

— Você sabia o que aconteceria — ele diz. — Você fez tudo isso acontecer.

— Não fiz. Apresentei portas. Você escolheu abri-las ou não. Não escrevi a história, só a empurrei em direções diferentes.

— Porque você é a escultora de histórias.

— Sou só uma garota procurando uma chave, Ezra.

A música muda e ela o puxa para um giro. Os fantasmas incandescentes ao redor deles rodopiam.

— Não lembro todas as vezes que morri — continua Mirabel. — Lembro algumas com total clareza, e outras vidas se mesclam nas seguintes. Mas lembro de me afogar em mel e, por um momento, sufocada por histórias, eu vi tudo. Vi mil Portos e vi as estrelas e vi você e eu aqui e agora no fim de tudo, mas não sabia como chegaríamos aqui. Você pediu para me ver, não pediu? Não posso estar aqui de verdade porque não estou morta.

— Mas você... você não pode ir aonde quiser?

— Na verdade, não. Estou num receptáculo. Imortal desta vez, mas ainda um receptáculo. Talvez eu seja o que já fui antes. Talvez seja algo novo. Talvez só seja eu mesma. Não sei. No instante em que há uma verdade inquestionável, não há mais um mito.

Eles dançam em silêncio por um momento enquanto Zachary pensa sobre verdade e mito e os outros dançarinos giram ao redor deles.

— Obrigada por encontrar Simon — diz Mirabel após a pausa. — Você o recolocou no caminho dele.

— Eu não fiz n...

— Fez, sim. Ele ainda estaria se escondendo em templos se você não o tivesse trazido de volta à história. Agora ele está onde tem que estar. É meio como ser encontrado. Tudo isso foi imprevisto. Eles planejaram tanto para me fazer ser concebida fora do tempo e ninguém parou para pensar no que aconteceria com meus pais depois, e então tudo se complicou. Não se pode terminar uma história quando partes dela ainda estão correndo por aí perdidas no tempo.

— É por isso que Allegra queria manter o livro perdido, não é? E Simon e a mão dele.

Zachary vê outro casal pelo canto do olho e, por um momento, parece que o homem cintilante num casaco bem parecido com o seu que dança ao lado deles não tem a mão esquerda, mas então ela reflete a luz – transparente, mas existente.

— Allegra viu o fim — diz Mirabel. — Ela viu o futuro chegar voando e fez tudo em que conseguiu pensar para evitá--lo, mesmo coisas que não queria fazer. Ela desejava preservar o presente e manter seu amado Porto do jeito que era, mas tudo ficou emaranhado e restrito. A história ficava desaparecendo e as abelhas voltaram ao ponto onde começaram. Elas seguiram a história por muito tempo, um Porto depois do outro, mas, se as coisas não mudam, as abelhas param de prestar tanta atenção. A história tinha que acabar mais próxima ao mar, para encontrar as abelhas de novo. Eu precisei confiar que alguém um dia seguiria a história até o fundo. Que haveria uma história para amarrar todas as outras.

— As abelhas mandaram oi, aliás — conta Zachary. — O que acontece em seguida?

— Não sei o que acontece em seguida — responde Mirabel. — É sério, não sei — ela acrescenta em resposta ao olhar de Zachary. — Passei muito tempo tentando chegar a este ponto e parecia uma meta tão impossível que não pensei muito sobre o que aguardava além. É um toque legal, retornar ao começo e tal. Não pensei que terminaríamos nossa dança. Às vezes as danças ficam inacabadas.

Zachary ainda tem milhares de perguntas, mas só puxa Mirabel mais para perto e descansa a cabeça contra o pescoço dela. Consegue ouvir a batida do seu coração, lenta e constante, no ritmo da música.

Não existe nada no mundo dele agora, exceto este salão e esta mulher e esta história. Ele consegue sentir o modo como a história se irradia a partir deste ponto, através do espaço e através do tempo e muito mais longe do que ele já imaginou, mas este é o coração, pulsando e zunindo. Aqui e agora.

Ele está calmo de novo. Aliviado por ter sua Max de volta e, embora saiba que o lugar de ambos é com outras pessoas, ainda existem este salão e esta dança e este momento e eles importam, talvez mais que qualquer outra coisa.

Há um zumbido ao redor deles, atrás das paredes. Os fantasmas dançarinos desaparecem um depois do outro, até que só restam eles dois.

— Não sei se você algum dia entenderá como sou grata, Ezra — diz Mirabel. — Por tudo.

A música começa a engasgar e o salão de baile começa a tremer. Uma das paredes se racha. Mel começa a atravessar o piso.

Não resta tempo sr. Rawlins senhor você teve sua dança a história acabou temos mesmo que ir.

O zumbido de alerta vem de todos os lados.

— Eu perdi — diz Zachary. — Tanto. — Ele não está falando da história.

— Você está aqui para o final — diz Mirabel. Não o faz se sentir melhor.

— O que acontece agora? — pergunta Zachary, já que "agora" de repente parece mais significativo do que "em seguida".

— Isso não depende de mim, Ezra. Como eu disse, não faço as coisas acontecerem, só forneço oportunidades e portas. Outra pessoa tem que abri-las.

Mirabel estende uma mão e traça uma linha na parede de favo de mel e então outra e mais uma até que formam o esboço de uma porta.

Ela desenha uma maçaneta e a abre. Há um bosque iluminado por estrelas além dela, os galhos das árvores pesados com folhas. As ondas de mel ao redor dos pés deles escorrem em direção à grama, mas não ultrapassam a soleira.

— Adeus, Ezra — diz Mirabel. — Obrigada.

Ela faz uma mesura a ele. O final de uma dança.

— Não há de quê, Max.

Ele retribui a mesura e se endireita devagar, imaginando que ela terá sumido quando erguer os olhos, mas ela está bem na frente dele e o beija, um roçar breve e leve dos lábios na bochecha dele como um presente de despedida. Um momento roubado antes do final, com gosto de mel e inevitabilidade. Não é inteiramente doce. Então Mirabel se vira e atravessa a porta.

A porta se fecha atrás dela e se mescla à parede de cera, deixando Zachary a sós em um salão de baile vazio e prestes a desmoronar.

É hora de ir sr. Rawlins senhor.

— Ir aonde? — pergunta Zachary, mas o zumbido cessou. O mel se revirando ao redor dos pés dele começa a se elevar. Ele sobe as escadas até a casa de bonecas e o líquido o segue.

Dentro da casa, as abelhas sumiram.

A boneca de porcelana desapareceu do solário.

Zachary tenta abrir a porta da frente, mas ela foi selada com cera.

Ele sobe a escada da casa de bonecas e passa por quartos e closets desocupados até encontrar outro lance de escadas grudentas de mel que levam a um sótão cheio de lembranças esquecidas, e dentro do sótão há uma escada que leva a uma porta no teto.

Zachary a abre com um empurrão e sobe ao topo da casa. Fica em pé no mirante, encarando o mar. O mel borbulha por baixo do confete, deixando o mar dourado.

As abelhas estão formando um enxame no telhado abaixo. Elas zumbem para Zachary enquanto alçam voo e se afastam.

Adeus sr. Rawlins agradecemos por ser a chave você foi uma boa chave e uma boa pessoa desejamos o melhor em seus empreendimentos futuros.

— Quais empreendimentos futuros? — grita Zachary, mas as abelhas não respondem. Elas se afastam na escuridão, passando por modelos de planetas e estrelas e deixando Zachary sozinho com o som do mar. Ele sente falta do zumbido assim que desaparece.

E agora o nível do mel está subindo.

Ele se alastra sobre a grama de papel e se mistura com o mar. O farol desaba, sua luz apagada. O mel toma a praia e derruba os prédios, insistente e impaciente.

Há apenas um mar agora, consumindo o universo.

Ele chegou à casa. A fechadura da casa de bonecas quebra; as ondas atravessam a porta aberta e sobem as escadas. A fachada cai, rachando o interior de favo de mel.

O bote está boiando – não o suficiente para ser alcançado com facilidade, mas Zachary não tem outras opções. O mundo está afundando.

Estar morto não deveria ser tão perigoso.

O mel está alcançando seus joelhos.

Esse é realmente o fim, ele pensa.

Não há nenhum mundo embaixo deste mundo.

Não há nada que vem depois disto.

Seu coração despenca enquanto a casa de bonecas faz o mesmo embaixo dele.

O fim chegou e Zachary resiste a ele.

Ele se puxa para a amurada e mergulha em direção ao bote. Escorrega, caindo no mar de mel, e o mel o abraça como um amante há muito perdido.

Ele tenta agarrar a borda do barco, mas suas mãos meladas estão escorregadias demais para segurar.

O bote vira.

Este Mar Sem Estrelas reivindica Zachary Ezra Rawlins.

Puxa-o para baixo e não o deixa emergir.

Ele ofega, tentando puxar um fôlego de que seus pulmões não precisam, e ao seu redor o mundo quebra-se.

Abre-se.

Como um ovo.

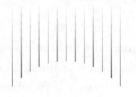

Rima está no degrau mais alto de um lance de escadas que já conduziu ao salão de baile e hoje desce para um oceano de mel.
    Ela conhece esta história. Conhece-a de cor. Cada palavra, cada personagem, cada mudança. Esta história zumbiu em seus ouvidos por anos, mas uma coisa é ouvi-la e outra, vê-la afundar.
    Ela imaginou a cena mil e uma vezes, mas isto é diferente. O mar é mais escuro, a espuma mais violenta e borbulhante enquanto se agarra à pedra e derruba livros e velas e mobílias, com páginas soltas e garrafas de vinho encontrando o caminho até a superfície antes de sucumbir ao seu destino.
    O mel sempre se moveu mais devagar na imaginação de Rima.
    É hora de ir. Já passou da hora, mas Rima permanece em pé parada observando a maré subir, até que o mar atinge seus pés e só então ela vira, a bainha da túnica grudenta e pesada enquanto ela se afasta do mar.
    O Mar Sem Estrelas segue Rima através de salas e corredores, esgueirando-se atrás dela enquanto dá os últimos passos, testemunha final deste lugar.
    Rima cantarola para si mesma enquanto caminha, e o mar escuta. Ela para diante de uma parede com entalhes de vinhas e flores e abelhas que não parece conter uma porta, mas ela pega do bolso um disco de metal do tamanho de uma moeda e encosta a abelha gravada nele sobre o entalhe na forma de abelha, e a entrada para o Arquivo abre para ela.

O mel segue seus pés, empoçando-se na sala, espalhando-se pelas estantes e prateleiras ocultas.

Rima passa pelo lugar vazio na estante, onde *Doces dores* estaria se não tivesse sido roubado por um coelho muito tempo atrás, e passa por outro vão de onde ela tirou *A balada de Simon e Eleanor* do seu lugar no Arquivo, há não tanto tempo atrás, comparativamente.

Rima questiona se dar às pessoas pedaços de suas próprias histórias é de alguma forma trapacear contra o Destino, mas decide que o Destino não deve se importar.

Dois volumes fora do lugar ao longo de tanto tempo não é tão mau, ela pensa, olhando para as estantes. Há milhares deles, com as histórias deste lugar. Traduzidas e transcritas por todo acólito que percorreu estes corredores antes dela. Encadernadas em volumes de narrativas únicas ou combinadas em pedaços sobrepostos.

As histórias de um lugar não são facilmente contidas.

O ambiente parece estranho e vazio agora, em sua cabeça. Rima consegue ouvir o zumbido de histórias passadas, embora esteja baixo e abafado; as histórias sempre ficam calmas após terem sido escritas, sejam do passado ou presente ou futuro.

O mais estranho é a ausência das histórias estridentes do futuro. Há uma vibração do que acontecerá nos próximos minutos em seus ouvidos – muito fraca comparada às histórias em camadas que ela já ouviu – e mais nada. Depois este lugar não terá mais histórias a contar. Ela levou tanto tempo para aprender a decifrá-las e escrevê-las de modo que tivessem qualquer semelhança ao modo como se desenrolavam em seus ouvidos e mente, e agora não sobrou quase nenhuma. Ela espera que quem quer que tenha escrito estes últimos momentos faça jus a eles; ela não os escreveu pessoalmente mas pode perceber, pelo modo como zumbem em seus ouvidos, que já foram registrados.

Rima dá uma última volta pelo Arquivo, fazendo as despedidas silenciosas e deixando as histórias zumbirem ao seu redor antes de subir.

Ela deixa a porta do Arquivo aberta, para permitir que o mar entre.

O Mar Sem Estrelas segue Rima escada acima através de corredores e jardins, tomando estátuas e lembranças e, ah, tantos livros.

As luzes elétricas falham e se apagam, mergulhando o espaço na escuridão, mas há velas suficientes para enxergar. Rima iluminou seu caminho mais cedo, sabendo que precisaria das chamas para guiá-la.

Um aroma de cabelo queimado a recebe quando ela chega ao Coração. Ela não bate na porta do escritório do Cuidador quando entra, nem comenta sobre o cabelo curto dele ou as tranças emaranhadas queimando na lareira, cujas pérolas chamuscam e caem nas cinzas.

Uma pérola para cada ano que ele passou neste espaço.

Ele nunca contou isso a ela, mas não precisou. Rima conhece a história dele. As abelhas a sussurraram para ela.

A túnica do Cuidador está cuidadosamente dobrada em uma cadeira e ele está usando um terno de tweed que já tinha saído de moda da última vez que foi usado, o que foi muito tempo atrás. Ele está sentado na escrivaninha, escrevendo à luz de velas. Esse fato faz Rima sentir-se melhor por ter demorado tanto, mas ela sempre soube que eles esperariam até o último momento para partir.

— Todos os gatos saíram? — pergunta o Cuidador, sem erguer os olhos do caderno.

Rima aponta para o gato laranja na mesa.

— Ele está sendo teimoso — admite o Cuidador. — Vamos ter que levá-lo conosco.

Ele continua escrevendo enquanto Rima observa. Ela poderia ler seus registros apressados se quisesse, mas sabe o que são. Invocações e súplicas. Bênçãos e anseios e desejos e avisos.

Ele está escrevendo para Mirabel como sempre faz, como continuou a fazer ao longo dos anos em que ela esteve com Zachary nas profundezas, escrevendo como se estivesse falando com ela, como se ela pudesse ouvir cada palavra conforme se materializa no papel, como um sussurro no ouvido dela.

Rima se pergunta se ele sabe que Mirabel o escuta, sempre escutou e sempre o escutará, através do espaço e de vidas e de milhares de páginas sendo viradas.

Não é aqui que a história acaba, ele escreve. *Aqui é apenas onde ela muda.*

O Cuidador abaixa a caneta e fecha o caderno.

Olha para Rima.

— Você deveria se trocar — ele diz, olhando para a túnica dela e para seus sapatos encharcados de mel.

Rima desamarra e remove a túnica. Por baixo ela usa as mesmas roupas de quando chegou ali pela primeira vez: seu antigo uniforme de escola com a saia xadrez e camisa branca. Não pareceu certo usar qualquer outra coisa para a partida, embora sinta que está vestindo uma vida passada e a saia esteja pequena demais agora. Os sapatos encharcados de mel vão ter que servir.

O Cuidador, parecendo não notar as ondas que se aproximam, se dirige à mesa para se servir de uma garrafa de vinho. Ele oferece a Rima, mas ela recusa.

— Não se preocupe — diz o Cuidador, observando-a observar o mar. — Está tudo aqui — ele acrescenta, encostando um dedo na testa de Rima. — Lembre-se de deixar sair.

O Cuidador lhe estende a caneta-tinteiro. Rima sorri para a caneta e a guarda no bolso da saia.

— Pronto? — ele pergunta, e ela assente.

O Cuidador olha ao redor do escritório mais uma vez, mas não pega nada além da taça de vinho enquanto vão para o cômodo adjacente, seguidos pelo gato laranja.

— Pode me dar uma mão com isso, por favor? — pergunta ele, deixando seu vinho numa prateleira, e juntos ele e Rima afastam a grande pintura de Zachary e Dorian, revelando a porta embutida na parede de pedra atrás dela.

— Aonde devemos ir? — pergunta o Cuidador.

Rima hesita, olhando para a porta e então por cima dos ombros. O mar alcançou o escritório; lambe a escrivaninha e as velas e derruba a vassoura que estava apoiada num canto.

— O tempo de votos já acabou — acrescenta o Cuidador.

Rima se vira para ele.

— Eu gostaria de estar lá, se pudermos — ela diz, cada palavra lenta e cuidadosa, parecendo estranha numa língua que ela não usa para falar há anos. — Você não?

O Cuidador considera essa sugestão. Ele tira um relógio do bolso do paletó e o vira nas mãos de um lado e do outro antes de assentir.

— Suponho que temos tempo — ele diz.

Rima ergue o gato laranja.

O Cuidador encosta a mão na porta e a porta escuta suas instruções. Sabe para onde deve abrir, embora possa abrir para qualquer lugar.

Ondas de mel invadem o escritório enquanto o Cuidador abre a porta.

— Rápido — ele diz, empurrando Rima e o gato até o dia encoberto por nuvens.

O Cuidador vira para trás e pega a taça de vinho da prateleira.

— À Procura — ele diz, brindando o mar que se aproxima.

O mar não responde.

O Cuidador deixa cair a taça, que se derrama e se estilhaça no chão a seus pés, então dá um passo para fora deste Porto e sai no mundo acima.

A porta se fecha e o Mar Sem Estrelas colide contra ela, inundando o escritório e o quarto. Apaga o fogo e as tranças chamuscadas na lareira e desliza sobre a pintura, levando medidas de tempo e representações de destinos para baixo de sua superfície.

O espaço que já foi um Porto é agora parte do Mar Sem Estrelas.

Todas as suas histórias devolvidas à sua fonte.

Muito acima, em uma calçada cinzenta, o Cuidador faz uma pausa para olhar a vitrine de uma livraria enquanto Rima ergue os olhos para os prédios altos e o gato laranja olha emburrado para tudo e nada.

Eles continuam andando e, quando chegam à esquina, Rima olha para a placa que informa que estão deixando a Bay Street e virando na King.

Empoleirada na placa há uma coruja, olhando para ela.

Ninguém mais parece notar a ave.

Pela primeira vez em um longo tempo, Rima não sabe o que isso significa.

Ou o que vai acontecer em seguida.

DORIAN ESTÁ SENTADO na praia rochosa ao lado do corpo de Zachary às margens do Mar Sem Estrelas.

Ele soluçou até ficar anestesiado e agora apenas continua sentado, não querendo ver a cena imutável à sua frente, mas não conseguindo desviar os olhos.

Ele fica pensando sobre a primeira coisa que encontrou neste lugar que parecia Zachary. Não sabe há quanto tempo foi, só lembra como estava despreparado, mesmo depois de múltiplas Allegras e pesadelos ainda piores que usavam a pele da irmã que morreu quando ele tinha dezessete anos.

Estava nevando. Dorian só acreditou por um momento que era mesmo Zachary, e esse momento foi suficiente – suficiente para a coisa que não era Zachary, mas que usava seu rosto, desarmá-lo. Ele foi empurrado de joelhos no chão e não lembra como conseguiu desviar rápido o suficiente das garras que o atacaram na neve ensopada de sangue para recuperar a espada e pôr-se de pé.

A lua o tinha avisado, mas Dorian acha que ninguém pode estar realmente preparado para a sensação de empunhar uma espada na escuridão mais profunda e matar tudo que já amou.

Com todos os outros Zacharys que seguiram, ele não hesitou.

Tinha pensado que seria capaz de distingui-los quando enfim encontrasse o verdadeiro.

Estava errado.

Dorian repassa o momento na mente sem parar – o momento quando Zachary permaneceu enquanto os disfarces das criaturas anteriores tinham desaparecido assim que foram atingidas, só para serem substituídas por alguma pessoa ou alguma coisa ou algum outro lugar, seguido pela terrível compreensão de que aquele momento e tudo nele eram extremamente reais.

E agora esse momento se estende ao infinito, interminável e terrível, quando tudo antes tinha sido mudança constante e atordoante, movendo-se rápido demais para ele recuperar o fôlego. Agora não há cidades falsas, não há lembranças assombradas, não há neve. Só um vazio cavernoso e uma praia entulhada com os destroços de navios e histórias.

(As coisas que espreitavam na escuridão para assombrá-lo fugiram, com medo de seu luto.)

(Só o gato persa continua ali, enrodilhado a seu lado, ronronando.)

Dorian pensa que merece essa dor. Pergunta-se quando ela vai acabar, se é que vai.

Duvida que vá.

Este é seu destino.

Acabar sua história aqui nesta angústia interminável, cercado por vidro quebrado e mel.

Ele considera cair sobre a espada também, mas a presença do gato o impede.

(Todos os gatos são guardiões por direito.)

Dorian não tem como calcular o tempo, que passa com lentidão pavorosa, mas o Mar Sem Estrelas está se aproximando, a luminosa linha costeira cada vez mais próxima. Ele pensa a princípio que é só sua imaginação, mas logo fica claro que a maré está subindo.

Dorian está resignado a lentamente afogar-se em mel e dor quando vê o navio.

excerto do diário secreto de Katrina Hawkins

Pensei em dar este caderno à mãe de Z, mas não dei. Sinto que não escrevi tudo que tinha para escrever nele, embora seja um monte de peças e não uma coisa inteira.

Espero que haja uma peça faltando, talvez até pequena, algo que faça todas as outras se encaixarem, mas não tenho ideia de qual seja.

Contei algumas coisas à mãe de Z. Não tudo. Levei biscoitos de abelha porque imaginei que ela diria alguma coisa se significasse algo para ela e também porque a cobertura de mel e limão é deliciosa, e ela não disse nada, então eu não comentei. Não estava a fim de falar sobre sociedades secretas e lugares que podem ou não existir, e foi legal conversar com alguém para variar. Estar em outro lugar e tomar café e comer cookies. Tudo parecia mais iluminado lá. O ambiente, a atitude, tudo.

Ela também simplesmente *sabia* de coisas. Acho que me quebrou um pouquinho, ou fez uma rachadura na minha armadura psíquica. É assim que entra a luz e coisa e tal.

Em um ponto perguntei a ela se acreditava que havia magia no mundo, e ela me disse: "O mundo *é* magia, abelhinha".

Talvez seja. Não sei.

Ela enfiou uma carta de tarô no meu bolso quando eu estava saindo e eu só notei depois. A Lua.

Tive que pesquisar, não sei nada de tarô. Isso me lembrou que Z tinha um baralho e fez uma leitura para mim uma vez e ficou insistindo que não era muito bom nisso, mas tudo que ele falou estava basicamente certo.

Encontrei coisas que diziam que a carta da Lua era sobre ilusões e encontrar seu caminho no desconhecido e em mundos secretos e na loucura criativa.

A madame Love é boa no que faz, pelo visto.

Deixei a carta no painel do carro para vê-la enquanto dirijo.

Sinto que algo está chegando e não sei o quê.

Estou tentando deixar tudo isso para trás e alguma coisa me impede.

Ou melhor, alguma coisa está crescendo. Fica me puxando para algo novo, algo que vai acontecer a seguir.

Se isso não tivesse acontecido, eu não teria começado a construir meu jogo, não teria conquistado esse emprego e não estaria a caminho do Canadá agora.

É como se estivesse seguindo um fio que Z deixou para mim em um labirinto, mas ele talvez nem esteja no labirinto. Talvez não seja tarefa minha encontrá-lo. Talvez *seja* tarefa minha descobrir aonde leva o fio.

Foi estranho deixar o cachecol dele. Eu o guardei por tanto tempo.

Espero que ele o receba um dia.

Espero que ele tenha uma história muito, *muito* boa para me contar no jantar um dia na casa da mãe dele, e espero que esteja lá com seu marido e eu esteja lá com alguém ou sozinha e feliz com isso, e espero que a gente fique acordado até tão tarde que tarde vire cedo, e espero que as histórias e o vinho não acabem nunca.

Um dia.

EPÍLOGO

ALGO

NOVO E

ALGO

VINDOURO

Era uma vez, não muito tempo atrás...

Há um navio no Mar Sem Estrelas, navegando enquanto a maré sobe.

Abaixo do convés, um homem cujo nome é agora Dorian mantém vigília ao cadáver de Zachary Ezra Rawlins enquanto a capitã do navio, cujo nome não é e nunca será Eleanor, navega pelo mar tempestuoso.

Há uma comoção no convés, um vento uivante que balança o barco e o faz se inclinar para um lado e depois para o outro. As chamas nas velas vacilam, então se recuperam.

— O que está acontecendo? — pergunta Dorian quando Eleanor retorna à cabine.

— Há corujas empoleiradas nas velas — responde Eleanor. Uma delas a seguiu, uma corujinha que atravessa a cabine e se acomoda numa viga. — É difícil navegar com elas. Estão tentando ficar na superfície, e não podemos culpá-las, com o mar subindo tão rápido. Não tem problema, vou precisar de mapas novos, de toda forma.

Ela faz esse comentário olhando a mesa com os mapas onde eles dispuseram o corpo de Zachary. Sangue ensopa papel e fitas douradas e obscurece tanto os caminhos conhecidos quanto os territórios não mapeados onde se encontram dragões, tudo agora perdido sob o mar.

Dorian começa a se desculpar, mas Eleanor o interrompe e eles ficam em silêncio.

— Quanto vai subir? — pergunta ele para romper o silêncio, embora perceba que não se importa. Pode continuar subindo até eles baterem na superfície da terra.

— Há muitas cavernas nas quais podemos entrar — garante Eleanor, para o horror dele. — Conheço os caminhos, não importa quanto suba a maré. Precisa de alguma coisa?

— Não, obrigado — diz Dorian.

— Essa é a sua pessoa, não é? — ela pergunta, olhando para Zachary.

Dorian assente.

— Eu conhecia alguém que tinha um casaco igual. O que você está lendo? — pergunta Eleanor, reparando no livro nas mãos dele, embora Dorian o segure mais como um talismã do que como algo a ser lido.

Ele estende *Doces dores* para ela.

Eleanor franze o cenho para o livro e então o reconhecimento jubiloso de um velho amigo toma seu rosto.

— Onde encontrou isso? — ela pergunta.

— Foi ele — explica Dorian. — Em uma biblioteca na superfície. Acredito que seja seu. — A expressão dela quase o faz sorrir.

— Esse livro nunca foi meu — diz ela. — Só as histórias nele. Eu o roubei do Arquivo. Nunca achei que o veria de novo.

— Fique com ele.

— Não, vamos guardar e compartilhar. Há sempre espaço para mais livros.

Só então Dorian repara no enorme volume de livros na cabine, enfiados nos vãos entre vigas e sobre parapeitos, empilhados em cadeiras e escorando pernas de mesas.

Uma onda particularmente violenta inclina o navio e entorta a cabine por um momento. Um lápis rola da mesa e desaparece sob uma poltrona.

O gato persa que cochilava na poltrona desliza emburrado dela e vai investigar o caso do lápis desaparecido, como se essa fosse sua intenção o tempo todo.

— É melhor eu voltar para cima — diz Eleanor, entregando *Doces dores* a Dorian. — Esqueci de contar: tem alguém lá no alto, em um dos precipícios. Eu o vi pelo telescópio. Ele está só sentado lá, *lendo*. Vou parar para pegá-lo quando o nível do mar atingir esse ponto. Não sei como ele sairia sem a gente, só tem uma mão. Se as ondas piorarem, segure-se a alguma coisa.

Dorian pensa que deveria se jogar nas ondas e deixar o Mar Sem Estrelas tomá-lo, mas suspeita que Eleanor só o resgataria de novo.

Ela dá uma batidinha um tanto desajeitada no ombro dele e volta ao convés, deixando-o a sós com Zachary.

Dorian afasta um cacho da testa de Zachary. Ele não parece morto. Dorian não sabe se preferiria que parecesse.

Ele fica sentado em silêncio, ouvindo as ondas colidirem contra o navio, o uivo do vento e a batida de asas rodeando as cavernas, e seu próprio coração martela nos ouvidos como se tivesse um eco – porque tem, e Dorian percebe de onde vem a segunda batida.

Ele tira a caixa de sua bolsa.

Qual é a diferença, pergunta a si mesmo, *entre o coração do Destino e um coração pertencente ao Destino?*

Um coração mantido pelo Destino até ser necessário.

Dorian olha para o corpo de Zachary e então para a caixa.

Ele pensa sobre em que acredita.

Quando abre a caixa, o coração no interior bate mais forte – seu momento chegou, enfim.

excerto do diário secreto de Katrina Hawkins

Alguém deixou um bilhete no meu carro.

Ele estava no estacionamento de um shopping fora de Toronto e alguém deixou um bilhete nele. Literalmente menos de dez pessoas no mundo sequer sabem que estou neste país, e procurei por dispositivos de rastreamento e não deveria estar encontrável. Não pretendia parar nesse shopping, nem sei em que cidade estou, Missialgumacoisa.

O bilhete diz *Venha ver* com um endereço embaixo.

O papel tem um "Saudações da Fundação Keating" escrito em relevo no topo.

O verso tem um desenhinho de uma coruja usando uma coroa.

Conferi o endereço no meu GPS. Não é tão longe.

Droga.

O endereço é um prédio vazio. Pode ter sido uma escola ou biblioteca. Tem janelas quebradas suficientes para cimentar o visual "abandonado". Não há nenhuma placa. A porta da frente está fechada com tábuas, mas não há nenhum anúncio de venda ou cuidado com o cão. Nem há placas para indicar o que costumava ser, só um número acima da porta que me diz que estou no lugar certo.

Estou estacionada aqui há vinte minutos decidindo se entro ou não. O jardim está todo tomado pela vegetação, ninguém vem aqui há anos. Ninguém nem passou por aqui.

Tem alguns grafites, mas não muitos. A maioria são iniciais e floreios abstratos. Talvez o grafite canadense seja mais educado.

Se vou entrar, é melhor fazer isso antes que escureça. Provavelmente devo levar uma lanterna.

Sinto que ele está olhando para mim, de um jeito assustador de prédio antigo. Um espaço que já abrigou tantas pessoas, mas agora não há ninguém, então parece ainda mais vazio.

Estou dentro e isto definitivamente já foi uma biblioteca. Há estantes vazias e catálogos de cartão. Nenhum livro, só faturas aleatórias e notas fiscais e alguns cartões jogados, daquele tipo antiquado de escola nos quais você tinha que escrever seu nome.

E em todo lugar, absolutamente todo lugar, há pinturas.

É como se grafites e pinturas a óleo do Renascimento tivessem procriado. Todas abstratas e confusas em alguns pontos, então hiper-realistas em outros.

Há abelhas enxameando escadas e uma nevasca de flores de cerejeiras e os tetos estão pintados para parecer o céu noturno, cobertos de estrelas com a lua passando de uma fase a outra.

Há murais que parecem cidades e outros que parecem uma biblioteca dentro da biblioteca e uma sala tem um castelo com pessoas. Retratos em tamanho real que são tão realistas que a princípio achei que havia pessoas de verdade aqui e quase disse oi.

Uma delas é Z e outra é o cara do bar (sabia que esse cara era importante, eu *sabia*).

E uma delas sou eu.

Eu estou na maldita parede.

Estou na parede vestindo o casaco laranja que estou usando agora com este caderno na mão.

Que inferno está acontecendo aqui?

Nesta parede grande tem uma enorme coruja. Não uma coruja--das-torres, uma coruja-listrada, talvez? Não conheço bem espécies de coruja. É gigante e ocupa a maior parte da parede com suas asas estendidas e tem um monte de chaves nas garras pendendo de fitas e ela usa uma coroa na cabeça.

Sob a coruja há uma porta.

Tem uma coroa e um coração e uma pena, em uma linha no centro.

A porta não é parte da pintura.

É uma porta de verdade.

Está no meio de uma parede, mas não há porta do outro lado, eu chequei. É parede sólida do outro lado.

A porta está trancada, mas tem um buraco de fechadura e, ei, eu tenho uma chave.

Talvez o Tempo oportuno seja agora.

Estou sentada diante da porta. Um pouco de luz vaza por baixo.

O sol está se pondo, mas a luz sob a porta não mudou.

Não sei o que fazer.

Não sei o que se deve fazer quando se encontra o que não sabia que estava procurando e nem sabia se existia e então de repente se está sentada no chão de uma biblioteca canadense abandonada, cara a cara com aquilo.

Estive inalando aquele óleo cítrico que a mãe de Z me deu, mas não sinto a mente mais clara.

Eu me sinto cítrica e insana.

* * *

Fui para fora e sentei no capô do carro e assisti à lua ascender. Há tantas estrelas. Encontrei Órion.

Coloquei no bolso a carta de tarô da Lua e estou com a minha chave de pena. Ainda está com sua etiqueta. A caligrafia é a mesma do bilhete deixado no meu carro.

Para Kat, no Tempo oportuno
Venha ver

Estou deixando este caderno aqui no carro só por garantia. Não sei por quê. Para que alguém saiba. Para que haja um registro, se algo acontecer. Se eu não voltar.

Para que alguém talvez em algum lugar em algum momento leia e saiba.

Oi, pessoa lendo isto.

Katrina Hawkins esteve aqui.

Estas coisas aconteceram.

Às vezes pode parecer estranho, mas a vida é assim.

Às vezes a vida fica estranha.

Você pode ignorar ou ver aonde ela leva você.

Você abre uma porta.

O que acontece em seguida?

Eu vou descobrir.

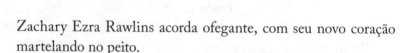 *... o Destino se apaixonou pelo Tempo*

Zachary Ezra Rawlins acorda ofegante, com seu novo coração martelando no peito.

A última coisa de que se lembra é mel, muito mel enchendo seus pulmões e puxando-o para o fundo do Mar Sem Estrelas.

Mas ele não está no fundo do Mar Sem Estrelas.

Ele está vivo. Está aqui.

Aonde quer que seja *aqui*.

Aqui parece estar se movendo. A superfície onde ele está deitado é dura, mas tudo ao seu redor está oscilando. Há pedaços de papel e pedaços de fitas e algo grudento que não é mel sob os dedos.

A luz está fraca, mas há velas, talvez. Ele não sabe onde está.

Tenta se levantar e cai, mas alguém o segura.

Zachary e Dorian se encaram, chocados e descrentes.

Nenhum dos dois tem palavras para este momento nesta história, em qualquer língua.

Zachary começa a rir e Dorian se inclina e rouba a risada dos lábios dele com os seus, e não há nada entre eles agora: nenhuma distância, nenhuma palavra, nem o destino ou o tempo para complicar a questão.

É aqui onde os deixamos, em um beijo esperado há muito tempo sobre o Mar Sem Estrelas, entrelaçados em salvação e desejo e cartografia obsoleta.

Mas não é aqui que termina a história deles.

A história deles está apenas começando.

E nenhuma história realmente acaba enquanto é contada.

Não a história única que ela pediu, mas sim muitas histórias

Do lado de fora do que já foi uma biblioteca, há um carro azul recentemente abandonado.

Um gato laranja dorme no capô ainda quente.

Um homem numa jaqueta de tweed está encostado no carro, folheando um caderno azul-petróleo, embora só o luar ilumine a escrita.

Ao lado do prédio de tijolos, uma jovem num uniforme escolar pequeno demais está na ponta dos pés, espiando por uma janela.

Nenhum dos dois nota a mulher caminhando em sua direção através das árvores, mas as estrelas a veem, brilhando fortemente sobre a coroa dela.

Ela sempre soube que esta noite chegaria.

Através de séculos e vidas, sempre soube.

A única questão era como chegar aqui.

A mulher de coroa para na escuridão silenciosa, observando o homem que lê.

Então volta sua atenção para o céu.

Estende a mão para as estrelas. Apoiado em sua palma há um único cartão. Ela o estende para o céu noturno, oferecendo-o à lua e às estrelas em uma performance de habilidade considerável.

No cartão há um vazio. *O Fim.*

Ela vira o cartão. Uma vastidão brilhante. *O Começo.*

Ela o vira de novo e ele vira pó de ouro em seus dedos.

Ela faz uma mesura. A coroa não cai da cabeça, mas escorrega, e ela a endireita e volta sua atenção ao chão, retornando à própria história.

Quando chega ao carro, está tremendo em seu vestido sem mangas.

— Eu não me troquei — diz Mirabel ao Cuidador. — Não achei que faria tanto frio. Está esperando há muito tempo?

O Cuidador tira sua jaqueta de tweed e a põe sobre os ombros dela.

— Não muito — garante a ela, pois algumas horas não são nada comparadas ao tempo que ambos esperaram por este momento.

— Ela ainda não abriu, não é? — pergunta Mirabel, olhando para o prédio de tijolos.

— Não, mas logo vai. Ela já decidiu. Deixou isto. — Ele ergue o caderno azul-petróleo. Aperta um botão vermelho na capa e luzinhas se acendem ao redor de um rosto sorridente. — Como está nosso sr. Rawlins?

— Melhor agora. Não achou que eu o deixaria ter um final feliz. Estou um pouco ofendida.

— Talvez ele não achasse que merecia um.

— Foi isso que você pensou? — pergunta Mirabel, mas o Cuidador não responde. — Você não precisa estar aqui, sabe — ela acrescenta. — Não mais.

— Nem você, no entanto aqui estamos.

Mirabel sorri.

O Cuidador ergue uma mão e enfia uma mecha solta de cabelo rosa atrás da orelha dela.

Ele a puxa mais perto para mantê-la aquecida, capturando seus lábios.

Dentro do prédio de tijolos, uma porta se abre para um novo Porto no Mar Sem Estrelas.

Muito acima as estrelas estão assistindo, extasiadas.

Agradecimentos

Muito obrigada a todos que velejaram pelo Mar Sem Estrelas comigo.

A Richard Pine, que ainda acredito ser um mago, e a Ink Well Management.

A Jenny Jackson, Bill Thomas, Todd Doughty, Suzanne Hers, Lauren Weber e todos na minha equipe incrível na Doubleday (incluindo Cameron Ackroyd, pelos coquetéis).

A Elizabeth Foley, Richard Cable e companhia pelo mar coberto de estrelas na Harvill Secker.

A Kim Liggett pelos encontros de escrita, tanto virtuais como pessoais, no Ace Hotel ou em cantos esquecidos da Biblioteca Pública de Nova York, e pelas muitas e muitas taças de espumante.

A Adam Scott por tudo, sempre.

A Chris Baty, criador do National Novel Writing Month, que deveria ter sido incluído nos agradecimentos de *O circo da noite*. Desculpe por isso, Chris.

A Lev Grossman por me deixar roubar as abelhas e chaves de Brakebills.

A J. L. Schnabel. Várias joias descritas neste livro, incluindo o colar de espada prateado, foram inspiradas por suas criações magníficas na Blood Milk.

A Elizabeth Barrial e ao Black Phoenix Alchemy Lab, que realmente colocam histórias em garrafas. Por causa deles, sempre considero o cheiro das coisas quando escrevo.

A Bioware, porque este livro só se concretizou quando me apaixonei profundamente por *Dragon Age: Inquisition*.

Uma observação sobre o nome das coisas: tomei emprestado o nome de madame Love Rawlins de um túmulo em Salem, Massachusetts. Qualquer semelhança com a pessoa real é mera coincidência. Kat e Simon receberam o nome de Kat Howard e Simon Toyne porque os dois me mandaram e-mails quando eu estava caçando nomes de personagens. (A amiga de Kat, Preeti, encontrou seu nome de forma parecida graças a Preeti Chhibber.) Como notado do texto, Eleanor recebeu o nome da personagem de *A maldição da residência Hill*. Zachary e Dorian sempre foram Zachary e Dorian, embora eu quase tenha mudado o nome de Dorian muitas vezes. Mirabel, é claro, foi nomeada pelas abelhas.

© Allan Amato

Erin Morgenstern

É escritora e artista multimídia que descreve todos os seus trabalhos como "contos de fadas, de uma forma ou de outra". Seu primeiro livro, *O Circo da Noite*, se tornou um sucesso literário mundial, sendo traduzido para mais de 37 línguas e acumulando mais de três milhões de cópias vendidas. *O Mar sem Estrelas* marca o seu retorno após mais de oito anos, tornando-se um sucesso de público e crítica, sendo eleito como um dos melhores livros do ano por publicações como *The Guardian* e um best-seller do *New York Times*. A autora é formada em Teatro pela Smith College e atualmente vive em Massachusetts.

2ª REIMPRESSÃO

ESTA OBRA FOI COMPOSTA EM CASLON PRO E IMPRESSA
EM PAPEL PÓLEN SOFT 70G COM REVESTIMENTO DE CAPA
EM COUCHÉ BRILHO 150G PELA IPSIS GRÁFICA PARA A
EDITORA MORRO BRANCO EM ABRIL DE 2022